LA MALÉDICTION DES STENSSON

Du même auteur
chez Sonatine Éditions

1793, traduit du suédois par Rémi Cassaigne, 2019.
1794, traduit du suédois par Rémi Cassaigne, 2021.
1795, traduit du suédois par Rémi Cassaigne, 2023.

Niklas Natt och Dag

LA MALÉDICTION DES STENSSON

Traduit du suédois
par Rémi Cassaigne

SONATINE ÉDITIONS

Directeurs de collection : Arnaud Hofmarcher
et Marie Misandeau
Coordination éditoriale : Pierre Delacolonge

Titre original : *Ödet och Hoppet*
Éditeur original : Forum

Arbre généalogique : Mia Natt och Dag

Traduction publiée en accord avec Salomonsson Agency

Sonatine Éditions
92, avenue de France
75013 Paris
lisezsonatine.com

Ouvrage réalisé par Cursives à Paris

ISBN 978-2-38399-201-1
N° d'édition : 1201 – Dépôt légal : mars 2025

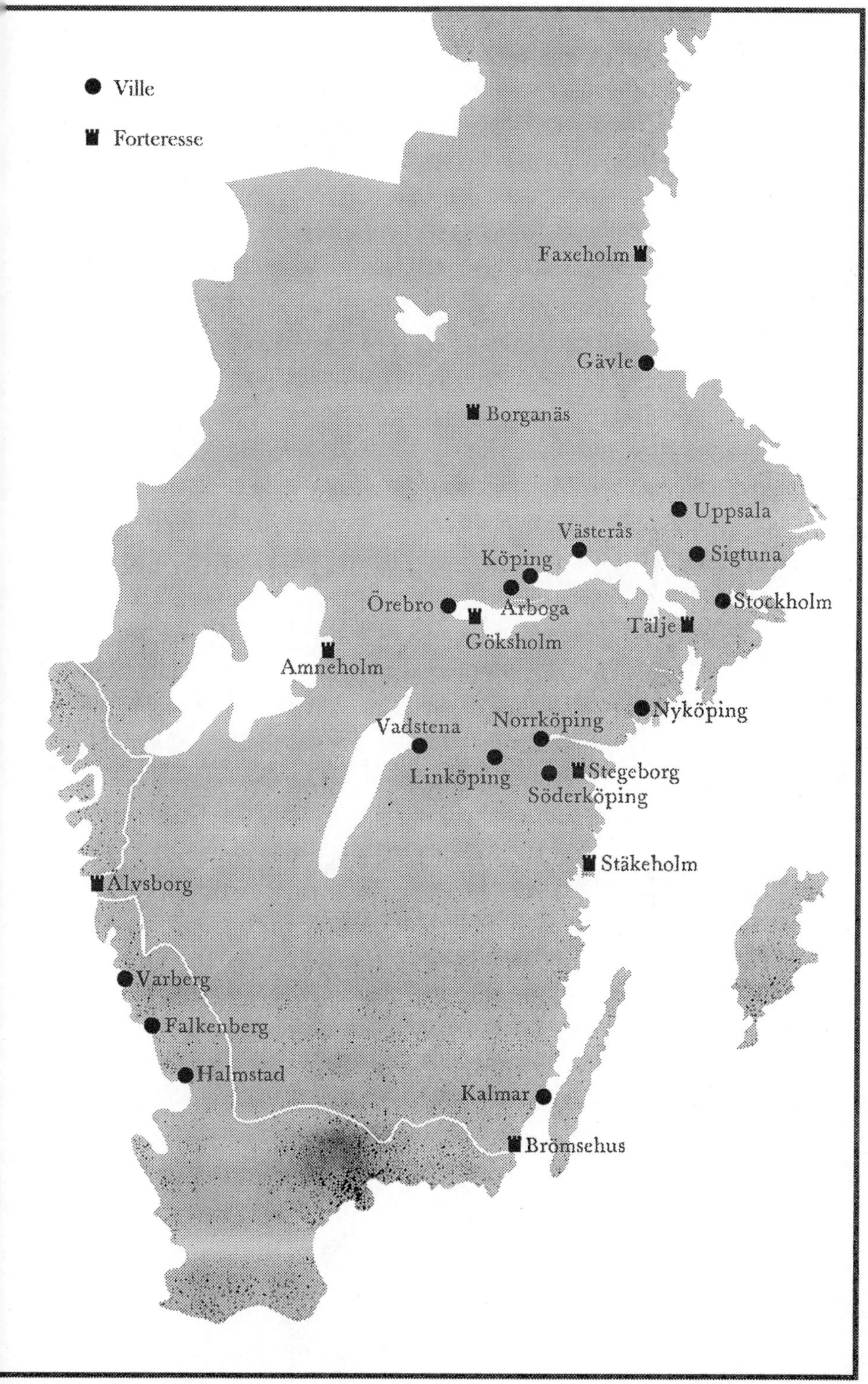

Ville
Forteresse
Faxeholm
Gävle
Borganäs
Uppsala
Västerås
Sigtuna
Köping
Stockholm
Örebro
Arboga
Tälje
Göksholm
Amneholm
Nyköping
Norrköping
Vadstena
Stegeborg
Linköping
Söderköping
Stäkeholm
Älvsborg
Varberg
Falkenberg
Halmstad
Kalmar
Brömsehus

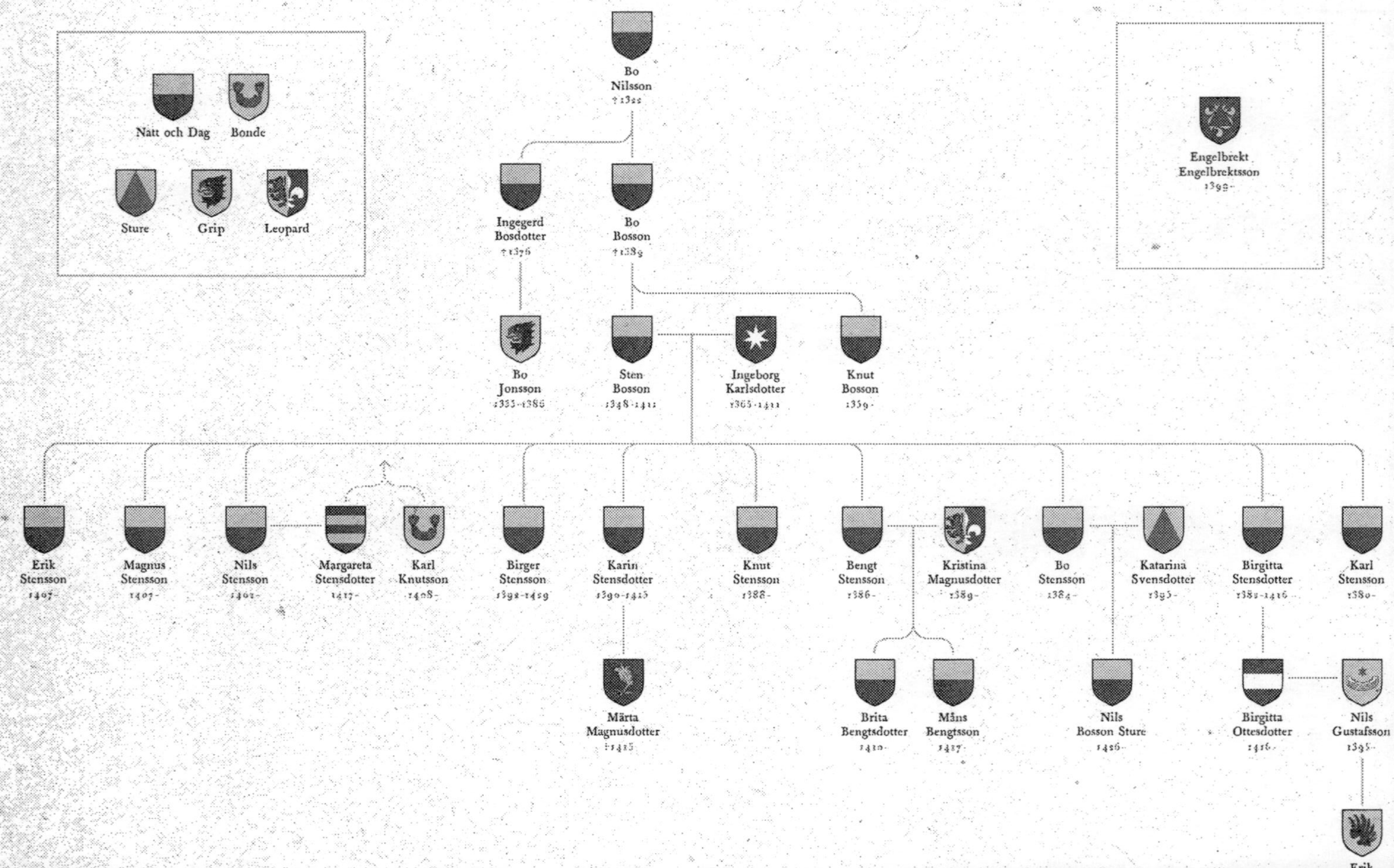

Natt och Dag
Bonde
Sture
Grip
Leopard
Bo Nilsson †1322
Ingegerd Bosdotter †1376
Bo Bosson †1389
Engelbrekt Engelbrektsson 1392-
Bo Jonsson 1333-1386
Sten Bosson 1348-1412
Ingeborg Karlsdotter 1365-1411
Knut Bosson 1359-
Erik Stensson 1407-
Magnus Stensson 1407-
Nils Stensson 1402-
Margareta Stensdotter 1417-
Karl Knutsson 1408-
Birger Stensson 1392-1459
Karin Stensdotter 1390-1425
Knut Stensson 1388-
Bengt Stensson 1386-
Kristina Magnusdotter 1389-
Bo Stensson 1384-
Katarina Svensdotter 1393-
Birgitta Stensdotter 1382-1416
Karl Stensson 1380-
Märta Magnusdotter †1425
Brita Bengtsdotter 1410-
Måns Bengtsson 1427-
Nils Bosson Sture 1426-
Birgitta Ottesdotter 1416-
Nils Gustafsson 1395-
Erik

À Mats Linday

Regnabo.

Regno.

Regnavi.

Sum sine regno.

[Je régnerai.

Je règne.

J'ai régné.

Je suis sans règne.]

Légende de la fresque d'Albertus Pictor
(environ 1440-1509) représentant la Roue de la vie,
porche de l'église de Härkeberga

1350.

Avec la peste noire, la Faucheuse moissonne la moitié du royaume. Le roi Magnus Eriksson a besoin d'argent. Pour garantir ses emprunts, il laisse ses terres en gage. Bo Jonsson, d'une libre lignée dénommée Grip, possède bientôt toutes les terres autour de la mer Baltique, de la frontière du Blekinge au golfe de Finlande.

Mais pour Bo Jonsson, cela ne suffit pas.

1364.

Quand le roi Magnus ne veut pas rembourser ce qu'il lui doit, Bo Jonsson propose le neveu du roi, le Mecklembourgeois Albrekt, pour régner sur la Suède. Une marionnette, un roi aux ordres qui chauffera le trône de Stockholm pour Bo Jonsson Grip.

Mais pour le roi Albrekt, cela ne suffit pas.

1386.

Le roi Albrekt s'affirme, cherche à renforcer son pouvoir, veut réduire les possessions des grands seigneurs. Bo Jonsson Grip meurt prématurément à cinquante et un ans, encore sans couronne. Dans le cercle de Bo Jonsson Grip domine son cousin, Sten Bosson, seigneur d'Ekhult, de la lignée au blason coupé d'azur et d'or, chevalier et conseiller royal, un des hommes les plus puissants du royaume.

Mais pour Sten Bosson, cela ne suffit pas.

1388.
Sten Bosson a bien assez retenu la leçon de Bo Jonsson Grip pour ne pas se risquer au même jeu. Il invite Margareta, reine du Danemark et de Norvège, à venir en Suède prendre le trône d'Albrekt. Une femme, faible, lente, qui plus est étrangère. À qui fera-t-elle appel pour diriger sa province nordique, sinon à celui qui l'y a invitée ? Sten Bosson compte diriger le royaume au nom de Margareta.
Mais pour la reine Margareta, cela ne suffit pas.

1390.
La reine Margareta charge Sten Bosson d'une mission honorifique : exécuter le testament de Bo Jonsson Grip, restituer tous les biens illégitimement acquis. Le piège de la reine se referme sur Sten Bosson. Bientôt, tous les seigneurs du royaume s'attroupent à Ekhult et, pendant que la noblesse se dispute, Margareta place dans chaque château ses baillis danois et allemands. Déçu et vaincu, Sten Bosson est emporté dans la tombe. La reine elle-même l'y suit un an plus tard : là où aucun homme n'a réussi, la peste triomphe. À son héritier, Bogislav de Poméranie, rebaptisé Erik par égard pour ses sujets, elle lègue ses trois royaumes.
Mais pour le roi Erik, cela ne suffit pas.

1410.
Le roi Erik veut élargir son royaume, il porte la guerre à sa frontière sud. De jeunes Suédois sont enrôlés et partent vers le sud pour ne jamais revenir, pendant que les baillis étrangers prennent le peuple à la gorge, exigent un impôt chaque année plus élevé, se servent eux-mêmes sans vergogne, arrachent par la force ce qui ne leur est pas consenti. Les seigneurs suédois

lorgnent amèrement la place qui était la leur peu auparavant. Parmi eux, les nombreux fils de Sten Bosson, héritiers des armes d'azur et d'or : chevaliers, conseillers royaux, hommes les plus puissants du royaume, avec du sang royal dans les veines.
Pour les Stensson, cela ne suffit pas.

1434.

PREMIÈRE PARTIE

JUIN 1434

1

Contrée déserte. Des nuages blancs couvrent le soleil d'été, l'air est chaud et étouffant. Un essaim d'insectes lui tisse un manteau et, ailleurs, sa sœur se consume. Finn promène son regard devant lui : le sillon usé du chemin, sec, poussiéreux. Des champs en friche entre des bosquets. À perte de vue une forêt plus dense. Il aiguise ses sens pour deviner le monde qui se cache derrière celui-ci, sous ses pieds et loin au-dessus de lui, mais il n'y a là rien que puissent percevoir les sens humains. La crasse crisse dans les plis en sueur de ses yeux, qu'il frotte avant de reprendre sa route. La soif le tenaille, mais le soir est encore loin, et Finn sait qu'il doit être reconnaissant des peines qu'il endure. Il en aurait souhaité davantage, mais le prêtre à qui il a demandé un cilice et un fardeau de pénitent ne lui a répondu qu'en secouant la tête avec une mise en garde contre le péché d'orgueil. Pourtant, il porte une pierre dans sa besace et remplit chaque matin ses souliers de gravier.

Il marche seul, fait peu de rencontres. Au loin, des manoirs sont tapis dans une pénombre froide, leurs anciens maîtres depuis longtemps retournés à la terre ou réduits en cendres. Un vent tiède entrouvre des volets de guingois et ressort de l'autre côté entre des poutres disjointes, sans avoir rien trouvé qui vaille la peine de s'attarder.

Finn essaie d'imaginer le pays comme le lui décrivait la mère de son père, bruissant de joyeuses disputes, chaque village grouillant d'enfants, champs et prairies ronronnant sous les soins patients des humbles. Sans le témoignage de ses propres yeux, il aurait pu croire la vieille retombée en enfance : partout, les morts se rappellent au souvenir, hantent le vide qu'ils ont laissé. Demeures délaissées et cultures en infinie jachère, ustensiles domestiques à l'abandon, usés par des générations disparues. Toute sa vie, bientôt vingt ans, s'est écoulée dans un monde bâti pour un plus grand nombre, son enfance, un jeu sur les tombes des autres. Avant-hier, un moulin dont la roue tournait encore dans son bief, son plancher blanchi par la poussière d'une meule qui n'a plus qu'elle-même à moudre. Farine de pierre pour nourrir des fantômes et bois qui grince sans personne pour l'entendre. La peste les a tous pris.

Göksholm et les rives du Hjälmaren sont déjà trois jours de marche derrière lui. Finn aurait pu aller plus vite, habitué qu'il est à l'effort et au pas vif, mais il doit s'arrêter dans chaque église qu'il trouve sur son chemin, s'enquérir du reliquaire, dire tout un chapelet de *Pater* et d'*Ave Maria*. Souvent, son arrivée tombe mal, le prêtre est occupé ailleurs : des heures d'attente gâchées devant le porche. Pour peu qu'il arrive tard, le soir le prend en traître et il n'y a plus rien à faire qu'attendre l'aube. Il préfère dormir dehors, enveloppé dans ses vêtements, une touffe d'herbe en guise d'oreiller. Mais une église reste l'endroit le plus sûr. Finn craint peu autrui, mais ne considère pas sa force comme une raison pour tenter voleurs et bandits. Entre les murs d'enceinte a été proclamée la paix de Dieu. Là, personne ne le dérange, sinon quelque paroissien pénitent qui expie ses péchés au crépuscule en tournant dans le sens du soleil autour de la terre consacrée. Lentement vient la nuit, longue et lumineuse. Les oiseaux gazouillent des heures durant avant de trouver le repos. Ils ont hâte de vivre en cette saison clémente. Ce n'est qu'au plus sombre de la nuit qu'ils abandonnent le ciel au vol invisible de la chouette hulotte. Il a quant à lui du mal à s'endormir, son esprit inquiet tournant sur lui-même aussi impitoyablement que la meule du moulin solitaire oublié au bord de son bief. Il se répète les paroles du prêtre, que ses tourments sont une brise fraîche sur la peau brûlée de sa sœur, un baume sur ses cloques et ses plaies, la promesse d'un prompt soulagement. Les nuits sont chaudes, et pourtant il ne trouve pas la paix. Chaque moment de repos est une épine dans son flanc. Elle est toujours dans ses pensées. Ylva. Enfants, ils ne faisaient qu'un, partageaient tout, versant ensemble les mêmes larmes amères sur le bleu dont seul l'un d'eux souffrait. Différents par la suite, en désaccord sur le droit chemin. Là où il voyait une grâce divine dans leur sort, elle voyait tout autre chose. Il s'était laissé apprivoiser, s'était conformé, considérant comme une faveur la vie qui leur avait été offerte. Pour Ylva le bât blessait, elle y voyait une punition, n'était jamais loin de la révolte.

Désormais, elle brûle toute seule. Il n'a jamais vu personne sur le bûcher, mais tout ce qu'il sait du feu nourrit son effroi. Il se rappelle, dans son enfance, un tisonnier brûlant trop vite saisi, la brusque morsure sur ses doigts, le mal qui avait longtemps perduré. Et s'il ne l'avait pas lâché, pas même quand sa peau aurait commencé à fumer et son sang à bouillir, pas avant que sa chair ne noircisse et se carbonise comme les derniers lambeaux de viande sur la broche ? C'était ce qu'elle devait éprouver. Quand il sort de sa somnolence, au plus noir de la nuit, c'est comme si le repos l'avait dépecé de toute piété, mettant à nu un noyau de colère. Son cœur s'emballe et tambourine de haine et de rage. L'injustice, la cruauté. Quand il parvient à reprendre le contrôle de ses pensées, c'est au contraire une angoisse panique qui s'empare de lui. Il sait qu'il a dévoilé les profondeurs de son âme et blasphémé devant Celui qui voit tout, sait qu'il n'a fait qu'empirer les choses. Quand le soleil du matin atteint sa couche, il ne reste qu'une empreinte parmi les touffes d'herbe. Il a déjà repris la route.

Le soir arrive et il ne trouve que des cailloux dans sa besace, et il faut bien qu'il mange, ne serait-ce qu'un peu. Un village sur la route, une église toute simple dans son humilité, une auberge blottie auprès du terre-plein boueux autour duquel se dressent les maisons. Ses affaires déjà réglées, le morceau arraché à la tunique de saint Jean-Baptiste vénéré, les prières dites. Du pain et de l'eau devant lui sur la planche brute de la table, la pénombre grise, le sol froid en terre battue. Finn reste là, las et rassasié, son ventre exige si peu. Avec le crépuscule, les gens affluent. Une fois la compagnie suffisamment nombreuse, on tire à la courte paille qui va couper du bois pour décider l'aubergiste à faire du feu. Longtemps, il souffle en courbant l'échine pour ranimer les braises rapportées dans une cuillère d'un foyer plus chaud, mais bientôt elles se répandent parmi les écorces et les brindilles. Une flamme ténue monte du petit bois. Aussitôt, la pièce est transformée. La lueur dorée répand sa chaleur dans l'esprit avant même que le corps la perçoive. Des ombres glissent le long des parois, donnent de l'espace à la salle. C'est un instant de recueillement profane. Tous fixent en silence, rêveurs, la danse des flammes, chose si consolante que même les plus savants ne sauraient l'expliquer au commun des mortels. Elle attire aussi le regard de Finn, avant qu'il ne comprenne que ce n'est que pour se moquer de lui. Assis sur son tabouret près de l'entrée, un bonhomme entonne une chanson monotone en échange de quelques miettes et d'un peu à boire. Le chant berce Finn.

« Mais tais-toi donc, récite-nous plutôt quelque chose ! »

La saillie le tire effrayé d'une torpeur inquiète, la nuque raide d'avoir laissé pendre sa tête. On se presse de plus belle sur les bancs, les corps serrés aident la cheminée à réchauffer la pièce. Le vieux chanteur s'exécute, mais tend d'abord son gobelet pour une avance sur son salaire, et quelqu'un le lui remplit. Il le vide d'un trait tandis que ses auditeurs s'approchent pour trouver une place de choix. Il se racle la gorge et commence. Finn reconnaît les paroles. Certains savent rimer cette saga mais, chez lui, à Göksholm, on n'aime pas trop l'entendre : trois beaux princes chassent gaiement en forêt. Bientôt, les voilà égarés dans le brouillard. Entre les arbres, trois silhouettes se dirigent vers eux, et on découvre bientôt qu'il s'agit de trois cadavres sortis de terre, vivants quoique morts, encore puants de l'étreinte du tombeau. Les princes reculent de dégoût, mais les morts leur demandent de se taire et de se calmer. Vous êtes issus de notre lignée, disent-ils de leurs voix rongées aux vers. Comme vous, nous étions jadis. Comme nous sommes vous serez. Nous avons perdu notre vie en vanités et divertissements, disent-ils. Devenez meilleurs pendant qu'il est encore temps. Sur quoi la rencontre s'achève, et le brouillard se dissipe.

L'assemblée hoche la tête avec un murmure d'approbation. On arrose à nouveau le vieux. Il est tard, on commence à partir et Finn s'ébroue pour suivre le mouvement quand un étranger s'approche, mains tendues.

« La paix du Seigneur soit avec toi.

– De même. »

L'homme est jeune, pas plus âgé que lui, et porte une tunique bien taillée à l'ourlet couvert de la poussière des chemins. Un sac à la ceinture. Frange blonde sous un bonnet d'été en laine. Un sourire aux lèvres, une mine honnête et aimable sur un visage avenant. L'étranger s'assoit doucement en face de lui.

« La saga t'a plu ? »

Finn hausse les épaules.

« Elle n'était pas nouvelle. Mais il m'est arrivé de l'entendre moins bien racontée.

– On m'appelle Olaus Jonae. »

Finn plisse les yeux.

« À quoi rime ce nom ? Il conviendrait mieux à un évêque qu'à un routier. »

Olaus rougit.

« Il est vrai que je voyage pour les affaires de l'Église. Mais je suis né Olof, mon père se nomme Jöns et j'ai vu le jour et grandi à Skänninge. Pars-tu vers le sud, à l'aube ?

– Que t'importe ? »

Celui qui s'est appelé Olof se tortille sur son siège.

« Ma destination est Linköping, et je n'ai pas d'autre choix que de faire la route à pied. Elle ne m'est pas inconnue, mais je ne l'ai suivie que dans l'autre sens, et à une saison où les arbres étaient nus. »

Gêné, il cherche de la main un pli sur sa tunique avant de reprendre.

« J'ai parcouru le royaume, et partout on parle de la forêt de Tiveden. On dit qu'un sort funeste guette celui qui s'aventure seul dans son ombre.

– Alors tu as de la chance, car elle s'étend sur l'autre rive du Vättern, et non par chez nous.

– La forêt n'a peut-être pas de nom de ce côté-ci du lac, mais les arbres ne sont-ils pas les mêmes ? Ils couvrent toute la contrée sans interruption de l'autre rive du lac jusqu'ici. Impossible de gagner Motala sans passer sous leurs frondaisons. Un bandit caché parmi nous ce soir pourrait franchir le seuil de cette auberge et rôder des jours durant vers le couchant sans être vu.

– Ce sont les bandits dont tu as peur ? Pas les lutins ? »

Olof Jönsson se penche plus près de lui, baisse la voix pour ne pas qu'on l'entende.

« On raconte qu'un brigand s'est terré dans une tanière au plus sombre de la forêt pour y vivre comme une bête, loin des autres, fou de chagrin et de colère et plein de haine pour son prochain. Un gaillard aux membres d'acier, la peau couverte de suie, trop grand pour se tenir droit sous les poutres d'un plafond. On l'appelle Gånge-Tor. Il hurle les nuits de pleine lune, on l'entend à des lieues à la ronde et les loups lui répondent comme s'il appartenait à leur meute. Au crépuscule, il écume les sentiers forestiers, faisant sa proie de tous ceux qu'il rencontre. Si c'est une femme, il lui fait ce que tous les bandits de grand chemin font aux femmes depuis la nuit des temps : s'il en est satisfait, il la garde jusqu'à s'en lasser. Mais s'il tombe sur un homme, il lui tranche les parties pour pouvoir étancher son désir avec quelque chose qui ressemble davantage à une femelle. Et quand on les retrouve morts, il leur a en outre coupé les oreilles et le nez, pour le plaisir, et pour s'en orner la ceinture. »

Finn ne peut s'empêcher de pouffer.

« Et qu'est-ce qui te fait croire que je suis autre chose qu'un bandit sans foi ni loi ? Pourquoi pas Gånge-Tor en personne ? »

Olof montre de la tête la ceinture de Finn et, en y jetant un coup d'œil, ce dernier s'aperçoit que sa cape a glissé, découvrant son poignard. Il se maudit en silence : quel idiot, jamais il n'aurait dû se laisser tenter, chercher la compagnie d'autrui, quand bien même la faim le tenaillait comme jamais. Olof sourit.

« Certes, tu en as l'air. Mais une arme comme celle-ci n'est pas entre les mains du premier venu. »

Le poignard à la ceinture de Finn le distingue du bas peuple, richement orné sans pourtant dissimuler sa fonction, dans un coûteux fourreau aux couleurs de son maître, coupées d'azur et d'or. Finn demeure encore un instant immobile en plissant les yeux vers son voisin, s'efforçant de découvrir s'il est à son avantage ou à son détriment que cet Olof ne soit pas un imbécile. Il finit par se décider.

« Mon nom est Finn Sigridsson. Je sers le seigneur Bengt de Göksholm, sur la rive du Hjälmaren. Celui qui s'y enquerra de moi pourra s'en assurer. Je pars vers le sud dès le lever du jour. Si tu te trouves au bord du chemin et vas dans la même direction, je ne saurais t'en empêcher, quand bien même je le voudrais. »

Olof Jönsson s'agite sur son siège.

« Il y a aussi autre chose. Je porte un lourd fardeau, trop lourd pour un seul homme. Des lingots de fer osmond, en quantité. J'avais auparavant un cheval, mais la malchance en a décidé autrement. Si tu acceptes de m'aider, je suis prêt à te payer pour ta peine. »

La grâce inonde Finn. Il ne peut s'agir d'un hasard. C'est la grâce de Dieu offerte à ses pensées de pécheur, une voie vers la rédemption. Il tente de répondre d'une voix ferme, mais l'émotion rend ses mots rauques et pâteux. Tout ce qu'il peut faire, c'est rester concis.

« Je porterai tout. Sans salaire. »

Puis il rajuste sa ceinture, rabat l'étoffe de sa cape sur son poignard et se dirige vers la porte pour trouver un endroit où dormir. Il sent le regard d'Olof Jönsson sur son dos, sa surprise silencieuse. Le soleil qui s'est noyé dans le rouge le plus profond chaque jour depuis qu'il s'est mis en route meurt pâle ce soir. Finn se roule dans son manteau, rabat sa capuche de travers sur sa joue et son front. Le temps a jusqu'à présent été doux, mais comme tous ceux qui dorment à la belle étoile, il lit ce qui est écrit dans le ciel et sait donc qu'avec le matin viendra la pluie, la pluie ou pire.

En rêve, sa sœur. Et il entend la voix de sa mère, rendue rauque par la maladie, étouffée de l'autre côté de la porte qu'elle a verrouillée sur elle, lui répéter ses dernières paroles de consolation. Des mots sur le sens desquels Ylva et lui n'ont jamais pu s'accorder, et qui ont fini par les éloigner l'un de l'autre.

« C'est la volonté de Dieu. Tout ce qui arrive est la volonté de Dieu. »

2

La rumeur est faible dans la nuit d'été, mais plus ses oreilles s'habituent, plus clair est le chant. D'aigres voix de femmes s'élèvent pour saluer l'aube. Stina n'entend pas les paroles, mais l'humeur des nonnes traverse la pierre, à moins qu'elle ne se trompe et ne laisse ses propres états d'âme teinter leurs voix. Une aspiration à être libérée des souffrances, voilà ce qu'elle entend, un appel au salut adressé non pas au Seigneur, mais à la mère du fils de Dieu. Ici, à Vadstena, le Ciel lui-même semble vidé de toute présence masculine. Une femme élevée au rang de divinité, voilà ce qu'on vénère. Stina n'a rien contre, et peu importe si la réponse est chaque jour la même.

Longtemps elle est restée là, à cette fenêtre jouxtant l'espace vide de la salle capitulaire, à écouter les bruits provenant du dortoir, alors qu'elle aurait dû elle-même dormir pendant qu'il en était encore temps. Mais elle ne tient pas en place. Elle était déjà là quand la sœur de garde est venue en bâillant sonner les matines. Elle a écouté le bruit des corps se dirigeant vers le brouhaha de la sempiternelle prière. *Ave Maria*, toujours. Une autre cloche, puis les pas traînants des sœurs, de plus en plus faibles à mesure qu'ils s'éloignent sur le sol du grenier qui les conduit à la tribune de la chapelle. Stina connaît leurs habitudes, après bien trop de jours passés sous leur toit.

La lassitude est une douleur dans ses membres, un poids sur son front. Ses jeunes années depuis longtemps s'en sont allées. Quand a-t-elle eu la force de veiller ainsi, la dernière fois ? Elle l'a presque oublié. Tout le jour et longtemps jusqu'à minuit elle est demeurée au chevet du lit de naissance, et si l'on n'avait fini par l'en chasser avec une âpre sollicitude, elle y serait encore. La fatigue a beau la ronger jusqu'à l'os, elle ne veut pas s'assoupir, cherche le silence et la solitude plutôt que le sommeil. De la chambre de Margareta, plus loin dans le couloir, ne parvient aucun bruit. Elle dort à présent dans l'attente de l'accouchement, hiberne pour l'heure, pendant que son corps rassemble ses forces en vue de la tempête qui arrive. C'est une fille jeune, dix-sept ans seulement, l'enfant est son premier, le plus difficile. Toute maigre, sauf son ventre, de belles boucles blondes collées au front, assombries par la sueur. Des hanches étroites. Une bouffée d'inquiétude flotte autour de la sœur envoyée pour l'assister, bien qu'elle la cache comme jamais derrière son expérience et ses conseils avisés.

« Mère ? »

Stina éprouve de la réticence pour ce mot-là, chargé entre tous, et il lui semble percevoir un présage à l'entendre posé comme une question au beau milieu de ses réflexions. Brita n'a jamais eu le pas léger, et que sa fille ait pu ainsi s'approcher à son insu lui rappelle les affres d'une longue veille. Voilà sa propre première-née. Brita a beau être adulte désormais, et Stina compter deux douzaines d'années depuis son accouchement, le souvenir en est toujours aussi vif, une cicatrice trouée de lumière. La longue attente avec un fardeau toujours plus lourd et des genoux de plus en plus faibles, les brusques élancements au bas-ventre puis, un matin, une déchirure intérieure la laissant recroquevillée dans une flaque, morte de peur à l'idée d'avoir répandu son fardeau au seuil de cette vie nouvelle. Et conduite au lit, dans la confusion de douloureuses contractions de plus en plus rapprochées. Seule, bien qu'entourée de voix, touchée. Après un long combat, un dernier coup, une poussée plus forte et une délivrance si soudaine qu'elle lui avait coupé le souffle, ses draps aussitôt trempés, comme si son lit avait été fait avec du linge encore humide. Un hurlement inconnu étouffé par des oreilles bouchées, puis un baluchon ridé entre ses bras, et en elle un bonheur doux-amer résonnant dans le vide laissé par la petite. De l'aube à midi, avait dit la sage-femme en la complimentant d'un hochement de tête. Cinq heures, peut-être six. Une douleur telle qu'elle rend impossible de distinguer l'éternité et l'instant. Un abîme hors du temps, trop loin pour les mots de réconfort et hors d'atteinte pour la main qui aide. C'est là que Margareta entame à présent sa troisième journée. L'enfant tarde. Elles auraient déjà dû être reparties vers le nord pour fêter la première Saint-Jean du nouveau-né à Göksholm. Impossible à cette allure. Une telle attente use tout le monde, ne présage rien de bon. À cette pensée, Stina se touche le front et le sein, puis glisse d'une épaule à l'autre, un geste si machinal qu'elle le remarque à peine. Elle se tourne en ouvrant les yeux qu'elle avait un moment laissés au repos.

« Quoi de neuf ? »

Brita secoue la tête.

« Elle dort encore. »

Stina ne sait pas ce qui cloche chez sa fille car, quoi que ce soit, rien ne se voit de dehors. Elle est assez jolie, si seulement elle pouvait quitter cette mine fermée qu'elle arbore par habitude, front plissé et lèvres serrées. Pourtant elle est encore à la maison, à vingt-quatre ans passés, malgré la promesse d'une dot comme le royaume n'en voit que quelques fois dans chaque lignée. L'un après l'autre elle a éconduit ses prétendants, jusqu'à ce que tous les gamins qui auraient pu recevoir la bénédiction de son père soient allés se caser ailleurs. Il faut dire qu'ils étaient peu, en ces temps sombres où les tombes sont pleines et les berceaux vides. Avoir sa fille à Göksholm porte sur les nerfs de Stina : la place n'est pas assez grande pour plus d'une châtelaine. Brita lui colle sans cesse aux basques, l'observe vaquer à ses tâches, spectatrice de ses erreurs. Silencieuse. Mais ses grands yeux inquiets qui la jugent sont bien assez bruyants.

Dehors, le lac Vättern est noir et calme, sans une ride. Les vêtements tombent mal sur le corps de Stina, la gênent et la grattent et, soudain, elle a chaud comme après une marche forcée, malgré la fraîcheur de la nuit, elle étouffe au point de devoir agiter le col empesé de sa robe pour aérer son sein.

« Alors qu'est-ce que tu veux ?

– Une des sœurs... »

Brita change d'appui, le pied incertain, semble hésiter à poursuivre. Stina, trop lasse, ne peut que l'attendre.

« J'ai quitté le lit de Mara pour prendre un peu de repos. Dehors, j'ai vu une nonne, mal vêtue, très âgée. Je crois qu'elle attendait devant la porte, mais en entendant quelqu'un sortir, elle a pris la fuite.

– Tu es quand même assez vive pour rattraper une petite vieille ! »

Brita hoche la tête.

« Elle se pressait autant qu'elle le pouvait, et je l'ai suivie à distance. En bas de l'escalier, elle est sortie, a tourné au coin de l'église, vers les tombes. Elle s'est arrêtée devant l'une d'elles pour prier, puis s'est hâtée de regagner les dortoirs.

– Et cette tombe ?

– Elle porte nos armes. Mais un nom que je ne connais pas. »

Un mystère sorti de l'imagination d'une gamine. Stina n'a vraiment pas besoin de ça. Elle se tourne à nouveau vers la fenêtre, laissant Brita plantée là.

« La vieille est peut-être retombée en enfance. Cela ne nous regarde pas, mais les sœurs ne sont pas censées divaguer seules en pleine nuit. J'en parlerai à l'abbesse quand je la verrai.

– Mère ?

– Oui ?

– Chez nous, le prêtre ne nous parle que de Dieu le Père et de Jésus-Christ, et tous ses saints portent la barbe. Pourquoi ici prient-elles toutes la Vierge Marie et sainte Brigitte ?

– Parce qu'elles sont plus avisées que les autres. Quelle personne sensée suivrait un homme quand une femme est disponible ? »

Brita ne sait pas si elle se moque ou non et reste là, le regard indécis.

« Va te reposer, maintenant. »

Elle entend sa fille obéir. Elle aurait aimé être une meilleure mère quand il en était encore temps, se demande si elle aurait alors eu une meilleure fille en retour. La honte la brûle, et elle n'a que de la colère en réponse. Stina se signe à nouveau, à défaut d'une meilleure consolation, mais se sent pleine de cette humeur noire, comme si souvent cette année. Dans le chœur, les sœurs chantent le *De Profundis*. Des profondeurs j'ai crié vers toi, Seigneur.

3

Le seigneur Bengt entrouvre des paupières lasses et découvre le jour commencé sans lui. Il fronce le nez, étonné par sa propre odeur, sueur macérée et barbe imprégnée de vin aigre. Pas comme d'habitude. Il reste encore un moment immobile à se réveiller avant de rouler avec un soupir hors du lit où il dort seul depuis dix ans, depuis que Stina et lui ont décidé d'un commun accord qu'ils en avaient assez fait, épisodiquement, dans le lit conjugal, et que le temps qu'ils passaient ensemble dans la journée s'écoulait plus paisiblement pour tous deux après une bonne nuit de sommeil que lorsque ses ronflements la hantaient toute la nuit comme un cauchemar. Il doit se secouer pour équilibrer son ventre sur ses jambes, souple comme un scarabée retourné. Son dos proteste douloureusement de devoir à nouveau porter son poids et le craquement d'une vertèbre au bas des reins lui dresse les poils des bras. Son crâne tambourine, il meurt de soif. De tels réveils, rares dans sa jeunesse, sont désormais monnaie courante. Maudite vieillesse. Cette année, il aura le même âge que sa mère quand elle a rendu l'âme, juste avant son demi-siècle. De son côté, son père le seigneur Sten a tenu une douzaine d'années de plus, mais sa participation à la mise au monde de onze enfants avait été facile en comparaison.

Le seigneur Bengt s'habille, attentif à ne pas forcer le destin en se cassant le dos. Les chausses sont difficiles à enfiler, et plus difficiles encore à fixer à la cotte. La tunique par-dessus, joliment brodée de fils d'or sur fond bleu, assez ornée pour que beaucoup de taches aient échappé à la lessive. Puis il sort. Il grogne à l'intention des gens de maison qu'il rencontre, un bruit bien étudié qui sert à la fois de salutation matinale et de confirmation qu'il voit qu'ils s'acquittent de leurs tâches et qu'aucune négligence de leur part ne lui échapperait. Il traverse la cour, où le soleil l'éblouit comme un coup au visage. Direction d'abord le cabanon de la boulangerie où, en le voyant arriver de loin, on lui a rempli une chope de bière, tendue sur le pas de la porte. Il la prend en hochant la tête, la boit d'un trait, s'essuie la bouche et la rend, la reçoit remplie derechef, à boire plus modérément tandis que son mal de crâne s'atténue. À pas mesurés, il fuit le soleil du matin en se dirigeant vers l'ombre de la tour, tantôt lisse, tantôt crénelée. En chemin, il chasse d'un geste le petit groupe qui attendait son réveil pour demander sa bénédiction dans toutes sortes d'affaires, sûrement au sujet de la fête de la Saint-Jean, sûrement aux dépens de sa bourse. Il se fait comprendre d'un vif signe de tête : bientôt, mais pas maintenant, patience, bas les pattes.

Le ciel bleu se reflète sur les eaux du Hjälmaren. Il plisse les yeux vers la tour, s'assure que le gaillard ne s'est pas endormi à son poste aux remparts, le regard tourné vers l'unique route qui mène ici. La place de Göksholm est forte, mais aucune forteresse n'est si bien bâtie qu'elle ne puisse être perdue en un clin d'œil si les hommes font défaut : un château est rarement pris autrement qu'à la suite de l'erreur des assiégés ou la ruse de l'assaillant. Son père a fait renforcer les remparts et creuser les douves, percer de meilleures meurtrières et élever les murailles, indifférent aux regards mécontents de Stina qui voyait la demeure de son enfance rendue méconnaissable. Il pose sa chope à même le sol, monte vers le mur et passe sa main contre la pierre, fraîche comme toujours. Il flatte sa joue rêche, avec une petite tape pour éprouver sa fermeté. La tour est visible de loin dans la contrée, reflétée dans le lac, la porte bardée de ferrures, les meurtrières hors d'atteinte, bien pourvues de flèches pour accueillir les visiteurs importuns.

Il est chagriné par l'inconfort du logis. Un four l'été, une tombe en hiver. Mais avec son cellier rempli de bois et de lard, la place peut être défendue des mois durant, assez longtemps pour que l'hiver arrive et fige dans la glace le sang de l'assaillant. Bengt relève sa tunique et se campe sur ses jambes écartées. Il peine à lancer son jet, et ne fait que quelques gouttes, malgré la pression intérieure qui avait suffi à le réveiller. Comme un loup, il pisse sur sa propre demeure : c'est à lui, et à personne d'autre. Soulagé, il s'en va, prêt à affronter la journée.

Comme il s'en doutait, les factures s'empilent à peine moins haut que la tour, et les sommes grandissent chaque fois qu'il additionne les frais. La Saint-Jean approche, et on n'a pas vu un rassemblement comme celui-ci depuis l'époque du seigneur Sten. La fratrie ne s'était pas réunie aussi nombreuse sous un même toit depuis son enfance à Ekhult. Bengt en éprouve des sentiments mêlés. Les fils de Sten forment une troupe disparate, aux naissances étalées sur trente ans. Les vieilles alliances vont se renouer, les griefs oubliés remonter à la surface et, à mesure que la boisson sapera le jugement, lentement mais sûrement les murs jusqu'alors solides s'effondreront. Les jeunes contre les vieux, comme le plus souvent et partout. Peut-être regrette-t-il par-dessus tout les devoirs d'hôte qui lui incombent ? Toutes les manœuvres de maintien de la paix reposeront sur ses épaules. Il fera bien de garder la tête froide, mais ce ne sera pas chose facile quand les autres se désaltéreront à volonté.

« Où est Måns ? »

Son secrétaire fait un geste comme pour rendre sa réponse encore plus incertaine.

« Qui sait où votre fils peut être passé ? Sorti avec sa buse, peut-être, ou avec son arc et son carquois, ou encore parti en expédition en forêt.

– Finn est avec lui ? »

Le secrétaire tarde à répondre, gêné de devoir rappeler à Bengt ce qu'il sait déjà.

« Finn Sigridsson est parti pour Vadstena prier pour le salut de l'âme de sa sœur, comme vous l'y avez autorisé, monseigneur. Il n'est pas attendu avant plusieurs jours. »

Le seigneur Bengt hoche la tête au rappel de ce que la bière lui avait pour un instant chassé de l'esprit. Måns peut bien avoir disparu, comme si souvent depuis que son jeune sang a commencé à mûrir, mais le seigneur Bengt ne peut se résoudre à blâmer son fils. Lui-même n'était pas différent en ses jeunes années. Il comprenait rarement l'intérêt de perdre son temps avec des devoirs ennuyeux quand les vastes étendues des forêts et des champs regorgeaient d'aventures. Le reste viendra bien assez tôt : si le seigneur Bengt doit se débattre dans l'écheveau des soucis domestiques, il a au moins la satisfaction de savoir que son sang se divertit ailleurs. Il boit à la santé de son fils la dernière gorgée de sa chope, et la chaleur qui l'envahit n'est pas due qu'à la bière. Ce garçon montre une bonne nature, l'esprit vif, belle allure. Que peut souhaiter de plus un père qu'un fils digne de l'avenir qui doit lui échoir ? Le sang de son épouse semble avoir dilué le pire de ce que charrie dans toutes ses branches sa propre lignée d'azur et d'or : les brusques accès de mauvaise humeur, qui accablaient son père à Ekhult, qu'il a toujours observés chez ses frères autant que chez lui-même.

Elle aurait néanmoins dû être là, Stina, car les soucis de ce genre lui reviennent. La conduite du ménage est le lot de la femme, il en a toujours été ainsi, et ses propres échecs ne sont jamais aussi patents que lorsqu'il s'essaie à la remplacer dans ces tâches. La place de chaque invité autour de la table, le bétail à abattre avant la fête, les préparatifs de toutes sortes. Choses importantes pour l'agrément, mais qui paraissent une perte de temps futile pour lui. Il sent la bière ébranler son esprit et égarer ses pensées. Ses propres devoirs, auxquels il devrait plutôt consacrer son temps, valent-ils beaucoup mieux que cela ? Chevalier. Conseiller.

Il se souvient bien de quand le seigneur Sten l'a emmené à l'assemblée de Mora, au cœur de l'Attundaland, juste après son dixième anniversaire, pour assister à l'élection du roi Erik et être adoubé chevalier. Il n'aurait jamais cru que ce royaume vide contînt tant de sujets. Que des seigneurs et leur suite, et son père semblait les connaître tous, saluant chacun avec considération. Chaque pas devait s'accompagner de congratulations réciproques, pour éviter tout risque de discorde. Il remarquait leurs regards curieux qui scrutaient sur son visage les traits de sa lignée : le voilà donc, le rejeton de la semence de Sten Bosson, qui devra bientôt endosser une large part de l'héritage paternel, terres et richesses en surabondance accumulées par son père, son grand-père et le père de son grand-père dans le sillage du pouvoir royal, à force de ruse, de courage et de cruauté. Du sang royal aussi dans ses propres veines, quand bien même ancien et faible, mais qui tambourine pourtant une promesse à chaque battement de cœur, bien assez forte pour qui sait tendre l'oreille.

La journée s'était passée à boire, jusqu'au crépuscule, quand son père l'avait réveillé sur la peau d'ours où il s'était assoupi et l'avait hissé sur ses épaules pour lui permettre de mieux voir. Les hommes d'Église étaient désormais partis, après avoir fendu la foule dans leurs robes immaculées en brandissant au-dessus des têtes des croix fichées sur des piques. À leur place, un rite païen. Puis des psaumes et autres chansons murmurées, au rythme du fourreau frappé contre le bord de l'écu, des mots comme surgis du fond des âges dont le sens lui échappait. L'ambiance avait changé. L'air lui-même oppressant comme avant un orage. Il sentait ses poils se dresser sur sa nuque et ses bras, le lourd gant du seigneur Sten sur son épaule le poussant dans le rang qui fendait la foule. La forte odeur d'homme lui piquait les yeux, ses pieds embourbés dans la tourbe formée par tout ce que ce troupeau avait lâché pour se soulager. Et puis, là-bas, le roi nouvellement élu en personne, lointain comme un héros de saga, étincelant de couleurs sur le plus grand rocher du pré, campé sur l'entrelacs des runes et éclairé par un cercle de flambeaux brandis, crâne couronné d'or et manteau écarlate pour recevoir l'acclamation du peuple.

Plein d'effroi, on l'a fait s'approcher à travers la foule, un des plus jeunes à devoir être adoubé cette nuit-là. Ses jambes tremblantes se sont dérobées quand est venu son tour de s'incliner, son genou droit a heurté lourdement le talus et il a dû s'appuyer sur ses deux mains pour ne pas tomber. À ses oreilles les clameurs des hommes, ses yeux fermés avant ce contre quoi on l'avait depuis longtemps mis en garde : le choc de l'épée, qui devait tomber assez fort pour séparer les cœurs de lièvre de ceux dignes de haut rang. Mais rien n'est venu, et quand il a eu pris son courage à deux mains pour relever la tête, il a vu ce roi qui n'avait rien d'un héros de saga, pas beaucoup plus âgé que lui, sur ses joues blêmes des boutons aussi rouges que son manteau, les épaules étroites et la cheville fine, son bras frêle tremblant sous le poids de l'épée du plat de laquelle il a caressé l'épaule de Bengt en marmonnant quelques mots dans une langue qu'on ne pouvait pas appeler suédoise. Dans ses yeux, la terreur de se retrouver en pareille compagnie.

C'est le même gosse malingre qu'il continue de servir aujourd'hui. Le roi Erik ne s'est pas donné la peine d'apprendre beaucoup plus de suédois, mais il est devenu querelleur, bilieux, pusillanime et susceptible dans ses efforts pour tenir le royaume mal rapiécé par sa mère adoptive. D'autres peuvent envier à Bengt sa place au conseil royal, ignorant les sempiternels tracas qui l'accompagnent. Le roi Erik siège au Danemark, et en son absence tout repose sur les épaules de ses vassaux : l'an passé, Bengt a été envoyé chicaner dans les domaines seigneuriaux pour le compte de la Couronne. Auparavant, des négociations avec des hommes de la Hanse, des heures interminables passées avec une bande de renards à figure humaine, prompts à interpréter chaque mot à leur avantage, quel qu'en soit le sens, utilisant toujours le malentendu comme allié. Cette année, il a dû chevaucher jusqu'à Lund sur des sentiers enneigés pour rassurer l'archevêque lui-même au sujet de la jalousie et de l'avidité du roi, les deux hommes de plus en plus enclins à se crêper le chignon le long de la frontière où pouvoir terrestre et pouvoir spirituel prétendent tous deux régner. Et cela tout en rendant la justice aux habitants de la province de Närke, avec droit de vie ou de mort, de déclarer coupable ou innocent, sans oublier l'administration de tous ses biens hérités ou acquis. Tout ce qui reviendra un jour à Måns.

Sa patience s'épuise à cette pensée. Bengt se contente de régler ce qui ne peut attendre le lendemain, laissant le soin du reste aux gens de maison, dicte à la volée deux lettres, l'une à sa belle-sœur Katarina Sture la priant de venir au plus vite pour l'assister en l'absence de la maîtresse de maison. L'autre à Stina à Vadstena pour s'enquérir de son retard. Il doit la recommencer pour adoucir ses mots et arrondir les angles, car il sait aussi bien qu'un autre que ce qu'elle fait là-bas est un devoir supérieur. En se signant, il envoie une prière muette pour la petite Margareta. Sa pensée passe alors à Nils, le futur père, son frère, parmi les fils de Sten celui qui ne tient jamais en place. Où il est parti se fourrer au lieu de demeurer au chevet de son épouse en gésine, personne ne semble le savoir. Dieu fasse que l'enfant à naître soit fort et en bonne santé.

Les affaires du jour expédiées, Bengt retraverse la cour d'un pas traînant. Il se fait servir davantage de bière, sent la boisson commencer à prendre ses droits, lui procurant une ivresse de plus en plus forte. Il la laisse venir, la renforce par plusieurs chopes tandis que le soleil continue sa course vers Örebro. Mal assuré sur ses jambes il se lève, forcé d'agiter les bras pour garder son équilibre, et un moment il reste là, aussi immobile qu'il le peut, pour soupeser ses choix. Alors il prend la direction de la buanderie, pousse la porte du lavoir à la volée, avec un fracas suffisant pour chasser toutes les lavandières comme un renard qui aurait enfoncé une planche d'un poulailler surpris en plein sommeil. Elles savent ce qu'il vient faire, et seule reste là la fille qu'il cherche, lissant de ses mains sa robe qui va bientôt, elle le sait, finir froissée. Elle lui sourit, une commissure des lèvres aussi passionnée, lui semble-t-il, que l'autre est timide. Il trifouille sa ceinture de ses gros doigts engourdis. Sous le tissu, son membre à demi raidi pend, de peu d'utilité. L'indifférence de la fille éveille sa colère, son sourire indulgent est un affront. Il la gifle à pleine main, voit la brûlure faire monter ses larmes tandis que le rouge s'étend sur sa joue. Un éclat de terreur dans ses yeux quand leurs regards se croisent réveille sa virilité, enfin raide, et il la retourne en la tenant par la taille tandis qu'elle s'empresse d'écarter du passage l'étoffe de sa robe. Il peine à trouver le point faible qu'il enfonce d'un violent coup de boutoir, encore et encore, aiguillonné par ses gémissements. Le temps est aboli, mais il suppose que cela va vite, car ce qui veut sortir est resté longtemps contenu. Essoufflé et l'œil noir, il se détourne pour s'en aller sans un geste, ceinture pendue sur l'épaule plutôt que de s'agacer avec sa boucle, et laisse le vent monté du lac aérer sa tunique et le sécher.

Il dirige ses pas vers le petit promontoire qui soutient les fondations de la tour, s'y adosse et embrasse ses terres du regard. Tout ça est à lui, à perte de vue. Des taches noires dansent dans le paysage. Un nouveau souvenir émerge de son brouillard intérieur, malgré lui : son père, le seigneur Sten en personne dans la force de l'âge, lors d'une des rares occasions où Bengt avait été choisi, seul parmi ses frères, pour l'accompagner dans sa promenade. Le petit chevalier Bengt. Les champs qu'ils longeaient fraîchement amendés, les tonneaux des latrines extraits de leurs trous et roulés jusque-là pour y être épandus, une lourde puanteur flottant sur la contrée. Au bord du labour, le seigneur Sten a posé un genou à terre et fait signe à son fils de s'approcher.

« Bengt, viens ici, je vais te montrer quelque chose. »

Il ouvre la main, la paume pleine de terre noire.

« Tu sais ce que c'est ? »

Il le voit bien, et le sent : de la terre mêlée de merde. Mais Bengt se doute que ce sont d'autres mots que son père cherche, et il sait que lorsque le seigneur Sten pose une question, c'est le plus souvent pour en donner lui-même la réponse.

« La richesse, voilà ce que c'est, Bengt. De la terre jaillit la prospérité. Sans ça (il laisse la terre glisser entre ses doigts écartés), rien de tout ça (il désigne un groupe de paysans à leur tâche, chargés de lourdes charrettes de fumier pour engraisser la terre), et rien de tout ça. »

Il lève à présent la main gauche pour montrer l'anneau d'or où sont gravées ses armoiries, écu divisé au soubassement quadrillé. Avant que Bengt ait le temps de reculer, Sten lui tartine une traînée brune sur la joue, à l'odeur de fange qui pique le nez, humide et grasse.

« Pour que tu t'en souviennes. »

Bengt vide la dernière goutte de sa chope, essuie la mousse de sa barbe. Sans gens pour travailler sa terre, elle est de peu d'utilité. Partout, des champs en jachère parce que ses anciens paysans sont morts sans assurer leur descendance, des fermes branlantes et vermoulues, assiégées par la forêt et les broussailles. Les gens sont trop peu, et leur zèle ne suffit pas. Les plus entreprenants des valets de ferme et des paysans sont appâtés vers les terres d'autrui par la promesse d'un jour les posséder. Le diable les emporte, eux et leur sempiternel mécontentement. Ce n'est pas lui qui a décidé de leur lot. C'est la Providence qui le distribue à chacun. Le seigneur Bengt jette de toutes ses forces sa chope vers la plaine et les nuages d'orage qui approchent du sud, l'entend tomber non loin de là, sent une pointe de douleur à l'épaule après cet effort inhabituel. La vue de tout ce qu'il possède devient une moquerie, et il hurle alors à s'en brûler la gorge.

« Mais baisez donc, mauviettes ! Si moi je peux, vous aussi, c'est donc si dur que ça ? »

4

« Ça n'est pas possible. Faisons une halte. »

On apprend vite à cerner l'humeur de son prochain, son caractère. Olof Jönsson a le pied douillet, la plainte facile, il est bavard, prompt à médire d'autrui. Il hausse sa voix criarde pour se faire entendre malgré la pluie qui les cerne par paquets assourdissants. Finn ne veut pas écouter, obstinément renfermé dans le silence sous le joug de deux sacoches passées autour de sa nuque, lourdes comme un homme adulte. Une branche qu'il a écartée du chemin se venge en revenant lui cingler le nez. Par-dessus l'épaule, il désigne à Olof Jönsson un chêne qui trône au centre d'une clairière, solitaire et assez puissant pour prétendre régner en maître aussi loin que portent ses branches, chacune aussi large que le tronc des autres arbres. Finn pose son fardeau, sent la plaie cuisante quand le sang y afflue à nouveau. Adossés à l'écorce, les frondaisons leur épargnent le gros de la pluie. Finn regarde alentour, mais la vue est bouchée. La pluie tombe lourde et drue, crépite et crachote en touchant rochers, plantes ou l'une des nombreuses flaques qui se sont formées. Toutes les cimes en vue dansent dans la tempête et lui-même répond en secouant la tête, projetant de l'eau tout autour de lui. Le regard d'Olof est chargé de reproches.

« Je croyais que tu connaissais le chemin. »

Finn détourne les yeux.

« Alors nous pensions la même chose. »

Finn a déjà couru la forêt, il connaît bien ses pièges : les ouvertures entre les arbres devenues portes pour le cerf et le sanglier, dont les sabots ont creusé un sentier qui ressemble à s'y méprendre à ceux des hommes. Combien il est facile pour le voyageur de se tromper quand ces traces se rencontrent, comme sa vanité l'empêche de rebrousser chemin, comment ses sens fatigués lui font imaginer le sentier toujours plus loin devant lui entre des troncs de plus en plus denses, jusqu'à ce qu'une heure ou plus se soit écoulée et qu'il se retrouve inextricablement égaré en un lieu oublié des dieux, où aucune aide n'est à espérer, enfoncé jusqu'à la taille dans un sol marécageux et envahi de ronces.

« Et maintenant, alors ? »

Finn plisse les yeux vers le ciel à travers les feuillages, en vain.

« On n'arrive même pas à savoir où se trouve le soleil. Je ne peux pas distinguer les points cardinaux.

– Tu as une pierre à feu ? »

Finn a ce qu'il faut, mais fait non de la tête, sachant bien que c'est peine perdue par un temps pareil. Il cherche un sol plus sec, ôte son manteau pour l'essorer puis s'accroupit contre le tronc pour attendre. Ce n'est que vers le soir que le ciel paraît vidé. L'obscurité est pire que le ciel couvert : plus aucune visibilité, impossible de continuer. Chacun de son côté, ils s'efforcent de trouver le sommeil, en vain. Des heures en position assise ne procurent aucun repos. Dans la nuit d'été, ils ne cessent de s'agiter, tandis qu'autour d'eux les feuillages s'égouttent, des bêtes nocturnes frottent leur pelage dans les buissons, des branches s'étirent en séchant parmi les nuages de moustiques.

« Tu dors ?

– Non.

– Où te mène ta route ?

– Vers Vadstena.

– Je m'en doutais presque. Je t'avais vu à l'église, avant même de remarquer ton poignard. Tu fais le pèlerinage ? »

Finn soupire, soupèse : se taire, ou s'ennuyer ?

« Je fais pénitence. »

Il entend Olof réagir, et ne peut pas le blâmer. La compagnie d'un pécheur porte rarement chance. Finn pousse un profond soupir pour que sa voix ne se brise pas.

« Voilà trois semaines que la fièvre a emporté ma sœur. Elle vivait dans la honte avec un homme. Elle a préféré le garder à son chevet que l'envoyer chercher un prêtre. Elle n'a pas reçu l'extrême-onction à temps. Il n'y avait plus personne pour expier ses péchés quand ils ont éclaté au grand jour. Le prêtre de Mellösa m'a envoyé à Vadstena pour prier devant les ossements de sainte Brigitte. Elle est elle-même parente du seigneur Bengt, et peut paraît-il par sa sainteté intercéder pour les siens. Dans chaque église que je rencontre sur ma route, je dois aller prier sur les reliques.

– Alors tu étais à Kumla l'autre jour. Tu as vu la tunique ?

– Oui. »

Olof rit en silence par-devers lui, comme il le fait souvent, comme si l'existence était une plaisanterie à lui seul réservée. Motif supplémentaire pour Finn de maudire son compagnon de route. Il ne parvient pourtant pas à étouffer la question que le silence appelle.

« Quoi ? »

Près de lui, l'homme sourit en coin en secouant la tête.

« J'en ai vu, des églises, de Lund au sud jusqu'à Nidaros, tout là-haut, et j'ai parlé à qui en avait vu plus encore.

– Et alors ?

– Je devrais sans doute me taire, alors tu feras comme si je n'avais rien dit. Mais si chaque écharde présentée dans un écrin d'or avait été récoltée sur le Golgotha, alors ils se sont trompés dans les Évangiles, car le Sauveur a dû être crucifié sur un bateau entier et non une croix. Et si tous les prêtres disent vrai au sujet des lambeaux de la tunique du Baptiste, les femmes de Judée ont dû être infiniment tristes de le voir préférer la solitude du désert aux plaisirs de l'amour. »

Il faut attendre longtemps qu'Olof ait fini de pouffer de son bon mot pour que le silence se fasse. Finn est bien content que la pénombre cache son propre visage, content qu'Olof change de sujet.

« Et à Göksholm ?

– Je suis valet du seigneur Bengt. Depuis mon enfance, dix ans bientôt.

– Il paraît qu'un vent mauvais se lève. Bientôt tu connaîtras des heures sombres.

– Que veux-tu dire ?

– Tu n'es pas au courant ? Les Montagnards prennent les armes, et pour de bon cette fois. Au nord, on ne parle que de ça. Ils ne vont pas tarder à marcher vers le sud. »

Finn hausse les épaules : il connaît la chanson, on l'entend chaque année quand il a fait chaud l'été. Olof n'insiste pas, considère un moment Finn en silence avant de tapoter la fermeture de la sacoche qu'il porte à la ceinture.

« J'ai ici quelque chose pour toi. Mais il fait encore nuit, et il faut que tu le voies de tes propres yeux pour que je puisse mieux t'expliquer. Essayons de dormir un peu. »

Facile à dire. Chausses, tunique et manteau sont trempés, le cuir humide des souliers se raidit autour des pieds endoloris. Finn a froid et honte de souffrir, car qu'est-ce donc au regard de ce qu'endure sa sœur, Ylva qui brûle toujours au purgatoire et ne peut que prendre son mal en patience en attendant le soulagement que lui seul peut lui procurer. Que ne donnerait-elle pour de l'eau et de la fraîcheur ? Il fixe l'obscurité, où ses sens donnent forme à l'inconnu. Les traits d'un visage qu'il connaît aussi bien que les siens noircissent et s'ulcèrent. Des lutins bruissent dans les broussailles où ils se faufilent, invisibles. Un chat-huant crie à minuit, comme l'exclamation d'un être surgi de l'au-delà et qui, en entrevoyant son monde, ne peut que rire du désastre.

5

Stina avance lentement dans les allées du cimetière, capuche rabattue pour se protéger de la pluie. Elle cherche la pierre tombale mentionnée par sa fille. Sans les nuages d'orage, la lumière du jour semble irréelle : à celle qui a veillé toute la nuit, le jour qui se lève paraît un mensonge démasqué. Les membres raides d'un corps qui aurait aimé se reposer protestent. La mort est partout autour de Stina, son inéluctabilité gravée dans la pierre, la vie si fragile en comparaison. À bout de souffle, elle a soudain très chaud et doit s'asseoir sur une pierre tombale près du mur d'enceinte, certaine que la sœur qui gît dessous ne lui refusera pas son soutien.

L'humeur noire l'envahit, qui ôte au monde toute couleur, un chuchotement découragé qui demande à quoi bon toutes ces peines. Elle revient de plus en plus souvent, et Stina se demande pourquoi. Chaque fois qu'elle tente de se retourner sur la vie qu'elle a vécue, elle y voit peu de motifs de déception. Elle est de la lignée de Magnus Magnusson, à l'écu parti de lion et de lys, issue de la maison de Folkung elle-même, de sang royal. Elle se demande ce que son père dirait s'il la voyait maintenant depuis son Ciel. Il aurait tant aimé avoir un fils, mais n'a eu que Stina, élevée comme un garçon, aimée comme un garçon.

Stina se lève en étouffant un soupir, ramenée au présent par la dureté de la pierre, dont l'inconfort l'emporte sur le repos qu'elle procure. Son manteau de laine serrée ne laisse pas passer une seule goutte à travers ses mailles. Elle reprend sa traversée des tombes. Elles sont plus nombreuses qu'aurait pu le laisser croire l'âge modeste du couvent. Nombreux sont ceux qui choisissent Vadstena pour leur dernier repos, et le plus prévoyant bataille dès la fleur de sa jeunesse pour obtenir une fosse dans la plus sacrée des terres nordiques. Le couvent profite de ce commerce, se voyant léguer des sommes de plus en plus conséquentes par des testaments de plus en plus nombreux. Domaines, forêts, champs avec leurs métayers. À l'approche du Jugement dernier, les grands du royaume, constatant la vanité de leurs richesses accumulées, sont prêts à payer n'importe quel prix pour s'acquitter de leurs péchés.

Juste au moment où elle commençait à perdre espoir, la voilà devant elle, la dalle mentionnée par Brita. Marquée de la croix, bien sûr, mais aussi juste en dessous des armes de son mari, nettement gravées dans le schiste veiné, de main de maître. Elle s'accroupit pour mieux lire, mais n'y voit plus aussi bien qu'autrefois. Un instant son impuissance la fait hésiter, puis elle gratte un peu le sol à côté de la tombe jusqu'à atteindre une terre plus sombre, dont elle répand une poignée sur la dalle avant d'en brosser l'excès. La pluie transforme la terre en boue. Quelques instants avant que tout soit rincé, l'inscription apparaît plus clairement, les entailles du ciseau à pierre comblées, et elle peut enfin lire. Karin Stensdotter, mise au monde en l'an de grâce 1395, revenue à la terre en 1414. Ici repose aussi Märta Karinsdotter, née et passée la même année. Stina se relève pour réfléchir, piétinant en rond devant la sépulture. Karin, d'azur et d'or, fille de Sten comme son propre époux. Une sœur morte. Et avec elle sa fille. Les années gravées sont éloquentes : la mort a dû les emporter toutes deux en couches, vingt ans plus tôt. Le nom de Karin éveille un vieux souvenir, vague et flou, d'une époque où elle-même était nouvelle dans la famille et où tous les noms qu'elle entendait autour d'elle lui semblaient impossibles à apprendre et encore moins à associer au bon visage. Karin

Stensdotter était une belle-sœur parmi tant d'autres, que Stina n'avait jamais rencontrée, et si rarement nommée que son décès avait pu survenir à son insu. Bengt était-il parti assister à ses funérailles en cachette, en la laissant seule à Göksholm sans un mot à ce sujet ? Stina tente de se souvenir, mais trop d'années ont passé. Impossible de les distinguer les unes des autres.

Elle mordille ses peaux d'ongles comme elle le fait toujours lorsqu'elle se perd dans ses pensées, en arrache trop et traîne ensuite la douleur d'une plaie à vif plusieurs jours durant. Brita ne s'est pas trompée. Il y a là un mystère, doublé d'un présage funeste. Il lui semble de mauvais augure que cette tombe oubliée refasse surface le jour même où une parente, du même sang, s'apprête à accoucher à deux pas de là. Stina compare la dalle avec ses voisines. Il s'agit d'une tombe que quelqu'un entretient, alors que d'autres sont laissées à l'abandon. Tout autour, les mauvaises herbes ont été arrachées, et une main inconnue a gratté mousses et lichens à la surface de la pierre. Toujours absorbée dans ses pensées, elle quitte les lieux avec une prière évasive à l'intention des morts qui attendent la résurrection. Il faut retrouver la nonne qui a guidé Brita. Chose aussi difficile que de distinguer une brebis d'une autre pour qui ne connaît pas le troupeau.

6

Aux premières lueurs de l'aube, Olof Jönsson sort un rouleau de cuir de sa sacoche, l'étend avec grand soin pour dévoiler une feuille où s'alignent de longues rangées de lettres chantournées, précautionneux mais fier comme s'il avait pris le soleil en personne dans ses filets.

« Regarde. »

À Göksholm, Finn a passé de longues heures avec le prêtre, avant d'abandonner, pour leur mutuel contentement, dès l'instant où il a su à peu près lire. Il saisit le cuir et le papier et tourne le dos à Olof Jönsson pour ne pas montrer qu'il doit prononcer les syllabes pour en saisir le sens. Il croit d'abord avoir mal lu, que ses rêves inquiets de la nuit brouillent encore ses sens et se jouent de lui à la lumière du jour. Il lit à nouveau, passant le doigt sur chaque mot pour ne pas se perdre. Il finit par se retourner, le visage plein de confusion. Olof répond d'un sourire.

« C'est vrai, ce qui est écrit. C'est de la main de l'évêque lui-même, et au-dessus de lui Sa Sainteté le pape à Rome. »

Finn sent vaciller en lui un pilier porteur. Il sent la sueur perler à son front, l'air qu'il inspire ne suffit plus à emplir ses poumons. La vue obscurcie, il voit une main tendue, qu'il prend d'abord pour une aide dans sa détresse, avant de bientôt comprendre le sens de ce geste. Paume tendue aux plis noircis de crasse, non pas offerte en soutien, mais pour se faire payer.

« Disons un *mark* ? J'en ai l'autorisation. La fin de ta pénitence sera immédiate. »

Olof Jönsson se méprend sur le silence de Finn et sourit du coin des lèvres.

« Ne t'inquiète pas. Ta sœur sera délivrée même si tu ne peux pas me payer tout de suite. Je reçois ta parole, au nom du Seigneur. Je ne tarderai pas à repartir vers le nord, et Göksholm n'est pas un long détour. D'ici là tu auras réuni la somme. »

Finn saisit la main tendue, comme pour la rejeter. Il sent avec effroi la rage monter en lui, comme s'il était un vase sous une cascade, qui flotte, mais va bientôt couler. Elle l'emplit, et il sait que c'est mal, où cette colère inexorablement va mener, mais il reste impuissant, incapable de rien faire. Puis elle prend possession de son corps, marionnette veule investie pour l'heure d'un pouvoir de vie ou de mort. Il attrape Olof Jönsson par le col, le pousse à la renverse, tente de balayer ses jambes. Olof lâche un cri de surprise, mais riposte assez vite, et il est plus fort qu'il n'y paraît. Ils échangent des coups, gauches et mauvais, sans autre effet que de décupler la colère. C'est à présent Finn qui doit reculer, ses pieds qui dansent la gigue pour garder l'équilibre. Une racine qu'il n'a pas vue le fait tomber, Olof Jönsson sur lui. Les mains autour de son cou, impossible de respirer. La panique monte vite, sa vue s'obscurcit, et plus aucune idée ne se présente pour sa défense. Avec ses dernières forces il prend son élan et assène un coup, aussi fort qu'il peut.

Il a dû réussir à faire passer à Olof l'envie de se battre, car il ne sent plus son poids sur lui. Olof a roulé de côté. Aussitôt, cette bagarre apparaît stupide. Un *mark* pour prix des tourments de sa sœur, et en lieu et place de tout son pèlerinage de pénitent. L'idée le fait encore frémir, mais Olof ne fait que ce qu'on lui a ordonné, n'y est pour rien. Finn lève les bras pour faire la paix. Mais sa vue s'éclaircit, et il voit : dans sa main droite une pierre serrée entre ses doigts blanchis, et rouge de sang. Il est resté comme il est tombé, Olof Jönsson, immobile et les yeux clos, comme endormi en pleine querelle. Le sang a jailli de son front, répandant autour de lui un édredon rouge pour son repos. Il pousse un dernier soupir, un râle profond, puis plus rien.

Le temps lui-même semble dérouté, patine en vain dans un marécage sans trouver prise, tourne sur son propre axe, désemparé. Assis dos au mort, les bras autour des genoux parmi les touffes d'herbe, Finn se balance de-ci, de-là, peignant son visage sur sa cuisse en morve et en larmes. Il hoquette sans parvenir à avoir assez d'air, voit des taches noires voiler son champ visuel, se plie en deux pour cracher dans l'herbe et laisser couler sa bile. Le vertige le maintient accroupi. La course du soleil apporte une piètre consolation. Longtemps, il fait les cent pas comme ficelé à son corps par un fil invisible, ne regardant le cadavre que du coin de l'œil, pour ne pas voir la plaie mortelle qu'il lui a infligée. Les paupières du mort se sont ouvertes, il devine dessous le blanc des yeux. Qui cherchent à présent son regard pour le marquer du sceau de sa faute. À côté du mort, le fardeau qu'il transportait.

Finn entend en lui la voix de la raison, qui lui dit de ne pas toucher au bagage d'Olof Jönsson. Moins il en sait, mieux cela vaut. Pouvoir nommer le cadavre est déjà bien assez. Savoir enchaîne à un joug invisible, pousse à des actes qui sans cela seraient évités. Mais il ne peut l'écouter. D'autres forces s'agitent autour d'eux, chuchotent à sa conscience qu'il serait dommage vis-à-vis du mort que ses affaires lui demeurent inconnues. Du fer, a-t-il été dit, des lingots de fer osmond. D'une main tremblante, il défait la boucle, ouvre la sacoche.

Le peu de courage à l'instant retrouvé lui échappe à présent, le poids impitoyable du monde le jette à genoux. Les paroles de Jésus l'accablent du plus profond de sa mémoire : traite les autres comme tu voudrais être traité. Auparavant une exhortation à la vertu, désormais le présage de son avenir : il a tué un homme, mais deux devront payer.

Le fardeau d'Olof Jönsson s'étale devant lui comme une vaste moquerie : des bourses empilées les unes sur les autres. Il sait ce qu'elles contiennent, car jamais on n'y rangerait rien d'autre – mais il faut qu'il vérifie, nourrissant cependant peu d'espoir. Chaque bourse est bourrée de *marks* d'argent et de monnaie plus menue, les petits sacs entourés de chiffons pour ne pas dévoiler leur secret à l'oreille curieuse. Ce trésor va manquer à quelqu'un, hélas : il ne sera pas oublié de sitôt.

Non loin de là, le vent a déraciné un arbre. La roche affleure sous la souche, formant une crevasse que la pluie de la veille a remplie d'eau trouble. Il y porte les sacs d'argent et les coule précautionneusement tout au fond. La flaque reçoit son cadeau en silence. Il empile des pierres sous l'eau, tumulus invisible, et dissimule la surface sous des branches, jusqu'à ce que l'endroit soit caché. Bientôt, la forêt est comme avant, luxuriante d'indifférence.

Sur le lieu du meurtre, Olof Jönsson gît, intact. Finn hésite longtemps à faire ce qu'il doit puis, sans perdre davantage de temps, prend une pierre pour aiguiser son couteau comme l'aurait fait Gånge-Tor, sans autre passe-temps, enterré dans sa tanière de forcené, que de rendre tranchant le fil de la lame qui lui sert à commettre ses méfaits. Sa tâche l'oblige à toucher le mort, et il frémit au contact de la peau refroidie qui glisse et lui échappe, cette peau qui n'appartient plus à un homme. Il ferme les yeux, à tâtons. D'abord les oreilles. Puis le nez. Il hoquette et vomit, abandonne la flaque au repas du blaireau et du renard, essuie la bile à la commissure de ses lèvres puis s'attaque à l'attache des chausses pour terminer ce qui lui reste à accomplir pour faire attribuer la faute à un autre.

Ses larmes taries, Finn s'oriente d'après le soleil et se met en route. Le sentier qu'ils cherchaient l'attend tout près de là, comme pour le narguer et souligner l'inutilité de la journée écoulée. Arrivé au sommet d'une butte, il jette un œil par-dessus son épaule, une vue dégagée sur le grand chêne qui a abrité repos et meurtre. Avec son poignard, il marque un tronc au bord du chemin. Son manche n'a pas encore été lavé et porte sa culpabilité en volutes rouges sur fond azur et or. Il crache sur son pouce pour se débarrasser des taches caillées. Puis reprend son chemin vers le sud, vers Motala, et Vadstena.

7

Le seigneur Bengt verse de l'eau sur les pierres brûlantes, plusieurs louches précipitées, puis se cale au fond de la banquette pour attendre que la vapeur fouette sa peau nue. La vague cuisante arrive bientôt, l'obligeant à retenir son souffle. Il laisse échapper un soupir de douleur et de jouissance comme seule l'étuve peut en procurer, et se tasse un peu plus sur le banc. Une sorte de somnolence le submerge, un flot de pensées incohérentes aux limites du rêve, agréable dans son inconsistance. Un courant d'air le réveille avec une pointe d'irritation. Tous les gens du domaine devraient savoir que lorsqu'il se lave, l'étuve lui est réservée. Un instant, il garde les yeux fermés, dans l'espoir que l'importun réalise son erreur et batte en retraite sans se faire connaître, mais la porte se referme, et il devine une présence. Il ouvre un œil, le fait cligner pour être sûr de son fait.

« Frère Bo. »

Le seigneur Bengt toise du regard ce frère venu au monde quelques années seulement avant lui, aussi nu que ce jour-là. Bo Stensson a toujours été souffreteux et chétif, forcé de passer au lit bien de ses jeunes années dans des maladies qui l'avaient élu, lui seul parmi sa vaste fratrie. Quand Bengt a été adoubé, Bo était alité, fiévreux, et a dû patienter de nombreuses années avant que le roi lui caresse lui aussi l'épaule du plat de son épée. Bengt sait que Bo ne lui a jamais pardonné les nombreuses avances que sa santé lui a données sur son aîné et, bien que Bo soit et demeure son frère le plus proche, c'est un lien intimement tressé d'amertume et de querelles anciennes. Le corps de Bo Stensson est encore marqué par les épreuves qu'il a traversées, maigre et noueux, les côtes saillantes aisées à dénombrer malgré un ventre bedonnant, les cuisses grêles, la peau lâche sur les os, la poitrine cave sous sa barbe. Le crâne chauve et nu, le pubis grisonnant. Adulte, il a joui d'une meilleure santé, toujours à l'affût de nouvelles maladies. Bien que frêle, il semble endurci par les épreuves.

« Frère Bengt.

– Si j'avais su que tu arriverais si vite, je t'aurais mieux accueilli. »

Bo prend place à côté de lui sur le banc.

« J'ai dit à tes gens de ne point s'en soucier. Les routes sont poussiéreuses par ici, et je ne désire rien de mieux que de m'en laver. Il faut que je te prévienne tout de suite : la maison que tu retrouveras quand nous sortirons d'ici ne sera plus celle que tu as laissée. Une puissance étrangère en a pris possession. Kari n'a pas perdu de temps à occuper les lieux et à mettre tes gens au pas, et si elle n'est pas obéie sur-le-champ, il leur en cuira. Quand je l'ai laissée, elle inspectait le garde-manger. Et comme elle avait juste sa mine renfrognée, et non furieuse, je crois que l'état des réserves lui a donné satisfaction. »

Bengt hoche la tête, soulagé.

« Dieu merci. Sans son aide, c'est une piètre Saint-Jean qui nous attendait. Et le petit Nils, se porte-t-il bien ? »

Le fils unique de Bo Stensson va sur sa huitième année. En dépit de sa santé florissante comme mauvaise herbe, son père redoute sans cesse de lui avoir légué sa faiblesse en héritage.

« Il a eu beau crier et trépigner, le petit est resté à Ekhult. Quoique j'aie essayé de le passer sous silence, il a eu vent de la joute qui se préparait et rêvait d'y assister, mais je ne veux pas l'exposer sur les routes par ces chaleurs. Puisse la vie ne jamais lui infliger de déceptions plus grandes que celle-ci. Et comment vont Brita, Måns ?

– Ma fille a suivi sa mère à Vadstena. Pourquoi elles tardent à revenir, je l'ignore. Måns est ici avec moi, mais impossible de savoir où il est fourré. L'été, il devient un animal sauvage et n'aime pas rester sous un toit. Il a dû vous voir arriver, et la curiosité finira bien par le faire revenir.

– Donc tout le monde va bien. Tant mieux. »

Les deux frères savent combien la mort est prompte à s'inviter. Voilà plusieurs années qu'ils ne se sont vus, et peu de réunions de ce genre se déroulent sans l'annonce de quelque deuil. Elle viendra sans doute aussi bien assez tôt cette fois-ci, la nouvelle de la disparition prématurée de quelque être aimé, cousin, beau-père ou tante, mais les deux frères se réjouissent pour l'heure : leurs plus proches sont en sécurité, un bienfait qui mérite qu'on en profite pendant qu'il est encore temps.

Bo attrape la louche et le seau, commence à arroser les pierres du foyer et, avec la sueur, leurs années s'évaporent. Un jeu auquel ils ont joué jadis, tant de fois, sous cette forme ou une autre : qui supportera le plus longtemps, qui réussira le mieux à se maîtriser, qui sera le premier forcé de s'incliner genou à terre ? Deux vieux bonshommes jouant comme des gosses.

Aucun des deux ne flanche. Satisfaits de cette confirmation mutuelle d'une virilité conservée, ils restent longtemps silencieux tandis que l'air se rafraîchit, et laissent des sens inconnus rechercher à tâtons une complicité jadis constante et évidente, mais depuis longtemps tombée dans l'oubli. Bengt change de position sur le banc, se racle la gorge et essuie la sueur sur ses bras et son ventre.

« Et comment va la vie à Ekhult ?

– À Ringstadaholm fermente notre voisin Henrik Styke, cette enflure d'Allemand qui plume la population. Mais à Ekhult tout va bien. À part que c'est bien vide par rapport à quand nous étions gamins. »

Bo a hérité du château paternel. Bengt se souvient d'une bâtisse en constant agrandissement pour contenir une troupe d'enfants toujours plus nombreuse. Sa mère toujours grosse ou en couches.

Comme s'il en venait toujours deux nouveaux dès qu'un était en âge d'être mis dehors. Un château vétuste, aux défenses minimales. Le seigneur Sten cherchait à gagner les honneurs par la ruse plutôt que par les armes. Bo Stensson plisse le front.

« Parfois, je me demande où Père trouvait le temps pour tout faire. Onze enfants et le royaume à ses pieds. La dernière fois que je suis allé au sud, j'ai entendu quelqu'un affirmer qu'il avait même couvert la reine Margareta en personne. »

Bo éclate de rire.

« Si quelqu'un s'est fait mettre, c'est plutôt le contraire. Il aurait pu lui être épargné de comprendre à quel point il avait été roulé dans la farine mais, hélas pour lui, le vieux était trop malin, au moins pour ça. »

Bengt hoche la tête, reconnaît là des réflexions qu'il a lui-même souvent ressassées, car comme son frère, il a passé toute sa vie parmi les ruines des intrigues de Sten Bosson.

« Je me demande si la mort est pire pour quelqu'un comme elle. Trois royaumes sous l'ourlet de sa robe. Des richesses incalculables. Tous ses ennemis à genoux, tête basse. Puis un jour un bubon à l'aine.

– À tous, tout nous sera confisqué, à la fin. Est-il injuste qu'il en coûte plus cher à celui qui possède davantage ? »

Bengt secoue la tête en marmonnant la devise qui accompagne le blason d'azur et d'or depuis les temps immémoriaux, une incantation contre tout et rien.

« Destin et espoir. »

Bo se frotte le visage, comme pour se débarrasser de ces questions spirituelles et revenir à plus terre à terre.

« As-tu jamais vu le vieux Grip quand il venait à Ekhult ? Tout est sa faute. »

Bengt s'ébroue, frissonne dans la chaleur de l'étuve.

« J'ai vu une fois son cheval, à ses couleurs : tête de dragon gueule ouverte. C'était comme si le soleil avait été obscurci par un nuage. J'ai filé dans les bois et dormi dans une cabane cette nuit-là. Les légendes, nous les avions tous entendues, n'est-ce pas ?

– Qu'il avait fait éventrer son épouse pour en extraire son enfant à naître ?

– C'en est une, oui.

– Quand tout espoir que l'enfant sorte est perdu, la mère est déjà comme morte. Le mieux à faire est de tenter de sauver l'enfant.

– Crois ce que tu veux, frère. Tout ce que je sais, c'est qu'à l'instant où le nouveau-né a inspiré son premier souffle, c'est Bo Jonsson qui est devenu l'héritier de son épouse, et non plus la famille de cette dernière. Toutes ses terres, à lui. J'ai entendu dire que ce qui était sorti n'était pas un enfant achevé, mais un petit monstre. Une boule de chair toute fripée et pourvue d'yeux. Morte comme une pierre. J'ai entendu dire que Bo Jonsson avait approché sa petite bouche de la sienne pour insuffler de l'air dans ses poumons, et qu'il l'avait brandi devant le prêtre en le prenant à témoin tandis qu'un soupir s'en échappait. Un signe de tête en guise d'approbation et il l'avait laissé tomber à terre. Le temps de ce souffle, l'enfant a été le plus grand propriétaire terrien du royaume. L'instant d'après, c'était Bo Jonsson Grip. »

Bengt envoie un crachat grésiller sur les pierres brûlantes.

« C'est malheureux de parler de ça alors que Mara est en couches. Mais enfin, ce n'est pas le pire que j'avais entendu à son sujet. Pas étonnant que j'aie eu peur. »

Bo Stensson opine du chef.

« Je n'étais pas plus fier. J'ai dormi dans la grange cette nuit-là, enfoui au plus profond sous le foin. Je crois que notre père avait peur lui aussi.

– Et pourtant, il allait suivre l'exemple de Grip.

– Je me demande si Mère ne l'a pas induit en erreur. Elle était jeune et douce quand ils se sont mariés. Elle l'a toujours laissé faire comme il voulait. Il aurait bien pu lui épargner plusieurs grossesses, l'âge arrivant, mais non. Il fallait que le seigneur

Sten ait des rejetons en surabondance, à placer dans chaque château du royaume qu'il appelait de ses vœux. Elle ne s'y est pas opposée, alors que tout le fardeau pesait sur ses épaules. Peut-être s'imaginait-il que toutes les femmes étaient aussi soumises ? Que la reine allait lui octroyer tout ce qu'il demandait, sans la moindre objection. Margareta, donne-moi Kalmar. Margareta, Nyköpingshus aussi. Margareta, soulève ta robe. »

Bo rit tout bas, la tête renversée en arrière, bras croisés sur le torse.

« C'est au moins là une erreur que je ne ferai pas. Ma Kari a une poigne de fer. »

Le seigneur Bengt grogne son assentiment. Sa Stina est du même bois. Il avait peut-être plus de mal à l'accepter dans ses jeunes années, mais avec l'âge il a eu la sagesse de lui être reconnaissant pour tout ce qu'elle a et dont il est privé. Sans elle, Göksholm aurait périclité, les comptes négligés, sa propre vie bien pire et sa descendance une honte. Sans elle, pas de fils, pas d'avenir. Bien des femmes peuvent porter des fils, mais qui d'autre aurait pu lui en donner un comme Måns ? Quand son frère reprend la parole, son ton est différent, plus doux, et une intuition fait frissonner Bengt malgré la chaleur, car il a rarement entendu Bo Stensson chuchoter sans idée derrière la tête.

« Mais il a sans doute essayé, notre père, fait de son mieux, pour lui comme pour nous qui lui survivons. Puisse tout cela malgré tout n'avoir pas été vain. Nous commençons à prendre de l'âge, Bengt. Qui de nous peut se retourner en arrière et dire la même chose ? Moi pour mon Nils, toi pour ton Måns ? »

Bengt se tait, sachant qu'aucune objection ne parviendra à tordre le cou à la vérité. Bo laisse ses paroles faire leur effet avant de se pencher en avant, coudes sur les genoux, tourné vers Bengt.

« Tu te souviens d'Ekhult, quand nous étions petits ? Tu te souviens quand nous jouions ensemble dans la forêt, une branche en guise de lance, cotte de mailles en aiguilles de sapin ? Le gros rocher tantôt une forteresse à défendre, tantôt un ennemi à assiéger. Nous bâtissions et abattions des murailles comme un rien. Nous étions sans pareils, et personne ne pouvait nous résister. Le roi Bengt et le roi Bo. Tout le royaume à nous, et toute sa puissance. »

Bo Stensson marque une pause en fixant les braises, le visage rouge dans leur lueur.

« C'était le bon temps, frère, le bon vieux temps. N'est-ce pas ? »

8

De retour au chevet de Margareta, rien n'a changé. La fille était réveillée à l'instant, mais vient de se rendormir, la respiration lourde sous son gros ventre. La sage-femme est à sa place, imperturbable, une nonne qui a trouvé là sa vocation et a veillé au chevet de cent lits semblables ou plus encore, vieille et noueuse comme une souche de bouleau des montagnes, mais l'œil vif et des poings cachant bien la force indomptable de leurs phalanges. Elle semble faite uniquement pour sa mission. Pas une seule fois, Stina ne l'a vue quitter son siège, jour comme nuit. Elle se contente de plonger dans une légère somnolence quand on n'a pas besoin d'elle, prompte à se réveiller dès que quelque chose requiert son attention. Sur le lit, Margareta a les joues roses et semble gonflée jusqu'au bout des doigts par la vie qu'elle porte en elle. Stina s'approche sur la pointe des pieds, peine perdue : quand Margareta se réveille, son regard tombe droit sur elle. Un sourire las l'accueille, Stina le rend.

« Mara. Comment vas-tu ?

– J'aimerais que cette attente finisse vite. »

Stina opine du chef, montre une confiance de façade. Elle décèle le timbre inconnu dans la voix de Mara : la peur dissimulée derrière une bravoure feinte. Elle y arrive bien. Une étrangère n'aurait pas perçu la différence. Face à sa jeune belle-sœur, une vague de fierté l'envahit. Elle pose la main sur son épaule.

« Tu seras bientôt exaucée. »

Margareta se tord sur le lit, tourne son dos endolori. La vieille se hâte de redresser l'oreiller, lui rafraîchir le front et rajuster la couverture de laine sur sa poitrine.

« Quel âge avait dame Kristina quand elle a eu Brita ?

– Plus que toi, mais pas beaucoup.

– Vous aviez peur ? »

Stina se rappelle un mélange de terreur et d'émerveillement devant la métamorphose de son corps. Son hôte qui se manifestait par des coups de pied et des culbutes. De plus en plus lourde de semaine en semaine jusqu'à ce que le fardeau paraisse impossible, titubant vers la fin sur ses faibles jambes, ployant sous un poids qui menaçait de l'écraser.

« Oui. Qui pourrait faire autrement ? Mais la vie qui grandit en toi suit déjà son propre cours. Elle sait quand le monde l'appelle. Tu ne peux que prendre ton mal en patience, et te souvenir que ce qui t'arrive, la femme l'a fait depuis le péché originel, dans des lits pires que celui-ci et moins bien entourée. »

Margareta se repose sur l'oreiller et le sommeil s'empare à nouveau d'elle, rapide et miséricordieux, en un clin d'œil. Elles restent longtemps silencieuses, Stina et la sage-femme, pour ne pas troubler son repos. On n'entend que le trio de leurs respirations. Comme sur un signe, elles changent toutes deux de position. La fille dort profondément. Une bénédiction.

« Sœur Eufemia ?

– Mon enfant ?

– Pourquoi est-ce si long ? »

Sœur Eufemia fait de sa main au-dessus de ses genoux un petit geste qui n'engage à rien.

« Chaque accouchement obéit à des lois qui lui sont propres. Il est vrai que beaucoup sont plus rapides, mais il serait prématuré d'affirmer quoi que ce soit. La fille est forte et en bonne santé. Il n'y a aucune raison de s'inquiéter inutilement. Tout ce que nous pouvons faire est d'attendre et de prier. »

Stina frotte ses yeux rougis, aimerait du calme pour dormir, mais n'y croit pas. La vieille veut bavarder.

« Je connais déjà la jeune Brita. Avez-vous d'autres enfants, madame ?

– Måns, mon fils. Six ans après la première. Il a vu dix-sept étés.

– Et son accouchement, si je puis demander ?

– Plus facile. »

Comme tout le reste avec lui, ajoute-t-elle en silence, tandis que la vieille opine du chef, satisfaite de voir sa conviction confirmée.

« C'est souvent le cas. »

Stina se lève, non pour partir, mais pour soulager sa fébrilité. Ses pensées vont à ses devoirs domestiques à Göksholm, qu'elle néglige. La Saint-Jean. Cette année, plus d'invités que jamais. Marchands de Lübeck, frères, l'évêque Knut en personne, parents et obligés. Mais elle a pris sa décision, coûte que coûte, advienne que pourra. La mère de Margareta est depuis longtemps morte et enterrée. Celle qui accouche doit avoir des parents auprès d'elle sinon directs, du moins par alliance. Sœur Eufemia se racle la gorge, baisse un peu la voix, comme pour marquer que leur conversation elle aussi change de ton.

« Et dame Kristina, si j'ose demander, comment va-t-elle, elle-même ? »

Elle croise le regard de la vieille, presque caché sous les plis des rides, mais clair et vif cependant. Stina est de ceux qui voient rarement de raison de se plier au sacrement de la confession plus d'une fois par an mais, autant il est inconfortable d'exposer en plein jour ses péchés et échecs, autant l'absolution est bienfaisante. Aussi fort que le pardon de Dieu, le fait de se mettre à nu devant autrui et de recevoir la miséricorde plutôt que les reproches. Depuis son enfance, elle n'a jamais eu d'amis proches. Châtelaine de Göksholm, elle est seule, et la force qui émane d'elle est la condition de l'obéissance. Elle n'a personne auprès d'elle à qui confier ses doutes et ses faiblesses. Elle est lasse et faible, et s'étonne que cette question n'ait pas éveillé sa colère. Cette sollicitude est désarmante. Elle devine que sœur Eufemia est bien intentionnée et sait garder un secret. La vérité sort, comme si elle avait impatiemment attendu ce moment.

« Je me sens de plus en plus taciturne, alors que ma vie n'est pas pire qu'avant. Meilleure, à bien des égards. Que pouvais-je escompter de plus ? Je suis châtelaine, j'ai mis au monde et élevé mes enfants. Rien ne me manque. Je devrais être contente, ou même heureuse. Au lieu de quoi j'éprouve toujours plus d'indifférence face au monde, où j'ai de plus en plus de mal à trouver de la joie. Je ne sais pas pourquoi, et cela m'effraie.

– Puis-je vous demander, votre propre mère, est-elle encore en vie ? »

Stina secoue la tête.

« Non, le Seigneur l'a rappelée jeune à ses côtés, tout comme mon père.

– Pardonnez son indiscrétion à une vieille femme, mais il me semble que madame n'a pas d'aînée auprès d'elle pour lui dire certaines choses, aussi je préfère parler plutôt que de me taire par timidité. Nous avons longtemps veillé ensemble, et je vois bien que madame a chaud et que sa peau s'empourpre, parfois, mais toujours brusquement. Saigne-t-elle encore chaque mois ? »

Le rouge monte aux joues de Stina, elle doit détourner le regard. Elle se demande si elle a mal jugé la vieille, si elle retombe en enfance et ne sait plus ce qu'elle dit. Mais sa question touche une corde qui la surprend, ce qui l'incite à répondre sincèrement.

« Autrefois, c'était toujours pareil. Je pouvais m'y fier pour compter les jours. Mais cela a changé, depuis un certain temps. Parfois cela revient vite, parfois cela tarde davantage. »

La vieille hoche la tête, comme si elle s'attendait à cette réponse.

« Bientôt, ces jours cesseront et ne reviendront plus. Encore un temps, madame éprouvera les mêmes douleurs qu'avant, mais c'est tout, aucun linge ne sera plus souillé. L'âge sera arrivé pour madame. »

D'un regard, la vieille s'assure que Stina a compris.

« Il n'y aura plus d'enfants. »

C'est si simple, si important qu'elle n'y a pas pensé toute seule dans sa naïveté. Elle sent un vertige lui saisir la poitrine, un vent glacé dans le vide de la nuit. Elle se détourne pour préserver sa dignité, entend avec dégoût l'amertume de sa voix.

« Je me croyais plus jeune.

– Comme nous toutes. Il en va ainsi pour toutes les filles et les mères nées en ce bas monde, quand la jeunesse et la maturité s'en sont allées et que la vieillesse approche. La vie change, et le corps avec elle. Que madame m'écoute, à présent. J'ai déjà vu ces sautes d'humeur. Découragement, mélancolie, idées noires, exactement comme vous le décrivez. Cela peut devenir un fardeau insupportable. Peut-être est-ce plus difficile pour une femme comme vous que pour le bas peuple, car vous avez la liberté de ressasser quand d'autres s'affairent du matin au soir. Si vous voulez bien écouter le conseil d'une vieille femme, enseignez à votre âme à s'élever. Ne cherchez plus votre joie dans le monde que vous voyez sous vos yeux, mais placez votre confiance dans un autre, plus haut, le royaume qui va advenir. Tout n'est que poussière et cendre ici-bas, et l'a toujours été, même si nous avons jadis été assez jeunes et naïves pour croire autre chose. »

La vieille joint les mains et baisse la tête pour prier, peut-être espérant sa compagnie, peut-être pour prier pour elle, mais Stina sort, cherche la solitude comme un animal blessé, dans la chambre où on l'a accueillie. Elle cache son visage dans ses mains. Ses larmes montent, mais il lui semble que ce n'est pas leur sel qui s'écoule à travers ses doigts, plutôt sa vie elle-même. Elle a foulé cette terre depuis bien des années, déjà davantage que beaucoup dont les noms ont disparu de sa mémoire, mais ce n'est pas assez, loin s'en faut. Et quel chemin lui reste-t-il à parcourir ? Le même ? Chaque jour tellement semblable à l'autre que, pour se remémorer sa vie sur son lit de mort, un seul suffira, toujours la même ronde bancale piétinée jusqu'à l'ennui, encore et encore.

Des mains timides la secouent doucement pour la tirer d'un sommeil qui a dû la surprendre malgré elle, l'arrachant à des rêves qui ne lui laissent aucun autre souvenir qu'un malaise persistant. Par la fenêtre luit le doux crépuscule d'été, où s'attardent encore les trilles du merle. C'est Brita qui la réveille.

« Mara a perdu les eaux. Les contractions ont commencé et, si Dieu le veut, l'enfant ne va pas tarder. »

9

Måns suit ses chemins secrets, des sentiers que seuls connaissent par ailleurs les lièvres et les chevreuils. Il a tourné le dos aux rives du Hjälmaren, monte et descend dans le labyrinthe des arbres, s'enfonçant dans les terres, là où les feuillus déploient leurs frondaisons, jaillies d'un humus fertile et meuble. Les écorces cachent des visages par centaines, mais pas pour celui qui sait voir : un nez dans une branche cassée, un œil dans un nœud cerné de mousse, jusqu'à des bouches creusées par l'écureuil ou le pic vert. Il connaît chacun d'entre eux, amis d'enfance qui l'ont bercé dans leurs bras depuis qu'il a été assez grand pour atteindre la branche la plus basse. La forêt appartient à son père, sera un jour à lui, mais elle lui appartient déjà plus qu'elle n'a jamais appartenu à son père. Plusieurs fois, il s'arrête et attend, aux aguets, pour s'assurer que personne ne le suit, moitié par jeu, moitié sérieusement. Père a ses affaires, et Mère est à Vadstena : si quelqu'un avait pu charger des gens de maison de le surveiller, cela aurait été elle, mais il ne prend aucun risque avec sa tranquillité.

À l'approche de son but, il grimpe dans un érable, ses pieds ont usé chaque branche jusqu'à des hauteurs où elles menacent de se briser sous son poids. L'arbre est au sommet d'une butte, sa cime plus élevée que ses semblables. De là, il voit jusqu'à l'orée du bois, par-delà l'ouverture des terres défrichées, jusqu'à Göksholm, des bâtisses brunes en bois éparpillées autour du donjon, entourées par un mur d'enceinte et des douves. Les gens de maison y grouillent comme des fourmis autour d'une fourmilière, trop loin pour qu'il puisse les distinguer les uns des autres. Nulle part le moindre signe qu'il manque et qu'on le recherche. Une bourrasque qui souffle du lac lui apporte les odeurs du manoir, pain frais, bière qui fermente en fût et bétail à l'étable, fait tanguer sa branche, caresse sa joue et ébouriffe ses cheveux.

Plus profond dans les bois, il y a la clairière qu'il a choisie, un secret comme toutes les forêts en couvent : un méplat nu parsemé de fleurs et d'herbes rares. Ce qui rend si particulier un endroit comme celui-ci, Måns ne saurait pas le dire, mais il doit y avoir quelque chose qui repousse les arbres, qui forment tout autour un cercle dans un silence religieux. Peut-être un lieu de sacrifice des âges païens, ou une tombe pour le repos de guerriers disparus depuis longtemps, ou encore un parquet de bal abandonné par les lutins de la forêt. Une force inconnue jaillit du sol, remonte le long de ses chevilles, chatouille le creux de son genou. De la fin de la matinée au début de l'après-midi, l'été, le soleil passe librement au-dessus des cimes, inondant la clairière de lumière, seule tache parmi les ombres de la forêt.

Måns a appris à mesurer le temps d'après la lumière dans les bois : le matin, l'obscurité s'abrite du soleil à l'orée est. À midi, plus d'ombre du tout. Mais dans l'après-midi, le crépuscule arrive en rampant à l'ouest, le jour vieillit et il est temps pour le garçon de reprendre le chemin de Göksholm, sinon pour chercher la compagnie d'autrui, du moins pour se faire voir et apaiser l'inquiétude qui risquerait de compromettre ses secrets.

Sous quelques branches feuillues attend un rouleau de cuir, soigneusement lacé pour résister à la pluie. Måns le porte au soleil et le déroule, précautionneusement, comme avec recueillement, mais aussi vite qu'il le peut, car le temps manque et chaque instant est précieux. Une épée, courte pour un adulte, mais bien assez grande pour lui. Le fil est ébréché, la pointe émoussée. Måns a bien tenté d'y remédier à l'aide d'une pierre plate près de la rivière, mais il s'est découragé et a renoncé. L'arme a vécu. Il n'a pas non plus besoin de son tranchant, juste de son poids, de sa forme, car cela reste une épée. Sa tenue lui est désormais familière, depuis le printemps dernier, sans qu'il puisse dire avec certitude si sa main s'est faite à la poignée entourée de cuir, ou l'inverse. Il la soulève, comme chaque fois surpris par le sentiment qu'elle procure, ce droit de vie ou de mort. Son âme d'enfant est enchantée. Bientôt, elle lui paraîtra plus légère, quand il se sera habitué, quand elle sera devenue un prolongement de son bras plutôt qu'un objet étranger, quand elle commencera à lui siffler sa légende à l'oreille en fendant l'air autour de lui.

Le mannequin, il l'a grossièrement confectionné avec des rameaux de bouleau et des bandes d'étoffe, habillé de haillons, les membres en branches de sapin, le tout monté sur un piquet. En guise de tête, une rave couronnée de feuilles, les bras ouverts comme figés pour une accolade. Måns installe le piquet dans le trou qu'il a renforcé avec des pierres, défait les lanières qui unissent cotte et chausses, ôte ses vêtements qu'il pend à un sapin pour les préserver de la sueur et des taches. Vêtu de ses seules braies, il commence sa danse autour du mannequin. Par l'imagination, il l'arme et l'anime de mouvements jusqu'à ce que celui-ci lui oppose la résistance qu'il désire. Finn est encore absent; il aurait été un meilleur maître, mais ce temps-là est révolu, il faut à présent qu'il soit son propre disciple. Bon pied, bon œil, il sait trouver les failles. Il se déplace en cercle, frappe de taille et d'estoc. Il pourfend les branchages, encore et encore, la poitrine et la gorge, l'épaule et le bras. Il esquive les ripostes qu'il imagine, s'efforce de tenir bon malgré la brûlure de ses cuisses et son bras endolori.

Une heure s'écoule, à en juger d'après la course du soleil. Ses forces finissent par l'abandonner, il se laisse tomber accroupi pour reprendre son souffle et ôter de ses yeux ses cheveux trempés. Il s'est beaucoup entraîné cet été, depuis que le printemps a rendu la forêt praticable, et ce travail est visible. Un galbe tout neuf embellit ses membres, poussés si vite d'une année sur l'autre qu'ils semblaient toujours distendre ses chairs sans en ajouter davantage. Il a changé, désormais. Une force nouvelle dans les épaules et les bras, cuisses et chevilles tressées de muscles sous une peau tendue, paumes calleuses.

Il s'étend sur les touffes d'herbe au soleil tandis que son souffle et son cœur ralentissent, l'esprit vide comme toujours après l'effort. Ses paupières ne suffisent pas à arrêter la lumière : il voit des formes inconnues virevolter en une danse étrange. Un sommeil léger s'empare de lui tandis que le soleil sèche sa peau. Les ombres s'approchent, touchent une main endormie et il sursaute dans sa somnolence. Ses doigts et ses jambes tressaillent quand son repos est troublé. Dans son rêve, le combat est différent, se passe moins bien qu'à l'instant. Il se réveille comme sous l'effet d'une crampe, se redresse, à nouveau essoufflé. Un souvenir de déroute s'attarde, le nargue. Il se lève, s'ébroue, pénètre parmi les arbres où l'attend un clair ruisseau d'eau pure surgi d'une source inconnue, pour étancher sa soif et s'asperger.

10

Brita malaxe deux boules de cire entre ses doigts. Les murailles de pierre du couvent gardent la fraîcheur malgré la chaleur extérieure, et elle a les mains froides. Le peu de chaleur qu'elle y trouve tarde à se communiquer, mais finit par ramollir la cire, qui se laisse rouler à la bonne forme entre le pouce et l'index. Quand elle est satisfaite, elle s'en bouche les oreilles. Le silence est immédiat. Seuls percent les cris les plus déchirants de Margareta, mais Brita remarque qu'en chantonnant tout bas, elle n'entend plus que ces sons intérieurs qui résonnent dans sa tête. Elle a honte d'éviter même cette petite participation aux tourments de Mara, mais elle n'en peut plus. Pire est la honte que lui procure le soulagement de ne pas être à sa place, à souffrir le martyre le ventre tendu comme une peau de tambour. Elle prie en silence pour demander pardon, mais cet endroit n'étouffe pas seulement la chaleur de l'été, il empêche aussi le réconfort de la prière. Depuis une semaine elles sont les hôtes du couvent, témoins de l'esclavage volontaire des sœurs, leurs vertus estampillées dans des rituels aussi stricts et uniformes qu'ils sont incompréhensibles pour le profane. Chaque heure consacrée à une tâche, chaque journée entamée par six heures de messe où seule l'obligation de se lever et s'asseoir sans arrêt maintient les novices éveillées sur les bancs. Matines, laudes, tierce et sexte, après none les vêpres, au crépuscule complies, annonçant le bref répit nocturne sans prière ni latin. Les *Révélations* de sainte Brigitte divisées en sept parties lues en flot continu chaque jour de la semaine, comme les *Psaumes*, encore et encore, tendant de plus en plus fort les plus jeunes comme la corde d'un instrument sur sa cheville, les portant aux frontières de la folie, puis au-delà, expulsant d'elles toute humanité jusqu'à ce qu'il n'y reste plus que sainteté. Les sœurs plus âgées le supportent mieux. En elles, toute résistance a cédé. Leur soumission est totale, avec la conscience que tout bien terrestre jamais possédé est désormais perdu. La vieillesse est là, tout désir hors d'atteinte. En plus de leur jeunesse perdue, leur avenir leur a aussi été dérobé, et ne leur reste plus qu'à parcourir le chemin qu'elles ont déjà choisi, jusqu'à ce que la paix du tombeau les accueille à bras ouverts. Et au-delà le royaume des cieux, récompense promise pour tous leurs efforts.

Brita frissonne en parcourant une fois de plus les mêmes couloirs, qui conduisent à la chambre de Margareta. Aller et retour. Elle s'arrête à chaque coin, attend contre le mur, retient son souffle en scrutant alentour. Personne. Les pieds las, elle s'adosse au mur. Elle se demande comment est leur vie, à celles qui ont répondu oui à l'époux qui pend ensanglanté sur sa croix. Tellement différente de la sienne. Petite fille, on lui promettait un prince de conte de fées qui viendrait la sauver de sa tour, charmant et gracieux. Ceux qui se sont présentés étaient tout autres. D'abord les gamins montés en graine, timides et effacés, ou exubérants de virilité feinte. Quand ils ont cessé de venir, ils ont laissé leur place aux barbons, veufs ayant déjà bordé dans leur lit de mort leurs femmes en couches, pathétiques dans leur désir de gagner tout ce qui était à elle : une chair jeune pour chauffer leur lit, une dot et l'espoir d'un héritage plus grand encore, tout son temps pour s'occuper des enfants qu'ils avaient déjà et bientôt d'autres nés de leurs sangs mêlés. Pour elle une chambre semblable à celle de Mara aujourd'hui. À tous ceux qui lui ont demandé sa main, elle l'a refusée. Le seigneur Bengt l'a grondée, en lui chantant âprement les louanges de ses prétendants jusqu'à ce qu'il entende lui-même le ridicule de ses embellissements et se fasse une raison. Mère s'était contentée de son regard, froid et dur comme une volée de bois vert, pire que toute parole.

Plus que largement en âge de se marier, elle sait bien que sa mère veut la voir quitter Göksholm. Tout ce que fait Brita, sa mère ne le voit pas. Pas quand elle aide son père à se coucher les soirs où il s'est attardé sur sa chope de bière, qu'elle le lave pour qu'il se réveille propre et parfumé. Pas quand elle use de toute son ingéniosité pour trouver des excuses à Måns, afin qu'il puisse vivre à sa guise sans s'attirer de reproches à table. Bengt Stensson s'enquiert rarement de son épouse, mais chaque fois que Brita voit sa mère prendre le chemin qui descend vers l'orée du bois le soir venu, elle a une explication toute prête en cas de besoin. D'une main invisible, elle préserve la paix, sans jamais un merci.

Un de ses bouchons de cire glisse, ramolli par sa chaleur. Elle va le pétrir à nouveau à la bonne forme quand elle entend une voix inconnue mêlée aux gémissements de Margareta. Prières rabâchées d'un fragile filet de voix. Brita glisse un œil au coin du couloir et là, devant la chambre de la parturiente, elle est là, la vieille aux mains jointes et à la tête baissée. Brita joue avec l'idée d'interrompre la nonne, mais elle a peur de cette vieille qui se promène entre ce lit de naissance et les tombes du cimetière, et ne veut pas interrompre des prières qui peuvent être utiles. Quelques instants indécise, Brita tourne les talons et part en courant.

11

« Mère, viens, Mère, vite ! Elle est revenue ! »

La voix de Brita tire Stina de son sommeil, comme toujours ces jours-ci, qui lui chante toujours la même chanson : veiller au chevet d'un lit stérile jusqu'à ce que l'épuisement l'emporte, être enfin relevée et revenir prendre quelques heures de repos sur une dure couchette. Ses yeux ouverts la piquent, la fatigue comme un joug sur ses épaules. Elle se redresse difficilement, appuyée sur ses coudes. Ses pensées filent, elle reste assise, muette et désemparée.

« La nonne, devant la porte. »

Sa vue s'obscurcit quand elle se lève. La main prévenante de sa fille échaude son amour-propre. Dès qu'elle peut, elle se dégage, fait signe à Brita de la précéder, titube sur le sol de pierre avant de trouver son équilibre. Ensemble, elles se hâtent sous les ombres des voûtes. Un demi-jour filtre par les œilletons, le ciel éclairé par un soleil encore sous l'horizon. Ce doit être tôt le matin, car elle ne peut pas avoir dormi une journée entière. L'enfant de Mara. Il faut que ce soit le jour de sa naissance. Les heures allongées par la douleur sont déjà plus nombreuses que chez toutes les accouchées dont Stina a entendu parler. Les gémissements traversent les portes et les murs, mêlés à la voix de sœur Eufemia, tantôt chuchotante, tantôt impérieuse. Mais à leur arrivée, elles trouvent le couloir désert.

« Elle était là, Mère, je l'ai vue. »

Stina éclaircit de force ses idées.

« Par où était-elle partie la dernière fois ? »

Brita montre, mais plusieurs chemins mènent aux tombes et Stina pousse Brita dans la direction opposée.

« Va de ce côté. Si tu la trouves, retiens-la jusqu'à ce que je vous rejoigne. Moi, je pars par là. À défaut d'autre chose, rendez-vous au cimetière. »

De loin, elle aperçoit sa proie, en noir et blanc, telle une pie géante espérant dénicher un lambeau de chair parmi les vieux ossements. Stina ralentit le pas. La nonne n'a nulle part où fuir, mais elle ne veut pas l'effrayer inutilement. Sa silhouette trahit son âge avant même que Stina ne s'approche. Voûtée et vrillée, genoux fléchis pour mieux porter un dos bossu.

« Ma sœur ? »

Le vieux corps sursaute, se retourne lentement en titubant. Elle porte la couronne des brigittines sur son voile noir, le front ceint de lin blanc. Son visage est ravagé, ses yeux troubles, sa bouche édentée béante. Stina a-t-elle jamais rencontré personne plus âgée de toute sa vie ? Si oui, se répond-elle tout bas, c'est après une vie plus clémente. La vieille nonne la regarde en plissant les yeux, muette, et Stina ne peut que se demander si elle s'est donné tout ce mal pour une vieille femme retombée en enfance qui hante le couvent dans ses nuits d'insomnie, sans rime ni raison. Elle s'approche davantage pour être certaine de se faire entendre.

« Ma sœur, vous rôdez la nuit autour de la porte de ma belle-sœur. Cette nuit, et aussi avant. Ma fille vous a suivie jusqu'à notre tombe familiale. J'ai quelques questions. »

La bonne femme roule des yeux de bétail effrayé, se balance sur place, laisse échapper de sa gorge des râles plutôt qu'une réponse compréhensible. Mais auparavant, un instant d'hésitation, une lueur vive dans l'œil, la possibilité du choix.

« Jurez-vous sur la Très Sainte Vierge que vous n'êtes pas plus que vous ne montrez ? Le jurez-vous devant toutes les âmes mortes qui reposent ici et dont vous recherchez la compagnie la nuit ? Si vous ne me comprenez pas, votre babil tiendra lieu de réponse, mais si vous mentez, vous irez en enfer. »

La panique feinte devient réelle un instant. La soumission lui succède. Elle secoue sa coiffe avec découragement.

« Je ne peux pas faire une telle promesse.

– Alors répondez-moi plutôt, ma sœur. »

Un banc de pierre attend, taillé pour accueillir ceux à qui le chagrin a ôté toutes les forces. Stina saisit le bras qui s'agite sans cesse pour garder l'équilibre, et la soutient en chemin. Sous l'étoffe rêche, elle est frêle et raide, tremblote lentement comme le font les vieilles personnes, les membres trop maigres sous une peau flasque. Stina l'épaule, guide la bonne femme sur les dalles traîtres, l'aide à poser son poids sur le siège. L'aide apportée donne une autre tonalité à leur rencontre. Le soutien à autrui crée des liens invisibles. La bonne femme reste un moment immobile, essoufflée malgré l'aide, regarde si longtemps dans le vague que Stina se demande si elle n'a pas oublié où elle était. Puis elle se racle la gorge et parle.

« Madame croit-elle aux malédictions ?

– Plus depuis mon enfance. »

Les bras de Stina se croisent d'eux-mêmes sur sa poitrine en signe de déception. Que peut bien annoncer une telle question, sinon les affabulations d'une vieillarde égarée ? Mais la bonne femme est assez vive pour répondre à ce qui n'a pas été dit à haute voix.

« Une malédiction n'a pas de force en soi. C'est dans sa rumeur que réside sa puissance, car dans une certaine mesure, nous croyons tous en ce que personne ne peut savoir avec certitude. Nous y croyons suffisamment pour éviter la personne maudite, par peur d'une contagion du mal. Tout ce qui prend racine dans l'esprit humain trouve une manière de déployer ses ramifications dans le monde, le bon comme le mauvais, et soudain, la malédiction devient réelle, sans aucune sorcellerie.

– Voilà soudain que vous parlez, mais de ce que j'ai demandé, rien.

– Si j'avais pu choisir pour vous, j'aurais préféré le silence. Dans votre ignorance, le mal ne peut vous atteindre. Une fois que vous saurez, vous ne pourrez oublier. »

Cela faisait longtemps que personne ne lui avait parlé ainsi. Comme à un enfant qui veut sa tunique d'été sous une pluie battante, ou marcher pieds nus dans la neige nouvelle. La colère surgit vite, balayant toute réflexion.

« Dites-moi ce que vous savez, et faites-le pendant qu'il me reste de la patience. Ou je vais sur-le-champ trouver l'abbesse. »

La vieille ferme les yeux tandis que ses mâchoires édentées mâchonnent ses lèvres ridées. Et finit par hocher la tête. Elle désigne la tombe d'où elles sont arrivées et alors seulement Stina réalise que ce n'est pas la même : pas celle de Karin Stensdotter et de la petite Märta, avec son écusson à la base hachurée. Elle se lève et s'approche pour lire un autre nom : Ingegerd. Ingegerd Knutsdotter.

« Cinquante ans ont passé depuis que sainte Brigitte a fini ses jours dans la lointaine Rome. Sur son lit de mort, Dieu le Père lui a promis qu'elle pourrait attendre la résurrection ici, dans le couvent qu'elle avait fondé, et il a incombé à ses disciples d'accomplir cette promesse. Elle nous est arrivée un été, causant une grande joie malgré une puanteur tout aussi grande. Juste après, sa petite-fille a prononcé ses vœux chez nous. Elle s'appelait Ingegerd. Beaucoup y ont vu un signe de Dieu adressé à ses fidèles. À travers elle, c'était le sang sacré qui nous était rendu. »

Elle frissonne sur place.

« Toutes ne viennent pas de leur plein gré chercher la couronne de sœur. À certaines, on ne laisse pas le choix. Ingegerd avait dix-huit ans à son arrivée, plus jeune que moi. D'autres la surveillaient, jour et nuit, veillant bien à ce qu'elle ne puisse jamais sortir hors les murs. Elle semblait dépérir jour après jour. Mangeait à peine au réfectoire, ne chantait pas au chœur, ne répondait pas aux sœurs plus âgées qui lui adressaient la parole. Elle souffrait d'un tel mal de tête, m'a-t-elle dit, qu'elle avait des éclairs dans les yeux et un grondement dans l'oreille. Elle a passé l'hiver alitée. Au printemps elle a retrouvé la parole et s'est relevée, comme transfigurée. Elle a affirmé que le Seigneur avait envoyé ses anges pour lui parler. Elle était du sang de Brigitte, et voilà qu'elle avait aussi hérité de ses visions. Quand il a fallu une nouvelle abbesse, le choix s'est porté sur Ingegerd. »

Elle perd un moment courage. La vieille ferme les yeux, comme si les paroles allaient lui venir plus facilement en ne voyant pas son interlocutrice.

« Les anges lui rendaient visite la nuit, et leurs visites étaient de plus en plus bruyantes, retentissant dans tout le cloître. Une nuit que j'étais réveillée, tendant l'oreille, j'en ai eu assez. Je me suis glissée jusqu'à la chambre d'Ingegerd et j'ai regardé par la fente de la porte. »

La bonne femme se tait, mâchonne comme pour former des mots qui refusent de sortir. Sa voix tremble.

« Elle avait deux moines chez elle, ainsi qu'une novice. Ils n'avaient pas de vêtements, mais Ingegerd portait encore sa coiffe couronnée et sa croix autour du cou. Elle s'est couchée par terre sur le dos en leur disant de se soulager sur elle, et elle a ri tandis qu'ils l'arrosaient. Je n'ai pas voulu en voir davantage, mais les cris qu'ils ont poussé ensuite m'ont poursuivie au loin : j'avais déjà entendu la pareille entre verrat et truie, quand le printemps est là et qu'il faut croître et multiplier. Ingegerd les aiguillonnait avec des mots affreux et terrestres. »

Elle marque une pause, tandis que le soulagement de pouvoir partager ce qu'elle a longtemps tu passe comme une brise légère. Elle poursuit d'une voix mieux assurée.

« Il y a peu de secrets dans un couvent. À la fin, trop savaient. On a écrit à l'évêque à Linköping, mais il ne voulait pas écouter. Alors on a écrit à Rome. Longtemps plus tard est arrivée une lettre du pape en personne. L'évêque Peter de Strängnäs a été mandé en visite d'inspection. Il a écouté tout le monde, conclu à la culpabilité d'Ingegerd. Elle a été démise. Quand elle a remis les clés, on a trouvé les coffres de l'abbaye vides. C'était comme si elle avait fait tout ce qui était en son pouvoir pour détruire ce que sa grand-mère avait bâti.

– Et ensuite ? Qu'est devenue Ingegerd ?

– Elle s'est drapée dans le silence et renfermée en elle-même. De plus en plus souvent elle restait alitée, malade, les mains sur la tête, se plaignant de douleurs. Souvent elle pleurait comme de désespoir. Je restais auprès d'elle quand je le pouvais, baignais son front et essuyais son menton, la nourrissais de soupe à la cuillère, mais jamais je n'ai pu la faire parler, pas avant qu'elle ne commence à s'étioler et qu'on envoie chercher un prêtre pour l'extrême-onction. Ses derniers mots ont été une malédiction adressée à la lignée au blason coupé d'azur et d'or.

– Quels ont été ses mots exacts ?

– *Tout votre amour finira dans le sang, pour prix de celui que je n'ai jamais reçu.* »

Stina n'a jamais été encline à la superstition, mais ces mots la touchent plus violemment qu'elle n'aurait cru. D'autant plus ici, devant la tombe de la morte.

« L'année après sa mort, Karin Stensdotter, de la maison azur et or, est venue nous trouver le ventre lourd, pour être aidée à accoucher, comme le font tant de femmes de haute lignée. Cela se passe rarement mal chez nous, car nous l'avons pratiqué de nombreuses fois et la Sainte Mère de Dieu est là pour nous protéger. Mais Karin a saigné jusqu'à ce que son cœur n'en puisse plus, et la petite Märta à qui elle avait donné naissance a d'abord paru saine, avant d'être retrouvée froide dans son berceau deux jours plus tard. La mère et la fille étaient en bonne santé, et nous n'avons pu trouver d'explication à ce qui s'était passé. Mais nous connaissions la malédiction d'Ingegerd. Ils étaient venus à nous en azur et or, et le père est reparti seul, leur amour achevé dans le sang. Et voilà qu'une autre fille est venue défier le même sort. Voilà pourquoi je prie devant sa porte.

– Qui était Ingegerd, et pourquoi était-elle venue ici ? Connaissez-vous le nom de son père et de sa mère ? »

La bonne femme secoue la tête.

« Mon monde n'est pas plus vaste que ce que vous voyez autour de vous. Je ne connais pas celui dont venait Ingegerd. Pourquoi elle a choisi de peindre à vos couleurs la responsabilité du malheur de toute sa vie, je ne puis le dire. »

La vérité des paroles de la bonne femme apparaît alors à Stina : toute cette connaissance à présent lui appartient, et à quoi bon ? Elle sait un peu, mais pas tout, et ne pas savoir la cause lui semble aussi mauvais que d'avoir reçu une blessure vouée à demeurer à jamais infectée sans espoir de guérison. La vieille semble pourtant avoir quelque chose à ajouter.

« Puisse la Vierge me pardonner pour la liberté que je prends, mais je connais peut-être le nom de quelqu'un qui sait. »

Un espoir malgré tout.

« L'évêque Knut. Knut Bosson de Linköping. Lui aussi porte l'azur et l'or. Il portait à l'époque la mitre et la crosse, et encore aujourd'hui. On dit que lorsqu'il est venu pour la première fois à Vadstena, l'abbaye était riche et l'évêque pauvre, et à présent c'est le contraire. Personne n'était plus proche d'Ingegerd, et ce alors qu'il était du sang qu'elle haïssait tant. »

12

La proximité des habitations se précise à chaque pas que fait Finn. Entre les arbres, le chemin s'élargit, marqué par davantage de pieds et labouré par les roues des chariots. Entre les troncs, on aperçoit ici ou là des champs, le paysage s'ouvre, les trous et les racines du chemin ne sont plus dissimulés par l'ombre des feuillages. L'odeur est différente quand le vent tourne, le feu de bois fait irruption parmi les senteurs d'humus de la forêt, et aussi la viande rôtie à la broche, le pain qui lève, le bois coupé et scié, la poussière de la terre défrichée séchée au soleil. Finn voit alors les premières maisons, basses, avec leurs coins aux poutres croisées et leurs toits d'écorce de bouleau. Au-dessus d'elles s'élèvent la voûte et la flèche de l'église de l'abbaye, pierres grises dominant la ville en majesté. Là-bas, les eaux libres du Vättern qui s'étendent vers le sud, à perte de vue, disparaissant dans une brume bleue où ciel et eaux se confondent, comme si le monde lui-même y trouvait sa fin. Sur le rivage, quelques tentes se dressent, soigneusement alignées.

Finn a déjà connu cette impression, mais ne s'y fait pas : sortir des terres sauvages pour rejoindre le cercle des hommes, étranger qui sursaute au moindre bruit, peu habitué à se faire adresser la parole et lent à répondre. Gêné par le bruit des autres, agacé par la foule. Pour la centième fois, il inspecte ses vêtements à la recherche de taches, et pour la centième fois n'en trouve aucune. Pourtant, la culpabilité lui pèse comme un manteau trempé. Intérieurement, tout son être lui crie combien il est inconcevable qu'un acte comme le sien puisse longtemps être tenu caché derrière le silence, une peau lavée et une mine innocente. Le Ciel sait et le Ciel voit et, au-dessus des nuages, un doigt invisible le désigne, prêt à le séparer du reste du troupeau aussi sûrement qu'une brebis galeuse.

Il trouve une taverne où se payer une chopine et va s'asseoir dehors sur un rondin pour absorber toute cette nouveauté. La bière est assez fraîche, meilleure que dans son souvenir. À traits lents, il étanche des jours de soif, et une ivresse légère arrive aussitôt. Elle console, adoucit la solitude rendue plus difficile par la présence des autres, lui rappelle la place qui est la sienne : il se distingue de la foule par ses vêtements, son visage, son port, par le poignard à sa ceinture. La chopine est vide, il en a besoin d'une autre, prêt à présent à répondre à la question que le patron pose à chaque nouveau client.

« Quoi de neuf, au nord ? »

Finn hausse les épaules.

« De ce que j'ai vu de mes propres yeux, il n'y a pas grand-chose à dire. Si tu veux entendre ce que d'autres m'ont raconté, je veux bien, mais je ne sais pas plus que toi ce qu'il y a de vrai là-dedans.

– À défaut d'autre chose, je m'en contenterai.

– Au nord, on parle d'un soulèvement, des Montagnards qui aiguisent leurs pics pour voir s'ils mordent aussi bien la muraille des forteresses que la roche de la mine. »

L'homme qui lui fait face se sert à boire et remplit la chopine de Finn sans barguigner.

« J'ai entendu la même chose l'an passé, et l'année d'avant. Pourtant, la paix continue de régner et les gens paient sagement les impôts qu'ils doivent. À ta santé ! »

Ils boivent de concert, comme s'ils avaient répété le geste.

« Ce sont les gens de l'évêque que je vois sur le rivage ?

– Tout à fait. Ils ont monté leurs tentes hier. Ils repartent incessamment vers le nord. Quelques-uns de ses gars étaient chez moi hier soir, et m'ont dit qu'ils vont au bord du Hjälmaren pour fêter la Saint-Jean chez le neveu de l'évêque à Göksholm. »

Finn plisse les yeux dans le soleil qui roule au-dessus du faîte de l'église du couvent.

« J'aurais cru que l'évêque serait accueilli chez les sœurs pour se reposer. »

Le patron l'observe un instant, sur ses gardes, à l'affût du piège tendu.

« Je ne suis pas du genre à dire du mal de mon prochain, mais là, tu te trompes. Il y a entre eux une ancienne mésentente. Je m'en tiens là. Tu n'auras pas de mal à trouver plus bavard que moi, si ça te chante. »

L'église du couvent ne ressemble à aucune de celles que Finn a vues jusqu'ici. De l'extérieur, elle est large et trapue, mais quand il en franchit le portail ouvert, c'est comme s'il était retourné en forêt, dans un bosquet d'arbres pétrifiés poussés en ligne de manière à étendre leurs frondaisons si loin au-dessus de sa tête qu'ici le ciel semble plus haut que dehors. Ils soutiennent des voûtes dans un espace si vaste qu'il en a le vertige. Par de hautes fenêtres, le soleil emplit l'église de lumière comme une lanterne rayonnante de grâce et de beauté. Bouche bée, Finn lève la tête jusqu'à avoir mal à la nuque et les larmes aux yeux. Il caresse la pierre des piliers pour s'assurer de leur réalité. Ses genoux tremblent et il sent l'air se gorger de cette gloire qui n'appartient qu'à Dieu, ce pouvoir de juger les vivants et les morts, la grâce et le châtiment portant les mêmes habits.

Les fidèles sont peu nombreux, il trouve sans attendre une place devant le reliquaire. Plus grand que ceux qu'il a déjà vus, couvert de pourpre et de broderies, parsemé de médaillons d'or. Ici s'achève son voyage. Mal assuré sur ses jambes, il s'approche du tombeau de l'Élue du Seigneur, celle qui a vu Ses anges et accompli des miracles en Son nom. Le caisson est peut-être épais, mais à travers la matière il sent ses ossements incandescents de sainteté. Leur proximité produit comme une pression sur ses oreilles, les poils se dressent sur sa nuque et ses bras. Il s'agenouille, sort son chapelet, l'enroule autour de sa main et commence les prières qu'on lui a assignées, égrenant les perles une à une entre ses doigts. Il sait qu'une prière prononcée sans conviction a peu de chance d'atteindre le Ciel, mais il a du mal à rester concentré. La pénitence est achevée, l'âme d'Ylva Sigridsdotter retenue au purgatoire va enfin être libérée, mais il prie à présent avec une autre vie sur sa conscience, supprimée dans un accès de colère, sans l'absolution qui accompagne un combat loyal. Quel châtiment serait pire pour lui que de voir sa sœur brûler à jamais ? Mais le Seigneur ne va quand même pas tourmenter une personne pour en châtier une autre ? Il ne peut en être assuré, mais le doute l'aiguillonne. Il prie une deuxième fois tout un chapelet, et une troisième, et quand l'ombre envahit la voûte il prie encore.

« Ce doit être chose bien étrange que de devenir une sainte. »

La voix est celle d'une femme, Finn la voit en tournant la tête. Soit elle a le pas léger, soit ces heures de prière lui ont fait baisser la garde. Ses vêtements sont ceux du peuple, elle n'est ni jeune ni vieille. Il n'est pas sûr de lire sur son visage qu'elle est simple d'esprit, mais sa voix elle aussi est singulière, tout comme sa façon d'interrompre un inconnu en pleine conversation avec le Très-Haut. Elle se balance lentement d'un pied sur l'autre, l'absence de réponse ne semble pas la troubler.

« Un demi-siècle qu'elle repose dans sa châsse, et aussi loin que je me souvienne, des prêtres et des moines sont venus en pèlerinage, de près ou de loin, et sont repartis avec quelque chose d'elle dans leur besace, un orteil peut-être, ou un fragment de hanche, afin de l'exposer dans d'autres écrins d'or chez eux, dans leurs églises, offert à la vénération du peuple. Elle n'a pas dû beaucoup reposer en paix. »

Elle fronce les sourcils, comme si l'idée était difficile.

« Et le jour du Jugement, les morts devront se lever et se présenter devant le Seigneur. Mais comment fera Brigitte ?

Dispersée à travers tout le royaume, qu'elle a été. Et il s'en est sûrement perdu beaucoup en route tout le chemin depuis Rome. Qui s'offrira à la reconstituer ? Devra-t-elle le faire elle-même, ramper d'église en église pour rassembler tout ce qui lui manque ? Le Seigneur enverra-t-Il un ange pour l'aider et la soutenir sur ce chemin où elle s'avance en boitant ? Sans cela, elle risque bien d'être en retard devant le trône céleste. Et s'il y avait quelque part une erreur, et qu'elle doive se présenter devant le Seigneur avec des pieds dépareillés, des jambes inégales ? »

La femme secoue la tête et fait claquer sa langue.

« Je n'ai peut-être pas vécu une vie de sainte, mais je pense bien que ma carcasse pourra reposer en paix dans le trou où on l'aura jetée. C'est pour moi une consolation. »

Finn se lève, mal assuré sur ses jambes engourdies. Il doit se masser les cuisses avant de pouvoir s'en aller, s'efforce en vain de percevoir le changement qu'on lui a promis dans un monde au-delà de la chair, saisi aussitôt par le remords de faire preuve d'une prétention qui le dépasse. Les fidèles en prière sont moins nombreux maintenant que le soir est tombé, mais là, il en reconnaît une : Brita, Brita Bengtsdotter de Göksholm. Il se dépêche de la rejoindre, content de rencontrer enfin quelqu'un qui le connaisse, après tant de jours passés parmi des étrangers. Elle se retourne en l'entendant approcher, les mains jointes autour d'un chapelet, la fatigue et la peur sur son visage.

13

Bengt Stensson précède son frère, lui montre ce que le château de Göksholm est devenu depuis que son épouse l'a apporté en dot. Les douves qui l'entourent sont profondes et pleines, un fossé creusé depuis le lac et un autre y retournant assurent la circulation de l'eau pour gêner la gestation des moustiques, avec des trappes pour stopper le courant et les remplir à ras en cas de danger. Le pont-levis est abaissé, mais ne s'est pas incrusté dans le talus : bien dégagé, il est prêt à être dérobé devant un visiteur importun. La maison est bien tenue, les toits étanches, planches et poutres en bois clair bien visibles, à la place de parties vermoulues.

Il a gardé le meilleur pour la fin. La tour proprement dite, forteresse qui dresse ses pierres anguleuses vers le ciel. Bo inspecte l'épaisseur des murailles, la disposition des meurtrières, l'armurerie où hallebardes et lances se serrent avec les arcs et les barils de flèches, assez pour armer tous les gens de la maison en âge de combattre. Bo Stensson examine chaque arme : saisit une flèche et voit sa pointe aiguisée, sort au hasard une épée de son fourreau et en éprouve le tranchant, apprécie sa surface bien huilée et préservée de la rouille, la lame de la hallebarde ni trop longue ni trop courte, au poids bien équilibré. Il ne trouve rien à redire. Son frère n'a jamais été aussi consciencieux, et Bo sait bien que c'est là l'œuvre de sa belle-sœur, mais tient sa langue. Ils grimpent ensuite par l'escalier jusqu'au sommet.

Derrière eux, les eaux bleues du Hjälmaren, calmes, à part les quelques rides d'un vent d'été espiègle. À l'ouest, la ligne du rivage pointe vers Örebro, vers l'est la vue est barrée par la presqu'île, mais au-delà s'ouvrent des eaux plus larges et sombres, dont le calme trompeur est coutumier des tempêtes soudaines qui entraînent les navires inexpérimentés vers des profondeurs insondables. Un lac traître, sans merci pour l'imprudent. Plus loin à l'est, il se pince en une baie étroite qui finit par déverser ses eaux dans la rivière qui coule vers Eskilstuna. Dos au lac, la plaine s'étend à perte de vue. Forêts, prairies et champs cultivés. Une terre noire et fertile. De l'autre côté du pont-levis, sur l'herbe fauchée pour la Saint-Jean, on dresse une salle en rondins fraîchement abattus. Là où le terrain est le plus égal, on s'efforce d'aplanir un sol de terre battue pour la danse.

« C'est ton garçon, là-bas, non ? »

Bo Stensson donne un coup de coude à son frère en lui indiquant, et Bengt se penche au-dessus du parapet, plisse les yeux et opine du chef.

« Oui, ce doit être Måns. Il a son oiseau avec lui.

– J'ai déjà pisté des cerfs moins farouches. Quand pourrai-je voir mon neveu mieux qu'à portée d'arc ? »

Bengt esquive la question d'un geste découragé.

« Le gamin est à l'âge ingrat, il n'en fait qu'à sa tête. »

Bo protège ses yeux de la main, s'efforçant de mieux voir, mais Måns est loin dans le champ, une silhouette à peine assez nette pour y distinguer l'angle du bras qui tient l'oiseau.

« Que fait-il voler ?

– Une buse. Elle m'a coûté cinq *marks*, mais je n'ai jamais vu plus bel animal.

– Un faucon pèlerin aurait été plus utile.

– Peut-être chez toi à Ekhult, où le terrain est dégagé. Mais ici il y a beaucoup d'arbres, et les proies effarouchées cherchent refuge à la lisière des bois. Une buse les poursuit entre les troncs et les abat dans les broussailles. Le faucon redoute l'ombre des branchages et renonce au dernier moment, laissant s'échapper son gibier. »

Bo se contente d'un grognement, mécontent de la leçon, mais assez sage pour admettre une vérité. Bengt écarte ses cheveux de son front, non sans la satisfaction d'en avoir encore, alors que son frère a le crâne lisse comme un œuf.

« Måns a du doigté avec cette bête. Tu devrais les entendre bavarder. Claquements de langue et de bec. On jurerait qu'ils se comprennent. D'un autre côté, ces temps-ci, il parle plus avec cet oiseau qu'avec les siens. Mais il rentre rarement bredouille. Tu vas voir. »

Ils attendent tous deux, assez rompus à l'exercice pour éprouver au creux du ventre le chatouillis de l'affût alors que c'est un autre qui chasse, et à un arpent de là.

14

Après trois heures de travail, Margareta s'endort pour échapper à son tourment. La douleur a raison de ses sens. Le ventre est enflé et rouge, la peau si tendue que Stina ne comprend pas comment elle ne se fend pas pour expulser le fœtus par le nombril. Ensemble, elles ont tenté de lui faire prendre de l'eau et de la bouillie, mais elle n'a pas d'appétit, et ne sait où elle va trouver l'énergie nécessaire pour accomplir ce qui reste. Des sœurs plus jeunes et plus âgées sont passées avec des conseils, sans résultat. La prière est tout ce qu'elles peuvent offrir. Stina voit à présent la sage-femme secouer toute seule la tête, presque imperceptiblement, et c'est pourtant aussi accablant que le Jugement dernier, venant d'elle qui était jusqu'ici le calme même, un point d'ancrage dans un monde secoué par la tempête.

« Dites plutôt franchement ce que vous pensez, ma sœur. »

Eufemia la regarde de ses yeux rougis par la veille.

« Elle dort à présent, reprend des forces. À son réveil, nous essaierons à nouveau. Mais si l'enfant ne vient pas, je crains qu'il ne vienne plus du tout.

– Combien de temps va-t-elle dormir ?

– Personne ne peut le dire avec certitude, mais d'après mon expérience, je dirais quelques heures. »

Le sang quitte sa tête quand Stina se lève, sa vue s'obscurcit et elle doit se pencher en avant pour retrouver l'équilibre. Dès qu'elle le peut, elle gagne en quelques pas le couloir, si lasse que le monde paraît rétrécir autour d'elle. Il faut qu'elle fasse quelque chose, peu importe quoi, et elle ne voit rien d'autre que cela. Dehors, l'aube point. La vieille a passé la nuit dans le couloir, ne craignant plus d'être vue maintenant qu'elle a été percée à jour. Elle aussi est fatiguée et semble dormir debout tandis que ses lèvres débitent toutes seules les syllabes des prières.

« Je ne dis pas que je crois aux malédictions, ma sœur. Mais s'il y en avait une, comment la briser ? »

Stina parle à voix basse pour ne pas déranger quelque chose d'invisible qui serait tapi dans le silence de la chambre d'accouchement. Et pourtant elle a un timbre qu'elle ne reconnaît pas : une supplique stridente, impuissante, venant d'elle, la châtelaine de Göksholm, elle dont tous les ordres ont été obéis aussi loin qu'elle s'en souvienne. À présent, elle a honte du soulagement que lui procure une porte refermée derrière elle, quelques planches pour la séparer du malheur que plus rien ne semble pouvoir empêcher.

« Tout d'abord, vous devez rechercher le crime à l'origine de cette mésentente, exposer au grand jour les racines de la haine. Puis vous devez vous acquitter de la pénitence qui vous réconcilierait avec Ingegerd si elle vivait encore aujourd'hui, avec assez de sincérité pour soigner les blessures infligées. Si la chose est faite comme il faut, la faute disparaîtra aux yeux d'autrui, comme aux vôtres, et là où il n'y avait rien, il n'y aura à nouveau plus rien. »

Des pas dans l'escalier juste derrière elle. En se retournant, Stina pose d'abord l'œil sur Brita, pâle et grave, soutenue par un jeune homme. Stina tarde à le reconnaître à travers le voile de la fatigue, et c'est d'abord avec un frisson glacé au bas-ventre : c'est Finn, Finn Sigridsson, de Göksholm. Un instant, elle tâtonne à l'aveuglette autour de sa présence improbable, jusqu'à comprendre, comme un coup en plein visage. Måns.

On voit rarement Finn loin de lui. Il est arrivé quelque chose à Måns, elle le sait immédiatement, et ses genoux se mettent à trembler, une main se porte à sa bouche pour empêcher un cri qui veut en sortir, tandis que le cours du temps paraît ralentir pour laisser la place à tout ce qu'elle imagine : son fils a été retrouvé noyé dans le torrent, s'est brisé le cou en tombant d'un arbre, a été emporté par la peste ou la fièvre. Elle voit déjà l'humus fraîchement retourné de sa tombe, une brasse de lourde terre entre elle et Måns, froid et mort, la proie des vers. L'effroi est un nœud coulant autour de son cou, elle ne parvient pas à poser la question, n'a pas la force d'évoquer une nouvelle défaite. Son tourment est bien visible, et Finn lève sa main libre pour la rassurer.

« À Göksholm tout allait bien quand je suis parti. Aucune raison qu'il n'en aille pas encore de même. »

Stina ferme les yeux, inondée de reconnaissance comme si le soleil venait de percer entre les nuages. Ce cher Finn, loyal, fiable, le meilleur parmi ses gens. Elle parcourt en titubant les quelques pas qui les séparent, l'entoure de ses bras, cache sa joue humide contre son épaule. Il est d'abord raide comme un piquet, mais elle ne le lâche pas, le serre plus fort pour étouffer ses sanglots dans l'étoffe de son manteau, et elle sent sa tension se relâcher quand il comprend ce qu'on attend de lui. Après, ils restent tous un instant immobiles tandis que la réalité balaye tendresse et faiblesse. Finn n'est pas un imbécile, il sait se tenir et rend à Stina sa dignité d'une rapide révérence.

« Dame Kristina, je suis ici de ma propre initiative. Ma sœur est morte, enterrée sans avoir reçu l'absolution pour ses péchés. Le seigneur Bengt m'a autorisé à suivre la consigne du prêtre de me rendre à Vadstena afin de prier pour son salut devant le reliquaire, à la condition que j'escorte votre retour, si possible à la suite de l'évêque, qui a fait répondre au seigneur Bengt qu'il viendrait à Göksholm pour la Saint-Jean. »

Stina sent la contagion de sa peine, étonnée d'être capable d'en accueillir davantage. Personne ne devrait mourir si jeune. Elle n'est pourtant pas étonnée. Ylva Sigridsdotter traçait sa route à sa guise, au rebours de son propre intérêt, lui semblait-il, et l'on voit rarement ce genre de personne atteindre un grand âge. Elle était difficile à aimer pour qui voulait la faire obéir. Elle pose ses mains sur les joues de Finn.

« Mes condoléances, Finn. Ta sœur est heureusement lotie avec un frère tel que toi. Puisse-t-elle se réjouir au Ciel qu'on lui montre un tel amour. »

Stina voit la douleur que Finn ne parvient pas à étouffer, comme si son compliment avait été un coup de fouet, et se demande ce qui a bien pu lui arriver depuis la dernière fois qu'elle l'a vu. Mais dans le sillage de son étonnement, une idée lui vient soudain. Elle se redresse de toute sa hauteur en lui saisissant le bras.

« L'évêque, l'évêque Knut. En route pour Göksholm, depuis Linköping ?

– Oui, madame. Il est déjà ici, en ville. Ses hommes ont dressé des tentes sur les prairies au bord du lac, et il s'apprête à repartir d'ici peu vers le nord. Demoiselle Brita m'a informé de la situation…

– Accompagne-moi auprès de lui, tout de suite. »

15

Måns regarde l'oiseau qu'il porte de la main gauche sur son gant de cuir, comme toujours ensorcelé par sa beauté sans rime ni raison : aucune créature dotée d'une telle force ne devrait être aussi légère. Elle ne tient pas en place, trépigne et, malgré la bourre du gant, il sent la force de ses serres. Elle a une clochette nouée à une patte, qui tinte, stridente, chaque fois qu'elle bouge. Il caresse son jabot moucheté, lui fait sentir la chaleur de sa main, aspire l'air entre ses lèvres et fait claquer sa langue. Quand l'oiseau s'est calmé, il lui ôte son capuchon. Ses grands yeux sont jaunes et Måns se demande ce que sa buse voit quand elle le regarde. Certes, elle est aussi apprivoisée qu'un rapace puisse l'être, mais la sauvagerie ne disparaît jamais. Depuis son plus jeune âge, il l'a nourrie de sa main, un lambeau de viande à la fois, l'a fait dormir sous sa tunique, mais se doute malgré tout que le jour où il ne lui offrira pas une viande plus tendre que ce qu'elle pourrait capturer par elle-même, elle s'envolera dans la forêt pour ne plus jamais revenir. Elle est royale, et le regard qu'elle pose sur lui est celui d'une reine sur son échanson.

Il s'avance dans l'herbe. La journée est plus fraîche que la veille. De hauts nuages tachent le ciel, un vent paresseux arrive du lac, frise l'habit de plumes de l'oiseau. Les bras, les jambes et le dos de Måns sont courbaturés par les efforts de la veille. Il s'est promis de se reposer, pour être certain de récupérer.

Måns cherche une butte pour avoir une meilleure vue des alentours. Il aurait mieux valu être accompagné d'un chien ou d'un rabatteur, mais il préfère la solitude, puisse-t-elle même lui coûter le succès de sa chasse. Le pré abrite quantité de lièvres, certains dans d'anciens terriers, d'autres sans toit, passant la nuit dans des creux sous les sapins ou les broussailles. Il s'arrête au sommet de la butte, tourne lentement sur lui-même pour embrasser du regard les environs, attentif à tout changement de couleur ou mouvement dans la verdure. Il n'a pas besoin d'attendre longtemps. Le balancement d'un pissenlit trahit le lièvre. Il crie, et l'animal détale. Måns lâche la buse, la sent pousser sur ses pattes, les plumes de son croupion s'ouvrir et ses ailes prendre de la vitesse. Elle file droit sur sa proie, tandis que le lièvre, qui a vu le rapace à sa poursuite, court pour sa vie, fait de brusques embardées dans sa fuite. Chaque fois que les serres tendues se referment dans le vide, la buse piaule sa colère, s'élance à nouveau, tournoie, reprend la chasse. Tous deux sont bientôt hors de vue, et Måns se dépêche de les suivre.

Souvent, il doit s'arrêter pour tendre l'oreille, car seule la clochette permet de repérer la buse. Quand son tintement lui parvient, c'est accompagné d'un faible hululement. Il trouve le rapace accroupi, ailes déployées à côté de sa proie. Le lièvre vit encore, étendu sur le flanc, dos brisé, roulant des yeux pleins de terreur impuissante. L'oiseau semble hésiter, peu habitué à ne pas tuer du premier coup, à présent incapable d'achever ce qu'il a commencé. Måns sait aussitôt ce qu'il doit faire, une boule au ventre. Le chasseur qui laisse son gibier souffrir inutilement mérite le blâme. Il l'a déjà fait, et pourtant hésite, car c'était toujours avec un adulte bien avisé de lui poser une main sur l'épaule pour l'encourager, l'acte lui-même accompagné de hochements de tête approbateurs et de regards pleins de fierté adressés au gamin capable de faire non seulement ce qui est simple, mais aussi ce qui est juste.

Il retient son souffle en serrant les dents, ferme les yeux et saisit le lièvre par le cou. Il le tort, vite et fort, entend la nuque frêle se briser comme une branche sèche entre ses mains. Ce moment l'affecte plus qu'il ne faudrait. Il reste seul au milieu du pré devant le petit cadavre. Du sang sur la main. Le sien. Le lièvre l'a mordu en son dernier instant, mais la douleur n'arrive que maintenant. Il fourre son doigt dans sa bouche, le lèche bien pour mieux voir la plaie. Une simple égratignure, pas de quoi en faire tout un plat. Cette plaie le fait se sentir mieux, comme si elle minimisait sa culpabilité vis-à-vis du lièvre. Le soleil brille encore et le vent est doux, la journée jeune, et son instant de faiblesse d'un coup déjà loin.

Bo Stensson baisse la main dont il se protégeait les yeux.

« Qu'aurait fait Père s'il nous avait vus, toi ou moi, hésiter comme ça ? »

Bengt fait la moue.

« Une gifle sur-le-champ, et une raclée le soir.

– Et il aurait bien fait. Hésiter quand il faut agir a été fatal à beaucoup. »

Bengt suit Måns du regard, là-bas, dans les herbes, bientôt disparu derrière un talus.

« Måns n'aime pas tuer. Il est resté longtemps à la maison. C'est à cause de Stina. Elle ne supporte pas d'être séparée de lui, s'inquiète qu'il lui arrive malheur à peine aurait-il posé le pied hors de nos terres. D'autres envoient leurs fils parfaire leur éducation au loin, pour que leur peau soit plus durement tannée que chez eux, où la tendresse leur épargne les volées de bois vert. Nous avons agi autrement. Voilà longtemps que j'ai cessé de reprocher à Stina ce choix. Elle a eu raison de tenir bon, malgré mes reproches et mes cris. Dis-moi, as-tu jamais éprouvé de l'affection pour Père ? »

Le corps maigre de Bo Stensson sursaute, embarrassé par la question.

« Nous étions de nombreux fils, pour un seul père. Il était souvent absent. Rares étaient les moments rien qu'avec lui, et quand il trouvait que tu en valais la peine, c'était souvent pour des remontrances. »

Bengt opine du chef.

« C'est aussi mon souvenir. Et oui, il avait en effet beaucoup de fils. Moi, je n'en ai qu'un. Comme toi. Tu comptes corriger ton fils, quand il sera en âge ? Va-t-il apprendre à te haïr à cause d'un lièvre ? »

Bo Stensson claque la langue, en guise de repartie et en signe d'acquiescement. Bengt lui tapote l'épaule pour briser là la conversation.

« Allez. Måns a fait ce qu'il fallait, pas pour lui, mais pour le lièvre, et c'est sans doute le plus important. Il faut être capable de tuer, mais celui qui y prend plaisir, je préfère l'éviter. »

16

Les tentes ont été bien alignées là où le sol est plat et sec au bord du lac Vättern. Impossible de rater celle de l'évêque : plus haute et plus vaste que les autres, d'une meilleure étoffe, angles et sommet festonnés. Un gaillard assis en tailleur, occupé à tailler un bâton, accourt en voyant approcher Finn et Stina.

« Monseigneur l'évêque est abîmé en prières, il ne reçoit pas. »

Stina redresse le dos et cloue l'homme du regard, habituée à dompter la piétaille.

« Je suis dame Kristina Månsdotter, de Göksholm, parente de l'évêque. C'est pour profiter de ma table que vous faites route vers le nord. Laissez-moi passer. »

L'homme se hâte de s'incliner, brosse les copeaux de bois sur sa cuisse et cherche son regard, la tête basse, un sourire d'excuse aux lèvres.

« Pardonnez un homme simple. Avec plus d'esprit j'aurais plus vite compris à qui je m'adressais, et je vais sans tarder m'écarter de votre chemin. Mais auparavant, madame doit savoir que s'entretenir avec le Seigneur est pour l'évêque une tâche qui donne soif, et c'est pour pouvoir poursuivre cette conversation sans être dérangé qu'il m'a posté ici à veiller sur sa tranquillité. »

Finn soulève un coin de la tente pour la faire passer, et Stina voit sur son visage la puanteur qui l'atteint un instant avant elle. Vin aigre éventé par la chaleur, corps sale dans un espace confiné, odeur piquante d'un pot de chambre où a coulé la bile. Une outre en peau ayant contenu du vin, flasque dans sa flaque.

L'évêque est recroquevillé sur un lit fait d'un assemblage de planches sculptées. Ravagé par les ans. Maigre et noueux comme une incarnation du Temps, la barbe blanche et clairsemée, le cheveu de même, les oreilles broussailleuses et décollées. La tente qu'on a dressée autour de lui est aménagée, un épais tapis sur la terre battue par ses gens, à côté du lit une table où manger et écrire. L'encrier est renversé, les papiers pêle-mêle, certains ayant servi à essuyer des éclaboussures de vin sur le tapis. Knut Bosson quant à lui ronfle doucement, un gargouillis de bave coulant sur les poils de sa barbe.

Finn interroge Stina du regard, et elle répond d'un signe de tête en direction de l'évêque. Il tousse avec exagération dans l'espoir de réveiller le dormeur, en vain. L'homme qui les a accueillis dehors vient à leur rescousse, se glisse sous la tente une cuvette d'eau à la main, secoue l'évêque qui geint et finit par le redresser en position assise, trempe un linge dans l'eau et le met dans les mains de l'évêque tout en lui chuchotant à l'oreille. Knut plonge son visage dans le torchon et, sans ses gémissements, Stina l'aurait cru rendormi et craint qu'il soit en train de s'étouffer. Mais l'évêque se redresse, rend le linge et renvoie son serviteur. Parmi les rides et la peau flasque, Stina devine l'éclat aqueux de deux yeux, bleu trouble sur fond d'or. Les couleurs de la lignée. Elle remarque de profondes marques de part et d'autre de l'arête de son nez, et la cause en est pendue autour de son cou, un objet dont elle a entendu parler mais qu'elle n'a encore jamais vu de ses propres yeux : deux verres arrondis sertis de métal et munis de lanières de cuir à passer autour de la tête.

« Dame Kristina. Quelle joie de pouvoir déjà vous saluer à Vadstena. Je m'attendais à ne vous voir qu'à Göksholm, où les préparatifs devraient pourtant battre leur plein ?

– Je suis ici pour ma belle-sœur, Margareta, la femme de votre neveu Nils. Elle est dans les affres de l'accouchement, aux soins des sœurs.

– La miséricorde de Dieu soit avec elle. »

Après s'être signé, il repose ses griffes sur ses genoux. Il a une façon particulière de vous fixer, immobile : Stina ne sait s'il s'agit seulement de la lenteur du grand âge, ou d'une manière réfléchie de désarçonner son interlocuteur, de lui signifier que le temps qui passe lui appartient, à lui et à lui seul.

« Voulez-vous me rappeler quand nous nous sommes vus pour la dernière fois ?

– Nous nous sommes rendus à Linköping, mon époux et moi, pour que vous baptisiez notre fils. »

L'évêque opine du chef.

« Mats.

– Måns.

– Måns. On pourrait pourtant penser les noms de mes neveux plus faciles à retenir que ceux de leurs pères. Mon frère Sten a engendré des descendants comme s'il devait à lui seul se venger de la peste noire, mais la génération suivante est d'autant plus retenue. Quel âge a le gamin ?

– Il verra son dix-huitième anniversaire avant la fin de l'année. »

L'évêque Knut se frotte le nez en soupirant, place la pince métallique sur ses cicatrices et tend la lanière sur les poils blancs de sa nuque.

« Approchez, que je vous regarde. »

La lentille agrandit ses yeux plissés, son visage plus troll qu'humain. Une fente traverse un des verres, rendant son œil encore plus affreux. Elle étouffe un frisson pendant qu'il prend son temps.

« Ah, Kristina. Les années passent et nous vieillissons tous. Elles semblent cependant avoir été plus clémentes avec vous qu'avec moi. Qui vous accompagne ici ?

– Finn Sigridsson appartient à ma maison, il vient aujourd'hui de Göksholm à Vadstena prier devant le reliquaire. »

Sans laisser à Kristina le temps de congédier d'un geste Finn, dont la présence sous la tente n'est plus requise, l'évêque l'invite à s'approcher et le soumet à une inspection du même genre. Ils n'ont beau s'être rencontrés qu'une poignée de fois, Kristina connaît la réputation de l'évêque, comme tant d'autres. Parent d'une sainte, mais loin d'être lui-même un saint. Sa mitre a été entachée par la division. Comme son frère Sten, il a fait partie de ceux qui ont tourné le dos au roi Albrekt pour offrir à Margareta le règne sur les terres des Svear, avant de très vite s'en mordre les doigts. Pendant que Sten s'efforçait en vain de contrer les ruses danoises par des moyens terrestres, Knut faisait de même dans le domaine spirituel, et doit avoir jubilé le jour où la reine a été mise en terre, emportant avec elle dans la tombe une querelle qui promettait de se finir par sa destitution. Sous le règne du roi Erik, il a essayé de naviguer plus prudemment en eaux de plus en plus agitées, car le roi cherche sans cesse à placer en chaire ses affidés quand l'Église préfère des hommes issus de ses rangs. Par son refus de prendre parti, Knut Bosson a perdu les rares amis qu'il avait jadis.

« Il arrive du nord, disiez-vous ? »

Quand Knut a suffisamment regardé Finn, il se penche en arrière, ôte ses lunettes et frotte son nez douloureux. Stina adresse un regard à Finn, avec un signe de tête vers la sortie.

« Retourne au chevet de Margareta, et attends là-bas. Je trouverai mon chemin toute seule. »

L'évêque et Stina écoutent tous deux les pas de Finn s'éloigner, jusqu'à disparaître.

« Eh bien, Kristina. Que puis-je faire pour vous une belle journée comme celle-ci, maintenant que vous m'avez tiré de ma prière quotidienne pour la résurrection des âmes des bienheureux ?

– Ingegerd Knutsdotter. Elle est morte en maudissant le nom de votre lignée dans son dernier soupir. J'ai perpétué votre sang, mes enfants portent l'azur et l'or. J'ai le droit de savoir. »

Il reste longtemps assis là, l'évêque Knut, ses mains noueuses ouvertes sur ses genoux, avant de se lever en s'appuyant où il peut. Sa chemise pend sur ses cuisses fripées, il tourne le dos à Kristina, boite jusqu'au pot de chambre qui attend à sa place dans le coin de la tente et retrousse l'ourlet du linge.

« Pardonnez-moi, Kristina, mais si je ne dois pas avoir de secrets pour vous, voilà un début qui en vaut bien un autre. »

Il faut bien des soupirs pour faire péniblement couler quelques gouttes. Pourtant il reste longtemps ainsi, en espérant peut-être davantage, le souffle lourd, avant de s'égoutter et de laisser retomber sa chemise.

« Mon manteau. Voulez-vous m'aider ? »

Une étoffe écarlate, coûteuse, joliment cousue, brodée de fils d'or. Elle la ramasse par terre, la pose sur ses épaules en respirant par la bouche, sans se soucier de l'aider à enfiler ses manches. Il s'en contente, y drape son corps maigre et lui indique un tabouret contre la paroi de la tente, deux cadres tendus d'une assise en toile.

« Ingegerd était ma demi-sœur. »

Il laisse ses mots faire leur effet.

« Bo Bosson était mon père, le grand-père de votre époux, chevalier et conseiller royal, d'aussi haut rang que tous nos ancêtres. Il a rencontré une femme, et l'amour entre eux a été immédiat. Elle s'appelait Märta. Peu leur importait qu'ils soient tous deux mariés de leur côté. Malheureusement pour eux, leur union a été fertile. Le scandale aurait certainement éclaté au grand jour si la mère de Märta avait été quelqu'un d'autre. »

Il tend la main vers un pichet, et Stina lit sa déception de le trouver plus vide qu'il ne devrait. Il boit le fond, chaud et aigre, des gouttes rouges tachent sa barbe.

« Märta était la fille de sainte Brigitte. L'adultère de sa fille aurait pu à lui seul réduire à néant la cour que Brigitte faisait au pape à Rome, mais il y avait pire : Märta et Bo étaient parents. Cousins issus de germains. Quand le Christ a trouvé son chemin jusqu'à nous, dans le Nord, l'Église a commencé par décréter qu'une union entre parents jusqu'au cinquième degré était un péché aux yeux du Seigneur. Mais on a vite fait de nous compter, par ici, bien moins nombreux que les peuples plus au sud. Même le plus pieux a bien compris qu'avec un tamis aussi fin, peu d'enfants naîtraient en odeur de sainteté : pour cette raison, chez nous, la consanguinité est calculée autrement. Mais Brigitte était déjà à Rome et, avec une rumeur pareille, la glorieuse sainteté à laquelle elle aspirait si ardemment lui aurait glissé entre les doigts. Et Brigitte était peut-être une sainte, mais pour son entourage, elle était aussi autre chose. Une presse à monnaie sur pattes. Son nouveau couvent était florissant grâce aux aumônes, et toute personne qui lui était proche faisait non seulement son salut, mais sa fortune. Märta d'Ulvåsa et Bo Bosson de la lignée azur et or avaient tout à gagner à se taire. L'époux de Märta s'est donc laissé persuader que la fille qui était née était la sienne, alors qu'une virilité bien trop courte l'empêchait de semer en bonne terre. L'enfant nouveau-né a été baptisé Ingegerd, avec pour patronyme Knutsdotter, alors qu'elle avait le même père que moi. »

Knut se passe la main sur le visage.

« Notre lignée est facile à reconnaître. Chaque année qui passait, Ingegerd ressemblait davantage à Bo Bosson et sombrait de plus en plus dans la folie. Pas étonnant, sans doute, avec une mère qui la punissait souvent à cause de ses rêves brisés, un père qui l'avait rejetée et un père adoptif qui gardait ses distances. Elle n'en était pas pour autant idiote. On a choisi de l'envoyer à Vadstena, pour y être surveillée de près par les sœurs, à qui on avait confié que la fillette représentait une menace pour les fondations mêmes du couvent. »

Stina l'imagine très facilement : les murs du couvent et la communauté des sœurs, une prison où une foule d'yeux la surveillaient, à chaque instant sous le regard d'autrui. Aucun endroit au monde ne pouvait sans doute mieux remplir cet office.

« Märta sous-estimait sa fille. En quelques années, elle a gravi tous les échelons, de la novice au bord des larmes à l'abbesse hautaine. Elle a vite appris qui était son père, dès qu'elle a eu pouvoir sur ceux qui savaient, mais il était déjà mort et enterré. Alors elle est venue me trouver, m'a tout raconté, a exigé mon soutien, et qui étais-je pour le lui refuser ? Mon sceau figurait à côté de celui de mon père sur toutes les suppliques envoyées à Rome pour demander la canonisation de Brigitte. Si tout avait éclaté au grand jour, j'aurais été anéanti, et avec moi beaucoup d'autres.

– Si vous aviez traité Ingegerd avec un sincère amour fraternel, je doute qu'elle ait achevé sa vie en maudissant votre lignée. »

Knut sourit en coin. Des dents jaunies, bien usées, mais encore tranchantes. Un rictus de carnassier. Il baisse la tête pour la flatter.

« J'ai entendu dire beaucoup de bien de vous, Kristina Månsdotter, et je suis content de pouvoir constater de mes propres yeux que cette réputation n'est pas mensongère. »

Ce compliment fait frémir Stina. Les louanges d'un homme comme l'évêque blessent plus que son mépris, comme d'être touchée par quelque chose de sale et d'être soi-même souillée.

« Le secret qu'elle portait nous aurait détruits tous les deux. Entre nous, c'était toujours une lutte où le vainqueur du moment était celui qui avait le moins à perdre. Je ne nierai pas qu'à la fin, j'en suis sorti à mon avantage. Être évêque coûte cher, sachez-le. J'ai pu puiser pour mon compte dans les caisses du couvent.

– Et ensuite ?

– Ingegerd ne trouvait pas la paix. Son père lui manquait, sans doute. Elle a cherché à plaire à d'autres hommes. Avant le début du nouveau siècle, il ne devait plus y avoir un pouce de sa chair qui n'ait été souillé. En qualité d'évêque, j'ai dû venir en inspection et feindre l'impartialité avant de trancher à son avantage. À la fin, cela n'a plus été possible. J'ai cru qu'elle allait m'entraîner dans sa chute, mais à ma grande surprise, il n'en a pas été ainsi. Avec sa destitution, sa folie a pris le dessus. Une personne insensée ne pouvant porter témoignage, j'étais à l'abri.

Elle a fini par cesser de parler aux autres, restait dans sa cellule, se plaignait de maux de tête et de visions étranges. »

Il étouffe un rot, dont la brûlure aigre au fond de la gorge le fait grimacer.

« Bien. Maintenant, vous en savez autant que moi au sujet d'Ingegerd. Voudrez-vous bien en sortant demander à mon serviteur de m'apporter du vin ? Pour vous, me voilà la gorge sèche. Demain, nous reprendrons notre route vers le nord, et si vous voulez nous suivre, vous et les vôtres, vous êtes les bienvenus parmi nous. »

17

Finn revient sur ses pas, le souvenir du regard jaune de l'évêque Knut comme une brûlure, son haleine aigre de vin, la saleté de sa tente. Un saint homme, un des plus hauts dignitaires de l'Église, représentant du pape en personne, mais usé et dénué de toute dignité. Le même homme, sous un habit plus simple, assoupi contre le mur d'une taverne, on l'aurait mis à la porte avant qu'il ne souille les bancs et empeste l'air que tout le monde partage. Il ne parvient pas à s'empêcher de se demander si l'évêque Knut aurait connu un meilleur sort qu'Olof Jönsson, rencontré sur un chemin loin de toute oreille humaine. Finn crache par-dessus son épaule et se signe pour se prémunir de la mauvaise conscience qui pointe quand son esprit s'en va seul vagabonder là où il ne devrait pas.

On le reconnaît à la porte du couvent, on ne lui pose pas de question, au contraire, on se dépêche de détourner le regard. Finn est marqué comme faisant partie du malheur suspendu au-dessus du toit du bâtiment, comme un nuage promettant la pluie. Un moment, il hésite et cherche alentour la bonne entrée parmi ce dédale de pierre, avant qu'une sœur qui a lu ses pensées ne lui fasse un geste discret dans la bonne direction. Dans la cour broute un étalon. Finn s'est toujours occupé de chevaux et sait en estimer la valeur, car c'est là le ragot favori des gens d'écurie : ils ont beau avoir rarement vu de leurs propres yeux des pièces d'argent sonnantes et trébuchantes, ils peuvent donner le prix d'achat de n'importe quel coursier à l'once près, mieux que leurs propriétaires eux-mêmes. Celui qui monte cette bête-là est riche, plus riche que tous ceux dont Finn a entendu parler, pour laisser une telle fortune errer sans entraves où bon lui semble. Le cheval est puissant, haut du garrot, son poil bien étrillé sur des muscles saillants, selle et harnais de la meilleure facture. Le coin du tapis de selle porte des armes que Finn ne reconnaît pas, esquif de gueules sur fond d'or, poupe et proue de plumes de paon en bouquet. Un visiteur au blason étranger.

Finn s'ébroue au soleil, habitué à considérer l'inconnu comme un danger jusqu'à preuve du contraire. Il hume un moment l'air d'été qui pour quelque temps encore n'a le goût ni d'un bon jour ni d'un mauvais, ouvre la porte et monte à l'étage.

Il entrebâille la porte de la chambre sans se faire connaître, ne sachant pas bien comment se comporter sans dame Kristina à ses côtés. L'accouchement est le domaine des femmes et il a beau être de la maison, il ne veut pas déranger par une présence importune. Mais un autre homme est déjà là, qui a accaparé le tabouret de la sage-femme, laissant la vieille debout. Il a la tenue de voyage d'un seigneur, une veste de beau cuir souple trop bien ajustée pour ne pas avoir été taillée sur mesure, portée sur une tunique légère, les jambes dans des chausses d'été, des bottes aux pieds. Le cavalier en personne, sans aucun doute. Une de ses mains est posée sur la joue de Margareta, l'autre serre la sienne, ses deux gants de cuir jetés à terre. Il s'est penché pour être front contre front. Tous deux pleurent, il lui murmure un chut tandis qu'elle gémit tout bas, comme une deuxième voix.

Finn se balance d'un pied sur l'autre. Il est affidé au blason azur et or, Margareta est l'épouse de Nils Stensson, et l'enfant qui refuse de venir un parent du seigneur Bengt. Et pourtant, en ce moment de détresse, la voilà caressée par un autre homme, d'aussi près que s'ils étaient amants. Le dilemme du serviteur le démange : abandonné à son propre jugement, il est aisé de se tromper en pensant bien faire, au détriment de soi-même et d'autrui. Plutôt garder le silence. Il prend sa décision, recule sur la pointe des pieds et revient sur ses pas avant de se diriger vers l'église, afin d'y prier pour une issue heureuse de l'accouchement de Margareta et pour le salut de sa sœur. Celui qui prie ne peut être accusé de pécher.

Les heures passent. C'est la main de Brita qu'il sent sur son épaule, qui le tire du singulier repos de la prière. Les jambes raides, il se relève devant le reliquaire, cligne des yeux pour mieux voir dans la pénombre de l'après-midi. Elle se tient devant lui les yeux rougis de larmes, les joues striées de traces de sel.

« Ma mère veut que tu la rejoignes. Elle te demande de prendre une pelle. »

Finn arrive tard et en sueur là où les morts reposent en terre consacrée, moines et sœurs en récompense de leur dévouement au service du Seigneur, hôtes moyennant de généreuses aumônes. La pelle a été difficile à trouver et difficile à emprunter, car la sœur jardinière était à la fois autoritaire et incapable de prendre une décision, têtue et hésitant à remettre son outil en mains étrangères sans être certaine qu'il allait servir à un dessein agréable à Dieu. Il a fini par l'empoigner et l'emporter en promettant de la rapporter dans le même état, sourd à ses protestations. Une bonne pelle, taillée d'une pièce, aux bords renforcés de ferrures pour mieux fendre les racines et la terre, assez lourde pour résister, assez légère pour épargner le bras et l'épaule. Il se hâte avec réticence, certain de ce qui l'attend.

Dame Kristina lui tourne le dos, mais n'est pas assez large pour dissimuler son fardeau. Le paquet qu'elle tient est inerte et silencieux, drapé de blanc. Il garde la distance, ne voulant pas s'approcher d'elle sans y avoir été invité. Elle reste encore un moment immobile, caresse une joue qu'il ne peut pas voir. Elle ne se retourne pas pour s'assurer de sa présence, se contente de lui indiquer une parcelle libre, et il va y faire ce pour quoi il a été appelé. Le sol est d'abord sec et ingrat, dur et sableux, mais la pelle tient ses promesses et perce la croûte supérieure jusqu'à une terre retenant encore l'humidité, par là plus lourde mais pourtant plus facile à travailler. Le jour touche à sa fin, mais le soleil est encore haut et il est bientôt en sueur, sans moyen d'alléger son vêtement. Quelque part derrière lui se tient dame Kristina, et son chagrin muet est comme un courant d'air froid surgi d'une cave. Finn ne sait pas quand il doit s'arrêter mais ne veut pas demander et préfère trouver une certaine consolation à faire quelque chose dans ses cordes : un effort docile, muet. Il sort du trou une pelletée de terre après l'autre, dégage les pierres qui le gênent avant de les balancer sur le côté, élargit la tombe pour avoir la place de travailler, creuse de plus en plus profond. Les murs du couvent s'interposent entre le soleil et lui, plongent le cimetière dans l'ombre, rafraîchissent.

Il est enfoncé jusqu'aux épaules quand elle lui dit que ça suffit et qu'il peut poser sa pelle. Dame Kristina demeure encore un moment immobile, puis replie l'étoffe sur le petit visage et s'agenouille pour lui passer le ballot. De son mieux, il brosse ses mains avant de le prendre, aurait aimé être débarrassé de leur laideur, de leurs cals, ampoules et cicatrices, marquées de terre et de sueur. Après tous ces efforts, le paquet ne pèse rien, un nuage emballé dans un linge. Il le pose de son mieux sur le sol qu'il a aplani au fond du trou, tasse un petit rebord pour caler le corps. Puis il se hisse hors du trou et attend un signe pour se pencher et reprendre la pelle. Le bois lui brûle les poings, mais il accueille cette douleur avec reconnaissance, en aimerait davantage, assez pour lui faire oublier la tâche qu'on lui a assignée. Jamais une action ne lui a paru plus impitoyable que de jeter de la terre sur le petit, disparaissant peu à peu à chaque pelletée, jusqu'à ce qu'on ne le voie plus, le poids de la terre qui le recouvre bientôt suffisant pour faire éprouver à Finn la panique dans sa chair. Il achève pourtant ce qu'on lui a ordonné, jusqu'à la dernière pelletée : plus rien ne trahit la tombe qu'une tache sombre de terre remuée au milieu des herbes folles. Il se retrouve à nouveau planté là, désœuvré, tête basse et mains jointes devant lui.

« Les sœurs ne voulaient pas d'un enfant non baptisé en terre consacrée. Un manoir et toutes ses terres, c'est apparemment ce qu'il fallait pour leur faire changer d'idée. Mais elles ne lui dresseront jamais de pierre tombale. Tu peux aller rendre cette pelle où tu l'as trouvée. Je reste encore ici un moment. »

Finn parti, Stina se rend devant la tombe d'Ingegerd Knutsdotter, seule avec sa colère. Elle aurait aimé qu'il lui ait laissé la pelle, aimerait avoir la force de déterrer les ossements d'Ingegerd et les piétiner jusqu'à ce qu'il ne reste plus que poussière d'elle et de ses paroles cruelles. Sa rage semble excéder ce que sa peau peut contenir, comme si elle était elle aussi grosse d'une créature ne sachant où aller. Ça gonfle en elle, quelque chose doit sortir. Aussitôt, elle sait ce qu'elle veut. Le couvent s'est tu. Personne ne l'entend parler à la morte, et personne ne voit.

« Voilà pour toi, Ingegerd. Cela puisse-t-il tremper tes os desséchés, et te brûler jusqu'à la dernière goutte. »

Elle retrousse sa robe suffisamment pour la draper autour de sa taille, plie les genoux et s'accroupit. Elle entend le jet chuchoter en se soulageant sur la tombe.

Le lendemain, ils rejoignent la suite de l'évêque en route vers le nord, la maison, Göksholm, sur la rive du Hjälmaren.

DEUXIÈME PARTIE

SAINT-JEAN 1434

18

Nils Stensson arrive avec le soir, chevauche au crépuscule, l'éperon plus vif qu'il ne devrait, conscient qu'une branche tombée ou une racine traître pourraient les faire chuter en brisant les jambes du coursier et le cou du cavalier, mais peu lui importe, certain qu'il est qu'un tel destin est réservé aux autres. Le galop lui brûle les fesses et les cuisses, sueur sur peau à vif. Trop d'heures à trop vive allure, beaucoup de jours d'affilée.

Il arrive du Nord, des hautes terres aux confins du royaume où les Montagnards allument des brasiers et piochent dans la suie la roche éclatée, de plus en plus profond jusqu'à un monde souterrain où le soleil est impuissant et où règne une éternelle obscurité autour du halo des torches de goudron. Sous leurs pieds les attend le royaume de la perdition, et tous savent qu'ils connaîtront tôt ou tard le même sort que Lucifer, quand leurs tunnels toucheront le plafond des enfers. Mais il fait au contraire plus froid à chaque brasse creusée, et les mineurs se disent qu'ils sentiront le chaud bien à temps. Du fond du gouffre, ils remontent des corbeilles de gravier au bout de cordages de cuir tressé, et de cette pierre chauffée, attisée par des soufflets, coulent le fer et le cuivre en flot incandescent, aussi sûrement que le meunier moud le grain du paysan.

Nils lui-même ne comprend pas. Voir les rides perplexes au front de leur hôte emplit les Montagnards de fierté. Les gens de là-bas sont d'une autre trempe que ceux du Sud, indépendants et habitués à n'obéir qu'à eux-mêmes, prompts à la colère et à la moquerie, endurcis par le pays qu'ils doivent apprivoiser et le courage qu'il a fallu pour amasser ses richesses et défendre ses coffres. Les malfaiteurs sont les bienvenus parmi eux, tant qu'ils n'ont pas tué ou violé des femmes – mais s'ils récidivent, la justice pour eux est simple et expéditive. Nils est stupéfait par tout ce qui est exigé de ceux qui se proclament chefs : non seulement la maîtrise de la mine et du peuple, mais aussi des routes fluviales vers le sud, où un rapide au prochain méandre menace d'engloutir toute la cargaison avant d'atteindre Stockholm, où les lingots peuvent être échangés contre monnaie et marchandises. À quoi doit s'ajouter la ruse, pour obtenir un bon prix des marchands de la Hanse, dont l'art d'acheter à vil prix a été raffiné de génération en génération. Nils a traversé la moitié du royaume pour revenir de là-bas, sollicitant l'hospitalité de paysans, parents et baillis, laissant un à un ses hommes derrière lui à mesure que leurs montures flanchaient. Il est à présent presque arrivé, sent l'odeur du feu allumé le soir dans les foyers, entend une cloche lointaine sonner complies pour achever le labeur de la journée, s'attend à voir la tour du couvent s'élever derrière la prochaine colline. La voilà finalement, une flèche fuligineuse parmi les premières étoiles.

Il met pied à terre dans l'enceinte, conduit son cheval à l'écurie et jette les rênes au valet occupé à balayer le crottin. Son sixième sens de cavalier expérimenté lui fait remarquer un garrot qui dépasse des stalles, un animal qui n'a rien à faire dans un couvent. La monture d'un guerrier, sans aucun doute. Il s'approche, ne peut s'empêcher de flatter son dos bien étrillé pour confirmer ce qu'il a vu. L'animal se dérobe à cette caresse inconnue. Dans le langage des chevaux, il chantonne pour le rassurer. La selle repose sur un piquet, graissée et de bonne facture. À côté, ce qu'il cherche : le tapis de selle, avec son blason brodé. La pénombre estompe les couleurs, mais il n'en a pas besoin. Esquif sombre naviguant sur fond clair. Il connaît la lignée qui porte ce blason. Il se demande qui parmi eux est venu, et pourquoi.

Nils se dépêche de gagner l'aile nord, ancien siège des Folkung, où se serrent désormais l'infirmerie et la salle capitulaire. Où la trouverait-il sinon, son épouse ? L'inquiétude le ronge plus que jamais, si près du but, car il sait qu'il arrive plus tard que prévu et à chaque instant il espère entendre le calme du soir troublé par des pleurs d'enfant. Mais rien. Le chant lancinant des sauterelles dans le soir d'été. Il ne rencontre personne sur son chemin, et au cœur des ténèbres il laisse glisser une main le long de la muraille pour se guider. À l'étage, un couloir, une porte close. Nils Stensson se hâte, mais une voix l'arrête, la main sur la poignée.

« Attendez ! »

Un inconnu sort de l'ombre, lui fait signe de s'approcher d'une fenêtre qui laisse entrer la lueur du soir. Le soleil s'est couché, mais le ciel porte encore la mémoire de ses rayons. La lune s'est levée, plus qu'à demi pleine, plus grosse chaque nuit. Elle verse une lueur qui festonne d'argent le crépuscule bleuté. Sans connaître son nom, Nils sait qu'il a trouvé le propriétaire du cheval. Un homme de son âge, peut-être quelques années de moins. Beaux habits, sans doute trop coûteux pour être usés à cheval. Un visage gâché par un nez trop petit et un menton en galoche. Regard papillonnant, mains inquiètes. Cabot malingre aux atours tape-à-l'œil. Plus petit que lui, et plus faible.

« Laissez-la se reposer. Elle dort, après avoir veillé longtemps.

– Dites-moi ce qui s'est passé.

– D'abord, votre nom.

– Nils, fils de Sten Bosson d'Ekhult, aux armes coupées d'azur et d'or. Margareta est mon épouse, et l'enfant qu'elle attend le mien. »

L'inconnu soupire, comme si un pressentiment venait d'être confirmé.

« L'enfant est sorti les pieds en premier, le cordon noué autour du cou. Il n'a jamais respiré. Mara a longtemps saigné, mais le sang est à présent contenu, et elle est mieux aujourd'hui qu'hier. Les sœurs ont prié pour elle. On dit qu'elle vivra. »

Autour de lui le monde part à la dérive. Il ne sait pas si le sifflement à ses oreilles provient du silence ou du fracas produit par le tremblement et le glissement de tout ce qui l'habite. Envolés, les rêves d'un fils ou d'une fille, une vie toute neuve qui l'aurait uni encore plus étroitement à Margareta en donnant de nouvelles formes à leur amour. Disparue, la fierté attendue d'une paternité à venir, cette entrée dans une autre forme d'âge adulte, sa réflexion chez les parents et amis sous forme de compliments et de vœux, la main de ses frères sur son épaule. Un avenir qui voilà peu semblait si proche. Il s'en est fallu d'un souffle, celui qui n'a jamais été inspiré. Réduit à néant par un sort cruel et les paroles d'un étranger à présent incapable d'y joindre quelques mots de consolation. Sa colère s'allume, et Nils s'y agrippe comme un homme qui se noie à un tronc flottant, n'importe quoi plutôt que le néant qui l'étreint.

« Et vous ? Qui êtes-vous et qu'avez-vous à faire ici ?

– Je me nomme Karl, mon père Knut Tordsson d'Ekholmen. Nous arborons esquif de gueules sur onde d'or. Nous possédons de la terre depuis que la terre existe, aussi la tradition veut qu'on nous appelle Bonde, ce qui veut dire fermier. Ma demeure est à Fågelvik. »

Démêler l'enchevêtrement des liens familiaux est un art que Nils a dû apprendre dans sa jeunesse, mais ses souvenirs glissent et échappent à son esprit paralysé. Pourtant, il connaît ce nom. Karl Bonde. Le demi-frère de son épouse, plus âgé qu'elle. Même mère, père différent. Le voilà donc qui le regarde de ses yeux sans merci, clairs comme l'eau de roche et tout aussi froids.

« Karl Knutsson. Karl Knutsson Bonde. En effet, je connais votre nom. Vous venez donc ici, et de Fågelvik encore, mais quand nous avons célébré notre mariage, vous avez refusé de vous joindre à la noce. Quelle sorte d'homme êtes-vous, qui choisissez la joie pour ennemie et la peine pour amie ? »

Nils entend bien l'injustice de ses paroles, et aurait souhaité une réponse de la même farine. Une querelle, voilà ce qu'il lui faudrait. Au lieu de quoi Bonde, gêné, se balance d'un pied sur l'autre, regard fixé sur le mur. Même dans une telle pénombre, Nils voit rougir le visage de Karl Knutsson, jusqu'à ce que des larmes se mettent à couler sur ses joues, et il se penche pour voiler sa face, tandis que de lourdes gouttes tombent de ses cils clairs. Nils regrette ses mots durs adressés à quelqu'un d'aussi fragile, et pose une main hésitante sur l'épaule de Bonde. Vient alors la réponse. La voix est faible, tremblante, et Nils Stensson retire brusquement sa main comme d'une crevasse où nicherait un serpent.

« J'ai fait tout ce qui était en mon pouvoir pour empêcher cette union. Mara était trop jeune pour être mariée, et vous trop vieux pour elle. L'âge d'or de votre lignée est passé. Mais ma mère a préféré écouter son mari, et tenait l'azur et l'or pour un bon parti. Voyez le résultat. Si elle m'avait écouté, elle ne serait pas là aujourd'hui, presque brisée en deux, à un cheveu de la mort. Trois jours durant, elle a lutté pour accoucher d'un enfant vivant, avant d'exploser en expulsant un cadavre. Deux jours durant elle a pleuré, moi à son chevet. Et le père n'arrive que maintenant, après la bataille. »

Nils encaisse les coups, chaque mot affûté sur la pierre de la vérité. Pourtant, c'est l'étonnement qui l'emporte, l'étonnement qu'un homme qu'il connaît à peine nourrisse une telle hostilité à son égard. Il n'a jamais rencontré Karl auparavant, juste son épouse, la cousine de Margareta, dans la suite de la mariée lors de leurs noces.

« Pourquoi... »

Une question d'enfant. Il la retient. Il reste plutôt là à regarder Karl qui pleure encore, levant ses doigts frêles pour couvrir son visage. Sa voix est lamentable, une plainte fragile.

« Elle ne vous aurait jamais choisi. »

Nils se souvient mieux à présent de l'épouse de Bonde. Ressemblant tellement à Margareta qu'elles auraient pu être sœurs, au point qu'on puisse les confondre de loin. Cette peine dont il est le témoin : la réponse à sa question lui vient immédiatement, sa clarté est un tel choc que Nils recule d'un pas, le souffle coupé.

« Vous la vouliez pour vous. Votre propre demi-sœur. Vous ne pouviez pas l'avoir pour épouse, alors vous avez pris ce qui s'en approchait le plus. »

Karl Knutsson Bonde lève ses yeux pâles de serpent, bordés de rouge. Sa réponse n'est qu'un chuchotement brisé, sa haine à présent à nu.

« Vous demandiez pourquoi je recherchais la peine plutôt que la joie, mais vous vous trompez. Quelle fête aurait pu me voir plus joyeux ? Elle vivra, mais votre enfant est mort. C'était une petite fille. J'étais un des premiers à la voir, et un des derniers. Bleue et froide, sa petite langue gonflée dans sa bouche. Intérieurement, je riais. »

Le silence se fait autour d'eux tandis qu'ils se regardent d'un œil neuf, Karl Bonde et Nils Stensson. Des mots ont été prononcés qui ont ouvert des plaies inguérissables. Il ne s'agit pas d'une querelle au sujet d'un arpent de terre ou d'un droit de succession, qu'une tierce personne pourrait régler avec la voix de la sagesse. Ceci est d'une autre nature, quelque chose dont deux adultes avisés auraient dû à tout prix se garder. Ils se sont tous deux fait un ennemi mortel ce soir, et la gravité de l'heure les dépasse. Tous deux sont de famille noble, capable de lever des chevaliers et de brandir des armes acérées, tous deux assez malins pour frapper là où cela fait le plus mal. Cette discorde est un présage de désolation dans un monde trop petit pour qu'ils puissent éviter d'avoir à se recroiser. Nils aurait aimé qu'ils quittent au plus vite cette terre consacrée pour se retrouver dans quelque bosquet où personne ne les dérangera, et y rester jusqu'à ce qu'un seul des deux seulement soit en état d'en ressortir. Il sait que ce moment n'est pas venu.

« Rentrez chez vous à Fågelvik, Karl Bonde. Je tairai votre secret à mon épouse, d'une part pour lui épargner de repenser avec dégoût à son enfance en passant en revue chaque moment où elle s'est exposée dévêtue à votre regard lubrique, et d'autre part pour que vous sachiez que chaque mot aimable que vous échangerez à l'avenir avec votre sœur sera tributaire de ma magnanimité. Puisse cela calmer votre orgueil. »

Karl Bonde lèche ses lèvres fines, ouvre la bouche pour une réponse hâtive, mais se retient, recommence, ne tient pas en place, passe des doigts inquiets sur la bordure de sa tunique.

« Nous ne devrions pas tarder à nous retrouver, Nils Stensson, et ce sera sûrement la première fois avant beaucoup d'autres. Qu'il en soit ainsi. Ceci peut rester entre nous. Mais un de ces jours, nous nous rencontrerons là où il nous sera possible de reprendre la conversation de ce soir, et cette fois-là vous vous en tirerez moins bien. »

Il tourne les talons pour s'en aller sur les dalles de pierre vers l'escalier qui descend à l'écurie. Nils hausse la voix derrière lui, poussé par son orgueil à avoir le dernier mot.

« Je suis allé au nord. Des événements sont en cours là-bas, des événements qui promettent des temps nouveaux. Je saurai les tourner à mon avantage. La prochaine fois que nous nous croiserons, Karl Knutsson, je serai tellement au-dessus de toi et des tiens qu'une flaque de pisse lâchée par un cheval aura plus de chance de vaincre le soleil qui s'y reflète. Sous mes rayons, tu te dessécheras jusqu'à ce qu'il ne reste plus que quelques traces de sel. »

Nils est à son chevet quand Margareta se réveille, aux premiers faibles rayons du soleil. Toute la nuit, elle a pu se reposer, plongée dans une profonde somnolence, et toute la nuit il a veillé sur elle, cherchant des traces de leur bonheur passé dans son visage labouré par la souffrance. Elle est marquée, des lignes encore jamais vues creusées autour de cette bouche qui a crié de douleur, sur ce front plissé dans la lutte. Les yeux enfoncés dans un visage enflé. Sa main repose inerte dans la sienne, vidée de toute force, et une lourde odeur de sang flotte encore dans la chambre, comme sur un champ de bataille après l'affrontement. Plein de gratitude, il écoute chacune de ses courtes respirations : elle vit et va vivre. La devise de la lignée se rappelle à son souvenir, qu'il a entendue si souvent répétée les bons comme les mauvais jours. Le destin l'a épargnée, dans l'espoir d'un lendemain. À la lueur de l'aube, elle ouvre ses yeux, bleus, et quand elle voit que c'est lui qui est assis à son chevet, et non son demi-frère, ils se remplissent de larmes, son premier mot un sanglot :

« Pardon. »

Il s'attendait à tout sauf à cela. Il n'a jamais voulu répondre si vite, et en choisissant des paroles si justes :

« Nous n'avons pas été longtemps mariés, Mara, mais si je t'ai jamais donné des raisons de me croire homme à t'attribuer la faute de tout ceci, je te prie de m'en excuser. »

Elle lui presse plus fort la main en l'attirant à elle, dans une étreinte frémissante. Ses frêles épaules lui rappellent son jeune âge, et les paroles de Karl Bonde sont une goutte de poison dans sa coupe amère.

« La faute est mienne. Il était trop tôt pour avoir un enfant. Nous aurions dû attendre un an, ou deux. »

Il sent son menton contre son épaule quand elle secoue la tête.

– Non. Je voulais autant que toi, j'avais hâte de porter notre enfant. Si Dieu punit ce désir, il nous punit tous deux.

– Mais pourquoi ? Nous avons reçu les sacrements. Tout fait selon les préceptes de l'Église.

– Pas tout. »

Elle a raison. Ils ont eu des occasions de se voir seuls, des instants volés hors des yeux qui les surveillaient, à l'orée du bois ou au détour d'une maison. Elle, glissant sous sa tunique ses mains pressées de saisir sa virilité durcissante. Et lui les siennes sous sa chemise. Leurs lèvres unies autour du jeu des langues. Un jour d'été près d'une des fermes de son père : ils marchent main dans la main par grand soleil sous un ciel bleu, une promenade sans but. Autour d'eux, l'avoine plus haute que le bras tendu se balance librement dans une douce brise imperceptible, presque prête à moissonner. Margareta lâche sa main, soulève sa robe pour sauter par-dessus le fossé. Encore quelques pas et la voilà dans la houle des épis. Elle ôte son long gant, le laisse tomber à terre derrière elle. Puis l'autre. Dans son regard, une invitation et une provocation. Puis elle se retourne et disparaît, le laissant là avec un éclat de rire et le bruissement des tiges autour de sa fuite. Et lui à sa poursuite, le cœur tambourinant aux oreilles. Des vêtements abandonnés le guident. Elle l'attend au milieu du champ, le sol déjà aménagé en couche dans une chambre dorée sous le toit du ciel. Son dernier vêtement, simple ornement sur sa nudité, elle le lui laisse ôter. Dans son sourire accueillant il y a de la joie, mais aussi le triomphe du pouvoir qu'elle détient sur lui, et il l'aime pour les deux, aime l'instant où son rire sonore se transforme en respiration haletante, où le jeu devient sérieux, quand elle abandonne le masque de la plaisanterie et lui montre un visage qui n'est que pour lui. Pendant des jours, ensuite, la paille et les barbes d'avoine les irritent, et ils échangent des regards à propos de cette démangeaison au dîner, en présence des autres.

« Dans tous les villages, des enfants illégitimes naissent sains et forts. »

Ces paroles n'ont pas l'effet escompté. De nouvelles larmes coulent sur ses joues, vers une lèvre inférieure crispée comme par une crampe.

« Mais alors pourquoi pas le nôtre ? »

Il tâtonne à la recherche du sésame, les mots justes promettant de tout arranger. Il la saisit par les épaules, plus fort qu'il n'aurait voulu, dans sa peur de voir la Margareta qu'il a connue se perdre dans le chagrin et les remords.

« À aucun mortel il n'est donné d'interpréter la volonté de Dieu. Tout ce que nous pouvons faire est d'agir selon la nôtre. Soyons forts ensemble, Margareta, toi et moi. La peine a son temps, mais seulement pour permettre le retour de la joie. Tu es en vie, tout comme moi, et une longue existence nous attend. »

Ils restent longtemps ensemble tandis que passent les heures, enlacés. C'est une intimité comme il n'en a encore jamais éprouvé, sans paroles et profonde. Avec le matin, les sœurs viennent nourrir et laver, réduisent ce moment à néant, les séparent, mais Nils sait qu'ils ont tous les deux fait un premier pas vers l'acceptation de leur destin. Cette peine ne les quittera jamais, elle encore moins que lui, mais elle la fera sienne et ne la laissera pas prendre le dessus. Elle sera toujours là, toute proche, pas pour les hanter, déchirante, mais nourrie de leur amour pour cet enfant qui n'a pas pu vivre. Et entre eux deux, rien n'est brisé.

Il la quitte pour laisser les sœurs faire sa toilette et changer ses linges, s'appuie lourdement au mur, sentant une fatigue multiple l'assaillir, son corps épuisé par une longue journée à cheval et une longue nuit de veille, jambes raides et reins endoloris, mais l'âme plus lasse encore. Il la laisse manger, petit déjeuner frugal et sans appétit, et étancher sa soif avec le lait crémeux que les sœurs lui font avaler, une cuillerée à la fois.

« Mara, je ne peux pas rester. J'aurais bien voulu. »

Rapide comme un coup de couteau, la déception fend son visage, avant qu'elle ne se contrôle. Il pose la main sur sa joue, sent qu'elle se fait violence pour retenir un mouvement de recul.

« Je dois aller au nord. À Göksholm, où se rassemble la lignée. Cela n'a pas eu lieu depuis de nombreuses années, et l'occasion ne se représentera pas de sitôt. C'est pour notre avenir, Mara, le tien et le mien, et celui de nos enfants à venir. »

19

À Göksholm, tout s'anime dès la première heure du matin. On se livre d'arrache-pied aux derniers préparatifs, tous les bras disponibles au service de la châtelaine pour la réussite de cette journée. Des gaillards plus à l'aise une lance ou une épée à la main usent le sentier qui descend vers le lieu des festivités les bras chargés de pichets et d'assiettes en étain, de nappes, de vasques et de chopes. D'autres ont été préposés au tressage de branches de bouleau et de bouquets, car sur la prairie on a bâti une salle qu'il faut tapisser, assez vaste pour tous les invités. Le menuisier est encore là pour inspecter son travail d'un air connaisseur, il appuie un bras contre un montant, une rambarde, piétine le plancher de la piste de danse, s'assure pour la centième fois de la fiabilité du bois, tandis que des servantes juchées sur les épaules les unes des autres habillent le bois de fleurs partout où il apparaît nu. Au milieu de la salle, une longue table de planches rabotées, posées sur des tréteaux dont la modestie est dissimulée sous une nappe de velours où le lion et le lys de Kristina Månsdotter sont brodés enlacés au blason d'azur et d'or de Bengt Stensson. La cuisine a repoussé ses murs, déborde dans la cour, devant le cabanon de la boulangerie, où le sol a été dégagé pour y dresser un bûcher qu'on a entretenu toute la nuit afin qu'au matin on puisse commencer à y rôtir le cochon de lait qui attend, tout prêt, pendu dans le garde-manger. Il n'en restera bientôt qu'un lit de braises, assez long pour y allonger le Malin en personne, on dressera les hâtiers, fixera le porcelet sur la broche qu'on tournera jusqu'au soir, quand la chair sera assez tendre pour être détachée entre deux doigts. Des foyers plus petits ont été allumés alentour, où se pressent toutes les cuisinières de la contrée, jusqu'à Örebro, penchées sur des soupes et des ragoûts. Avec force cris de joie et jurons, la bière nouvelle qui a longtemps fermenté dans son tonneau est amenée pour être goûtée, en quantité suffisante pour tous, selon une coutume ancestrale, car le jour et la nuit de la Saint-Jean obéissent à une loi supérieure à la loi quotidienne. On y permet beaucoup de choses mal vues par ailleurs, et le seigneur Bengt lui-même, venu devant le tonneau en compagnie de sa belle-sœur, boit de grandes gorgées avec un soupir de satisfaction.

« À ta santé, Kari Sture. Je ne saurai jamais assez te remercier pour tout ce que tu as accompli. »

Bengt Stensson l'a toujours tenue en haute estime, et il aurait difficilement pu en aller autrement, même s'il l'avait voulu. Elle est fille de pirate, Bengt se rappelle bien son père, le vieux Sven Sture, qui arborait la flèche de gueules, blason de sa lignée, parmi les Frères des victuailles, sur la Baltique, un gaillard trapu au ventre si gros qu'on pouvait le voir flotter sans bateau, son visage fendu du front à la joue par une plaie mal cicatrisée. Son regard à parts égales espiègle et assassin, sa barbe poivre et sel, une odeur de sel et de fer autour de lui, marqué par une vie épée au poing, tantôt au service de la reine Margareta, tantôt contre elle, tantôt contre le roi Erik, tantôt contre son fils, tantôt pour lui. Il a dû fuir à Visby quand les mercenaires de la reine ont pris la mer, et jamais plus on n'a entendu le cri de ralliement des Frères au-dessus des vagues, ce cri que plus qu'aucun autre il avait fait sien : Amis de Dieu, ennemis de tous ! Sven Sture plaisantait volontiers avec Bengt, car Bengt avait été adoubé avant lui, mais encore enfant. *Viens sur mes genoux, petit chevalier, je vais te raconter comment on fait les enfants.* Aujourd'hui, le voilà devant le seul enfant qu'ait fait Sven. Katarina a quelques années de moins que sa Stina, sèche et musculeuse à l'inverse de son père, mais Bengt parvient pourtant à deviner Sven Sture, en terre depuis dix ans, qui lui jette un coup d'œil à travers le visage de sa fille. Les mêmes yeux, gris-vert, comme au plus profond de la mer, et le même regard : celui qu'on porte sur une poignée de poissons qu'on découvre peser trop peu pour le prix demandé.

« À ta santé, Bengt Stensson. J'espère bientôt voir ma belle-sœur, et qu'elle aussi sera contente. S'occuper de la maison d'autrui est comme emprunter ses vêtements : avant d'avoir reçu sa bénédiction, je ne peux même pas profiter d'une bière aussi bonne que la tienne. »

Bengt incline la tête à ce compliment.

« Stina devrait se joindre à nous d'un moment à l'autre. Un coursier du village m'attendait à mon réveil pour m'avertir que la suite de l'évêque était arrivée à Mellösa tard hier. Si je connais bien Stina, nous pouvons l'attendre pour bientôt, et le reste de la troupe pour le dîner.

– Pas de nouvelles de Vadstena, de Margareta et de l'enfant ? »

Bengt secoue la tête en baissant les yeux, et Katarina Sture reste elle aussi silencieuse. Pas de nouvelle, bonne nouvelle, dit-on, mais quand une nouvelle est attendue, on a coutume de hâter la bonne et de différer la mauvaise. Ils le sentent tous deux : l'annonce d'une ou deux morts approche, comme on devine l'arrivée de l'orage ou de l'automne dans une brise de fin d'été. Ils entrechoquent leurs chopes et boivent à grandes gorgées. Bengt fait un signe de tête vers le nord, où des nuages bleus se tassent à l'horizon.

« Il pleut, là-bas. »

Kari Sture tourne la tête pour mieux sentir le vent.

« Nous avons encore le vent avec nous. Peut-être éviterons-nous de nous mouiller ? Destin et espoir, pas vrai ? »

Ils feignent ensemble de continuer à bavarder de la pluie et du beau temps, quand Kari baisse la voix.

« À la fin, mon Bo va vouloir te parler sérieusement, Bengt. Je te conseille de bien l'écouter. »

Bengt hoche la tête.

« Écouter, je peux, mais difficile de promettre quelle sera ma réponse avant d'avoir entendu la question. »

Katarina vide sa chope et la tend à son mari qui vient la remplacer. Bengt remplit la sienne et celle de son frère, boit en silence jusqu'à ne plus parvenir à se taire.

« Qu'est-ce que vous mijotez encore, tous les deux ? »

Bo Stensson vide sa chope d'un trait, essuie sa barbe d'un revers de la main avec un soupir de satisfaction.

« Pas encore, mon frère. Attendons Nils. Il saura mieux trouver les mots. »

Bengt n'est pas étonné. S'il y a un fer sur le feu, c'est Nils Stensson qui l'y a mis, et c'est lui qui veille à ce que le soufflet de la forge soit actionné, si possible par quelqu'un d'autre. Parmi les plus âgés des fils de Sten, ceux qui comptent sont Bo et Bengt, les seuls à avoir été adoubés et introduits dans le cercle du conseil royal, des grands seigneurs tous les deux. Karl est peut-être l'aîné, mais il est faible d'esprit, lui qui s'est d'abord appelé Bo comme son grand-père, en qualité de premier-né, mais à qui le nom de baptême a été retiré quand on a découvert qu'il souffrait du haut mal. Knut est né aveugle, dans des ténèbres perpétuelles, et le monde où il évolue n'est pas le même que celui des autres. Birger est mort, homme d'Église. On raconte qu'il hante le chœur de la cathédrale de Strängnäs, gémissant, passant ses mains squelettiques dans les cheveux des visiteurs nocturnes à la recherche de la barrette d'évêque à laquelle il aspirait si ardemment mais que la mort a mise à jamais hors de sa portée. Magnus et Erik sont arrivés en dernier et ensemble, coûtant la vie à leur mère, en couches pour la dixième fois. Deux gros jumeaux, forts et têtus : peu de ceux qui les ont vus ensemble s'étonnent que la brave femme ait succombé. Bo et Bengt leur reprochent encore cette mort. Quand on convie les petits frères, c'est du bout des lèvres, et sans beaucoup le déplorer s'ils déclinent l'invitation. Et puis il y a Nils, le plus âgé parmi les plus jeunes. Les mauvaises langues le surnomment Nils sans Terre. Il a beau avoir plus de dix ans de moins qu'eux, il a depuis l'enfance tenu Bo et Bengt sur leurs gardes, gamin monté en graine qui préférait la compagnie des enfants plus âgés. Non sans amertume, ils ont tous les deux dû apprendre que les choses se passent souvent bien quand on a Nils Stensson avec soi, et mal quand il est en face. Il ne tient pas en place, l'esprit vif, trouve toujours la meilleure façon de faire prévaloir sa volonté. La prunelle des yeux de leur mère Ingeborg. On disait que tout son amour allait à Nils, et que les autres n'avaient que les restes à se partager.

Bengt adresse à son frère un regard noir, certain à présent que tout ce qui s'est dit à l'étuve n'était qu'une manière de seller le cheval avant le tour de manège annoncé.

« Nils, bien sûr. Qu'il aille au diable. »

À travers sa barbe, il siffle une servante et lui tend sa chope vide.

« Tout à l'heure, tu as essayé de m'embrouiller avec des souvenirs d'enfance. Je vais te rendre la monnaie de ta pièce. Tu te rappelles, à Ekhult, toutes les fois où Nils nous a permis de nous introduire dans le garde-manger sans que personne nous voie ? Nous pouvions prendre tout ce que nous voulions : saucisses, confiture, biscuits, pommes séchées. Tout était tellement bon que le temps disparaissait, et avec lui notre vigilance. Chaque fois que nous nous faisions prendre, toi et moi, les doigts collants, du miel aux lèvres, Nils restait introuvable et toute la faute nous retombait dessus quand Père arrivait avec sa trique. »

20

Le soleil est à son zénith quand Kristina Månsdotter, à l'écu parti de lion et de lys, arrive à Göksholm, sur un cheval d'emprunt et escortée par Finn. Elle aurait pu rentrer plus tôt, mais la fatigue et l'orgueil en ont décidé autrement. Arriver au milieu des préparatifs qu'elle n'a pas été en mesure d'assurer n'aurait fait qu'empirer les choses, et elle ne voulait pas non plus se montrer les cheveux couverts de la poussière des chemins et la robe crottée. Tout juste lavée à l'eau froide dans le cabanon de bain du prêtre de Mellösa, elle chevauche une monture fraîchement étrillée. Elle a aussi obligé Finn à se raser et se laver, et à chevaucher dans des vêtements encore mouillés, essorés au mieux. De loin, elle voit déjà tout ce que Katarina Sture a accompli, avec la satisfaction que tout ait bonne allure, et la déception d'avoir été si aisément remplacée.

Elle tire les rênes pour ralentir la jument de l'évêque sur le pont-levis, ayant d'un coup perdu l'envie d'une entrée digne. Un garçon de la maison la reconnaît, vient à sa rencontre la tête inclinée en signe de bienvenue et saisit l'animal par le mors en chuchotant pour le rassurer tandis qu'elle descend de selle. Pardessus l'épaule, elle fait un signe de tête à Finn pour le libérer de ses devoirs, et se dirige vers le corps de logis. Peu la remarquent. D'une part parce que la cour grouille d'inconnus, qu'on a fait venir de près ou de loin pour contribuer aux préparatifs de la Saint-Jean, d'autre part parce que chacun s'affaire, le nez dans sa tâche. Peu coutumière de la solitude, elle s'arrête au milieu de la montée, dans la flaque de son ombre. C'est comme si Göksholm n'était pas son héritage mais un lieu étranger, que la vie qu'elle a vécue ne lui appartenait plus. Le désespoir et le soulagement se disputent la première place, et elle ne sait lequel des deux la dégoûte le plus. Le malaise la saisit brutalement mais, au moment où sa vue va s'obscurcir, voilà une main sur son bras et, en se retournant, elle trouve Kari Sture devant elle.

« Stina.

– Kari. »

Une fois de plus, ses sentiments sont contradictoires : la simple gratitude pour ce contact et la honte d'être surprise dans cet instant de faiblesse mise à nu. Elle est heureuse que ce soit Katarina, la meilleure parmi ses belles-sœurs, assez sage pour ne pas dire tout haut ce qu'elle pense avant que le moment soit le bon, ni insouciante, ni ennuyeuse. Elle a quelques années de moins que Stina, ses yeux gris-vert et son visage dur peu marqués par le temps depuis leur dernière rencontre, à la même époque l'année précédente. La fille de Sven Sture, née avec une coque de navire éclaboussée de sang en guise de berceau. Stina se demande, et pas pour la première fois, quelles traces laisse à une fillette de quatre ans le fait d'avoir marché en tenant la main de son père sur un chemin que les Allemands avaient bordé de pieux couronnés par les têtes de ses proches, jusqu'au bateau qui devait l'emmener loin du seul foyer qu'elle avait jusqu'alors connu. Kari lui lâche le bras et prend la main de Stina avec évidence, comme si elle avait lu chacune de ses pensées.

« Viens. »

Elles descendent ensemble jusqu'à la salle de verdure dans la prairie, presque déserte à présent que tout est prêt. Stina trouve un siège, et Kari s'installe à côté plutôt qu'en face d'elle. Une servante arrive avec un pichet de bière et deux chopes. Kari verse, lui en tend une. Le poids de l'objet et sa surface rugueuse familière dans sa main, cuit dans un four de potier tout proche, comme des centaines d'autres à Göksholm. La bière est comme toujours, à la fois fraîche et amère. La consolation emplit ses yeux de larmes. Un sanglot lui échappe avant qu'elle ait le temps de l'étouffer.

« Mara a perdu l'enfant. »

Toutes deux tiennent beaucoup à Margareta, par son âge plus une fille qu'une belle-sœur. Auparavant si insouciante. Son rire. Comme il était contagieux, et fréquent. Pour un papillon au printemps, des pies sur le toit, un chat faisant la culbute. Tout ce qu'elles avaient cessé de voir mais voyaient à nouveau à travers ses yeux. Désormais, elle entendra une voix intérieure demander sans fin si la faute lui revient, une voix qui ne se taira plus jamais. Le jour d'un accouchement heureux, ce sera une consolation, mais la marque ne s'effacera jamais. Kari hoche la tête sans rien dire, là où il n'y a pas grand-chose à dire. Elle vide sa chope et les remplit à nouveau toutes les deux, et elles boivent, comme une seule et même personne reflétée dans une eau dormante. La chaleur de la boisson redonne courage à Stina.

« Il y a encore autre chose. Une des sœurs brigittines l'a remarqué chez moi et a mis des mots sur ce que j'aurais dû comprendre toute seule. Mes années de femme sont passées, Kari. Je vais devenir une petite vieille.

– Nous devrons toutes en passer par là, si la chance est avec nous. »

Facile à dire pour toi, a le temps de songer Stina avant de se ressaisir, toi qui as encore tes jeunes années devant toi, dix peut-être, car l'âpre beauté de Katarina Sture, le temps lui-même semble ne pas vouloir s'y frotter. La honte de son ingratitude envers celle à qui elle se confie est cuisante. Si l'âge vaut quelque chose, que ce soit au moins de ne pas confondre amie et ennemie. Stina lève les yeux vers le donjon de Göksholm qu'on aperçoit à travers des guirlandes de fleurs.

« Voilà peu, j'étais fille, née aux couleurs du lion et du lys, j'ai grandi et on m'a trouvé un époux que je pouvais supporter. Göksholm a été ma dot, et je m'y suis plu. J'ai eu Brita, et Måns, je ne pouvais demander davantage. Mais j'ai toujours eu l'impression d'attendre autre chose, comme si davantage de vie que ce que j'avais jusqu'alors vécu m'attendait encore. Tellement de vie que les choix que j'avais faits ne pesaient pas grand-chose. Maintenant qu'il est trop tard, je doute de tout. Tant de jours passés pour ne plus jamais revenir, et j'ai si peu à montrer en échange. »

Kari se tait un moment avant de se pencher en avant.

« Parmi toutes les belles-sœurs de cette lignée sans fin, je t'ai toujours placée au plus haut. Voilà une femme qui a de la dignité, qui sait se tenir. C'est ce que j'ai songé un nombre incalculable de fois, moi qui me mets à marcher en écartant les jambes dès que le vent souffle, comme si j'étais sur le pont d'un navire dans la houle. Quand Bengt Stensson m'a fait demander de venir préparer la Saint-Jean en ton absence, j'ai tremblé. L'impatience m'a privée de tout repos, au point de préférer chevaucher Bo plutôt que de passer la nuit à me tourner et me retourner sans trouver le sommeil. Comment arriver à ta hauteur, et ce sans que personne ne remarque mes efforts ? Mais tu m'as facilité les choses. Jamais je n'ai vu ménage mieux tenu. Chaque chose à sa place. Je ne connais personne qui y soit mieux parvenu que toi. »

C'est une grâce rare que de recevoir une bribe de soi-même dans les yeux d'une autre, et avec tant de bienveillance. Les mots manquent à Stina, et elle ne peut que sourire, non pas de joie, mais de gratitude. Kari lui répond de même, elle qui rarement se déride. À la suite de cette émotion, une voix sceptique en elle lui chuchote que l'éloge est bien indigent. Tenir la maison, s'occuper des terres, surveiller ses gens, veiller à ce que chaque chose soit à sa place, les moissons faites et le garde-manger plein. Choses vaines qu'elle n'a jamais trouvées difficiles. Un gâchis avec des dons comme les siens, et la perfection est la moindre des choses.

Elle tourne la tête pour ne pas montrer un visage qui pourrait être mal interprété. Là-bas, sur la terre battue de la prairie, elle voit Måns, avec Finn, en pleine conversation. Cette vision l'aide à chasser ses idées noires. C'est au tour de Stina de resservir, et elles choquent leurs chopes avant de boire. Leurs yeux se croisent par-dessus le bord de terre cuite et, comme d'un geste convenu d'avance, elles inclinent leurs chopes et les vident d'un trait, rinçant la gravité du moment. Dans le silence, c'est soudain une évidence pour Stina.

« Le malheur de Mara. Tu savais déjà.

– Oui.

– Comment ?

– Nils Stensson. Il est arrivé de Vadstena à bride abattue il y a deux heures, sur un cheval écumant. Il a dû vous doubler à Mellösa à votre insu.

– Où est-il à présent ?

– Avec nos bonshommes, en haut de la tour.

– Pour parler de quoi ? »

Kari cherche son regard. Ses yeux gris-vert, graves.

« À ton avis ? De ce que leur lignée a toujours recherché. Comme la tienne. Comme la mienne. »

21

Måns entend les pas de loin, toujours aux aguets, et se retourne pour voir Finn approcher à grandes enjambées sur l'herbe qu'on vient de faucher pour faire place nette. Il va à sa rencontre. Ils s'arrêtent à un bras de distance, soudain gênés. Voilà quelques jours seulement ils se tenaient aussi près l'un de l'autre, mais ce qui s'est passé fait que ce voyage excède ce que peut mesurer le temps : Finn observe Måns avec le regard d'un étranger. Son visage n'est plus celui d'un petit garçon. Les plis juvéniles ne se voient plus qu'avec son sourire, et il sourit de plus en plus rarement chaque année. Ce qui jadis était tendre et ouvert se durcit et se cache, se fige de plus en plus dans une mine de détermination renfrognée, fermée sur son secret. Le hâle de son teint donne un éclat au bleu de ses yeux, ses cheveux sont blonds mais foncent chaque année, longs et rebelles, pâlis au soleil qui brûle longtemps dans la nuit. C'est Måns qui parle le premier.

« C'est bon de te voir de retour.

– Je viens d'arriver de Mellösa avec ta mère. »

Finn se tait, regard rivé au sol, ne sachant pas bien comment continuer, mais Måns le précède.

« J'ai croisé mon oncle tout à l'heure, arrivé par le même chemin, mais de son côté. Il m'a dit pour Mara. »

Finn ne peut que hocher la tête, soulagé au moins que le fardeau des mauvaises nouvelles soit ôté de ses épaules. Au sol, des branchages délimitent un large cercle. À l'intérieur, le sol a été désherbé et la terre mise à nu et battue. Ils commencent à marcher lentement le long de cette limite, côte à côte.

« Qu'est-ce qu'il y a, Finn ? Tu devrais être content. Ta pénitence est accomplie, et te voilà enfin à la maison. »

Des souvenirs lui reviennent, comme ceux qui remontent chaque nuit en rêves entêtants, une pierre rouge entre ses doigts pâles, des gouttes de sang dans l'herbe et le tranchant d'un couteau contre une chair tendre, du sang sous ses ongles. Il est à présent un autre, et il serait naïf de croire que Måns n'allait pas le remarquer. Il est seul avec son secret qu'il doit porter en silence, une confidence trop lourde même pour une amitié comme la leur. Mais il y a aussi autre chose.

« J'ai fait tout ce que le prêtre m'avait prescrit pour le salut de ma sœur. Si ce qu'il m'a dit est exact, son péché est expié et son séjour au purgatoire écourté. »

Måns fronce les sourcils en entendant le ton inconnu de la voix de son ami.

« Tu en doutes ? »

Ils ont longtemps été proches. Finn appartient à la maison depuis son enfance, et bien que ses devoirs se soient multipliés en grandissant, il n'est un secret pour personne que Bengt Stensson l'a choisi avant tout pour Måns, étant un gosse de quelques années de plus, à mi-chemin entre le garde d'enfant et le frère adoptif, à la fois camarade de jeu et chien de garde. Bengt l'a trouvé dans un village plus au sud, ravagé par la peste, un pauvre sauvageon en guenilles sans père ni mère, ignoré de tous, mais qu'on apercevait le soir dans la lueur du foyer, où il espérait mendier quelque croûte de pain pour sa sœur et lui. Deux enfants en bonne santé dans un village vidé par la peste : un miracle divin. Finn et Ylva. Bengt Stensson les a nourris de sa propre main, comme pour apprivoiser des animaux des bois, assez pour calmer leur faim, extirpant du garçon et de la fille des réponses timides et laconiques, pour finir par hisser le frère et la sœur en croupe de deux de ses hommes et les conduire vers Göksholm et un avenir plus prometteur que la pure et simple famine. Une compagnie pour ses propres enfants.

Dans un des cas au moins, le choix était bon car, depuis leur enfance, Finn et Måns ont été inséparables. La gratitude de Finn à l'égard de Bengt Stensson n'a jamais faibli, tant il est différent de ce père dont il se souvient à peine, toujours ivre, jusqu'au jour où assoupi au bord d'un fossé on l'a chargé sur la charrette emportant les cadavres pestiférés, malade déjà quand il s'est réveillé avec un gémissement au bord d'une fosse béante juste avant qu'on ne l'y empile parmi les morts, mais ayant vécu encore assez longtemps pour contaminer sa femme après être rentré en titubant s'affaler au lit près d'elle, assoiffé et émoustillé. Le dévouement de Finn pour Måns a sans doute commencé comme un devoir, mais s'est renforcé d'année en année. De son propre chef, il a trouvé ses tâches, et s'en est acquitté avec zèle. Depuis sa tour de pierre, le seigneur Bengt a vu leur amitié croître, jusqu'à présent d'un bon œil, car dans les jeunes années les liens font fi des frontières de rang. Un jour la séparation sera nécessaire, quand Måns comprendra qu'ils ne sont pas égaux, son ami et lui, quand bien même il l'aurait souhaité, et que la vie a creusé entre eux un fossé impossible à combler. Le monde n'est pas égal. Il y a ceux qui prient, ceux qui cultivent et ceux qui se battent. Les maîtres ont leur place et les serviteurs la leur. C'est l'ordre voulu par Dieu. Finn secoue la tête, cherche des mots qui se dérobent.

« Même l'évêque préfère s'enivrer que prier. »

Måns incline la tête de côté, attendant une suite, mais Finn change de sujet.

« Et comment va, à Göksholm ? »

Måns fait un geste en direction du donjon, au sommet de son promontoire.

« Nils Stensson est arrivé sans habits de fête et sans bagage. Il se passe quelque chose. Je ne sais pas quoi. Je ne pense pas que ce soit pour faire la fête que la lignée s'est réunie cette Saint-Jean.

– Et toi ? Comment ça s'est passé ? Qu'est-ce que tu as fait ? »

Måns montre sa main droite, ulcérée d'ampoules causées par la poignée de son épée. Finn ne comprend pas tout de suite. Puis il voit où ils se trouvent. Les branchages autour de la terre battue. Il s'arrête net, saisit le bras de Måns.

« Nous devions nous entraîner ensemble. Tu ne comptes quand même pas le faire malgré tout ? Tu m'as pourtant dit que tu patienterais jusqu'à l'an prochain.

– Serais-tu parti si j'avais dit autre chose ? Il ne fallait pas que tu renonces à la rédemption de ta sœur à cause de moi. Mais je ne t'ai pas dit la vérité. Je te prie de ne pas m'en tenir rigueur.

– Seul, tu ne peux pas t'entraîner de l'unique manière qui vaille. Ça va mal tourner pour toi, Måns. »

Måns le regarde dans les yeux, le bleu virant au noir, et Finn n'a pas besoin de plus ample réponse. Il incline la tête, sait que la décision est prise, sans retour, et la faute est en partie la sienne.

« Nous n'avons plus beaucoup de temps. Veux-tu me montrer ce que tu as appris ? Peut-être pouvons-nous encore améliorer tes chances. »

Måns hésite, mais finit par opiner du chef. Ensemble, ils prennent le chemin de la forêt.

22

Bengt Stensson dévisage ses deux frères en fronçant les sourcils. La conjuration apparaît au grand jour. Nils et Bo se sont concertés à l'avance, la chose est claire, et il connaît bien cette façon de faire. Nils y a toujours recouru. En unissant leurs forces, ses deux frères peuvent s'opposer à lui, mais pas chacun de son côté. Une fois l'un des deux rallié à sa cause, il a triomphé des deux, et tout se passe à sa guise. Bengt peste secrètement rien qu'à sa vue : plusieurs jours à cheval, et Nils semble revenir d'une promenade matinale. Comme il aurait lui-même pu le faire s'il avait eu trente ans de moins, encore dans la fleur de l'âge, et non comme aujourd'hui marqué du sceau de la mort où qu'on regarde et où qu'on tâte : lard flasque autour d'une taille jadis ferme, fesses osseuses qui s'irritent contre la selle, tête dégarnie et cheveux de plus en plus gris. En outre, il sait qu'il se flatte. Il n'a jamais eu aussi belle allure que Nils. À la recherche de la première consolation venue, il se tourne vers Bo, dont le crâne est si chauve et lisse qu'il doit se laisser pousser une longue barbe grise pour ne pas ressembler à un bout de couenne racornie. Il se sent bouillir d'impatience à présent que les affaires familiales sont classées : Nils a parlé de Margareta, que tous tiennent en haute estime, et de cet enfant dont la vie a été gaspillée par un sort inclément. Ils ont compati, sans perdre de temps. Les frères ont dit le peu qu'on puisse dire et que l'usage requiert, chacun d'entre eux bien conscient de l'indigence des mots, ils se sont embrassés, ont laissé couler leurs larmes puis essuyé leurs joues. Ces émotions ont rendu Bengt épuisé et irritable.

« Bon, puis-je enfin savoir ce que vous mijotez, tous les deux ?

– En temps voulu, frère. J'ai d'abord quelque chose à te montrer. À toi aussi, Bo. »

Nils saisit un baluchon qu'il a porté jusqu'à la salle au sommet de la tour, dont la hauteur et les murs épais protègent des yeux et des oreilles. Il déplie soigneusement le tissu et en découvre le contenu. Bengt ricane à sa vue. Un arc monté sur un manche.

« Tiens donc, une arbalète. On aura droit à une partie de chasse pour la Saint-Jean ?

– C'est un modèle d'un genre nouveau. Je l'ai gagné aux dés à un montagnard de Norberg. »

Bengt hausse les épaules, échange un regard entendu avec son frère aîné, aussi perplexe que lui.

« J'en ai déjà vu.

– Pas des comme ça. Je vais vous montrer, ça vaut mieux que de longs discours. »

Nils saisit l'arbalète sur la table, pose précautionneusement sa pointe bardée de métal contre le sol de pierre. Bengt constate qu'il s'est trompé. Ce n'est pas une arme comme celles qu'il a déjà vues et avec lesquelles il a lui-même abattu cerfs et chevreuils : l'extrémité est munie d'une sorte d'étrier où le tireur peut caler son pied pour résister tandis qu'à deux mains il tend la corde. Ici, il n'y en a pas. Cette arbalète a le nez arrondi, mais elle est équipée d'une roue dentée actionnée par une manivelle. Entre la corde et la roue, une pièce de fer crantée. Nils se met à tourner, les dents de l'engrenage mordent et à chaque cliquetis tirent la corde de plus en plus en arrière, jusqu'à ce que la menace de sa puissance contenue emplisse la pièce. Et pourtant Nils continue à tourner et Bengt s'étonne que le bois, l'arc et la corde n'explosent pas sur place. Enfin cela s'arrête et, quand Nils lève précautionneusement l'arbalète, son arc accroche un rayon de soleil entré par une meurtrière, dont l'éclat balaie la pièce. De l'acier, martelé et trempé en une mortelle demi-lune, et non de l'if ou un fanon de baleine.

Nils sort les carreaux du sac, courts et épais, fuselés, efficaces dans leur laideur. Avant qu'aucun des frères n'ait le temps d'objecter, il en pose un dans la rainure et arme la corde. Il pose l'arme sur son épaule pour viser. Au mur de la salle pend la cuirasse de leur père, le plastron de métal que portait Sten Bosson dans ses fonctions de bailli, une pièce du plus grand raffinement. Une caresse suffit à déclencher le tir. Le claquement de la corde et le choc du carreau touchant au but ne font qu'un, suivis du fracas de la tôle tombée à terre. Le bruit casse les oreilles entre les murs de pierre. Dans le silence qui suit, Bo et Bengt restent courbés, muets, tête entre les mains. Le rouge monte vite au visage de Bengt Stensson.

« Que diable, Nils... »

Son frère lève un doigt pour requérir leur patience avant d'aller ramasser le plastron par terre et de le poser sur la table. Bo siffle, et invite Bengt lui-même à s'approcher. La pointe large du carreau d'arbalète a percé la tôle aussi facilement qu'un pan de chemise. Bengt gagne le mur pour passer l'ongle sur l'impact du carreau, une tache blanche où la pierre a volé en éclat. Il frissonne devant cette puissance.

« Quelle est sa portée ?

– Deux cents brasses, et plus. Elle tue sans coup férir jusqu'à cinquante si le tireur sait viser. Voilà le résultat sur une plaque d'acier. Si tu touches une cotte de mailles, le carreau passe à travers et ressort de l'autre côté, en laissant la victime tousser des ronds de fer pendant ses derniers instants. »

Bengt soupire en tournant le doigt dans le trou de la cuirasse de Sten Bosson.

« Peu de forgerons sont capables de réparer ça, aujourd'hui.

– C'est exactement ce que je voulais dire. Les temps changent, mon frère. »

Nils pose l'arbalète sur la table, où elle attire les deux frères comme le miel des mouches, désireux de pincer la corde, d'examiner, de tâter. Nils se racle la gorge, et Bengt lâche un soupir en devinant un discours longuement préparé.

« Quand Père était jeune, il suffisait d'un chevalier en armure pour soumettre tout un village. Le soleil faisait luire heaume et cotte de mailles, et la populace n'était pas même certaine qu'il s'agissait d'un être humain. Le fou qui se risquait à tâter l'acier avec une fourche ou un pieu le découvrait bien vite aussi invincible qu'il en avait l'air. Pour peu que le guerrier sache s'y prendre, sa seule apparition suffisait, et le peuple était loin de se douter que pour échapper à l'impôt il suffisait de se jeter sur lui en masse, le désarçonner et le jeter dans l'étang le plus proche. Mais le peuple est communément lâche et stupide, et chacun tient à sa peau. Par la vénération, la terreur et l'ignorance, on soumet un royaume. Mais plus maintenant. »

Il donne une tape sur l'arbalète.

« Au Bergslagen, ils en ont déjà par vingtaines. Tout l'hiver, forgerons et menuisiers ont trimé pour en venir à bout. À l'époque de Père, il fallait s'entraîner une vie pour tuer. Jadis, le combat était un art, aujourd'hui il suffit de viser et d'appuyer. Le boucan de tout à l'heure était le chant du cygne d'une époque morte et enterrée. Le crépuscule est tombé sur l'âge légendaire des chevaliers. »

Les gonds mal graissés de la porte grincent, trois têtes se tournent. Katarina entre la première, Stina derrière elle. Les frères échangent des regards, Nils le plus incertain. Bengt lève la main pour accueillir son épouse.

« Continue, Nils. Tout ce que tu veux me dire, tu peux aussi bien le dire à Stina. Rien ne se décide ici sans sa bénédiction. »

Bo opine du chef, fait lui aussi une place à son épouse près de lui. Nils change de pied, s'efforce de retrouver le fil.

« Les Montagnards sont en mouvement. La révolte arrive. »

Bengt lève les mains.

« Encore ? Je croyais le calme rétabli. J'ai moi-même usé ma selle de Västerås à Copenhague pour cette affaire, pas plus tard que l'an dernier. Mandaté par le conseil royal, je suis monté trouver Jösse Eriksson pour voir comment il s'acquittait de sa charge de bailli. Ce porc de Danois avait les poings plongés jusqu'aux coudes dans toutes les bourses à sa portée, et il aurait fallu une sacrée mauvaise foi pour ne pas admettre que les Montagnards avaient de bonnes raisons de se plaindre. C'est aussi ce que j'ai dit au roi Erik, et Jösse a été renvoyé chez lui. Et maintenant tu me dis que tous ces efforts n'ont servi à rien ?

– Ce n'est plus seulement une question d'impôts. Le roi Erik semble avoir soupé de la paix. Il la supporte depuis presque deux ans. Si la guerre recommence, chacun sait que la Hanse se rangera du côté des Holstein, et quand leurs navires cesseront d'accoster à Stockholm, les Montagnards n'auront plus nulle part où vendre leur fer. »

Bengt croise les bras en secouant la tête.

« Je ne veux pas croire ça.

– La rumeur dit que les corsaires d'Erik pourchassent déjà les bateaux de la Hanse d'ici jusqu'au Kattegatt. »

Bengt jure en silence tandis que son sang bat à ses tempes. Il est dégoûté à la pensée de ce qu'a coûté cette guerre, que tous croyaient terminée. Seigneur, il est libre d'impôt, mais quand il faut faire la guerre, il doit dépenser jusqu'au moindre sou pour satisfaire la vanité du roi. Chevaux et selles, armes et armures et hommes capables de se battre – ils doivent payer pour tout cela, lui et ses semblables. Les jeunes gens des paroisses doivent être recrutés, équipés et leur solde payée pour être envoyés vers le sud. Ils rentrent rarement, et ceux qui reviennent sont des hommes brisés, un poids pour leurs proches jusqu'à leur mort, impatiemment attendue comme une invitée en retard. Il ferme les yeux pour calculer les frais auxquels s'attendre si son frère dit vrai. Nils les laisse considérer la gravité de la situation avant de reprendre.

« Connais-tu Engelbrekt Engelbrektsson ? »

Bengt abandonne ses comptes, presque reconnaissant de repousser l'addition à plus tard, et réfléchit en se grattant la barbe.

« De nom et de réputation. Un seigneur de Norberg. Trois demi-lys rangés bord à bord. Il a présenté la requête du Bergslagen pour le renvoi de Jösse, mais le roi a fait la sourde oreille jusqu'à ce que je confirme moi-même ces doléances. »

Nils opine du chef à chaque mot.

« C'est aussi un guerrier. Il a servi au Schleswig, s'est fait une renommée. On dit qu'il a reçu une blessure au bas-ventre dont il souffre encore, raison pour laquelle il reste sans enfants. Je me suis rendu au Bergslagen pour le rencontrer face à face. Nous avons parlé. C'est un gaillard qu'il ne faut pas sous-estimer.

– Alors il y a de bonnes chances qu'il se raisonne, si nous tentons de le remettre dans le droit chemin au nom du conseil royal. »

Nils et Bo échangent un regard par-dessus la table, que Bo renvoie à Katarina. Nils se racle la gorge.

« Non, mon frère. C'est justement ce que nous n'allons pas faire. »

Voilà, enfin. Bengt éprouve un instant de vertige devant le cœur du sujet prêt à être mis à nu, mais décide de se taire en attendant la suite plutôt que de trahir sa curiosité. Il se contente de l'inviter d'un geste à poursuivre.

« J'ai vu les Montagnards, senti leur impatience. Le reste du pays est peut-être dépeuplé, mais eux se comptent par centaines. L'an dernier, ils ont assiégé Borganäs, et seules de coûteuses promesses ont pu les renvoyer chez eux. Ils connaissent leur force et n'ont pas peur. Un sur dix possède sa propre arbalète, tout à fait comme celle-ci. La révolte va croître et s'étendre vers le sud, vidant chaque village de ses jeunes gens, et cette fois, les belles paroles n'y pourront rien, car pourquoi se contenter de promesses quand on peut plutôt se servir soi-même ?

– Tôt ou tard cela s'arrêtera. C'est toujours comme ça. Les baillis n'ont qu'à attendre la fin de l'été derrière leurs murailles, jusqu'à ce que la pluie se mêle de flocons de neige et rafraîchisse la colère des gars de Dalécarlie. L'un après l'autre, ils se souviendront de la chaleur du foyer, de la nourriture prête et d'une femme consentante dans leur lit, et la retraite commencera.

– Pas si nous prenons leur parti. »

Le bond lui semble trop grand, même venant de Nils, aussi la première réaction de Bengt est un fou rire, comme après une plaisanterie inattendue. Personne ne se joint à lui. Bo attend bras croisés. Nils s'approche d'un pas.

« Le roi Erik est-il vraiment un si bon ami, Bengt ? Es-tu si satisfait de sa façon de diriger le royaume ? Dans chaque château, il place des Allemands et des Danois, et nous, il nous envoie verser notre sang en terre étrangère, en pure perte. Faisons nôtre la cause des Montagnards, et il n'aura rien à nous opposer. Équipons nos hommes et préparons-les, non pas à marcher sur le Schleswig, mais à se joindre à Engelbrekt. Seul, il ébranlerait le royaume. Avec nous, il ne peut pas perdre. »

Bengt lève l'index et le majeur de son poing gauche fermé.

« Deux fois par le passé, c'est ce que nous avons fait. Grand-Père a trahi son roi pour l'Allemand Albrekt, Père a fait la même chose pour la Danoise Margareta. Ça a mal tourné pour eux.

– Seuls, ils étaient faibles. Aujourd'hui, il y a toi, Bo et moi. Ensemble, nous sommes tout ce qui reste d'azur et or, et peu peuvent se mesurer à nos forces réunies. Père et Grand-Père surestimaient leurs capacités, croyaient pouvoir diriger des souverains étrangers rien que parce qu'ils connaissaient mieux l'état du pays. Mais ne comparons pas des intrigants rusés venus du Sud avec ces mineurs du Nord. Ils savent peut-être jouer du pic, mais pas grand-chose des affaires dont traite le conseil royal. Montrons au peuple comment on fait la guerre pour de bon. »

Bengt sent le rouge lui monter au visage, ses poumons pomper comme si l'air lui-même s'était épaissi. Il se penche pour s'appuyer à la table, rassuré qu'elle demeure stable quand tout le reste semble se mettre à tanguer. Un gamin boutonneux sur les rochers de Mora lui revient en mémoire, le bras si faible qu'il tremblait sous le poids de l'épée, l'or au front. Et là, dans sa confusion et sa surprise, un chatouillis inconnu au ventre.

« Et après ? Allons-nous le faire roi lui aussi, cet Engelbrekt ? »

La voix qui répond est celle de Bo Stensson.

« Avant que quelqu'un pose une couronne sur son crâne, il faut qu'elle soit tombée de celui qui la portait auparavant. Ce soulèvement va exiger beaucoup de nous tous, mais prenons le temps qu'il faut pour en parler. »

Il sourit, et Nils sourit, comme Katarina Sture, et une vieille habitude fait aussi tressaillir la commissure des lèvres de Bengt. Il inspire profondément, promène son regard d'un visage à l'autre et croise les bras sur sa poitrine.

« Je veux encore tirer avec l'arbalète. »

23

Brita les voit tous les deux disparaître à l'orée du bois, Finn et Måns. Elle fait de son mieux pour se rendre utile pendant leur absence, attend son heure. Elle ne voit ni Mère, ni Père, ni Kari Sture, et découvre que c'est à elle que les gens n'arrêtent pas de venir poser leurs questions. Où met-on les tonneaux ? la table ? Elle répond de son mieux, s'efforce d'imaginer le déroulement de la soirée et de prendre les décisions entraînant le moins de souci. Un temps, ces devoirs chassent ses idées noires, l'englobent dans un tout où elle parvient à s'oublier elle-même. Son frère met longtemps à revenir, et elle doit se dépêcher de le rattraper, assez près pour qu'il ne puisse pas prétendre être aveugle ou sourd.

« Måns ! »

Elle le rejoint, et ils se retrouvent face à face, Måns tête basse, ce qui lui permet de cacher son regard derrière sa frange, gêné comme un enfant surpris en train de faire une bêtise. C'est pourtant lui qui parle le premier.

« J'ai su pour Vadstena. »

Brita hoche la tête et, faute de mots appropriés, ils demeurent tous deux silencieux, regards cloués au sol plutôt que de se faire face. Voilà longtemps qu'ils n'ont plus été proches. Six ans les séparent, trop pour avoir jamais été camarades de jeux. Quand Måns était assez grand et Brita encore assez jeune, ils pouvaient se disputer, se taquiner, se renvoyer la faute. Puis autre chose s'est interposé. Les occupations de Brita sont devenues trop nombreuses et Måns ne tenait plus en place, sans cesse en expédition en forêt ou à travers champs, Finn à son côté. Leurs chemins se croisaient de plus en plus rarement.

« Si j'ai suivi Mère à Vadstena, ce n'était pas pour Mara, mais pour moi. J'avais pour intention de ne pas rentrer. Je pensais rester au couvent. »

Il rit d'étonnement.

« Toi, une nonne ?

– J'ai vu comment elles vivent. Ça m'a fait peur. Là non plus, je n'ai pas trouvé de refuge. C'était pire, pire même qu'ici. »

Il ouvre la bouche pour dire quelque chose, mais se ravise. Brita essuie une larme au coin de son œil.

« C'est Ylva qui m'a fait y aller. Sa mort. »

Son frère semble interloqué.

« Cela faisait des années que vous n'étiez plus proches.

– Tu ne te souviens pas. Tu étais trop petit. L'idée de Père était qu'Ylva Sigridsdotter soit pour moi ce que Finn est pour toi. Mais ça n'a pas pris. J'étais plus grande, et elle était difficile. Elle ne voulait pas comprendre que je n'étais pas soumise aux mêmes règles qu'elle. En grandissant, elle est devenue intenable. Père l'a laissée partir parce que je le lui ai demandé du fond du cœur. Plutôt que ma compagnie dans les belles salles d'un château, elle s'est choisi un gars de Mellösa avec qui vivre dans le péché sous un toit de tourbe percé. Je ne pensais pas que **sa** mort me ferait si mal. Mais voilà. Il y avait tant de vie en elle, plus qu'en pouvait contenir Göksholm. Et à présent elle n'est plus. »

Måns demeure confus, avec la même expression qu'enfant, lorsqu'il était face à une énigme qui dépassait son entendement. La voilà soudain fâchée, Brita, la voix plus dure.

« Tu ne vois rien, Måns. Tu es tellement occupé par ton nombril. Mère ne va pas bien, Père n'arrête pas de boire. Moi, ils veulent me marier, toi te garder pour toujours. Tous les deux nous freinons des quatre fers. »

Elle se tait, respire, recommence.

« Måns, je sais ce que tu as l'intention de faire. Je sais comment tu t'es entraîné. Je suis allée dans ta clairière, j'ai ouvert ton sac. Finn absent, je pensais que tu aurais changé d'idée. »

Il reste un instant immobile tandis que sa surprise tourne au vinaigre.

« On ne peut rien te cacher. Pas une musaraigne ne peut filer sur le plancher du grenier sans qu'il te faille savoir où elle va. Et maintenant, tu vas aller trouver Mère et tout lui raconter. Comme toujours. »

Elle avance d'un pas et l'attrape avant qu'il ait le temps de battre en retraite, le prend dans ses bras et le serre fort. Elle cache son visage dans son cou, là où cheveux et peau se rencontrent. Elle reconnaît les odeurs de la forêt, herbe, résine et feuilles fraîches. Bien que plus jeune, il est aussi grand qu'elle, sinon déjà plus. Il reste d'abord tendu, jusqu'à ce qu'il sente sa respiration se muer en sanglots et la prenne à son tour dans ses bras. Elle sent tout son désarroi dans cette étreinte.

24

« Attends, Nils ! »

Stina a gardé ses distances pour pouvoir le suivre jusqu'à un endroit où on ne les entendra pas. Il s'arrête et se retourne dans l'ombre, à l'arrière du donjon. Elle regarde alentour pour s'assurer qu'ils sont seuls. Au moment de parler, les mots lui manquent. Les formes voudraient qu'elle lui présente ses condoléances pour ce qui est arrivé à Margareta, mais ce n'était pas lui qui était à son chevet et lui a tenu la main quand les contractions la déchiraient, mais bien elle. Comme elle se tait, il est le premier à parler.

« Stina, je ne peux assez te remercier pour tout ce que tu as fait pour Mara. Cela s'est peut-être mal fini, mais l'enfant a reçu la meilleure aide possible. Ce qui s'est passé est la volonté de Dieu. »

Nils est bel homme, mais on ne peut en dire autant de ses façons. Eût-il agi plus mal, elle l'aurait appelé hypocrite, mais c'est autre chose. C'est comme s'il sentait comment son interlocuteur aimerait qu'il soit et endossait ce rôle en un clin d'œil, avec une telle vraisemblance qu'il faut l'avoir vu se jouer d'autrui pour déceler la différence et comprendre que personne ne peut à lui seul présenter autant de visages différents. Il joue à présent le mari plein de remords, accablé de chagrin et pourtant reconnaissant.

« J'aurais dû être là, Stina. À tout prix. La route était longue, et mes affaires ont traîné en longueur. Je suis arrivé trop tard à Vadstena, et n'ai pas pu non plus y rester plus longtemps.

Margareta se repose en sécurité, aux bons soins des sœurs. Elle ne saurait être mieux. Avec un peu de chance, nous l'aurons ici avant la fin de la Saint-Jean. »

Stina ne sait pas quoi répondre. Il prévient tous ses reproches. Elle se contente de hocher la tête, la bouche serrée en un trait blanc. Ce n'est que lorsqu'il s'incline et tourne les talons pour passer son chemin qu'elle retrouve la parole.

« Ingegerd Knutsdotter. »

Il s'arrête et, un instant, son masque tombe. C'est sûr, il connaît ce nom. Pour Stina, c'est comme si le sol s'effondrait en découvrant un abîme qu'elle espérait imaginaire. Ses pensées se bousculent, tressent ensemble des fils jusque-là disjoints.

« Tu savais, n'est-ce pas ? Une malédiction lancée contre ton sang. Ta propre sœur est morte en couches à Vadstena. Et pourtant, tu y as envoyé ta femme accoucher ? »

Elle voit le sang lui monter à la tête, une veine gonfler et palpiter à son front. Colère et hostilité dans son regard pris sur le fait, mais il ne soutient le sien qu'un bref instant avant de détourner les yeux. Un aveu.

« Je ne suis pas un gamin, aussi peu que toi. Je ne crois pas aux malédictions.

– Rares sont ceux qui répondent autre chose. Mais elles n'en ont pas moins de puissance, une puissance invisible. Quand deux chaises sont libres, on préférera celle sur laquelle aucun sort n'a été jeté, ne serait-ce que par précaution. Pas de fumée sans feu, et qui peut dire avec certitude tout ce que le monde contient ? Alors pourquoi, Nils ? »

Il secoue la tête, le regard dans le vague, ne veut rien dire. Stina s'approche d'un pas, baisse la voix.

« Sais-tu ce que je crois, Nils Stensson ? C'est tellement évident, maintenant que tes rêves ont été exposés au grand jour. Le jour où un nouveau roi sera choisi, il faut mettre toutes les chances de son côté, n'est-ce pas ? Ce jour-là, les choses peuvent mal tourner pour la lignée qui a été maudite par le sang même de sainte Brigitte. Tu as envoyé ton épouse à Vadstena pour qu'elle y accouche d'un enfant sain et démontre ainsi que la malédiction n'existe pas. »

Il a beau avoir nié à l'instant, c'est d'un gamin qu'il a l'air à présent, un gamin monté en graine pris sur le fait dans le garde-manger où il avait l'habitude de laisser ses frères. Ce souvenir est idiot, irréfléchi, et la jeunesse de Nils irrite Stina. Il éveille sa colère plus que s'il s'était affirmé et avait plaidé sa cause. Au lieu de quoi il reste interdit, privé d'autorité. Le bras de Stina part comme tiré par un fil invisible, et le choc est assez violent pour qu'elle le sente dans tout son corps. Elle a certes déjà distribué des gifles, mais toujours dans un but précis, jamais avec aussi peu de contrôle, jamais animée d'une telle colère qu'aucune force n'y suffirait. La tête de Nils Stensson s'est retournée sous le choc et elle voit que la claque cuisante lui fait monter les larmes aux yeux. Quand il se retourne vers elle, elle lui lance une nouvelle gifle, mais cette fois il saisit son bras au vol. Ils restent un moment ainsi, sa main autour de son poignet. Ce contact apaise. Stina ne peut lutter contre lui par la force, et quand elle laisse celle-ci quitter son bras, il la lâche.

« Asseyons-nous. »

Elle hoche la tête sans savoir pourquoi, docile à présent qu'elle y songe et que ses genoux tremblent dans le ressac de la violence. Elle se laisse mener hors de l'ombre de la tour. Nils se trouve une touffe d'épaisse herbe sèche et s'y assoit en tailleur. Stina hésite avant d'arranger sa robe et de se laisser tomber à côté de lui. Ils restent ainsi un moment sans rien dire, regardant en contrebas la salle ornée de feuillages où les préparatifs sont presque terminés et où l'on dresse la table.

« Une personne, Stina, est faite d'un corps, d'un caractère, et de tout ce qu'elle entreprend. Mais elle est aussi autre chose, plus vaste et plus rare : l'idée d'elle-même, l'ombre qu'elle projette dans l'esprit des autres. Elle croît et se rétrécit selon tout ce qu'ils voient et entendent, honneurs et méfaits, succès et échecs. C'est là que réside la puissance de la malédiction. C'est exactement comme tu dis : elle n'existe pas, et pourtant si. Les paroles d'une nonne humiliée et aigrie sur son lit de mort, peu nombreux sont ceux qui leur accordent la moindre importance quand le soleil est à son zénith, mais on pense autrement entre chien et loup. Elles font tache sur notre écu. Celui qui veut approcher du trône ne sera pas accompagné de bienveillance si une chose pareille s'ébruite. Jusque-là, tu as raison. Mais ce rêve n'est pas le seul que je caresse. Il était d'abord celui de Père, et de Grand-Père avant lui. Karin a elle-même décidé d'aller à Vadstena pour accoucher, et pour qu'une naissance sans encombre démontre qu'il n'y avait rien à craindre. Si c'était une fille, elle recevrait le nom de la mère d'Ingegerd, fille de sainte Brigitte, comme un signe supplémentaire de réconciliation. Mais Karin est morte, et la petite Märta aussi. Nous tous, après elle, avons fait en sorte de tout étouffer. Que pouvions-nous faire d'autre, pour honorer la décision que notre sœur avait prise pour le bien de nous tous ? »

Il passe le bout de ses doigts sur sa joue rouge, inspire à travers ses dents serrées.

« J'ai mérité ta gifle et bien d'autres. Mais sommes-nous si différents, Stina, toi et moi ? Notre route ne va-t-elle pas dans la même direction ? Tu es née sous les couleurs du lion et du lys, mais Måns est azur et or. Tout ce qui est à nous le concerne, et donc toi aussi. Le bien de la lignée est aussi le sien. Que veux-tu pour lui ? Avec les autres, je vois combien haut vous placez votre fils, Bengt et toi, mais veux-tu vraiment qu'il reste à Göksholm jusqu'à la fin de ses jours ? Un destin plus grand est à sa portée. Ce rêve qui est le nôtre, ne devrait-il pas tout autant être le tien ? »

Le soleil brille au-dessus d'eux, mais sa course s'est infléchie et il a entrepris sa lente redescente vers la terre.

« Nous sommes peu nombreux à connaître le nom d'Ingegerd Knutsdotter et à savoir son secret. Désormais, ce fardeau est aussi le tien. Le temps est également grandement venu, Kristina, de décider ce que tu veux et où tu places ta confiance. »

Il se lève et lui tend la main pour l'aider à se remettre sur pied. Redevenu lui-même, Nils Stensson, précis et sûr de lui, comme s'il n'y avait plus aucun doute au monde et que l'avenir était lumineux au bout d'une route rectiligne. Mais elle ne prend pas sa main, se lève toute seule, et ils se dirigent séparément vers la fête qui s'apprête.

25

Les voilà enfin attablés, gens de la maison et invités venus de loin. Bengt Stensson et Kristina Månsdotter à la place d'honneur, l'évêque Knut à leur droite avec Brita Bengtsdotter. Bo Stensson et sa Katarina à gauche. Autour d'eux, le reste de la fratrie répartie. Nils Stensson à côté de l'évêque, en grande conversation. Karl Stensson, l'aîné, voûté et dodelinant à sa place, une servante près de lui pour le nourrir de son mieux avec tout ce qu'il n'arrive pas à avaler, tandis que ce qui ne lui plaît pas coule sur son menton et sa tunique. De temps en temps, il se met à chantonner tout bas. Leur frère aveugle Knut, baptisé ainsi en honneur de l'évêque, est raide comme un piquet, avec la mine de celui qui n'a jamais vu un visage ni maîtrisé son langage. Lui aussi a besoin d'aide, au moins qu'on le serve et qu'on lui mette en main son hanap rempli. Une fois qu'il a pu disposer tout comme il l'entend, ses mains retrouvent leur chemin aussi facilement que s'il avait recouvré la vue.

D'autres invités occupent les places éloignées sur les côtés. Ici, les plus importants fermiers du seigneur Bengt, ceux qui ne sont plus qu'à une génération ou deux d'avoir des caisses assez pleines pour acheter leur liberté. De la côte est venu Orm Salte avec quelques-uns des siens, qui tiennent la barre des vaisseaux de Bengt Stensson, ainsi que les marchands de la Hanse avec lesquels la lignée a noué des liens d'amitié et de commerce. Les gens de mer se lorgnent avec méfiance par-dessus la table, les étrangers chuchotent entre eux en allemand. Ennemis-nés, ceux-là, renards et blaireaux, mais pour préserver une bonne ambiance chacun à tâtons s'efforce de se trouver des points communs, et découvre qu'ils sont nombreux. Vents capricieux de la Baltique, voiles et cordages, naufrages mémorables, destins tragiques ou sauvetages inattendus. Les victuailles aident à annuler les différences et à unir tout un chacun dans le bonheur des plaisirs de la vie. Voici carpe et brochet, saucisses et jambon, pain si frais qu'il fume quand on en brise la croûte. La bière brassée au château, tirée fraîche et mousseuse du tonneau qui a flotté toute la nuit dans le lac, et aussi du vin du Sud, épicé de gingembre et de girofle. Tout autour et au-dessus d'eux, des poutres revêtues de feuillages procurent de l'ombre contre un soleil éblouissant, le frais parfum de bouleau et de sève se mêlant au fumet des plats que l'on sert. Autour de la salle de verdure, à quelque distance, on a allumé des braseros où l'on brûle des branches de genévrier pour chasser les moustiques, qui ont coutume de sortir des eaux stagnantes pour zonzonner quand l'après-midi fraîchit. Autour de chacun, des serviteurs munis de seaux et de balais de branches, prêts à étouffer la moindre braise emportée par le vent.

Le rire de Bengt Stensson porte loin alentour quand il s'est suffisamment désaltéré – trop loin, car il entonne consciencieusement, s'efforçant de susciter la vraie gaieté par la feinte. Et elle est sans doute en train d'arriver. La tension des conversations du jour et de cette fête imminente commence à s'estomper, et maintenant que sa première faim est calmée, il peut boire, choisir ses morceaux préférés et jouir du rôle d'hôte. Le temps lui-même semble leur être clément. Il n'a cessé de lorgner les nuages lourds de pluie qui jusqu'ici se sont contentés de rôder autour de Göksholm, sans altérer le beau ciel bleu au-dessus d'eux. Mais le soleil lui-même semble suspect. Il plisse les yeux, devine un cercle ensorcelé tout autour, prie pour que l'orage les épargne tous. Il boit, promène son regard sur les invités et les parents. Il se tourne vers Stina, elle aussi, en bonne maîtresse de maison, papillonne du regard d'un convive à l'autre, le dos droit, l'air grave. Il tend sa chopine pour trinquer avec elle.

« À ta santé, femme. Kari a sans doute mis la touche finale, mais rien que tu n'aies d'abord préparé. Tout le monde le sait. La fête est réussie, et c'est à toi que nous le devons tous. »

Stina écoute d'une oreille.

« Je me demande où est passé Måns. Je ne le vois nulle part. »

Bengt se penche plus près, presse son bras plus chaleureusement, cherche son regard.

« J'aimerais pouvoir te donner quelque chose pour tous tes efforts. »

Alors seulement, elle lui adresse son entière attention, étonnée.

« Comment ? »

Il se cale en arrière en haussant les épaules.

« Tout ce que tu désires, Stina. Demande-moi quelque chose, et si c'est en mon pouvoir, c'est à toi. Jamais ce ne sera plus précieux que toi. Allons, laissons là les soucis. La fête est pour tous. À ta santé. »

Elle sourit à son tour, hausse elle aussi les épaules et répond en levant sa chopine.

Bengt cherche le regard de ses invités pour boire avec eux, se lève de temps en temps pour occuper un siège laissé libre par quelqu'un parti visiter les latrines et échange quelques mots bienveillants avec l'un ou l'autre. Il se fait peu à peu à ses beaux habits qui d'abord tombaient mal, grattaient, dont les perles brodées brillaient aux dépens de la chaîne en or autour de son cou, tandis que ses pieds étaient à l'étroit dans des souliers trop neufs en train de s'assouplir. Ce qui paraissait prétentieux lui plaît à présent. Magistrat, conseiller et chevalier, grand seigneur. Il porte au front une large couronne joliment tressée d'écorce de bouleau et de fleurs. Il accorde à Stina une plus grande part de la joie qu'il éprouve. Depuis son arrivée, elle est aussi tendue que la corde sur l'arbalète de Nils. Elle touche à peine à la nourriture, le regard sans cesse tourné vers le siège de Måns, vide depuis si longtemps que d'autres se le sont approprié. Bengt lui aussi se rembrunit à cette pensée, car il devrait bien sûr être là, Måns : peut-être les cajoleries ont-elles assez duré, et le temps est-il venu d'une poigne plus sévère ? On a trop longtemps lâché la bride à ce garçon. Avant la fin de la Saint-Jean il faudra avoir une conversation sérieuse avec lui, car l'aîné de la maison doit prendre part aux devoirs de ce monde. Finie, l'enfance. Dieu sait qu'il en a profité plus que la plupart.

Le soleil décline de plus en plus en ce long après-midi, et il faut qu'un serviteur le lui rappelle pour que Bengt se lève, appuyé au bord de la table pour tenir debout sans tituber, et réclame le silence en frappant dans ses mains. L'heure de la joute est arrivée, avant que ne tombe le crépuscule ou que le soleil descendu trop bas n'éblouisse l'une des parties. La troupe des jeunes attend déjà sur la prairie, rassemblée entre les cordes. Ils ont bandé leur tête de linges, ainsi que leurs poings et les gourdins qui vont tournoyer en lieu et place d'une épée : aucune raison d'infliger plus de dommages que nécessaire pour que chacun puisse montrer sa force et qui est le meilleur. Pour celui qui l'emporte miroite une place auprès du seigneur Bengt lui-même, parmi les gens de Göksholm, avec une épée étincelante, un cheval, deux fois par jour un repas servi dans une marmite fumante et de la bière tirée au fût pour le rincer, une vie d'abondance hors de portée autrement. Autour des branchages fraîchement coupés disposés en cercle pour délimiter l'arène se tiennent des hommes de sa troupe, ainsi que de la suite de l'évêque Knut, prêts à s'interposer en cas de débordement. Sur un ordre donné, les combattants s'alignent, lèvent leurs gourdins pour saluer leur seigneur, puis fendent l'herbe pour entrer dans le cercle, répartis en deux équipes face à face. Bengt tente gauchement de les compter, mais abandonne en se contentant de les estimer entre une douzaine et une vingtaine. Il lève la main, la laisse un moment en l'air pour faire monter la tension, tous les regards sur lui, puis l'abaisse, et le combat peut commencer.

26

Jusqu'ici, tout s'est bien passé pour Måns : visage noirci, linge autour du front et pourpoint rembourré d'herbe, personne ne l'a reconnu, ni son père ni sa mère n'ont crié halte pour interrompre le spectacle et le forcer à se retirer. Le gourdin est léger dans sa main, malgré sa paume en sueur. Sa portée est la même, mais l'épée est plus lourde : avec une arme comme celle-ci, il peut frapper plus vite de taille et d'estoc. Parmi les autres, il reconnaît vaguement certains visages, rencontres fortuites en rase campagne, mais personne ne fait attention à lui ni ne remarque son rang à part, car on rate facilement ce à quoi on ne s'attend pas.

Personne ne dit mot, visage fermé dans l'attente de ce qui va advenir. Leur appréhension n'est pas sans fondement. Chaque année, les gourdins volent et cassent des doigts, des nez, cognent méchamment un œil qu'ils aveuglent, brisent un bras, écrasent un genou. Pour beaucoup de ces jeunes gens, l'enjeu est bien trop élevé, et ils préfèrent passer les bornes plutôt que de perdre. Certains s'emballent, fuient leur peur dans une folie sanguinaire et brutale qui ne se calme qu'une fois plaqués à terre sous le poids d'un aîné. Pour les spectateurs, c'est peut-être un jeu, mais le sérieux règne entre les branchages.

Quand Måns prend sa place dans le rang, sa folie lui apparaît enfin mise à nu. Il a déjà croisé ces jeunes sur ses terres, mais bien trop souvent depuis le dos d'un cheval et bien trop souvent de loin. À côté d'eux, il se découvre nettement plus petit, une bonne demi-tête et une poignée de livres de moins. Leurs épaules sont larges et leurs bras épais, son corps est frêle en comparaison. Il s'est efforcé de construire son mannequin grand et gros pour s'entraîner. Il lui semble à présent trop petit. Il sent la sueur perler à son front, lui brûler les yeux tandis que son cœur s'emballe. Son regard papillonne vers la grande table où siège son père, promesse de sécurité. Mais le bras levé du seigneur Bengt s'abaisse, et les cris des hommes qui entourent l'arène confirment le sens de ce signe. Ça commence. Le plus grand du rang, un géant blond au nez tordu, avance d'un pas et les autres suivent, mais les jambes de Måns, comme prises d'une crampe, s'y refusent. Son hésitation ne passe pas inaperçue et, tandis que les têtes se tournent, le chef grogne dans sa direction :

« Mais avance donc ! Tu gâches notre rang. »

Pourtant il reste planté là, tous les regards braqués sur lui. Bientôt il va être reconnu, bientôt un adulte va enjamber les branchages et le sortir pour le livrer à un double opprobre : désobéissance et lâcheté. Cette dernière la pire. Il tremble sur place, jusqu'à ce que le valet de ferme à côté de lui tende son gourdin et le pousse vers l'avant comme un veau capricieux. Sa peur se brise, il parvient à nouveau à marcher. Les regards le quittent, à présent tournés vers l'avant. Le rang progresse en ordre face aux adversaires. Les voix s'ajustent d'elles-mêmes en un hurlement propre à souder les cœurs et chasser la peur. En quelques pas, les deux équipes se rejoignent. Bientôt, le premier choc retentit au-dessus de la prairie, bois contre bois, assez fort pour paralyser les doigts. Bientôt, on ne distingue plus aucun bruit isolé. Le combat est général.

Tout ce qu'il a appris, il l'a oublié. Disparues, ruses et feintes. Tant bien que mal, il pare les coups, les doigt meurtris par les chocs. Il voit sa peur ravir son adversaire, qui devine son avantage et le presse de coups. Bientôt, il est clair que Måns ne peut lui résister et, sûr de lui, l'autre envoie son gourdin rouler à terre et lève le sien afin de lui donner le coup de grâce. Måns ne peut que fermer les yeux pour ne pas voir ce qui arrive mais, quand il les rouvre, la menace a disparu. Celui qui l'a poussé en avant vient d'abattre son adversaire et a attaqué le sien, qui a besoin à présent de toutes ses forces pour se défendre.

En cet instant de répit, Måns est seul, tous les autres occupés à se battre. La peur étouffe la raison, il le sait, et il se fait violence pour se forcer à penser attaque plutôt que défense. Il secoue les bras pour détendre ses muscles, empoigne à nouveau son gourdin, se prépare. Un autre se dirige vers lui, en quête d'un nouvel adversaire. Måns fait quelques pas, découvre que ses pieds lui obéissent, esquive le coup suivant d'un pas de danse, détourne le gourdin de son adversaire de toute sa force vers le sol. Ce succès lui permet de voir l'autre d'un regard plus clair : il est gauche et lent, effrayé lui aussi. Måns sent déjà un chatouillis au bas du ventre, première promesse d'autre chose qu'une défaite. Il fait pivoter son gourdin pour pouvoir frapper, commence par manquer et saute en arrière pour éviter la réplique. Et encore. Soudain, tout ralentit, et dans cet engourdissement, Måns voit chaque mouvement à l'avance, chaque coup aussi lent que s'il était porté sous l'eau. Son effroi cède de plus en plus de terrain, et autre chose afflue à la place, son corps devenu réceptacle passif en proie aux caprices d'émotions inconnues. Son adversaire est à bout de souffle, il halète violemment, rouge comme une écrevisse. Måns feint d'attaquer pour mieux lui frapper l'avant-bras. Il voit le gourdin lui échapper et rouler à terre. Vite, il avance d'un pas, se campe au-dessus et lève le sien en guise d'avertissement. Celui qui a perdu son arme et ne peut la ramasser doit quitter l'arène. Dans le visage du jeune homme, Måns lit la déception adoucie par le soulagement, tandis qu'il recule, franchit les branchages et s'accroupit pour reprendre son souffle, revenu en sécurité. Trop tard, Måns se retourne vers sa gauche et voit son voisin recevoir un violent coup dans le ventre qui le fait hoqueter, le souffle coupé, lâcher son arme et tomber. Måns s'accroupit pour esquiver le bois qui siffle vers sa tête mais heurte un genou avancé là non pas pour blesser, mais par hasard.

Ce n'est pas la douleur qu'il perçoit d'abord, mais la force du coup, un choc qui lui ébranle la tête et lui emplit les yeux de couleurs et de formes jamais vues. Il fait instinctivement un bond en arrière, sent l'air du coup de grâce sur sa joue, essuie son visage sur sa manche. Le coup a touché sa joue et mis son nez en sang, l'étoffe en est trempée à peine l'a-t-il touchée, sa bouche a goût de fer. Alors seulement vient la douleur, mais moindre que la violence du coup. Måns cherche de l'aide à l'aveuglette, trouve sa colère, qui le sauve. Son nouvel ennemi croit le combat gagné, trompé par sa soudaine supériorité, et a baissé la garde quand Måns réplique coup sur coup, un sur l'épaule, l'autre ajusté en direction du cou, assez mauvais pour que l'autre s'affale en lâchant son arme, les deux mains autour de sa gorge, tentant de retrouver son souffle avec un air d'étonnement vide. Il est hors jeu. Des mains le saisissent opportunément sous les bras et le traînent en sécurité. En cet instant de répit, Måns se tâte le nez, réveille sa douleur, crache rouge dans le sable.

Ils restent moins nombreux. Combien de temps s'est écoulé ? Il trouve le suivant, ils échangent des coups. Il est touché à la cuisse, où le sang fleurit sous sa peau. Les larmes l'éblouissent, mais il sent son propre bois toucher juste, et quand il y voit à nouveau clair, son adversaire a changé. Éliminés les faibles, les hésitants. Ceux qui sont encore là sont le mieux entraînés, ceux qui unissent le désir de triompher seul et la chance d'avoir un proche sachant manier les armes. Plus aucun coup simple ne touche au but, désormais. Et Måns éprouve quelque chose de nouveau, qu'il n'escomptait pas. La fatigue arrive, lui serre la gorge en étouffant sa volonté à chaque nouvel assaut. Elle suffit à peine à la défense, et pas du tout à l'attaque. Il voit passer les occasions, n'arrive pas à frapper assez vite, car ses épaules le font souffrir, sa jambe blessée boite, et tout son être crie que ça suffit, que ça suffit depuis longtemps. Les autres sont plus grands, plus âgés, bras et jambes tannés par des jours passés dans les champs et derrière le bétail aussi longtemps que le soleil demeure au-dessus de la terre. Et voilà la peur de retour en force, paralysante, un tambour rapide dans sa gorge qui compte les instants menant à la défaite prochaine.

27

Bengt Stensson a du mal à suivre le combat des gamins, dont il ne devrait pourtant pas rester beaucoup en lice. Le vin et la bière lui font tourner la tête, il a bu et mangé trop et trop vite après un long jeûne. Toute cette bonne nourriture le plonge dans une torpeur et, chaque fois qu'il lève sa chopine pour boire une nouvelle gorgée, il lui semble que la mousse lui remonte dans la gorge et lui chatouille la glotte. Il sent approcher un malaise plus grave et se demande s'il ne devrait pas prendre les devants et aller aux latrines se fourrer un doigt au fond de la gorge. Par-dessus le marché, les nuages se sont rapprochés, poussant devant eux une brise fraîche, qui le fait frissonner et resserrer ses vêtements. Près de lui, Brita parle à voix basse à l'évêque Knut. Nils et Bo se sont tournés sur leurs sièges, entièrement absorbés par l'engagement des jeunes. Bengt fait de son mieux pour suivre leur exemple : ce combat est quand même en son honneur, ces gamins donnent tout ce qu'ils ont pour gagner ses faveurs. Il essuie la sueur froide de son visage, cligne des yeux pour mieux y voir. Comme il le pensait : c'en est bientôt fini. Ils ne sont plus que cinq ou six et, à l'extérieur, les vaincus attendent déjà, frottant leurs blessures, debout ou assis, tâtant dans leur bouche leurs dents déchaussées. Tous gardent un silence maussade en suivant la fin du combat, tandis que l'excitation des spectateurs croît, maintenant qu'ils se sont familiarisés avec les combattants qui restent. Bengt entend leurs cris, chacun y allant de ses conseils au favori qu'il s'est choisi. Il se lève pour mieux voir, et la tempête empire sous son crâne : un instant, sa vue s'obscurcit. Il faut qu'il se soulage d'une façon ou d'une autre, et vite. Bengt vient de tourner les talons pour trouver l'endroit propice quand il entend le choc, assez violent pour se répercuter alentour, suivi de silence. Ce n'était pas bois contre bois, mais différent, plus affreux, enveloppé de chair. Il se retourne. Un des combattants est étendu de tout son long, abattu par un coup assez violent pour figer tous les autres. Il a dû toucher la tête. Chacun s'immobilise, gourdin à la main, en regardant la victime. À côté de lui Stina se lève, sur la pointe des pieds, penchée au-dessus de la table, l'air d'avoir aperçu approcher une armée sabre au clair. Avant qu'il comprenne ce qui lui prend, elle s'est précipitée, renversant presque son siège. Puis il l'entend crier, n'en croyant d'abord pas ses oreilles, et le voilà bientôt lui aussi debout, hâtant le pas, mal assuré sur ses jambes, manquant lui-même de s'étaler.

« Måns ! »

Stina est agenouillée auprès du garçon à terre quand il les rejoint, essoufflé et confus. Il rate son arrivée, sent son genou s'écorcher sur les graviers et manque de la faire tomber à la renverse, mais n'y prend pas garde. La couronne qu'il portait vole en tiges éparpillées.

Il arrache le linge de la tête du gosse : ça ne peut pas être Måns, c'est forcément quelqu'un qui lui ressemble, peut-être même a-t-il des enfants au village qu'on lui aura cachés ? Le linge est trempé de sang et le visage pâle sous tout ce rouge. C'est bien Måns, et personne d'autre. Comment et pourquoi, cela excède son entendement. Il essuie le liquide rouge d'une main pour mettre la plaie à nu, et lâche un gémissement misérable quand il la voit, une entaille ouverte au front, d'où coule un flot de sang frais à chaque battement de cœur. Il presse la main dessus, arrête l'écoulement, hoquette pour reprendre son souffle afin que sa voix porte.

« À l'aide, à l'aide ! Venez, nom de Dieu ! »

Ils l'entourent bientôt, ses frères et ses gens, et parmi eux plus d'un sait comment stopper le sang. Ils constatent la situation et d'autres prennent le relais tandis qu'il regarde, impuissant. Le plus fort d'entre eux soulève délicatement Måns dans ses bras, un autre s'occupe de comprimer la plaie, et ensemble ils le transportent vers les bâtiments. Bengt ne peut résister à la nausée plus longtemps, il fait quelques pas au hasard et tombe à genoux. À quatre pattes, il vomit jusqu'à avoir le ventre vide. Il reste ensuite un moment immobile pour s'assurer que ses spasmes ont cessé, et quand il relève la tête, c'est juste à temps pour sentir les premières gouttes. En rentrant, il entend les braseros grésiller sous l'averse, et se met à agiter les bras pour pousser devant lui vers le donjon les invités restés interdits. Quand le dernier d'entre eux est à l'abri, ses beaux vêtements sont détrempés. Il le remarque à peine.

28

Ils se serrent tous dans la grand-salle du donjon. Une pièce après la pluie a une tournure particulière, que tous connaissent : la chaleur des corps dans leur combat inégal contre les vêtements trempés, les effluves de laine aigre flottant comme un brouillard, une odeur de bétail. Les braises qui ont pu être sauvées des braseros sont placées dans de nouveaux récipients pour réchauffer la salle, chacun rassemblant un cercle d'invités. Le maître et la maîtresse de maison sont absents, et personne ne les demande, de peur d'entendre la réponse que tous redoutent. Ils ont vu le garçon, inerte et pâle comme un cadavre, peut-être déjà mort. Kari Sture connaît son rôle, elle est prête à faire son devoir, elle sait à qui s'adresser pour obtenir ce qu'elle veut, et d'un coup de coude elle envoie son époux faire le tour des invités à la place du maître des lieux. Les gens de la maison sont envoyés récupérer dans la salle de verdure tout ce que la pluie n'a pas abîmé, et de la cuisine arrivent les plats qui restaient à servir. De sa propre initiative, elle envoie chercher des tonneaux de vin pour réchauffer aussi de l'intérieur, met la marmite sur le feu, fait installer tables et bancs pour sauver ce qui peut encore l'être de cette malheureuse Saint-Jean. Dehors, la pluie gronde pour les narguer, crépite sur le toit du donjon, plusieurs étages plus haut, assez fort pour que beaucoup choisissent de se taire plutôt que d'être forcés de crier. Les familiers de la maison s'évertuent à faire bonne figure et à sauver ce qui peut l'être de l'ambiance festive pour les visiteurs venus de loin, mais leurs tentatives manquent de conviction et ne trompent pas grand monde. Tous attendent. Chaque fois que quelqu'un franchit la porte, tous les regards se tournent dans cette direction.

Bengt Stensson tarde à revenir, et l'expression de son visage n'est pas facile à lire. En silence, tous le regardent traverser la pièce, diriger ses pas vers le tonneau de bière qu'on a installé là, saisir une chope au hasard et la remplir jusqu'à ce que la mousse en déborde. Ce n'est qu'après l'avoir vidée d'un trait qu'il se retourne.

« Ça va aller. Le coup était mauvais, mais la blessure semblait plus grave qu'elle ne l'est en réalité. »

Des vœux de bonheur fusent. Nils et Bo rejoignent leur frère qu'ils serrent dans leurs bras. Un vent de soulagement traverse la pièce. Beaucoup des invités, restés debout en attendant impatiemment d'un pied sur l'autre, s'affalent seulement maintenant sur les bancs, fourbus comme après une dure journée de travail. Nils laisse sa main sur l'épaule de son frère.

« Qu'est-ce qui a pris au gamin ? Pourquoi aller se battre avec la populace, et déguisé, en plus ?

– Dieu sait pourquoi. »

Bengt soupire, secoue la tête, frappe du poing contre sa cuisse.

« Dieu sait. Mais je vais vous dire une chose, entre frères. J'ai rarement eu à lever la main sur Måns. Je ne me rappelle même pas la dernière fois. Il devait avoir six ou sept ans, environ, avait cassé une coupe qu'on lui avait dit de ne pas toucher, et a eu droit à une tape sur le dos de la main, histoire de ne pas oublier. Mais cette fois, pas question de fermer les yeux. Sa correction, il l'aura. Måns a peut-être dix-sept ans, mais il va user la trique au point de ne plus pouvoir s'asseoir d'ici la Saint-Michel. Et si mon bras fatigue, un autre prendra le relais. J'irai moi-même couper la branche de noisetier, ce sera la première chose que je ferai demain matin. »

L'œil noir, il fixe stupidement devant lui tandis que Nils et Bo échangent un regard. Nils remplit leurs chopes. Ils trinquent en silence, puis Bengt inspire profondément et se dresse de toute sa taille vers les autres invités.

« Mais qu'est-ce que vous avez tous ? Au diable la pluie ! C'est la Saint-Jean et mon garçon vivra. Réjouissons-nous ! Mangez. Buvez. La soirée ne fait que commencer. »

Le seigneur Bengt tend les bras, comme s'il pouvait ainsi faire entrer la joie en tout un chacun aussi facilement qu'il les a tous rabattus vers son donjon à peine une heure plus tôt. Mais sans beaucoup d'effet. L'assemblée demeure un long moment silencieuse. Puis une voix solitaire.

C'est Knut, Knut Stensson, l'aveugle. Il est assis sur un tabouret près d'un des braseros, son visage inexpressif tourné vers la salle. Il chante à présent. Aucun des frères n'a entendu sa voix ainsi depuis des années, car ils le voient rarement, et souvent il reste oublié dans des ténèbres qui n'appartiennent qu'à lui, étranger à tous les autres. Mais chacun se souvient de ce timbre, qui leur rappelle ce qu'ils savaient bien jadis : que le monde d'ombre de leur frère peut aussi être source de beauté. Sa mémoire est tressée de récits. Personne ne raconte les sagas comme lui. Il sait tous les mots de tous les chants, des comptines enfantines aux ballades de haut vol, sait mieux que personne comment soigner la langue pour mettre à nu les émotions. Sa voix est ferme à présent, son timbre s'est approfondi avec les ans. Ce chant ravive leur mémoire, leur évoquant leur enfance, les années au lointain château d'Ekhult où ils partageaient le même toit, quand l'existence était resserrée, rassurante, riche en rêves, et que l'aventure attendait au détour du chemin dans le monde extérieur. Knut chante seul la première strophe. Quand vient la seconde, les frères entonnent en chœur l'envoi, identique chaque fois, les mêmes mots dont le sens change selon ce qui a été chanté avant, dans une variation infinie.

Dans un coin de la salle se serrent les musiciens. Jusqu'alors, ils se sont tenus à l'écart, tête basse, grelottant sur leurs instruments sans savoir à quoi s'en tenir. Pendant le dîner, ils avaient à peine commencé à jouer qu'il a fallu se taire le temps de la joute, puis la pluie est tombée et, depuis, ils n'ont plus osé une seule note, car un air joyeux aurait pu être pris pour un manque de considération et un air triste pour un mauvais présage. Le plus âgé se lève à présent, fait un signe de tête à ses comparses, prend sa vielle et trouve une place auprès de Knut. Il écoute en silence une strophe encore, se balance, comme s'il avait besoin de son corps tout entier pour assimiler la mélodie, pince ses cordes, presque inaudible, pour trouver quelles notes vont le mieux tandis que Knut tend lentement une main qu'il pose sur son épaule comme pour s'assurer que ce qu'il a entendu ne se passe pas uniquement dans sa tête. Une fois prêt, le vielleux actionne sa manivelle, la roue en tournant frotte les cordes, dont il tire une mélodie simple avec les touches de l'instrument. Les autres prennent place. Le joueur de tambour commence à caresser la peau au bon tempo, doucement pour commencer. Un comparse cale une guimbarde entre ses dents et la fait vibrer. La flûte entre en dernier avec un appel strident, avant de trouver les notes aiguës qui s'accordent le mieux au chant de Knut et au timbre de la vielle. Ils sont de plus en plus nombreux à reprendre l'envoi, les femmes comme les hommes. Les Allemands s'essaient à prononcer les paroles, les trouvent trop difficiles, mais un des hommes de la Hanse se lève et tend les mains vers Kari Sture. Elle entraîne Bo, qui tire Brita, et on fait la ronde pour danser à la lueur de torches à poix couvertes de suie. Le cercle s'élargit, on pousse les tables et les bancs pour faire de la place à tout le monde. Ils chantent tous, et le chœur est de plus en plus puissant, Knut force pour qu'on l'entende dans son couplet. Le dernier de la troupe des musiqueux se fend d'un large sourire : depuis qu'ils sont sous un toit, il hésitait, mais la musique est à présent assez forte pour lui. Il pose le sac de sa cornemuse sur ses genoux, le gonfle à bloc et le coince sous son bras pour insuffler de l'air dans le hautbois et les bourdons. Il fait courir ses doigts sur les trous en trilles facétieux. La danse bat son plein, jambes et bras se lèvent, ceux qui ne dansent pas tambourinent sur les tables à coups de poings ou de chopines. En faisant craquer ses articulations, Bengt Stensson a juché le tonneau de bière sur son épaule, pour servir ceux qui ont soif.

Quand la porte s'entrouvre, il se retourne, imité par beaucoup. Måns est là, un linge taché autour de la tête, Stina à ses côtés, la main sur ses épaules. Pâle, la mine fermée, il a encore dans le regard plus de défi que de remords. Bengt jette le tonneau dans les bras d'un autre, se fraie un chemin à travers la pièce aussi facilement que s'il n'y avait personne sur son passage, soulève son fils d'une étreinte d'ours et le pose sur la table au milieu de la ronde, pour que tous le voient, bat la mesure, lui crie de danser. Le chœur reprend de plus belle, chant et vacarme encore plus assourdissants ne cessent que lorsque Karl Stensson renverse son tabouret l'écume aux lèvres, son corps raidi à terre par une attaque du haut mal. Ses frères viennent à son secours, tous habitués depuis leur enfance, ils le maintiennent immobile et forcent ses mâchoires à s'ouvrir pour glisser un morceau de bois entre ses dents.

29

La nuit arrive et calme la tempête. Le temps n'est jamais aussi capricieux que ce jour de l'année, on le sait depuis toujours. La veillée de la Saint-Jean et la nuit qui suit sont des moments rares où les frontières entre le monde des hommes et les forces obscures qui l'entourent sont bouleversées. L'existence même est sens dessus dessous. À présent le ciel se dégage, le vent disperse les lambeaux de nuages, dénudant les étoiles par milliers. Par petites compagnies, les invités gagnent leurs lits, préparés partout où on a pu trouver de la place dans les bâtiments. L'évêque jouit d'une chambre particulière, tout comme plusieurs autres invités de marque, mais pour le commun ce sera le foin de l'an passé dans la grange. Les valets et servantes de la maison attendent près d'un brasero où chacun vient allumer un lumignon pour trouver son chemin jusqu'à la bonne couverture. En entendant leurs rires et leur bonne humeur, Stina sait que la fête de la Saint-Jean à Göksholm en l'an de grâce 1434 a encore une fois été réussie, et a accueilli plus d'invités que jamais depuis l'époque de son père. Malgré tout. Elle est à la porte du donjon, en haut du perron où des torches répandent leur lueur, pour remercier chacun de cette soirée et souhaiter bonne nuit. Il ne reste presque plus personne. Sentant Kari Sture près d'elle, elle pose la main sur ses épaules.

« Sans toi, nous aurions fait triste figure. Mais je crains que cela ne t'ait coûté tout le plaisir que tu aurais pu prendre. Merci pour tout ce que tu as fait pour nous, Kari, et pardonne-moi. »

Kari Sture pose sa main sur celle de Stina, appuie la tête contre son épaule avec un soupir de satisfaction.

« Si tu dis ça, c'est que tu ne m'as pas vue danser. »

Stina lui sourit.

« Bon. C'est passé. Tout est bien qui finit bien. »

Kari s'étire en bâillant, mais frotte ses yeux pour en chasser le sommeil.

« Tout n'est peut-être pas forcément fini. Avec l'aide de Dieu, j'arriverai peut-être à ranimer un peu de vie chez mon bonhomme. »

Stina répond à son sourire d'un air las, et reste adossée au mur tandis que Kari hèle une servante. Stina l'entend chantonner une mélodie inconnue, peut-être quelque chose venu de la mer, de son enfance. Elle entend les pas traînants dans l'entrée derrière elle, les reconnaît avant même que Bengt Stensson ne se signale d'un raclement de gorge. Elle n'a pas besoin de se retourner et continue à contempler le brasier qui brûle encore dans la cour.

« Ma chère épouse.

– Mon cher époux. Et Måns ? Est-il au lit ?

– Ulf, qui a fait la campagne du Schleswig et a déjà vu des cas semblables, dit qu'il n'est pas bon de dormir trop vite quand on a reçu un choc assez fort pour perdre connaissance. Il ne pense pas que Måns coure le moindre danger, mais ne veut pas prendre de risques avec une vie si précieuse. Finn le maintient éveillé. Ils sont descendus ensemble au lac pour écoper les bateaux d'ici le matin. Ça lui servira de leçon. »

Stina ne répond pas. Elle devine l'inquiétude de Bengt en le voyant danser d'un pied sur l'autre.

« Il a dit quelque chose ?

– Non. »

Alors seulement elle se retourne, croise les bras.

« Je m'en veux. J'aurais dû deviner qu'il mijotait un plan. Quelque chose le dérange, et depuis longtemps. Il parle dans son sommeil, tu le sais. Parfois, quand je n'arrive pas à me rendormir, la nuit, je vais faire un tour dans les couloirs et je l'entends marmonner et je vais à son chevet. Mais je n'ai jamais voulu y rester.

J'ai l'impression d'écouter en cachette quelque chose qui n'est pas destiné à mes oreilles. »

Bengt hoche la tête.

« Je le sais bien. Il m'arrive moi aussi de me réveiller. Je l'ai entendu également, et j'ai pensé comme toi. Aujourd'hui, je regrette qu'aucun de nous ne l'ait écouté. Cet accident aurait peut-être pu être évité. Ne t'accuse pas, car la faute est mienne pour moitié. Je sais que c'est une piètre consolation.

– Tâchons de faire mieux à l'avenir. »

Bengt Stensson baisse la tête en signe de promesse, puis dans le silence qui suit pose une main sur son bras. Ils restent ainsi, immobiles. Voilà bien longtemps qu'elle n'avait pas éprouvé une telle proximité avec son époux, étonnée qu'il soit aussi arrangeant. Il se penche plus près, la serrant plus fort. Elle sent les relents de bière dans son haleine, comprend qu'il a bu plus qu'elle ne le pensait.

« Ma Stina, voilà longtemps que tu es partie. Ne pourrions-nous pas partager le même lit, ce soir ? »

Elle sent sa réticence raidir ses épaules. Bengt Stensson la lâche, assez sobre malgré tout pour ne pas attendre de réponse tardive, préférant accepter sa défaite en silence. Il racle du pied le gravier que les invités ont fait entrer.

« Tu ne le prends pas mal si je couche auprès de la laitière cette nuit ? »

Stina le laisse planté là un moment avant d'incliner la tête de côté.

« Lui as-tu jamais demandé son avis ? »

Elle reste encore longtemps là, seule, regarde le feu se réduire en braises et les braises s'éteindre. Nils Stensson arrive alors, lui adresse un petit signe de tête encore marqué par la froideur qui s'est installée entre eux depuis leur dernière conversation. Il descend les degrés du perron et s'éloigne, mais pas vers son lit : vers le lac.

30

L'eau est calme. Seules de petites rides trahissent des courants profonds, invisibles à l'œil humain. La lune flotte large comme la paume de la main au bout du monde, brodant d'argent les bords des nuages, reflétée dans l'onde. Finn et Måns sont penchés dans les bateaux, plongés jusqu'aux genoux dans l'argent fondu des trolls, munis chacun d'une écope. Nils est guidé vers le ponton par leur clapotis. Ce bruit s'interrompt quand son poids sur les planches vermoulues annonce son arrivée. La lumière du brasier l'éblouit encore, ses yeux ne sont pas habitués à l'obscurité, il lui faut un instant pour les distinguer. Finn est le plus grand, le plus âgé. Måns porte un bandage à la tête, tout blanc sous la lune, luisant comme une couronne. C'est bon signe. Ils demeurent tous deux silencieux dans le balancement de leurs bateaux respectifs, attendent d'entendre ce qui l'amène. Nils cherche alentour quelque chose avec quoi écoper, s'empare d'un seau qui trempe au bout d'une corde, monte dans le bateau de Måns. Ils s'agenouillent tous deux pour trouver l'équilibre.

« Mon neveu.

– Mon oncle.

– Le sommeil ne m'appelle pas encore. Je peux aussi bien vous aider.

– On nous a dit que cette tâche ne serait pas seulement une punition pour moi, mais qu'elle m'aiderait à rester debout alors que je ne demanderais qu'à dormir. Plus elle dure, mieux c'est.

– Alors tu n'as rien contre bavarder un peu avec moi. »

Nils s'assied en poupe, écope sans conviction un coup ou deux.

« Tu ne t'es pas mal battu, même si ça s'est fini comme ça. Tu as dû t'entraîner longtemps. »

Måns lui adresse un long regard avant de poser son écope et de s'installer sur le banc de rameur en face de lui.

« Pas assez longtemps.

– Avec son aide ? »

Nils indique Finn, et Måns répond d'un hochement de tête.

« Avec un autre maître, il en serait peut-être allé autrement. Mais un ami capable de garder un secret quand il lui serait plus avantageux de le divulguer est un trésor qui vaut bien davantage. »

Måns regarde du côté de Finn, qui écope toujours, et de plus belle, pour que les bruits d'éclaboussures couvrent leur conversation et qu'il en soit lui-même exclu.

« Que t'est-il passé par la tête, Måns ? Que voulais-tu prouver ? Tu as joué gros. Le prix à payer est resté abordable pour toi, mais cette blessure te laissera une cicatrice que tu porteras au front jusqu'à la fin de tes jours. Pour ta mère et ton père qui t'aiment au-dessus de tout, tu ne seras plus jamais le même. »

Måns commence par fixer le fond de la coque, et Nils ne voit pas beaucoup plus qu'un enfant boudeur vexé que sa plaisanterie ait mal tourné, mais Måns s'étire alors, redresse le dos et croise son regard, calme et posé. Il n'a plus rien d'un gamin.

« Le temps est peut-être venu. »

Nils saisit son seau et se met à écoper, sans se presser.

« Nous ne sommes peut-être pas si différents, toi et moi, même si nos jeunes années auraient difficilement pu l'être plus. Tu n'as qu'une sœur, il y avait autour de moi des frères en surabondance. Il peut y avoir plusieurs raisons de se sentir à l'étroit. Pour moi, c'était cette surabondance, pouvoir rarement être seul. J'ai pourtant trouvé une forme de liberté dans cette troupe des fils de Sten Bosson, je n'étais que sixième. Pour toi, c'est l'inverse. Tu as toute la place que tu veux, assez de marge de manœuvre pour filer t'exercer au maniement de l'épée sans que personne ne le remarque. Mais tu es fils unique, tu dois porter sur tes épaules tout l'amour de tes parents, et l'avenir par-dessus le marché. Tout ça sera un jour à toi. »

Nils interrompt son travail, pose le seau sur ses genoux et se penche en avant.

« À Ekhult, Père nous a enseigné que tout pouvoir provient de la terre. Une récolte invisible. Dis-moi, Måns, as-tu entendu comment on me surnomme, dans mon dos ? »

Måns hésite avant de le dire.

« Nils sans Terre. »

Nils Stensson opine du chef avec un sourire en coin.

« On pense par là mettre le doigt sur un destin que je n'aurais pas choisi. Écoute bien, Måns : le pouvoir ne provient pas de la terre. Le pouvoir a son existence propre. Il est casanier, il n'aime pas se lier à un inconnu. Quand il échappe aux mains de son maître, c'est au profit de celui qui lui est le plus proche. »

Måns ne répond pas, il écoute en silence, et Nils sent un chatouillis au bas du ventre, semblable à l'aile d'un papillon, une promesse d'avenir dans une langue qu'il ne comprend pas tout à fait, mais dont il devine le sens. Son neveu a montré son courage, et il montre à présent autre chose, suit chacun de ses mots sans se troubler, avec assez de patience pour attendre que leur sens apparaisse clairement. Nils se penche par-dessus le bastingage, caresse d'une main l'eau tiède, la filtre entre ses doigts, en recueille au creux de sa main, regarde la lune s'y refléter avant de la laisser couler.

« Mes frères me disent que tu sais bien faire voler ton faucon.

– C'est une buse.

– Et elle a la belle vie, n'est-ce pas ? Elle est belle, jamais aucune souillure sur ses belles plumes, en sécurité dans sa cage. Elle n'est autorisée à voler que lorsque son maître le lui permet, demeure aveugle tant qu'elle a son capuchon, porte une clochette autour des serres pour être plus facilement reconduite en captivité. Chaque fois qu'elle a pu goûter à la liberté, elle est à nouveau attirée derrière les barreaux par un délicieux morceau de viande, si gourmande qu'elle est incapable de choisir autre chose que le moindre de deux maux. Une fois rassasiée, la voilà à nouveau en cage. Certes, elle est bien lotie, a peu de raisons de se plaindre, mais que crois-tu qu'elle désire par-dessus tout ? »

Pas un instant il n'hésite à répondre, Måns Bengtsson :

« Elle veut voler à sa guise. »

Nils pose le seau à écoper, se lève et reste campé jambes écartées jusqu'à ce que la barque qu'il a troublée par son mouvement retrouve son équilibre sur l'onde. Puis il descend sur le ponton.

« Tu ne risques pas de recevoir beaucoup de compliments en présence de ton père et de ta mère, mais laisse-moi te le dire maintenant : c'était courageux, ce que tu as fait, Måns. Tu t'es battu avec tout ton cœur. Encore quelques années, et personne ne t'aurait résisté. Bonne nuit, mon neveu. Je ne veux pas aventurer ta santé en te volant davantage ton travail. Maintiens-toi éveillé toute cette nuit, et demain dira si cette veille en valait la peine. »

31

Un doux soleil filtre à travers les feuillages tantôt verts, tantôt dorés. Bengt Stensson pose un pied devant l'autre, veillant à ne pas trahir sa présence en marchant sur une branche sèche ou des feuilles mortes. Après chaque pas il s'arrête pour lancer le filet tressé de tous ses sens. Il sait qu'ils sont là, mais ne devine pas encore leur présence. Sa forêt abrite des cerfs en quantité, et il connaît assez bien la harde pour y distinguer chaque animal. Parfois, quoique rarement à la chasse, il aperçoit le vieux dix-cors, avec ses andouillers dignes de couronner le crâne d'un roi, dressé à contre-jour au sommet d'une colline au lever ou au coucher du soleil. D'aussi longtemps que Bengt Stensson tient Göksholm, le vieux mâle règne sur sa harde, encore assez puissant pour défaire tous ceux qui le défient à l'automne, quand il faut s'affronter pour désigner le plus fort, et que les brames retentissent dans les futaies, mêlés à l'entrechoquement des bois.

Il porte l'arbalète de Nils Stensson, vite habitué à son poids étrange. De vieux carreaux tirés de sa propre armurerie ont facilement été adaptés à cette nouvelle arme. Le carquois est pendu à sa ceinture, bourré de mousse blanche pour empêcher les projectiles de bringuebaler. Nils a tout préparé, secondé par Bo. Ensemble, ils ont emprunté de nombreux hommes à la suite de l'évêque, pour les ajouter aux gens de Bengt qui connaissent la forêt comme leur poche, savent par quels chemins contourner les chênes centenaires et les rochers erratiques, connaissent les sentiers empruntés par le gibier et où les cerfs creusent des bauges où se vautrer pour trouver fraîcheur et protection. Les piqueurs sont assez nombreux pour former un arc de cercle tout autour de la forêt. Il les entend de loin. Ils se signalent en frappant bois contre bois, fouettent les buissons pour rabattre le gibier. Il n'aura jamais de meilleure occasion qu'aujourd'hui.

Il sent à présent leur odeur, lourde et âcre, à la fois attirante et repoussante. Leurs déjections jonchent le sol, lâchées en quantité pour alléger des corps en danger et les préparer à une fuite imminente. À l'instant ils étaient là, et bientôt il voit partout leurs traces : volcelests dans la terre humide, touffes de poils accrochées aux branches épineuses. Ce sont de gros animaux, et nombreux, mais leur monde n'est qu'en partie seulement commun à celui des humains, car tels des spectres ils se déplacent sans bruit et les voir est presque impossible avant d'être sur eux. Bengt s'immobilise, attend, tourne la tête d'un côté et de l'autre pour mieux entendre. Et là, peut-être, une respiration, rapide et lourde. Bientôt il la voit, une biche couchée à l'orée de la clairière. Jeune et sans faon. Peut-être porte-t-elle son premier pour cet automne ? Ses yeux sont noirs à cette distance, cachés derrière de longs cils, pleins d'âme. Mais elle n'est pas le gibier qu'il attend, aussi recule-t-il lentement et choisit un autre chemin pour atteindre la clairière et approcher ce qu'il y sait tapi.

C'est long, mais Bengt Stensson a beaucoup chassé et sait que, sans patience, il n'y a rien à gagner. Il est bientôt récompensé. Les arbres s'écartent, les biches sont couchées par douzaines et au-dessus d'elles le voilà, le grand cerf, qui balance ses bois de-ci, de-là, pour déterminer la direction du danger. Il ne parvient pas à en isoler une seule, car il s'approche en cercle, et il se retrouve impuissant pour la première fois de sa vie, le vieux. Il ne peut que rester là immobile, attendre ce qui arrive en espérant passer inaperçu.

Pour la centième fois, Bengt Stensson tourne la joue pour chercher le vent, à nouveau assuré que son odeur ne va pas le précéder et le trahir. Le reste est entre les mains d'autres puissances. Si le vent tourne ils détaleront, rabatteurs ou non. Il fait une prière silencieuse, s'approche, lentement, lentement, jusqu'à être assez près pour lever son arme. Il n'a jamais soulevé un fardeau aussi lourd, pouce à pouce et, soudain, il lui semble tenir une chose étrangère, à l'usage inconnu. Il cligne bêtement des yeux pour chasser la sueur qui lui coule au front, sent son cœur tambouriner dans sa gorge, doit se remémorer comment déclencher le tir. Il tâtonne, comme pris dans une eau stagnante au sein même de l'écoulement du temps. Quand tout est prêt, c'est comme si le cerf savait, sentait la mort choisir un point sur son pelage. Il tourne la tête, regarde droit vers Bengt, pousse un profond grognement. Un instant, Bengt demeure pétrifié devant sa majesté, jamais encore observée d'aussi près. Lourd comme un cheval de guerre, son cou plus large que sa propre taille, ses bois ramifiés en innombrables andouillers. Pour la première fois, Bengt sent l'effroi assombrir son excitation. Cet animal n'est pas comme les autres. S'il rate son coup unique et que le cerf le charge, il risque sa vie.

Un bruit inconnu dissipe cet instant, et Bengt titube sur des jambes mal assurées, ne comprend pas ce qu'il entend ni ce qu'il voit, certain que cette occasion vient de lui filer entre les doigts. Quelque chose se produit derrière le cerf, un oiseau rouge prend son envol et file parmi les feuillages de l'autre côté du bosquet, impossible à suivre à l'œil nu. Le cerf approche d'un pas, puis un autre, et seulement alors plie le genou à terre, incline ses bois alors que ses pattes de derrière sont encore debout. Bengt cherche des yeux l'autre chasseur qui a dû lui voler sa gloire, mais il n'y a personne et, quand il baisse l'arbalète pour soulager ses épaules tendues, il voit sa rainure vide, sa corde détendue. C'est bien son propre carreau qui est parti, transperçant le cerf de part en part. La plaie se manifeste alors dans un jaillissement de sang pulsé, plus abondant qu'il ne devrait être possible. Les forces de l'animal le quittent, ses pattes de derrière ne le portent plus et, quand elles se dérobent, le cerf tourne sur lui-même et se couche sur le flanc. Bengt avance en titubant dans le bosquet, sans se soucier des biches qui déguerpissent, s'agenouille à côté du vieux, pose une main tremblante sur les veines de son cou, tendues comme des cordes tant que le cœur bat encore. La plaie mortelle est béante, pire dans le dos là où le carreau est sorti que sur la poitrine où il est entré. La vie s'éteint dans les yeux du cerf, qui pousse son dernier souffle sur les mains de son meurtrier. Et Bengt reste là, immobile, avec aux joues des larmes de chagrin et de bonheur, de joie d'être en vie et de respect pour le mort, jusqu'à ce que les rabatteurs le rejoignent et que ses frères le remettent debout avec des cris de triomphe.

32

Six hommes doivent se rassembler autour d'un brancard pour enlever le roi de la forêt, pattes nouées autour d'un tronc de bouleau fraîchement élagué, assez long pour qu'ils aient tous la place sous le fardeau. Entier, impossible de porter le cerf jusqu'à Göksholm, aussi s'invite-t-on dans la ferme la plus proche. Bengt Stensson retarde la boucherie, triste de devoir laisser la prise de sa vie être dépouillée de sa beauté. Tous ceux qu'on peut rameuter doivent d'abord voir, tâter, poser le doigt sur le moindre andouiller, imprimer cette image dans leur mémoire assez profondément pour en porter témoignage à leurs enfants et petits-enfants. Dans la forêt, on cherche encore le carreau d'arbalète disparu, pour l'accrocher à la place d'honneur de retour à Göksholm.

On allume un brasier entre les bâtisses en bois. Le paysan apporte toutes les boissons que la ferme peut fournir, envoie en chercher davantage chez les voisins, tandis que les gens de l'art dépècent et débitent, vident, conservent tout ce qui peut être sauvé, trouvent là de quoi nourrir gens de maison et invités pendant une semaine ou deux. Le goût de la viande de cerf va leur rester en travers de la gorge, le plus gros devra être salé pour l'hiver. Quant à la viande à consommer bientôt, il faudra la laisser faisander pour qu'elle trouve toute sa saveur, mais d'abord un festin pour l'équipage, fait des morceaux qu'il convient d'avaler frais. L'humeur est des meilleures. Les épaules de Bengt sont endolories à force de tapes et d'accolades, tant de compliments lui ont mis le rouge aux joues, sa voix est rauque à force de raconter le tir décisif, encore et encore, un récit qu'il enjolive après coup des bonnes phrases, des bonnes pauses, de la bonne mélodie, car il sait qu'il aura à le répéter jusque sur son lit de mort. Plus tard seulement, quand tout le monde est repu et que l'ivresse a rafraîchi le sang qui avait bouillonné, dans la nuit d'été, près des braises qui chantent, Nils et Bo échangent un regard, se lèvent pour prendre place de part et d'autre leur frère, et Nils agence ses paroles comme lui seul sait le faire.

33

Bengt Stensson va trouver Stina à Göksholm dans l'après-midi en traînant les pieds. Lavé de près à son retour, à nouveau parfumé comme un gentilhomme, les odeurs de chasse lui manquent, le sang, la fumée et la mousse. Elle l'écoute religieusement raconter sa chasse, mais il trouve que ses mots sonnent moins bien devant elle toute seule que tout à l'heure dans le cercle de ses amis. C'est comme si le cerf lui-même rapetissait dans son évocation, son exploit aussitôt rabougri. Sa mauvaise humeur déjà lourde empire.

« Je veux te parler de Måns. »

Alors seulement, il a toute son attention et manque de reculer devant l'acuité de son regard.

« J'ai réfléchi, ma Stina. Nous avons aimé ce garçon toi et moi dès l'instant où il est venu au monde, comme un don d'en haut. Nous ne lui avons jamais rien refusé. D'autres envoient leurs fils dans une maison étrangère pour être éduqués d'une main plus ferme, ou en apprentissage plus au sud, hors des frontières du royaume, mais pas nous, et nous ne le regrettons pas. Pas un instant. Pendant dix-sept ans et plus, Göksholm a été à lui. Je veux dire que c'est une éducation qui en vaut une autre. Mais il est peut-être temps pour lui de voir le vaste monde. »

Sans qu'aucune expression de son visage ne trahisse ses émotions, elle reste immobile à le regarder de ses yeux froids, attend. Bengt sent le rouge lui monter aux joues, maudit sa faiblesse dans une telle affaire, entend sa voix bégayer quand il reprend.

« Regarde ce qu'il a fait. Ce n'est plus un enfant. L'âge adulte arrive. »

Elle croise les bras.

« Cela ne vient pas de toi tout seul. D'autres t'ont mis ces mots dans la bouche.

– Ils n'en sont pas moins vrais. »

Il abandonne, jamais assez rusé pour lui cacher des secrets. Il baisse la tête pour avouer :

« J'ai parlé avec Nils et Bo. Ils veulent envoyer Måns au nord. Chez Engelbrekt. »

Un instant, elle reste muette, un silence d'une autre nature.

« Tu le sais bien, Stina : ce que l'un pense, l'autre le pense aussi. Bien d'autres lignées que la nôtre ont été spoliées par les caprices du roi Erik, sont aussi lasses que nous de courber l'échine devant l'Allemand et le Danois. Les nobles vont se rallier au drapeau des Montagnards, unir leurs forces dans l'espoir de regagner tout ce qui leur a été pris. Mais nous pouvons nous garantir l'avantage. Nils est déjà allé au nord, il a rencontré Engelbrekt face à face. Måns va se présenter pour le servir, et Nils assure qu'Engelbrekt ne le rejettera pas, et d'ailleurs ne le pourrait pas, même s'il le voulait. Un écuyer en azur et or à sa droite, Måns Bengtsson de Göksholm, dans les veines de qui coule le sang pur des rois immémoriaux, de sainte Brigitte et de saint Erik en personne : voilà qui confère à Engelbrekt toute la dignité qui lui manquait, fait de lui en une seule nuit plus qu'un simple agitateur. Et nous ? En échange, nous n'aurons pas seulement deux oreilles sous les tentes et dans les salles où les décisions seront prises, mais peut-être aussi notre mot à dire. »

Il se tait, mais rien encore du côté de Stina, et surtout pas la colère contre laquelle il s'était blindé.

« Nils ne tarit pas d'éloges au sujet de Måns. Un jeune homme têtu, certes, mais quand on a la grandeur à portée de main, c'est une qualité dont on ne saurait se passer. Il ne médit pas des autres, il sait tenir sa langue, il est courageux, et un peu plus de sagesse devrait bien lui venir avec le temps. Nils parie que Måns et Engelbrekt devraient bien s'entendre, si le destin le veut. »

Sans un mot, Stina se retourne, et les bras qu'elle tenait croisés montent pour étreindre ses propres épaules. Elle s'éloigne vers ses appartements, le laissant planté là derrière elle à l'appeler d'une voix qui se brise, rendue rauque par les fanfaronnades de la veille.

34

Kari Sture vient la trouver à son tour, frappe à la porte qu'elle a refermée derrière elle.

« Ne reste pas seule comme ça quand le soleil brille, ma chère belle-sœur. Allons faire un tour, loin des hommes de tout poil. »

Ensemble elles dépassent le ponton, suivent le chemin qui remonte vers la forêt où règnent la fraîcheur et l'ombre. Stina connaît ses terres. Bientôt, elle s'engage sur des sentiers si petits que seul le pied qui les a arpentés trouve son chemin et bientôt s'ouvre entre les arbres une clairière où une prairie estivale prend ses aises dans une explosion de fleurs. Kari s'arrête au bord, en soupirant devant tant de beauté. À côté d'elle, Stina a aperçu quelque chose d'autre. Elle se fraie un passage parmi les fleurs jusqu'à un endroit où la végétation a été piétinée, autour d'une poupée faite de branchages fixés sur un pieu.

« Je ne suis plus venue ici depuis longtemps. C'était mon refuge dans mon enfance. J'aurais dû comprendre que Måns allait le faire sien. C'est ici qu'il s'est entraîné. »

Kari la rejoint, observe les membres de bois du pantin, marqués de taille et d'estoc. Stina pointe plus loin dans le sous-bois en tendant la main à Kari.

« Viens, je vais te montrer quelque chose. »

En bas d'une pente se cache un ruisseau, un ruban d'argent à travers la forêt, pur et clair. Stina lâche Kari, s'accroupit pour recueillir de l'eau au creux de sa main, qu'elle porte à sa bouche.

« Bois. L'eau est bonne. Elle jaillit des rochers un peu plus haut parmi les arbres. »

Kari s'exécute et constate que Stina dit vrai. L'eau est douce et froide, avec un goût de terre fraîche. Elle met ses mains en coupe pour s'asperger le visage avant de venir s'asseoir à côté de Stina sur un tronc baigné par le soleil filtrant à travers les feuillages. Elle attend pour laisser Stina parler la première.

« Il aurait mieux valu qu'il ait eu le temps de s'entraîner davantage.

– Qu'arrive-t-il à Måns, Stina ? Pourquoi l'avez-vous gardé ici si longtemps, toi et Bengt ? »

Stina ferme les yeux, tourne le visage vers le soleil dans un long soupir.

« J'avais onze ans quand mon père a été mis en terre. Il avait contracté une fluxion de poitrine durant l'hiver et sa toux empirait, lui arrachant du sang de la gorge qu'il devait cracher dans un bol. Il avait perdu tout appétit, restait de plus en plus longtemps chaque jour couché dans le lit que tous savaient devoir être sous peu son lit de mort. Une seule affaire lui importait : le mariage de sa fille, sa sécurité et sa subsistance. C'est Bengt Stensson, à l'écu d'azur et d'or, qu'il a choisi, possédant de l'or en abondance, à la hauteur de ses prétentions. Mais il a bien fait comprendre à sa fille que c'était sa volonté à elle qui compterait, et son choix, le jour où ce Bengt viendrait se présenter. Il avait douze ans. Un garçon qui faisait tout pour se pousser du col et paraître plus grand. Banal d'apparence, banal de langage. »

Elle indique de la tête l'endroit où la pente devient plus raide, entraînant le ruisseau.

« Nous étions tous les deux assez jeunes pour qu'on nous laisse jouer ensemble. Je l'ai amené ici. Il a poussé un cri en voyant l'eau : fini le petit seigneur, il n'était plus qu'un gamin, bientôt pieds nus et chausses retroussées. Il a voulu me tailler un bateau en écorce. Il a trouvé un pin, sculpté la coque, creusé un trou pour le mât de la pointe de son couteau. Il était beaucoup trop pressé et sans doute nerveux que je le regarde faire. Peu ont mis à l'eau autant de bateaux que moi sur ce ruisseau, et j'ai bien sûr tout de suite vu qu'il avait taillé le sien trop étroit, choisi un mât bien trop lourd et mal accastillé sa voile en feuille d'érable. Le baptême a été rapide. L'embarcation a pris de la gîte sous le poids du mât, plongé le bastingage sous la surface avant de se retourner. Il était déçu de son échec, d'un coup lassé de la forêt, il voulait rentrer, boudeur, silencieux et honteux. J'ai dû lui indiquer le chemin, car il ne s'en souvenait pas.

« Une fois Bengt Stensson reparti, on m'a fait entrer chez Père. Un poids affreux semblait tirer de plus en plus les traits de son visage, ses yeux, la commissure de ses lèvres, ses joues, le tout confondu, coulant vers le sol. Comme si la tombe elle-même se languissait de lui et l'attirait. En me voyant, il s'est illuminé. Il a souri. Une chaude étincelle d'espoir allumée sur ses chers traits en proie à la fièvre. Il n'a pas eu besoin de poser sa question. Sais-tu ce que j'ai répondu, Kari ?

– Non ?

– Que Bengt Stensson, d'azur et d'or, était le garçon le meilleur et le plus convenable que j'aie jamais rencontré, et que je ne désirais pas mieux que de devenir son épouse. »

Kari éclate de rire.

« Pardon. »

Stina hausse les épaules.

« La promesse a été faite que nous nous présenterions devant un prêtre cinq ans plus tard. Père a donc pu mourir, un sourire sur ses lèvres bleues. Nous nous sommes retrouvés devant l'autel. Il était entre-temps devenu un jeune homme, Bengt Stensson, mais n'avait pas beaucoup changé. »

Elle regarde en plissant les yeux les insectes danser au-dessus de l'eau, prenant tantôt une forme, tantôt une autre.

« Père aurait bien voulu avoir un garçon. Mais il n'a eu que moi, et j'ai dû être pour lui à la fois fils et fille, aimée comme deux. Par-dessus tout, j'ai désiré ce qui lui avait été refusé. Peut-être me serait-il alors permis de le deviner en lui, revenu sur terre revêtu d'une autre chair ? »

Des ailes battent au-dessus de leurs têtes. La fuite sifflante d'un ramier, effrayé par un rapace ou quelque pressentiment.

« Aucun enfant ne venait. Nous avions beau remplir notre devoir conjugal, ce qui n'était pas toujours une joie pour moi, il a fallu attendre de nombreuses années. Une graine a finalement pris racine dans mon ventre et commencé à croître. J'étais tellement certaine que c'était ce fils que je me croyais promis, pour qui j'avais lutté. Mais ça a été une fille. Bengt était souvent absent pour servir le roi Erik, me laissant seule avec la petite. Elle buvait si goulûment que mon lait s'est vite tari et qu'il a fallu trouver des nourrices. De solides filles des villages d'alentour, fiables comme des vaches repues. La petite chose ne dormait jamais dans mes bras, jamais calme contre mon épaule. Des cris toute la nuit. Quand c'en a été trop, j'ai fui la chambre d'enfant pour verser des larmes de honte, moi à qui tout avait jusqu'ici réussi. J'étais la maîtresse de maison, servantes et matrones étaient habituées à m'obéir et, sans que j'aie besoin de rien dire tout haut, chacune a compris la situation. La fillette n'a jamais eu à rester seule, il y avait toujours quelqu'un pour balancer son berceau. Personne ne m'a jamais rien reproché, mais il aurait peut-être mieux valu. Leur silence était éloquent. Leurs regards interrogatifs et pleins de sollicitude avaient beau me brûler la peau, j'étais incapable d'y répondre. Alors j'ai préféré me consacrer avec zèle à la tenue du ménage, veillant à ce que peu de domaines puissent soutenir la comparaison avec ce Göksholm que j'avais reçu en dot : nos paysans satisfaits mais jamais indociles, celui qui se montrait incapable de cultiver sa terre vite remplacé par plus valable, les comptes en ordre pour que tout un chacun puisse voir que l'année passée excédait la précédente, le garde-manger toujours garni avant l'hiver de tout ce qu'on ne peut plus trouver avant le printemps et qui apporte un grand réconfort dans la nuit qui règne la moitié de l'année. Le seigneur Bengt pouvait bien être magistrat à la cour, chacun savait tout ce qu'on me devait, que dame Kristina de Göksholm jugeait ici des grandes comme des petites affaires, à la fois sévère et juste. J'aurais préféré trouver de l'amour dans mon cœur, de cet amour qui pardonne tout, mais je n'ai jamais été exaucée. Pas avec cet enfant. »

Bengt Stensson rentra au printemps, pour une fois de bonne humeur. Au sud résistait encore la paix fragile conclue entre le roi Erik et les ducs du Holstein. Le seigneur Bengt avait lui-même versé la cire sur l'accord d'armistice avant d'y imprimer le sceau royal, et les négociations avec les hommes de la Hanse avaient été l'occasion de nouer des liens précieux pour lui et ceux de ses frères qui faisaient naviguer des corsaires sur la Baltique. Pour l'heure, tout allait pour le mieux et, pourvu que la paix veuille bien durer encore quelques années, le royaume pourrait s'épanouir, tout comme sa lignée, et il ne serait pas non plus contraint de passer tout son temps chez lui à écumer la contrée en écorchant les paysans d'impôts supplémentaires pour financer la guerre, ce qui s'accompagnait toujours de sanctions et de saisies. Il avait obtenu du roi la permission de rentrer sur ses terres. Le seigneur Bengt arriva la barbe en bataille, couvert de poussière, et fila à l'étuve se laver. Il en ressortit un autre homme. Vif, le corps endurci par des heures à cheval, la peau tannée par le soleil et le vent. C'était comme recevoir un étranger au lieu de son époux. Elle aussi était une autre que celle qu'il avait laissée, l'embonpoint de la grossesse disparu, la chair ferme. Lui venait d'avoir trente ans, elle une année de moins, ils s'appréciaient tous deux, tous deux aussi étonnés l'un que l'autre de deviner ce sentiment réciproque. Ils se trouvèrent cet été-là, partagèrent leur couche avec joie peut-être pour la première fois. Deux bons mois. Puis le roi Erik repartit en campagne, renversa les murailles de Glambeck à coups de canon et reprit cette guerre qui devait faire rage des décennies, la ligne du front ondulant tantôt au nord, tantôt au sud sur la terre la plus fertile qu'on ait jamais vue, nourrie qu'elle était du sang versé par des centaines de milliers de jeunes gens – et où pourtant ne poussent que mauvaises herbes. Stina n'a plus jamais retrouvé son époux comme à son retour ce printemps-là. Mais alors que les feuillages jaunissaient, il apparut clairement que leur désir avait porté ses fruits et, à l'Épiphanie, elle était en couches pour la deuxième fois. Enfin il arriva, ce fils, et dès qu'elle prit dans ses bras son petit corps et plongea son regard dans ses yeux troubles de nourrisson, Stina sut que tout serait différent cette fois-ci.

Elle n'ignorait pas que Bengt Stensson aurait aimé que son premier fils se nomme Sten, comme son père. Un bon nom, solide, un nom pour bâtir de grandes choses, qui avait bien servi la lignée aussi longtemps qu'on s'en souvienne. La mémoire du seigneur Sten Bosson perdurerait d'ailleurs sans doute dans le monde où ce fils s'élancerait en ses vertes années. Mais des devoirs incontournables forcèrent Bengt à laisser vide sa place au chevet de la parturiente et, quand on présenta l'enfant au prêtre, Stina lui choisit un autre nom. Måns, comme son père, le seul homme qu'elle ait aimé. Måns, une étincelle jaillie d'un brusque désir, qui deviendrait un fanal pour réchauffer son âge mûr, joie et fierté également pour ce père qui désespérait de pouvoir perpétuer le nom de sa lignée et de devoir se contenter de l'idée que d'autres de ses frères y avaient mieux réussi. Un héritier pour Göksholm et son vaste domaine.

« Tu aurais dû le voir plus jeune, Kari. Modelé au tour pour être le récipient de tout notre amour. Un fils tellement beau, les traits fins, bien fait. Un prince de conte de fées pour enchanter notre monde jusqu'alors vide, avec sa cabane dans la forêt, son barrage sur le ruisseau, des recoins pour jouer à cache-cache partout dans les ombres du donjon. Il nous a été une consolation quand la flamme que nous avions soudain éprouvée l'un pour l'autre s'est avérée difficile à réveiller. Nous pouvions regarder Måns, à mesure que les années passaient, et, en lui, entrevoir les traits que nous préférions chez notre moitié. Quand j'étais à Vadstena, sa seule pensée était un trésor sans prix, son absence une plaie à mon cœur. »

Kari pose la main sur son épaule.

« Mais il est aussi autre chose, Måns. Pas seulement à votre image. Il a une volonté propre. Tu le vois dans cette clairière et tu l'as vu à la Saint-Jean. Combien d'heures ne lui a-t-il pas fallu pour coucher toute cette herbe, quelle résolution pour aller seul avec son gourdin parmi des garçons plus âgés ? Les ailes lui ont poussé, au point de toucher les barreaux de sa cage. Tôt ou tard, tu devras le laisser prendre son envol. »

Stina se détourne pour cacher ses larmes.

35

À nouveau seule, Stina se meut dans un brouillard, comme un couvercle sur ses oreilles. Le monde semble lointain, aussi proche soit-il. Au sommet du donjon, elle s'assoit sur une planche rabotée calée entre deux pierres et y reste longtemps perdue dans ses pensées. Elle pose sa paume et son oreille contre la muraille derrière elle, chauffée au soleil, une pierre qui chante son propre sang, son père, son grand-père et le père de celui-ci, sous l'écu parti de lion et de lys, qui en ont jadis planté les fondations. Elle l'a toujours sentie de son côté, prête à l'apaiser avec une promesse muette de solidité et de permanence. Un mensonge qu'elle a été assez stupide pour croire jusqu'à présent. Les bâtisseurs ont tous désormais rejoint leur tombe, mais les pierres demeurent aussi imperturbables que si elles étaient encore enfouies sous terre, indifférentes aux hommes et à leurs tourments. Le donjon est peut-être grand et immobile, mais sa petite vie à elle se trouve ébranlée. Tout se dérobe, qui jusqu'alors était stable.

Elle finit par se relever, descend vers les logements et les baraques alentour, regarde ses gens s'affairer. La Saint-Jean est passée, tout ce qui a été sorti doit être rangé, tâche équivalente. Ça grouille partout, chacun vaquant à ses occupations, tous semblent savoir quoi faire, sauf elle. Un groupe d'hommes abat la salle de verdure sur le pré, les plus aptes aux lourdes tâches, ceux qui d'ordinaire martèlent le fer, abattent les arbres, charrient la pierre. L'un d'eux est plus grand que les autres, et elle connaît son nom. Lars. Beaucoup le croient muet, mais elle sait à quoi s'en tenir. C'est juste qu'il ne parle pas volontiers. De ses bras noueux, il déterre un pieu et l'extrait de son trou alors qu'il doit peser plus que lui, le renverse, et passe comme si de rien n'était au suivant. Il la voit du coin de l'œil observer leur travail, mais sait se maîtriser, attend longtemps avant d'aller à la bassine boire et rincer la sueur de son visage en lui envoyant un regard à la dérobée. Aucun autre visage que le sien ne la voit, tous lui tournent le dos, elle lui adresse un signe de tête, imperceptible pour les autres. Il n'en faut pas plus pour qu'il comprenne. Elle ne reçoit aucun geste en réponse, chacun se détourne et vaque.

Il est tard quand elle arrive chez lui. Il vit à l'écart, par choix, dans la hutte qu'il s'est bâtie à l'orée du bois. Elle connaît le chemin, n'a pas besoin d'autre chose que la nuit d'été pour éclairer sa route. Une lampe allumée à la fenêtre pour indiquer la direction est soufflée à l'instant même où elle gratte à la porte. L'obscurité fait partie de leur accord, peut-être jadis par honte, mais aussi en sachant que ce qui est ôté à un sens est rendu en échange aux autres. À l'aveuglette, ils se défont de leur moi et peuvent d'autant mieux être eux-mêmes. Le manteau glisse de ses épaules, et sa tunique ôtée par le haut va lui tenir compagnie. Aucun d'eux ne parle : il en est incapable, elle ne veut pas un mot. Elle défait ses cheveux, les secoue sur son dos. Elle l'entend devant lui, tend la main, touche une chair nue, chaude. Il n'est pas jeune, même s'il l'est plus qu'elle, mais d'une autre sorte, issu d'un autre monde, étranger au sien. Endurci à la tâche, muscles bandés en dures tresses. Il vient à sa rencontre, pose ses grosses mains sur ses hanches, cherche son sein. Par des caresses, ils se donnent l'un l'autre forme dans le noir. Il efface ses années, la rend jeune, jeune et désirable comme jamais. Il exhale un parfum de travail, de terre et de bois, d'effort sous le soleil et la pluie. Stina laisse sa main descendre le long de son ventre plat où son membre attend, prêt. Elle le saisit et le guide vers le sol de terre battue où les vêtements tombés forment une couche pour un jeu aux formes mouvantes qui dure toute la nuit, vieux comme le temps lui-même mais chaque fois recommencé, et les sons qui s'échappent de leurs lèvres sont les mots d'un langage plus ancien que celui des hommes.

L'aube la surprend à l'étuve, seule dans la pénombre à peine éclairée du rougeoiement des braises. Souvent, elle demande à ses gens d'y allumer le foyer la nuit, pour pouvoir venir s'y réfugier quand le sommeil lui fait défaut. Cela fait des années que plus personne ne trouve cette habitude incongrue. Sur les pierres chaudes frémit une bassine qu'elle mêle d'eau froide pour se laver, et elle rince tout : ses odeurs à lui, et les siennes, plus bas. Elle verse ce qui reste sur les pierres et, de sa griffe, la vapeur purifie sa peau encore davantage. Dehors, tous dorment, même la fille qui veillait sur l'âtre de l'étuve, qu'elle a renvoyée se coucher. Des larmes coulent sur les joues de Stina, des larmes comme elle n'en a encore jamais goûté. Les joies de la chair sont encore fraîches à sa mémoire, mais elle ne les a pas recherchées pour elles-mêmes cette fois, plutôt pour consolider une idée. À présent, après coup, elle la trouve confirmée. Elle n'en a plus besoin, des hommes, plus comme autrefois. Certes, elle a joui d'eux par son corps, mais il y avait aussi autre chose. Un désir de légitimation auprès d'eux, un rare élan la forçant à sortir de son être. Elle ne saignera plus, jamais plus. Est-ce une plaie qui se referme et peut cicatriser ? Comme elle a redouté ce moment à son approche. Maintenant qu'il est là, elle se découvre capable de l'accueillir, voit qu'il porte en lui de nouvelles possibilités, qu'il peut lui permettre de devenir différente, une personne qu'elle pourra former elle-même plutôt que de se laisser modeler par les autres. Un changement charrie beaucoup de choses, parmi lesquelles peut-être la liberté.

Stina demeure encore longtemps sur le banc. Ingegerd Knutsdotter visite ses pensées, et elle non plus ne lui semble plus aussi effrayante. Une simple femme aux tourments simples, elle aussi enchaînée au monde des hommes, toute nonne qu'elle était, incapable de s'en arracher. À quoi bon le nom d'un père depuis longtemps défunt ? Par soif d'amour elle a dévasté sa vie, et son amertume a fermenté jusqu'à déborder de sa tombe. Et la voilà désormais aussi morte que Stina elle-même le sera un jour. C'est Nils Stensson qui avait raison. Il faut démontrer l'impuissance de sa malédiction, qui dès lors éclatera comme troll au soleil. Ce qui était néant sera réduit à néant.

Et Måns, le premier, le dernier et à jamais. Son beau garçon, heurté de plein fouet par le gourdin d'un autre, sa beauté désormais à jamais entachée. Même dans sa révolte, elle trouve un motif pour l'aimer plus qu'avant. Kari avait raison. Il faut désormais qu'il puisse être lui-même, qu'il cherche sa chance dans le monde qui l'attend. Lui, comme elle.

Séchée et habillée, elle rejoint la chambre de Bengt Stensson et s'assied au bord de son lit en attendant qu'il se réveille, l'écoute ronfler et s'agiter. Il tarde à remarquer sa présence, cligne des yeux et demande, désemparé, d'une voix qui porte à peine :

« Ma Stina ? »

Comme il semble petit, nu dans un fouillis de lin froissé. Et pourtant le père de son fils, l'homme qu'elle a choisi. Au vu de son fils, elle sait que ce choix était le bon. Péniblement, il soulève son corps, Bengt Stensson, le ventre lourd, s'assied à côté d'elle tout nu qu'il est, se racle la gorge.

« Quels rêves inquiets j'ai faits, Stina. J'ai réfléchi, aussi. Tu as raison. Ce matin, je vais signifier à mes frères qu'ils n'ont qu'à se trouver eux-mêmes des fils à envoyer au nord pour mener à bien leurs intrigues. Ils m'ont trompé avec de belles paroles, savent si bien me mettre d'humeur arrangeante. Le cerf, l'arbalète. La bière.

– Måns part chez Engelbrekt. »

Il la regarde en clignant des yeux tandis que les mots prennent sens. Puis les ferme, pousse un profond soupir, une supplique dans la voix.

« C'est ton souhait, Stina ? Tu en es sûre ? »

36

Depuis la Saint-Jean, l'évêque Knut Bosson veille, se tourne et retourne sur sa couche sans parvenir à fermer l'œil. L'âge a beau avoir depuis longtemps haché ses nuits, c'est pire que jamais. Au lieu des crampes et de l'angoisse, c'est l'inquiétude qui lui transperce le diaphragme, depuis que ses neveux lui ont fait part de leurs intrigues. Bo Stensson ressemble assez à son père par l'humeur et l'apparence pour être son fantôme. Bengt est lui aussi en partie de la même farine, même s'il le cache mieux. Mais Nils, Nils Stensson, c'est le pire, ce serpent, car en lui Knut voit quelque chose d'inconnu, plus grave, qu'il ne comprend pas complètement et contre quoi il ne peut non plus se défendre.

Knut Bosson est devenu évêque l'année même où sainte Brigitte a rejoint son reliquaire, voilà plus de quatre décennies, pour renforcer la poigne de fer dont son père et son frère étranglaient le royaume. Cela a coûté six cent soixante florins, car aucun évêque ne reçoit la bénédiction du pape et des cardinaux sans en débourser le prix. Une partie de la somme a été avancée par d'autres, mais il lui en est néanmoins resté beaucoup à payer de sa poche. Une fois la crosse en main, il avait les clés des coffres de l'Église, et quel autre choix avait-il que d'y puiser pour s'acquitter de ses dettes ? Ce n'est qu'*a posteriori* qu'il avait compris que c'était là dès l'origine l'intention de son père et de son frère : il fallait qu'il commence sa carrière par ce larcin, et qu'ainsi sa loyauté envers l'Église qu'il avait volée ne puisse jamais être entamée. Les biens et terres qui lui étaient échus se trouvaient près des côtes, et devaient donc être fortifiés contre les razzias des Frères des victuailles, chaque rempart et chaque douve payés à prix d'or, autant de sommes procurées dans la zone grise entre emprunt et vol. Puis est arrivée la reine Margareta, la dragonne, invitée par Sten Bosson et son parti. La reine des voleuses, voilà ce qu'elle était, raflant tout et tous, et surtout l'Église. Knut était pris en tenailles entre des forces contraires, d'une part la colère de l'Église de voir les aumônes du Seigneur revenir au Danemark, avec la menace de sa destitution jamais bien loin, d'autre part son propre sang du côté de Margareta, avide de profiter bientôt à son tour de sa part du gâteau. Toute sa vie durant il avait encouru ce supplice des baguettes, et désormais il atteignait sa soixante-quinzième année. Voilà longtemps qu'il n'a rencontré personne de son âge. Il a appris à ne jamais rien signer de son nom, jamais donner de promesse ferme, jamais s'engager si loin d'un côté qu'il ne puisse par la suite prétendre une proximité avec la partie adverse. Cela lui a bien réussi. Tous les vieux forgeurs d'intrigues ont rejoint leur tombe, leurs rêves boursouflés rarement satisfaits. Le vieux Bo Grip, son père, son frère. Knut regrette de ne pas avoir pu y goûter davantage, à ces rêves, tandis qu'il récitait leur requiem, mais même cela il en était incapable, car ce n'était qu'à l'abri de leur orgueil qu'il éprouvait la sécurité. Ils ont vécu avec une détermination et une brutalité aveugle, jusqu'à ce que leur folie sape le sol sous leurs pieds. Son héritage ? Le doute, et rien d'autre.

Et voilà que ce sang impatient gonfle dans la génération suivante. À leur tour d'avoir de grands rêves et d'essayer de décrocher la couronne. Knut Bosson maudit son destin qui l'a fait survivre à ses semblables : il voudrait presque être mort lui aussi, froid et à l'abri sous de lourdes brassées de terre. Mais en même temps il y a là autre chose, et c'est ce qui l'effraie le plus : le chatouillis d'une ambition possible, entre ses mains. Peut-être que cette fois, cela pourrait marcher. Peut-être que l'entreprise pourrait réussir à la lignée d'azur et d'or, et ce grâce à son aide.

Ils en feraient alors une tête, Bo Bosson, Sten Bosson, Bo Grip et la reine Margareta elle-même quand il les retrouverait dans le monde des morts, selon la volonté du Seigneur.

Mais la peur le tourmente, sachant où l'orgueil en a conduit d'autres : à la ruine et à une mort vaine. Et les jeunes, ils ont encore tant d'années devant eux, des années pour corriger leurs erreurs, des années pour tenter à nouveau dans de meilleures conditions. Knut Bosson sait qu'il va bientôt mourir, même si cette pensée même lui semble impossible. À ses yeux, c'est lui qui joue le plus gros dans cette partie, car il n'a plus que ce temps qui lui reste, chaque instant rendu d'autant plus précieux.

« Je viens vous remercier pour moi et ma suite. »

L'évêque Knut est venu au donjon prendre congé, il a monté la côte et gravi chaque marche sur ses genoux endoloris. Il a passé beaucoup d'heures ces derniers jours à tenir conseil avec ses neveux. Il faut équiper tous les hommes dont dispose la lignée, les envoyer où ils seront le plus utiles, il faut envisager tous les développements possibles et s'accorder sur la meilleure conduite à tenir pour chacun, quel message envoyer en cas de nécessité et comment. Le chemin de Knut le ramène à Linköping, où il a son siège et son conseil, et d'où le reste de l'Église devra être plié à sa volonté. La chose ne sera pas difficile. Des sept évêques du royaume, il est le plus âgé, le plus haut en rang, et le roi Erik lui a déjà largement préparé le terrain : depuis deux ans que l'archevêque a rejoint ses aïeux, on se dispute sur le choix de son successeur. À Uppsala, on a désigné le doyen de la cathédrale, mais le roi Erik préférerait un de ses hommes sous la même robe, afin d'étendre sa domination du terrestre au spirituel. Chaque partie a accablé le pape de requêtes le priant de trancher selon ses intérêts. Knut Bosson a retardé le moment d'apposer son sceau sur ces documents, comme toujours assez avisé pour attendre de saisir d'abord le sens du vent. De là la difficulté de son rôle présent : agir sans être vu, prendre des risques en restant à l'abri. Pour l'heure, rien n'est décidé, le roi Erik peut très vite avoir vent de cette trahison et frapper fort contre les félons, et s'il lui est possible de choisir, il préfère encore la peste au billot. Knut se racle la gorge, charge sa voix de vieil homme de toute l'assurance dont il est totalement privé.

« J'ai bon espoir pour notre cause. »

Bengt Stensson lève les yeux au ciel, habitué à endosser le rôle du sceptique de la fratrie.

« Cela fait au moins l'un d'entre nous.

– Avant que tout cela se mette en branle, Bengt, il y a une autre chose dont je voulais m'entretenir avec toi, et je ne parle plus à présent seulement à mon neveu, mais aussi au magistrat de la province de Närke. »

Knut Bosson baisse la voix, sans lâcher le bras de Bengt Stensson.

« Voilà quelque temps, j'ai envoyé un homme vers le nord pour certaines affaires, dont je tairai la nature. Il se nommait Olof Jönsson. Son retour était attendu à Linköping avant la Saint-Jean. Il transportait une grosse somme, toute la recette de son voyage. »

La curiosité de Bengt est éveillée, comme toujours lorsqu'il est question d'argent.

« Combien ?

– En argent, *pennings*, *örtugs* et de toutes ces monnaies étranges qui circulent dans notre royaume depuis que les nôtres passent dans les coffres du roi à Copenhague. En tout pour une valeur de mille *marks*. »

Ce chiffre le laisse un instant rêveur. Bengt se demande quelle ruse son oncle a bien pu mettre sur pied pour pouvoir envoyer au nord ses hommes les mains vides et s'attendre à les voir revenir croulant sous une telle fortune.

« Comment peux-tu le savoir aussi précisément ?

– Il n'est pas sans danger de voyager seul avec un tel trésor. À chaque église rencontrée, Olof a laissé un message devant être porté à Linköping par le premier chariot ou cocher faisant route vers le sud. L'idée était justement celle-ci : si quelque chose devait lui arriver, nous saurions où commencer à chercher. Un cavalier vient de me trouver, envoyé ici par l'un de mes clercs. La dernière lettre est arrivée le jour de la Saint-Jean, mais pas d'Olof Jönsson, alors que si tout s'était bien passé pour lui, il aurait dû lui-même arriver bien avant cette lettre.

– Envoyée d'où ?

– Un trou nommé Askersund. Je suis arrivé ici par le même chemin, mais n'avais aucune raison de m'en inquiéter. Et le vicaire était si empressé de m'astiquer le goupillon que je n'ai pas cru bon de prolonger mon séjour plus que nécessaire. »

Bengt réfléchit en se frottant la barbe.

« Cet Olof. Est-il fiable ? Un tel trésor aurait été pour beaucoup une tentation irrésistible. Peut-être a-t-il envoyé son dernier messager d'Askersund avant de partir n'importe où sauf à Linköping ? »

L'évêque Knut adresse un regard froid à son neveu.

« Tu m'as toujours connu, et tu sais bien que j'ai grandi dans le même bosquet que Bo Grip et ton propre père, deux des plus grands renards qui aient jamais hanté ce poulailler de royaume. T'ai-je jamais donné l'occasion de me prendre en défaut de naïveté ? »

Bengt n'a pas besoin de répondre.

« Il y avait bien sûr une garantie. Je n'aurais pas confié une telle mission à Olof Jönsson sur sa bonne mine. Crois-moi, il est fiable.

– D'accord. Peut-être qu'alors une racine l'aura fait trébucher, et qu'il est à l'heure où nous parlons dans quelque auberge, une attelle à la patte.

– Une attelle l'aurait-elle empêché de faire porter un message ? D'ailleurs, mon cavalier avait pour ordre de s'en enquérir en chemin. Le gars a disparu, je te dis. Il a quitté Askersund. Il n'est jamais arrivé à Motala. Entre les deux, il y a une forêt vaste et sans loi. Et les sous, disparus eux aussi. Lui, il est facile à remplacer, mais cet argent, nous en aurions plus que jamais besoin : quand l'Église aura fait sienne notre cause, cette somme permettrait d'équiper de nombreux lansquenets, ou d'acheter le départ de baillis trop gourmands. »

Bengt Stensson mâchonne sa barbe.

« Voyons ce que je peux faire.

– Jure que cela reste entre nous. Personne d'autre. Surtout pas mes autres neveux. »

Bengt se signe après avoir hoché la tête avec réticence, embrasse les doigts qui viennent de le bénir en long et en large. Knut souligne le caractère sacré de sa promesse d'un regard sévère.

« Bien. Sur ce, adieu. Où est Måns ? Je suis l'aîné de nous tous. J'aimerais lui dispenser au passage quelques sages paroles avant que nous l'envoyions dans la gueule du loup. »

Ensemble, ils suivent lentement le rempart du donjon, Knut sa main noueuse appuyée sur l'épaule de Måns.

« Tu connais l'ancien conte ? Trois vieillards perdus dans la forêt où ils rencontrent trois morts. *Comme vous êtes nous fûmes, et comme nous sommes vous serez.* Je pourrais te dire la même chose aujourd'hui. »

Knut s'arrête, le garçon aussi. Il contemple son petit-neveu. Beau à voir, il a reçu tous les avantages de son père, mais encore plus de sa mère. Sa plaie est déjà exposée à l'air, pour mieux sécher. Elle court sur le cuir chevelu, ne se verra bientôt plus du tout. Ce garçon ne tardera pas à apprendre ce que c'est qu'être utilisé par d'autres à leurs fins, comme tous ceux qui sont jeunes, faibles ou naïfs, et en possession de quelque chose qui leur donne de la valeur. Comme il l'a été lui-même jadis. La roue de la vie nous fait essayer tous les rôles, d'abord celui de la victime, puis du prédateur. Knut devrait être trop vieux pour s'en étonner, mais il ne peut s'en empêcher. Cela aussi lui sera donc ôté avant la fin : le droit de blâmer ceux qui lui sont redevables.

Knut Bosson soupire, un instant humble devant la riche cruauté de la vie.

« Nous avons beaucoup en commun, toi et moi. Moi aussi j'ai jadis été un jeune homme à son dixième été, chassé du havre sûr de l'enfance et envoyé de par le monde pour le compte de mes parents. D'abord vers le sud, bien au-delà des frontières du royaume, et j'ai pu voir la guerre en chemin. La puanteur avant toute chose, portée par le vent contraire des heures avant que j'atteigne le lieu lui-même. Un pré où l'on s'était battu quelques jours plus tôt. Les morts étaient partout, et le sol grouillait de corbeaux et de vermine qui festoyaient. J'ai vu deux hommes encore sur leurs jambes. L'un allait avec une outre de peau pour désaltérer les mourants, leur présentant une croix à embrasser, pour le salut de leur âme. L'autre cherchait l'or, arrachait les anneaux des doigts des cadavres. Le plus souvent la chose était aisée, car les corps étaient déjà vidés de leur sang et leurs membres blêmes et flasques, mais il trouvait parfois quelqu'un dont les mains étaient encore gonflées de vie, la jambe cassée par la chute d'un cheval ou abattu d'un coup sur son heaume. Pour eux, il avait un couteau, avec quoi vite découper son butin. C'était comme s'il n'entendait pas leurs cris. »

Knut Bosson soupire.

« La guerre, mon petit-neveu, va te montrer le meilleur et le pire de l'homme. Plus qu'il n'est jamais donné à voir. Tout ce qu'il cache d'ordinaire apparaît au grand jour. Il se montre exactement comme il est. »

Knut tend une main ridée vers le front de Måns, pour la passer le long de sa plaie. Du sang caillé formant une croûte allongée, avec tout autour un hématome bleu virant au jaune. D'une certaine façon, cela lui va bien, une touche de laideur pour rehausser toute sa beauté, conférant de la résolution à des traits qui auraient pu devenir trop fades.

« Le monde est vaste. Il n'est ni bon, ni mauvais, mais indifférent et rempli de dangers. Dans ses jeunes années, il est aisé de se sentir élu et protégé, mais c'est vanité. Quelques-uns s'en sortent bien, apprennent à tordre la réalité selon leur volonté, que ce soit leur destin ou le fruit de leur force, d'autres tombent, victimes. Si Dieu existe dans le ciel, il regarde, sans prendre parti pour le faible. Tu ne peux te fier à personne. Pas même à ta propre chair et à ton propre sang. On n'est proche que de soi-même. Je suis chagriné, Måns Bengtsson, d'avoir à te faire cette leçon ici et maintenant, mais mieux vaut trop tôt que trop tard. »

Knut Bosson se penche plus près, baisse la voix, sent lui-même l'odeur de vin aigre de son haleine qui touche le visage de Måns et lui revient.

« À la Saint-Jean, tu as fait quelque chose de stupide. On peut juste te féliciter que le prix à payer ne soit pas au-dessus de tes moyens. Désormais, de plus grandes choses sont en jeu, et tu ne peux plus te permettre ce genre de sottises, car tes actes engagent d'autres que toi. Ne mentionne pas mon nom auprès d'Engelbrekt Engelbrektsson. Si tu parles de Göksholm, tu ne m'y as jamais vu, je n'ai aucune part aux intrigues de la lignée. J'aimerais pouvoir me contenter de ta parole, Måns, mais je ne te connais pas, je ne sais pas où sur notre tronc d'azur et d'or ta branche a pris racine. Aussi écoute bien à présent ce que je vais te dire. L'autre gamin, Finn Sigridsson. Il a accompagné ta mère depuis Vadstena, dans ma suite. Vos âges sont proches et si je comprends bien il est une sorte de frère adoptif pour toi, c'est lui qui t'a entraîné au combat et qui a su tenir sa langue à ton sujet. J'ai compris qu'il t'était cher. Quelque chose de précieux qui m'appartient vient d'être perdu, et ce sur la même route qu'a empruntée le jeune Sigridsson pour se rendre à Vadstena, et au même moment. Si tu me trahissais, je veillerais à ce qu'on l'accuse. Rien ne serait plus simple : quelques pièces d'argent retrouvées dans sa paillasse. La question aboutit toujours aux aveux, pourvu qu'on sache par quel bout la prendre, culpabilité ou non, puis c'est le billot. Ton silence le sauvera. Tu as compris ? »

Knut Bosson plonge le regard dans celui de son petit-neveu. Ses yeux sont bleus et sombres comme si souvent dans la lignée, leur centre taché de noir. Knut s'efforce de sonder leur profondeur, car il s'est lui-même mis à nu par ses mots, sans y trouver grande réponse. Alors Måns hoche la tête, détourne le regard.

« Oui. Je comprends. »

Ils restent là un moment sans rien d'autre à dire. Knut Bosson pose à nouveau la main sur l'épaule de Måns avec une pression tendre, à présent abattu, las de ce monde et de tout ce qu'il l'a forcé à devenir, lui comme tous les autres.

« À présent, dis adieu à l'insouciance de l'enfance. Tes jeunes années sont passées, tes années d'homme arrivent, dès lors que tu auras laissé Göksholm derrière toi. Regarde-moi, maintenant, et si tu n'aimes pas ce que tu vois, choisis à chaque carrefour le chemin qui te semble mener ailleurs, en priant la puissance en laquelle tu crois le plus qu'il ne t'y conduise pas malgré tout. Puisses-tu réussir là où je me suis égaré. »

37

« Qu'as-tu à dire pour ta défense ? »

Bengt Stensson est assis sur son siège d'apparat sculpté d'entrelacs colorés qui retracent les riches heures de la lignée pour qui est admis à l'approcher d'assez près, la meilleure place de la demeure dans la plus grande salle, lui-même jambes ouvertes et calé en arrière, les bras reposant sur les accoudoirs. La panique saisit Finn Sigridsson, incapable de savoir à coup sûr de quoi il est accusé. La part qu'il a prise à la désobéissance de Måns est sans doute claire aux yeux de tous, mais il doit répondre de crimes bien pires, et une partie de lui aspire à l'aveu avec le même vertige que chez celui qui, au bord du gouffre, se sent aspiré par le vide. Sa conscience le travaille. Il n'ose pas aller se coucher avant d'avoir épuisé son corps par des tâches assommantes et vaines, car s'il reste dans le noir sans dormir, il retourne dans le bosquet de son méfait, d'abord se battant puis seul sous le regard fixe du mort. Il ne connaît pas d'autre façon de laver ses mains que la confession, mais ne veut pas le payer de sa vie. Tandis qu'il reste muet, le seigneur Bengt se penche en avant.

« Quand je vous ai trouvés, ta sœur et toi, vous teniez plus du chien errant que de l'être humain. En guenilles, la peau sur les os, incapables de parler autrement que par gémissements et aboiements, fous de faim et de froid. Avant de quitter le village, j'ai trouvé la maison de ta mère, Finn. Elle vous avait enfermés dehors, en barricadant porte et fenêtres. Ce devait être une femme avisée, et d'une volonté de fer. Elle a dû vous mettre à la porte dès qu'elle a vu le premier bubon rougir à son aine et par là vous a sauvé la vie. J'ignorais son nom, et elle a été appelée Sigrid par emprunt à ma propre famille. Je vous ai trouvés, ai eu pitié de vous, vous ai donné un nom et une place. Ta sœur en a préféré une autre dès que son âge le lui a permis. Et maintenant c'est ton tour : voilà comment tu me remercies de ma peine. Tu enseignes à mon fils l'art du combat à l'épée derrière mon dos, lui permettant ainsi de risquer sa vie à la joute, au lieu de venir aussitôt me trouver pour empêcher ces stupidités. »

Le soulagement et la déception se disputent la première place. Finn ne peut que baisser la tête dans l'espoir qu'on n'y verra que de la honte. À présent debout, les mains jointes dans le dos, Bengt va et vient sans répit devant lui.

« J'en connais qui t'auraient battu jusqu'à l'os puis abandonné sans toit ni loi dans les terres sauvages, ou mis dans un trou avant de jeter la clé du verrou dans le lac, aussi loin que porte la main. »

Il continue dans la même veine, mais Finn écoute à peine. La faute dont on l'accuse, il en est coupable, mais n'aurait pas pu faire autrement. S'il n'avait rien eu d'autre sur la conscience, il aurait pu accueillir avec sérénité un destin qui était le sien dès l'origine mais qui s'était fait toutefois attendre bien plus qu'il n'aurait pu le désirer : ses années à Göksholm sont un présent qui aurait dû être hors de portée pour quelqu'un comme lui. Qu'elles trouvent ici leur fin n'a rien pour le surprendre. Il s'étonne davantage qu'elles n'aient pas été moins nombreuses. Et puis sa sœur est morte désormais : il ne laissera rien derrière lui dans son exil. Il sera bientôt oublié et n'embarrassera plus personne. Mais voilà que le seigneur Bengt s'est tu, approché de lui, et Finn ferme les yeux dans l'attente du coup qui va venir, mais le temps lui-même doit avoir suspendu son cours, car la gifle est bien trop lente, d'une main qui se pose doucement contre sa joue sans aucune douleur, et la voix qui l'accuse a changé.

« Je ne dis pas que tu as bien agi, Finn Sigridsson. Mais te punir pour être plus loyal envers mon fils qu'envers moi, j'en suis incapable. Måns part vers le nord. Tu vas le suivre. Je ne peux imaginer meilleure compagnie. Puisses-tu demeurer aussi loyal jusqu'à la fin de tes jours. »

Finn Sigridsson gagne la porte en titubant comme un homme ivre. La voix de Bengt Stensson le suit.

« Måns recevra une meilleure épée pour ce voyage. Il serait bon qu'il apprenne à s'en servir avant d'avoir à la dégainer. »

Le soulagement de repartir libre se mêle à la rage de devoir continuer à porter sa faute cachée, mais Bengt l'arrête d'un cri et ses sentiments se muent aussitôt en leur contraire.

« Ah oui, encore une chose, Finn. L'évêque Knut a perdu un homme, disparu quelque part entre Askersund et Motala. Un certain Olof Jönsson. As-tu entendu parler de lui sur ton chemin ? »

Finn se racle la gorge, s'efforce d'humecter sa bouche sèche pour réussir à répondre.

« On m'a parlé d'un bandit de grand chemin qui enlève les voyageurs isolés, un voleur et assassin. Gånge-Tor, c'est ainsi qu'on l'appelle. »

38

Beaucoup d'adieux, chacun le sien, l'intimité d'une vie résumée en quelques instants. Tout autour de Göksholm scintille la forêt aux frondaisons embrumées sous le soleil qui sèche la pluie de la nuit. Au-delà des dernières habitations, Måns voit le pont-levis enjambant les douves et leurs essaims d'insectes, ses planches conduisant aux pavés, rapidement réduits à du gravier sur terre battue. Le chemin est d'abord large, bientôt rétréci, un ruban pâle dans la verdure qu'on aperçoit un peu s'enfoncer dans l'ombre des arbres avant de disparaître hors de vue. Il lui chante sa chanson, et Måns est impatient de répondre à son appel, mais il lui reste quelques adieux, l'un plus lourd que l'autre. Son père, Brita. Les gens du domaine sont tous rassemblés, qui l'ont connu toute sa vie : il en voit peu qui ne l'aient un jour gratifié en douce d'un bon morceau, consolé en soufflant sur un genou écorché, aidé à monter à cheval ou accompagné en forêt. Chacun a quelque chose à dire, mais ces paroles sont trop nombreuses pour lui, il les entend à peine, pris de vertige devant tant d'attentions. Et voilà sa mère, surgie de nulle part. Ses bras autour de son cou, ses lèvres à son oreille. Elle le serre fort pour cacher ses tremblements, et longuement, comme un bouclier contre le chagrin.

« Trop longtemps je t'ai gardé près de moi. Je t'ai privé du monde par pur égoïsme. J'ai eu tort. »

Il lui répond en la serrant aussi fort. Elle rompt leur étreinte, lui prend les joues dans ses mains tremblantes.

« Aujourd'hui je regrette que ça n'ait pas duré plus longtemps malgré tout. »

Elle soutient son regard, blême, avant de le lâcher et de se détourner, vite, elle s'en va d'un pas vif, tête baissée, les bras dont elle l'étreignait à l'instant serrés à présent autour de son propre corps.

Devant le pont-levis, trois chevaux, un chacun pour Måns et Finn, un pour leur bagage. Harnais et selles luisants et graissés, pelages étrillés, crinières tressées. Finn est déjà en selle, avec une allure que Måns ne lui a encore jamais vue, qui doit autant à sa beauté qu'à sa force, blason au pommeau. Le même qu'arbore son propre cheval, un des meilleurs de son père, au pelage moiré d'or rouge. Ils tapent du sabot, lassés comme lui de l'attente. Conscient de tous les regards qui le suivent, il pose le pied sur l'étrier, se hisse en selle, attend un instant avant de se retourner une dernière fois pour les regarder tous, qui ont formé son monde pendant dix-sept ans et plus. Son père lève les deux bras pour lancer les hourras. Les clameurs à peine retombées, Bengt Stensson s'approche d'un pas vif de son cheval. Son père ne croise pas son regard, lèvres serrées en un masque figé, mais Måns a le temps de voir les larmes dans sa barbe juste avant qu'il ne donne une grande claque sur la croupe du cheval. Måns s'emmêle dans les rênes pour reprendre le contrôle, entend les planches sous les sabots et, quand il a réussi à calmer sa monture et tourne la tête ils sont déjà loin, le donjon de Göksholm plus petit à chaque pas. Devant eux le monde, et il change alors d'avis, pique des talons les flancs du cheval pour le relancer au grand galop, en criant de bonheur dans le vent.

Sa liberté est de courte durée, car au grand chemin attend Nils Stensson, lui aussi à cheval, et la déception lui serre le cœur.

« Je ne savais pas que tu te joindrais à nous, mon oncle. »

Nils rit.

« Ne t'inquiète pas. Je prends moi aussi la route, mais au premier carrefour nos chemins se sépareront. Je pars à la chasse au trésor. Ton père m'a parlé d'argent qui a été perdu, une somme capable d'assurer notre succès à la guerre pour les temps à venir. Je fais route vers le sud. Vers Askersund. Je veux juste te dire quelques derniers mots en chemin. »

Nils Stensson invite d'un signe de tête Måns à le suivre. Ils laissent leurs chevaux avancer au pas côte à côte.

« Approche-le, Måns. Engelbrekt. Sois prévenant, à son service, mais sans flatterie, car il sent ces choses-là. Trouve une façon d'être toi-même à la place où tu peux te rendre le plus utile. Ta force réside en qui tu es, et je ne t'aurais pas envoyé là-bas si je ne pensais pas cela suffisant. Gagne sa confiance et apprends à le connaître, reste à proximité des conversations, tends l'oreille et souviens-toi de tout ce que tu entends. Tu es notre tête de pont, celui qui doit montrer à Engelbrekt Engelbrektsson que notre lignée est la plus à même de prendre la tête de ses alliés. J'ai fait ranger des habits dans ton bagage, que j'ai moi-même choisis parmi tes affaires, et dont la magnificence reflète tout ce que nous pouvons lui offrir. Porte-les lors de votre première rencontre. Nous nous comprenons ?

– Oui, mon oncle. »

Nils lui serre l'épaule.

« Bien. Ceci à présent. »

Il a un sac sur ses genoux, le soulève pour en découvrir le contenu et force son cheval à venir assez près pour qu'il puisse passer la cage à Måns.

« Qu'est-ce que je vais en faire ?

– Tu le sais mieux que personne.

– Tu sais combien elle a coûté à mon père ? »

Nils incline la tête de côté.

« Le prix te semble trop élevé ? »

Måns lève le loquet de la cage, invite du bout des doigts la buse à sortir. Elle hésite d'abord, grimpe doucement de la grille sur son bras, une serre prudente à la fois, tournant la tête d'un côté et de l'autre. Måns devine l'étonnement et l'inquiétude dans son œil quand elle le regarde, cherche à voir alentour par des mouvements de cou saccadés. Alors, elle perçoit quelque chose au-delà des sens humains, son œil s'assombrit quand l'instinct du rapace y fait retour, en en chassant toute réflexion, et Måns saisit l'occasion, balance le bras et la jette en l'air. Elle déploie ses ailes pour prendre le vent, trouve son équilibre, s'élance. Plus de clochette pour trahir son vol. Ils restent tous deux immobiles, à suivre l'oiseau par-dessus le pré, les arbres.

On entend alors des sabots au galop à l'orée du bois. Måns regarde vers le chemin mais se ravise, se retourne et tente de retrouver sa buse, mais en vain. À l'instant encore une tache dans le ciel clair, mais celui qui n'a pas suivi son vol ne la retrouvera jamais. Disparue du temps présent. Il se tourne à nouveau vers le chemin, tente de voir qui approche. Il est pressé, celui qui arrive en forçant ainsi son cheval. Le cavalier débouche bientôt de la forêt, tire sur ses rênes en les voyant lui barrer la route. Un homme couvert de la poussière du chemin, la hâte et la fatigue du voyage inscrites sur le visage, les flancs de son coursier écumant. Nils lève la paume de sa main pour le saluer tandis que l'homme fronce les sourcils.

« Je porte un message au seigneur Bengt, et c'est urgent.

– S'il s'agit de nouvelles du Nord, donne-les-nous d'abord. Nils Stensson, son frère, et Måns Bengtsson, son fils. »

Un simple instant d'hésitation, puis l'homme s'incline, raide.

« Le peuple de Dalécarlie se soulève. On marche sur Borganäs. »

Un moment, Nils reste muet. Måns a rarement vu quelqu'un si habile à cacher ce qu'il pense mais, un bref instant, il voit son oncle mis à nu. Les sentiments se succèdent rapidement sur son visage. Espoir et joie, hésitation, effroi. Le cheval sent l'humeur de son maître, piétine impatiemment, et Nils se maîtrise lui-même quand il lui faut ressaisir les rênes. Tout ce que Måns a vu a disparu, aussi vite que le filet de lumière d'une porte refermée à la volée. Il n'y a là plus rien à lire, et Nils se fend d'un grand sourire, éclate de rire, se tourne vers Måns.

« Engelbrekt est impatient cette année. L'an passé, il a pris Borganäs, mais à la fin de l'été seulement, avant de marcher ensuite sur Västerås, où il s'est contenté des belles promesses du conseiller au nom du roi. Il a donc décidé de commencer sa campagne en revenant sur ses brisées. Il n'y a pas de temps à perdre. »

Nils Stensson claque de la langue pour faire partir son cheval, l'éperonne pour accélérer. Le messager reste là, hésitant sur la conduite à tenir : Måns est jeune, mais néanmoins le fils de Bengt Stensson. Prudemment, il attend immobile le signe de tête de Måns pour relancer sa monture vers Göksholm. Finn prend sa place, portant son cheval à la hauteur de Måns.

« Alors ? »

Måns regarde le chemin où son oncle les précède, comme s'il était différent de celui qu'il a connu toute sa vie, et que ses graviers pouvaient témoigner de ces nouvelles venues de loin.

« La guerre a commencé. »

Finn plisse les yeux dans le soleil, les protégeant de la paume de sa main, attend Måns, qui tourne la tête. L'heure est grave et ils le sentent tous les deux, mais se connaissent trop bien pour avoir besoin d'habiller de mots cet instant. Alentour, les prés sont vastes et vides, plongés dans un grand silence. Ils ne sont plus que deux désormais, et le monde ouvert devant eux, plein de tout ce qui existe et gonflé de promesses. Måns lui adresse le sourire en coin qu'il connaît bien, qui repousse les soucis à plus tard et console pour le moment, et Finn lui répond dans la même monnaie.

« Allons, en route. Le premier arrivé à l'orée du bois. Lâche le cheval de bât, il nous suivra tout seul. »

Et les voilà partis, qui se talonnent, le soleil dans les yeux. Autour d'eux, l'été.

TROISIÈME PARTIE

PLEIN ÉTÉ 1434

39

Sander Beck se gratte l'entrejambe, où la sueur marine depuis déjà des heures, et où des éruptions écarlates ont frotté jusqu'au sang contre une étoffe grossière. Ses cuisses engourdies par le poids de son ventre brûlent sous leur fardeau. Le reste de son corps souffre de même : sa nuque sous son casque, son épaule sous sa lance, ses pieds gonflés dans des souliers trop étroits. Les nuages passent au-dessus de lui et, même s'il sait qu'il le regretterait aussitôt s'il était exaucé, Sander souhaite que l'un d'eux veuille bien les rafraîchir d'une averse. Chaque fois que le soleil se montre, la chaleur est une torture, et dans l'ombre les moustiques sont en embuscade, prêts à s'attaquer au moindre pouce de chair laissé nu. Il souffle bouche ouverte, sent sa vue s'obscurcir à la moindre montée. Autour de lui, les lansquenets échangent des regards entendus, leur propre souffrance adoucie à la vue de la sienne, et Sander en vient presque à regretter d'avoir toujours été un aussi joyeux mangeur, mais se ravise aussitôt en songeant au souper, où il aura bien assez de place pour racler le fond de la marmite avec une troisième ou quatrième portion, une fois tout le monde servi, avant de saucer sa gamelle avec du pain et d'étancher sa soif à la bière. Voilà longtemps qu'ils sont en campagne, partis lever les impôts en retard, en ces journées d'après la Saint-Jean où les paysans sont encore ramollis et dociles à force de libations païennes.

« *Wasser. Bitte wasser.* »

Sander abandonne en entendant un camarade boire avidement, et demande d'un geste l'outre en cuir qu'ils partagent tous. Il a longtemps traîné sa soif, car le dernier à boire doit porter l'outre, et un surplus de fardeau est bien la dernière chose dont il ait besoin, malgré sa gorge sèche. Il doit s'arrêter pour boire sans renverser : malheur à celui qui en gâche une goutte dans la poussière du chemin. Il ne perd pas beaucoup de distance, mais il lui faut néanmoins un long moment pour rattraper la troupe, ce qui lui laisse tout le temps de maudire la faiblesse de sa chair et le poids du bidon d'eau. Le tout sous les regards noirs de Svarte Vins, qui a le commandement et devient fou comme un chien de troupeau dès que ses hommes se dispersent, un gaillard taciturne venu en compagnie de Johan Vale, lui-même d'il ne sait plus quel trou perdu du Sud où ils sont nés. Sander a entendu Venise, mais ce nom ne lui dit rien, et il s'en fiche royalement. Lui est originaire de la péninsule d'Angeln, qu'il a quittée voilà bien longtemps. Pour échapper au front mouvant qui les forçait d'une semaine sur l'autre à se déclarer tantôt danois, tantôt allemands, ce qui était chaque fois un mensonge plus grand, son père avait décidé de fuir vers le nord. Sander le regrette amèrement, car le contrecoup de cette initiative semble impitoyablement le pousser toujours plus près du bout du monde, alors que son père est mort depuis longtemps et qu'il est lui-même un grand gaillard. Et le voilà dans cette contrée oubliée des dieux, où certes le baragouin du peuple se comprend, à force, mais semble la langue des hommes parlée par des enfants ou des fous. Ce n'est qu'à l'abri des murailles et forteresses qu'on trouve un peu d'élévation, même si ces gens-là forment une troupe bien disparate. Johan Vale, un aventurier tombé par hasard sur le roi lors d'un périple au bout du monde et que sa bonne étoile a conduit jusqu'ici, où en quelques années seulement il s'est rempli les poches. Les autres, des Danois ou des Allemands. À certains, tout réussit. Sander aurait aimé être plus ordonné et mettre de côté sa maigre solde pour revenir au sud en homme riche. Mais il est faible. Sa volonté s'aplatit devant son désir. Bon vin, bonne chère, une femme qui accepte pour quelques sous de coucher en faisant comme s'il était beau.

Il est un homme de la plaine, habitué à voir au loin, et déteste la forêt et tout ce qui y pousse. S'il le peut, il choisit toujours le chemin à découvert, mais c'est peine perdue : les arbres sont partout, il faut tôt ou tard s'engager dessous. Le pire c'est l'été, ce maudit été nordique où la nuit refuse de venir. La nuit de son enfance était autre, comme si l'univers entier se dissolvait pour se reformer à l'aube, une étreinte dans le noir de laquelle tout un chacun pouvait tirer un repos rassurant, puisque même les malfaiteurs n'allaient pas tenter leur chance sans l'aide de la vue. Ici, tout est différent, la nuit avare en été. Le sommeil qu'il a toujours tant aimé y est moins agréable. Il est réveillé par la lumière et doit s'agiter des heures dans son lit, tandis que dehors le soleil est déjà haut et que ses rayons révèlent son corps endormi et le rendent vulnérable.

La forêt se rapproche à chaque pas, trouble dans la lumière du soir. Il faut qu'ils la traversent s'ils veulent dormir dans leurs lits à Köpingshus, et Sander n'est pas le seul à en avoir assez du bivouac dans des granges. Ils rentrent à la maison, même s'il leur faut encore marcher de longues heures.

Sander s'arrête pour reprendre son souffle, regarde la lisière, dents aiguisées ricanant au soleil couchant. Il frissonne. Comme toujours, il pressent des ennuis. On surnomme la contrée Terre-sans-loi, mais plus que les bandits de grand chemin, c'est le lieu lui-même qui l'effraie. Surplombé par les cimes des arbres, il lui semble que tous ses sens le pressent à la fuite. Son nez flaire la putréfaction, partout des bruits, comme les pas d'observateurs invisibles, sa peau griffée par les branches.

« *Scheisse. Gott geht mit mir.* »

Il se signe, soupèse sa pique dans l'espoir de trouver là un réconfort.

Tout est comme dans son souvenir, mais pire malgré tout, pire que jamais. Ils sont une douzaine de lansquenets à eux tous, mais leur piétinement sur les feuilles et branches mortes du chemin ne peut à lui seul être à l'origine de tout le vacarme qu'il entend. Partout, ça craque et ça tape, des mouvements invisibles à couvert des troncs et des buissons. Bruit de quoi, Sander ne le saurait dire, mais il a entendu bien des histoires. Des hommes plus sages que lui disent que le Nord est situé plus près de l'enfer, et que les forces maléfiques hantent ses confins. Les morts reviennent, trolls et lutins lorgnent avec jalousie les humains et tout ce qui les concerne. L'ombre devrait offrir de la fraîcheur, mais Sander ne la sent pas. Au contraire, c'est une pression, une hostilité étouffante qui l'enserre de toutes parts. Il rattrape en boitant un de ses frères d'armes, un de ces hommes taciturnes du Schleswig dont il avait si peur enfant.

« *Herman. Wartet mal. Wieviel weiter ? Hört du das ?* »

Il n'obtient qu'un grognement pour réponse, un haussement d'épaules. Les peurs de Sander sont connues. L'inquiétude est contagieuse, aussi, plutôt que de lui prêter attention, on fait d'habitude comme s'il n'existait pas. Mais Sander devine autre chose encore : Herman est aussi fatigué que lui, empli d'une lassitude têtue, de celles qui chassent toute autre pensée. Un cri retentit devant eux. Svarte Vins ordonne de faire halte, dans son jargon où se bousculent pêle-mêle des mots qui se ressemblent dans toutes les langues. Il se passe quelque chose devant, sur le sentier. Hésitant, Sander se fraie un chemin, mal à l'aise, mais tout aussi incapable d'attendre sans rien faire face à l'inconnu. Il pousse un soupir de soulagement : deux arbres sont tombés sur le passage, juste à l'endroit où un tournant les cache, de gros sapins habillés d'une fourrure d'aiguilles de plusieurs brasses de profondeur. D'abord, il ne comprend pas ce qui retient Vins, mais tandis qu'il attend, ses pensées se mettent en branle. Ils n'ont pas été abattus par une tempête, ces deux troncs, car ils ont dégringolé dans deux directions différentes, et d'ailleurs il n'y a pas eu de vent depuis la dernière fois qu'ils ont emprunté ce chemin.

À peine a-t-il eu cette pensée qu'il s'accroupit en se protégeant la tête de ses bras, car d'autres arbres tombent, derrière eux cette fois. C'est un chœur du diable qui l'assourdit, le fracas des troncs et le gémissement des branches quand le bois est broyé. Puis le silence, les lansquenets alentour figés comme lui dans des poses d'effroi. Sur les talus qui embrassent le chemin creux se tiennent des gens à présent, des gens en nombre, tous armés. Certains de massues, de fléaux et toutes sortes d'outils de terrassement, mais d'autres aussi d'arcs. Il aperçoit une arbalète, deux, trois. Toutes cordes tendues, flèches et carreaux engagés, cibles choisies. D'emblée, Sander Beck sait qu'il va mourir. Quantité d'émotions l'assaillent, contradictoires : d'abord la certitude de l'inévitable ; qu'une partie de lui-même jusqu'ici refoulée a toujours su que c'était précisément là que sa route devait finir, tué dans la saleté et la boue ; qu'il a marché pas à pas vers cette tombe sans avoir la sagesse d'obliquer pendant qu'il en était encore temps. Remords et reproches pour toute la stupidité qu'il partage avec l'existence elle-même. Puis vient la colère, impuissante dans toute sa force. C'est tellement injuste, ce qui va arriver. Ses oreilles rougissent de ressentiment : la vie a été trop avare avec lui, même dans sa plus grande abondance. Chaque festin, chaque ivresse, chaque ébat, moment trop bref et éphémère. À l'instant, il trouvait une consolation dans l'espoir de gains nouveaux. Et soudain, voilà, il n'aura eu que ça. À la fin, il ne reste plus que la terreur, qui engloutit tout le reste, les battements de son cœur rapides, comme pressés tant qu'il est encore temps, ses boyaux qui se lovent dans son ventre pour faire place à la flèche qui va bientôt le percer et répandre son sang sur la terre assoiffée. Un des hommes en haut du talus s'avance d'un pas et se racle la gorge.

« Bonsoir, les enfants. »

À côté de l'homme sur le talus, Sander voit beaucoup de visages connus, dont les noms lui échappent dans sa terreur. Plusieurs de ces paysans sont de ceux à qui les lansquenets ont eu affaire plus tôt dans l'année quand ils ont traîné leurs guêtres dans la contrée pour le compte de Johan Vale. Anders, Jonas, Sven, ils s'appellent tous comme ça, tous plus difficiles à distinguer l'un de l'autre. Il ne s'est jamais donné beaucoup de mal pour se souvenir d'eux. Autrefois souvent assez contents de leur sort, sourire en coin gravé sur un visage ridé, hommes à accepter l'impôt d'un haussement d'épaules et à préférer profiter des miettes qu'on leur laisse plutôt que de les gâcher par amertume. Ils n'ont jamais refusé au simple soldat une place près du foyer pour sécher sa tunique, une couche pour la nuit dans le foin de la grange. Leurs mines sont désormais changées. Les traits sont lisses, sans colère apparente, et Sander sent l'espoir né en les reconnaissant s'enfuir. Voilà à quoi ressemblent des hommes qui ont pris de difficiles décisions. Sander ne les a jamais craints auparavant, pas plus que les loups qui hurlaient sous la pleine lune, car ils ne représentaient un danger que pour celui qui s'était montré vulnérable. Même seul, il a son casque et sa cotte de mailles, sa pique et son poignard, bien assez pour se défendre contre ceux qui n'opposent que fourches et couteaux de cuisine. Mais ceux-ci portent des arbalètes d'un genre qu'il n'a encore jamais vu dans ce pays, bardées de fer et tendues à la manivelle, leurs carreaux acérés sur des cordes bandées plus qu'aucun individu ne saurait le faire. L'homme qui s'est avancé soupèse son arme, un grand gaillard au large torse et à la barbe exubérante.

« Moi, vous ne me connaissez pas, même si je suis parmi des têtes connues. Je me nomme Harald Esbjörnsson, autrefois montagnard, de la commune de Norberg. De grandes choses se passent dans le pays. Peut-être n'en avez-vous pas encore entendu parler. Nous en avons tous assez de nous casser le dos sous le joug pendant que les baillis s'engraissent du fruit de notre peine, peu importe que nous suions dans les champs ou les mines. Ça ne peut plus durer. »

Un autre s'avance à ses côtés, grand et maigre, le teint clair, l'œil pâle comme l'eau et sans merci.

« Engelbrekt Engelbrektsson arrive. »

Un murmure d'approbation monte des autres. Le nouveau, que Sander ne connaît pas mais qui parle le dialecte de la région, continue.

« Il arrive du nord, et le peuple se soulève pour marcher avec lui. Un géant, comme taillé à même la roche de la montagne, avec des dons qui manquent aux autres. Dieu est avec lui, et montre sa faveur à chaque pas vers le sud. »

D'autres se joignent au chœur des louanges, des voix surgies de la troupe dont Sander ne distingue pas les propriétaires du fond du chemin encaissé. Il lui semble voir celui qui s'est appelé Harald Esbjörnsson lever les yeux au ciel d'un air las.

« Quand les sceptiques ont parlé contre lui au conseil, il en a appelé au jugement de Dieu. Il a fait rougir une épée, puis l'a saisie à mains nues et l'a brandie au-dessus de sa tête avant de la reposer, indemne.

– Si Engelbrekt campe au même endroit deux nuits de suite, une source jaillit là où a reposé sa tête, et celui qui y boit est guéri de toutes les pestilences.

– Heureusement qu'il ne s'arrête jamais, sinon il nous aurait fallu nous rendre chez le roi Erik de l'eau sacrée jusqu'aux genoux ! »

La bonne humeur se propage, ils rient. Sander lui-même sent un tiraillement à la commissure des lèvres, comme une grimace, dans le vain espoir que l'un d'eux le prenne pour un ami. Ses lèvres se gercent, la sueur sale la plaie. Esbjörnsson élève la voix au-dessus de l'allégresse générale.

« Écoutez bien, étrangers. Nous vous avons accueillis contre notre gré. L'hospitalité s'achève aujourd'hui. Engelbrekt arrive, et avec lui tous les gars de Dalécarlie en âge de tenir une épée ou de bander un arc. La Terre-sans-loi marche avec nous. »

Le grand pâle lève son arbalète et vise. Le silence tombe comme la hache sur le billot, et porte sa voix basse :

« Tuons-les tous. Laissez les corps. La corneille viendra la première, puis le corbeau, et en dernier le loup. Puis il n'en restera plus rien. »

Une chaleur coule sur sa jambe quand Sander se lâche, un même flot de honte et de soulagement, et le voilà aussitôt à genoux dans sa propre flaque, tête basse et bras en croix pour se protéger de la pointe de flèche qui l'a déjà ciblé.

« *Ich bin Sander Beck. Gott steh mir bei. Gott steh mir bei. Mein Name ist Sander Beck.* »

40

Leur course les porte d'abord vers l'est, Måns et Finn, Nils Stensson en tête. Le lac les accompagne à leur main gauche, aperçu entre les arbres et les collines, son odeur nette par vent du nord. Quand le chemin se rapproche de sa rive, beaucoup des maisons de pêcheurs tombent en ruine. Le peu de gens qu'ils devinent s'écartent de leur route, farouches comme les bêtes de la forêt, car de loin les sabots de leurs chevaux trahissent l'arrivée de cavaliers d'un genre bien particulier. Des seigneurs avec des selles coûteuses et des coursiers de prix. On n'en attend rien de bon. Ils distinguent au loin des visages sur leurs gardes, jamais assez près pour leur adresser la parole ou poser une question, et quand ils s'approchent, il n'y a plus personne.

À mi-chemin de Strängnäs, ils trouvent au crépuscule une assez grosse ferme où les chevaux sont abreuvés et soignés par les valets du paysan. Ils sont encore sur leurs terres, et on connaît le nom de Måns sans qu'il ait à montrer le sceau qu'il porte à un cordon autour de son cou. Nils Stensson, beau parleur, ne tarde pas à force de flatteries et d'admiration à s'assurer les bonnes grâces de leur hôte. Le paysan est un fermier du seigneur Bengt, soucieux de faire bonne figure, alors qu'il lui reste encore quatre années sur les sept qu'il s'est engagé à exploiter les terres de Göksholm. Il est d'ailleurs habitué à recevoir, il n'est pas rare que les gens de Bengt Stensson choisissent son domaine comme une halte commode à la fin d'une journée de marche. Tout le monde s'empresse pour leur complaire. On met sur la table du poisson du lac, un brochet au court-bouillon d'épices, avec de la saucisse et du jambon soigneusement séché. On les laisse bientôt seuls à table, après que le paysan leur a un moment tenu compagnie. Måns se demande s'il ne faisait pas partie des invités à la table de Bengt Stensson à la Saint-Jean, car il sent le regard de l'homme tourner autour de la cicatrice qui orne son front, vite pâlie maintenant que les lèvres de la plaie se sont refermées. Les couches du paysan et de sa famille ont été garnies pour les invités de draps de lin moelleux, le sol jonché de branches de bouleau et les chambres enfumées au genévrier pour leur permettre de dormir sans être dérangés par les moustiques et autres insectes. À l'aube, on leur offre du pain tout juste sorti du four et ils trouvent leurs sacoches garnies de plus de provisions que nécessaire. Avant qu'ils ne montent en selle, le paysan vient en personne les saluer, son bonnet de feutre à la main, son crâne dégarni luisant au soleil.

« Voulez-vous me faire la grâce de me suivre un instant, avant de reprendre votre route ? »

Il les guide un peu plus loin, au-delà du corps de logis où ils ont passé la nuit, jusqu'à un garde-manger hissé sur des pilotis pour en éloigner la vermine. Une simple échelle y monte, la porte est ouverte pour eux. Le paysan passe le premier, les avertit de ne pas se cogner la tête. Aucune fenêtre n'a été pratiquée, il faut un moment à Måns pour s'habituer à l'obscurité. Pas grand-chose à voir : des galettes de pain sec empilées sur des pieux, quelques saucisses pendues à une poutre, du jambon, un tonneau de bière. L'homme bégaie, bêle, la gorge sèche, comme s'il avait longtemps travaillé la meilleure façon de placer ses mots mais échouait malgré tout à l'heure de vérité.

« Si le séjour a été agréable à vos seigneuries… je serais reconnaissant à vos seigneuries d'en toucher mot au seigneur Bengt. »

Nils regarde un instant le paysan, ne répond rien mais d'un hochement de tête signifie qu'il a compris.

Une heure plus tard, Nils Stensson arrête son cheval avant une bifurcation. Un gros poteau est ancré dans un empilement de rochers. Nils indique la marque profondément gravée dans le bois.

« C'est ici que finissent les terres de ton père et que nos chemins se séparent. Le mien va vers le sud. Dirige-toi vers Västerås, Måns. Là, tu devrais trouver Engelbrekt à la tête de ses troupes. Les murailles de la forteresse sont épaisses, le siège risque de durer. Nous nous y retrouverons sûrement, toi, moi et ton père. »

Måns écarte une frange en sueur de son front, balaie du regard le paysage devant eux.

« À qui appartiennent les terres, maintenant ? »

Son oncle se redresse sur sa selle pour étirer ses muscles endoloris, chasse de la main des insectes qui ont senti le sang chaud d'un cœur sain.

« C'est la terre du roi Erik. Il a son bailliage à Gripsholm, d'où il lève l'impôt sur le peuple.

– Mon oncle ? »

Måns regarde le bras qu'il tient devant lui, où deux moustiques se sont tranquillement posés pour festoyer.

« Oui ?

– Le peuple est-il mieux chez nous que chez le roi ? »

Nils Stensson soupire, se cale au fond de sa selle et laisse les insectes en paix. Il réfléchit pour choisir les bons mots.

« Ton père a la sagesse de ne pas acculer ses fermiers à la famine. Il gagne davantage à rester en bons termes avec eux non seulement aujourd'hui, mais aussi demain. Le jour où tu lui succéderas, le peuple saura qui tu es, qui t'a élevé, et à quoi s'attendre. Les baillis étrangers ne connaissent pas le peuple, ne parlent pas notre langue. Ils ne restent pas. Un beau jour, ils sont remplacés par un autre de la même farine et filent vers le sud avec leurs montures qui boitent sous le poids de l'argent qu'ils ont accumulé. Que le peuple qu'ils laissent derrière eux maudisse leur mémoire et que les enfants des villages n'atteignent jamais leur pleine stature après avoir été nourris de pain d'écorce, peu leur importe.

– Pourquoi les paysans restent-ils, alors ? Le royaume est vaste, la population réduite. Pourquoi ne s'en vont-ils pas ? Ne préfèrent-ils pas travailler une terre à eux ?

– Auprès de nous, ils bénéficient d'une protection. »

Du bras de Måns décolle un premier moustique, suivi de l'autre, gonflés tous deux d'une perle rouge à contre-jour.

« Protection contre qui ? »

Nils commence par se taire. Puis il rit.

« Contre quelqu'un de plus fort qui pourrait leur prendre plus.

– Mon oncle, pourquoi ce paysan nous a-t-il fait visiter son garde-manger ? »

Ce souvenir fait sourire Nils.

« Parce que c'est un fermier avisé. Réfléchis un peu à sa journée d'hier, Måns : voici des invités qui surgissent à cheval des terres sauvages. L'un est le frère du seigneur Bengt de Göksholm, en personne, l'autre son propre fils. Le paysan est un homme entreprenant. Il comprend qu'il ne s'agit pas seulement d'une occasion de faire son devoir, mais en plus de cela d'une possibilité de se faire bien voir par celui qui possède la terre dont il vit et sur le bon vouloir de qui repose son avenir. Il nous offre un repas comme on n'en voit dans cette ferme qu'aux mariages et aux enterrements, pour que nous allions nous coucher satisfaits. Mais il ne veut pas nous laisser partir sur ce souvenir de surabondance, car si nous lui racontons nos agapes, peut-être que le seigneur Bengt va penser qu'il taxe trop légèrement son fermier. Alors il nous fait visiter son garde-manger, qu'il a vidé pour nous, au risque de devoir se serrer la ceinture cet hiver, lui et ses gens. Il a démontré sa loyauté, et signifié que notre bien-être lui est plus cher que le sien. Mais il veut être payé pour sa peine. Il veut que nous le racontions au seigneur Bengt, dans l'espoir que cela lui profite à l'avenir. C'est bien, Måns. Des gens malins, c'est ce qu'on a envie d'avoir sur ses terres. »

Nils gratte une piqûre de moustique sur son front, là où les veines sont proches de la peau.

« Mais pas trop malins, bien sûr. Un gars suffisamment habile dispose peut-être d'un double garde-manger, un maigre à montrer à ses maîtres, un bien garni à la lisière du bois où il dissimule ce qu'il a détourné. Quelqu'un comme moi se dit que celui qui est assez malin pour l'un l'est aussi pour l'autre. Il joue un jeu dangereux. Bon. Ce paysan n'est pas mon affaire. Avec les gens viennent les ennuis. Comprends-tu pourquoi je n'ai pas de terres ? »

Il regarde alentour, derrière, là d'où ils viennent et devant, là où ils vont.

« À l'œil nu, on ne voit pas de différence entre nos terres et celles du roi. Les arbres sont les mêmes, ainsi que les pierres. Et partout, c'est la même règle qui prévaut : tout ce que le faible a en surplus est saisi par celui qui le peut. Le monde est fait de ceux qui prient, ceux qui cultivent et ceux qui se battent. À chacun sa place. Dieu eût-il voulu autre chose, le monde aurait sans doute été différent. Tout ce qui arrive est la volonté de Dieu. »

Finn entend, même si Nils ne s'adresse qu'à Måns. Ces paroles le font frémir, et il doit délicatement tirer sur ses rênes, pour calmer son cheval contaminé par son inquiétude. La volonté de Dieu. Ce sont les mots de sa mère. Ses tout derniers mots. Il frissonne au soleil, laisse son cheval traverser au pas la frontière tandis que Nils Stensson prend congé.

« Adieu donc, Måns Bengtsson. Destin et espoir. »

41

La roue de la vie cherche toujours d'anciennes ornières mais, pour Stina, de lion et de lys, plus rien n'est comme avant. Tout semble lointain, chaque voix entendue à distance et les gens éloignés. Elle essaie de se perdre dans les nombreux devoirs qu'elle a faits siens, grands et petits, tous nécessaires chaque jour pour que l'ordre continue de régner sur le domaine. C'est comme si elle était divisée, que son corps allait et venait, vaquait à ses occupations et jouait son rôle tandis que l'âme restait à côté, paralysée et raide, bouche ouverte en un cri entendu de personne.

La nuit viennent les rêves, où se présente Ingegerd Knutsdotter, cadavre séché plein de vers et de rats qui soulève le linceul que Stina a trempé en se soulageant dessus, montre les taches en se moquant de cette offense de son rictus béant. Stina se réveille avec une bouffée de chaleur, doit se débarrasser des draps et de sa chemise de nuit avant de s'asseoir à la fenêtre ouverte pour que la brise rafraîchisse sa peau brûlante. La nuit est le domaine du doute. Peut-être avait-elle tort, cette vieille nonne, cette nuit-là ? *Tout votre amour finira dans le sang.* Peut-être cette malédiction a-t-elle une force propre malgré tout, un sortilège capable d'agir dans le monde sans l'aide des hommes, peut-être qu'Ingegerd Knutsdotter est une revenante dont les restes putrides ont une portée par-delà la tombe ? Mais Brita est née en bonne santé, Måns aussi, et elle a elle-même survécu. C'est une consolation pour Stina.

Les habitants de Göksholm se préparent pour les moissons, et avec eux Stina. Tout ce que produit la terre favorise le domaine.

Le seigneur Bengt veut connaître l'état des cultures pour pouvoir vendre les récoltes sur pied aux marchands d'Örebro et disposer ainsi d'argent quand la guerre viendra. À Stina revient de négocier les prix, de rencontrer tous ceux qui veulent acheter et acceptent de se laisser convaincre par des phrases polies, alors que les deux parties savent très bien que la conversation consiste à déterminer combien de sous de plus ou de moins vaut chaque brassée d'épis. Ça la fatigue. Elle trouve vaine cette danse de l'inutile rien que pour la montre.

L'un d'eux est différent, d'un langage doux tout Allemand qu'il est, et il parle bien la langue du royaume. Si son souci du confort de Stina est feint, il joue mieux que la plupart, lui offre le meilleur siège de la maison, laisse un courant d'air traverser la pièce en la voyant rougir. Il a une femme, et ils attendent un enfant, leur premier. Elle approche du terme, le ventre épais, mais sert malgré tout le vin à la place des domestiques pour montrer son respect à leur visiteuse. La main de l'homme cherche son ventre au passage, en caresse l'arrondi. Ils échangent un regard sans un mot avant que sa femme ne ressorte en les laissant poursuivre leur conversation, où il n'est à présent plus question de *marks* d'argent et de la valeur du seigle, mais des enfants à venir dans cette maison ainsi que de ceux qui sont nés chez elle.

« Dame Kristina, vous sentez-vous bien ? Avez-vous avalé votre vin de travers ? »

Soudain, elle est claire à ses yeux, la solution de l'énigme. *Tout votre amour finira dans le sang.* Aucun de ses enfants n'est né dans l'amour, aussi sont-ils nés en bonne santé. Mais à présent elle aime Måns, elle l'aime à s'en briser le cœur, et d'autant plus qu'il est loin. Il constitue désormais une proie de choix.

42

Strängnäs est une ville animée qui pue le poisson. Des marchands se pressent partout, crient à qui mieux mieux pour être le premier à acheter ou vendre tout ce qui arrive des terres ou de la côte. D'autres traitent entre eux pour s'assurer que le bois et le fer continuent leur route vers Stockholm, où les prix sont plus élevés. Derrière les murs du cloître, on entend les messes des moines et l'ombre de la tour de la cathédrale couvre le tout. Ils trouvent une écurie qui connaît le seigneur Bengt et la route de Göksholm, y laissent leurs chevaux, n'emportant que selles et harnais. Un garçon d'écurie mène le cheval de bât, croulant sous cette charge supplémentaire, jusqu'au port, les aide à trouver un bateau, marchande pour eux le prix de la traversée à la baisse en s'indignant de la première somme qui leur est demandée avec la colère du connaisseur. C'est une embarcation ouverte, cinq brasses de long et deux de large, l'équipage réduit à trois hommes : un en proue et un en poupe, plus un gamin de dix ans blotti au pied du mât. Le barreur crache dans l'eau d'un air superstitieux, joint les mains et les invite à force de regards insistants à prier le Seigneur.

« Vous avez de la chance, jeunes gens, car nous avons le vent dans le dos. Si le temps se maintient, nous verrons Västerås ce soir. »

Une longue gaffe prend appui sur la rive pour écarter le bateau jusqu'à ce qu'on puisse hisser la voile, raccommodée et recousue, mais sans le moindre trou. À peine arrimée en haut du mât elle s'enfle déjà, car le vent du sud est vif. Il arrive droit derrière, saisit l'embarcation, dont on entend bientôt l'étrave fendre le lac. Ni Måns ni Finn ne sont habitués à la navigation, à part sur les barques de Göksholm quand le temps calme a raboté les vagues. Involontairement, leurs mains cherchent des planches solides où agripper leurs phalanges blanchies. Mais en regardant les marins, ils voient que ce voyage est béni : ils ne cachent pas leur bonne humeur. Le gars qui tient la barre du gouvernail chantonne tout bas en vérifiant d'un œil satisfait l'angle de la voile et l'orientation de la proue. La faim finit pourtant par se manifester.

« Si ces messieurs n'y voient pas d'inconvénient, l'un de vous pourrait-il relayer Leif à l'avant pour que tout le monde puisse manger ? Il n'y a pas grand-chose à faire. Nous sommes en eaux profondes, mais parfois des troncs échappés à des convois dérivent jusqu'ici. Il faut surveiller devant nous, car une collision pourrait mal finir. »

Ils se relaient pour monter la garde. Finn et Måns partagent les provisions reçues du fermier, trop copieuses pour pouvoir être mangées à deux avant de se gâter, s'attirant la gratitude des marins et faisant encore un peu monter la bonne humeur à bord. L'appétit glouton du mousse divertit tout le monde.

« Il paraît que même le lac a un fond, mais Bjarne, lui, n'en a pas. »

Le soleil au-dessus de leurs têtes descend vers le lac, jusqu'à ce que le soir d'été l'arrête quelques doigts au-dessus de l'horizon. Des odeurs jusqu'alors nouvelles s'installent, deviennent rassurantes à force d'habitude. Goudron, chanvre, bois mouillé et tous ces éléments inconnus qui donnent à l'eau son parfum. Le bateau les fait somnoler par intermittence, jusqu'à ce que le barreur regarde sous le bord de la voile et indique d'un geste vers l'avant. La tour de la cathédrale forme une épine vers le ciel et la forteresse son contrepoids terrestre, une masse aux aguets. Le port est bien fortifié du côté du lac, avec son bardage de pieux qui oblige toute embarcation à entrer par un chenal bien exposé aux remparts. Le barreur lève la main pour saluer familièrement la garde, sans réponse visible, mais personne n'empêche leur entrée. Les trois marins s'activent autour de la voile, afin d'utiliser le vent jusqu'au dernier souffle avant d'affaler la toile et de laisser le bateau dériver sur sa lancée. La manœuvre est réussie. Le mousse peut sauter sur le ponton pour accueillir le bateau en douceur et amarrer la proue. Ils se rangent alors le long du ponton. Une fois le bateau en sécurité, les passagers reçoivent le même regard impérieux que quelques heures plus tôt de la part du barreur qui ôte son couvre-chef. Ensemble, ils récitent l'*Ave Maria*. Tous, ils déchargent la cargaison sur la terre ferme.

« Merci pour les provisions. On voit rarement la pareille d'une traversée aussi facile. Dieu vous fasse aussi chanceux où que vous alliez. »

Un homme aux couleurs du bailli vient les trouver sur le ponton, s'enquiert du prix convenu pour la traversée, en exige la part revenant à la Couronne. Le paiement effectué, il dévisage Måns et Finn.

« Le duc Hans m'a clairement signifié de ne pas abandonner les gens de qualité à leur sort sur le ponton. Voulez-vous bien me suivre jusqu'à la forteresse ? Je me nomme Melker, je remplis les fonctions de bailli quand le duc est absent. Pour l'heure, mes tâches sont peu nombreuses et légères. Le duc voudra certainement vous saluer en personne. Et vous recevrez une collation et chacun un bon lit dans une chambre confortable. »

Finn et Måns échangent un regard, partageant la même pensée. Ils ne sont pas arrivés devant une forteresse en état de siège. Elle est intacte, et si Engelbrekt Engelbrektsson a conduit sa troupe quelque part, ce n'est pas ici.

43

Jours d'urgence. Dans son empressement, le seigneur Bengt en oublie presque de manger, vaque assoiffé à ses tâches. Il doit régler ses comptes avec tous ceux qui lui sont associés pour une affaire ou l'autre. Si la guerre se déclenche, chacun défendra ses ressources. De la main droite, Bengt Stensson exige le règlement de toutes les dettes dont il est créancier, mais de la gauche demande un délai pour rembourser ce qu'il doit. Puis il envoie des lettres pour emprunter davantage, emprunter tout ce qu'il peut en mettant en gage tout ce qui a de la valeur, car chaque sou promet de se multiplier rapidement. Il a rarement eu une aussi bonne vue d'ensemble de ses possessions. Ferme sur ferme, champ sur champ, certaines terres réunies à perte de vue depuis le sommet de l'arbre le plus haut, d'autres dispersées ailleurs, fragments isolés d'anciens héritages par des liens du sang si dilués qu'aucune personne vivante ne saurait encore en garder mémoire. Terres à *marks*, terres à *öres*, terres à *örtugs*. Sa vision lui rappelle celle qu'il a au sommet du donjon, quand il s'approche un peu trop près des créneaux, regarde vers le bas dans le précipice et devine son chuchotement attirant : étends tes ailes et vole, car le voyage sera à la hauteur de l'atterrissage. Il joue gros, et si les dés roulent mal, tout peut être anéanti, et il maudit la langue mielleuse de Nils Stensson et sa propre faiblesse. Par moments, la peur menace de l'emporter. L'œuvre de leur vie est sous ses yeux : son père, son grand-père, le père de ce dernier et au-delà encore toutes les branches éteintes, oubliées dans les brumes des temps immémoriaux, tous des grands hommes, chacun ayant laissé à ses descendants plus de biens qu'il n'en avait reçu lui-même en héritage. Mais cette pensée contient des tentations et des possibilités. La devise de la lignée le console : *Destin et espoir.*

Il faut envoyer encore d'autres messagers. Les hommes de confiance de la maison doivent partir éveiller toutes les forces que la lignée peut fournir. Tous les chevaliers tenus à s'équiper eux-mêmes en échange d'exonération fiscale doivent être recrutés, leurs armes et leurs armures mises en ordre de bataille désormais au profit de la lignée et non plus du roi. Mais il faut encore en rallier d'autres à leurs rangs. Les fils des paysans doivent être attirés par des recruteurs parlant haut sur la place de chaque village, depuis les chaires de toutes les églises soutenues financièrement par la lignée. Ils doivent comprendre qu'elle arrive enfin jusqu'à leur génération accablée par la paix : la guerre ! La guerre qui sur son champ de bataille fait tourner la roue de la fortune au plus vite, où tous ceux qui osent jouer gros peuvent espérer revenir chargés d'honneurs et de richesses qui sans cela n'auraient jamais été à leur portée. Que dix autres payent leur fortune en nourrissant les corbeaux va sans dire. Tout le monde le sait déjà. Mais chacun se sent élu, immortel à la lumière de ses propres illusions. Ils croient n'avoir pas beaucoup à perdre, inconscients que tout vieillard échangerait toutes les richesses accumulées au cours de sa vie contre ce qu'ils possèdent : la jeunesse, la santé, un avenir. Le seigneur Bengt remercie le Ciel : s'il y a une chose qui ne change pas en ce monde, c'est bien la bêtise des jeunes gens qui surestiment leurs capacités.

Bengt Stensson reste longtemps penché avec son boulier sur papiers et parchemins, et compte, compte en s'arrachant les cheveux. Quand il n'en peut plus des additions, il saute à cheval et, avec sa garde rapprochée, fait la tournée de ses gros paysans pour parler métayage. Il veut voir la moindre livre de viande salée, la moindre motte de beurre, tout ce qui peut être rapidement vendu au premier marché venu et transformé en *marks.*

Il promet de renoncer à sa part pour l'année à venir, concède un nouveau contrat pour l'exploitation des terres, tout ce qui peut lui procurer aujourd'hui un avantage que demain paiera. Puis le voilà revenu dans son cabinet, avec de nouveaux chiffres pour ses comptes.

« Par tous les diables, ça ne suffit pas ! »

La colère monte en lui, puissante et inouïe, jusqu'à ce que ses oreilles sifflent et que son souffle se coupe. Il frappe des deux poings sur la table, sent la douleur fuser dans ses bras, balaie la table. Feuilles et papiers forment un bref nuage, l'encrier valdingue.

La colère lui fait enfler le cou, il sent les coups de boutoir de son cœur dans ses artères fatiguées, cherche à tâtons le dossier du fauteuil et s'assied en attendant que la vue revienne à ses yeux obscurcis. Il halète, respire à fond par la bouche jusqu'à ce que le calme lentement revienne et qu'il ne reste plus que noire déception dans un vide insolent.

On frappe à la porte. La voix de Bengt se brise alors qu'il tente de répondre d'une voix ferme.

« Quoi ? »

La mine pâle de Brita apparaît dans l'embrasure de la porte, les yeux vite baissés pour épargner à la dignité de son père tout ce qu'un seul coup d'œil lui a suffi à voir. Le seigneur Bengt n'arrive pas à se rappeler la dernière fois qu'il a posé l'œil sur sa fille. Souvent, mais il ne parvient pas à se remémorer une fois précise. Elle est comme un fantôme depuis son retour de Vadstena, Brita Bengtsdotter, une dame blanche vieillie prématurément pour hanter les salles de sa demeure, avec toujours la même mine inquiète. Une mauvaise conscience ambulante.

« Il y a quelque chose qui ne va pas chez Mère. »

Bengt aurait dû le voir venir, bien sûr. Un temps, il avait commis l'erreur de considérer Brita comme une ressource et non un poids, pensé qu'elle pourrait peut-être enfin se rendre utile en étant une consolation pour sa mère. Mais non. Au lieu de quoi la voilà qui vient frapper à sa porte avec ses soucis, alors qu'il en traîne lui-même davantage que quiconque. En y réfléchissant, il n'a pas beaucoup vu son épouse non plus. Il a bien dû l'apercevoir de loin, en haut du donjon, guettant d'un côté, de l'autre, mais quand il y est monté pour la rejoindre, il n'y avait plus personne. La nuit, des pas traînants dans le couloir, mais il est trop fatigué pour les prendre en chasse. Elle a fui les repas, et Bengt lui-même a eu tant à faire qu'il a souvent mangé sur le pouce, ou ailleurs. Il embrasse du regard le désordre qu'il vient de provoquer, et son irritation enfle. Elle aurait dû être là, Stina, elle qui connaît ces chiffres mieux que lui, avec des conseils qui auraient pu leur profiter. Les feuilles seraient encore sur la table, et en meilleur ordre.

« Alors ? »

Brita hésite, cherche les mots justes.

« Je n'en suis pas certaine. Elle se déplace et fait ce qu'elle doit, mais lentement. Comme si elle n'était pas vraiment là. Comme si elle marchait dans son sommeil. »

Bengt connaît sa fille. Elle est toujours inquiète pour quelque chose, il y a toujours quelque chose qui lui pèse, rarement visible aux yeux des autres. Si elle a un don, c'est bien cette capacité à trouver de la gravité même dans les choses les plus anodines. Il soupire, sent son attention revenir vers tout ce qu'il ressassait auparavant.

« Måns est parti. Il faut sans doute un peu de temps pour s'habituer à tout ce qui est nouveau. Ce n'est pas plus grave que ça. Puisse le temps guérir cette plaie-là elle aussi. »

Il se tourne vers Brita, la voit rougir d'indignation de se voir ainsi éconduire. Son insuffisance de père peinte en rouge sur la joue de sa fille. Mal assuré sur ses pieds, il s'approche, lui soulève le menton. Il sent qu'elle crispe la nuque, mal à l'aise, et il maudit sa bêtise qui empire les choses, une consolation pour petite fille n'est pas la bienvenue chez la femme adulte qu'elle est déjà. C'est passé vite, bien trop vite.

« Quelle chance elle a de t'avoir à ses côtés, Brita. Il n'y a pas grand-chose de ce que fait ta mère que tu ne saches déjà faire. »

Elle hoche la tête en silence et le laisse avec Måns qui lui manque. Le voilà désormais seul dans une demeure pleine de femmes, avec leurs soucis invisibles qui semblent propres aux personnes de leur genre, inaccessibles à la raison d'un homme.

44

Arrivé au pied, Måns comprend ce que Nils Stensson voulait dire au sujet du château de Västerås. De loin il paraît quelconque, mais plus on s'approche, plus ses remparts sont hauts. La construction est simple, et à distance cette simplicité trompe sur l'échelle. Mais là, devant le pont-levis encore ouvert à cette heure tardive, le doute n'est plus permis. Le rempart fait quatre fois la hauteur d'un homme de grande stature, son sommet est percé d'ouvertures à quelques brasses d'intervalle, pour protéger les tireurs des flèches ennemies. Le plafond de poutres sous lequel ils passent en franchissant le seuil de la forteresse est muni de multiples trappes prêtes à s'ouvrir pour bombarder de pierres, de carreaux d'arbalète ou de chaudrons de poix fondue un ennemi qui aurait enfoncé la porte. De l'autre côté, une cour. Le rempart la cerne sur trois côtés, tandis qu'en face s'élève le corps de bâtiment en pierre du château proprement dit, haut de quatre étages.

« Combien de temps resterez-vous chez nous ? »

L'homme du bailli, qui les précède d'un pas, se retourne à demi pour poser sa question. Måns se racle la gorge et répond le mensonge qu'il rumine depuis qu'ils ont quitté le port.

« Cette nuit, s'il y a la place et que le duc Eberstein accepte d'être importuné. Nous faisons route au nord, vers Nidaros, pour prier sur la tombe de saint Olaf. »

L'homme hoche la tête, peinant à feindre plus d'intérêt que ne le requiert la politesse.

« Vous êtes nombreux à vous y rendre. On arrive à cheval jusqu'à Köping et Munktrop, et si le seigneur Hans vous apprécie, il vous en prêtera sûrement chacun un, car il n'est pas difficile de trouver ensuite quelqu'un pour les ramener. »

Un escalier monte de la cour vers le bâtiment. La pénombre règne à l'intérieur, où la lumière des fenestrons suffit à se déplacer sans allumer de flambeaux. On leur fait signe de monter d'un étage.

« Voyons si un membre de la famille est là pour vous accueillir. »

Une salle s'ouvre, vide, à part une fille. Quelques années de moins que Måns. Elle est absolument immobile sur un banc, les deux mains sur les genoux, comme en attente. Elle porte une simple robe de lin pâle brodée aux ourlets, avec des manches si longues qu'elles cachent presque ses mains. Elle a les cheveux roux tressés de rubans blancs. Elle paraît d'abord effrayée, un instant désemparée avant de se lever. Le guide de Måns et Finn s'incline légèrement devant elle. Lui dérangé, elle gênée.

« Hebbla est la fille d'Albrekt Bydelsback, un compatriote du duc Hans, le bailli du roi à Bergen. Elle séjourne parmi nous pour son éducation. »

Hebbla Albrektsdotter s'approche d'un pas hésitant.

« Hebbla, voici Måns Bengtsson de Göksholm, à l'écu coupé d'azur et d'or, et Finn, son écuyer. »

Elle fait sa révérence et baisse le regard. Ses cheveux roux comme le cuivre et ses yeux verts sur une peau blanche. Ses paroles ont un accent étrange puisant dans beaucoup de pays, mais demeurent cependant faciles à comprendre.

« Viennent-ils enfin pour me chercher, Melker Göts ? »

L'homme du bailli s'excuse d'un rire en secouant la tête.

« Måns Bengtsson est en pèlerinage pour Nidaros. Que ces messieurs veuillent bien excuser Hebbla, elle est dans son monde bien à elle et a pour habitude de dire franchement ce que des personnes plus avisées savent taire. Hebbla, s'il te plaît, fais la maîtresse de maison pour nos invités pendant que je vais voir si Sa Grâce est disponible. »

Melker Göts les quitte. Hebbla reste un instant immobile, avant d'inviter d'un geste Måns à s'asseoir sur le banc dont elle vient de se lever. Il la suit, tandis que Finn se trouve une place près de la porte. Hebbla lisse soigneusement les plis de sa tunique et se tait encore quelques instants avant de se tourner vers Måns.

« Je peux voir ta main ? »

Il ne sait d'abord pas quoi répondre, mais il se penche vers elle en posant sa main droite entre les deux siennes.

« Je ne sais jamais poser les bonnes questions. Mais une main en dit tellement sur une personne. »

Ses doigts sont longs et pâles, frais dans leur contact léger. Elle tient précautionneusement la main qu'il lui a confiée, comme si elle se serait facilement brisée en tombant. Doucement, elle la retourne pour l'examiner. Lui-même la voit comme pour la première fois, honteux qu'elle n'ait pas été lavée depuis longtemps. La crasse souligne d'un réseau de lignes les plis de la peau.

« Tu as longtemps tenu les rênes. »

Ses doigts remontent le long de l'avant-bras, dont elle a retroussé la manche, trouvent les trois marques blanches de plaies depuis longtemps cicatrisées.

« Un faucon sur un gant trop mince, peut-être ?

– C'était une buse. »

Du bout des doigts, elle tâte la douceur de la paume, s'arrête sur les cals, et il la sent changer, sa respiration différente. Elle le regarde bien en face, de l'inquiétude dans les yeux.

« Tu t'es battu. »

Elle cherche la cicatrice sur son visage, lâche sa main et se penche plus près pour écarter ses cheveux. Il la laisse faire pivoter sa tête pour mieux voir.

« Personne ne devrait avoir le droit d'abîmer quelque chose d'aussi beau. »

Elle ôte sa main de sa joue, revient à sa paume, dont elle suit les lignes d'un doigt délicat.

« Ma grand-mère maternelle m'a dit que celle-ci, du poignet vers le pouce, montre le cours de la vie. Et là, c'est la ligne de l'amour. Regarde comme elles se croisent, au premier quart de la ligne de vie. Peut-être que l'amour va venir à toi, et bientôt. Peut-être avant la fin de cet été. »

Elle lui adresse un long regard, qu'elle soutient jusqu'à ce que Måns détourne les yeux. Elle lui rend sa main.

« On me déteste, ici. C'est pour ça que j'ai posé cette question quand vous êtes arrivés. »

Un long souffle se transforme en profond soupir.

« Quand Mère est morte, Père m'a donnée au duc Hans et à Ermegård, son épouse. Tous étaient de naissance allemande, comme mes parents, et ils s'entendaient bien. Mais Ermegård est morte à son tour, le duc s'est remarié, et cette fois il a choisi une Danoise. La fille du duc Hans, qui était pour moi comme une sœur, sa Danoise de Lina l'a fait envoyer à Vadstena, mais le duc est lié par sa promesse de me garder chez lui, et j'ai pu rester. Avant, nous pouvions toujours rire ensemble de la méchanceté de Lina, mais je me retrouve seule, sans plus personne. »

Elle se penche plus près, baisse la voix et murmure à l'oreille de Måns.

« La nuit, il m'arrive de me réveiller et de découvrir que quelqu'un est venu ouvrir mes volets pour laisser entrer toutes les vapeurs mauvaises de la nuit. Elle veut ma mort. »

Hebbla Albrektsdotter frissonne, s'entoure de ses bras comme dans un brusque courant d'air.

« Quand j'étais petite, Mère chantait pour moi, de longues chansons sur des chevaliers, des aventures et des princesses. Elle les chantait bien, et je croyais aux paroles. Je me souviens de m'être demandé quelle chanson on chanterait sur ma vie, quand je serais bien vieille. Ça a été la chanson de la méchante marâtre. Elle ne me plaisait pas, même à l'époque. Dans cette chanson, l'enfant verse des larmes de sang sur la tombe de sa mère, avant de se relever et d'aller dire à la nouvelle épouse tout le mal qu'elle a fait. »

Lentement, elle chante les paroles.

« *J'ai laissé derrière moi des édredons de plume, mais pour mes enfants, c'est la paille sous la lune.* J'ai pleuré, bien sûr, mais personne ne vient jamais pour moi. »

Une larme coule sur ses taches de rousseur. Elle essuie sa joue sur la broderie de sa manche.

« Pardon. Je me demande quelle chanson sera la tienne. J'espère qu'elle sera belle. »

Elle sursaute quand un bruit de loquet et de gonds brise le silence. Finn s'écarte de la porte et Melker Göts entre, sourire aux lèvres.

« Suivez-moi, messieurs. Le duc est à table et vous y reçoit. Mademoiselle Hebbla, c'est toujours un plaisir qu'on ne saurait trouver ailleurs. »

Måns ne sait quoi faire : il n'a pas trouvé un seul mot pour répondre, mais il n'est pas convenable de faire attendre le duc. Il s'incline avec raideur pour prendre congé, Finn l'imite. Hebbla le suit du regard, les yeux humides et rougis autour de l'iris vert.

« Adieu donc, Måns Bengtsson, d'azur et d'or. Notre temps commun a été bref, mais je suis heureuse de cette rencontre. Reviens me voir. »

45

C'est le soir. Bengt Stensson a bu, trop et trop vite. Chancelant dans la chaude soirée d'été, il traverse la cour pour retrouver ses comptes. Devant le donjon, il hésite un instant, jette un regard vers le corps de logis en se demandant s'il ne devrait pas rejoindre son épouse cette nuit. Peut-être serait-il même gratifié de son soutien, pourvu que la nécessité l'ait conduite à arrondir les angles : accueilli dans le lit où elle lui manifesterait sa bonne volonté par des baisers et des caresses. Il secoue la tête pour chasser ces pensées, pas assez ivre pour se laisser aller à prendre ses désirs pour la réalité : et quand bien même, le jeu n'en vaudrait pas la chandelle, dans l'état où il se trouve. Il gravit plutôt l'escalier en titubant, soutenu par le mur du donjon. Dans le cabinet, tout est en l'état, mais dans une lumière plus faible. Il a une velléité de ramasser les papiers qu'il a dispersés, mais son dos craque, et il s'affale plutôt dans son fauteuil et reste là, s'efforçant de tirer de son ivresse quelques pensées consolatrices. Peut-être Nils Stensson va-t-il être heureux dans son entreprise, et rentrer avec le trésor disparu de l'évêque ? Mais Bengt connaît son frère : Nils en emploiera jusqu'au dernier *örtug* comme bon lui semble et, quant à lui, il devra au mieux se contenter d'une reconnaissance de dette pour la part qui lui revient. Mais ce sont là aussi des pensées vaines. Aucun d'eux n'en verra sans doute le moindre sou. L'homme de confiance de l'évêque est sûrement à l'heure qu'il est parti mener la grande vie en un lieu inconnu.

Il pousse un profond soupir en baissant les yeux, vaincu. Une boucle de sa plume émerge comme une voile dans une flaque d'encre, encore luisante et noire en son centre entre des rives séchées. Un autre petit bateau surgit de sa mémoire, le voilier en écorce qu'il avait taillé lorsqu'il avait rencontré Stina pour la première fois. Comme il était facile de gagner son admiration, jadis. Un tourbillon avait fait chavirer l'embarcation, sans doute d'emblée peu apte à la navigation, mais son habileté était démontrée, le cœur de Stina remporté. C'est alors que l'idée le frappe comme une poutre invisible contre son front, et son cœur s'emballe aussitôt comme après une marche forcée. Il serre le dossier du fauteuil, terrorisé à l'idée que ce don s'envole avant qu'il ait eu le temps de l'habiller de mots dont il se souviendra. Il cherche à tâtons à se remémorer les mots de son frère : les corsaires du roi Erik pourchassent déjà les navires de la Hanse, d'ici jusqu'au Kattegatt. La voilà, sa solution. Le salut lui paraît soudain à portée de la main, l'avenir à l'instant sombre comme un paysage où approche l'orage mué en aube prometteuse. Il se lève, sent le triomphe emplir tout son être jusqu'à ce qu'il faille faire quelque chose pour ne pas éclater, et il hurle alors pour saluer cette solution, promesse de richesses, mais aussi pause bienvenue loin de cette demeure, de ces femmes et de leurs soucis.

Le lendemain matin, il est tôt levé, sa bonne humeur adoucissant sa nausée. Rôles inversés : c'est lui qui frappe lourdement à la porte de l'appartement où dort Brita, étourdie et troublée tandis qu'il s'assied vif et sobre au bord de son lit, déjà tout habillé pour le voyage qui l'attend.

« Je pars vers l'est, Brita. Ne m'attends pas de retour avant quelques semaines. Préviens ta mère. Si des messages arrivent pour moi, renvoie-les à mon frère, à Ekhult. »

Il l'embrasse sur la joue sans lui laisser le temps de répondre.

« Je sais que Göksholm est entre de bonnes mains. Celles de ta mère. Et ce qui lui échappe, tu le rattrapes. »

Et le voilà parti.

46

« Ces messieurs veulent-ils bien attendre ici ? Je vais voir si le duc est prêt. »

Melker entrouvre une porte juste assez pour passer par l'embrasure et referme derrière lui avec le même soin, laissant Finn et Måns seuls dans la lumière grise d'un couloir sombre. Finn en profite pour s'avancer d'un pas, en se penchant pour pouvoir parler bas.

« Nous ferions bien de ne pas rester longtemps chez le duc. Il ne sera pas facile de gagner la confiance d'Engelbrekt s'il nous trouve derrière les murs d'une forteresse qu'il veut réduire en cendres.

– Je pense la même chose. Mais on ne peut décliner à la légère l'hospitalité de Hans av Eberstein. »

Ils doivent attendre un bon moment le retour de Melker.

« Le duc vous reçoit. »

Par une antichambre, ils gagnent la salle où le duc a dîné. Au mur, une tapisserie à son blason, d'azur au lion d'argent lampassé et armé de gueules, couronné d'or. Le duc lui-même est assis seul sur le long côté de la table, un homme gras en habit d'apparat, la cinquantaine, tourné vers la salle sur un fauteuil à haut dossier. Autour de la table, une demi-douzaine de chiens, chacun lourd comme un homme adulte, l'œil noir, croulant de muscles. Devant eux, la salle est vide, prête à accueillir clercs, quémandeurs ou bouffons. Le duc est encore affairé à gratter toute la moelle d'un os qu'il vient de briser, et Melker en profite pour chuchoter à Måns du coin de la lèvre.

« Comment est votre allemand ?

– Suffisant pour les choses simples, mais pas beaucoup plus.

– Mieux vaut alors que les questions et les réponses passent par moi. Le duc n'a pas de patience pour les invités laborieux et les langues mal parlées. Pour ma part, je suis né et j'ai grandi ici, mais ma famille est allemande : ce sont des hommes de cette naissance que le duc a coutume de prendre à son service. J'ai déjà mentionné vos noms. »

Quand Hans av Eberstein a terminé son repas, il lève la tête vers ses visiteurs, attend la révérence d'usage de Melker puis prend la parole. Quand il a terminé, Melker hoche la tête et traduit.

« Sa Grâce Hans Ludwig, duc d'Eberstein et seigneur de Neugarten, au nom du roi Erik gouverneur des places de Västerås, Gripsholm et Opensten, vous souhaite la bienvenue. Sa Grâce connaît votre père et plusieurs de ses frères, même s'ils sont si nombreux qu'il n'associe pas toujours chaque nom avec le bon visage. Il connaît également Sven de la maison Sture, père de l'épouse de votre oncle Bo Stensson. Il connaissait également votre grand-père Sten, qu'il a souvent rencontré invité à la table de Bo Grip. À propos de famille, le duc a su que vous avez déjà fait la connaissance de sa fille adoptive, et vous présente des excuses en son nom, tout en vous assurant qu'il n'a reçu sa garde qu'en expiation de ses péchés, même si cette punition paraît disproportionnée. Le duc ose une image cavalière en regrettant que la gent féminine ne possède pas la sagesse du chien : une bonne raclée est pour un chiot une leçon qu'il retiendra à jamais, alors qu'une femme peut endurer des coups toute sa vie sans s'amender pour autant. Le duc vous souhaite à vous deux meilleure fortune et vous exhorte à apprendre de ses erreurs. »

Måns s'incline, Finn de même. Le duc presse impatiemment Melker d'abréger la traduction de leurs formules de politesse. Il semble pris de somnolence après son repas, le peu d'intérêt suscité par leur visite a bientôt disparu. Il commence à s'agiter sur place en vue d'un congé expéditif quand Måns prend son courage à deux mains.

« Votre Grâce a-t-elle entendu quelque chose au sujet de l'agitation en Dalécarlie ? »

Le duc se penche au-dessus de la table après avoir entendu ces paroles en allemand, plisse pensivement les yeux en regardant Måns tandis qu'il ramasse un os dans son assiette pour le tendre au chien le plus proche.

« Le duc souhaite d'abord savoir ce que vous en avez vous-même entendu dire.

– Nils Stensson, le frère de mon père, est revenu du nord pour la Saint-Jean. Il a entendu les rumeurs en chemin, et s'est souvenu que c'était ces jours-ci, l'an passé, que les gars de Dalécarlie avaient marché sur Borganäs, avant de pousser jusqu'ici, à Västerås. »

Hans Eberstein se caresse la barbe, écoute attentivement avant de répondre.

« Comme vous le savez sûrement, le duc est arrivé ici l'année passée pour remplacer le précédent bailli, Jösse Eriksson, justement parce que les Montagnards s'étaient plaints et que le conseil royal avait estimé leur plainte fondée. Le duc suppose que Måns Bengtsson n'a jamais eu la malchance de rencontrer en personne Jösse Eriksson ? »

Måns ayant répondu par la négative, Eberstein se lance dans une longue diatribe, de plus en plus rapide.

« Le duc qualifie Jösse Eriksson d'imbécile et remet en question sa naissance, ses mœurs, sa raison et sa virilité. Le duc le traite d'aventurier danois insensé et sans honneur, pour qui toute forme de décence est demeurée un mystère. Le duc raconte qu'il a lui-même investi ce poste de bailli septentrional avec une certaine réticence, mais en s'efforçant comme toujours de donner satisfaction à son roi. À l'arrivée du duc, il a été patent que Jösse Eriksson avait été un bailli malavisé, qui ne comprenait pas grand-chose à la mission qui lui avait été confiée, et qui avait provoqué les gens des montagnes par son avidité et ses méthodes malsaines. »

Eberstein ne marque pas de pause pour Melker, forcé de parler en même temps que lui, le visage de plus en plus rouge dans l'effort de traduire tout en mémorisant ce qui se dit. Le duc se lève de son siège avec une vivacité inattendue chez un homme aussi corpulent, et se met à aller et venir les mains dans le dos. Les chiens de la meute, saisis par l'inquiétude contagieuse de leur maître, vont et viennent eux aussi, sans pouvoir tenir en place.

« Le duc exhorte Måns Bengtsson à bien écouter, car il héritera prochainement des terres de son père et devra gouverner des gens et des biens tout comme le duc le fait au nom du roi. Jösse Eriksson a manqué de jugement quant au degré de soumission tolérable par une personne. Un bailli peut prendre beaucoup, mais pas tout. Une part doit toujours être épargnée, quand bien même durement rognée. Laissez à chaque sujet quelques *örtugs* en réserve, pour acheter des perles de verre coloré, un meilleur cheval, ajouter quelques cagibis à sa masure. Il aimera ses pauvres possessions, les comparera à celles de son voisin dans l'espoir de susciter l'admiration et l'envie, se croira riche et plus distingué que son prochain, dans sa naïveté. Il craindra tellement pour ses biens qu'il verra avec gratitude les portes de la ville verrouillées la nuit et les pointes aiguisées des piques des lansquenets, pensant que la prison que nous avons bâtie à ses frais est la seule défense de sa liberté. Il deviendra ainsi un esclave obéissant. Le duc dit que Måns Bengtsson, fils aîné d'une riche lignée, serait étonné de constater de combien peu un homme se contente, tout en se soumettant malgré tout joyeusement à l'impôt. »

Il s'approche de plus en plus, le duc Eberstein, jusqu'à ce que son gros visage soit assez près de Måns pour que ce dernier sente son haleine chargée. Le vin qu'il vient de boire et les épices de la viande, sa barbe luisante de graisse.

« Mais ici, les terres sauvages sont à la fois extérieures et intérieures : alors que le reste du monde est depuis longtemps chrétien, les Svear sont à quelques générations seulement du paganisme. Ils ont beau être pieux en apparence, ils vont dans les bosquets chercher les pierres sacrées où faire des offrandes aux anciens dieux dès que la moisson est médiocre. Les Montagnards rôdent dans la forêt, et nul ne sait bien ce qu'ils y fabriquent. Le duc suppose qu'ils forniquent avec des chèvres quand ils n'ourdissent pas des plans pour échapper à l'impôt. Chez eux, un soulèvement peut se développer sans qu'il soit possible de l'éradiquer à temps. Le duc assure qu'il aurait volontiers continué de leur serrer la vis, et même davantage que Jösse, mais la situation dans ce grand Nord exige de s'y prendre autrement. Le désagrément de s'acquitter de l'impôt doit toujours être comparé avec le désagrément de prendre les armes et de risquer de tout perdre dans la boue du champ de bataille, et ce dernier doit toujours rester le plus lourd. Par son avidité, Jösse Eriksson a imprudemment chargé son plateau de la balance. »

Le duc marque enfin une pause, et regarde Måns dans les yeux jusqu'à ce que le dernier mot soit traduit. Puis il recule d'un pas et montre d'un geste les murs de la salle.

« Mais si les gens de Dalécarlie veulent venir, qu'ils viennent. Sa Grâce leur souhaite la bienvenue, à eux comme à Måns Bengtsson, à chacun l'accueil qu'il mérite. Ils ne sont pas assez nombreux, ni assez forts, ni assez malins. La forteresse ne peut être prise par une force comme celle dont dispose ce peuple du Nord, mains nues sous la direction d'un fou. Même s'ils franchissaient les remparts, une poignée de lansquenets suffirait à défendre le château. Le garde-manger est plein et le puits profond. Aucun repas servi ici ne démériterait devant celui-ci, et ce jusqu'à ce que l'hiver arrive et que le gel transforme les membres des assaillants en glaçons. »

Alors il en a fini, le duc, et quitte la salle d'un pas digne. Ses bêtes aussitôt debout le suivent en file, par ordre de rang et de force. Melker reste incliné jusqu'à ce qu'ils se retrouvent seuls. Soulagé, il leur indique la table.

« Tout ce qu'il y a sur la table est pour vous. Mangez tout votre soûl. Je vais partager votre dîner, si vous n'y voyez pas d'inconvénient, puis je vous conduirai à vos appartements. »

Le serviteur du bailli a faim, mais surtout soif et, dès qu'il a assez bu, sa langue se délie : bien content de pouvoir alléger son cœur devant des invités qui emporteront bientôt ces confidences loin d'ici.

« Elle est étrange, cette fille. J'espère qu'elle ne vous a pas importunés. Quand on l'observe de près, il est plus facile de pardonner son hostilité à l'épouse de Sa Grâce. Il aurait mieux valu pour tous qu'elle puisse être éduquée ailleurs. Le duc est dans une posture délicate. Hebbla ne s'entend pas avec sa belle-mère, elle est têtue, et le duc doit bien trop souvent sortir les branches de bouleau. Il a donné sa parole de lui fournir un foyer, mais souhaite en même temps complaire à sa femme. Il n'est pas aisé pour lui d'être un bon père adoptif. »

Göts ôte un bout de cartilage du coin de sa bouche après l'avoir bien mâchonné.

« Il semble sûr de lui quand il parle, le duc Hans, mais je crois que l'inquiétude le ronge malgré tout, et s'il s'est un peu emporté à l'instant, c'est sans doute parce que vous l'avez interrogé précisément sur ce qui l'empêche de dormir la nuit. Jösse Eriksson est rentré chez lui au Danemark, mais c'est son remplaçant qui devra répondre de ses péchés, si le jour de la vengeance arrive. »

47

Orm déteste les vagues, la mer, l'humidité et le varech, le vent au large, le calme trompeur. La plupart oublient le nom de son père, préfèrent l'appeler Orm Salte, en référence à ses nombreuses années passées sur le pont d'un navire et à ses cheveux blanchis. Dès qu'il est question de courant, de gouvernail ou de nœud, on le consulte pour avoir le dernier mot, et bien sûr il donne la bonne réponse, mais il garde bien pour lui ses sentiments. Il les abhorre : le bateau, la mer. Cette haine trouve sa source dans le terreau de la peur. Il en a tant vu engloutis dans les profondeurs, les a vus ensuite rejetés et a vu ce que la mer en avait fait. Elle est dure et impitoyable. Ne supporte pas l'homme sur ses vagues, saisit toutes les occasions de l'entraîner par le fond. D'année en année, il sent combien elle le désire davantage, lui que la ruse et le hasard ont tenu hors de sa portée cinquante ans durant. Elle s'impatiente, désormais, ne veut pas le voir reposer tranquillement au sec dans la tombe qui s'approche de plus en plus, mais plutôt le verser en son sein et l'arranger à sa guise : muet et froid, sa chair blême gonflée et spongieuse.

Les hommes plus jeunes sont attirés par ses histoires, et il raconte. Ses années aux ordres de Sven Sture, à l'époque où tous les marchands, de Gotland à Faxeholm, redoutaient les Frères des victuailles ; le pillage des riches cogues de la Hanse ; Visby telle qu'elle était jadis, fourmillante capitale des pirates nichée au sein de la Baltique, où celui qui pouvait donner le mot de passe des Frères s'avançait comme un roi tandis que le bas peuple se blottissait en courbant l'échine. Il raconte encore l'honneur et les exploits comme seule en offre la mer. Il sait que ses paroles les captivent, en plus de la bière qu'ils boivent, et qu'ils se laisseront bientôt enrôler à ramer pour lui. Et tout bas, pour lui-même, il chuchote les paroles adressées à la mer et elle seule : prends-les, eux, pas moi.

Et pourtant, il ne peut pas rester à l'écart. Il ne tient pas en place à terre. Car elle a un autre effet, la mer : ses embruns au-dessus de la proue balaient les ans de ses épaules quand ses hommes rament contre le vent, lui donnent du pouvoir, l'emplissent de confiance, tout ce sans quoi la vie ne vaut pas la peine.

Son bateau est petit, mais les temps ont changé. La reine Margareta a écrasé le roi Albrekt et chassé des ondes les Frères des victuailles, acheté l'aide des chevaliers Teutoniques pour nettoyer Gotland. On dit que les Frères voguent toujours, mais en d'autres eaux, bien loin à l'ouest désormais, le long des côtes norvégiennes au-delà du Kattegatt. Du poisson séché en guise de butin, au lieu de lingots de fer et d'argent. Il se considère lui-même comme un des rares à être bien lotis. Les seigneurs de l'intérieur aiment entretenir des corsaires car, lorsque le vent tourne, le chanceux peut faire fortune en pillant les navires hier amis mais désormais ennemis. Orm se maintient entre les îles de l'archipel, un bateau sans mât ni voile, propulsé par dix paires de rames. Il connaît les moindres hauts-fonds, les moindres récifs, sait mieux que n'importe quel pilote quelles baies sont assez larges pour permettre aux cogues de manœuvrer. Mais le roi Erik a conclu la paix, et Orm ne peut plus que regarder les navires de la Hanse voguer vers Stockholm, arriver chargés d'argent et repartir avec du fer, lents et nonchalants comme des truies repues vautrées dans leurs bauges. Sa propre embarcation est élégante comme un poignard en comparaison, rapide comme l'éclair, pourvue de rameurs vifs, mais aujourd'hui de peu d'utilité. Il a la promesse d'une part de ce qu'il pille, mais avec son bateau en train de pourrir sur la terre ferme, il n'ira pas loin, et le salaire qu'il touche pour sa patience n'est pas grand-chose.

Orm prend le frais sur le rivage, se frotte le menton. Skällvik, c'est le nom du village qu'il a fait sien, faute de mieux, petit et terne. Quand l'ennui est trop fort, il lui arrive de s'enivrer puis d'aller trouver le prêtre pour se confesser. Rien que pour le plaisir de voir le gamin, à peine vingt ans et presque encore du lait derrière les oreilles, s'effarer et trembler en l'entendant raconter comment, avec ses frères, il a promené trois douzaines de bourgeois de Stockholm à travers la ville en les rouant de coups, au point qu'ils étaient réduits à ramper à quatre pattes comme du bétail. Enfermés ensuite dans une grange que les frères ont incendiée, avant de danser tout autour aux cris des suppliciés. Cette histoire, il ne l'a qu'entendue : il ne pouvait pas avoir plus de dix ans quand elle a eu lieu, et il n'a jamais promené autre chose que les oies de son père. C'est une histoire de pirates, parmi des dizaines. Mais il en confesse aussi d'autres, tirées de sa propre mémoire. Du sang qu'il a versé, des filles qu'il a forcées. Des marchands de la Hanse dont il a lesté les bourses de plomb avant de les jeter à la mer, leur offrant comme dernière vision son ricanement, avant que l'eau qui les submergeait ne soit trop trouble pour leurs yeux exorbités. Sur le moment, le spectacle lui semblait ridicule, et il riait de leur supplice mais, dans son souvenir et ses cauchemars, son rire s'est tu et leurs regards l'effraient, et l'absolution convenue du petit prêtre est une bien pauvre consolation.

« Orm. »

Le voilà vite debout, car la voix est celle de Bengt Stensson. Il ne devrait pas être là ; Orm est d'abord inquiet que les affaires ne soient pas comme elles devraient, mais il éprouve bientôt aussi autre chose. Un chatouillis, une promesse pressentie. Il incline la tête quand ils se prennent par les bras. L'exaltation de son maître est presque tangible, ses nerfs tendus comme les cordes d'une harpe. Bengt prend place sur le tronc où Orm était assis, frappe de la paume pour lui indiquer la place à son côté.

« Qu'en est-il des navires de la Hanse ? Les voit-on toujours par ici ? »

Orm hoche la tête.

« Il se passe rarement une semaine sans cogue, et s'ils arrivent du sud, on peut facilement compter les jours avant leur retour, si lourds que la moindre ride menace de déferler sur le pont.

– Vois-tu des bateaux sous d'autres pavillons ?

– Que veux-tu dire ?

– Dragons et lions et couronnes et tout le reste. Aux couleurs du roi Erik. »

Orm secoue la tête, crache dans le sable.

« Pas un seul. Pas depuis la paix. »

Bengt Stensson frotte son menton qui pique. Il se doutait que les mots de son frère n'étaient pas la pure vérité. Soit Nils a menti pour leur donner plus de poids, ou alors ce sont les Montagnards qui mentent. Le roi Erik ne pourchasse pas les navires de la Hanse. Pour l'heure, la paix dure au sud. Peu importe.

« Connais-tu quelqu'un qui sache coudre ?

– Il y a sans doute dans les villages des femmes sachant manier l'aiguille et le fil.

– Mets-les au travail. Croix blanche sur fond rouge, c'est l'écusson de la cour danoise et ça fera l'affaire. »

Orm n'ose pas mettre des mots sur ses espoirs, tandis que Bengt plisse les yeux vers l'horizon, comme s'il pensait déjà y voir se profiler une cogue.

« Rassemble des hommes pour ramer et se battre. Fais comme d'habitude. Parcours la côte, choisis parmi les fils de pêcheurs. Promets-leur un retour couvert d'or et d'honneur, de quoi pouvoir cueillir la plus belle dans le bouquet des filles à marier. Parle de bains de sang, juste assez pour faire fuir les cas de conscience et les dévots. Quand tu en auras assez, occupe-les à goudronner la coque. Apprends-leur à ramer en cadence. Puis tu attaqueras des navires de la Hanse. Mais pas en mon nom. Tu le feras au nom du roi Erik, et sous son drapeau. »

Orm demeure silencieux, recueilli en songeant au retour du bon vieux temps. Son corps se balance, comme déjà sur la vague. Bengt lui lance un coup de coude.

« Mais dis donc quelque chose.

– Longue vie au roi Erik !

– Je vais descendre le long de la côte, pour parler à d'autres de la même affaire. Mais j'aimerais bien d'abord me reposer le croupion et me rafraîchir le gosier, un jour ou deux. Personne ne sachant ce que prépare l'avenir, les hommes avisés fêtent leurs victoires d'avance. Tu viens ?

– Donne-moi un moment pour m'étirer le dos. Je te suis. »

Les pas disparaissent en remontant vers la forêt, laissant Orm seul avec la mer, le regard perdu sur son dos ridé. Il la sent qui l'observe à son tour. Dans le ressac, il l'entend murmurer sa promesse, la tentatrice : d'argent, de richesse. Mais il y entend aussi son rire, affamé et plein d'espoir, carnassier. Elle ne lui veut pas du bien, pas plus à lui qu'aux autres. Il frissonne et se signe. Avant de suivre l'invitation de Bengt Stensson, il lui promet en silence d'autres vies en échange de la sienne, celles d'hommes plus jeunes et plus beaux que lui, de plus beaux ornements autour de son trône au fond des abîmes, nus, leur chair ferme chaque jour plus enflée et prompte à la putréfaction.

48

Finn scrute le chemin et devine au loin l'orée d'un bois, une longue ligne ombragée qui tremblote au-dessus du sol brûlant. Il montre d'un geste, Måns retient ses rênes. Le cheval inconnu hésite, peu habitué à son nouveau maître. Les deux coursiers portent la marque du bailli et ont les manières d'animaux ayant souvent changé de main et rarement rencontré celle qui préfère caresser que frapper. Le même geste a eu différentes significations selon le bon vouloir du cavalier, aussi les chevaux se trompent-ils souvent, ralentissent quand on les pousse au galop, tournent d'un côté quand on leur indique l'autre. Une fois l'animal immobile sous lui, Måns tourne les yeux dans la direction pointée par Finn.

« C'est encore loin, Köpingshus ? »

Finn plisse les yeux vers le soleil, calcule leurs heures passées à cheval et compare avec ce qu'il sait du pays.

« Pas tellement. De l'autre côté de ces arbres, sûrement. »

Finn hésite un instant avant de poser la question qui le tarabuste.

« Qu'est-ce qui te fait penser qu'Engelbrekt a pris cette direction ? »

Måns a attaché une partie de ses longs cheveux avec une lanière pour se dégager la vue. Il les détache, les secoue et peigne sa frange à la main pour rajuster le nœud.

« Peut-être que le messager a apporté à Göksholm de fausses nouvelles, que la paix règne au nord et que nous avons été envoyés en vain. Ou alors les hommes du roi ont résisté à Borganäs et étouffé la révolte dans l'œuf. Ou alors Engelbrekt a choisi de faire route vers Västerås via Köpingshus. Quoi qu'il en soit, nous ne pouvons pas l'attendre chez le duc Eberstein.

– Pourquoi marcherait-il sur Köping ? Cette ville n'a rien à voir avec les mines du Nord. C'est avec le bailli de Västerås qu'il a des comptes à régler. »

Måns tarde à répondre, lanière de cuir dans la bouche tandis qu'il rassemble ses cheveux.

« J'imagine une seule raison. Mais voyons plutôt. »

Le vent tourne. On le remarque d'abord à la cime des arbres, dont il secoue les feuillages. Måns et Finn empoignent plus fermement leurs rênes, prêts à calmer les chevaux avant qu'ils ne s'effarouchent. Ils l'ont bientôt dans les yeux, une forte bourrasque, chaude et humide. De concert ils se tournent l'un vers l'autre. Finn lorgne vers les arbres, tente en vain de voir par-dessus.

« Tu sens ?

– De la fumée. Quelque chose brûle devant nous. »

Ils ont bientôt gagné la lisière, cachés dans l'ombre des branchages. Le sentier est droit et large, ne laisse pas place au doute. Finn se sent pourtant mal à l'aise, mais le garde pour lui : il soupçonne que ses sentiments sont plutôt liés à une autre forêt, entre Göksholm et Vadstena.

Le sentier serpente à présent entre des arbres qui projettent leurs frondaisons de plus en plus haut, de plus en plus denses. Il évite des rochers, des buttes, les troncs de chênes si vieux que les haches s'y sont émoussées. Derrière un creux, un sapin est tombé sur leur passage. Ils s'arrêtent tous deux, regardant chacun d'un côté pour trouver le meilleur contournement.

« Restez où vous êtes ! »

Finn se retourne. Un homme s'est avancé sur le chemin derrière eux, un grand gaillard large d'épaules et de poitrine, barbu, des cheveux en bataille jouant sous son bonnet. Il a les mains sur les hanches. Il ne porte même pas un couteau à la ceinture, mais Finn devine d'autres personnes alentour, invisibles, flèches déjà encochées.

« Que font deux jeunes gens dans la forêt au crépuscule ? N'avez-vous pas entendu le surnom qu'on donne à cette région ? La Terre-sans-loi. »

Måns a retourné son cheval, qu'il apaise d'une main rassurante posée sur son cou.

« Nous nous dirigeons vers Köpingshus.

– Vos bêtes portent la marque du bailli de Västerås. Allez-vous séjourner aussi chez Johan Vale ?

– Il est vrai que nous avons mangé à la table du bailli à Västerås, mais sans avoir nous-mêmes sollicité son hospitalité. Ces chevaux nous ont été prêtés, car nous avons dû laisser les nôtres sur la rive sud du Mälaren. Ils marchent aussi bien que d'autres. Si Hans Eberstein avait su où nous allions, il aurait préféré se les garder.

– Eh bien ?

– Nous cherchons Engelbrekt Engelbrektsson.

– C'est un nom qu'on entend. Et les vôtres ?

– Måns, de Göksholm, sur la rive du Hjälmaren, fils de Bengt Stensson, aux armes d'azur et d'or. Finn Sigridsson, qui m'accompagne, appartient à la maison. »

L'homme ôte son bonnet et se gratte la racine des cheveux, la mine embarrassée.

« Descendez, les garçons. Vous me suivrez en tenant vos chevaux par la bride. »

Ils obéissent. L'homme les précède. Ils rebroussent chemin jusqu'à un endroit où des branchages ont été entassés pour cacher la naissance d'un autre sentier. D'autres hommes se joignent à eux, nombreux, surgis des bois, pas un sans arme. Tout près, les arbres s'ouvrent autour d'une prairie. Les fleurs d'été ont été foulées en matelas pour un bivouac, des pierres en cercle entourent plusieurs foyers, des pare-vent rudimentaires ont été dressés, cadres de branches habillés d'aiguilles de sapin. Des feux ont été allumés au crépuscule, assez pour réchauffer des hommes par douzaines. De nombreux regards les suivent. D'un bras tendu, Måns et Finn sont invités à s'asseoir tandis que, de l'autre, leur hôte fait signe de partir à ceux qui avaient déjà investi le feu de camp. Il se penche pour mieux arranger les branches sur la flamme, regardant à la dérobée Måns qui s'est assis en tailleur.

« Tu sembles calme comme l'eau de source, Måns de Göksholm. Qu'est-ce qui te fait croire que nous sommes autre chose que des bandits de grand chemin, prêts à vous dérober tous vos biens avant de vous jeter nus dans le premier fossé venu pour vous y enterrer séance tenante ?

– Si tu étais bandit de grand chemin, il y avait sûrement de quoi piller plus près de chez toi. Ça chante quand tu parles. Mon père a déjà reçu à sa table des gars de Dalécarlie. »

Un éclat de rire lui répond.

« Tiens donc, tu m'en diras tant. Et de quoi parle cette chanson ?

– De montagnes et de forêts, de mines et de fourneaux. De la fin des rapines des baillis. »

Le sérieux s'installe. L'homme adresse un long regard à Måns, avant de se pencher en arrière.

« Je me nomme Harald, fils d'Esbjörn. Ces hommes-là sont de la contrée, aussi las de vivre sous le joug que nous le sommes au nord. Ils ont rallié notre cause. Mais je suis de Norberg, tout comme Engelbrekt, et c'est sur ses ordres que je suis venu.

– Où pouvons-nous le trouver ? »

Harald secoue la tête.

« Pas ici et pas cette nuit. Mais commençons par dîner. Un des nôtres a tiré un chevreuil, dont la viande nous promet un festin. Restez assis, je vais en chercher.

– Nos sacoches sont pleines de restes de la table de Hans Eberstein, dont ses valets nous ont munis. Partageons-les avec vos hommes, s'ils peuvent supporter leur origine.

– Quoi de plus naturel ? Ces victuailles ont été payées avec leur argent, après tout. »

La nourriture est partagée et l'ambiance change, à mesure que les ventres affamés sont repus. Le silence recule autour des foyers. Dans le brouhaha, on entend l'éternel bavardage : vieux souvenirs sanglants, thèses pour conforter ou battre en brèche ce qui relève des goûts et des couleurs, de la pluie et du beau temps, des moustiques, supputations sur l'avenir. Les sempiternels antagonistes retrouvent leurs marques. Harald Esbjörnsson mange en silence, Måns et Finn suivent son exemple, et constatent qu'il ne leur a pas menti. La viande est bonne, a le goût d'une proie abattue rapidement et sans souffrance, soigneusement débitée et rôtie avec patience. Sur des pierres plates lèvent des galettes de farine et d'eau, aussi simples que bonnes. La pensée traverse Finn tandis qu'il se délecte, bien plus qu'à la table du duc : la saveur d'un foyer. Mais pas le sien, et pas celui de Måns. Et pourtant, il voit le visage de Måns refléter le sien. Bien repu, Harald Esbjörnsson reste immobile, attardant son regard sur Måns.

« Il n'est pas comme les autres, Engelbrekt Engelbrektsson. Jamais je n'ai rencontré homme plus clairvoyant, personne pour qui je serais davantage prêt à risquer ma peau. Cette fois, disait-il, la noblesse va se rallier à notre cause. Il m'a demandé d'ouvrir l'œil sur les gens de qualité lors de mes patrouilles – même si tu n'es pas du tout ce que j'imaginais.

– À qui t'attendais-tu ?

– À un de ces chevaliers qui aiment à faire sculpter leur portrait sur les autels et les piliers des églises, drapés d'or et de pourpre, avec de petites clochettes aux bras et à la ceinture, le ventre gonflé comme le bailli lui-même et l'air de faire à toute chose une faveur rien qu'à poser leurs yeux dessus. Mais tu es encore un gamin. Quel âge as-tu, Måns, seize, dix-sept ans ? J'en viens à me demander si ta lignée est complètement stupide ou très rusée. »

Harald Esbjörnsson se cale en arrière, à moitié couché, dos contre une sacoche. Au-dessus d'eux, les étoiles s'allument une à une dans le néant. Finn étire ses jambes endolories, en masse une là où une crampe l'a pris. Måns ne bouge pas, regarde calmement leur hôte.

« Tu ne veux pas nous parler du Bergslagen ? »

Harald lève un sourcil, réfléchit un moment avant de répondre.

« D'autres en savent plus. Je n'ai pas vécu dans les montagnes plus de dix ans, alors que d'autres y sont nés et y ont grandi. La lignée d'Engelbrekt creuse la mine depuis déjà plusieurs générations. Le Bergslagen est un havre pour des gens très divers, dont beaucoup viennent là pour laisser le passé derrière eux. Mais je peux bien sûr vous en parler. »

Il s'installe plus confortablement en calant les coudes contre son oreiller, réfléchit un moment par où commencer.

« La montagne est une force supérieure. Seul, l'homme est écrasé. Mais unis on peut en avoir raison, à force d'efforts, de réflexion et de patience. Nous sommes quatorze huttes à Norberg, chacun la sienne, mais nous nous rassemblons dans la même mine, nous tirons aux dés les lots dans la veine de minerai, puis changeons par roulement, de sorte qu'à la fin chacun en tire la même part, à travail égal. Chaque hutte a deux soufflets pour fondre le minerai. Nous passons tout notre temps à la mine, l'un travaillant pendant que l'autre se repose. Avant le lever du soleil s'éteint le feu qui a brûlé toute la nuit. On balaie cendres et charbon de la surface de la roche. À coups de pique, on abat le minerai fendu sous l'effet de la chaleur, on le hisse en surface et on le traîne jusqu'aux fours. Quand tout est détaché, on dispose à nouveau du bois sous terre, contre la roche, et on l'allume. Couverts de suie, on sort en toussant du trou pour quelques heures de repos. Puis tout recommence. La montagne ne nous aime pas, nous tend des pièges dans les galeries. Des profondeurs, sa colère gronde. Chacun doit apprendre ses manières, ou le payer de sa vie. D'une main invisible, elle peut étouffer, laisse des hommes morts sans une trace sur le corps. D'autres ont affaire à une poigne plus dure. D'abord une pluie de gravier, puis des pierres plus grosses, et celui qui hésite meurt en gagnant un tombeau par-dessus le marché.

– Une vie dure.

– Personne ne se rend au Bergslagen si ce n'est de son propre chef, Måns Bengtsson. Il y a pire. »

Harald Esbjörnsson regarde fixement le feu avant de poursuivre.

« Je vais te parler de Jösse Eriksson. Ça s'est passé dans le village où je suis né. Il y avait un garçon, jeune et buté comme le sont les jeunes gens. Pas beaucoup plus âgé que toi, qui ne s'était pas encore assez frotté au monde pour en comprendre l'immensité et combien il était lui-même petit en comparaison. Un monde dur et assez lourd pour écraser tout ce qu'il possédait aussi facilement que lui les poux contre l'ongle de son pouce. Il a pris femme, la plus belle fille du village, dont tous les gamins recherchaient les faveurs. Dans son souvenir, sa jeunesse n'avait été qu'une compétition pour attirer son regard, et bien qu'il se soit toujours efforcé d'être le plus fort et le plus rapide, il n'avait pas pu croire son bonheur quand elle avait porté son choix sur lui. Et il s'était trouvé bien bête quand il avait compris qu'il ne s'agissait pas d'une récompense, mais de la simple expression d'une volonté. Avec empressement, il a voulu se montrer digne de ce choix. Il a défriché une pente qui décourageait les autres. Avec les pierres déterrées du sol, il a consolidé des fondations, sur lesquelles il a bâti une cabane de rondins entrecroisés. Bientôt son champ a poussé. Le bailli était loin, et lui n'était pas pressé de payer l'impôt. Il a préféré s'acheter un bœuf pour labourer, en promettant de payer d'autant plus que sa terre serait mieux exploitée. Chaque fois qu'un lansquenet se présentait, il veillait à bien le recevoir, et à force de discours parvenait à le persuader de repartir vers le sud bredouille. L'hiver est arrivé, long, mais jamais trop pour un jeune homme qui a sa jeune épouse avec lui dans sa propre maison. Son ventre s'est bientôt mis à grossir, au printemps déjà gonflé et dur. Un jour, l'homme est parti en forêt relever ses collets et, à son retour, il a trouvé sa ferme pleine de monde. Le bailli en personne était là, avec ses hommes. Il faisait beau, et Jösse Eriksson avait fait sortir la table de la cabane pour l'installer dans l'herbe, là où commence le champ. Un parfum de bonne nourriture se répandait dans la contrée. Une multitude venue des fermes voisines s'était attroupée, silencieuse et inquiète, encadrée par les lansquenets du bailli comme des chiens de troupeau. Jösse Eriksson était assis seul à table, et d'un geste a invité le jeune homme à s'asseoir à côté de lui. On a bientôt apporté la nourriture. La viande était celle de son bœuf, qui pendait équarri à un arbre voisin tandis que ses meilleurs morceaux rôtissaient sur les braises d'un foyer qu'on avait creusé. Le jeune homme a mangé la viande, car que faire d'autre ? Au milieu du repas, l'homme du bailli, un Danois qui parvenait à se faire comprendre en suédois, lui a expliqué que Jösse Eriksson trouvait bien dommage que ce nouveau champ doive rester en jachère à cause de cette hospitalité. On a alors fait venir son épouse, le lourd joug du bœuf sur les épaules, attaché à la charrue, le mors entre ses dents. Elle a commencé à tirer la charrue, d'abord vaillamment. Ce qu'on lui avait dit pour la faire obéir, il ne l'a pas su alors, ni jamais par la suite. Ce n'est pas une tâche pour une femme, à peine pour un homme même très fort, et surtout pas pour une femme qui attend un enfant. Des mains puissantes maintenaient à sa place l'homme qui suppliait, protestait, criait et promettait. Deux sillons, elle a tracé, avant de perdre l'enfant. Les lansquenets ont lorgné du côté de Jösse, qui s'est contenté d'un signe du doigt, et on l'a remise debout pour continuer à tirer la charrue dans sa robe sanglante, piétinant tout ce qu'elle venait de perdre. Le bailli a fini par être repu et las du spectacle : il a rassemblé ses gens et il est reparti vers la ville, certain que le message qu'il avait voulu faire passer avait été compris par chacune des personnes rassemblées. Et l'homme s'est précipité pour soutenir son épouse dans la boue rouge qui leur appartenait, tandis que les villageois encore là mangeaient les restes du bœuf, car laisser se gâter un tel présent aurait été un péché. Et l'homme ne pouvait le leur reprocher car à sa différence, eux avaient payé l'impôt exigé, et ils souffraient depuis longtemps de la faim. Et puis il voyait bien comme ils salaient la viande de leurs larmes. »

Il soupire, se tourne pour soulager son dos engourdi.

« Voilà le genre de choses qui vous pousse vers le Bergslagen. Peu étonnant dès lors que ce soit du fond de la mine que monte l'étincelle de la révolte, quand le bailli cherche à étendre son emprise sur le territoire où on a fui pour échapper à ses griffes.

– Ton épouse. Est-elle encore en vie ?

– Je n'appellerais pas ça une vie. Mais Dieu le Père en toutes choses connaît la vérité. »

Finn se tord sur place à ces mots, mais Harald Esbjörnsson, immobile, suit des yeux la larme qui coule sur la joue de Måns. Les dernières flammes du feu dessinent sa course d'un trait rougeoyant, s'achevant en perle brillante. Il soupire.

« Je crois que j'ai compris ce qu'était ta lignée.

– Quoi donc ?

– Très rusée. »

Le matin venu, il leur indique la route de Köpingshus.

« Allez-y et voyez. Ce n'est pas loin. Si ensuite vous voulez toujours trouver Engelbrekt, repartez vers Västerås. Pas le chemin que vous avez pris à l'aller, mais la grand-route, qui évite la forêt. En pressant vos montures, vous rattraperez Engelbrekt avant la fin du jour. Dites mon nom. »

Comme il l'a annoncé, le chemin n'est pas long, l'odeur de bois brûlé plus forte à chaque détour du sentier. De la forteresse, il ne reste rien. Des murs calcinés chancellent au-dessus des braises, leurs fenêtres vides ouvertes vers le ciel. Ils ne voient pas âme qui vive. Måns retourne son cheval.

« S'il brûle Köpingshus, Borganäs doit aussi être en cendres. Maintenant, je sais ce qu'il veut. »

Finn tire les rênes pour se faire lui aussi obéir.

« Quoi ?

– Ce n'est pas là un soulèvement contre le seul bailli, comme l'an dernier et l'année d'avant.

– Et donc ?

– Je crois qu'Engelbrekt veut prendre tout le royaume. »

49

Elle est absolument immobile, Stina, aux couleurs du lion et du lys, couchée sur le dos dans la pénombre de sa chambre, le regard au plafond. Les yeux écarquillés sans voir. Elle voit autre chose, entend autre chose. Måns. Son bateau a heurté un rocher, une bourrasque a poussé la vague par-dessus le bastingage et le voilà dans l'eau, luttant en vain contre la houle en agitant les bras, ses vêtements imbibés d'eau de plus en plus lourds. Les algues cachent des doigts crochus surgis de l'abîme qui le tirent par le fond. Les mains d'Ingegerd Knutsdotter, son ricanement mauvais remontant en bulles à la surface. Ou alors il est en ville, égaré, attiré dans une ruelle étroite où les façades penchent à se toucher, et son chemin est barré dans les deux directions par des hommes plus grands qui regardent avidement sa bourse et ses beaux vêtements. Ils se rapprochent tandis qu'il se tourne tantôt d'un côté, tantôt de l'autre pour contrer au mieux leur attaque. Mais il a beau faire, des poings sales lui couvrent bientôt la bouche et on le ceinture tandis que la lame d'un couteau trouve son chemin entre ses côtes et, enfoncée jusqu'à la garde, fait taire ce cœur à l'instant si jeune et frais. Ingegerd, dans l'ombre derrière ses assassins, se frotte les mains. Son cheval piqué au flanc par une guêpe s'emballe, il tombe de la selle et heurte du front une pierre pointue, et quand Finn descend pour l'aider, sa vie s'est déjà enfuie, son corps inerte comme une poupée de chair. À l'orée du bois, Ingegerd, le nid de guêpes entre les mains, sa peau sèche et morte insensible aux dards.

Stina ferme les yeux aussi fort qu'elle le peut pour chasser ces visions, mais cela ne fait qu'empirer. Du noir surgissent des mots du passé, du début de ce long été. La malédiction gagne en nuisance à mesure qu'elle est connue, disait la vieille nonne, et elle a été assez stupide pour l'écouter. Ainsi elle a été attirée sur la même voie que Nils Stensson, cet aventurier, qui a risqué la vie de son épouse et de leur enfant à naître pour prouver l'impuissance de cette malédiction. Trompée par les promesses des autres, elle a envoyé son fils unique de par le monde, vaste et impitoyable. Pire encore, elle devine de l'orgueil derrière cet acte, de l'égoïsme. Måns au plus près du pouvoir, sa propre lignée rehaussée comme jadis à la hauteur de celle où elle a été mariée. À présent elle regrette, et la violence des remords suffit à l'entraîner dans un tourbillon insensé, à ressasser sans cesse les mêmes pensées, en vain. Elle est à présent en plein milieu, les sens et le corps paralysés. Une branche tombe et lui fracasse le crâne. On lui offre du lait dans un village pestiféré. Elle prie, prie plus sincèrement que jamais. Le silence que rencontrent ses prières, elle y est habituée, mais toute personne qui croit apprend à deviner des nuances dans la qualité de ce silence. Aujourd'hui, pour la première fois de sa vie, elle sent le silence du dieu qui lui a tourné le dos : qui s'est lassé de cette femme vieillissante et de l'impasse où sa propre folie l'a enferrée.

50

Harald Esbjörnsson a dit vrai : ils n'ont pas quitté Köpingshus depuis longtemps qu'ils chevauchent déjà sur les brisées de l'armée. Elle est trop nombreuse pour que lui suffise la bande de terre mise à nu par les sabots et les pieds des voyageurs. Elle en a éclaté la largeur, piétinant champs et prairies de part et d'autre. Son avancée ne peut être rapide, car souvent le chemin est étouffé par la forêt ou des marécages ne permettant pas ces débordements : tous doivent alors se serrer sur la même voie étroite, ceux de derrière attendant le passage de la tête. Derrière une colline s'étend un campement où les hautes herbes qui ont dû s'incliner devant leurs visiteurs portent encore l'empreinte des corps assis ou couchés, des cercles de suie où on a fait du feu pour cuisiner ou se chauffer. Måns tend la main au-dessus de l'un d'eux. Encore chaud, les braises éteintes dans la nuit qui vient de finir. Il se change derrière son cheval. Finn verse l'eau de l'outre en peau dans ses mains en coupe pour qu'il puisse se décrasser, rincer la poussière du chemin de son visage, peigner les nœuds de ses cheveux. Il quitte l'usure confortable de ses vêtements de voyage pour la tenue qu'il a apportée de Göksholm, vêtements plus raides pour des occasions plus solennelles, pourpoint bleu sombre mêlé de fils d'or, béret assorti au pourtour brodé de perles et plume au côté, souliers si ingénieusement assemblés que les coutures du cuir ont été rendues invisibles. Le sceau aux armes de sa lignée à une chaîne autour de son cou, bien visible sur sa poitrine. Une dague dans son fourreau orné, fixée à une belle ceinture qui lui prend la taille. Et en avant, prêt.

Ils rencontrent bientôt les retardataires. Les jeunes et les vieux, ceux qui boitent, cheville foulée ou pieds blessés par de mauvais souliers. Finn s'attendait à d'autres genres de blessures, bandages ensanglantés et hommes traînés sur des brancards, mais il n'aperçoit pas une seule tache de sang.

« Engelbrekt Engelbrektsson ? »

La question est superflue, plus un mot de passe qu'autre chose. Personne ne remet en question leur présence, on se contente de leur faire signe de continuer dans la direction qui va de soi. Parfois, les murmures de ceux qui viennent de s'écarter les accompagnent. La progression est de plus en plus lente, car le chemin est de plus en plus encombré, et la plupart tardent à remarquer ce qui arrive derrière leurs dos voûtés et sont lents à laisser le passage aux chevaux, eux-mêmes effarouchés et dérangés par les formes et les odeurs inconnues de cette foule. Finn promène le regard sur les visages de ceux qu'ils dépassent. Des hommes, bien sûr, du gosse au vieillard, et tout ce qu'il y a entre. Quelques femmes ici ou là. Difficile de dire les couleurs qu'ils portent car le chemin les a tous couverts d'un voile gris, sa poussière saupoudrée sur leurs bonnets et vêtements. Chacun porte son fardeau sur son dos, dans une sacoche, un sac ou une corbeille tressée. La route a été longue, on le voit à leur mine fermée, sanglés sous leurs bagages, avançant cahin-caha en économisant leurs jambes qui ont déjà beaucoup marché et ont encore un long chemin devant elles. Tous ne portent pas d'armes. Parmi des gourdins servant aussi bien de bâton de marche, des arcs, des pieux taillés en pointe et durcis au feu.

Les villages s'égrènent sur le ruban de la route, l'un après l'autre. Plus loin, on aperçoit des fermes et, autour des églises, des maisons plus petites. Campaniles et clochers sonnent pour Engelbrekt : ce ne sont pas les carillonneurs ou les prêtres, mais des hommes de Dalécarlie qui en ont appris le jeu et qui à présent appellent tous les villageois à se rassembler au son du métal. Sur les parvis se campent de grands gaillards aux voix qui portent pour chanter l'évangile du soulèvement, qui ne tombe pas dans de sourdes oreilles. Fils superflus, pères dont les enfants ont été mariés ou sont en âge de travailler, tous se rassemblent, opinent du chef et lèvent leur tête jusqu'à présent courbée, les yeux brillants d'une énergie nouvelle. L'appel résonne : suivez-nous, suivez-nous jusqu'à Västerås pour frapper à la porte du bailli et lui dire tout ce que vous avez trop longtemps tu et lui faire goûter votre pain d'écorce. Et le peuple répond par des clameurs. Les troupes se rassemblent sur les places des villages, promptes à compter ceux qui veulent partir et à remplir leurs musettes de provisions pour la route. On racle la rouille de lames émoussées qui trouvent leur place sur des ceintures nouvelles. À chaque village, les rangs gonflent. En cachette, des jeunes gens et des enfants rejoignent la colonne, eux qu'on a refusés à cause de leur âge mais qui se sont rebellés en fuyant dans les bois et ont suivi de jeu en jeu un fil secret les guidant vers une aventure plus prometteuse.

Finn et Måns continuent leur progression, et trouvent en tête des hommes d'une autre trempe. Plus grands et plus larges d'épaules, robustes et imposants, certains à cheval. On les questionne de plus en plus souvent sur leur présence, il leur faut prononcer le nom d'Engelbrekt pour se voir répondre d'un hochement de tête. On en voit munis d'arbalètes, de massues et de haches, de piques, de casques comme ceux dont les lansquenets du roi protègent leur crâne. Le soleil suit son cours et, quand le soir s'annonce, on entend à l'avant des hommes ordonner d'une voix forte la halte, leur cri répercuté vers l'arrière. La route se dégage quand le peuple grimpe sur les bas-côtés en quête d'un endroit où bivouaquer. De petits groupes se forment pour murer un foyer et ramasser des brindilles pour amorcer le feu en battant le silex. Ça brûle partout dans les prés, la lueur des flammes refoule le soir dans les bois. Leurs chevaux ont enfin l'espace de galoper, jusqu'à ce qu'un clocher surgisse derrière une colline, avec des maisons blotties tout autour. Au bord du chemin, à l'entrée du village, des hommes qui montent la garde leur demandent nom et destination. On leur indique l'église, petite et blanche, au pignon crénelé. Sa nef est pleine de gens qui parlent bas à la lueur des bougies qu'on a allumées. Un homme barre l'entrée de la sacristie, tous doivent se présenter à lui. Le plus souvent ils se voient éconduire d'un non de la tête, restent un instant déçus et désemparés avant de se diriger vers la sortie. La queue est longue, et il est tard quand vient le tour de Måns.

« Måns Bengtsson de Göksholm, fils de Bengt Stensson, à l'écu coupé d'azur et d'or, en compagnie de Finn Sigridsson, de sa maison. Je cherche Engelbrekt Engelbrektsson. »

Le gaillard de Dalécarlie toise l'accoutrement de Måns de la tête aux pieds, lève la main pour le faire patienter, entrouvre la porte de la sacristie et transmet à voix basse ce qu'il a entendu. Il hoche la tête à la réponse qu'on n'entend pas, s'écarte d'un pas et ouvre la porte pour laisser passer Måns et Finn.

La pièce est petite et nue, une chasuble usée pend au mur. Chaleur étouffante des corps rassemblés dans une atmosphère confinée. Cinq hommes serrés sur l'unique banc conversent à voix basse, et le regard de Måns passe de l'un à l'autre pour tenter de deviner lequel est Engelbrekt Engelbrektsson. Celui qui se lève est son dernier choix, qui n'était pas assis au milieu mais sur le bord, qui ne participait pas à la discussion mais fixait le mur d'un regard vide, apparemment perdu dans ses pensées. Il est le plus petit des cinq, plus jeune que ne l'imaginait Måns. Il se lève, pas beaucoup plus grand que Måns, dans des vêtements commodes usés en route depuis Norberg, ses cheveux couleur de seigle, tombant sur les épaules, la frange droite au-dessus du front, comme il a vu d'autres Dalécarliens les porter, le menton lisse. Des yeux bleus, attentifs et perçants. Rien chez lui qui laisse deviner le pouvoir. Lui debout, son silence gagne les autres, et d'un regard impérieux il interroge Måns, qui s'incline comme il a appris à le faire en balayant bien bas son béret, avant de donner son nom. En silence, ils le regardent, quelques sourcils se lèvent en attendant la réaction d'Engelbrekt, qui toise Måns de la tête aux pieds. Måns a toujours placé très haut son oncle, Nils Stensson, toujours si sûr de son fait, si habile à démontrer pourquoi sa façon de procéder est la plus intelligente et la bonne. Il lit à présent dans les yeux d'Engelbrekt combien Nils s'est trompé. C'était une erreur de se présenter dans cet accoutrement : cet éclat ne pouvait que rappeler aux Montagnards les brimades du bailli. En vain il aimerait en être débarrassé, car chaque point d'or, chaque rang de perles semble lui brûler la peau sous les flammes bleues du regard d'Engelbrekt. L'instant semble durer une éternité avant qu'il ne lui réponde.

« Ton oncle était à Norberg voilà peu. Il m'a en effet laissé deviner que je n'avais pas fini de voir l'azur et l'or. Je m'attendais à le trouver lui et son frère sur mon chemin, à Västerås ou Örebro. Pourquoi t'envoie-t-on à ma rencontre ? »

Måns baisse les yeux, comme il convient à une supplique, et s'efforce de répondre d'une voix ferme.

« On m'a dit que vous auriez peut-être besoin d'un écuyer. »

Plusieurs des hommes sur le banc sourient, mais Engelbrekt ne laisse transparaître aucune moquerie tandis qu'il le regarde en silence. Jamais Måns ne s'est senti jugé par des yeux aussi clairvoyants. Il devine des considérations invisibles placées dans la balance. Puis Engelbrekt secoue la tête.

« Ta vie serait pour moi une trop lourde responsabilité. Retourne à Göksholm. Deux de mes hommes t'escorteront en plus du tien, pour assurer ta sécurité. »

Måns cherche une réponse, mais n'en trouve pas. Sur le banc, un gars pas beaucoup plus âgé que Måns lui-même se racle la gorge, cheveux sombres et mépris dans le regard. Il crache par terre et croise les bras en se tournant pour s'adresser à Engelbrekt sans quitter Måns des yeux.

« Corrige-moi si je me trompe, mais tu ne disais pas, à l'instant, qu'il te manquait un bon garçon d'écurie ? Quelqu'un pour étriller ton cheval le soir, lui trouver un bon abri pour la nuit, avec de l'avoine et de l'eau, et qui n'oublie pas de tout récurer à l'aube, en remerciement de l'hospitalité ? »

Les joues de Måns s'empourprent. À ses côtés, il sent Finn trembler d'indignation contenue, son corps penché en avant comme s'il devait mobiliser toutes ses forces pour ne pas se précipiter sur l'homme qui vient de parler. Sa voix est rauque de colère.

« Est-ce ainsi que vous accueillez vos alliés, dans le Nord ? »

Personne ne répond. Engelbrekt laisse le silence durer comme si rien n'avait été dit, et Måns regarde cet inconnu sur son banc, un coin des lèvres remonté en rictus. Sûr de sa victoire, car que peut faire d'autre Måns que de tourner les talons et de quitter cet endroit où il n'est pas le bienvenu, où le prix à payer est l'humiliation ? Måns fixe alors plutôt Engelbrekt, droit dans les yeux et sans sourciller, soutient son regard puis opine du chef.

« Je soignerai votre cheval de mon mieux. »

Les hommes sur le banc sont pris de court, l'un d'eux siffle entre ses dents. Måns sent son ennemi le dévisager, mais ne lui accorde pas un regard, pour ne pas le traiter en égal dans ce qui ne se joue qu'entre lui et Engelbrekt Engelbrektsson. Ce dernier ouvre la bouche comme pour rejeter cette folie, mais Måns le précède.

« Permettez-moi. »

Engelbrekt le regarde, comme pour évaluer son visage et sa détermination, et quand il ouvre à nouveau la bouche, c'est avec un hochement de tête.

« Bien, Måns Bengtsson, si c'est là ta volonté. Demande ton chemin à Ehrling, qui t'a fait entrer. Il t'indiquera l'écurie. Il y a beaucoup à faire et il est tard. »

Comme dans un brouillard, Måns fait sa révérence pour prendre congé, maudissant cette cape qui orne ses épaules et accompagne son geste d'une jolie ondulation, cousue pour briller au bal et dans les salles d'apparat, propre ce soir pour la dernière fois.

51

« Demoiselle Brita ! »

C'est un petit groupe de gens de maison essoufflés qui accourent à elle, dans la cour, devant le four à pain.

« Un taureau s'est embourbé. Nous ne savons pas quoi faire. »

Brita écarte les bras, d'emblée désemparée. Que peut-elle bien tenter là où ces gens habitués au bétail ont déjà échoué ?

« Allez plutôt demander à ma mère. »

Une des servantes répond, tandis que les hommes restent les yeux baissés.

« C'est ce que nous avons fait, mademoiselle, mais elle est introuvable. Il n'y a personne d'autre que mademoiselle. Venez, vite. »

Elle soulève ses jupes pour réussir à les suivre. Ensemble, ils se dépêchent de franchir le pont-levis pour descendre vers le lac, dont l'eau a débordé dans une prairie, transformant le sol en bourbier trop meuble pour supporter un gros animal sur ses sabots. Elle entend de loin le taureau meugler et bientôt elle le voit donner de vains coups de corne parmi les roseaux qui ondulent au vent. Son corps est presque entièrement englouti. Seule dépasse sa large encolure, plante étrange au milieu des touffes d'herbe humides. Sur son côté on aperçoit encore la cicatrice de la marque au fer de Göksholm qui signale son appartenance au cheptel du domaine. Tout autour ses gens, figés et impuissants. Tous attendent sa parole. Sous ses pieds le sol se dérobe, menaçant de céder à chaque pas. Elle reste un instant immobile, puis se décide.

« Que les plus forts aillent chercher des planches et des poutres pour aménager un chemin d'accès. Apportez des cordes et des sangles, tout ce que vous pourrez trouver, et des animaux de trait pour nous aider. »

Ils hésitent d'abord. Le plus grand d'entre eux lui adresse un long regard avant de hocher la tête et de frapper dans ses mains.

« Vous avez entendu demoiselle Brita. En avant, exécution ! »

Tout le monde s'empresse de partir, laissant Brita seule avec le taureau. Il est déjà à demi parti dans le monde souterrain, elle sent vibrer ses gémissements par les pieds, nus maintenant qu'elle s'est débarrassée de ses souliers qui n'étaient qu'une gêne. Précautionneusement, elle rampe plus près, et ajoute de l'effroi à l'angoisse de la bête. Le taureau montre le blanc de ses yeux, donne d'inutiles coups de corne. Son haleine brûlante comme un four. À genoux dans la boue, Brita tend prudemment une main vers son mufle. Après plusieurs tentatives, la résistance du taureau s'épuise. Elle lui caresse le front, fredonne une chanson. Derrière elle les gens reviennent, commencent à jeter un ponton pour accéder jusqu'à elle, nouent ensemble les cordes rassemblées. Elle passe elle-même la boucle autour de ses cornes, et à présent le taureau semble calme. Sur la terre ferme des chevaux sont positionnés, et bientôt ils tirent de toutes leurs forces. Le taureau se redresse dans sa mare de boue, meugle de plus belle contre la violence qui lui est faite, secoue la tête pour se libérer. Le nœud coulant glisse, encore et encore, il faut le rajuster. Une fois attachée la corde se rompt, il faut de nouveaux nœuds et, quand ils tiennent bon, Brita voit les tendons du cou du taureau s'étirer, craint qu'ils ne se rompent à leur tour eux aussi, qu'aucun nœud ne pourra réparer. Une heure passe, puis deux, trois, et plus encore, jusqu'à ce que le soleil bas les plonge tous dans une lueur rouge. Brita recule, pour la première fois il lui faut un moment de calme. Personne ne la voit, occupés comme ils sont et, soudain, les outils sont là devant elle. Une masse et une pique. Personne n'est allé les chercher. Ils devaient être là depuis le début, avant même son arrivée. Plus froid encore que l'eau et la boue, son cœur se glace. Elle demeure là un moment immobile avant de tourner les talons pour rejoindre les hommes qui une fois de plus s'évertuent à arrimer la corde.

« Arrêtez. »

Le taureau lui aussi se tait. Tout le monde la regarde.

« Vous n'êtes pas venus me voir pour mes conseils. Vous saviez que ça ne marcherait jamais. Vous vouliez juste mon autorisation de tuer le taureau. »

Personne ne répond, mais leur silence est éloquent.

« Faites-le. »

Comme c'est rapide. Le plus grand d'entre eux, Lars, va chercher la masse et la pique. Un autre l'aide, tient la pique pour que le coup porte juste. Le taureau, silencieux à présent, silencieux comme s'il savait la délivrance arrivée, plus calme sous la pique de fer que sous les caresses de Brita. Le coup tombe, et tout se tait. Brita porte les mains à son visage, mais pas assez pour cacher toute la honte qu'elle éprouve. Leurs regards n'expriment pas de reproches, plutôt de la compassion. Pourtant elle leur tourne le dos et s'enfuit en courant, aveuglée par un voile de larmes.

52

Une écurie en vaut une autre. Mêmes odeurs, la paille et le foin sur un sol de terre, les bêtes qui écument dans la chaleur, leur eau lâchée dans d'anciennes flaques et leur crottin verdâtre. Måns se souvient de toutes ces odeurs à Göksholm, mais c'est à présent l'occasion de s'y familiariser davantage, heure après heure. Les journées trouvent leur rythme : il chevauche en tête, avec ceux dont la mission est de prévenir chaque village de ce qui se prépare, tantôt pour calmer, tantôt pour exciter. Il s'enquiert de la meilleure écurie disponible, proche du quartier de nuit, mais aussi en bon état. Avec le paysan ou le propriétaire il convient d'un prix, le plus souvent nul, car la plupart voient vite l'intérêt d'être bien avec le chef de la troupe qui occupe leur village. En tout cas il paie pour la nourriture du cheval, car ce n'est que justice. Au crépuscule, il va chercher le cheval là où la troupe d'Engelbrekt a trouvé à se loger, et le conduit à l'écurie. Un étalon, noir comme la nuit à l'instar de tous les chevaux frisons, fier et capricieux. Son nom est Suie. Gagner la faveur de l'étalon n'est pas aisé, mais ils s'habituent l'un à l'autre, et Suie apprend bien vite que la présence de Måns signifie soif et faim soulagées, et repos après une longue journée de marche. Måns va chercher l'eau au puits, trouve le fourrage le plus savoureux. Il en profite lui-même pour tremper sa chemise dans l'eau, rincer la poussière du chemin de son corps et ses cheveux. L'écurie est chaude dans le soir d'été, plus encore auprès du grand corps du cheval, et Måns laisse cette chaleur sécher sa peau tandis qu'il étrille Suie : d'abord une brosse grossière pour décrasser les pieds, les jambes et les flancs, parfois avec de l'eau pour détacher les plus grosses mottes de terre. Puis la plus fine pour le pelage. Måns remarque que Suie aime qu'on chante pour lui : tandis qu'il chantonne, ses gros muscles se détendent sous ses mains, se laissent masser sans rechigner. Måns apprend les endroits où la brosse chatouille, où la délicatesse est de mise pour ne pas avoir à essuyer des ruades.

« Tu t'améliores de jour en jour. »

Si quelqu'un sait de quoi il parle, c'est bien Finn. Peu à son âge ont étrillé davantage de chevaux. Måns sait distinguer les flatteries creuses des compliments sincères, et ce qui était un mensonge au début de la semaine sonne vrai à présent. Suie luit comme du satin. Måns regarde avec satisfaction ses muscles jouer sous son pelage. Leur noirceur luisante semble concentrer plus de lumière que le soir n'en contient.

« L'exercice finit par porter ses fruits.

– Tu sais que je peux le faire à ta place si tu veux. »

Måns secoue la tête.

« Laisse-moi t'aider, alors. Je peux m'occuper de l'autre côté. »

Måns pose sa brosse le temps de se rincer le visage à l'eau fraîche.

« Ce travail m'a été confié. Si je te laisse le faire à ma place, je leur montre que je suis ce qu'ils imaginent. »

Embarrassé par ce qui lui semble ébranler l'ordre des choses, Finn regarde les vêtements autrefois magnifiques, dont les broderies dorées sont incrustées de crasse.

« Je n'ai pas l'habitude de rester désœuvré quand les autres triment. Donne-moi quelque chose à faire.

– Si tu veux, tu peux me ramasser des feuilles de bouleau pendant que je vais chercher de l'eau fraîche, puis tu m'aideras à laver mes cheveux. »

Finn accepte d'un hochement de tête un service bien trop vite rendu, fait ce qu'on lui dit. Avec le temps, il trouve ses marques, comme les autres. Måns s'occupe de Suie et de l'écurie, Finn fait de son mieux pour leur choisir un bon endroit où dormir, de quoi dîner et des braises pour garder la chaleur quand la nuit fraîchit. Le soir venu, il trouve un broc, le remplit d'eau, y jette des pierres brûlantes chauffées sur les braises, ramasse des feuilles de bouleau qu'il fait infuser dans l'eau jusqu'à ce qu'elle mousse et sente le frais. Il aide Måns à se pencher en arrière là où il a placé un linge pour adoucir le bord du seau, défait ses cheveux et démêle ses touffes, le voit fermer les yeux et somnoler un peu, ne dérange pas son repos.

Ils trouvent leur place parmi les cavaliers de l'avant-garde qu'ils reconnaissent et qui s'acquittent de tâches semblables : partir en éclaireurs trouver des lits pour la nuit, collecter nourriture et boisson, placer des hommes à toutes les entrées du village. Ils apprennent à connaître leurs camarades, et lentement la méfiance qu'on leur témoignait se mue en indifférence. L'argent que possède Måns ne lui est pas toujours utile, car beaucoup n'honorent pas la monnaie royale et préfèrent le troc. Quand Finn parvient à acheter de la viande et du pain, ils partagent autour du feu de camp et gagnent l'approbation générale. Mais au-delà, le travail abattu par Måns parle son propre langage. Ils le voient revenir de l'écurie épuisé à une heure où la plupart se sont déjà couchés pour s'assoupir au son des conversations sourdes, d'une chanson ou d'une saga et, le lendemain, ils voient Engelbrekt Engelbrektsson chevaucher Suie tel un héros surgi des temps immémoriaux, la robe de sa monture luisant comme charbon au soleil, sa selle astiquée et graissée, crinière et queue nouées en belles tresses. Ils savent apprécier le bel ouvrage, ceux qui sont habitués à travailler. Leurs compliments sont muets, mais bien assez éloquents.

Västerås approche. Måns est debout avant l'aube, il boit beaucoup d'eau avant de s'endormir pour être sûr de se réveiller tôt. Il va chercher Suie, le conduit là où il est attendu avant de revenir lui-même auprès des braises mourantes du foyer où Finn a préparé leurs coursiers. Ils chevauchent en avant-garde, une petite troupe, à présent sur la route royale qui de plus en plus souvent s'élargit jusqu'à dix aunes, comme exigé par la loi. Ils enjoignent aux gens qu'ils rencontrent dans l'autre direction de garer leurs chariots pour laisser passer la colonne qui arrive. Derrière eux, la troupe est plus rapide. Des jambes nouvelles poussent la cadence, des étapes plus longues sont abattues chaque jour. Vers le soir, toujours pareil : une étable trouvée, Suie récupéré là où il a été laissé, près de l'église du village, puis au travail, jusqu'à longtemps après le coucher du soleil. C'est une tâche fatigante, des heures et des heures à suer à l'écurie, mais elle n'est pas sans porter ses fruits : Suie se laisse mieux faire sous la main de Måns à mesure qu'il s'y habitue, et il en est d'autant plus beau. Måns chantonne, sent le gros cœur du cheval s'apaiser sous les caresses de la brosse. Ensemble, ils oublient le temps qui passe.

« Je ne m'attendais pas à te trouver là à une heure si tardive. »

Måns manque de lâcher sa brosse. Une voix inconnue. Il se retourne : Engelbrekt Engelbrektsson, immobile à la porte de l'écurie, hésitant un instant. Puis il franchit le seuil, s'approche de Suie, tend une main pour caresser son pelage, et Suie tourne sa grosse tête d'un coup de crinière, cherche la proximité de son maître. Måns recule d'un pas, ne sait que dire. Plutôt se taire.

« Je viens parfois voir Suie, la nuit. Il arrive qu'on se lasse de la compagnie d'autrui. Toute la journée je les entends parler, je parle moi-même jusqu'à avoir la voix aussi rauque qu'une corneille.

– Voulez-vous que je me retire ? »

Engelbrekt secoue la tête tout en caressant le poitrail de Suie.

« Je ne reste pas longtemps. »

Il prend le cou de Suie dans ses bras, le gratte derrière les oreilles d'une main tandis que l'autre s'arrondit sous son mufle pour lui offrir quelque friandise invisible. Engelbrekt ferme les yeux, laisse le toucher le guider tandis qu'ils parlent ensemble le langage que partagent cheval et cavalier, hennissements et claquements de langue dont eux seuls connaissent le sens. Quand il lève le regard, c'est avec la même acuité dont Måns se souvient, dans la sacristie.

« Après-demain nous atteindrons Västerås.

– C'est ce que j'avais compris.

– As-tu déjà vu une bataille, Måns Bengtsson, d'azur et d'or ?

– Non. »

Måns sent ses joues brûler, bien content d'être dissimulé dans l'ombre du soir. Avant qu'il ait pu les retenir, ses mots lui ont échappé :

« Et vous ? »

Engelbrekt le regarde un moment, tandis que dans le silence les battements de cœur de Måns tambourinent à ses oreilles. Engelbrekt donne une dernière tape à Suie avant de reculer d'un pas.

« Je suis noble comme toi, mais nous n'avons pas de gens à envoyer servir à notre place. J'y suis allé en personne, j'étais avec les hommes du roi Erik au Schleswig. C'était affreux, et pire encore parce que mal conduit. Un champ à perte de vue couvert d'hommes hurlants, munis de lames tranchantes, sans qu'on sache distinguer l'avant de l'arrière, si bien qu'il y a autant de chances que la pointe que tu sens au creux de ton ventre soit emmanchée sur une pique amie qu'ennemie. Aucun de nous tous qui combattions là ne pensait à autre chose qu'à survivre à cette journée. À bonne distance des deux côtés, des hommes plus âgés aux armes luisantes grondaient que la seule façon de faire était de tuer l'ennemi jusqu'au dernier homme, le répétant bien fort et assez souvent pour que tous le tiennent pour la vérité. Mais nous n'avons jamais vu ce dernier homme. Il en arrivait sans cesse de nouveaux. Mon service achevé, j'ai obtenu de pouvoir pousser plus loin au sud, non par désir de voir d'autres jeunes gens sangloter à mort en se vidant de leur sang dans la pisse et la merde, mais parce que j'imaginais trouver des hommes sachant mieux conduire la guerre. Je ne me trompais pas. J'ai participé à une croisade, la cinquième, qui a affronté les partisans hérétiques de Jan Hus à Domazlice. Nous avons assiégé la ville, jusqu'à l'arrivée des renforts infidèles, forts de six mille hommes. Beaucoup dans nos rangs ont lâché leurs armes et décampé rien qu'en entendant leur cri de guerre, assourdissant. Quelques-uns ont tenu bon, encouragés par la rumeur selon laquelle la Pucelle d'Orléans en personne avait juré de se porter à notre secours, secondée par l'archange saint Michel. Elle nous a abandonnés à notre sort, et il était difficile de lui reprocher d'avoir manqué à sa parole, puisqu'on l'avait brûlée sur un bûcher trois mois plus tôt. Les hussites ont donc déferlé comme une tempête avec leurs boucliers peints, des hommes sans peur, les yeux fous et l'écume aux lèvres, pour qui la mort n'était qu'une marche vers le Ciel. Il y avait des armes à feu dans leurs rangs, de celles qui projettent du plomb par des tubes d'acier dans un bruit de tonnerre, assez puissantes pour réduire en bouillie un homme adulte. Ils avaient des chars blindés de fer, conçus pour être rassemblés en cercle et permettre de viser à l'abri. Ils nous ont fauchés comme du seigle mûr. Bientôt, nous étions tous en fuite parmi les arbres. Peu en sont revenus vivants. J'étais l'un d'eux. La fuite a été longue et pénible. Mais je ne suis pas revenu dans ma patrie les mains vides, Måns Bengtsson. »

Engelbrekt marque une pause, laisse la question non posée emplir l'écurie du sol aux poutres.

« J'ai rapporté de Bohême le secret de la guerre. Si tu as assez de courage pour rester à nos côtés après-demain, tu verras comment les Montagnards prennent une forteresse. »

Il donne alors à son coursier une tape sur le flanc, tourne les talons et s'en va sans un mot d'adieu.

53

Pour Brita, les devoirs sont plus nombreux chaque jour. Stina se lève le matin, mais elle se traîne avec indolence et vers midi se retire sans prévenir. On la trouve d'abord dans un lieu à l'écart, où pendant un moment elle peut voir et être vue puis, quand quelqu'un la cherche pour demander une permission ou un conseil, il n'y a plus personne, et la porte de sa chambre demeure fermée. Brita a cessé d'aller y frapper, car elle sait qu'elle n'obtiendra pas de réponse. Elle a beau espérer que c'est parce que sa mère dort, elle sait que c'est parce qu'elle ne veut pas. Le soir, Brita mange seule, servie par des gens bien trop nombreux. Elle ne trouve aucun répit, toujours assistée, observée et, dès qu'elle le peut, elle se dépêche de quitter la table pour filer dans sa chambre. Comme sa mère. Une feuille après l'autre, les factures de Göksholm ont commencé à s'empiler sur sa table, car elles restent en souffrance dans la chambre de son père, et on lui pose à présent des questions dont les réponses sont à chercher dans des liasses aux écritures serrées. La moisson arrive, la saison la plus frénétique de l'année. Les outils de l'année dernière ont beau avoir été correctement remisés, ils ont souffert de l'hiver. Les sangles ont été rongées par les rats et les souris, la rouille a mordu le fer plus profond que ne peut atteindre la pierre à aiguiser. Tout doit être réparé ou racheté, et pour tout il faut trouver de l'argent. Les gens de maison se présentent avec des questions, et le plus souvent elle ne sait pas y répondre, doit demander un délai, se souvenir de tout. Elle voit leurs regards. Les mêmes que lorsqu'il a fallu prononcer l'arrêt de mort du taureau. Pas mal intentionnés, mais lui confirmant cependant qu'elle n'est pas à la hauteur. Elle veille tard le soir. Et pourtant Brita a du mal à dormir, toute fatiguée qu'elle est par des journées qui lui semblent trop courtes malgré le long soleil d'été. Chaque question laissée sans réponse lui est reposée dans son demi-sommeil, la dérange et la force à veiller. Et le lendemain est pire.

Une nuit, elle se réveille d'un rêve inquiet. Quelqu'un est assis sur elle dans le noir, quelqu'un de lourd. Elle ne comprend pas, ne voit rien dans l'obscurité des volets rabattus. Une erreur. Quelqu'un a dû croire le lit vide, s'y est assis pour s'y reposer un moment sans avoir encore remarqué qu'il y avait quelqu'un sous la couverture. Elle se tourne et comprend qu'elle s'est trompée, car celui qui s'est assis là ne veut pas bouger. Ce qu'on lui a fait l'a été à dessein. Là où elle devrait être le plus en sécurité, un ennemi la tient à sa merci. Est-ce un rictus de mépris qu'elle devine au-dessus d'elle, dents à nu face à son tourment ? Le poids la cloue sur place, lui vide les poumons, rend sa respiration de plus en plus difficile. Elle voudrait crier à ce visiteur nocturne de se pousser, mais ses lèvres ne forment que des mots muets. Elle a du mal à bouger ses bras, et il lui faut longtemps pour réussir à les lever dans une tentative de renverser ce poids. Et là, il n'y a personne, personne qu'un humain puisse toucher. Elle est seule. Au bout d'un moment, elle parvient à se redresser sur son séant, s'entoure de ses bras pour se consoler, respire vite comme pour rattraper toutes ces respirations étouffées, sent son cœur s'emballer, sa peau glacée sous une vague de sueur. Ses yeux obscurcis par l'effort retrouvent la vue, s'habituent à l'obscurité. Des formes familières, là une chaise, ici une table. Sa chambre vide, à part elle. Des larmes l'aveuglent à nouveau. Brita ne comprend pas ce qui s'est passé, quelle sorte de hantise s'en est prise à elle. Dès que ses jambes la soutiennent, elle sort du lit en titubant, suit un chemin gravé dans la mémoire de son enfance, celui qui conduit au lit de sa mère. Dans la nuit, le trajet est plus court que dans son souvenir. Plutôt que de frapper, elle entrouvre la porte, se glisse sur la pointe des pieds jusqu'au lit.

« Mère ? »

Il faut un moment à Brita pour sentir que le silence contient plus qu'une question sans réponse. Personne ne respire ici, aucune chaleur dans le nid abandonné des draps d'été en lin. L'inquiétude arrive dans la foulée. Où est passée sa mère, si tard dans la nuit ? Brita quitte la chambre, trouve celle de son père tout aussi vide. La nuit a beau être douce, elle tremble à présent. Avec l'abandon vient la peur, et elle court de chambre en chambre. Celle de Måns en dernier, et c'est là qu'elle la trouve, Stina Månsdotter, à l'écu parti de lion et de lys, couchée dans le lit de son fils, le visage enfoui dans ses draps, dans son odeur qui y reste encore. Elle dort profondément, trop pour se réveiller quand Brita se glisse sous le drap elle aussi et reste là, éveillée, jusqu'à ce que le calme revienne avec la lueur de l'aube, avant de repartir par où elle est venue. Déjà elle redoute la nuit prochaine. Il faut qu'elle fasse quelque chose.

54

Nils Stensson se réjouit d'être seul sur ce chemin ouvert, le vent dans ses cheveux lui chuchote des promesses de possibilités à foison. Il fait route vers le sud à bride abattue. Le cheval est jeune et sain, tout comme lui, le soleil dans les yeux. Il rencontre peu de monde sur la route, et s'amuse de l'effet qu'il produit. Quand arrive un cavalier, on fait bien de s'écarter, tous le comprennent, mais il sent leurs regards intrigués le suivre. Il s'est bien habillé pour le voyage, rien de voyant et de clinquant, mais des vêtements commodes qui n'éveillent pas l'attention de loin. La valeur de son cheval et sa propre allure racontent une autre histoire. Paysans et valets de ferme le regardent en plissant les yeux sans bien savoir à quoi s'en tenir à son sujet. Est-il un bourgeois qui a réussi, un homme du roi, de l'Église ? Tous par prudence lui cèdent le passage, attendent sur le bord du chemin en courbant l'échine et en murmurant quelques salutations.

La route est large et bien battue, usée d'ans par centaines. Des églises blanches s'accroupissent sur le bord du chemin, l'une après l'autre, humbles édifices de pierre aux bancs étroits, bas de plafond, voués aux âmes frustes. Autour d'elles des hameaux, pauvres, beaucoup de maisons désertes et en ruine, pignons brisés comme si un géant s'y était assis en guise de banc pour se reposer en chemin. Nils a du pain et des pommes aigres pour calmer sa faim tandis que le soleil est à son zénith, et l'eau d'une outre en peau qui tiédit lentement bien qu'il la porte du côté ombragé. Il atteint Kumla à la tombée de la nuit, localité plus importante avec une plus belle église à côté d'un campanile dressé pour abriter les cloches quotidiennes et les paroissiens qui s'y réfugient par les temps troublés. Il voit la configuration des lieux, où il se souvient vaguement être déjà passé, et trouve le presbytère avant qu'il ne fasse trop sombre. Le prêtre lui-même est en déplacement, mais sa gouvernante n'ose pas lui refuser le gîte et le couvert après qu'il a donné son nom. Il a droit au siège d'apparat, seul à table, servi par tous. La viande qu'on lui offre est trop cuite et lourdement épicée, la bière meilleure, le pain pas mauvais. Il demande davantage à boire une fois repu, et reste un moment avec ses pensées, jouit du repos du corps après une longue journée à cheval, sait qu'il va bien dormir cette nuit. Une des servantes est accorte et, un moment, il joue avec l'idée de la prier de lui montrer sa chambre. Au lieu de quoi il fait signe à la gouvernante pour l'inviter à s'asseoir. Une femme solide, large de hanches et de poitrine. Elle réchauffe sûrement le lit du prêtre l'hiver, quand le vent siffle au coin de la maison et que l'évangile ne suffit plus pour se réconforter. Il la laisse un moment attendre en transpirant sous son regard, avant de se pencher vers elle à l'en faire sursauter sur son siège.

« Dis-moi, avez-vous eu un hôte, plus tôt cet été ? Un homme à la solde de l'Église, arrivant du nord et faisant route vers Linköping ? Olof de son nom, fils de Jöns. »

Un hochement de tête, c'est tout ce qu'elle parvient à répondre.

« Homme de l'évêque Knut ?

– C'est ce qui a été dit.

– Décris-le-moi. »

Elle ouvre de grands yeux, comme s'il lui avait demandé l'impossible. Elle fait un geste d'impuissance vers la porte.

« Demandez plutôt à Lovisa. Elle...

– La servante ? La jolie blonde ? Il l'a prise dans son lit ? »

Nils s'esclaffe, sent augmenter son estime pour cet Olof Jönsson qui a l'œil pour les femmes.

« Il est venu à cheval ? Le garçon d'écurie qui l'a abreuvé est-il par là ? Va les chercher tous les deux. »

En attendant, il a le temps de remplir sa chope une fois, deux. Le valet, un homme de son âge, large d'épaules, arrive avec la servante. L'un s'incline, l'autre fait une génuflexion, les deux restent mains jointes, les yeux à terre.

« Donc Lovisa, tu partages la couche des visiteurs du presbytère ? Olof Jönsson, vaut-il la peine qu'on se souvienne de lui ? Sauf qu'il devait sûrement se faire appeler Olaus Jonae ? Rien de tel qu'un peu de latin pour mettre le feu au conin des filles. »

Le sang lui monte au visage, sa honte sans fard et son silence sont des aveux qui en valent d'autres.

« Parle-moi de lui. Tout ce que tu sais. »

Il met longtemps à tirer d'elle tout ce qu'il peut imaginer lui demander. Quand il est satisfait, il sait qu'Olof Jönsson a les cheveux blonds coupés avec une frange, il sait quels vêtements il porte et comment il parle, qu'il a une cicatrice à l'épaule et une tache de vin à la hanche, que son membre se tord vers la gauche, qu'il gémit plus comme le bélier que comme le verrat et qu'il aime tout autant être dessous que dessus. La rougeur de Lovisa a pâli, son visage est vide comme celui de qui vient d'entendre sa condamnation à mort et souhaite juste hâter le temps qui lui reste jusqu'au billot. Quand il en a fini avec elle, il passe au garçon d'écurie, et bientôt il connaît le cheval aussi bien que le cavalier : sa robe, sa hauteur, sa crinière, son caractère, sa selle et ses sacoches. Leur poids. Satisfait, il les renvoie se coucher, les regarde s'échapper de la gueule du moloch, remplit derechef sa chope et peine à attendre que la porte se referme pour éclater d'un rire qui fait couler ses larmes, imagine le retour du prêtre dans un monde nouveau fait de silences pénibles, et rit de plus belle, rit jusqu'à en avoir mal au ventre.

55

Måns sort de l'écurie à une heure tardive, Suie repu et lustré, lui affamé et fatigué. La fraîcheur de la nuit lui fait du bien après l'effort. Demain Västerås et un destin inconnu : il ne souhaite à personne de l'affronter sans y être préparé, s'il le peut, aussi est-il resté à l'écurie plus longtemps qu'à l'ordinaire. Aucun chef d'armée n'aura à rougir d'une telle monture. Suie dort à présent du court sommeil des chevaux sur le lit de paille que Måns a lui-même bordé avant de partir sur la pointe des pieds, le sachant susceptible et d'un sommeil léger.

Quelqu'un l'attend, et il croit d'abord que c'est Finn. Il lève la lanterne rudimentaire qu'on lui a prêtée, une boule de suif pétrie autour d'une mèche, portée dans une corne évidée. En avançant la corne, Måns voit de qui il s'agit : l'homme qui était sur le banc de la sacristie, celui qui l'a proposé comme garçon d'écurie. Des yeux noirs sous des cheveux noirs, et la haine dans le regard.

« Tu ne trompes personne. Tous ceux qui ont des yeux te voient pour ce que tu es. »

Måns ne sait quoi répondre, préfère se taire, mais son silence provoque l'inconnu qui s'avance d'un pas, épaules hautes, gros bras, se grandissant pour faire peur.

« Tu prends Engelbrekt pour un imbécile, et nous qui l'entourons pour pire encore ? Le soulèvement est en marche, et bientôt tous les grands du royaume accourront se rallier à nos drapeaux, en se marchant dessus pour être le plus près, et ce non pour notre cause ou celle du peuple, mais dans leur propre intérêt, comme toujours. Ta lignée est ancienne et habile. C'est par ruse que tu as été envoyé. Plutôt que de venir en masse, on t'envoie toi, à peine plus qu'un gosse. Un petit couteau à planter dans le ventre, là où une épée plus longue ne ferait pas l'affaire. Tout ça est la manigance de Nils Stensson, pas vrai ? Je l'ai vu, au Bergslagen, j'étais assez près pour les entendre parler, Engelbrekt et lui. Il a une langue d'argent, mais fendue jusqu'à la racine. »

Il montre d'un geste l'écurie derrière eux.

« Que tu aies appris à étriller un cheval ne fait pas de différence. Dis-moi, Måns Bengtsson, qu'est-ce qui différencie ton père et ton grand-père du Danois ou de l'Allemand qui affament le peuple, aujourd'hui ? Des mots. Tout ce que vous voulez, c'est une place du côté des vainqueurs. Vous êtes comme des sangsues, et n'êtes satisfaits qu'une fois la dernière goutte de sang sucée de la plaie. »

Måns lutte pour maîtriser sa voix.

« Tu connais déjà mon nom. Veux-tu me donner le tien ? »

L'inconnu rit amèrement.

« Le nom. Tu es Måns, ton père Bengt, son père Sten. Derrière un écu coupé d'azur et d'or. Le nom est important pour toi, car toi-même tu n'es rien. Je fais peu de cas de la naissance. De la tienne moins que tout. Tout ce qu'elle dit est que ta lignée a ravagé vos contrées comme une peste aussi longtemps qu'on puisse s'en souvenir. Une bande de serpents qui s'est engraissée depuis les temps immémoriaux, volant toute la terre, contraignant les autres au fermage pour pouvoir l'exploiter. Mais de quel droit ? Par la force, et rien d'autre, revêtue au gré de leurs mensonges des oripeaux de la loi et de la coutume. À l'heure du danger, vous cherchez l'aide de l'ennemi de votre ennemi. Vous vous trompez. Nous avons notre force propre. Avec Engelbrekt, la face du monde va enfin changer. »

Il avance encore d'un pas, assez près pour que Måns le sente lui souffler ses paroles aux yeux. Il détourne le visage.

« Je suis Erik Puke, et je te dis de t'en aller. Va-t'en cette nuit. Retourne d'où tu viens, à Göksholm, où tu pourras encore un peu être en sécurité pendant que la tempête siffle au coin des murailles. Tu n'es pas l'un de nous. Tu ne le seras jamais. Quand les flèches tomberont et que les coups s'échangeront, tu pisseras dans tes braies en appelant ta mère, toi qui jusqu'ici n'avais jamais fait un pas hors de ce domaine où tu as été engendré. Pour la première fois de ta vie, personne ne t'entendra, personne ne viendra à ton aide. La pointe ou la lame te prendront, ou un cheval abattu, ou encore une pierre jetée du haut d'un rempart. Ce n'est pas une mort héroïque. Pitoyable et obscure parmi celles de tant d'autres prêts à se sacrifier pour une cause supérieure. Aux restes qu'on relève sur le champ de bataille, on donne rarement de nom, on les jette au fond de la même fosse commune pour attendre le Jugement dernier, bouillie tellement pourrie que tous les vivants fuient l'endroit et enseignent à leurs enfants de les imiter. Pourquoi tomber en garçon d'écurie quand on est né châtelain ? »

Est-il mis à l'épreuve ? Måns se le demande. Est-ce Engelbrekt lui-même qui aurait envoyé quelqu'un pour le sonder avec ces dures paroles ? Non. Elles ont trop de conviction, cette colère est trop vraie. Qui est cet Erik Puke qui connaît sa naissance et semble nourrir une telle rancune à son égard ? Il s'efforce de passer en revue les ramifications touffues de sa lignée, du côté de l'épée et du côté du fuseau, cherche à tâtons un lien, n'en trouve aucun. Un bruit sort de l'écurie. Les éclats de voix ont réveillé Suie, qui montre sa longue tête à la porte. Indolent, l'étalon cherche à rejoindre Måns, pose son mufle contre son cou et pousse un soupir brûlant, quémandant quelque friandise. Aussitôt, Måns ne se sent plus aussi seul. Il caresse avec gratitude le mufle de Suie, content de ce rappel : garçon d'écurie, il est au service d'Engelbrekt Engelbrektsson, sous sa protection. Dès lors, il n'a rien à craindre. Il croise le regard de Puke, le salue de la tête.

« Je me pensais sans ami ici, mais ma vie et mon bien-être te semblent assez précieux pour veiller en pleine nuit. Je te remercie pour tes conseils et ta sollicitude. »

Une main se lève au-dessus de lui, tremblante de colère, mais s'arrête, en se refermant dans le vide quand Finn apparaît à la lisière du bois, une main sur la hanche, toute proche de son poignard. Un instant ils restent immobiles, tous, jusqu'à ce que Puke rabaisse sa main.

« Un cheval et un chien de garde à tes côtés. On verra bien combien de temps ça te suffira. »

La lueur de la lanterne est faible. Deux pas en arrière, et l'inconnu fait à nouveau corps avec la nuit dont il a surgi.

Finn le suit à distance, marche plié en deux pour distinguer la silhouette de Puke dans le peu de lumière qui traîne encore à l'horizon. Hors de portée de voix de l'écurie, il presse le pas, le rattrape.

« Hé, toi ! »

Puke s'arrête, se retourne, silencieux. Finn s'approche, assez près pour être sur lui en un pas. Contrôle sa voix alors qu'il aurait voulu crier, sachant que son calme donnera à ses paroles plus de poids que la colère.

« Approche encore de lui, et ça tournera mal pour toi. »

Puke rit.

« Tu me menaces, ici, dans mon camp ? Tu ne sais pas qui je suis. »

Finn fait un dernier pas, assez pour sentir l'haleine de Puke sur sa joue, voir l'éclat de son œil et entendre tambouriner son cœur.

« Ton nom m'est indifférent. Et qui se précipiterait à ton secours m'importe peu. »

Il n'attend pas de réponse. En lui s'ouvre une porte qui libère le brouillard rouge, toute la colère qu'il avait jetée au cachot. Son hésitation disparaît dès lors que le monde est simplifié, facile à comprendre. Il saisit Puke par le col, se penche en arrière pour prendre de l'élan avant de lui envoyer son front en plein visage, en se servant de la force de ses bras pour l'attirer d'un coup vers le choc. Il fait noir, il doit se fier à sa chance, mais a bientôt la certitude d'avoir frappé juste. Front contre nez, sa partie la plus dure contre la plus faible de son adversaire, la moins sensible pour lui contre celle qui fait le plus mal. Quand Finn le lâche, Puke tombe à la renverse comme un tronc abattu à la racine. Dans le noir monte un chant humide qui parle d'un saignement abondant.

« Dépêche-toi de rejoindre tes hommes pour tout leur raconter. Tu es venu insulter un garçon d'écurie en pleine nuit, pour une raison que peu comprennent. Puis son serviteur t'a rendu la monnaie de ta pièce. Tu dois jouir d'une bien grande considération parmi ta piétaille, pour qu'ils se contentent d'une telle chute à ton histoire. Tu ferais mieux d'avoir cogné une branche de sapin en trébuchant dans le noir. »

Finn tourne les talons et s'en va, crache dans ses doigts pour se nettoyer le front, enfonce son bonnet pour cacher les marques qui restent.

56

Askersund est plus petit que Kumla, pourtant Nils y trouve une auberge, pauvre et basse de plafond mais avec des bancs à l'abri et des tonneaux bouchés. L'après-midi tire au soir, les gens sont encore aux champs ou en forêt, vaquant à leurs occupations tant que le soleil leur permet d'y voir clair. L'aubergiste ne cache pas sa mauvaise humeur, fâché d'avoir à s'occuper d'un seul client, mais il voit bien que Nils Stensson n'est pas un homme ordinaire, et n'ose pas faire autre chose que rester. Nils égaie l'atmosphère en buvant et mangeant bien tout en payant rubis sur l'ongle, puis commande deux chopines, en offre une à l'aubergiste, laisse traîner une pièce bien en vue entre eux deux et pose ses questions : il décrit l'homme, le cheval, regarde l'aubergiste tendre la main vers la pièce pour la faire glisser d'une paume plus près de lui tandis qu'il raconte.

« Oui, je me souviens bien, sauf que le nom qu'il m'a donné n'est pas celui que vous avez : il se faisait appeler Olaus Jonae. Il est arrivé au village en traînant un canasson estropié, semblable à celui que vous décrivez. Il avait trébuché sur une racine non loin de la limite de la paroisse. Il boitait sévèrement. Il m'a demandé où en trouver un nouveau. »

Nils pose une autre pièce à la place de la précédente.

« Et quelle réponse lui as-tu faite ?

– La meilleure que je pouvais, mais visiblement pas assez bonne, car il n'a pas tardé à revenir, et à pied. Par ici, il n'y a qu'un paysan assez riche pour se livrer à ce genre de commerce. Karl de la Colline. Votre Olof devait vouloir un cheval en échange du sien moyennant quelque argent, mais Karl est un sacré filou qui tirerait profit d'un commerce de chevaux avec le diable en personne. Comme je le connais, il a dû appuyer un peu sur le sabot blessé, condamner à mort le canasson et proposer un dédommagement modique pour le prix de la viande. Il est donc revenu, cet Olof, plié sous ses lourdes sacoches, et trois jours durant il est resté chez moi. Il devait sans doute chercher un transport vers le sud, mais il n'a pas eu de chance, et s'impatientait de plus en plus. Personne n'avait de place dans son chariot, ni de cheval à vendre. À défaut d'autre chose, il a essayé de trouver un camarade avec qui partager son fardeau, trop lourd pour lui tout seul. »

L'aubergiste a pris goût à parler, à ce qu'il semble : il se lève pour remplir les deux chopines sans rien demander en échange.

« Je l'ai bien entendu aborder les uns et les autres. D'abord en les flattant, sans grand succès, puis en essayant autre chose : il les mettait en garde contre Gånge-Tor, censé rôder aux alentours de Tiveden, un redoutable bandit de grand chemin qui dépouillerait les voyageurs solitaires avant de leur couper nez et breloques pour les remercier. Ça a dû finir par mordre, car après la quatrième nuit, je ne l'ai plus revu. »

D'un saut à cheval jusque chez Karl de la Colline, il obtient confirmation des dires de l'aubergiste. Dans l'enclos broute le cheval décrit par le garçon d'écurie du prêtre, un puissant et trapu cheval pie, tête brune et jarrets clairs, dix paumes à l'encolure. Plus trace de blessure. Le paysan a fait une bonne affaire grâce à sa ruse et sa science médicale, et au fait qu'Olof Jönsson n'était décidément pas un connaisseur en matière de chevaux. Nils décide d'exiger du paysan toute la valeur de la transaction, non qu'il en ait besoin, mais au nom de la justice, pour alléger son humeur, et parce qu'il en a le pouvoir.

57

À l'approche de la ville, les arbres se raréfient, les chemins s'élargissent. Pour la deuxième fois, Måns voit Västerås, la dernière fois arrivé par le lac et le sud, aujourd'hui par la terre et le nord. La ville n'a pas changé. Il regarde le clocher de la cathédrale et les remparts de la forteresse avec un pincement au cœur. Tous deux se dressent fièrement, de taille à effrayer quiconque les approcherait avec de mauvaises intentions. Il se rappelle l'allemand cinglant du duc Hans et la traduction de Melker Göts : la forteresse ne peut être prise par une force comme celle dont dispose le peuple. Ces paroles sonnent vrai devant cette vue.

Mais quelque chose se passe : sur la vaste plaine devant la ville, les colonnes convergent. En marche, distendue sur la longue route depuis la Terre-sans-loi, la taille de l'armée était impossible à envisager, mais à présent les gens affluent de chaque sentier, de chaque lisière. Le long de la grand-route royale, on ne voit pas un seul espace vide. Måns tente de dénombrer les têtes, mais c'est chose impossible. Une centaine se serrent sur une petite surface. Si la foule est partout aussi dense, la plaine contient déjà plusieurs milliers de personnes, et il continue d'en arriver. Depuis l'enfance, il a entendu parler de la grande peste venue du sud, qui a vidé les villages, laissant les maisons vides et le pays désert, mais voilà sous ses yeux plus de personnes qu'il n'en imaginait dans le royaume tout entier. Chaque village sur le parcours a dû répondre à l'appel des Montagnards et se mettre en route. Il a déjà vu des foules, à Örebro pour la foire ou les jours de marché, mais là, c'est tout autre chose, un seul être fait d'une multitude de parties, unies par un même but.

Ils se sont reposés dans une pente, ont attendu l'heure du dîner, mais une vague balaie la colonne, cliquetis de harnais, piétinement. L'heure est venue. Il fait lui-même comme les autres, resserre sa selle et arrange ses rênes. Harald Esbjörnsson, plus revu depuis qu'ils se sont quittés devant les ruines de Köpingshus, fend la foule jusqu'à lui et le salue de la tête.

« Måns Bengtsson. Tu as donc trouvé ton Engelbrekt. Dieu soit loué. »

La gorge de Måns est sèche, il ne parvient pas à produire un seul son, mais Harald n'attend pas de réponse. Il s'approche pour lui passer un bout de charbon sur une joue, puis sur l'autre, avant de se noircir lui aussi le visage. Autour d'eux, Måns voit le reste des Montagnards faire de même.

« Ce charbon ne provient pas de la mine, mais il aurait très bien pu, car le bois est bien le même ici comme là-bas. Si tu dois aller avec nous sous les remparts, il vaut mieux qu'on voie à quel camp tu appartiens. »

Pied à l'étrier et en selle ! L'avant-garde s'ébranle. Il doit longtemps attendre son tour, puis lentement ils descendent la pente pour rejoindre les hommes à pied, qui ouvrent leurs rangs pour les laisser passer. Les clameurs commencent à retentir, rythmiques.

« Engelbrekt ! Engelbrekt ! »

Devant Måns, la forteresse diminue à mesure qu'ils avancent. Les murailles baissent, les créneaux rapetissent. Ensemble ils sont nombreux, trop nombreux pour qu'on leur résiste. Un géant arrivé dans ses bottes de sept lieues. De plus en plus proche.

« Engelbrekt ! »

Måns se retourne et voit le visage de Finn, son étonnement, et réalise que c'est lui-même qui vient de crier. Ils traversent la plaine vers la forteresse retranchée dans son coin, là où la rivière se jette dans le lac, prête à être balayée de son rocher dans les flots d'un revers de la main. Le sommet des remparts est désert, pas une flèche ni une pierre ne s'abat sur les assaillants. À dix brasses de l'entrée ils font halte tandis que la troupe presse par-derrière, jouant des coudes, de plus en plus serrée. Bientôt, Måns est poussé à proximité d'Engelbrekt, il l'aperçoit avec son blason peint sur un écu en bois, demi-lys en triangle. Il est immobile sur son étalon noir, calme et silencieux, indifférent à tous ceux qui grouillent autour de lui en cherchant à l'atteindre, sourd à leurs questions. Måns regarde autour de lui : quoi que fasse la foule impatiente, tous les yeux reviennent vers Engelbrekt, chaque regard un rayon vers le centre du cercle. Sur la voûte de l'église de Mellösa est peinte la roue de la fortune, qui représente le cours de la vie humaine selon la volonté de Dieu : l'homme naît petit et malingre tout au bas de la roue, puis monte de plus en plus haut. Il chevauche le sommet un bref instant avant qu'engraissé par les biens de ce monde il donne par son poids un nouvel élan à la roue, et le voilà entraîné vers le bas par la roue qui grince sur son axe tandis qu'un autre s'élève pour prendre la place qu'il venait d'occuper. Ici, sur le champ de bataille, il le voit clairement. Engelbrekt a été forgé pour devenir le moyeu de la roue qui porte à tous la fortune. Måns s'étonne de la force qui l'entoure, si puissante et inconnue. Autour d'eux l'air se densifie, Måns sent ses poils se dresser sur ses bras et dans son cou. Tout cela jaillit-il d'Engelbrekt comme l'eau d'une source pour se répandre sur eux tous, ou cela vient-il du peuple qui l'utilise comme un instrument, à la façon d'une flamme autour de sa mèche ? Les deux paraissent également plausibles. Il tapote le cou de sa monture en lui chuchotant des paroles apaisantes à l'oreille. La jument le sent elle aussi, pas plus à même de comprendre que lui. C'est comme tenter de comprendre le tonnerre ou la puissance du dégel au printemps.

Un des Montagnards est aidé pour se jucher debout sur sa selle tandis que ses camarades calment son cheval et lui agrippent les jambes pour qu'il reste droit. L'homme lève les bras jusqu'à ce que le silence se répande. Sa voix est puissante. Son cri porte loin alentour.

« Engelbrekt ! »

Ils répondent, tous d'une seule voix :

« Engelbrekt ! »

À neuf reprises son nom retentit, avant que l'homme ne pose sa main tantôt devant sa bouche, tantôt devant son oreille puis reprenne sa place. À présent, ils sont tous immobiles, le silence inouï juste après tant de clameurs. Ils attendent. Måns ne sait pas quoi. On entend alors le bruit de la porte, le cliquetis de la serrure, une barre ôtée de ses montants, des gonds qui gémissent sous le poids des battants de chêne. Dans l'ouverture, flanqué de deux lansquenets, Melker Göts apparaît aussi blême que si la bataille était perdue et sa dernière goutte de sang déjà écoulée d'une plaie fatale. Un cercle s'élargit autour d'Engelbrekt Engelbrektsson, jusqu'à ce que Göts puisse s'avancer à sa hauteur, brandissant le lourd trousseau de clés de la forteresse. Il garde contenance en comprenant qu'Engelbrekt n'a pas l'intention de descendre de cheval, lève le bras pour lui remettre les clés en selle, s'incline et s'écarte. Les hommes d'Engelbrekt se précipitent, repoussent la foule sur les bords pour dégager un chemin descendant jusqu'au lac. Un bateau y attend, tout a été bien préparé. Du portail surgit alors le duc Hans av Eberstein à cheval, son épouse à ses côtés, un voile devant le visage. Elle se retourne pour regarder vers le haut des remparts, la demeure qu'ils abandonnent, du mépris dans le regard. Derrière eux suivent leurs gens. Le duc a beaucoup de dignité dans son manteau alourdi de fil d'or, la tête droite, comme si cette sortie à cheval n'était qu'un prétexte pour dégourdir les jambes de sa monture et montrer sa magnificence à la populace. Mais il lui faut passer devant Engelbrekt, et là un Montagnard s'avance pour stopper son cheval en le prenant par le mors. Hans av Eberstein et Engelbrekt Engelbrektsson : leurs regards se croisent entre égaux un bref instant avant que le duc ne fasse ce qu'il doit. Il baisse les yeux, plie la nuque dans ce qui peut compter pour une révérence. Il ne baisse que d'un pouce ce menton à l'instant si fier, mais cela suffit, et tous peuvent le voir. C'est le monde lui-même qui est ébranlé sur son socle.

Les hourras fusent, d'abord ceux des plus proches, puis la nouvelle se répand vers l'arrière de l'armée. Le visage en feu, le duc plante les talons dans les flancs de son cheval et le dirige au pas vers le lac. Sa suite derrière lui. Les moqueries les accompagnent à travers la foule. Derrière eux se referme le chemin qui venait de s'ouvrir. Tandis que les chevaux manœuvrent pour trouver leurs nouvelles places, Engelbrekt arrive auprès de Måns, croise et soutient son regard, son œil bleu sur une joue couverte de suie.

« Maintenant tu as vu comment les Montagnards prennent une forteresse. »

58

La forêt encadre le chemin de Nils Stensson après qu'il a traversé la rivière à Åmmeberg, où un moulin solitaire y trempe sa roue, dernier avant-poste humain. Au-delà, les terres sauvages. L'ombre des sapins abrite un bouillonnement de moustiques et de moucherons : longtemps, il agite les bras, pris de panique pour protéger son visage avant que, l'habitude l'ayant fait se résigner à son sort, il se contente de souffler sur ceux qui s'approchent trop près. Son cheval partage son tourment, fouette vainement de la queue et agite sa crinière. Partout où le chemin grimpe assez haut pour donner prise au vent il fait une pause, tente d'embrasser du regard l'étendue de la forêt, sans parvenir à s'en faire une idée. Elle s'étale à perte de vue dans toutes les directions. Un souffle nauséabond l'atteint, monté de quelque mare putride. L'endroit le met mal à l'aise. Pressé de repartir, il lance son cheval au trot.

Ensuite Motala, et des gens, aussi nombreux qu'ils étaient peu juste avant. Il traverse le nord de la ville et passe la rivière à gué, là où le fond a été tapissé de pierres plates. Au milieu, il relâche la bride pour laisser son cheval boire et se rafraîchir les sabots tandis que lui aussi profite de l'air frais qui circule au-dessus des tourbillons, ventile sa tunique humide. Revigoré, il suit la course du soleil vers l'ouest et le clocher de l'église. Il y a là un évêché, un des nombreux tombés dans l'escarcelle de son oncle, et Nils a hâte de donner son nom sur le seuil pour prendre possession du garde-manger. S'il connaît bien l'évêque Knut, le lit sera douillet, et personne ne le lui refusera. Mais avant tout il se dirige vers l'église, dans l'espoir d'avoir plus de chance cette fois dans sa chasse au prêtre. Il est exaucé. Dès le vestibule, il tombe sur un petit gros équipé de tous les attributs de sa fonction, déjà en train de rentrer chez lui. Nils se laisse bénir avant de donner son nom et celui de son oncle. Comme d'habitude, le nom de l'évêque Knut déclenche un flot de flatteries, auxquelles Nils laisse un moment libre cours avant de lever une main.

« Olof Jönsson. »

Le prêtre se tait, aussitôt sur ses gardes, limite sa réponse à un regard interrogatif sous des sourcils haussés.

« Est-ce que vous l'avez vu ici ? »

Un non de la tête fait trembler son double menton avant qu'une illumination ne lisse les traits de son visage.

« Ah oui, c'est qu'il se fait plus volontiers appeler Olaus Jonae, homme à prétentions qu'il est. Mais oui, Olof Jönsson doit être son nom de baptême. On m'a averti que je devais l'attendre autour de la Saint-Jean, mais toujours rien.

– Venez faire un tour avec moi, mon père. »

Ils traversent côte à côte l'enclos de l'église, rempli de pierres tombales et de croix en l'honneur des morts.

« Combien pensez-vous qu'il rapportait de son voyage ? »

Le prêtre essuie la sueur de son front.

« Une jolie somme, à l'aune de ce que nous gagnons ici, dans cette église.

– Et combien avez-vous recueilli ? »

Le prêtre hésite à répondre, cherche le regard de Nils, comme pour percer à jour ses intentions. Nils peut presque le voir calculer de combien sous-estimer la somme pour fourrer la différence dans sa bourse.

« En espèces sonnantes et trébuchantes, vingt *marks* et un peu plus. L'évêque a tout lieu d'être ravi.

– Et qu'en pense la population ? »

Le visage rond s'illumine.

« Le peuple est tout feu, tout flamme. Plus ils ont d'argent, plus ils payent, bien sûr, mais nous voyons aussi des pauvres qui placent l'immortalité de l'âme au-dessus de la vie terrestre du corps, et qui mettent de côté ce qui devrait revenir à l'impôt pour nous le verser plutôt à nous. »

Frustré, Nils essaie de trouver un moyen d'amener le prêtre à lui révéler comment cet argent est gagné sans devoir trahir son ignorance. À la fatigue du voyage s'ajoute son ventre vide : ni son esprit ni sa langue ne se plient à la tâche.

« Mon père, pourriez-vous me montrer ? Voilà longtemps que mon oncle me l'a expliqué, et d'ailleurs il se fait vieux et a parfois du mal à se faire comprendre. Je n'ai encore jamais vu la chose tout entière de mes propres yeux. »

Il comprend aussitôt qu'il a fait un faux pas. Le prêtre se raidit, pressent des ennuis, visiblement bien plus rusé que son apparence ne le laissait penser.

« Il est déjà tard, je suis attendu. Si monseigneur Nils veut bien revenir demain matin, je serai très volontiers à son service. »

Nils sait qu'il trouvera l'église fermée, le prêtre disparu dans un trou à rat inconnu d'où il ne reviendra pas avant d'avoir reçu de source fiable la confirmation du départ de Nils Stensson. Il maudit sa bêtise, mais se contrôle, feint un bâillement.

« Très bien, mon père. Je ne suis absolument pas pressé. »

Ils font demi-tour, se dirigent vers la grille du cimetière. Ils passent devant une tombe ouverte d'où émane l'odeur caractéristique de terre fraîchement creusée. Entraîné par une vie de chamailleries avec sa kyrielle de frères, Nils s'écarte d'un pas, fait un croche-pied au prêtre et profite de ce brusque déséquilibre pour le pousser d'un coup de hanche là où rien ne peut retenir sa chute. Comme un bœuf assommé, le lourd corps tombe au fond du trou, incapable d'en ressortir par ses propres moyens. Nils regarde alentour. Personne en vue. Il s'assied sur une tombe voisine pour peser les alternatives, tandis qu'une longue tresse de gémissements et de prières monte de la tombe. Nils attend que cessent ces jérémiades puis, d'un ahan, il redresse sur la tranche la lourde pierre gravée à côté de la tombe qui attend d'être érigée. Son poids suffit à lui endolorir bras et épaules, mais par petites rotations il parvient à l'approcher au mieux de la fosse. Il la pousse aussi près du bord que la terre peut la soutenir, voit le prêtre lever ses mains boudinées en protection vaine contre un poids qui pourrait l'écraser comme une fraise trop mûre.

« Allez-vous me dire, maintenant, mon père, ou préférez-vous que je lâche cette pierre ? Personne ne devrait s'inquiéter de vous. Ce sera une histoire plaisante au village, à raconter l'hiver à la veillée : notre bon gros prêtre, il ne voulait déranger personne. Il a trébuché dans la fosse, rabattu sur lui la pierre tombale, et il ne restait plus qu'à le recouvrir de terre. »

La voix qui monte des profondeurs est rauque, mais résignée.

« Des lettres d'indulgence.

– Pardon ?

– Dans les pays du Sud, elles existent depuis longtemps, avec la bénédiction du pape, mais elles viennent tout juste d'arriver ici, dans le Nord.

– De quoi s'agit-il ?

– Un accord passé avec le Seigneur, qui permet au pécheur d'être dispensé de sa pénitence moyennant espèces sonnantes et trébuchantes. »

Nils n'a jamais envisagé une idée pareille. Sa possibilité lui fait à présent l'effet d'un seau d'eau froide jeté à la figure. Il s'efforce d'envisager la chose : on propose donc à toute âme en peine un contrat qui finalement lui fait économiser de l'argent, puisque l'annulation de la pénitence sauve bien des journées de travail. Les gens ordinaires n'ont donc plus à choisir entre damnation de l'âme et famine du corps. Si l'Église est assez maligne et patiente pour permettre le paiement à crédit – et il ne doute pas une seconde qu'elle le soit –, le profit est encore plus élevé. Et avec des intérêts en plus, car les préceptes du Seigneur qui bannissent l'usure ne valent que pour les autres, n'est-ce pas ?

Pauvres comme riches paieront. Quelqu'un comme son oncle pourra plonger les mains jusqu'aux coudes dans les caisses, et malgré tout plaquer de feuilles d'or le toit de ses églises avec le surplus de ses malversations. Le silence de Nils fait s'impatienter le prêtre qui se racle la gorge pour reprendre, en s'efforçant vaillamment de couler un peu d'assurance dans sa voix pitoyable.

« Monseigneur l'évêque a envoyé Olaus Jonae au nord avec ces lettres, afin qu'elles soient multipliées par des copistes dans chaque église. Il est remonté au nord aussi loin qu'éclaire la lumière du Seigneur, et à son retour il a collecté l'argent qui avait déjà commencé à affluer. »

Nils Stensson siffle tout bas.

« Plus que ce dont même l'évêque avait osé rêver, et je sais que ses rêves voient large.

– Comme je l'ai dit alors que j'étais encore à la surface, à l'aune de ma paroisse, vous avez certainement raison.

– Dangereux pour quiconque voyage avec une telle fortune. Il est passé à Askersund, mais n'est jamais arrivé ici.

– Peut-être a-t-il été tenté de la garder pour lui ? »

Nils se penche sur la pierre tombale, qui branle avant de trouver son équilibre. Sous lui, cette vision fait gémir le prêtre.

« On imagine les autres à son image, mon père. Son comportement à Askersund suggère tout autre chose. Pourquoi toutes ces cachotteries autour de quelque chose qui ne saurait tarder à être connu de tous ? »

La voix du prêtre tremble.

« Jonae m'a signifié de la part de l'évêque que je n'avais rien le droit de dire aux grands seigneurs. Il ne m'a donné aucune raison, et je me suis moi-même beaucoup interrogé à ce sujet. Je crois que l'évêque veut que l'habitude s'installe au sein du peuple avant qu'elle ne soit entravée par la loi. Quand tous auront appris que le péché peut être racheté par l'argent, il sera trop tard. Beaucoup de seigneurs mondains pourraient sans cela vouloir tuer dans l'œuf la puissance de l'Église. »

Un accent d'espoir transparaît dans la voix du prêtre.

« Monseigneur disait souhaiter voir lui-même la lettre d'indulgence. Avec un peu d'aide, je vous montrerai volontiers cet écrit qu'on a confié à la garde de notre église.

– Ce n'est plus nécessaire. Je l'imagine très bien. Dites-moi, il porte le sceau de l'évêque ?

– Oui. Jonae portait à la ceinture un sceau aux armes de l'évêque, pour marquer notre lettre. »

Un moment, Nils Stensson soupèse les choix qui s'offrent à lui. Puis il prend sa décision, se lève de la pierre tombale qu'il laisse se renverser à côté de la fosse.

« Très bien, mon père, je sais tout ce dont j'ai besoin. Je vous remercie pour votre sincérité.

– Est-ce qu'une échelle ou une corde serait trop demander en échange ?

– Cela dépasse mon entendement : comment quelqu'un peut-il avoir vu une lettre telle que vous me la décrivez sans que sa foi soit écornée ? Sinon sa foi en le Seigneur, du moins sa foi en son Église. Le profit sera grand aujourd'hui, et sûrement encore demain, mais je me demande si l'évêque n'est pas en train de semer son champ de dents de dragon. Je crois que je peux au moins faire une bonne action pour votre âme en vous laissant vous morfondre cette nuit. Profitez-en pour vous recueillir. Peut-être rencontrerez-vous Dieu plus aisément entre ces parois de terre que sous vos voûtes blanchies à la chaux. Dites aussi une messe pour l'évêque Knut si vous en avez le temps, car il a besoin de toute l'aide possible, à l'approche de la porte de perles. »

Du trou monte un soupir.

« Comme il plaira à Votre Grâce. »

59

Tous descendent de selle. Le soulagement est grand parmi les Montagnards, qui se frappent sur l'épaule, échangent des sourires, blancs comme des couteaux dans la nuit, qui fendent leurs visages noircis. Ils sont au même point que l'an dernier. Cette fois-là, c'était le bout du chemin. Le conseil royal s'était réuni, avait fait au nom du roi les promesses exigées pour une retraite, bien plus qu'il était possible d'en tenir. Personne n'a encore franchi la voûte de la porte, comme sachant qu'un destin bien plus vaste qu'attendu commencerait de l'autre côté du seuil. Västerås n'est pas Köping, pas Borganäs, pas un fort fait de rondins assemblés sur un tas de pierres au sein des terres sauvages. C'est un château dans une ville abritant une cathédrale, une des grandes du royaume, le dernier avant-poste du pouvoir royal aux portes des terres du Nord. C'est ici qu'on concentrait tout ce que l'impôt et la douane avaient rapporté, pour que le bailli y plonge ses mains avides et en arrache sa part avant que le reste soit porté vers le sud, vers Stockholm et Copenhague, pour financer des guerres lointaines.

Poussé par ses hommes, Engelbrekt s'avance, seul. Il reste un moment immobile. Son visage ne trahit aucune pensée, pas même pour ceux qui le voient et qui le connaissent bien. La tête rentrée dans les épaules, comme si l'ombre des murailles faisait peser un poids sur son crâne. Personne d'autre ne bouge, on devine un soupçon d'hésitation. Peut-être sa détermination va-t-elle flancher là malgré tout, avant que ne soit franchie une limite sans retour. Il peut toujours rebrousser chemin, rentrer chez lui à Norberg, négocier une paix avec le roi et les baillis. Il lève alors la tête, avance à grands pas, et le voilà seul de l'autre côté de la porte, où on aperçoit la cour de la forteresse. Le voilà maître de la place, au son de clameurs de joie qui éclatent comme un coup de tonnerre, clameur qui semble ne jamais devoir finir.

Finn se tourne vers Måns en se demandant quelle mine il va lui trouver. Quoi qu'il en soit, ce n'est pas celle qu'il attendait : l'inquiétude à la limite de l'effroi.

« Qu'est-ce qu'il y a ?

– Hebbla Albrektsdotter. »

Måns s'élance, double tous ceux qui s'approchent à présent de la porte, rejoint Engelbrekt le premier.

« Maître, un mot rapide. »

C'est comme si Engelbrekt n'entendait pas. Il demeure immobile, ne se retourne pas, et Måns doit le contourner. Il ne voit pas non plus, ses yeux grands ouverts mais aveugles. Il a le rouge aux joues, le souffle lourd. Son visage exprime l'étonnement, mais aussi autre chose, des sentiments que Måns pensait étrangers à un visage toujours si calme et déterminé. Effroi, confusion.

« Maître ? »

D'autres arrivent, ils ont peu de temps. Comme il n'obtient pas de réponse, Måns prend sa main, sent son bras raide comme un bâton. Quand il la secoue son regard s'éclaircit, comme s'il avait réveillé un somnambule. Engelbrekt se tourne vers Måns, l'air désorienté, le regarde en clignant des yeux comme devant une vision inconnue.

« Quoi ? Qu'est-ce que c'est ?

– Le duc Eberstein avait une fille sous sa garde, une fille adoptive. Sa femme ne lui voulait pas du bien. Je ne l'ai pas vue dans sa suite.

– Et ?

– Je crains qu'il lui soit arrivé quelque chose. »

D'autres se rassemblent autour d'eux tandis qu'Engelbrekt redevient maître de lui-même. Måns reconnaît Erik Puke, regard noir, nez enflé et poings serrés, à présent aux côtés d'un homme plus âgé, chevelure et barbe blanches, qui lui pose une main apaisante sur l'épaule. Engelbrekt met encore un moment à se ressaisir. Il se frotte les joues pour en ôter les traces de charbon, prend sa décision.

« Il ne serait pas bon qu'on nous impute les déboires d'une jeune fille. Entre le premier, avec ton écuyer. La forteresse est ouverte, ainsi que toutes ses portes intérieures. Ce sont les termes de l'accord auquel nous sommes parvenus hier. »

Måns s'élance sans réponse, suivi par Finn, monte l'escalier, pousse de l'épaule la porte du château laissée entrouverte, suffisamment pour passer. Dans l'entrée, des coffres s'entassent, un livre de comptes posé dessus. De l'argent en surabondance. Ils n'y prêtent pas attention, continuent leur course.

60

« Mère ? »

Kari Sture se retourne, tente en vain une dernière fois de mémoriser le nombre avant d'oublier son compte, car elle sait que son fils ne va pas renoncer.

« Mère ! »

Elle abandonne, incline son boulier de sorte que toutes les boules se calent sur le côté, prêtes pour un nouveau calcul, et se retourne à nouveau. Son Nils est là, et bien qu'elle sache qu'elle devrait le gronder de l'avoir interrompue d'une façon qu'il sait interdite, elle ne peut s'y résoudre. Il a sept ans, grand et bien trop mince malgré toutes les friandises dont elle le gâte dès qu'elle en a l'occasion. Un petit bonhomme déjà, mais qui n'a pas encore appris à rouler sa langue contre ses dents pour parler correctement. Kari ne peut qu'en rire.

« Mère a de la visite. »

Il y a tant d'allées et venues en ces jours fébriles, le calme avant la tempête.

« Qui encore ?

– Ma cousine.

– Quoi ?

– C'est ce qu'elle dit. »

Kari se hâte de sortir. Tout autour d'elle s'étend Ekhult et ses bâtiments vertigineux, un labyrinthe de poutres et de planches rappelant à jamais à Kari Sture qu'ici une autre a mis au monde dix enfants alors qu'elle n'en a eu qu'un et qu'il ne devrait pas y en avoir d'autres. C'est Brita Bengtsdotter qui est venue, depuis Göksholm, et les poils se dressent aussitôt sur les bras de Kari, car les bonnes nouvelles peuvent toujours attendre, alors que les mésaventures réclament la hâte. Aurait-elle pensé autre chose, l'apparence de Brita serait un indice suffisant. Elle semble éprouvée et lasse, couverte de la poussière du chemin, le regard inquiet. Kari lui saisit les mains et la tient ainsi, regrettant son boulier et ce monde de chiffres hors de portée des malheurs du monde.

« Brita. Que se passe-t-il ? Parle ! »

Elle voit Brita serrer les lèvres pour en entraver le tremblement et ses yeux verser des larmes, elle qui d'ordinaire montre peu ses sentiments, et l'attire à elle pour l'étreindre, jusqu'à ce que son cœur se soit apaisé et sa respiration calmée. La voix de Brita, un murmure à son oreille.

« Quelque chose ne va pas chez Mère. Et Père est parti. Je ne sais pas où. Je ne sais pas quoi faire. »

Dieu soit loué. Personne n'est mort.

« Viens, assieds-toi. Raconte-moi. »

Elle a chevauché quarante lieues. Partie dans la matinée, toute une nuit étoilée pour arriver ici au matin. Kari grimace rien qu'à songer au temps qu'elle a passé en selle, et sur un chemin plongé dans le noir. Il peut arriver beaucoup de choses sur des routes pareilles à une jeune femme qui ferait une mauvaise rencontre là où personne ne peut la voir ou l'entendre. Kari écoute ce que Brita lui raconte, soupire intérieurement devant ces fragiles créatures terriennes. Elle, elle est d'une autre trempe, élevée dans la houle sur le pont d'un bateau. Elle en a beaucoup vu. Noyades, abordages. Nuage rouge à la brève floraison quand un homme en sang tombe à la mer, rapidement entraîné par le fond. Elle se rappelle encore son départ à pied de Visby devant les piques allemandes, âgée de quatre ans. Les yeux vides de ses camarades de vaisseau, injectés de sang dans la mort, leurs têtes dressées sur des pieux alignés de la muraille à la mer. Beaucoup d'entre eux la faisaient sauter sur leurs genoux, lui glissaient quelques friandises tirées de la cambuse. Et désormais accusateurs dans leur déception sans cou, comme fâchés que la vie dont on les a privés lui appartienne encore. Elle retrouve encore aujourd'hui leurs regards dans ses rêves mais, au moins, ne se laisse pas troubler par des babioles, elle qui sait comment tout peut mal tourner. Peut-être va-t-elle en prendre de la graine, cette jeune branche souffreteuse de la famille, en ces années qui se profilent, cet avenir en vue duquel elle s'active à comptabiliser les flèches disponibles à Ekhult et à équiper les hommes du domaine ? Mais quoi qu'il en soit elle est loin d'être bête, cette Brita Bengtsdotter, et semble avoir lu les pensées de Kari.

« Pardon de causer ce tracas. De venir ici. Je sais que je dois sembler ridicule à quelqu'un comme toi, mais je n'ai personne d'autre à qui m'adresser. »

C'est Kari qui a honte de ce qu'elle a pensé. Le bien-être des enfants n'est-il pas la récompense ultime de ses propres souffrances ? Les jeunes puissent-ils se voir épargner les mares de sang qu'elle a trouvées sur son chemin. Elle pose sa main sur la joue de Brita, en s'efforçant de mobiliser toute son affection maternelle muette, ce qui ne lui vient pas facilement. Elle préfère se tourner vers le problème lui-même.

« Je me suis entretenue avec ta mère à la Saint-Jean. J'ai bien vu qu'elle n'était pas satisfaite de son sort. Beaucoup lui pesait, avec l'enfant perdu de Mara. Elle sentait aussi son âge. »

Kari ne mentionne pas Måns. Elle connaît sa part de responsabilité : c'était l'idée de Nils Stensson de l'envoyer chez Engelbrekt, mais c'est Bo que Nils est allé trouver en premier, et tout ce que Bo sait, Kari le sait, et personne d'autre qu'elle n'était mieux à même de raisonner Stina. Rien de ce que Kari lui a dit n'était un mensonge, mais elle sait bien que ce n'était pas au nom de la vérité, mais pour le bien de la lignée. Stina a donné son accord. Kari ne pouvait pas en prévoir les effets. Kari se demande à présent ce qu'elle aurait pensé de Stina si elle avait contribué à envoyer son propre fils dans les terres sauvages, et se voit elle-même chevaucher vers Göksholm munie d'un poignard aiguisé. Elle ne trouve qu'une solution.

« Il faut que tu trouves une occupation à ta mère. Quelque chose qui lui fasse oublier ses idées noires. Autre chose que Göksholm.

– Mais quoi ? Et où ? »

Kari se passe une main sur le visage, certaine que son conseil est pire qu'elle n'imaginait. Elle ne sait pas, n'en a pas d'autres à donner, et sait qu'elle ne trouvera pas la paix avant d'avoir contribué à compenser ce qu'elle a provoqué. Elle jure tout bas, un serment venu de la mer salée, des paroles comme Sven Sture aurait pu en hurler à la proue de son bateau à la face du vent contraire.

Elles partagent un repas, bref et inconfortable, marqué par l'impression d'une affaire laissée pendante. Kari peine à jouer les maîtresses de maison. Elle se fait des reproches tandis qu'elle touche à peine à son assiette, et voit que Brita elle aussi laisse presque tout. Bientôt elle repart, Brita Bengtsdotter, par le même chemin mais sur un cheval d'emprunt, inquiète que son absence soit remarquée ou crée des soucis aux gens du domaine. Quarante lieues, après seulement quelques heures de repos. Elle ne veut pas de compagnie. Kari doit envoyer deux de ses meilleurs hommes à sa suite, avec ordre de garder leurs distances pour ne pas se faire voir, mais de rester suffisamment proches pour intervenir en cas de nécessité : elle leur promet le fouet assorti d'un plongeon dans la saumure s'ils se laissent semer par la jeune fille.

61

L'instinct guide Nils Stensson sur le chemin du retour. Avec son orientation, la lumière est inverse : le matin le soleil en face, à midi sur le crâne, vers le soir dans le dos. Il prend plus son temps cette fois, laisse le cheval avancer au pas, observe les bas-côtés et l'état des branchages. Et pourtant, il sait son but : la colline où il s'est arrêté à l'aller. Il y avait senti les effluves de quelque chose en train de pourrir dans la forêt. Ce peut être n'importe quoi : cerf, chevreuil ou élan, lacéré par une autre bête sauvage ou touché par une flèche assez mal tirée pour lui permettre de fuir hors de portée du chasseur avant que, vidé de son sang, il ne serve de proie au corbeau et au renard. Une chose est sûre : c'est gros, au moins gros comme un homme, ou plus.

Il s'inquiète à mesure qu'il avance, attentif aux caprices de la forêt. Peut-être se cache-t-elle cette fois, cette colline dont il se souvient, se confond avec d'autres du même genre ? Le temps est chaud aujourd'hui aussi. Le peu de vent qu'il y a se brise à couvert des troncs. Une forêt ancienne, cela se voit. Elle ne connaît ni l'homme ni son bétail. À présent une pente. L'espoir renaît, il descend de selle, mène doucement son cheval dans la montée, le laisse libre de brouter les trèfles des bas-côtés dès qu'il est parvenu au sommet. Il scrute les arbres en plissant les yeux, en vain. La vue ne porte qu'à quelques brasses, après quoi plus rien. Il lèche un doigt qu'il lève pour mieux sentir le vent. Il souffle de la mauvaise direction, si sa mémoire ne lui joue pas de tours. Pas d'aide à trouver de ce côté-là. Il cherche un repère : aucun.

Arbres sur arbres. À défaut d'autre chose il choisit le plus haut, se récite tout bas la comptine qu'il a apprise pour retrouver son chemin s'il venait à s'égarer, plus par habitude qu'en y croyant vraiment.

Toute orientation disparaît rapidement. Il doit guider le cheval derrière lui, trouver lui-même un sentier sinueux selon le bon vouloir des branchages. Le peu de lumière qui filtre à travers les feuillages est tout ce dont il dispose pour se souvenir de l'orientation du soleil. Au juger, il se dirige dans la direction où il a aperçu le grand chêne. Sous ses pas, la terre est encore humide après le printemps et la fonte des neiges, détrempée et peu praticable, chaque creux une bassine d'eau troublée par les feuilles de l'année passée en décomposition. Il est bientôt trempé et crotté jusqu'aux cuisses, ses souliers imbibés d'eau croupie le narguent à chaque pas avec leur bruit de succion. Sa bonne humeur abandonnée en route, il maudit sa naïveté d'avoir cru pouvoir trouver une aiguille dans cette botte de foin, en dépit de sa puanteur. Il trouve un coin sec, s'y assied pour réfléchir tout en se donnant en pâture aux moucherons.

Il l'entend alors aussitôt, le vent dans les arbres au-dessus de lui. Encore loin, mais dans la bonne direction. Il se lève, mû par un espoir renouvelé, entend les hêtres bruire plus près, le nuage d'insectes autour de son corps chaud se disperser. La puanteur qui lui frappe le visage suffit à le faire reculer : sucrée et grasse, comme un fantôme en plein jour qui l'aurait trouvé sur son chemin mais aurait continué droit devant lui en le traversant. Sa main se porte à son nez pour s'en protéger, il s'accroupit comme sous l'effet d'un coup. Puis sa raison reprend le dessus, il laisse retomber sa main, flaire pour s'orienter. À nouveau l'odeur assaille ses sens. De la viande. De la viande transformée en gîte grouillant et pestilentiel, plus bonne que pour les petites dents coupantes et les becs de la forêt, endurcis dans leur régime par une misère immémoriale. Ça empire à chaque pas, il doit se plier en deux pour hoqueter, cracher sa bile.

D'autres sens prennent le relais. L'ouïe à présent : devant lui, le bourdon d'un essaim de mouches, par milliers. Les arbres se raréfient et voilà un chêne, plus grand que les autres, tyran dont le feuillage cache le soleil et dont les grosses racines ont sucé toute la nourriture du sol, laissant un large cercle nu. Entre les derniers troncs avant d'y parvenir, il voit l'air saturé de points noirs, insectes à l'assaut de leur festin. Claquements d'ailes plus larges et ombres noires se précipitant vers le ciel : une bande de corneilles, effrayées par son approche. Elles se perchent sur un arbre à bonne distance pour attendre son départ, des éclats avides dans leurs yeux de charbon. Nils Stensson prie en silence pour ne pas trouver ce qu'il cherche : faites qu'un sabot dépasse, n'importe quoi pour être dispensé d'avancer d'un pas de plus dans cette direction, dans une gloire de mouches replètes, leurs petits corps luisants de graisse et ivres de satiété volant autour de sa bouche et de son nez quand il respire. Mais déjà il voit. Pas de sabot. Un pied dans un soulier. Un homme gît là, et depuis longtemps. Cuit et fermenté au soleil. Nils Stensson se baisse, arrache quelques feuilles qu'il roule en boule et s'enfonce dans les narines.

Le cadavre est sur le dos, ses vêtements en désordre. Des vagues grouillantes d'asticots ont entrepris de dépecer le mort là où l'enflure a fait éclater la peau, mettant à nu des muscles grisâtres. Nils se force à regarder, cligne des yeux, claque des mains pour libérer son visage. Le nez coupé, les oreilles de même. Les chausses retroussées sur un pied, le membre sectionné, la plaie élargie en grotte par tout ce qui s'est battu pour entrer par là poussé par la faim, un accès direct à l'abdomen, sans doute déjà mangé, car le ventre s'affaisse, sa peau cloquée tendue sur les côtes comme un tambour. À la ceinture ? Quelque chose qui brille. Nils Stensson sait que seules les corneilles le voient, mais il a pourtant honte de rater une tentative pour l'attraper d'un geste rapide, recommence et rate à nouveau, se force à aller plus lentement et avec plus de détermination et finit par mettre les doigts sur ce qu'il cherchait. Un sceau de fer. Le sceau de l'évêque. Parmi les symboles de l'Église son propre blason, coupé en deux parties, celle du haut lisse, celle du bas hachurée en diagonale. Aussi près de l'or que possible dans un langage de métal privé de couleurs. Nils hoche pensivement la tête.

« Bien le bonjour, Olof Jönsson. Déloyal, tu te serais mieux porté. »

Mots lâchés sans y réfléchir dans le feu de l'action. Nils se demande quelle leçon s'y cache aussi pour lui.

62

Un mauvais présage emplit vite les lieux de vie laissés à l'abandon. Des traces de leurs occupants en leur absence, témoignage muet du malheur qui les en a chassés. Finn et Måns courent de pièce en pièce, et n'entendent que l'écho de leurs pas, comme s'ils étaient poursuivis chacun par son propre fantôme. Aux murs, les flambeaux goudronnés sont froids et éteints, les murs rugueux glacés en plein été, les ombres profondes sous les voûtes et dans les coins. Ils courent de salle en chambre, puis montent à l'étage supérieur. Partout, les signes d'un départ précipité. Pas tellement de traces de pillage. Le duc ayant sans doute compris qu'aucun chariot couvert ne serait autorisé à quitter le château indemne, il n'avait pu que laisser tout en l'état. Splendides chandeliers, coûteuses tapisseries, argent liquide à foison, tout laissé en plan comme si un valet de chambre venait de partir aux latrines et serait bientôt de retour.

Finn se décourage tandis que Måns continue de courir. La forteresse est même plus vaste que dans son souvenir, chambres en enfilade, étages empilés les uns sur les autres, et certainement une cave là-dessous. Celui qui a quelque chose à cacher ici y parviendra, et sans effort. Pourtant, Måns semble infatigable. Ce n'est qu'en haut de l'escalier qu'il est obligé de faire une pause : ils restent tous deux un moment immobiles, penchés sur leurs points de côté, les mains sur les genoux, le temps que le goût de sang disparaisse de leur bouche et que leur respiration se calme. En dessous d'eux, ils entendent déjà les Montagnards prendre possession de la forteresse, des ordres lancés pour le recensement des biens, ahans et tintements de pièces quand les coffres d'argent sont emportés en lieu sûr. Ils remarquent tous les deux en même temps la porte devant eux : fermée alors que toutes les autres ont été laissées ouvertes. Måns la trouve verrouillée, une clé laissée dans la serrure. Il la tourne laborieusement, pousse le bois vers l'intérieur et recule d'un pas en retenant son souffle quand il voit ce qui l'attend.

Elle est assise dans une bassine d'eau, les genoux relevés très haut, bras autour des jambes. Elle a défait ses nattes rousses, lâché et étalé ses cheveux comme un manteau, jusqu'à la taille, car elle n'a rien d'autre pour cacher sa nudité, aucun vêtement en vue. La couleur de ses boucles rend son teint encore plus blanc. Måns voit les taches de rousseur répandues sur ses épaules et son dos. Elle tremble dans cette eau depuis longtemps refroidie. La chambre est nue, les murs n'y sont même pas tapissés. Måns fait signe à Finn d'aller lui chercher de quoi s'habiller dans le château.

« Que s'est-il passé ? Où sont tes vêtements ? »

La voix d'Hebbla est à peine plus qu'un chuchotement, la tête toujours baissée, les yeux plongés dans l'eau devant elle.

« C'est cette Danoise, Lina. Elle m'a dit qu'il fallait que je me lave avant notre départ, car ce serait la dernière possibilité avant Opensten. Elle m'a fait préparer un bain chaud. Je me suis assoupie dedans, comme cela m'arrive souvent. Quand l'eau a tiédi et que j'ai voulu en sortir, mes vêtements avaient disparu et la porte était fermée. Par la fenêtre, j'ai vu les Dalécarliens aux joues noircies former une allée pour laisser au duc et aux gens du château le passage jusqu'au rivage. Lina n'a pas pu s'empêcher de se retourner avec un sourire d'adieu. J'ai tambouriné à la porte, mais personne ne m'a entendue. Le château était vide.

– Mais pourquoi ? Le duc était-il au courant ? »

Elle se tourne vers lui tout en entourant ses genoux de ses bras. Un éclat vert entre les boucles rousses.

« Lina me déteste. Je te l'ai déjà dit. Le duc était dans tous ses états et avait autre chose en tête depuis que les Dalécarliens sont venus tard hier soir pour lui parler. Il a beaucoup pesté en allemand, un juron plus laid que l'autre. Quand il remarquera que je suis restée dans un lieu où il ne peut plus revenir, il sera sans doute tout bonnement soulagé. Lina m'a pris mes vêtements en pensant que les Dalécarliens me trouveraient comme je suis et me feraient ce que le duc lui fait la nuit. Mon pucelage perdu, mon avenir s'annonçait plus difficile. »

Finn apparaît dans l'embrasure de la porte, essoufflé et les bras chargés de fripes. Il pose ses trouvailles sur le sol, se retourne et sort de la pièce pour attendre hors de vue. Hebbla Albrektsdotter se laisse couvrir les épaules d'une étoffe, aider à sortir du bain. Lentement, avec précaution, elle enjambe le rebord de la bassine et reste là, dans une flaque qui s'élargit. Elle pleure à présent que la tension se relâche, cache dans l'étoffe ses yeux en larmes et son nez qui coule.

« J'ai prié Dieu que ce soit toi qui viennes, mais jamais encore je n'avais été exaucée. »

Ils la laissent seule dans la chambre tandis qu'elle s'habille. Autour d'eux, la forteresse silencieuse s'est emplie de voix nouvelles. Les hommes d'Engelbrekt passent de salle en salle dans un lourd piétinement de bottes et de souliers, font l'inventaire de ce qui a été laissé, aménagent les pièces pour de nouveaux occupants et de nouveaux usages.

« Je vais parler avec Engelbrekt, pour lui demander de choisir quelqu'un pour te conduire à Göksholm, où mon père et ma mère pourront t'accueillir. Ils trouveront un moyen de te ramener chez ton père. À partir de ce jour, ici au nord, c'est la guerre. »

Finn accompagne Hebbla pour lui donner de quoi manger. Quand il l'a laissée en sécurité, il part à la recherche de Måns, qu'il trouve près d'Engelbrekt, comme toujours assailli par les siens. La queue pour parvenir à son oreille est longue et, juste au moment où Finn pense le tour de Måns enfin arrivé, un homme s'interpose, avec une affaire plus urgente. C'est celui qu'il a vu avec Erik Puke, dont on se souvient facilement à cause de ses cheveux pâles encore fournis malgré leur blancheur, comme si la neige venait de lui tomber sur le crâne et les épaules.

« Le peuple t'appelle.

– Que veulent-ils ?

– Ta bénédiction. Beaucoup sont allés chercher leurs malades et leurs infirmes, qu'ils ont portés devant l'entrée du château. Ils veulent que tu poses sur eux ta main, pour délier leurs crampes. »

Engelbrekt reste un moment absolument immobile, regarde l'homme comme s'il se moquait de lui.

« Qu'est-ce que c'est que cette folie ? »

Le vieil homme incline la tête et baisse la voix.

« Quand en est-il allé autrement avec le peuple ? Aucun homme sensé ne te demande de croire en ce que tu fais, mais ce serait aussi grande folie de ta part de ne pas voir dans leur dévotion un vent dans notre voile, et de ne pas la border en conséquence.

– C'est un blasphème. Je ne suis pas un saint. Mes mains guérissent les plaies aussi bien que des branches d'arbre.

– La foi du peuple n'est-elle pas la volonté de Dieu ? Pour bénir notre entreprise et maudire le roi Erik ? »

Engelbrekt n'a pas de réponse. Il secoue la tête, pâle.

« Viens avec moi. Crois ce que tu veux, mais tu dois être vu. Sans le peuple de notre côté, nous sommes anéantis.

– Et si les boiteux et les infirmes doivent autant s'appuyer sur leurs béquilles en repartant qu'en venant ici ? »

Le vieil homme rit.

« Tu n'es jamais allé en pèlerinage, toi, jamais à Vadstena. Celui qui est béni entend ce qu'il attend si ardemment, et sa foi est assez forte pour faire de la maladie elle-même un péché. Il jette sa canne aux orties et s'appuie sur son mauvais pied, feignant la disparition de la douleur. La honte de mentir, il l'avale. En consolation, il jouira de la lumière du miracle le restant de ses jours. Autour de lui, tous jubilent en voyant son bonheur et la grandeur du Seigneur. Et la tienne. »

Il prend Engelbrekt sous le bras, et franchit avec lui la porte. Un tonnerre de voix l'accueille. Finn et Måns ne peuvent qu'attendre. Cela dure des heures. Quand Engelbrekt Engelbrektsson revient, il est blême et ses mains tremblent.

63

C'est tard dans la soirée que Nils Stensson arrive à Askersund sur un cheval écumant, les cuisses et les fesses brûlées par des lieues au galop. Jambes écartées, il entre en titubant dans l'auberge, sans remarquer le silence qu'il provoque parmi les derniers clients. L'aubergiste est à son comptoir. Nils le prend par l'oreille et le tire si vite qu'il lâche le bouchon de son tonneau de bière, dont le contenu se déverse sur le sol. Ce flot attire les assoiffés comme un étron les mouches, selon une loi non écrite qui se passe d'explication : l'aubergiste a laissé le tonneau ouvert, plutôt boire que laisser perdre. Par une porte dérobée, Nils conduit l'homme dehors, sous les quolibets des clients, dans une cour à l'arrière de l'auberge, seulement éclairée par le peu de lumière qui filtre des fenêtres. Sans écouter les jérémiades de l'aubergiste, il le plaque contre le mur le plus proche. Nils est fatigué par tant d'efforts, l'épuisement ramollit sa pensée et le met d'humeur mauvaise. Sur son épaule, un ange lui murmure qu'il a tort de montrer ses émotions à l'aubergiste, qu'il atteindrait son but aussi bien et sans doute plus vite par des moyens pacifiques, mais Nils n'a pas la force d'écouter cette voix-là. Cela fait du bien de s'affirmer parfois, d'ancrer son poids dans un monde comme celui-ci, où d'autres sont laissés mutilés dans des clairières en pâture pour la vermine. Il donne au gaillard une gifle pour le faire taire, et une autre pour le prix de sa paume endolorie par la première. Il attend sa soumission, reprend son souffle, sent son cœur se calmer, remet l'aubergiste sur ses pieds en levant un doigt le temps de s'être assez ressaisi pour poser sa question.

« La dernière fois, tu as parlé d'un bandit de grand chemin dans la forêt de Tiveden. »

Il ne voit qu'incompréhension dans des yeux exorbités. L'homme secoue la tête.

« Monseigneur, la paix règne à une journée de cheval à la ronde. L'an dernier, les hommes du bailli sont venus, ils ont rabattu les gueux qui avaient fui en forêt pour échapper à l'impôt et prélever leurs propres taxes le long des chemins auprès de ceux qui étaient trop faibles pour le leur refuser. On a dressé des pieux à l'entrée de la ville, avec emmanchées dessus leurs têtes couvertes de goudron, pour effrayer les autres, et le message était on ne peut plus clair.

– Olaus Jonae.

– Qui ?

– Olof Jönsson. Celui qui est resté quatre nuits chez toi. Avec le cheval boiteux. Tu m'as dit qu'il cherchait de la compagnie pour faire route vers le sud, de l'aide pour porter son lourd fardeau, et qu'il n'y est arrivé qu'en mettant en garde contre un bandit. »

L'aubergiste a bu abondamment à son propre tonneau, il est plus ivre qu'il n'y semblait et tient debout par la force de l'habitude. Nils Stensson le sent à présent à son haleine, l'entend aux bredouillements de sa langue pâteuse. Il sent sa colère revenir, et soupèse la satisfaction qu'il aurait à le mettre à terre pour lui asséner un coup de talon là où cela fait le plus mal et la possibilité de le raisonner pour en tirer ce qu'il veut savoir.

« La dernière fois, je t'ai donné une pièce pour chacune de tes réponses. À partir de maintenant, je t'en reprends une pour chaque excuse. »

Un déplaisir comme seule la valeur de l'argent peut en provoquer obscurcit le visage de l'aubergiste quand cette menace est parvenue à son entendement à travers les brumes de bière.

« Ressaisis-toi. Un bandit dans la forêt de Tiveden. Qui dérobe tout, coupe nez et breloques, et les oreilles par-dessus le marché. »

Alors seulement, l'homme s'éclaire, et cherche ses mots dans une gaieté retrouvée.

« Gånge-Tor ? »

Nils Stensson hoche rapidement la tête.

« Ce nom, oui. »

Sa bonne humeur fend son visage d'un grand sourire, dévoilant des chicots rougeâtres sous sa lèvre fendue. Son rire déborde comme l'eau d'une source au dégel du printemps : d'abord il pouffe, puis s'esclaffe avant de rire aux éclats. Il aboie bouche bée comme un chien qui a levé une piste. Bientôt, il ne tient plus debout et de joie se retrouve à quatre pattes. Nils lui donne un coup de pied dans les côtes qui le fait rouler sur le dos, sans changer grand-chose. Nils abandonne, écarte les mains comme pour faire valoir devant un juge invisible le caractère sans issue de la situation. Une planche entre deux boisseaux fendus fait office de banc, il va plutôt s'y asseoir et frotte son visage poussiéreux tandis que l'aubergiste se roule sur le sol de sa cour dans des crampes de rire. Il met longtemps à se taire. Nils le laisse encore un moment haleter par terre avant d'aller lui tendre la main. Il a un peu dessoûlé. Nils le remet sur pied et l'aide à s'asseoir sur le même banc.

« Ça va comme ça ?

– Je crois.

– Bon, alors ?

– Vous allez encore me frapper ?

– L'envie m'est passée.

– J'ai bu, vous voyez, sans quoi je me serais mieux maîtrisé. C'est juste que je vois bien toute la route que vous avez faite pour cette histoire, et que ce que je vais vous dire maintenant, j'aurais dû le dire la dernière fois. Monseigneur veut-il bien admettre que le hasard est aussi de la partie dans la façon dont les paroles viennent, que seuls Dieu le Père et son fils unique sont infaillibles, que la faute n'est pas que mienne et qu'aucune correction au monde ne pourra rien changer à ce qui a déjà eu lieu ?

– Soit. »

L'aubergiste est sur le point d'éclater à nouveau de rire, mais une douleur au flanc l'arrête, main posée sur la poitrine.

« Je crois que je me suis fêlé une côte à force de rire. »

Nils ne voit aucune raison de lui rappeler le coup de pied oublié, et lui fait signe de poursuivre.

« Gånge-Tor. Rien de tel n'existe ni n'a jamais existé. Jönsson l'a inventé. J'ai moi-même entendu comment son conte s'améliorait chaque fois qu'il le racontait, jusqu'à ce qu'il en trouve un pour le croire. La seule bourse qu'on a pu craindre de perdre dans cette forêt, c'est celle qui contient des pièces sonnantes et trébuchantes, et cela ne date pas d'hier. »

64

Måns laisse tomber ses lourdes paupières. La peau autour de ses yeux le brûle quand il ferme les yeux, mais la sensation ne dure qu'un instant avant de se dissoudre, de s'estomper dans une agréable obscurité. Sa nuque est posée sur un linge blanc plié sur le bord de la bassine. Ses cheveux flottent dans l'eau tiède qu'a apportée Finn, toutes les odeurs de l'écurie bientôt oubliées derrière le parfum frais des feuilles de bouleau. Finn verse précautionneusement de l'eau sur son crâne et commence à laver ses cheveux d'une main délicate. Måns sent son front crispé se lisser, les soucis du monde tomber dans l'oubli. Il est las, son corps est endolori, mais il oublie vite ses crampes quand sa conscience lâche prise sur le réel et se laisse bercer dans une légère somnolence. Les doigts de Finn se sont adoucis, son toucher délicat, la caresse purificatrice agréable. Måns flotte entre sommeil et veille, là où la pensée vagabonde ne se différencie pas facilement du rêve. Il entend Suie s'ébrouer et piaffer dans sa stalle, mais ce n'est pas une expression de désagrément, et Måns n'y prête pas attention : l'étalon est repu et propre.

Ils sont arrivés à mi-chemin d'Uppsala, mais depuis Västerås ses sentiments ont changé. Avant, il voyait juste le peuple en marche, à présent il comprend mieux la puissance de cette horde, sa grandeur incommensurable quand elle se rassemble en un seul et unique lieu, le poids de tant de volontés aiguisées comme un fer de lance. Inébranlable. Et Engelbrekt en son milieu, chef solitaire dont l'apparition fait tout tenir. Måns n'a jamais vu de roi. Le trône est au Danemark, la Couronne un fait lointain dont la puissance n'est sensible qu'à travers des baillis comme Hans Eberstein ou Jösse Eriksson, qui lui semblent aujourd'hui de petits hommes dans de grands habits, privés de toute majesté. Engelbrekt est d'une autre trempe. Il inspire la vénération, Måns l'a vu de ses propres yeux. Il plonge dans une torpeur plus profonde, et ce qui n'est ni vraiment pensée ni vraiment rêve change de nature. Göksholm. Son oncle l'appâtant de ses belles paroles. L'évêque Knut et ses menaces chuchotées par son haleine putride. Des profondeurs du sommeil, il murmure les objections qu'il avait alors tues.

Suie s'ébroue à nouveau, et Måns s'aperçoit que l'eau a refroidi, les caresses cessé. Finn l'a laissé somnoler. À l'aveuglette, il attrape un linge, se redresse sur son séant en emmaillotant ses cheveux humides, les sèche, mouille ses épaules nues. Avec un soupir, il ouvre les yeux. Finn a disparu. Quelqu'un d'autre est assis sur le tabouret dans la lueur de la lanterne. Engelbrekt Engelbrektsson en personne, dos droit, mains sur les genoux, le regard serein.

« Måns Bengtsson. »

Suie qui s'ébrouait. La main plus douce.

« Vous m'avez lavé les cheveux ?

– N'est-ce pas ma faute s'ils sont sales, pour commencer ? »

Engelbrekt se penche en avant, les coudes appuyés sur les cuisses.

« Je ne t'ai pas traité comme j'aurais dû. Comme ça, je me suis un peu racheté, mais reçois aussi mes excuses. »

Måns ne sait pas quoi répondre, et laisse Engelbrekt poursuivre.

« La faute n'est pas que mienne. Autour de moi, beaucoup pensent du mal de tout étranger, et ne veulent rien risquer. Beaucoup ont dû se dire que tu préférerais rentrer à Göksholm plutôt que d'étriller des chevaux, mais ils ont eu tort. Tu t'es acquitté de cette tâche de tes propres mains, tu as appris à connaître Suie et gagné sa confiance. C'est un animal fier, sensible du poil. Jamais auparavant il ne s'était laissé tresser la crinière. Le visage couvert de suie tu es venu avec nous devant Västerås, sans savoir ce qui t'attendait. Les rangs se serraient derrière toi en ordre de bataille, et s'il avait plu des flèches, tu étais sans défense. Après, tu es venu me trouver, non pas pour ton compte, mais avec en tête le bien d'une autre. Ceux qui avaient décidé d'interpréter à mal tous tes actes ont présupposé que ta seule intention était de te servir d'elle pour porter quelque message chez ton père, des nouvelles sur ce que tu avais appris chez nous, sur nos visées. Il y a eu une querelle à ce sujet. Tu as déjà rencontré Harald Esbjörnsson, et je ne sais pas comment tu t'en es fait un ami, car il préfère le garder pour lui. Il a plaidé ta cause, n'avait pas envie de voir une jeune fille fouillée en vain. On ne l'a pas écouté, mais Harald avait raison. Aucun message écrit, rien que tu lui aurais fait apprendre par cœur. »

L'écurie est silencieuse. Seul Suie s'agite d'un sabot inquiet, soumis à l'humeur des humains.

« Erik Puke dit que tu as été envoyé par ta lignée pour gagner ma confiance et leur assurer ma faveur. Je ne crois pas qu'il se trompe. Bengt Stensson de Göksholm n'a pas envoyé auprès de moi son fils unique par crainte que sans cela il m'arrive malheur au combat. Et pourtant, tu ne m'as pas donné de raison de me méfier de toi. Je n'arrive pas à te cerner, Måns Bengtsson. Tu as été envoyé dans un but, mais rien de ce que tu fais ne le confirme clairement. »

Engelbrekt incline la tête de côté.

« On t'a entendu crier mon nom, au milieu de tous les autres, devant les portes de Västerås. Pourquoi ? »

Les mots lui font défaut. Il s'est lui-même posé cette question mais, pressentant une réponse difficile à entendre, il a éludé. Le plus simple a été de se laisser porter au fil du chemin, tant qu'il lui semblait être le bon. Expliquer comment cela l'a conduit jusque-là n'est pas facile à dire.

« Je ne sais pas. »

Engelbrekt pointe du doigt.

« Tu as une cicatrice au front. On la voit à peine, mais on la sent quand on passe le doigt dessus. Elle n'est pas vieille. D'où vient-elle ?

– Un gourdin surgi de nulle part. Je me suis battu à la Saint-Jean, contre la volonté de mes parents.

– Pourquoi ?

– Je voulais leur montrer que Göksholm était devenu trop étroit pour moi. »

Engelbrekt sourit en coin.

« L'an dernier, j'étais devant Borganäs, quand nous avons pris la forteresse pour la première fois. Du toit, une flèche a été décochée à l'aveuglette droit sur moi, à la tombée du jour. J'ai deviné son ombre au dernier instant, reculé sans réfléchir, et sa pointe m'a effleuré le front. J'ai encore la cicatrice, au même endroit que toi. »

Il écarte ses cheveux au-dessus de sa joue, dénudant un trait rouge.

« Fauteurs de trouble tous les deux, marqués du même sceau. »

Il se lève, s'étire le dos, usé par tant de jours en selle. Quand Engelbrekt fait son premier pas vers la porte, Måns répond.

« La dernière fois que je me suis battu a été à mes dépens. Vous m'avez affirmé avoir découvert en Bohême le secret de la guerre. Vous ne voulez pas me dire ? »

Engelbrekt s'arrête, se tourne vers lui en le fouillant du regard.

« C'est simple. Ne te bats jamais quand tu ne sais pas l'issue du combat décidée à l'avance. Pour celui qui maîtrise l'art de la guerre, pas besoin de coups. Les plus belles victoires se remportent en silence. »

Il voit le doute dans le regard de Måns, rapproche le tabouret et se rassoit.

« Je vais te raconter. Tu as bien mérité ça. Le roi Erik et la reine Margareta avant lui se sont laissé enivrer par leur soif de pouvoir. C'est ce qu'une personne malintentionnée pourrait dire.

Quelqu'un de plus modéré aurait plutôt déclaré qu'ils sont tous deux humains, eux comme nous autres, même si la naissance et le hasard les ont placés sur des trônes dorés et couverts de joyaux et de pourpre. Regarde la petite Margareta. La fillette Margareta. Elle est unique, de loin plus intelligente que les autres, et elle le sait. Mais aucune fille n'a la valeur d'un fils. Elle doit se battre plus dur que les autres pour que des hommes de pouvoir, stupides et affairés, remarquent un talent dont la louange aurait traversé les frontières si seulement elle était née garçon. Dans cette lutte, elle a encore plus aiguisé sa lame. Elle a fini par atteindre tous les buts qu'elle s'était donnés. Elle a changé le monde, l'a plié à sa volonté. Mais je me demande s'il ne l'a pas pliée lui aussi. Une fois sur son trône, elle a trouvé le royaume dont elle avait hérité trop petit. Elle voulait aussi la Suède. Et Erik ? Regarde le petit Erik. Le jeune Erik. Poussé sur le trône à défaut d'autres héritiers, affublé d'un nouveau nom dans une langue étrangère, pour que ses sujets puissent en former les sons sur leurs lèvres. Tout ce qu'il avait été, balayé du jour au lendemain. Comme roi, il aurait pu être beaucoup plus que ce qu'il est, et pourtant paraître médiocre en comparaison de la sœur de sa grand-mère. Possédé par l'idée de gagner une guerre au sud, où aucune victoire n'est possible. De ce point de vue, difficile de leur reprocher leurs erreurs. Le peux-tu, Måns ? Lesquels de tes défauts auraient fait le malheur du peuple ? Oserais-tu jurer que tu aurais été un meilleur roi ? »

Måns ne peut que secouer la tête.

« La raison en est qu'ils ont tous deux commis une grave erreur. Le royaume dont ils ont étendu les frontières est désormais trop vaste. Ils ne peuvent dominer le Danemark et la Suède en même temps depuis Copenhague. Ils doivent confier le gouvernement à des hommes de confiance, des Danois et des Allemands. Des baillis. Même Margareta, elle qui était assez intelligente pour percer les autres à jour, avait du mal à trouver des hommes de valeur en nombre suffisant. Erik n'avait aucune chance. Ce que nous avons eu, ce sont des aventuriers qui n'ont d'autre but que de se remplir les poches. Ces abus de pouvoir ne pouvaient durer. Quelqu'un aurait fini par se lever. Sinon moi, un autre à ma place. »

Måns se souvient de Köpingshus en cendres, de ses mots adressés à Finn Sigridsson au milieu des fumées et des vapeurs.

« Vous voulez tout le royaume.

– Ça a l'air d'une grande affaire quand tu le dis ainsi. Mais les forteresses n'ont pas assez d'hommes pour les défendre. Seules Kalmar et Stockholm ont des forces dignes de ce nom. Les autres comptent leurs hommes en dizaines. Ils ne peuvent pas nous résister. Le royaume a été à nous dès lors que nous avons pu soulever le peuple dans de telles proportions. D'ici, nous marchons sur Uppsala, pour rallier l'Église à notre cause. Ce sera facile. Elle est déjà en conflit avec le roi Erik au sujet du prochain archevêque. Avec notre arrivée, la chose sera décidée, et la gratitude de l'Église nous favorisera. Puis cap sur Stockholm. Elle, nous ne la prendrons pas, mais nous pouvons la rendre inoffensive. Hans Kröpelin y gouverne au nom du roi, et je le connais depuis longtemps. Un homme bon, intelligent et de bon sens. Il fera un compromis. Puis nous continuerons vers le sud, une place forte après l'autre jusqu'à voir la frontière de Scanie. »

Un voile passe sur les yeux d'Engelbrekt tandis qu'il parle. Il s'en débarrasse d'un clignement de paupières puis se tourne vers Måns, le regard plus clair.

« Tout ceci est évident pour qui sait voir. Mais à présent, je vais te dire un secret. Je veux plus que seulement prendre tout le royaume. »

Engelbrekt se penche encore plus près, la voix baissée, comme recueilli avant une confidence.

« Je veux prendre tout le royaume sans verser une seule goutte de sang. »

Suie s'agite dans son sommeil. Engelbrekt se lève et lui caresse le museau pour le calmer, adoucir les rêves qui l'ont troublé.

« Du sang, j'en ai assez vu, au Schleswig, chez les hussites. Écoute cet autre secret de la guerre : elle n'appartient à aucun camp, et se transforme bientôt en un être autonome. Équipe une armée suffisamment grande, et elle devient une bête qui doit se nourrir elle-même sans faire de distinction. Elle marche sous des bannières qui prétendent vouloir le bien du peuple, mais elle doit piller ses granges, abattre son bétail, rafler ses provisions. Bientôt, elle ne connaît plus aucune loi, devient l'asile des plus bas instincts, toujours en quête de nouvelles nourritures, jusqu'à ce que tout soit consommé, et elle meurt alors de faim ou d'un excès de puissance. Mon armée, elle, sera différente. Je n'en emmènerai qu'un petit nombre vers le sud. Les autres rentreront chez eux. Les gens dont j'ai besoin, je dois les rassembler dans les contrées qu'ils habitent. Ainsi, ils ne voleront pas ce qu'ils possèdent déjà, ni le bien de leurs voisins. Jusqu'ici, tout s'est bien passé. Avec les gens du Västmanland, nous avons battu les gros lansquenets de Johan Vale. Ceux des nôtres qui sont tombés se comptent sur les doigts de mes mains. »

Il se retourne, une main encore posée sur son cheval.

« Vas-tu nous suivre au sud, Måns Bengtsson, d'azur et d'or ? »

Måns serre le linge humide sur sa chair de poule naissante. La nuit a fraîchi, dehors le vent caresse la cime des arbres.

« Oui. C'est ce que je veux.

– C'est un jeu d'été auquel je te convie, assez facile à jouer. Il faut que ce soit rapide : après vient l'hiver, et seul un fou partirait guerroyer une fois le gel installé, car ce dernier touche plus sûrement et sa morsure est plus profonde que bien des flèches. Avec le printemps viendra le roi Erik pour reprendre le royaume qui lui aura échappé. Alors, il sera plus difficile d'éviter le sang. »

65

Bengt Stensson sort dans la cour de Göksholm, entre les communs, s'écarte pour que l'ombre du donjon cache le soleil aveuglant. De retour à la maison. Personne ne semble y prêter particulièrement attention, son épouse encore au lit et sa fille farouche comme une biche, et tant mieux. Il entendra bien assez tôt à l'envi le caquet des femmes. Il serre sa ceinture et arrange sa tunique. Cette tenue ne sied pas à son rang, mais il a trop hâte d'entendre le messager qui vient d'arriver pour s'en soucier. La marche rapide lui provoque des renvois aigres. Peut-être le messager vient-il de la part de Måns, enfin ? Il est grand temps que ce garçon se rappelle la mission dont il a été chargé et montre une maturité digne de confiance. Ce qu'il découvre dans la cour l'arrête comme s'il avait heurté un mur.

« Qu'est-ce que c'est que ça ? »

Un homme du Nord, sûrement dalécarlien, massif, la barbe en bataille. Jusque-là, rien d'étonnant. Devant lui une fille aux cheveux roux. Peut-être seize ans. L'homme se racle la gorge.

« Mon nom est Harald Esbjörnsson. De Norberg. J'arrive de Västerås, chargé par Engelbrekt Engelbrektsson de conduire Hebbla Albrektsdotter auprès de Bengt Stensson à Göksholm. »

Le seigneur Bengt change de pied pour soulager son dos et écarte les bras.

« Mais pourquoi ?

– Hebbla est de la maison Bydelsback, jadis alliée proche de Bo Grip comme votre lignée l'a été. Elle était confiée au duc Eberstein pour son éducation, mais est restée quand il a évacué la forteresse. Votre fils s'est occupé d'elle, et c'est la raison de ma venue.

– Je ne comprends pas pourquoi... »

Bengt Stensson s'interrompt, la vue obscurcie par la pensée qui le heurte de plein fouet comme un poing sur la tempe.

« Ce que tu dis est faux. Engelbrekt ne peut pas avoir pris Västerås. Même si l'ordre Teutonique avait débarqué à son heure de gloire, la forteresse aurait résisté des années.

– Cela a pris un jour. J'y étais. Si vous ne me croyez pas, envoyez un cavalier à Opensten, où le duc Hans a battu en retraite, pour qu'il vous le raconte avec ses mots. S'il y a des enfants qui comprennent l'allemand, veillez à ce qu'ils se bouchent les oreilles.

– Mais comment ? »

Harald Esbjörnsson fait un geste en direction d'Hebbla Albrektsdotter.

« Engelbrekt Engelbrektsson m'a chargé d'une mission, mais ne m'a pas autorisé à parler ouvertement à ceux dont la loyauté reste à prouver. Aucune promesse n'a été faite à cette jeune fille. »

Hebbla fixe Bengt de ses yeux verts et tend le cou.

« Dieu en personne a vu que la cause d'Engelbrekt était juste, et il a écouté sa prière, comme la mienne. »

Bengt Stensson frotte ses yeux las.

« Mon Dieu... »

Bengt réfléchit un moment en silence, se remémore le chemin le plus direct entre Göksholm et la maison Bydelsback. Le vieil Albrekt est bailli à Bergen. Puis l'évidence le frappe : mieux vaut que la fille reste ici, son invitée d'honneur. Le jour où les forteresses des baillis résisteront mieux contre Engelbrekt que Västerås, et que le soulèvement s'affaiblira, des Allemands de bonne volonté dans l'entourage d'Erik seront d'une grande utilité pour Bengt, et Albrekt Bydelsback se laissera sans doute convaincre tant que sa fille demeurera à Göksholm.

« Bien, Harald Esbjörnsson, voilà donc ta mission accomplie. Je vais faire en sorte que cette jeune fille rentre chez elle. »

Le Montagnard répond d'un petit hochement de tête, pas plus, avant de se tourner vers Hebbla Albrektsdotter pour s'incliner devant elle.

« Nos chemins se séparent ici, reçois tous mes vœux de bonheur.

– Et toi les miens. »

Il se détourne, la quitte pour s'approcher de Bengt Stensson.

« Seigneur Bengt. Autre chose. »

Ils s'écartent pour ne pas être entendus.

« Engelbrekt Engelbrektsson vous salue, et vous demande de venir le trouver à Vadstena à la mi-août. Vous et les autres azur et or. »

Bengt Stensson sent son esprit se clarifier, comme s'il avait plongé dans le lac un froid matin d'automne.

« A-t-il dit de quoi il s'agissait ?

– De l'avenir.

– Oui, oui. Mais encore ?

– D'attribution des fiefs. »

Brita regarde son père s'éloigner aux côtés du Montagnard. Elle voit à sa posture qu'il vient d'entendre des nouvelles qui l'intéressent au plus haut point. Elle comprend que l'occasion qu'elle attendait de s'entretenir avec lui au sujet de sa mère vient de s'éloigner encore. Elle rejoint plutôt cette étrangère.

« Je suis Brita, la fille du seigneur Bengt. »

Hebbla Albrektsdotter la dévisage, comme si elle cherchait une ressemblance.

« Tu es la sœur de Måns. Sauf qu'il est beaucoup plus beau que toi. »

Brita s'étonne de ne pas être heurtée par ces mots. Ils ne lui semblent pas destinés à blesser, juste témoigner d'une franchise qui ne se soucie pas des sentiments qu'elle peut provoquer.

« Tu as rencontré Måns ? Il est avec Engelbrekt ? »

Hebbla hoche la tête.

« Voudrais-tu venir au chevet de ma mère ? Elle n'est plus elle-même depuis qu'il est parti. Chaque jour elle demande de ses nouvelles et, comme il n'y en a pas, elle se retourne et reste couchée là toute la journée et la nuit qui suit. Je sais qu'elle n'attend rien autant qu'entendre ce que tu as à lui raconter. Voudrais-tu venir, je t'en prie, et dire quelque chose qui puisse la réconforter ? »

Elle hoche la tête, balance ses boucles rousses.

« Montre-moi le chemin. »

Avec le soir arrive Nils Stensson. Comme toujours, il semble porté par le vent des grandes nouvelles. Bengt laisse son frère passer à l'étuve, l'attend auprès du feu, où il lui offre à manger et à boire.

« Engelbrekt veut me voir à Vadstena. »

Nils montre toutes ses dents en se frottant les mains.

« Nos affaires marchent bien. J'irai avec toi. »

Ils restent tous deux silencieux un moment, les yeux sur le feu. Dans le rougeoiement des flammes, ils voient la même chose : des châteaux et des demeures seigneuriales, des terres étendues. Peut-être que les pointes des flammes dessinent une couronne par-dessus le marché ? Quand la chaleur devient trop forte, Bengt se penche en arrière.

« Et ces mille *marks* ? Quoi de neuf ?

– J'ai retrouvé Olof Jönsson, l'homme de Knut. Mort, dans la forêt. Pas d'argent. C'est une histoire amusante, si on a le cœur bien accroché. Pour attirer un compagnon de route, il a inventé une histoire de bandit de grand chemin qu'il a baptisé Gånge-Tor, censé abandonner ses victimes en les mutilant d'une façon particulière. Celui qui a pris la vie de Jönsson s'y est conformé à la lettre. »

Bengt soupire en songeant à la somme perdue.

« Retrouver le trésor aurait été trop beau pour être vrai.

– Sais-tu d'où venait cet argent ? »

Bengt secoue la tête.

« Notre oncle a été muet comme une carpe à ce sujet.

– L'évêque a commencé à vendre des lettres d'indulgence. Espèces sonnantes et trébuchantes en échange de l'absolution des péchés. »

Bengt vacille sur son siège, pris de vertige à l'idée de la valeur de ce marché qu'il mesure aussitôt. Knut Bosson, le renard dans le poulailler. La tentative de Bengt de calculer ce profit chasse toute autre pensée, mais une autre idée semble à l'affût, aux confins de sa conscience. Une intuition naissante, encore trop faible pour se faire connaître. Il la balaie quand la frustration devient trop forte. Il a bien assez à penser par ailleurs.

Stina sent une présence inconnue au chevet de son lit, par un sens qui n'est ni vraiment l'odorat, ni l'ouïe. Lasse, elle roule sa tête sur l'oreiller, sent la douleur sourde dans son corps raide. Elle cligne des yeux d'étonnement, une inconnue, yeux verts et cheveux de feu. Sa fille derrière. Brita invite la visiteuse à s'approcher.

« Mère, voici Hebbla Albrektsdotter, qui arrive du nord. Elle a rencontré Måns. »

Stina cherche à tâtons un appui pour se redresser, cligne violemment des yeux pour mieux voir.

« Où est-il ? Auprès d'Engelbrekt ? Il va bien ? »

Hebbla Albrektsdotter s'assied au bord du lit.

« Il était en bonne santé quand nous nous sommes quittés. »

La voix de Stina se brise en posant la question :

« Il va rentrer ? »

Hebbla regarde d'abord Brita, puis Stina.

« Non. Il ne rentre pas. Il marche aux côtés d'Engelbrekt. Personne n'est plus proche. Ils vont où Dieu le veut, pour renverser les iniques de leurs trônes. »

Brita regarde sa mère, voit ses yeux se troubler à nouveau. Stina retombe parmi ses couvertures, incapable de dire le moindre mot pour saluer la visiteuse, elle roule sur le côté jusqu'à lui avoir tourné le dos. Brita ne peut que raccompagner Hebbla vers la sortie, en silence, sachant que l'aide qu'elle pensait apporter n'a fait qu'empirer les choses, en privant sa mère d'un vain espoir. Le poids qui oppresse sa poitrine est revenu, une étreinte invisible qui étouffe son souffle et fait filer son cœur.

QUATRIÈME PARTIE

FIN D'ÉTÉ, AUTOMNE ET HIVER 1434

66

Août, déjà. Encore le plein été, mais bientôt la fin. À chaque coup de vent, des sens innombrables guettent la bourrasque attendue incessamment, celle qui charrie un froid inconnu depuis des mois, avec le parfum de l'automne qui approche. Måns est sur une hauteur, différent. Il a troqué ses vêtements de Göksholm contre d'autres, plus adaptés aux mouvements de la troupe. Il a reçu chemise et braies en lin, assez longtemps blanchies au soleil pour porter encore le parfum de l'herbe où elles ont été étendues, des chausses et une cotte en laine bien ajustées par-dessus, attachées par des lanières sur le devant et à la taille, ouvertes derrière pour plus d'aisance à cheval. Des souliers lacés en cuir souple, un manteau taillé en trois quarts de cercle, pour couvrir les épaules mais laisser libre le bras droit. Il porte son bonnet à la ceinture, préférant abandonner ses longs cheveux aux caprices du vent. Engelbrekt Engelbrektsson à ses côtés, tous deux à l'abri de leurs chevaux qui broutent.

« Sacré Styke : lui aussi refuse de se rendre. »

Engelbrekt croise les bras, scrute en plissant les yeux la forteresse de l'autre côté de l'eau. Ringstadaholm, où Henrik Styke est bailli au nom du roi Erik. Måns suit son regard. Murailles grises sur une île au milieu du courant, impossible pour tout assaillant d'y prendre pied sans s'exposer aux pierres et aux flèches tirées depuis les remparts. Il a déjà entendu ce nom de Styke.

« Leur père a navigué avec Sven Sture. Kari, la fille de Sven, est l'épouse de mon oncle, élevée sur le pont d'un bateau chez les

Frères des victuailles. Aussi longtemps que je me souvienne, je l'ai entendue raconter des histoires à leur sujet. »

Engelbrekt répond d'un grognement. Jusqu'ici tout leur a souri, sauf ces deux-là. Uppsala est prise, Örebro en pourparlers. La paix règne avec Stockholm, les bourgeois de la ville bien à l'abri derrière leurs murailles, les voies commerciales ouvertes vers la mer mais fermées vers la terre. Erik Puke, désormais nez tordu, est parti au nord abattre Faxeholm et les provinces au sommet du royaume. Åland prise. Gripsholm en feu. Ici seulement, la prédiction d'Engelbrekt ne s'est pas réalisée. Deux frères, Albrekt Styke à Nyköpingshus et Henrik Styke à Ringstadaholm, tous deux sous leur blason coupé d'argent et d'azur aux trois cercles de gueules, de naissance allemande, tous deux décidés à rester là où ils sont.

« J'ai perdu mon calme en parlementant avec lui. Cela m'arrive rarement, ce qui me dérange davantage que les mots qui m'ont échappé. Des adultes devraient s'estimer au-dessus de ces chamailleries. Rois et conseillers s'y sont déjà suffisamment livrés dans ce pays. La campagne commence à marquer le pas, alors que nous n'en avons vu que le début. Je dois pouvoir faire mieux, si je veux que nous arrivions à bon port.

– Que lui avez-vous dit ? »

Un vol d'oies passe au-dessus d'eux, formé en pointe de flèche. Engelbrekt le suit des yeux.

« J'ai juré de traîner Henrik Styke hors de sa forteresse par les cheveux avant la fin de la semaine. »

Ils restent un moment silencieux, jusqu'à ce que Måns ne parvienne plus à retenir son rire. Il résonne à la ronde, pur et beau, fait tourner des têtes dans le campement en contrebas. Engelbrekt garde le masque encore un moment, mais bientôt il se déride lui aussi. Le silence revenu, il promène le regard sur l'eau, la forêt.

« Tu as sans doute appris des ruses de guerre auprès de ton père et de ses frères. Comment feraient-ils pour prendre cette forteresse ? »

Måns protège ses yeux de sa main et scrute le bas de la pente. Rien qu'il n'ait déjà vu.

« Le feu. Ils s'approcheraient assez près pour mettre le feu aux palissades, puis à la toiture de la forteresse.

– C'est une solution pour un massacre. J'ai moi-même brûlé Borganäs et Köpingshus, mais seulement après les avoir prises. Des cabanes au milieu des terres sauvages, tout juste bonnes à abriter quelques lansquenets pour la nuit. Des forteresses comme celle-ci, nous en aurons besoin le jour où les rôles seront inversés, le royaume à nous et le roi Erik à notre place. »

Il montre l'eau qui bouillonne.

« De toute façon, nous ne pouvons pas nous approcher. L'eau défend la forteresse de tous les côtés. Le pont est trop étroit, trop facile à défendre. Des bateaux, nous n'en avons pas, et ils ne nous auraient pas été d'un grand secours, car ils auraient été de toute façon une cible facile depuis les remparts.

– Reste alors à jouer le temps. Henrik Styke finira par préférer écouter des pourparlers que son ventre creux. »

Engelbrekt se frotte le menton, fronce les sourcils.

« D'abord c'est Nyköpingshus qui résiste, et à présent Ringstadaholm. Je n'aime pas ça. La nouvelle va se répandre aux quatre vents et donner du courage à ceux qui sans cela se seraient aplatis. Le peuple qui nous suit s'attend à voir sa foi récompensée. Notre route nous mène bientôt à Vadstena, et plus nous aurons de victoires derrière nous, plus les grands du royaume prêteront l'oreille à notre cause. Il ne serait pas si grave d'abandonner Ringstadaholm à son sort, mais cela pourrait être une graine vouée à croître. Non. Je préférerais tenir la promesse que j'ai faite au bailli. Aide-moi à réfléchir. Ce n'est pas difficile. Ne pense pas comme les autres. Pense à ce que personne n'a encore jamais pensé. Où est le point faible de cette forteresse ? »

Ils restent silencieux, tournent la tête pour trouver d'autres angles de vue par où arracher ses secrets au château. Måns tend le cou pour mieux voir un détail.

« Le puits est isolé de l'autre côté de la cour, par rapport au donjon.

– Je vois. Si nous pouvions leur couper l'accès à l'eau, la soif nous serait une précieuse alliée.

– Si seulement nous pouvions tirer par-dessus les murailles.

– J'y pensais justement. Regarde. »

Engelbrekt montre les arbres à l'horizon, de l'autre côté du fleuve.

« Là-bas poussent des sapins en grand nombre. Nous allons en abattre assez pour construire une barge capable de porter un échafaudage en bois suffisamment haut pour garantir à nos archers une vue dégagée par-dessus les remparts. »

Måns secoue la tête pour que le vent chasse les cheveux de ses yeux.

« Est-ce encore là une des ruses de Jan Hus ?

– De lui, j'ai appris que la pensée l'emporte sur la force. J'ai déjà entendu parler de dispositifs semblables. Mais souviens-toi de ce que je t'ai déjà dit : mieux vaut que la victoire soit assurée avant le début du combat. Je suis chagriné à l'idée que des vies soient perdues à cause de l'obstination de Henrik Styke. Maintenant, à partir de ce que tu sais, comment t'y prendrais-tu ? »

Måns réfléchit, avant de pointer une prairie au bord de l'eau juste en face de la forteresse, visible depuis le donjon, mais hors de portée des flèches.

« Et si nous assemblions la barge et la tour là, où Henrik Styke et ses gens peuvent nous voir ? Ils mettront un certain temps à comprendre notre dessein, mais leur imagination le peindra bien plus terrible qu'il n'est. »

Engelbrekt hoche la tête.

« Tu apprends vite.

– Dieu fasse que ce soit aussi votre cas, vous qui prétendez les miracles hors de votre portée et qui démontrez encore et toujours votre erreur. »

Engelbrekt saisit le mors de Suie occupé à brouter librement. Ensemble ils descendent la pente.

Engelbrekt baptise *beffroi* cette tour qu'ils bâtissent sur un socle flottant. On trouve assez vite un charpentier au sein de la troupe, les rides crasseuses de son visage s'illuminent comme une torche quand il comprend entièrement le croquis qu'on lui montre à même le sol. Excité comme un gamin, il tourne en rond autour, avec sa propre canne il indique renforts et encoignures, pose ses questions, opine du chef en écoutant les réponses. Puis il se dépêche de rassembler une troupe d'hommes déjà formés, des gaillards possédant leur propre hache, coutumiers de la forêt et des caprices des sapins qu'on abat. Assez vite, on entend les haches retentir dans la forêt, des troncs sont roulés un à un en bas de la pente qu'on a égalisée en toute hâte, au bord de l'eau, pour être flottés en aval jusqu'à la prairie. Peu d'outils sont nécessaires. On taille de simples encoches dans les troncs, qui s'encastrent les uns dans les autres, scellés par leur propre poids, aussi solidement que s'ils étaient sortis de terre sous cette forme. Cinq étages superposés s'élèvent rapidement, et au sommet se tient le charpentier lui-même à califourchon sur une poutre, fil à plomb dans une main et bâton de visée dans l'autre, pour mesurer la hauteur de sa construction à l'aune de celle du donjon. Il hoche la tête. Une fois mis à l'eau, le beffroi sera assez haut non seulement pour frapper la cour, mais pour permettre à des hommes d'atteindre la toiture en enjambant les créneaux.

Il faut deux jours à Henrik Styke pour faire lever un casque au bout d'une pique derrière les créneaux, signifiant son souhait de négocier. Il veut cinq jours de trêve pour préparer son retrait, et pour être certain qu'aucun renfort n'arrive. Engelbrekt accepte.

« Måns ?

– Oui ?

– Je n'ai pas le temps d'attendre la prise de la forteresse. Je file à Vadstena. Ringstadaholm est à nous, car aucun renfort ne viendra à son secours au nord de la frontière danoise, et si Styke devait changer d'idée, nous pourrions toujours engager notre beffroi. L'armée reste ici jusqu'à la reddition de la forteresse. Nous ne partons qu'à trois douzaines. Viens-tu avec nous ?

– Est-il besoin de le demander ?

– Là-bas, tu vas revoir tes parents. Ton père et ses frères, et le frère de ton grand-père, l'évêque. »

Måns se détourne, un instant seul avec ses pensées.

« Que va-t-il se passer à Vadstena ?

– Sans les nobles, aucune victoire ne peut être remportée. Il nous faut les rallier à notre cause. Et plus encore : avec le conseil royal de notre côté, notre soulèvement est rendu légal. C'est important aux yeux des gens : ils savent que seule la loi écrite les protège de l'arbitraire. »

Måns croise les bras en se drapant dans son manteau et regarde alentour. Au-delà des arbres, des prés, puis d'autres forêts et ainsi de suite à perte de vue. Il se retourne alors vers Engelbrekt.

« Quel genre de royaume attend de l'autre côté de votre victoire ?

– Les Suédois doivent avoir leur roi. Un roi comme saint Erik. Un homme bon, visant le bien du peuple. Des seigneurs sous ses ordres pour administrer sa maison, des hommes choisis pour leurs bonnes mœurs, chargés de lever l'impôt nécessaire à la Couronne pour maintenir la paix, mais pas un *öre* de plus. Avec le roi au-dessus d'eux, ils ne seront pas tout-puissants comme l'ont été les Allemands et les Danois, ce ne seront pas des pillards avec leur seul intérêt comme boussole.

– Ne voulez-vous pas porter cette couronne ? »

Engelbrekt secoue la tête.

« Non. Pas moi. Un autre. Meilleur. Je n'ai ni assez envie ni assez de sagesse pour m'asseoir sur le trône des Svear. Mais mon envie et ma sagesse suffisent peut-être pour trouver la bonne tête à couronner.

– Ces grands seigneurs dont vous parlez, s'agit-il de ma lignée ?

– Personne ne peut gouverner seul. »

Måns fait mine d'ajouter quelque chose, mais se ravise. Il cligne des yeux et se détourne, visage dans le vent.

« Qu'y a-t-il ? »

Måns secoue la tête.

« Et si vous nous découvriez faits du même bois ? Pas tellement meilleurs que les Danois et les Allemands ? »

Engelbrekt se rapproche pour se placer à sa hauteur, baisse sa voix pour mieux souligner sa gravité.

« Je me suis si souvent posé la même question. Quel est ce royaume à venir ? Pour quoi nous battre ? Ce cauchemar m'a hanté et tourmenté des nuits et des nuits. Je me suis mis à la tête d'un soulèvement sans direction sûre, doutant en cachette derrière ma mine résolue. Voilà seulement un mois, je n'aurais pas su répondre à coup sûr à ta question. Maintenant, mieux.

– Pourquoi ?

– Parce qu'ensuite, je t'ai rencontré. Le tronc ne peut être pourri qui a produit rejeton tel que toi. Il doit y en avoir d'autres de la même trempe. Il y a de l'espoir. »

Engelbrekt croise le regard qu'il poursuivait, et ne le lâche plus.

« Viens avec moi à Vadstena. Aide-moi comme tu le peux. C'est là que commence le chemin vers le royaume qui vient. »

67

Bengt Stensson retient son cheval quand il devine la foule. Vadstena est pleine de gens, des gens par centaines. La ville ne peut pas avoir vu plus de monde depuis le retour de sainte Brigitte. C'est la populace, rustres aux corps marqués par une vie de labeur, hommes, femmes et enfants mélangés. Leur brouhaha comme l'eau qui bouillonne autour de la roue du moulin. Il n'a jamais redouté le peuple, mais leur si grand nombre le met mal à l'aise, et ses gens éprouvent la même chose, se resserrent autour de lui sans qu'il ait rien à leur dire. Six hommes, équipés pour l'apparat, épée au côté et pique fixée à la selle, heaumes polis au sable jusqu'à briller comme le soleil dans une flaque d'eau. Bengt lève le nez vers la tour de l'hôtel de ville, et s'y dirige en faisant son possible pour dégager une impression de dignité. Il sent les regards du peuple sur son passage, ils ne sont pas d'une nature habituelle. Il y a une force dans leur nombre. S'il leur prenait l'idée de l'arracher à son cheval, il serait piétiné sur place, escorte ou non. Voilà longtemps qu'il n'avait pas senti combien est mince la glace sur laquelle il se tient, lui et tout ce qui lui appartient, et combien l'eau est profonde.

En sueur, le visage rougeaud, il atteint l'hôtel de ville, est introduit par un porche voûté dans une cour où il peut mettre pied à terre. C'est déjà encombré de chevaux, fiers animaux aux selles magnifiques. Il cherche couleurs et blasons sans y penser, compte leur nombre. Voici l'or à l'esquif de gueules, le blason qui ressemble au sien mais qui est parti et non coupé. Voici la feuille de nénuphar des Sture, le blason tiercé en bandes qu'arborent les seigneurs d'Eka. Et le sien, d'azur et d'or, coupé, porté par des chevaux qu'il connaît. Bo Stensson est déjà là. L'évêque Knut de même. Il est réconforté. Mieux vaut retrouver des parents qu'arriver seul. Il aperçoit bientôt son frère aîné, qui ne tient pas en place près de l'enceinte de la cour, les bras croisés.

« Frère Bo.

– Frère Bengt. Tout va bien pour toi et les tiens ? »

Bengt grimace.

« Stina n'est pas bien. Elle est alitée, ne veut pas se lever. Je la vois à peine. Måns lui manque. Les hommes ne peuvent pas comprendre les tourments des femmes.

– Le temps guérira cette plaie. Je ne réponds pas de Kari le jour où Nils devra quitter la maison. Dieu merci, pas avant bien des années. »

Bengt hoche la tête tandis qu'il cherche alentour des visages connus.

« Tu es là depuis longtemps ?

– Une heure seulement. Les évêques sont là-haut, à bavarder comme de vieilles commères. Knut, Sigge de Skara, Thomas de Strängnäs. Si j'entends Dieu nommé une seule fois dans leurs conversations, je me ferai baptiser à nouveau. Quelques rumeurs me sont déjà revenues. D'autres ont approché Engelbrekt avant nous, mon frère. Nils Gustafsson de Rossvik était avec lui dès la première heure. Il occupe à présent le château de Västerås en remerciement pour son aide. »

Bengt fait une grimace en songeant à ce château et aux richesses qui vont avec entre les mains d'un autre. Tout le Bergslagen au-dessus, avec ses précieux puits de mine d'où le fer et le cuivre jaillissent comme l'eau aux sources printanières.

« Bon. Cela ne fait que prouver l'intérêt d'aider Engelbrekt. Il y a d'autres châteaux que Västerås, et de plus grands, et de plus riches. Et notre Nils à nous, est-il arrivé ? »

Bo secoue la tête.

« Seul le diable sait où ce renard est passé. »

Bo pose le bras sur l'épaule de Bengt, le conduit à l'écart et baisse la voix.

« Je sais que nous sommes déjà d'accord sur la marche à suivre. Nous rallions Engelbrekt. Mais ne l'affichons pas trop clairement. Il a besoin de nous, et il le sait. Ne nous bradons pas, veillons à ce que le prix soit élevé. Montrons quelque réticence. L'évêque approuve. »

La salle du conseil est au sommet de la tour, qu'elle occupe d'un mur à l'autre, avec des fenêtres si hautes au-dessus du sol qu'on s'est autorisé à les percer assez larges pour y faire passer un cheval. Les voix de l'assemblée se taisent à l'entrée de Bengt et Bo. Bengt cherche les regards, échange des signes de tête avec les connaissances. La plupart sont ses voisins, des visages familiers, parents plus ou moins éloignés. Une poignée d'entre eux siègent comme lui au conseil royal. Il se fraie un chemin jusqu'à son oncle, accoutré avec tout l'éclat qui sied à sa fonction. L'évêque est égal à lui-même. Petit, parcheminé, puant le vin aigre, accroupi comme prêt à fuir si on venait soudain à exiger de lui qu'il rembourse ses dettes.

« Oncle Knut. La paix soit avec toi.

– Bengt, mon neveu. De même.

– Je vois dans cette pièce les propriétaires de tous les domaines de Närke, Södermanland et Östergötland, à part ceux de la Couronne royale. Mais qui diable est celui-là ? »

Bengt indique un jeune homme, sûrement pas encore trente ans, menton large et nez en groin.

« Bonde. Karl Bonde, le fils de Knut Bonde. Il vient de Fågelvik. Apparemment le seul à être venu sans avoir été invité. Ça en dit long. Ne te laisse pas tromper par son âge. »

Bengt fronce les sourcils.

« Je l'ai déjà rencontré, mais ce n'était alors pas plus qu'un gosse. Il n'a pas embelli avec l'âge. J'ai apposé ma marque à côté de la sienne sur un testament. Déjà à l'époque il ne m'avait pas plu. Le genre qui voit et entend tout, mais ne dit jamais ce qu'il pense.

– Sais-tu à qui il me fait penser ? »

Oncle et neveu disent le même nom en chœur :

« Nils.

– Et ce grand homme, où est-il ?

– Nous l'attendons. Engelbrekt devrait bientôt arriver, maintenant que nous sommes tous là. Si ce que j'ai entendu des prêtres du Nord est vrai, il sait ménager ses effets pour une entrée mémorable. »

Les dires de Knut sont bientôt confirmés. Par la fenêtre, la rumeur des voix change de nature. Elle croît en intensité. Les acclamations graves des hommes, les appels criards des femmes, les rires et les pleurs des enfants, les sifflets et les cris. Les seigneurs se pressent à la fenêtre pour voir une vague se propager dans la foule qui recule, laissant au cortège le passage vers les marches de l'hôtel de ville. Knut étire son cou de vautour pour mieux voir, tient ses lunettes grossières plus ou moins loin de son visage pour trouver la meilleure position. Il chuchote à l'oreille de Bengt de sa voix sourde de vieil homme.

« Nous allons bientôt savoir si ton fils nous a servi à quelque chose. »

Tous s'attroupent aux fenêtres, épaule contre épaule, les volets grands ouverts. Les doigts montrent, les voix chuchotent, pour distinguer le chef parmi la troupe des Montagnards.

« Est-ce que c'est lui, là, sur le cheval pie ?

– Quelqu'un reconnaît son blason ?

– Il paraît qu'il est immense, une tête de plus que le plus grand. »

Difficile de dire qui parmi les cavaliers mène la troupe. Ils approchent, jusqu'à ce que le bord du mur d'enceinte les cache à la vue. Dans la salle, on se tait. Chaque bruit d'en bas vient nourrir l'attente impatiente. Des pas d'hommes en nombre dans l'escalier. Et les voilà qui franchissent le seuil, les Montagnards, et, tandis que tous les yeux passent fébrilement de l'un à l'autre dans l'espoir de repérer quelque signe de majesté notable, Engelbrekt Engelbrektsson avance seul de quelques pas.

« Plus petit qu'on ne pensait. »

Un chuchotement mal étouffé rompt le silence, suivi d'un éclat de rire. Les grands seigneurs prennent place, comme une danse longtemps répétée. On déploie un vaste cercle, chacun à sa place. Devant la fenêtre se tient la trinité des évêques, Knut au centre, doyen qu'il est. En vertu de son âge, il parle le premier.

« Engelbrekt Engelbrektsson de Norberg. Nous te souhaitons la bienvenue. Tu as beaucoup fait, et nous te devons un grand merci. Que la paix du Seigneur soit avec nous tous, rassemblés en cette heure grave. »

Knut Bosson ne reçoit pas de réponse. Engelbrekt reste là où il est, à mi-chemin du centre du cercle, attendant la suite. Knut se racle la gorge et reprend la parole.

« Les baillis étrangers sont en fuite, qu'ils rentrent chez eux. Les quelques-uns qui restent vont suivre les traces de leurs compatriotes. Les châteaux suédois sont prêts à retourner entre des mains suédoises. C'est un grand service que tu as rendu au royaume, avec les tiens, et tu as mérité ta place dans notre cercle. Mais à présent que notre force est démontrée, le temps est venu pour des mesures d'une autre nature. Nous devons parlementer avec le roi Erik pour obtenir la meilleure issue possible, et celui qui a fait preuve d'une telle efficacité a sûrement la sagesse de comprendre que ces négociations seront menées au mieux par le conseil royal, constitué d'hommes de haute naissance capables de s'adresser au roi dans un langage qu'il comprenne. Le temps de la plume est venu, maintenant que s'achève le temps de l'épée.

– De la fourche, plutôt. »

Mots à demi étouffés derrière une quinte de toux feinte, faits pour être entendus sans que leur auteur en réponde. Engelbrekt attend une seconde avant de s'avancer pour rejoindre l'évêque.

Thomas de Strängnäs et Sigge de Skara s'écartent chacun d'un pas, et Engelbrekt pose une main sur l'épaule de Knut.

« Viens, je vais te montrer quelque chose. »

Engelbrekt le conduit vers la fenêtre restée ouverte. Sous leurs pieds se presse une foule à perte de vue. Engelbrekt lève la main en signe de salut, et la réponse qu'il reçoit ébranle le sol, fait vaciller la tour. Sur les marches de l'hôtel de ville se tiennent les Dalécarliens de sa suite, qui dirigent le chœur tonitruant du peuple.

« Engelbrekt ! Engelbrekt ! »

Engelbrekt pose sa main levée sur la nuque de Knut qui sent avec un effroi croissant que ce geste qui de la cour doit paraître aimable pose autour de son cou comme un cercle de fer. Il a beau chercher des orteils et des talons une prise sur le sol de la salle, il est poussé de plus en plus près de la fenêtre, jusqu'à son rebord bas. L'abîme s'ouvre sous ses pieds. En l'absence de tout autre appui, seul le bras d'Engelbrekt empêche sa chute. Engelbrekt parle sur fond de clameurs, juste assez fort pour que Knut seul entende.

« J'ai entendu parler de toi, Knut Bosson d'azur et d'or. Un vieux serpent mitré, évêque depuis plus longtemps que quiconque sans jamais avoir pu comprendre comment l'Église pouvait reprocher à Judas d'avoir pris les trente deniers en salaire pour sa peine. »

Il pousse Knut encore plus avant au-dessus du vide, et l'évêque entend la couture de son col craquer quand son vêtement supporte davantage de poids.

« Le père de mon grand-père paternel était tailleur à Uppsala. Il plaçait son honneur dans son travail. Je me demande si la couture qui t'empêche de tomber est aussi solide que les siennes. »

Encore plus loin pourtant, le bout des orteils au-dessus d'une mort certaine.

« Il savait se faire payer pour son travail, et a cousu assez d'habits pour permettre à mon grand-père de partir vers le nord avec son héritage et d'acheter une part dans la mine de Norberg. Dans ma famille, nous ne sommes libres que depuis trois générations. Je n'ai pas autant de quoi me vanter de ma naissance comparé à toi. Mais regarde en bas. Destin et espoir, c'est votre devise. Je me demande quel serait ton destin si tu sautais ce pas ? Où atterrirais-tu si je te lâchais ? Là, je crois, au milieu de l'escalier, la quatrième ou cinquième marche en partant du bas. Peut-être toucherais-tu d'abord la balustrade en pierre, avec son coin pointu. Mais je me trompe peut-être. Ta lignée est ancienne dans cette contrée. Peut-être le sol nourrit-il un si grand respect à ton égard qu'il amortira ta chute ? Peut-être te poseras-tu sur tes titres de noblesse aussi doucement et confortablement que sur une peau d'ours étendue sur un matelas rembourré ? »

Knut cherche à tâtons dans le vide un appui providentiel, oublie qu'il tient encore ses lunettes à la main, les lâche. Elles tombent, et la durée de leur chute lui semble impossible, avant qu'elles ne s'écrasent exactement là où Engelbrekt l'avait indiqué. Le bruit du verre brisé n'est pas suffisant pour percer le chœur des voix, mais il voit les éclats s'éparpiller, refléter la lumière une dernière fois.

« Ce n'est pas ce que je crois. Je crois que tu te briserais tous les os. Je crois que personne ne lèverait le petit doigt pour autant, et que le monde continuerait sans toi. Mais ne crois pas pour autant que je tienne pour rien les liens de famille. »

Il se penche plus près, sa bouche toute proche de l'oreille de Knut.

« Tu as menacé Måns Bengtsson, Knut Bosson. Je le sais. Rien que pour ça, j'aurais bien aimé te laisser tomber. Mais tu n'en es pas moins le frère de son grand-père. Son sang est le tien. Voilà pourquoi tu peux vivre. Mais la prochaine fois que tu ouvriras la bouche aujourd'hui, je préférerais entendre une autre chanson que celle que tu viens de nous chanter. »

L'évêque retrouve un sol solide. Engelbrekt le reconduit à sa place dans le cercle, s'installe à ses côtés et s'adresse à l'assemblée pour la première fois.

« Dieu passe en premier en toutes choses. Parmi les hommes de Dieu de ce royaume, aucun ne jouit de plus haute considération que Knut Bosson de Linköping, et avant de vous faire part de mes pensées, je voulais m'assurer qu'elles avaient sa bénédiction. C'est chose faite. Toute obéissance au roi Erik doit être reniée par vous tous, ici et maintenant. Une lettre dans ce sens va être établie, que devront signer tous ceux qui comptent marcher à nos côtés. Malgré son âge, l'évêque lui-même a résolu de prendre sa part dans la défense du royaume, et remplace le roi Erik à la tête du château de Stegeborg et de sa province. »

La sueur froide coule sous la chemise et la chasuble de Knut Bosson, tandis que ses pensées vont et viennent, chargées d'émotions personnelles. Toute sa vie, il a sagement évité de prendre parti, de sauter d'une pierre où il se tient vers une autre avant de s'être assuré de ne pas se mouiller à l'arrivée. Et le voilà traître aux yeux du roi Erik, autant en rébellion qu'Engelbrekt lui-même. Mais le poste de bailli à Stegeborg s'accompagne d'un haut salaire. C'est un des châteaux de Johan Vale, aux mains des Danois jusqu'à présent. Le peuple, qui a durement souffert, chantera sa louange à la moindre baisse d'impôt. Knut pourra passer pour un sauveur, tout en se remplissant aussi bien les poches. Rembourser ses anciennes dettes, avoir assez de liquidités pour contracter de nouveaux emprunts. Et pourtant il hésite. Un regard sur l'assemblée lui fait prendre sa décision. Rien que des visages jaloux, des lèvres grimaçant sans fard la contrariété de voir à l'instant une telle fortune leur filer entre les doigts. Il joint les mains devant lui, incline pieusement la tête.

« Louange à Dieu. »

L'un après l'autre, ils apposent leur marque sur la lettre écrite au roi Erik, saluent Engelbrekt qui se tient à côté pour être témoin de toutes les signatures. Un tonneau de bière est monté, percé, on distribue les chopines. L'ambiance est différente. Tout a changé. Le peuple rassemblé par centaines dehors n'est plus une menace, mais un ami. Un soulagement se répand, d'une nature double : ceux qui renient aujourd'hui leur loyauté n'ont pas eu le choix, mais devraient pourtant se voir récompensés. Dans la queue pour signer la lettre, on entend un rot et un rire, parmi tant d'autres.

« Jamais je n'aurais cru qu'une armée de paysans me retiendrait en otage pour ne pas me relâcher avant que j'aie promis de devenir bailli. »

Bo et Bengt échangent des regards noirs quand Knut Bosson passe devant eux tandis qu'ils attendent leur tour pour apposer leur sceau à côté des autres. Bo arrête l'évêque par le bras.

« Il semble que nous arrivons bien tard à la fête, et les convives sont plus nombreux qu'on aurait pu l'espérer. S'il y a tant de monde à table, le repas sera chiche. »

Dans les yeux de Knut, ils trouvent peu de compassion, rien que l'ivresse du nouveau riche.

« Ne parlez pas trop vite. Vous ne devriez pas repartir les mains vides.

– Facile à dire pour toi, qui as déjà assuré tes arrières. »

Les frères attendent leur tour dans un silence maussade. Quand la cire s'est figée, Engelbrekt se penche pour regarder le motif du sceau.

« Bengt Stensson, de Göksholm ?

– Oui.

– Veux-tu bien venir un instant pour parler en particulier ? »

Ils gagnent ensemble le tonneau de bière, Engelbrekt sert lui-même, tend une chopine mousseuse à Bengt et lui indique de la tête un coin à l'écart. Bengt, qui a plus soif qu'il ne le pensait, à force d'attente et de tension, boit gorgée sur gorgée tandis qu'Engelbrekt trempe ses lèvres en l'observant tranquillement par-dessus le bord de sa chopine.

« Täljehus est tombé. C'est une forteresse importante, et elle va l'être davantage. Il faut un homme de valeur pour la tenir. Ça te dirait, Bengt ? »

Bengt Stensson avale de travers, tousse et hoquette tandis qu'Engelbrekt lui tape le dos de sa paume ouverte.

« Dois-je prendre cela pour un oui ? »

Bengt hoche la tête et Engelbrekt lui tend la main pour sceller leur accord.

« À Tälje t'attend une mission de la plus haute importance. Nous ne pouvons pas être certains de prendre Stockholm, et je ne souhaite pas sacrifier du temps et des vies pour une entreprise qui pourrait être vouée à l'échec. Mais le fer est trop lourd pour être transporté autrement que sur l'eau, et tant que cette ville sert de verrou entre le lac Mälaren et la mer, nous ne pourrons compter sur l'argent des hommes de la Hanse. Dont nous avons besoin pour notre cause. Tant que Stockholm est entre les mains du roi, il garde son pouce sur notre gorge.

– La ville est là où elle est.

– Et je dirais la même chose de Tälje. Tu connais la région ? »

Le seigneur Bengt secoue la tête.

« Une messe à l'église, une traversée en voyage, un jour de marché, pas plus.

– Au nord de la cité se trouve un lac. Le lac Maren. Il se déverse dans le Mälaren. Au sud commence un long fjord, ouvert jusqu'à la Baltique. Une demi-lieue seulement sépare le lac de la mer. Je veux que tu arraches arbres et broussailles et que tu creuses un canal entre les deux, assez large et profond pour permettre le passage de nos cargaisons. Engage tous les hommes qu'il te faut. »

Bengt Stensson fronce les sourcils. Les pensées se pressent derrière la peau plissée, trop nombreuses pour lui. Il n'arrive pas à décider avec certitude si la lubie d'Engelbrekt est un coup de génie ou une folie. Si ce plan réussissait, et que ce nouveau passage avait assez de tirant d'eau pour transporter tout le fer du Bergslagen vers des routes maritimes éprouvées, Stockholm deviendrait superflue du jour au lendemain. La plus grande et plus riche ville de Suède ruinée, et ce non pas par la force des armes mais par une seule idée et des coups de pelle par milliers. Celui qui sera bailli sur ce canal pourra y lever une taxe à sa guise. Bengt essaie d'évaluer la somme, mais la trouve trop élevée pour être calculée. Plus facile à compter est cette demi-lieue. Comme cela semble court ! Mais il se représente le trajet entre Göksholm et l'église de Mellösa. Presque une lieue, en comptant tous les détours de la route. À mi-chemin a été élevé un monticule de pierres, près d'une prairie où il a souvent marqué une pause pour faire brouter son cheval. C'est la distance jusqu'au lac. À creuser à mains nues. Assez large et profond pour faire passer un bateau. Des pierres, grosses, cachées sous terre. Combien d'hommes faudra-t-il ? Combien de terre chacun peut-il déplacer par jour ? Il forme un juron sur ses lèvres muettes.

« J'aurai sans doute besoin d'aide. Je n'ai aucune expérience de ce genre de travaux. Ce que j'ai fait de plus approchant est de creuser mes douves.

– Je pourrais peut-être mieux faire l'affaire ? »

Une voix douce. Bengt se retourne. Derrière lui, il trouve la trogne de Knut Bonde, un sourire obséquieux sur son visage aplati qui le rend plus laid que nécessaire. Bengt voit rouge, mais Bonde le précède en inclinant la tête vers Engelbrekt.

« Mon nom est Karl, fils de Knut, de la maison Bonde, d'or à l'esquif de gueules. J'ai entendu malgré moi. Depuis que j'ai hérité de Fågelvik, je n'ai presque rien fait d'autre que creuser. Les terres étaient détrempées, comme les fondations du bâtiment. Nous avons dû curer la crique devant le château, trop peu profonde pour permettre à une barque d'accoster. Le sol autour de Tälje est d'une nature qui m'est familière, car mon domaine est lui aussi près de la mer, même si plus au sud. En toute modestie, je pense être l'homme de la situation, si le seigneur Bengt n'en prend pas ombrage. »

Bengt Stensson avance d'un pas, comme pour protéger son bien en faisant barrage de son corps. Le château qui était à lui à l'instant est déjà assiégé, ses recettes fiscales convoitées par un bandit de grand chemin. Rien que d'y songer lui fait l'effet de boire la tasse.

« Je me souviens bien de toi, Karl Bonde. Mais toi, ta mémoire semble moins bonne. Tu devrais te rappeler que les jeunes font mieux de se taire quand les adultes parlent, surtout quand ils débattent d'affaires qui ne sont pas censées arriver aux oreilles d'autrui. »

Bengt Stensson frissonne devant le regard froid de Karl Bonde. L'œil d'un lézard, habile à cacher ses sentiments derrière de belles manières. Un ennemi de la pire espèce. Mais il baisse la tête avec une humilité feinte, comme si tout était un malentendu.

« Je ne pensais pas à mal, Bengt. Je voulais juste offrir mes services pour ce qui désormais est dans notre intérêt à tous. »

Bengt voudrait faire à Karl Bonde ce qu'Engelbrekt a presque fait à l'évêque à l'instant, le conduire jusqu'à la fenêtre et lui montrer la sortie la plus rapide. Avant qu'il ait le temps de dire quelque chose d'irréparable, Engelbrekt les prend tous deux par l'épaule.

« Ici, nous sommes tous amis. Karl Bonde, pour cette mission, mon choix est Bengt Stensson. Ne crois pas pour autant que je manque de tâches pour toi, ni que je ne prise pas autant tes compétences. Ton tour viendra. Si tous étaient aussi entreprenants, le royaume serait à nous avant la fin de la semaine. »

Karl Knutsson fait une brève révérence avant de rejoindre le troupeau des grands seigneurs. Bengt Stensson lâche un soupir de soulagement. Le premier assaut contre les remparts de son tout nouveau domaine est repoussé. Il profite du silence pour remettre la conversation dans son droit-fil.

« Nous parlions de Täljehus. »

Måns se tient incognito près du mur, caché derrière les épaules plus larges des Montagnards, capuche enfoncée sur le front. Comme l'atmosphère a rapidement changé. La promesse de terres et d'argent comme une soudaine brise sur la porcherie, et voilà balayées les mauvaises odeurs un instant plus tôt étouffantes. Des seigneurs voilà peu maussades à présent lancés dans des conversations pleines d'espoir, les bras cependant croisés et le regard aux aguets, car tous espèrent des parties du même tout : ce qui est accordé à l'un est enlevé à tous les autres. Il voit Karl Bonde s'écarter d'Engelbrekt, le laissant lui et son père continuer leur conversation. À côté de lui, une voix qu'il connaît bien.

« Regarde-moi cette vipère ramper ailleurs à la recherche d'une peau moins bien protégée où planter ses crochets. Puissent ces messieurs avoir de grandes bottes ! »

Nils Stensson, couvert de poussière grise. Il doit être tout juste descendu de selle.

« Je crois que tout va bien pour nous, Måns. Stegeborg échoit à Knut. On a promis Stäkeholm à Bo. C'est tout ce que j'ai entendu pour le moment. Nous devrions bientôt savoir ce qui revient à Bengt, mais je ne l'ai pas vu aussi réjoui depuis le jour où tu es venu au monde. Je ne peux qu'en déduire que ton séjour auprès d'Engelbrekt lui a donné le goût de l'azur et or. Aucune autre lignée n'a été favorisée comme la nôtre.

– Mais toi, alors ? Que veux-tu ? »

Nils rit.

« Pour un temps je reste encore Nils sans Terre. Mais j'espère bien avoir droit à mon entretien en tête à tête avec le grand homme, comme tous les autres. »

Måns voit son oncle chercher Karl Bonde des yeux et la commissure de ses lèvres se figer en le trouvant.

« Mon oncle, j'avais une question. Il y a un proche d'Engelbrekt, un certain Erik Puke. Dès qu'il a entendu mon nom pour la première fois, il m'a cloué du regard comme avec un poignard. Il m'a détesté dès le premier instant, et pourtant je ne lui ai rien fait. Sais-tu pourquoi ? »

Nils se frotte le menton.

« Puke est le fils de Nils de Rossvik, la première des lignées de la noblesse à se ranger du côté d'Engelbrekt, un bateau et une étoile sur leur blason. En remerciement de son aide, Rossvik est désormais bailli dans le château de Västerås. Mais Puke est un bâtard, né hors mariage. Il a pris le nom de famille de sa mère, avec une aile noire sur son blason, alors qu'il n'a pas le titre par la naissance. Son père a fini par se marier : avec ta cousine Birgitta. Tu ne l'as sans doute jamais rencontrée, car ta tante ne s'est pas relevée vivante de ses couches. »

Un frisson glacé traverse le ventre de Nils Stensson à ces mots prononcés sans y songer. Sa Margareta sur ses draps ensanglantés. Il fait un discret signe de croix.

« Un homme âgé, grand, les cheveux blancs ? Je l'ai vu à Västerås. Il est sorti avec Engelbrekt bénir le peuple après la chute de la forteresse.

– Rossvik ne prend en aucune façon ses distances avec Puke, même si tout le monde comprend qu'on ne doit pas poser de questions sur leur parenté. Puke se comporte comme s'il était lui-même un grand seigneur, et les autres semblent le considérer comme tel. »

Nils scrute l'assemblée en plissant les yeux, salue de la tête les connaissances.

« Sais-tu ce qu'est un *puke* ? »

Måns secoue la tête, et Nils sourit.

« Un petit diable au service du Malin. J'aurais sans doute dû te prévenir avant que tu quittes Göksholm, mais chacun doit bien prendre garde quand il choisit ses ennemis. Moins on en a, mieux cela vaut. Le pays est petit, et une rancune peut coûter cher.

– Le choix n'a pas été le mien. »

Au loin retentit la voix de Karl Bonde, avec son rire strident. Nils montre les dents pendant que Måns le regarde.

« Vis-tu selon les préceptes que tu enseignes ?

– Si on me donnait le choix, j'aurais choisi Bonde, à tous les coups. Pas pour la facilité de le battre, mais pour adoucir la victoire à venir. »

Nils Stensson laisse le temps à ses paroles de faire leur effet avant de poursuivre.

« Où est Puke ? Je ne le vois pas ici.

– Engelbrekt l'a envoyé au nord, soumettre Faxeholm. »

Nils Stensson fronce le front, d'abord étonné, avant de hausser un sourcil.

« Engelbrekt a-t-il connaissance de votre inimitié ?

– Puke ne s'est pas donné beaucoup de mal pour la garder secrète. »

Son oncle rit, tend une main, tapote la joue de Måns.

« Je crois que tu as mieux réussi dans ta mission que je ne l'aurais jamais espéré. Måns, je vais parler aux autres. Prends soin de toi. Continue. Comme je le connais, ton père va oublier de le dire, mais nous sommes tous fiers que la confiance de la lignée n'ait pas été placée dans les mauvaises mains. »

Måns se tient à l'écart jusqu'à ce que la réunion penche vers sa fin. Tous ont apposé leur marque sur la lettre adressée au roi Erik. L'un après l'autre ils quittent la salle, des sentiments contradictoires dans le regard. Måns voit son père partir avec Bo, leur attention ailleurs. Il compte aller les trouver pour parler de la période écoulée, mais à présent qu'il les voit il ne peut s'y résoudre. Il perçoit chez eux l'inquiétude à part égale avec le triomphe. Désormais ils sont tous des traîtres, nommés par écrit, et ils ont beau avoir tous déjà été richement récompensés pour leur peine, aucun ne peut dire ce que l'avenir leur réserve et quelle place branlante ils occupent sur la roue de la fortune. Il leur laisse le temps de monter en selle et de quitter la cour, ne souhaitant pas leur parler. Quand il se retourne pour partir, une griffe l'attrape par le bras.

« Alors comme ça tu m'as quand même trahi, gamin. »

L'évêque Knut, voûté et ratatiné, son corps fragile incroyablement vif quand cela arrange ses affaires. Il attire Måns plus près de lui par le manteau.

« N'ai-je pas été assez clair, en t'indiquant le prix de ta déloyauté ? Tu devais me laisser en dehors de tout ça. Et pourtant, tu n'as pas su tenir ta langue. Il savait tout. »

Måns dégage son manteau.

« J'ai tenu parole, même si je le regrette. J'aurais aimé prévenir Engelbrekt à votre sujet, mais je ne l'ai pas fait. »

Les lèvres ridées de Knut cherchent leurs mots tandis que ses yeux incrédules se plissent.

« Ce qu'Engelbrekt savait était resté entre toi et moi. Personne d'autre n'était là. Qui d'autre aurait trahi ce qui n'était su que par nous deux ?

– Je n'ai pas dit un mot à qui que ce soit. »

Knut doit avoir entendu mille confessions et plus encore. Il sait distinguer vérité et mensonge, connaît tous les degrés de la fausseté, sait aussi comment celui qui s'avoue coupable sous-estime sa faute pour se faire pardonner au plus bas prix. Chez Måns, il ne décèle aucun mensonge.

« Le jures-tu sur la sainte Trinité, Måns Bengtsson ? Au prix de la damnation de ton âme ?

– Je le jure. »

Aucun doute. Knut Bosson ne sait que croire. Le gamin dit vrai, c'est sûr. Mais si ce n'est pas lui, qui ? Quelles oreilles indiscrètes ont donc pu les entendre et tout répéter à Engelbrekt ? Un frisson glacé remonte dans son dos le long de la couture de sa chasuble. Il n'est pas bon d'avoir un traître inconnu aux trousses en des jours comme ceux-ci, et pire quand on ignore ses intentions. Que le petit-fils de son frère soit innocent peut être une consolation. Il regarde Måns, le regard offusqué et le rouge aux joues devant une accusation infondée, comme il se doit. Knut soupire sous le poids de sa conscience.

« Il est clair que je me suis trompé, Måns. Pardonne un vieil homme qui, malgré une longue vie, n'a pas appris tout ce qu'il aurait dû. »

Un bref hochement de tête est la seule absolution qu'obtient l'évêque. Måns a un visage ouvert, où aucune ride ne permet encore aux sentiments de se cacher. À l'instant, la vérité était facile à y lire. Tout aussi facile à présent le mépris. Puis Måns est parti, il dévale l'escalier pour rejoindre la troupe des Montagnards.

68

Kari Sture arrive à Göksholm avec sa suite, elle chevauche en tête et franchit au galop le pont-levis en adressant un sourire carnassier au garde qui lui barre le passage pour lui demander la raison de sa visite et qui doit se jeter sur le côté pour éviter de se faire piétiner. Elle met pied à terre devant les communs, laisse pendre les rênes à terre, certaine que quelqu'un va s'occuper de son cheval. Une servante restée plantée là d'étonnement devant son arrivée s'incline à présent en baissant les yeux.

« Brita Bengtsdotter. Montre-moi le chemin. »

La servante est assez sage pour obtempérer sans un mot, et Kari Sture suit son geste. Brita vient à sa rencontre sur le perron. Kari la toise gravement, voit des taches de boue sur l'ourlet de sa robe et d'encre sur ses doigts, son teint pâle et les cernes sous ses yeux.

« J'arrive avec un conseil. Trouve un chariot pour transporter ta mère, prépare-toi vite à partir. Nous allons vers l'est.

– Mais la récolte...

– J'ai amené un gars avec moi, qui sait compter et gronder, qui comprend vite et sait tenir sa langue. Si Dieu en avait en plus fait un bon parti, je n'aurais pas songé un instant à Bo Stensson. Le garder à Ekhult est un gâchis, je te le prête. Il s'occupera de Göksholm en ton absence. S'il gaspille un seul *örtug*, son prochain foyer sera une petite ferme très loin au nord de l'autre côté de la mer, et il le sait très bien.

– Mais où allons-nous ?

– Au château de Tälje. Il appartient désormais à ton père. Engelbrekt le lui a donné à Vadstena. »

Elle voit l'étonnement sur le visage de Brita, et évite de montrer sur le sien la satisfaction qu'elle en éprouve. Quand Bo lui a parlé de Vadstena, elle a aussitôt su ce qu'il fallait faire, comment s'acquitter de sa dette.

« Je vais tout t'expliquer. Mais pour le moment fais-moi confiance et fais comme je te dis. Demande qu'on allume le feu à l'étuve. »

Elle laisse Brita s'occuper du départ, et trouve toute seule le chemin de la chambre de Stina. L'air sent le renfermé, les volets sont encore aux fenêtres malgré la journée bien engagée. Elle ôte le loquet, les ouvre en grand et voit le soleil la seconder : des rayons tombent droit sur les draps emmêlés, Stina gémit dans sa tanière contre cet éclat qui dérange son hibernation. Kari s'assied au bord du lit, contente qu'une brise de fin d'été emplisse la chambre et dissipe le remugle ambiant. Une odeur persiste, qui lui pique le nez. Elle la reconnaît, c'est l'*aqua vitae*, claire comme l'eau mais au goût de feu, cette boisson que les moines obtiennent en cuisant du vin, capable d'apaiser toutes sortes de douleurs pourvu qu'on en use avec modération. Il y en a plus d'une bouteille, vides. N'en reste qu'un petit fond. Stina tâtonne déjà autour d'elle et Kari lui donne ce qu'elle cherche.

« Bois ce qui reste. Ce sera la dernière fois d'ici longtemps. »

Elle passe une cape sur les épaules de sa belle-sœur, la conduit dehors comme si les ans en avaient déjà fait une infirme, jusqu'à l'étuve. Le feu gronde dans le foyer où chauffent les pierres destinées à vaporiser l'eau. Quand Stina est assez chaude, Kari renverse un seau d'eau froide sur elle sans écouter ses protestations.

« Tu as les idées claires, maintenant, ou faut-il que j'en fasse porter davantage ? »

Stina secoue la tête d'un air buté, forçant Kari à rire.

« On dirait un chat tombé à l'eau. »

Elle s'assoit à côté d'elle sur le banc, verse de l'eau sur les pierres et sent la caresse brûlante emplir l'air.

« Tu dois m'accompagner à Tälje. Tu dois le faire pour Måns. »

69

Revenant de Vadstena, l'évêque Knut est d'humeur gaie. Son chariot roule en douceur sur la route royale bien plate, son mal de reins ne le tourmente pas. Le soleil brille, une outre de vin est à portée de main pour se rafraîchir. Il songe à la forteresse qui vient de lui être donnée. Stegeborg. Il la connaît bien. Une somptueuse bâtisse en pierre avec une tour et des fortifications, là où la baie de Slätbaken se resserre le plus. La terre et les eaux ont jadis appartenu à l'évêché de Linköping, mais le roi Albrekt s'est approprié le domaine en raison de sa situation, et a fait édifier une forteresse au bord des flots là où il n'y avait jusqu'alors qu'une grosse ferme entourée de palissades. On dira ce qu'on voudra des Allemands, mais construire, ils savent faire. À Stegeborg, il sera bien installé quand viendra l'hiver, au chaud et en sécurité pendant que d'autres seront occupés à teindre de rouge les congères au sud. Devant, le détroit est bien balisé, son fond bardé de poutres pointues destinées à couler tout bateau de commerce qui tenterait d'échapper à la douane. Ces sous seront désormais pour Knut, ainsi que l'impôt levé à Söderköping.

Le soleil monte, la journée se réchauffe. Il va vers le sud, à Linköping, pour diriger le déménagement de ses hommes et de ses biens. Quand la forêt s'épaissit de part et d'autre de la route, l'air devient étouffant, sans ombre en contrepartie, car le soleil tombe directement sur eux. Le voyage est plus lent que prévu. On croise à chaque virage des pèlerins en route pour le cloître et, quand ils comprennent que c'est l'évêque en personne qu'ils rencontrent, ils le ralentissent de leur vénération au lieu de se dépêcher de dégager la route. La sueur coule sous sa chemise, l'ivresse a cessé d'être plaisante, elle n'a plus pour effet que de ramollir ses pensées. Autour de lui ses gens portent encore l'équipement destiné à briller à Vadstena. Un reflet de soleil sur un casque poli lui pique l'œil. Il l'a payé de sa poche, ça et tout le reste, et ce ne sont pas que des accessoires flatteurs, mais des biens solides, cottes de mailles, casques et armes affûtées, tout ce qu'il faut pour lui faire honneur sur le champ de bataille à venir. Au lieu de quoi, on lui offre une forteresse, et toutes ses dépenses auront été vaines. Beaucoup d'argent, emprunté en laissant de précieux gages. Knut prend une gorgée de vin, la trouve trop tiède pour l'avaler, la recrache par-dessus bord avec dégoût.

Plus il y pense, plus cette réunion à Vadstena le dérange. Le domaine et les biens qui lui sont donnés n'ont rien d'une faveur. Ils auraient dû être siens depuis longtemps, et on les lui restitue aujourd'hui comme il se doit, et ce sans aucun intérêt pour compenser ce long retard. Qui est Engelbrekt Engelbrektsson pour distribuer ce qui appartient à d'autres ? Qu'il menace en usant de la force est une chose, on n'en attendait pas mieux d'un vulgaire mineur à seulement trois générations de la servitude, mais qu'il se permette de discourir parmi ceux qui valent mieux que lui, c'est un affront. Gouverner un pays, c'est autre chose que de creuser la roche à coups de pic, il le prouve, celui qui est assez stupide pour croire que la volonté des gueux suffira à le faire roi. La nuque de Knut Bosson l'élance quand il songe au contact de sa main. Maussade, il change d'avis, boit son vin tiédi avant de s'assoupir en se laissant bercer par les cahots du chariot.

Il est réveillé par des mouches qui lui chatouillent la lèvre et par son dos endolori, tente en vain de trouver une position qui le soulage. Sa tête est lourde, le goût dans sa bouche infect. Mais le sommeil lui a porté conseil. Les biens de l'ancien évêché s'étendaient bien au-delà de la seule forteresse de Stegeborg. Il va faire d'une pierre deux coups : envoyer les hommes qu'il a équipés à si grands frais s'emparer de tout ce qui devrait lui appartenir. Rönö et toute la contrée, tous les manoirs et tous les domaines, toutes les terres. Cela devrait bien quelque peu adoucir la douleur subie. Peu importe ce qu'en dira le héraut du peuple quand il l'apprendra. Engelbrekt Engelbrektsson devrait être loin à ce moment-là, peut-être déjà tombé sous les flèches des lansquenets, et même si tout allait au mieux pour lui, il ne pourrait se permettre d'être à la fois en guerre contre le roi au sud et contre le plus haut dignitaire de l'Église dans son dos. Knut se demande qui pourrait s'allier à lui dans cette entreprise. Pas Bo ni Bengt, ni Nils, ils sont apparemment devenus les bons toutous d'Engelbrekt, jusqu'au jour où cela ne conviendra plus à leurs projets. Mais Knut a d'autres parents, car s'il était un domaine où son frère excellait, c'était de compenser le vœu de chasteté de l'évêque. Un de ses neveux, peut-être, un des jumeaux à qui le reste de la fratrie reproche la mort de leur mère ? Oui. Ce chemin est praticable, couvert de lingots d'argent. Knut Bosson ne peut s'empêcher de faire claquer ses mains, un choc cuisant dans les articulations gonflées de ses doigts.

70

Finn n'est jamais loin de Måns. À son service, il s'acquitte des nombreuses tâches qui incombaient autrefois à toute une maisonnée, sauf qu'il ne doit s'occuper que d'une seule personne, et se réjouit de ce labeur. Le sommeil lui joue des tours. S'il se couche trop tôt, il ne vient pas du tout. Même quand il rejoint tard le campement pour se recroqueviller, las de corps et d'esprit, il est réveillé tôt. Un cauchemar le tourmente, il s'éveille en sueur, le cœur battant la chamade, comme s'il cherchait à s'échapper de la cage de ses côtes. Impossible de se rendormir.

Il va voir la couche de Måns pour s'assurer que tout va bien. S'il l'y trouve, il peut l'entendre murmurer dans son sommeil, comme quand il était plus jeune.

Ses pensées filent. La honte et la culpabilité ont été rejointes par quelque chose de pire encore. Cet été, il a vu plus de seigneurs que de toute sa vie, et ils ne sont pas comme il croit. Une fois les yeux habitués à l'éclat des chaînes et fils d'or, il ne leur reste plus beaucoup de majesté. Il ne les trouve pas meilleurs que d'autres. Des corps laids dans de beaux vêtements. Avides et mesquins sous leur splendeur. Il se demande à présent si tous les grands seigneurs sont à l'avenant. Il se demande si Ylva les avait vus avec les yeux qui sont désormais les siens avant d'abandonner Göksholm, avec ses joies et ses devoirs, au profit de choses plus simples. Elle n'allait jamais se confesser et ne craignait pas Dieu, se moquait de lui et de ses prières.

S'il a un moment libre, il entre dans toutes les églises qu'ils rencontrent, se promène un peu parmi les ombres sous les voûtes sacrées, dans l'espoir d'une révélation. Il n'en a pas.

Il voit rarement des prêtres. Ignorant vers où le peuple va diriger sa colère, ils abandonnent leurs autels et restent en retrait, laissant les portes ouvertes pour que chacun puisse prier à sa convenance. Auparavant, Finn éprouvait la puissance des reliques. Désormais, le fantôme d'Olof Jönsson chuchote à son oreille à propos du manteau de saint Jean-Baptiste, et sa foi n'est pas assez forte pour lui faire la sourde oreille. Il regarde fixement des fragments de la vraie Croix et des éclats d'os de saints, incapable de les distinguer de débris qui traînent sur le sol.

D'après la course du soleil, il sait qu'ils se déplacent à présent vers l'est et le sud. Il suit Måns, et Måns suit Engelbrekt. Quand le vent souffle dans la bonne direction, il peut entendre des bribes de conversation par-dessus le piétinement des sabots.

Quelque chose ne va pas, il le voit au visage d'Engelbrekt, et entend Måns poser sa question.

« Qu'est-ce qui vous manque ? Est-ce que tout ne suit pas son cours ?

– Un message est arrivé d'Örebro ce matin.

– Et ?

– Le bailli et moi nous étions mis d'accord sur un délai de six semaines. Si Mattis Kettilberg n'était pas secouru d'ici là, il acceptait de quitter le château de lui-même. Désormais, il sait qu'il ne peut compter sur aucun renfort. Et il veut à présent de l'argent pour prix de son retrait. »

Finn évite un rocher au milieu du chemin, puis revient là d'où il peut entendre Engelbrekt poursuivre.

« Nous avons besoin d'Örebro. Toutes les petites forteresses, nous les avons prises ou brûlées, mais les baillis du roi tiennent encore les places fortes, bien confiants dans leurs hauts donjons. Kalmar, Stockholm, Örebro, Axevalla. Et je ne possède pas mille *marks*, Måns. Il aurait certes été possible de les rassembler en soumettant le peuple à l'impôt sur notre passage, ou de prendre le château par la violence, après avoir empilé nos morts jusqu'à atteindre la hauteur des créneaux. Mais par ces deux biais, notre cause se serait égarée. Kettilberg est malin. Il a entendu parler de Vadstena. Il sait que j'ai la noblesse derrière moi désormais, et ils ont sûrement de l'argent à me prêter. Prends Karl Bonde, chiche comme un troll. Il ne me le refuserait pas. Mais quel type d'intérêt exigerait-il ? Ce serait entrouvrir la porte du poulailler. Tous ces seigneurs de Vadstena, ils vont bientôt avoir vent du dilemme où je me trouve. Ils me regardent à l'aune de leurs mœurs, croient que je me suis enrichi à chaque pas depuis Norberg, et ils ne respectent rien tant que la richesse. Bientôt, ils vont découvrir que mes mains sont vides, tout comme ma bourse, et se montreront d'autant plus audacieux. »

Engelbrekt se retourne, croise le regard de Måns.

« Pour la première fois depuis que j'ai quitté Norberg, je ne sais pas quoi faire. »

71

Le ventre de Bo Stensson est dérangé. Des renvois aigres lui remontent sans arrêt dans la gorge, lui laissant une brûlure au gosier et un goût infect dans la bouche. Longtemps ils ont préparé leur assaut, et c'est aujourd'hui qu'il va avoir lieu, mais depuis le début il a eu de mauvais pressentiments. À peine a-t-il commencé qu'ils promettent de se réaliser. D'une hauteur, sur le rivage, il regarde Stäkeholm de l'autre côté de l'eau, hors de portée des arcs ou des arbalètes qui pourraient tirer depuis les remparts de la forteresse. Il est pourtant équipé pour le combat, pour ne pas faire mauvaise impression, mais comme il déteste ça ! Son crâne chauve brûle sous son casque, sa cotte de mailles frotte sur ses côtes et l'enfonce de plus en plus dans des bottes inconfortables. La ceinture qui doit porter son épée, sa dague et sa bourse lui entaillent douloureusement les hanches. En dessous, ses vêtements sont déjà trempés de sueur, alors que l'assaut vient à peine de commencer. Son ventre est dur, récalcitrant. Quelque part en lui fermente une boule dure comme la pierre qui refuse de bouger, le forçant à lâcher en gémissant des effluves aigres qui remontent sous son col.

Le château lui est promis, pourvu qu'il puisse le prendre. Il se flatte de penser que seul il s'y serait mieux pris, mais voilà, ils sont trois qui tous veulent avoir le dernier mot : Nils de Hammersta, un parent sur qui il aurait plus facilement prévalu si Karl Bonde n'avait pas été désigné comme troisième commandant. Rien que d'y penser le fait cracher dans le gravier. Glissant comme une anguille, lui, habile à flatter et à monter les uns contre les autres jusqu'à obtenir ce qu'il veut sans qu'il soit ensuite facile de comprendre comment. Il promet une chose et en fait une autre. Cette fois, sa ruse a porté des fruits pourris, car Bo voit déjà que leur siège part à vau-l'eau. La question est de savoir combien de vies la piétaille va devoir sacrifier avant qu'on puisse dire en avoir assez fait.

De longues discussions entre eux trois ont accouché d'une fragile entente. Ils savent tous ce qui est en jeu. Même si la forteresse a été promise à Bo, ces choses-là peuvent vite changer, et celui dont les forces auront le plus contribué à la victoire devrait le plus facilement faire valoir ses droits. Le premier à entrer dans la forteresse sera le plus difficile à détrôner. Qu'en qualité de futur bailli Bo Stensson ait le commandement sur les deux autres, aucun n'a voulu en entendre parler. Au lieu de quoi il a été convenu d'attaquer la forteresse par trois côtés simultanément. Trois barges en bois ont été construites, une chacun, à aligner au signal donné le long des remparts, au bord de la baie. Dès que l'aube a permis d'y voir, on s'est mis à l'œuvre. Sa barge a pris de la gîte à peine mise à flot, jetant ceux qui étaient le plus près du bord dans une eau heureusement peu profonde où la plupart avaient pied. Quand on est parvenu à la redresser, elle s'est échouée sur un rocher, un pieu ou un banc de vase. Ses hommes sont à présent immobilisés au milieu du courant, sans possibilité d'avancer ni de rebrousser chemin. Depuis le donjon, les archers ont déjà testé la distance et l'ont trouvée bonne. Ses hommes n'ont que leurs écus pour se protéger. Pour l'heure, peu sont tombés sous les flèches ennemies, mais Bo sait bien pourquoi. Dans la forteresse, on comprend clairement la situation : sa barge est échouée là, et n'ira nulle part. Autant économiser ses flèches et les réserver à ceux qui constituent encore un danger. Quand les menaces plus urgentes auront été repoussées, on pourra tranquillement prendre pour cible les naufragés, jusqu'à avoir troué la peau de tous ceux qui n'auront pas préféré la noyade. Le bailli danois qui tient la place s'appelle Lage le Rouge, à cause de ses cheveux roux, mais avant la fin de cette journée il devrait avoir une nouvelle raison de porter ce nom.

On entend à présent des cris en provenance de la barge de Hammersta, qui a commencé à se disloquer au plus fort du courant. Fendue en deux comme un perce-oreille qui se noie, son équipage panique. Beaucoup coulent par la faille ouverte, vite, sans bruit, aspirés vers le fond par le poids de leur équipement. De rage, Bo se débarrasse de son casque et le jette de toutes ses forces dans la pente. Si seulement ses hommes n'avaient pas eu la main aussi lourde la nuit passée, quand ils ont entaillé les ligatures de cette barge. Retarder, mais pas couler, c'était le mot d'ordre, mais les couteaux ont péché par excès de zèle. Tous leurs espoirs résident désormais en Bonde, le seul dont la barge a atteint la palissade sur le rivage, où ses hommes se sont amarrés avec des crochets pour utiliser les défenses ennemies comme protection contre les flèches. Les lansquenets du bailli déferlent pour piquer leurs lances par les interstices des rondins, et Bo grimace en voyant ce que leurs pointes font des hommes incapables de se mettre à l'abri, plaqués là par ceux qui poussent derrière. Leurs hurlements sont apportés par le vent avec quelques instants de retard. Le jour est aigre, l'air humide. Le feu qui devait être prêt sur la barge a dû s'éteindre dans la confusion. Il voit les étincelles des pierres à feu tenter en vain de rallumer une flamme. Bientôt cesse toute tentative d'assaut. Sur la barge, les survivants se recroquevillent hors de portée des lances, barricadés derrière les cadavres de leurs camarades en attendant que les archers descendent du donjon pour les viser à travers la palissade, à bout portant. Ils ont un bref répit, car les tireurs s'occupent d'abord de la barge de Bo Stensson. Il leur faut un moment pour se caler. Il voit l'eau criblée de flèches tout autour. Au début, chaque tir atteignant son but est suivi de cris de joie, mais bientôt plus aucun ne manque sa cible. Sur la barge, les hommes crient dans leur agonie, des sons qu'on aurait du mal les yeux fermés à attribuer à un gosier humain. Plutôt cochon à l'abattoir, ou renard pris au piège. Dans leur effroi, certains entreprennent de démonter la barge qui les porte, en détachent un tronc dans l'espoir de pouvoir s'y accrocher pour se mettre à l'abri. Quelques-uns y parviennent, puis ils sont trop nombreux, le tronc tourne et les envoie tous à l'eau. Quelques instants, il voit leurs bras alignés étreindre le tronc par en dessous, étrange vision, jusqu'à ce que l'air leur manque et que le poids de leur propre corps l'emporte. Quand il tourne à nouveau les yeux vers la barge, il n'y a plus personne. Le sang ondule dans le courant comme un long étendard humide. Armures toutes neuves arrimées au torse des morts, tachées et trouées : Bo ne peut s'empêcher de calculer combien tout cela lui a coûté, en pure perte. Plus haut le long de la baie il voit Bonde se lever, déjà en train de partir, sûrement pour s'assurer d'être le premier à raconter l'histoire de leur défaite à sa guise et en faire porter la faute aux autres. Bo peste de ne pas y avoir songé plus tôt, de ne pas comme Bonde s'être mis en tenue de cavalier plutôt qu'en armure, et il se presse, à bout de souffle, pour retrouver son cheval pendant qu'il est encore temps.

72

Leur chemin suit une pente boueuse qui descend vers un bois. Kari Sture ne peut cacher son impatience. Elles ont à peine eu le temps de voir le château, plus grand que Göksholm et bien protégé sur un îlot, comme toute forteresse qui se respecte. Kari les a encouragées à pousser plus loin, Stina étant désormais capable de monter seule, quand bien même avec réticence. Avec Brita, Kari atteint la lisière la première, met pied à terre et attache les rênes à un arbre.

« Laissons les chevaux ici. Le sol est marécageux et plein de racines. Il vaut mieux y aller à pied. »

Brita regarde par-dessus son épaule sa mère qui arrive à la traîne, lente, la tête courbée de fatigue. Kari lui fait un clin d'œil.

« Bientôt elle ira mieux. Il nous faut seulement raviver une flamme dans la cendre, et bientôt c'est un bûcher qui flambera. Viens, allons-y les premières. Laissons-la se souvenir qu'elle a des jambes pour la porter. »

Brita suit Kari qui s'avance à travers la forêt comme une reine, dégageant d'une main sûre les branches du chemin. C'est comme si les arbres se reculaient avec effroi, certains que toute tentative de la stopper ne ferait que provoquer sa rage. Devant elle, la lumière change : les ombres vertes pâlissent, les branchages se raréfient. C'est un jour gris avec de la bruine, annonciateur de l'automne. Parvenue à la lisière, Brita s'arrête, tente de comprendre ce qu'elle a sous les yeux. Elle ôte la capuche de son manteau pour mieux voir.

Un creux s'ouvre, au-delà de la forêt. Au fond, des hommes grouillent, munis de pioches et de pelles, si tachés de boue qu'on dirait des trolls tout juste échappés du monde souterrain. Ils ont creusé un profond sillon là où le sol est le plus bas, une plaie brune dans le paysage verdoyant. Une partie est munie de brouettes, les autres de sacs et de plateaux pleins de terre humide pour monter un mur sur les bords du fossé. Ils ne sont pas arrivés bien loin, et pas bien profond. La terre s'effondre des bords du fossé, les obligeant à élargir leur tranchée pour qu'elle ne se comble pas au fur et à mesure. Au moment où elle pose sa question, Brita entend sa mère arriver dans la forêt, la respiration lourde. Un instant tout aussi muette devant cette vision.

« Qu'est-ce que c'est que ça ? »

Kari montre l'eau bleue au loin.

« Bengt Stensson a obtenu le château de Tälje à une condition. Engelbrekt Engelbrektsson veut qu'un canal soit creusé de la rive du lac au nord jusqu'à la baie au sud, suffisant pour y faire flotter le fer en provenance du Nord destiné à être chargé sur les navires de la Hanse. »

Stina reprend encore haleine à côté de Brita, appuyée à un bouleau. Aux mots de Kari elle s'approche, une main en visière afin de se protéger du soleil. Kari Sture se retourne pour venir à sa rencontre.

« Bengt Stensson a reçu cette mission grâce à Måns. Pourquoi, sinon ? Tous les nobles du royaume auraient changé de blason pour ça. S'il échoue, tout est perdu, et tout ce qu'a accompli Måns aura été vain. Le chantier est déjà en bonne voie. »

Stina veut parler, mais tousse, et doit se calmer pour retrouver sa voix. Elle est inhabituelle, rauque, râpeuse.

« Quelle distance ?

– Une demi-lieue.

– Quel délai ?

– Plus il est court, plus Engelbrekt sera content. »

Stina s'approche, dans la lumière, plisse les yeux pour observer les hommes dans leur labeur.

« Comme ça, ils n'en viendront jamais à bout. »

Kari observe leurs déboires avec son sourire carnassier.

« Ça, je sais. On peut dire beaucoup de bien de ton époux, mais mettre ses gens au travail de la manière la plus efficace n'a jamais été son fort. »

Elle marque une pause avant de poursuivre.

« Et s'il y avait dans la famille quelqu'un de mieux à même de faire fructifier la confiance que son fils a gagnée ? »

Les bras croisés, Stina va et vient devant elles.

« Rusé, ce Montagnard. Si l'eau coule ici, plus besoin de Stockholm, ni pour lui, ni pour personne. La ville devient un tas de briques sans valeur, une île solitaire à vau-l'eau, où les hommes du roi sont échoués dans leur château, en vain. »

Kari adresse un regard à Brita dans le dos de Stina en soulevant un sourcil. Ça grésille sous la braise. Brita voit sa mère tenter de redresser son dos voûté, mais gémir en se prenant la hanche quand une crampe l'en empêche.

Elle s'avance pour descendre la pente. Brita lance derrière elle :

« Où vas-tu ?

– Demain, il faut que je trouve plus d'hommes, et meilleurs. Mais je peux déjà leur dire de cesser d'élargir la tranchée, d'avancer, plutôt. Il reste une demi-journée de travail avant que la lumière ne baisse. Autant ne pas la gâcher. »

Kari éclate de rire, un son inhabituel, et pose le bras sur l'épaule de Brita, l'empêche de suivre Stina.

« Laisse-la aller. Laisse-la se souvenir de sa force d'autrefois. Tu verras qu'elle suffira, et largement. »

La main de Kari lui presse l'épaule.

« Ça a marché. Voilà, le feu a pris, et mon beau-frère va sûrement avoir chaud aux oreilles, lui et tous ceux qui seront assez stupides pour se mettre dans son chemin. Brita, tu vas rester, n'est-ce pas ? Tu vas l'assister ? Je sais que les choses n'ont pas toujours été simples entre vous deux mais, un de ces jours, elle va remarquer qu'elle n'y arrive pas sans ton aide. Sache que d'autres l'ont vu depuis longtemps. »

Brita ouvre la bouche pour répondre, mais la referme. Un signe de tête suffit.

73

Jonas Jonsson est debout sur sa jambe gauche. Il va bientôt devoir changer, car sa cuisse tremble sous l'effort et son pied s'engourdit. La chaleur, il ne pense qu'à ça, tandis que le froid mord de plus en plus sa chair, une bouchée après l'autre, remontant le tibia, passant sur le genou qui se fige et grince dans son étau. Il essaie de se remémorer des étés dans l'herbe, le soleil sur la peau nue, le coin du feu, le crépitement du foyer dans une maison bien calfeutrée. Ces souvenirs sont difficiles à évoquer. Un gémissement sans mots monte à ses lèvres : ça aussi va lui être arraché, les griffes du bailli Otto Stut s'étendent jusque derrière son front pour s'emparer aussi de ses pensées, en remplacement de l'impôt qu'il doit. De tous côtés autour de lui bouillonne le courant, l'eau est claire et froide, si froide. Le soleil se lève : c'est son troisième jour sur la Petite Peine. Ils étaient deux au début, lui sur la petite pierre, Anders de la Côte sur l'autre, la grande. Il n'a jamais aimé Anders, un petit faux jeton toujours prêt à dire du mal de tous ceux qui ne pouvaient pas l'entendre. Mais sur les Peines, il n'y avait plus qu'eux deux, l'un pour l'autre. Les pierres ne sont pas éloignées, mais le grondement du rapide est fort et les obligeait à crier pour s'entendre. Aucun des deux n'avait beaucoup à dire, mais c'était réconfortant d'avoir une autre personne avec qui partager son destin, et sa souffrance, quelqu'un qui voyait et comprenait. Un appel, un salut, question et réponse, bienveillance. Anders n'a pas fait de vieux os sur la Grande Peine. Jonas a déjà vu ça, lui comme tous les autres. D'abord, ils sont campés sur leurs deux pieds. Puis sur une jambe à la fois, quand le froid devient trop insupportable. Puis ils s'assoient sur la pierre. Puis ils partent dans le courant, et celui qui cligne des yeux le rate : d'un coup, la pierre reste vide au milieu du rapide, comme s'il n'y avait jamais eu personne. Celui qui y était vivant est déjà très loin, au fond de l'eau vive, porté muet et pâle par des chemins liquides jusqu'aux profondeurs où le lac est le plus sombre. Ils ont passé ensemble la première journée, placés là par la même barque, qu'on descend depuis le coude du fleuve, une brasse après l'autre, au bout d'une corde que les lansquenets attachent au tronc d'un saule. Ils ont d'abord posé Anders de la Côte sur la Grande Peine, puis lui sur la Petite. Au début, ils ont gardé le moral, plaisanté même. Ce serait bien, un petit rafraîchissement ! Tu as quelque chose à boire ? Ça pousse, chez toi ? Ça fait du bien de se reposer, sans pelle ni pioche. Mais Anders était déjà sur une seule jambe au bout de quelques heures seulement. Dans l'après-midi, il s'est assis. Le soleil s'est couché en plongeant le monde dans le noir, et quand la lune s'est levée, sa lumière argentée est tombée sur une pierre vide. C'est en silence qu'il a glissé dans le fleuve, Anders de la Côte, lui qui tenait rarement sa langue. Il aurait mieux fait de se taire plutôt que de dégoiser tout son soûl sur Otto Stut.

Pour la centième fois, Jonas Jonsson se regarde du même œil accusateur : aurait-il pu faire autrement ? Où étaient les carrefours où d'autres choix l'auraient conduit ailleurs que sur les rives du Gullspångsälven et ces pierres fatidiques devant Amneholm ? Son erreur a été de croire le bailli capable d'écouter ses raisons. Un homme au service du roi devrait pourtant comprendre que personne ne peut longtemps payer davantage d'impôts que ce que la terre donne. Croyant cela, il s'est présenté endetté devant Otto Stut, en vain. Le bailli ne voulait pas l'écouter. Sa mine parlait un langage bien plus clair que son danois : bien sûr qu'il comprenait tout, il avait déjà entendu les mêmes requêtes, savait bien la position impossible où beaucoup se retrouvaient contraints et forcés, alors qu'ils en auraient préféré une autre. Otto Stut n'en a que faire, c'est tout. D'autant moins qu'il a besoin d'avoir des paysans exposés sur les deux Peines, en équilibre sur une jambe, croassant d'une voix rauque leurs vains appels au secours vers la rive, semblables au héron cendré. Cette mise en garde facilite la collecte de l'impôt.

Son regard se porte vers la forteresse. Amneholm couvre toute l'île où elle se trouve, comme si elle flottait de tout son poids à la surface de l'eau. Palissade en bois autour d'un donjon en pierre. Il a entendu les rumeurs, lui comme les autres : l'an passé, les Dalécarliens se sont rendus à Västerås pour se plaindre du pouvoir des baillis, mais se sont laissé convaincre de rentrer chez eux. Aucune des promesses faites alors ne s'est réalisée. Cette année ils devraient revenir, plus nombreux et plus furieux. Peut-être jusqu'ici, pour apporter la justice à tous ceux qui ont été la proie du bailli.

Jonas change de pied, précautionneusement pour ne pas glisser, laisse celui qu'il vient de soulever chercher de la chaleur contre une cheville froide comme un tronc détrempé, inspire entre ses dents serrées quand ce mouvement réveille sous le genou la douleur jusqu'alors engourdie. Il redoute la nuit qui vient, pour autant qu'il tienne jusque-là. Sans Anders de la Côte, il a passé dans le noir toute la nuit précédente, et il lui semblait de plus en plus souvent entendre la même voix l'appeler depuis la Grande Peine : ça va, tes jambes, Jonas Jonsson ? Allez, plonge toi aussi, tu pourras te reposer tout ton soûl ! Je me sens seul là-dessous, Jonas Jonsson, viens, et bras dessus bras dessous nous irons nous promener ensemble au fond du lac Vänern nourrir les poissons avec tout ce qui était à nous.

Le froid. Dans son corps s'allume une chaleur malsaine pour y résister, un feu, une fièvre. Elle empire d'heure en heure. Elle lui montre ce qu'il n'a encore jamais vu. Le fleuve est plein de visages. Des profondeurs obscures ils le fixent, eux qu'il avait jusqu'ici pris pour des rochers ou des pieux. Ils ne sont pas humains. Nixes, trolls, créatures sans nom. Il est peut-être glacé, mais demeure plus chaud qu'elles, et elles désirent le peu de chaleur qu'il possède encore. Leur murmure monte des eaux, elles lui promettent tout ce qu'il veut pourvu qu'il consente à les suivre avec sa chaleur dans des salles glacées où jamais ne parvient la lumière : repos, amitié, belles pierreries. Il a encore la force de secouer la tête, de faire comme si ses larmes n'avaient pas coulé, de murmurer une prière :

« *Ave Maria gratia plena Dominus tecum.* »

Quoi encore ? Des gens sur la rive. Il ne peut pas les entendre par-dessus le fleuve, mais leur colère est évidente. Ils brandissent les armes qui leur sont tombées sous la main et des flambeaux dont les flammes tracent des traits rougeoyants à la surface de l'eau. Ils ont tendu du cuir sur des branches tressées pour aveugler les archers tandis qu'ils entassent des fagots contre la palissade là où le ponton touche l'île, avant d'y mettre rapidement le feu. Le feu est avide de bois sec, il lèche les poteaux, prend sur l'écorce et autour des nœuds résineux, se propage. À coups de pierres, on empêche l'extinction des flammes naissantes. Jonas Jonsson voit des connaissances dans la foule, hommes et femmes. Ulf, son beau-frère, Maja, l'épouse d'Ulf. Des cousins, leurs enfants, son père, Anders de la Côte. Non, il a des visions, son père est mort et Anders est au fond de l'eau. Tout ceci n'est-il qu'une illusion ? Est-ce sa fièvre qui lui fait voir ce dont il a le plus envie ?

Jonas se frotte les yeux, prie, sachant que celui qui voit les morts en est bien trop proche. Il lève les bras, crie faiblement à la troupe son approbation, espère que quelqu'un le voie et mette une barque à l'eau depuis la rive du fleuve, mais tous sont occupés à leur affaire et n'ont pas de temps à perdre. La nuit tombe, mais les flammes de la forteresse en feu éclairent comme en plein jour. Autour du brasier se rassemblent d'autres personnes, inconnues. Des hommes de grande stature au visage noirci, un gaillard à cheval qui montre du doigt et se fait obéir, le crâne ceint d'une gloire de lumière, à côté de lui un jeune homme au visage d'ange. Mais des morts de plus en plus nombreux viennent rejoindre leur cohorte, dont Jonas sait bien qu'ils sont depuis longtemps enterrés, qu'ils n'ont presque plus aucune chair sur les os pour se pavaner. Ils veulent danser, eux aussi, dans la chaleur des vivants au milieu des incendies, leurs dents jointes en sourire perpétuel derrière leurs lèvres perdues. Les voilà qui dansent avec les autres, répandant éclats d'os et asticots autour d'eux. Jonas Jonsson est las, gelé, incapable de détacher les yeux de ce qui se passe. Le sourire des morts est contagieux : lui aussi sourit, sur sa pierre, en songeant à Otto Stut et à la roue de la fortune qui a tourné. Il a été mis à la rivière pour offrir au bailli le spectacle de son anéantissement. Et c'est l'inverse. Mais sa jambe tremble, trouble sa vue, rend le monde flou, étale sur tout la lueur de l'incendie. Alors, aussi précautionneusement qu'il le peut, Jonas s'assied sur la pierre pour mieux voir.

74

Amneholm se consume. Les grandes flammes laissent les braises terminer le travail. La forteresse était déjà en feu avant leur arrivée, car le soulèvement dépasse l'armée d'Engelbrekt : il a grandi et va désormais sur ses propres jambes, plus rapide que pied humain ou sabot de cheval. Quand ils ont atteint la rive du fleuve, le peuple était déjà monté à l'assaut, armé, la forteresse en état de siège, la palissade incendiée. Le bailli enfui depuis longtemps, laissant derrière lui seulement quelques lansquenets s'en remettre à la grâce de la population, yeux rougis et toussant, plutôt que de rôtir vivants dans les salles transformées en fours. Sur l'île, c'est la désolation. Le donjon vacille, ses poutres consumées, des pierres brûlantes sifflent en plongeant dans l'eau. Encore une forteresse tombée sur la route du sud.

Les gens sont sur la rive, leur fureur apaisée, visages tournés vers la chaleur qui rayonne de l'eau comme un soleil printanier après un long hiver, les flammes reflétées dans des yeux où la rage a laissé place à l'étonnement. Plus haut, dans la pente, les Montagnards ont posé leur bivouac. Au matin, on recrutera ceux qui veulent suivre la troupe vers Axevalla, on lèvera le camp et on se remettra en marche. Måns va trouver Suie, non pas par devoir, mais parce qu'il se plaît en compagnie de l'étalon, il caresse son pelage, lui trouve du fourrage bien juteux. En contrebas, sur la rive, on entend des chants et une guimbarde, on allume de nouveaux feux pour réchauffer et éclairer plutôt que pour détruire et consumer, on dispose les braises pour rôtir les viandes laissées par le bailli, on vide les tonneaux de bière qui ont pu être sauvés. Une voûte s'écroule avec fracas : un hourra monte de la plage. Un terre-plein est piétiné pour préparer une piste de danse. Måns laisse le cheval, va se mêler au peuple. Beaucoup l'ont vu auprès d'Engelbrekt et se souviennent de lui, à d'autres il suffit d'un regard pour remarquer qu'il est différent, particulier. Partout, hommes et femmes s'écartent pour lui céder le passage, caressent du bout des doigts son épaule ou tâtent le bord de son manteau. Ils le regardent avec vénération, comme s'il était une apparition descendue parmi les mortels. Une partie du rayonnement d'Engelbrekt est désormais sienne. Beaucoup lui sourient, et il leur sourit à son tour, partage leur joie. Une vieille femme s'approche, le prend par la taille et l'entraîne dans une danse, et lui rit et esquisse volontiers quelques pas. Un moment, ils tournoient ensemble dans le pêle-mêle des corps. Elle lui baise la main en guise d'adieu.

Au bord du fleuve, là où ne parvient pas la lumière, se tient une silhouette solitaire, sombre quand les autres sont claires, à l'air vaguement connu. La curiosité le fait s'approcher, jusqu'à ce qu'il comprenne qui c'est. Erik Puke en personne, revenu de sa campagne septentrionale pour rejoindre les troupes d'Engelbrekt. Måns hésite un instant, immobile et silencieux, mais quelque chose a dû trahir sa présence car Puke tourne la tête et le regarde. Il est ivre. Corps raide, bras ballants, la tête branlante sur un cou flasque. Écume gluante à la commissure des lèvres : il a craché ou vomi, sans prendre la peine de s'essuyer.

« Toi… »

Sa voix est découragée, sa colère à peine audible. Puke s'accroupit, cherche à tâtons les rochers du rivage pour se tenir, mais perd l'équilibre, tombe lourdement sur son séant et laisse descendre son dos jusqu'à être étendu de tout son long.

« Je viens de rentrer. J'ai brûlé Faxeholm, pris Åland. Le Norrland est gagné à notre cause d'ici jusqu'aux terres sauvages. J'ai mené à bien toutes mes missions, et au-delà. Mon retour ne mériterait-il pas qu'on le fête ? Mais quand je cherche Engelbrekt, je le trouve avec toi, et on me dit d'attendre. »

Il étouffe un renvoi. Sa parole à présent rauque de haine, comme jaillie directement du poison qui clapote dans son ventre.

« Qu'avais-tu à faire ici, Måns Bengtsson ? Mon père nourrit un fils qu'il élève à ma place, et toi, tu viens auprès d'Engelbrekt rafler toute sa faveur. Qu'avez-vous donc, les azur et or ? Qu'est-ce que je vous ai fait pour mériter tout le mal que vous me faites ? »

Amer est son rire.

« Tu sais quoi, Måns Bengtsson ? Je croyais qu'Engelbrekt m'avait donné le Norrland parce que j'étais son meilleur élément. Mais tu sais ce que j'ai plutôt entendu dire ? Qu'il m'avait envoyé là-bas pour m'éloigner de toi. Impossible de dissimuler mon nez tordu, et tout s'étalait au grand jour. J'ai été exilé sous l'étendard d'une mission, et j'ai beau revenir couvert de gloire, on m'a regardé comme un chat errant venant déposer sur le seuil de la porte une musaraigne déchiquetée. »

Toujours couché, il secoue la tête. Le gravier crisse sous lui.

« Disparais et laisse-moi tranquille. Va donc retrouver Engelbrekt, tu lui manques sûrement déjà. »

Måns entend Erik Puke se retourner sur le ventre pour vomir tandis qu'il regagne le camp, le cercle des danseurs. La voix qui accompagne son départ se brise en l'air.

« Allez au diable, toi et les tiens, Måns Bengtsson. Le dernier mot n'a pas été dit, et ce sera le mien, aussi sûr que Faxeholm est en cendres. Un de ces jours, on verra si le rouge va bien avec l'azur et l'or. »

Puke parvient à se remettre debout et titube pour retrouver la compagnie de ses hommes, ceux qui le connaissent bien et l'écoutent, quoi qu'il veuille dire. Il boit plus qu'il ne devrait, laisse son cœur parler sans y réfléchir. Paroles mauvaises et mal pesées.

75

« Arrêtez ! Qu'est-ce que vous faites de cette pierre ? » Stina interpelle depuis le talus deux nouveaux qui viennent d'extraire de terre un gros bloc et lui tournent à présent le dos à la recherche d'une autre occupation. Ils restent tous deux plantés là, bras ballants. Étonnés, ils regardent les autres et remarquent que tout le travail ralentit alentour, et qu'une douzaine d'hommes se sont tournés vers Stina, tête inclinée. Leur vénération est évidente. Ces deux nouveaux, assez obéissants, baissent les yeux et attendent qu'elle poursuive. Elle lâche sa robe, qu'elle ne tient plus que par vieille habitude, car l'ourlet est déjà souillé, impossible à garder propre, les motifs brodés de perles perdus sous la croûte de boue. Stina cherche des yeux tous ceux qui devraient bien entendre ce qu'elle a à dire, tend une main, et aussitôt se présente un homme pour l'aider à se jucher sur le bloc qui vient d'être déterré. Un autre hausse la voix.

« Arrêtez tous. Venez écouter quand dame Kristina parle. »

Et ils accourent tous, tandis que Stina fait un geste en direction des inconnus.

« Vos noms ? Je ne les connais pas encore, mais je ne les oublierai pas. »

Ils murmurent timidement leur réponse.

« Anders du Lac.

– Vidar Bytta.

– Vous avez l'habitude d'empiler les pierres pour qu'elles ne gênent pas la charrue. Pas ici. Chacune doit être roulée jusqu'au bord. Comme un mur à demi enterré. Sur ces fondations, nous plantons des pieux et fixons des contreforts pour empêcher le tout de s'effondrer. Un mur pour retenir la terre. »

Elle regarde autour d'elle, en choisit deux qu'elle connaît bien et à qui elle sait pouvoir faire confiance.

« Jens, Mikael. Montrez-leur. »

Les deux inclinent leur tête et répondent d'une seule voix :

« Oui, dame Kristina. »

Brita, à l'écart, voit les hommes obéir, et sait qu'il y a un respect qu'on peut exiger, mais un autre qui ne se donne que volontairement.

Ils font confiance à sa mère. Avec dame Kristina, le travail avance en bon ordre et, bien qu'aucun de ceux qui creusent cette large tranchée n'ait davantage à gagner dans le succès de l'entreprise que dans son échec, tous remarquent la différence. Chaque jour, ils arrivent quelques brasses plus loin. La fille de dame Kristina mesure elle-même l'avancée avec une toise, note les chiffres sur sa tablette de cire et chaque jour, une fois le travail terminé, quand elle va rendre compte à sa mère, un des hommes s'arrange pour avoir à faire à portée d'oreille. Le soir venu, ils mangent sur le terrain défriché au cours de la journée, les premiers hommes à agir ainsi depuis la nuit des temps, et tandis que la viande rôtit au-dessus des feux de camp, chacun se penche sur le résultat du jour.

« Sept aujourd'hui.

– Hier cinq, mais il y avait des pierres plus grosses.

– Demain, on ira jusqu'à neuf.

– Et combien encore ? »

Ils comptent en s'aidant de brindilles empilées, chacune valant dix brasses.

« Trois mille brasses. Et un peu plus.

– Combien de temps pour atteindre le Mälaren à ce rythme ?

– Pas tant que ça, mais le diable seul le sait. Et à part lui demoiselle Brita, j'imagine. »

Pour chaque brasse au-delà de sept, une chope de bière en plus le soir pour chacun. Personne ne s'endort sur sa soif : après une bonne journée de travail, l'ivresse, une ivresse modérée qui soulage l'âme sans gueule de bois au matin. Chaque soir, ils mangent à satiété, la viande abattue sur place et maturée dans les remises de Täljehus, le pain sorti de la boulangerie dont le four est allumé dès minuit pour que les miches y cuisent toute la nuit. De toute la contrée, les hommes viennent travailler pour dame Kristina. Elle ne choisit que les meilleurs, groupés par cinq sous les ordres d'un contremaître. Rien que des gens de confiance, honnêtes, qui travaillent dur et tiennent leur langue. Chaque homme n'a qu'une chance : les fauteurs de troubles et autres tire-au-flanc sont mis à la porte, rapidement remplacés par plus valables. Tous ceux qui savent tenir leur place ont conscience que chaque tache de boue sur leur tunique leur fait honneur, une marque accordée seulement aux meilleurs. Ils chantent tandis que les feux s'éteignent dans la nuit, de vieilles chansons dont aucun ne connaît l'origine, mais dont ils savent les paroles depuis leur tendre enfance. Bientôt, le silence se fait. Tous connaissent la valeur du repos, désireux de creuser encore plus loin le lendemain.

« Des nouvelles de Måns ? »

Brita secoue la tête à la question de sa mère, aujourd'hui comme hier, et le jour d'avant, et tous les jours depuis leur arrivée à Tälje. Des nouvelles d'Engelbrekt arrivent de temps à autre, et parfois elle peut en faire des nouvelles de Måns. Mais rien de plus, pas de message, pas de salutations.

« Prions. »

Ave Maria. Les tâches du jour achevées, elles prient Notre Dame, mais aussitôt après Stina ne tient déjà plus en place, la paix de la prière réduite à néant.

« Combien de temps pour atteindre le Mälaren, à ce rythme ? »

Brita connaît la réponse, mais ne veut pas que sa mère imagine qu'elle la donne au hasard. Elle rassemble sa tablette de cire et ses notes. Il y a tant d'incertitudes : la nature du sol peut changer à tout moment, des rochers cachés stopper la progression, des hommes tomber malades et des épidémies se répandre. Tout ce qu'elle peut faire, c'est de multiplier le rendement quotidien en se projetant dans un avenir incertain.

« Il nous reste deux mille brasses. Nous avançons plus vite que prévu. Si le sol ne gelait pas, nous aurions fini le printemps prochain. Mais nous devrons attendre que l'hiver passe, celui-ci et le suivant. »

Elle voit sa mère froncer les sourcils.

« Ça ne va pas assez vite. Il nous faut plus d'hommes. Si nous entretenons des feux toute la nuit, nous pourrons peut-être continuer à creuser par grand froid, et ainsi nous n'aurons pas à passer tout l'hiver à Täljehus à grelotter inutilement. »

C'est ce qu'elle répète sans arrêt. Plus d'hommes, plus d'efforts, de nouvelles solutions. Chaque fois Brita la regarde faire face à de nouveaux défis et trouver une réponse. Dans l'esprit de sa mère, cela semble couler de source : quand un rocher lui barre la route, elle trouve moyen de le contourner. Son père l'aurait plutôt soulevé en ahanant jusqu'à se casser le dos et faire craquer ses braies puis, après avoir échoué, aurait cherché à venger l'affront en se cognant le front jusqu'au sang contre les aspérités de la roche.

« Je peux voir ta tablette ? »

Brita la lui tend, et sa mère l'emporte sur la table où Brita a transcrit toutes ses notes, additionné et soustrait, comptabilisé le travail journalier de chaque homme.

« Là, c'est faux. »

Stina indique sur la tablette.

« Olof Redig et ses cinq hommes ont creusé six brasses, et non sept. »

Brita s'approche pour voir, sait aussitôt que sa mère a raison. Elle voit le trait erroné, la vue troublée par le manque de sommeil. Le bon trait, mais mal placé.

– Oui. Ce trait appartient à la ligne du dessous. Les cinq hommes de Jens Eriksson ont creusé sept brasses et non six.

– Combien d'autres erreurs as-tu faites ?

– Aucune. Chaque soir, je passe en revue le travail de la journée en reportant les chiffres de la tablette sur papier. Je l'aurais vu moi aussi, si tu ne l'avais pas vu la première. »

C'est comme si Stina n'avait rien entendu.

« Est-ce que je dois tout faire moi-même ? Ne puis-je même pas te confier les responsabilités les plus simples ? Tes erreurs peuvent nous coûter des jours, des semaines. Qu'adviendra-t-il de Måns si le passage n'est pas ouvert à temps ? »

Brita voit les lèvres de Stina réduites à un trait blanc tandis que ses joues rougissent de colère. Elle sent son propre cœur s'emballer en lui répondant.

« Je compte et je recompte. Une fois par semaine, je mesure en pieds toute la distance parcourue et je compare avec mes notes. Il n'y a aucune erreur dans tout ce que j'ai fait.

– Et pourtant en voici une sous mes yeux. Si tu ne sais pas compter des brasses, comment puis-je savoir comment tu comptes en pieds ? »

Brita ne sait comment réagir à cette injustice, cherche ses mots, les sent portés par une voix brisée.

« Måns est aussi mon frère. Tu n'es pas la seule à vouloir son bien. »

La voix de Stina est tranchante, chaque syllabe frappe de taille ou d'estoc. Elle dit trop vite ce qui lui vient à l'esprit.

« Si tu t'étais trouvé un mari et avais mis un enfant au monde, tu comprendrais peut-être mieux l'amour d'une mère pour son fils. »

Et c'est fait, mots prononcés et mots entendus, lâchés dans le monde où ils peuvent faire la même sorte de dommages que la malédiction d'Ingegerd Knutsdotter. Impossible de les retirer désormais, mais l'amertume des remords que peut éprouver Stina est vite dissoute dans sa colère, jusqu'à ne plus avoir aucun goût. Brita reste muette, comme si un coup au ventre lui avait coupé le souffle. Sous ses yeux, la colère de sa mère pâlit jusqu'à l'indifférence. C'est pire. Comme si elle ne méritait même pas sa déception. Stina ne fait plus attention à elle. Elle prend place sur le tabouret devant la table, les piles de papier devant elle.

« Va te coucher.

– Et toi ?

– Je vais vérifier tes comptes. Peut-être aurai-je le temps de finir d'ici l'aube. »

76

Encore une longue journée à cheval qui touche à sa fin. Toujours vers le sud et les frontières du royaume. De ville en ville, de village en village. Les fortifications sont peu nombreuses et mal défendues, leurs garnisons pas assez fournies pour résister. Le peuple accueille la troupe avec des hourras, tombe à genoux devant Engelbrekt comme s'il était envoyé par le Seigneur lui-même pour annoncer l'avènement du paradis sur terre. Il a beau ne plus être garçon d'écurie, Måns va parfois rendre visite à Suie le soir venu, avec des friandises qu'il lui fait manger dans le creux de sa main. Ce soir, il s'y attarde, attend Engelbrekt pour pouvoir lui parler en privé. Engelbrekt arrive à la nuit tombée, lui aussi avec une botte de carottes pour le cheval. Il s'arrête à la porte en voyant la place déjà prise.

« Måns ?

– Pardon. Je voulais vous parler seul à seul, sans que d'autres entendent. »

Engelbrekt opine du chef.

« Laisse-moi d'abord donner ses carottes à Suie. Il sent leur odeur, et s'il ne les a pas maintenant, il ne nous laissera pas tranquilles. »

Ensuite, il décroche du mur deux tabourets à trois pieds, ceux qu'utilisent les laitières pour traire les vaches. Il les dispose face à face, s'installe sur l'un et invite Måns à prendre place sur l'autre.

« La séance du conseil est ouverte.

– Il s'agit d'Erik, Erik Puke. »

Le regard d'Engelbrekt s'assombrit.

« Que t'a-t-il encore fait, cette fois ?

– Il ne m'a rien fait. Rien sinon adressé des paroles méchantes, lâchées sous l'emprise de l'ivresse. Mais j'ai parlé avec mon oncle à Vadstena, je lui ai demandé s'il savait pourquoi Puke avait une telle dent contre la lignée azur et or.

– Et donc ?

– Erik Puke est-il le fils de Nils de Rossvik ? Bâtard ? »

Engelbrekt commence par hésiter avant de répondre.

« Beaucoup le savent, mais peu le disent tout haut. Ne te sers jamais de ça pour l'attaquer, si tu sais où est ton intérêt. Beaucoup ont regretté le jour où ils ont traité Erik Puke de fils de pute.

– Son père s'est marié, et sa femme lui a donné un héritier. Son épouse s'appelle Birgitta. Elle est ma cousine. L'héritier de Rossvik est azur et or pour un quart. »

Måns constate qu'Engelbrekt ne savait pas, il voit cette révélation illuminer le visage du Montagnard.

« Je viens de Göksholm. *L'île du coucou* : un nom a rarement été aussi à propos. Il semble à Puke qu'un coucou a posé son œuf dans le nid qui était le sien. Et voilà le coucou arrivé aussi jusqu'ici, et un nouvel œuf éclos. Vous voyez que les raisons de me haïr ne lui manquent pas, quand bien même je ne lui ai rien fait.

– Que veux-tu que je fasse ?

– Vous ne devriez pas renvoyer Puke en mission lointaine. Montrez-lui que vous l'appréciez au plus haut point, que je ne menace pas la place qui est la sienne, que c'est une pure illusion de sa part. »

Engelbrekt se penche en arrière, lui adresse un regard appuyé. Sans apporter de réponse. À côté d'eux s'ébroue Suie, les friandises reçues déjà oubliées. Engelbrekt se lève, flatte le museau du coursier.

« Viens, sortons un peu prendre l'air. Suie a besoin de repos. »

Le village est entouré de forêts, des arbres épargnés par la hache et la scie pour abriter les maisons quand le vent souffle fort sur la plaine. Ils traversent l'esplanade de terre battue devant l'écurie et suivent un sentier vers l'orée du bois. Aucun des deux ne sait où il mène, mais il est assez large pour marcher côte à côte.

« Je voulais te poser une question, toi qui es de bon conseil en ces matières. »

Måns hésite.

« D'autres le sont sûrement davantage.

– Ma question ne concerne pas le rang, la guerre ni la ruse. Elle est à la fois plus simple et plus difficile. Il s'agit de ce qui est bien et juste, et là, c'est ton avis que je préfère entendre.

– J'y répondrai de mon mieux.

– C'est à propos d'Örebro. Mattis Kettilberg ne se rend pas, il réclame ses mille *marks* et ne laisse aucune faille dans ses fortifications. Je n'ai pas d'argent, et je ne veux pas en emprunter aux nobles. Mais il y aurait une solution. »

Ils arrivent à une clairière où les racines des arbres tressent un cadre autour des hautes herbes, jaunissantes mais encore souples. Un ruisseau coule tout près, frais et argenté au milieu des couleurs automnales. Engelbrekt trouve une souche pour s'asseoir en suivant des yeux le fil de l'eau.

« J'ai convenu d'un rendez-vous avec les hommes de la Hanse. Ce sont de vieilles connaissances. Ils disposent de liquidités en surabondance, assez pour me prêter ce dont j'ai besoin, et plus encore.

– Et donc ?

– Endetté, je ne suis pas libre. Ils ne demandent aucune garantie. Cette fois-ci moins que jamais. J'ai bien peur qu'ils n'envisagent une contrepartie future, une façon pour eux de nous tenir la bride pour promouvoir leurs propres intérêts face au roi Erik. Je ne serai pas en position de leur refuser quoi que ce soit, et avec ce marchandage, le nouveau royaume sera bâti sur un marécage. »

Måns est assis dans l'herbe, les bras autour des genoux, il regarde le cours du ruisseau où une pierre dépasse dans un remous de gouttelettes. Engelbrekt jette un caillou dans le courant. Il rebondit sur la pierre avant de couler.

« Que ferais-tu à ma place ?

– Prenez l'argent. Achetez la libération de la forteresse. C'est pour une bonne cause, et quant à l'emprunt et à ses contreparties, personne ne peut savoir de quoi l'avenir sera fait. Le temps porte conseil. »

Engelbrekt pousse un profond soupir. Opine du chef.

« Tu sais maintenant ce que les autres doivent continuer d'ignorer. Tant que tu es à mes côtés, empêche-moi d'oublier l'essentiel. Veux-tu être ma conscience, Måns ? »

Une bourrasque secoue les arbres, fait pleuvoir sur eux des feuilles rouges. Måns écarte de ses yeux une mèche dérangée par le vent.

« Oui. Toujours.

– Si Puke doit rester, laisse-moi alors t'enseigner à te défendre, en espérant que tu n'en aies jamais besoin. »

77

Måns lève son épée.

« Pas si haut. »

Måns fait comme on lui dit, jette sa tête en arrière pour ôter ses cheveux de ses yeux, mèches humides sur front en sueur. Ses épaules sont douloureuses à force de parer et rendre les coups. Engelbrekt, lui, ne laisse rien transparaître. Avec très peu de moyens, il dirige le combat, juste quelques pas d'un côté ou de l'autre, une autre présentation d'épée, toujours celle qui convient le moins à Måns et lui coûte le plus d'efforts à parer, toujours avec une habile torsion pour avoir le soleil dans le dos. Engelbrekt brandit son épée avec autant d'aisance que si elle pesait moins qu'une branche de noisetier, et se déplace d'un pied léger.

Rien de ce qu'il fait ne paraît difficile. Il se penche en avant, le genou souple, et pousse ainsi la pointe de son épée plus loin qu'il n'aurait dû être possible, frappe de bas en haut, forçant Måns à une nouvelle parade : l'effort le fait trembler sous sa chemise ouverte, tous ses muscles protestent quand un nouvel exploit est exigé d'eux. Il doit saisir à deux mains la poignée de son épée pour résister, et heureusement que le tintement de l'acier contre l'acier couvre le gémissement que ses lèvres laissent échapper quand ses doigts sont assommés par la violence du choc. Il titube de côté pour profiter d'une faille qui lui permettrait de frapper le flanc gauche d'Engelbrekt, mais fouette le vent là où il pensait rencontrer une résistance, perd l'équilibre. Engelbrekt est en sécurité, la pointe de son épée arrêtée devant le ventre de Måns, laissé exposé pour recevoir le coup de grâce.

« Bien, mais un peu précipité. »

Il baisse son épée, laisse Måns reprendre haleine, penché en avant, les mains sur les genoux.

« Tu as eu un bon professeur. »

Måns secoue la tête.

« Face à vous, je m'aplatis.

– Patience. J'ai vu plus de combats qu'à mon tour. Quand la vie est en jeu, les leçons entrent vite. »

Engelbrekt s'approche, campé sur ses deux jambes écartées, fait tourner son épée pour le seul plaisir d'entendre son fil fendre le vent.

« Je vais te montrer quelque chose. »

Måns se prépare de son mieux, pieds en position et lame prête. Étonné, il voit Engelbrekt laisser son épée tomber dans l'herbe.

« Frappe-moi, comme si c'était pour de bon.

– Mais vous n'avez rien pour vous défendre.

– Ça arrive à la guerre. Je vais te montrer comment ça se passe. Frappe un bon coup. »

Ils restent un moment immobiles face à face. Le vent d'été caresse le pré, fait onduler l'herbe verte autour d'eux, les tiges déjà à hauteur de taille là où les semelles des combattants ne les ont pas couchées au sol sur cette petite colline à l'écart, hors de vue du camp. Måns soutient le regard d'Engelbrekt, comme il a appris à le faire depuis l'enfance. C'est le regard qui révèle les intentions d'un adversaire. Engelbrekt est immobile, bras le long des flancs, sans trop chercher à changer de position selon les déplacements de l'épée. La moquerie disparue, ne reste plus que le défi dans ses yeux. Autour d'eux, le danger qui vient s'ajouter à leur jeu rend l'air plus dense, et Måns sent son corps répondre avec la vivacité de la jeunesse, une vie nouvelle affluer dans ses membres à l'instant épuisés. Il prépare son attaque, déplace son poids d'un pied à l'autre, plie les bras et se tasse davantage pour augmenter insensiblement sa portée. Il lève son arme haut au-dessus de sa tête. Humecte ses lèvres du bout de sa langue et inspire à fond, sent la force s'accumuler derrière ses muscles tendus comme cordes d'arc.

Il tournoie et attaque, rapide comme le vent. Mais Engelbrekt l'est davantage, il a deviné ses intentions d'un œil expérimenté, bondi en avant tout contre lui, en sécurité loin à l'intérieur de l'arc balayé par la lame. Engelbrekt saisit alors son bras sous le sien, le bloque contre son flanc, aussi légèrement qu'une danse.

« Ne lève jamais ton arme au-dessus de ta tête. Ton adversaire la voit arriver bien trop facilement, le coup est facilement évité, sans dommages. »

Visage contre visage un instant, œil contre œil, assez proches pour sentir leur cœur battre sous la peau, et Måns entend son épée tomber à terre à côté de celle d'Engelbrekt quand il n'arrive plus à porter le poids de l'acier, et sent alors ses genoux se dérober.

78

Pluie froide. C'est l'automne. Bengt Stensson observe l'humidité qui imprègne les parois de la tranchée que les hommes ont creusée, mille brasses de long des eaux du Mälaren, au nord, au fjord débouchant dans la Baltique, au sud. Elle a bien travaillé, son épouse. Mieux que lui. Il cherche en lui quelque amertume, mais n'en trouve pas. Pourquoi échanger des vœux, si on n'en retire aucun avantage ? Il est heureux de l'avoir. La terre se mue en boue, se désagrège, veut fondre et couler pour retourner au fond du trou d'où elle a été extraite au prix de tant d'efforts, mais Stina a fait abattre quantité d'arbres, coupés en planches pour former une palissade. Toutes les deux brasses, une poutre est arc-boutée contre elle, profondément ancrée dans le sol. Ainsi soutenue, la palissade résiste au poids qui appuie dessus. Lui, il se serait contenté de creuser, sans réfléchir plus loin, et il serait à présent en train de contempler tous ses efforts anéantis. Même par un temps pareil, les hommes de confiance de Stina inspectent chaque poutre, vérifient les marques gravées dans le bois pour s'assurer qu'elles ne glissent ni ne plient, car si l'une cède, la charge des autres augmentera d'autant. Il l'aperçoit de loin, voit ses gestes sans pouvoir l'entendre.

Son visage se mouille quand il le tourne vers les nuages sombres. D'autres s'accumulent. L'automne s'annonce humide et froid, pire qu'à l'ordinaire. Après un été chaud et clair, cela ne l'étonnerait pas, car la somme de toutes choses demeure la même. Le travail a beau se poursuivre, Bengt se demande pour la centième fois s'il n'aurait pas mieux valu être aux côtés d'Engelbrekt devant les murs de Stockholm les armes à la main que creuser dans la boue à Täljehus. C'est un travail de fou qui lui a été confié, un effort insensé. Toute cette terre déplacée. Cela lui semble comme un blasphème, comme cette tour que les hommes de Babel n'ont édifiée que pour voir leur orgueil châtié. Mais songer à la forteresse qu'on lui a donnée le console aujourd'hui comme toujours. C'est une belle bâtisse, il s'y est bien plu. Le lac est poissonneux, la forêt pleine de gibier, sa table est abondante. Il a même pris du poids. D'anciens habits le serrent et doivent être élargis, des pièces ajoutées là où les coutures bâillent. Stina est à ses affaires tout le jour durant, il doit souvent se faire violence pour trouver à s'occuper. Peut-être mange-t-il surtout pour se réconforter ?

Il rentre, satisfait que d'autres s'occupent de la mission qui lui a été confiée. Bientôt, le sol va geler, et ce sera encore pire. Son cheval connaît le chemin, n'a pas besoin de son aide pour trouver où passer. Pas plus que son épouse.

Dans la cour attendent des étrangers, dont les chevaux vont être conduits à l'écurie par des valets inconnus mêlés à ses gens. Il reconnaît leur harnachement, se dépêche de rentrer, content d'avoir de la compagnie, mais inquiet des nouvelles qui l'attendent. Son frère ne devrait pas être ici, et qu'il en prenne le temps ne peut qu'être de mauvais augure. Il trouve Bo Stensson déjà installé devant l'âtre dans la grande salle, en train de souffler sur une chope de bière chaude. Ils échangent un signe de tête et Bengt approche un siège en face de lui, dans la chaleur du foyer.

« Frère Bo.

– Frère Bengt.

– Stäkeholm résiste toujours ? »

Bo secoue la tête, détourne le regard vers le feu.

« Tes hommes ? »

Il secoue à nouveau la tête, et Bengt ne peut se retenir d'aspirer bruyamment l'air entre ses dents serrées.

« Et Engelbrekt ?

– Je l'ai cherché, mais pas facile de lui mettre la main dessus. Un vrai coup de vent. J'ai poussé jusqu'à Skövde avant de trouver une partie de son camp. Il était quant à lui déjà reparti plus au sud au Halland avec toute son armée.

– C'est en territoire danois. Va-t-il prendre le Danemark, à présent, soumettre toute l'union ? L'idée n'était-elle pas justement de récupérer la Suède et de retracer les frontières que Margareta avait balayées ? Örebro a fini par tomber à son tour, à ce que j'ai compris, sans combats : Kettilberg est reparti chez lui, ce chien. Même un Montagnard devrait savoir que l'orgueil précède la chute. »

Bo lape sa bière, soupire de la trouver encore trop chaude à son goût.

« Il y en a d'autres de la même farine, quand bien même de plus noble naissance. Knut a pris Rönö, tu as entendu ? Ce n'est pas le toupet qui lui manque. Celui qui a beaucoup veut toujours plus. »

Bo acquiesce de la tête.

« C'est pour une autre raison que je suis venu, mon frère.

– Laquelle ?

– Une rumeur est arrivée jusqu'à mes oreilles.

– Ah ? »

Un serviteur apporte à boire à Bengt. Bo se tait, suit l'homme du regard jusqu'à sa sortie.

« Il s'agit de Måns. »

Bo Stensson s'avance en glissant au bord de son siège, baisse la voix.

« Je suis arrivé à Skövde, comme je te l'ai dit, et j'y ai passé la nuit. Les partisans d'Engelbrekt étaient partout, en foule. J'ai trouvé une place parmi les hommes d'Erik Puke. J'ai bavardé avec mes voisins de table sans dévoiler mon rang, assoiffé et affamé que j'étais après une longue chevauchée. Assez vite, je me suis fondu dans la masse, et la boisson a délié les langues.

– Et donc ?

– Ce que j'ai appris, c'est que la première place de Måns n'a pas été auprès d'Engelbrekt, mais celle de son garçon d'écurie. »

Bengt fronce les sourcils, interloqué.

« Qu'est-ce que tu racontes ?

– Tu m'as entendu. Engelbrekt l'a pris comme garçon d'écurie pour étriller son cheval, s'occuper de sa stalle, tout nettoyer. »

Bengt secoue la tête, incrédule. Il boit une gorgée, plisse le front en réfléchissant.

« Même s'il y avait du vrai là-dedans, cela ne tient pas debout : pourquoi Engelbrekt aurait-il tant favorisé notre lignée, pour son garçon d'écurie ? »

Son frère pousse un soupir, se détourne à demi, le regard sombre.

« Il y a pire, mon frère. Måns n'est pas resté longtemps à l'écurie. On dit que ton fils et Engelbrekt sont plus proches qu'il ne sied à deux hommes. »

Bengt Stensson sent un éclair glacé au ventre qui semble chasser vers le haut toute sa chaleur et tout son sang, jusqu'à ce que le grondement de son cœur tambourine à ses oreilles.

« Sois plus clair. Dis-moi les mots comme tu les as entendus.

– On raconte d'Engelbrekt qu'il a reçu une blessure au Schleswig, au bas-ventre, peut-être même directement aux parties viriles. On dit que c'est la raison pour laquelle il reste sans enfants, alors qu'il a une épouse à Norberg. C'est ce qu'on disait à Halmstad. On disait ensuite que la virilité d'Engelbrekt n'était pas si mal en point, qu'il n'avait juste pas encore trouvé la langue pour bien nettoyer sa plaie. Et que la langue qui la lui léchait était celle de Måns Bengtsson. »

Bengt Stensson reste un moment silencieux. Puis il se récrie, en levant une main :

« Des ragots, rien d'autre. Ce n'est pas vrai, bien sûr.

– Bien sûr. Mais je voulais que tu le saches. »

Dans la cheminée, les flammes mordent le nœud d'une bûche qui craque sous les autres. Bo tend la main parmi les étincelles pour la remplacer dans le feu par une autre.

« Nous ne manquons pas d'ennemis, mon frère, et tous ne parlent que de ça. L'envie fait dire aux gens ce qu'ils veulent entendre, et Erik Puke en a peut-être encore plus de motifs. Engelbrekt Engelbrektsson a favorisé l'azur et l'or bien au-delà de toutes les autres couleurs. »

Bengt Stensson ne peut s'empêcher de balayer du regard les murs de la grande salle. Tout ce qu'ils ont reçu, lui, son frère, l'évêque. Favorisés bien plus que les autres. C'était donc pour ça. C'était donc justement ça. Et il voit dans les yeux de Bo que son frère pense la même chose.

79

L'automne a gagné tout le royaume, même les provinces méridionales. Nils Stensson abandonne l'idée de dormir. Il est mal installé et tout autour de lui on entend le bruit que font des hommes qui ont trouvé sans effort ce qui se dérobe à lui. Ils dorment. Ronflements, reniflements, grondement sourd des vents lâchés sous les couvertures. Il finit par se lasser de se tortiller dans le noir à la poursuite vaine du repos. Il se lève, arrange ses vêtements, boutonne sa veste et pose son lourd manteau de laine sur ses épaules. Il traverse lentement la salle pour éviter de piétiner les dormeurs ou de trébucher sur des membres étendus. Voilà des semaines qu'il dort avec les autres, regrettant chaque nuit sa décision de renoncer à une chambre à lui, mais il ne veut pas qu'on puisse dire de lui qu'il est un seigneur à l'ancienne. Les gens parlent, le pays est petit. Même parmi ses hommes certains ont de la famille ou des amis au sud, tout ce qu'il faut pour donner des ailes à une réputation. Il préfère qu'on raconte qu'il est comme Engelbrekt Engelbrektsson, un grand, mais qui n'a pas oublié que tous les hommes partagent la même racine. Cela lui a été de peu d'utilité. Il a fait tout ce qui était en son pouvoir pour exhorter les Smålandais au soulèvement. Il a lui-même entendu Engelbrekt parler, mémorisé ses paroles, mais il a beau répéter la même chose sur le même ton, c'est comme si ses auditeurs avaient un sixième sens pour le cerner. Ils semblent le voir pour ce qu'il est vraiment, en dépit de ses efforts pour le dissimuler. Cette pensée le tracasse, car il s'agit de gens simples, de ceux qui passent leurs maigres années dans la boue et la sueur, croient ce que le prêtre leur dit de croire, ne remettent rien en question et ne pensent jamais rien qui n'ait déjà été pensé, avant d'aller en terre dans l'ignorance où ils ont passé toute leur vie. Le regard aussi vide que leurs bêtes ils l'écoutent les haranguer : le fardeau du peuple sous le joug des baillis, l'illégitime gloutonnerie des Danois et des Allemands aux frais de la population, les impôts qu'il promet de baisser. Quand ses paroles s'estompent pour laisser place aux acclamations et aux bravos, c'est le silence. On échange des regards, on murmure en haussant les épaules avant de retourner vaquer à ses occupations, et Nils n'a plus qu'à remonter en selle pour chevaucher jusqu'au village suivant. Là, même chose.

Il franchit la porte et frissonne en sentant la différence entre la fraîcheur de la nuit d'automne et la salle chauffée par une centaine d'hommes. Un garde adossé à la façade lui grogne quelque chose sans voir qui il est en lui indiquant un flambeau solitaire qui guide vers les feuillées creusées un peu plus loin. Nils part dans la direction opposée, marche au hasard vers la côte. La lune haut perchée l'éclaire. Derrière lui l'église de Kläckeberga, qu'il a réquisitionnée en mettant le prêtre à la porte pour y loger ses lansquenets et dont il a renforcé les anciennes fortifications. Il ne connaissait pas l'endroit, qui a pourtant dû bien des fois accueillir des hommes comme les siens : la terre est de celles où le sang a été versé. Cette église ne ressemble à aucune qu'il ait déjà vue. Ses murs sont épais, et ses fenêtres clairement percées pour les tireurs. Pas un lieu saint à l'origine, ça non. Les pierres elles-mêmes bruissent de combats immémoriaux. Un fossé ceint le bâtiment, jadis des douves, aisément rétablies. Avec cent hommes, il peut tenir la place contre n'importe quelle armée. Dommage qu'il n'en ait pas fait une position défensive, mais juste un lieu de garnison avant de marcher sur Kalmar et de prendre le château. Mais il n'a réussi à rassembler aucune horde de paysans, et les renforts promis par Bo Stensson se font attendre, alors qu'il était prévu qu'il accoure ici aussitôt Stäkeholm tombé. Avec Bo à Stäkeholm, Knut à Stegeborg, Bengt à Tälje et Nils à Kalmar, toute la côte est aurait été peinte d'azur et d'or : une fois le royaume à nouveau uni, quand le commerce aurait repris, on pourrait plus d'une fois taxer les cogues ventrues de la Hanse arrivant et repartant de Stockholm.

Le sentier mène à l'eau. La mer est belle. L'agitation des vagues est ciselée d'argent sous la lune. Un nuage à la dérive lâche de la pluie, froide et inerte, ses gouttes mêlées de flocons. Nils trouve un tronc d'arbre où s'appuyer sous une branche, au sec. La lune se voile, l'obscurité s'épaissit, le nuage au-dessus de lui se réunit avec d'autres de même farine, et bientôt les gouttes tombent de plus en plus dru. Nils jure en silence, resserre son manteau dans une forte odeur de laine mouillée. Il ne va pas tarder à sentir l'humidité à même sa peau. Une lueur blanche se répand sur la mer, suivie quelques instants plus tard du grondement. Le tonnerre roule au loin, tard pour la saison. Nils se laisse glisser sur la tache que son propre corps a protégée de l'eau, s'assoit en tailleur, se fait à l'idée que sa nuit va être longue sous ce maigre abri, pardonnant du coup sa dureté au sol de l'église de Kläckeberga et leur boucan à ses hommes. Un autre éclair griffe la houle et le voilà à nouveau debout, à découvert, ignorant la pluie qui imprègne bientôt ses vêtements. Là-bas, au sud. Des ombres sur les vagues. Les yeux grands ouverts, il scrute la nuit noire, les oreilles pleines du vacarme de la pluie mêlé au tumulte de son propre cœur. Il a dû avoir une vision. Il fait une prière muette pour que ce soit le cas.

Des éclairs crépitent à nouveau, plus grands et plus proches, se suivant de près et, dans leur flamboiement pâle, il les voit distinctement. Des vaisseaux noirs. Une multitude de vaisseaux, cinglant vers le nord. Ce ne sont pas des bateaux de commerce. Des navires de guerre, faits pour transporter des troupes en nombre là où doit avoir lieu la bataille. Nils n'a pas besoin de voir sous quel pavillon ils naviguent, car il le sait déjà. D'or, croisé de gueules. Le roi Erik. Le roi Erik arrive. Trop tôt. Plus tôt que quiconque l'aurait cru, pour reprendre le pays qui menace de lui échapper des mains.

80

« Kari ! »

Brita lui fait signe, l'appelle, bien que la distance soit trop grande pour que la voix porte. Dans le traîneau, elle voit une main levée lui répondre. Le temps est au redoux malgré la lourdeur de l'hiver et des jours plus courts que jamais. Longtemps, Brita a pu suivre le trajet du traîneau sur la neige humide tandis qu'autour d'elle goutte le toit du château. Kari Sture est venue fêter le premier jour de l'année à Täljehus, seule, tandis que tous les hommes sont partis. Brita n'a pas vu son père depuis des semaines : tantôt il a été sur la côte avec ses corsaires pour observer l'arrivée de la flotte royale, tantôt à Stockholm en qualité de membre du conseil royal, après que le roi Erik s'y est retranché en invitant les grands du royaume à parlementer. Depuis, la paix règne. Et pourtant, il lui semble entendre partout le bruit des lances qu'on affûte.

Le traîneau approche, se risque sur la glace épaisse qui entoure la forteresse. Kari Sture descend vivement de son siège, fend la neige avec son manteau et son bonnet en peau d'ours et serre Brita dans ses bras sur le perron du château.

« Brita.

– Kari.

– Tout va bien ?

– Tout va bien.

– Et Stina ?

– Elle est sur la tranchée, aujourd'hui comme hier et tous les jours depuis l'été dernier. Même le dimanche elle ne s'en éloigne pas. J'aurais dû l'accompagner, mais je savais que tu devais arriver et je suis restée t'accueillir. Toute la nuit, ils entretiennent des feux pour faire dégeler la terre, et font rougir des pics pour la briser. En une semaine, nous avançons moins qu'en une journée d'été, mais c'est toujours quelque chose. Et puis ça l'occupe. Autant elle était toujours alitée avant, autant elle est toujours debout aujourd'hui. Ton idée a porté ses fruits.

– Mais toi, Brita, comment vas-tu ? Et vous deux ensemble ? »

Elle ne se résout pas à regarder Kari dans les yeux en lui répondant, préférerait cacher ses sentiments.

« C'est comme toujours. Elle a trois toises, une pour moi, une pour les autres et une pour Måns. Il est rare que je soutienne la comparaison. »

Kari fait la grimace.

« Avec ta mère, on a du mal à deviner ce qui se passe à l'intérieur. Depuis toujours. Peut-être y a-t-il davantage que ce que tu y perçois ? Et c'est toujours quelque chose, pas vrai ? Un début.

– Toujours quelque chose. »

Brita chasse ses pensées sombres, lisse son front, adresse à Kari un regard plein de gratitude sincère.

« Merci d'avoir bien voulu venir. J'ai peur que ce soit pour elle une journée difficile, et tout réconfort sera bienvenu. »

Kari lui adresse un sourire en coin, pose une main sur sa joue.

« Un de ces jours, elle se mettra à faire tout ce qu'elle devrait pour mériter une fille comme toi. Mais ne t'inquiète pas. Si mes histoires de pirates ne suffisent pas, j'ai pris tout ce qu'il faut dans mon traîneau. »

Elles se changent, revêtent des robes d'apparat et reprennent le traîneau jusqu'au chantier pour y embarquer une Stina réticente qui se laisse enfiler un manteau brodé de perles afin de cacher les vêtements qu'elle porte depuis bien trop longtemps. Le chemin les mène alors à Tälje, à la grand-messe, celle qu'on célèbre en ce premier jour de l'an en mémoire de Marie, mère de Dieu. Voici une nouvelle année venue sur la terre, et pour le jour de sa naissance, c'est la mère que l'on fête. Elles prennent place au premier rang, là où tout le monde peut les voir, les maîtresses de Tälje, les dames du château, chacune chatoyante comme un joyau parmi les habits d'hiver du peuple où bave le rouge pâle de la garance qui tente en vain d'orner la laine grise. Autour d'elles se pressent les gros propriétaires terriens pour assaillir de leurs flatteries la sourde oreille de Stina. De plus en plus inquiète, Brita observe sa mère. Le prêtre fait son sermon, raconte comment une simple pécheresse a été sanctifiée par Dieu lui-même. Il parle du lien particulier de la maternité, du chagrin de Marie au Golgotha. Brita tourne prudemment la tête pour mieux voir sa mère. Son regard est sombre et vide, ses épaules affaissées, ses mains jointes serrées à faire blanchir ses phalanges. Silencieuse dans le traîneau du retour, conduite à contrecœur à table puis après le repas sur le banc près de la cheminée où rugissent les flammes dans le bois de bouleau. Kari a fait venir le tonneau qu'elle a apporté d'Ekhult, elle en remplit un chaudron qu'elle place sur le feu. Un parfum suave emplit la salle. Elle en sert une coupe à chacune.

« Goûte-moi ça. Toi aussi, Brita. »

Elle n'a jamais bu chose pareille. C'est un vin sucré et chaud, plein d'épices inconnues. Le goût des pays lointains où le soleil brille toujours. Elle en boit encore une gorgée, sans voix. Kari Sture hoche la tête devant son étonnement.

« Je sais. »

Kari donne un coup de coude à Stina.

« À toi, ma chère. »

Pendant que sa mère boit sans conviction, Brita cherche quelque chose à dire pour contrer le silence.

« Que font les hommes ? »

Kari lève un sourcil.

« Ton père ne t'a rien dit ?

– Père n'a pas été à la maison depuis longtemps. Il a beaucoup à faire, et nous n'avons reçu aucun message. »

Kari ressert tout le monde.

« Je vais vous dire. Les intrigues avancent. Bengt Stensson est avec mon bonhomme. Engelbrekt les a appelés à lui. J'espère qu'ils ne sont pas fatigués de leurs retournements de veste, nos époux, parce qu'ils me donnent le tournis, mais que voulez-vous, c'est le jeu où nous nous sommes engagés. Ils ont conclu la paix avec le roi Erik à Helgeandsholmen, en espérant en être récompensés. Le roi est rentré chez lui. À présent, c'est Engelbrekt qui exige que l'obéissance au roi qui vient d'être jurée soit à nouveau reniée. Il doit leur promettre davantage que le roi Erik pour gagner leurs faveurs. Puis viendra sans doute la contre-offre du roi. Puis celle d'Engelbrekt. Et ainsi de suite.

– Comment cela va-t-il finir ? »

Kari balaie d'un geste la grande salle.

« Vous avez déjà reçu un château. Plusieurs vaut toujours mieux qu'un. »

Elle secoue la tête et lève sa coupe vers Stina.

« Assez parlé des soucis des pères. Trinquons plutôt à la santé des mères. »

Stina boit, les yeux fixés sur le feu. Elle fait entendre sa voix pour la première fois depuis leur retour.

« Croyez-vous qu'elle a trouvé que cela en valait la peine, sainte Marie ? Au pied de la croix, en voyant Jésus saigner ? »

Kari Sture la regarde à la dérobée par-dessus le bord de sa coupe.

« Pas toi ?

– Toute cette douleur. L'accouchement d'abord. Plus dur que tout ce qu'on croyait possible, et encore, on pense alors laisser le pire derrière soi. Jusqu'à ce que plus tard, une fois l'enfant grand, on s'aperçoive que tout son bonheur est placé entre les mains d'un autre, mal armé pour le porter. Qu'il y a en nous des endroits qui peuvent faire plus mal encore qu'un ventre qui se déchire. Le monde exige l'enfant en tribut, et la mère demeure seule. »

Elle vide sa coupe, que Kari attrape au vol pour la remplir à nouveau, assez vite pour lui faire perdre le fil de ce discours où elle oubliait avoir eu plus d'un enfant. Stina lève les yeux, stupéfaite, regarde Brita, croise un instant son regard avant de se tourner à nouveau vers l'âtre, en silence. La fumée s'est accumulée au plafond loin au-dessus de leurs têtes, mollement aspirée dans des failles du mur que trahissent des courants d'air. Derrière le nuage, les rinceaux peints des poutres semblent des créatures qui se lovent, ondulent.

« C'est une belle demeure que vous avez reçue. Mon Bo s'est vu promettre Stäkeholm, pourvu qu'il s'en empare. Ça a mal tourné. Plusieurs loups tournaient autour de cette proie, mais incapables de chasser en meute. Les hommes. Que feraient-ils sans nous ? S'entretuer, réduire le pays en cendres. Nous les raisonnons. Calmons leur sang, de notre mieux. Mettons au monde leurs enfants. Une fille, si on est chanceuse. Si c'est un fils, on fait de son mieux pour qu'il soit meilleur que son père. C'est comme si leur engeance était maudite. »

Stina pose sa coupe sur le banc, se tourne vers Kari Sture et cherche son regard.

« *Tout votre amour finira dans le sang.* As-tu déjà entendu ces paroles, Kari ? »

Elle hésite, sa belle-sœur, se cache derrière sa coupe de vin, mais finit par la poser à côté de celle de Stina.

« Bo Stensson serait incapable de garder un secret avec moi, sa vie devrait-elle en dépendre.

– J'ai trouvé la tombe de Karin Stensdotter à Vadstena, quand Mara a perdu son enfant. Je tiens toute l'histoire de la bouche de l'évêque, ce serpent. Sten Bosson a eu dix enfants. Assez pour repeupler la terre. Et pourtant sans descendance.

– Il y a ici Brita, et ton Måns, et mon Nils. Tous nés en bonne santé.

– Est-ce que tu l'aimes, Kari ? Bo. L'as-tu jamais aimé ? »

Le rouge monte au visage de Kari Sture.

« Qu'est-ce que c'est que cette question ? C'est un vieux bouc imbu de lui-même, et ça n'a pas l'air de s'arranger avec l'âge. Beau, il ne l'a jamais été : comme ça, au moins, je ne risque pas de le voir péricliter. Il est père de mon enfant, et je ne nie pas avoir trouvé un certain plaisir à le concevoir. J'ai rencontré beaucoup d'hommes moins bien que j'aurais pourtant pu épouser si le destin l'avait voulu. Et tout autant d'hommes meilleurs, mais qui auraient été un moins bon parti. Je tiens à lui, oui. Je partage ma vie avec lui, oui. Mais il n'y a jamais eu davantage. »

Plutôt que de regarder Stina, Kari a parlé au feu en train de s'éteindre.

« C'est justement ça. Dans le lit conjugal, il n'y avait aucun amour qui puisse finir dans le sang. Mais maintenant, oui. Nos fils sont en danger, Kari. Tu n'aurais pas dû quitter ton Nils, et Måns n'aurait jamais dû partir. »

Le silence qui suit laisse Brita avec cette pensée amère : mais moi, je n'ai rien à craindre.

CINQUIÈME PARTIE

AUTOMNE, HIVER ET PRINTEMPS 1435-1436

81

Nils voit les vaisseaux repasser, à la lumière du jour cette fois. Il peut les compter. Quatre douzaines, peut-être cinq. Plus nombreux que l'an passé. Il est au même endroit que la dernière fois, sous le même arbre, sur le même rivage à une demi-heure de marche de l'église de Kläckeberga. Une année environ s'est écoulée, mais il lui semble que c'est beaucoup plus. Nils se rappelle la première fois : la flotte avait jeté l'ancre sous ses yeux et, à l'aube, des barques à fond plat ont commencé à aller et venir pour débarquer des hommes sur les plages du Småland. Il est quant à lui rentré en courant à Kläckeberga, un goût de sang dans la bouche, pour rassembler ses hommes derrière les murailles et préparer la défense. Le lendemain, ils ont vu les lansquenets du roi passer au loin. Ils ne se sont jamais approchés de Kläckeberga, car ils ne cherchaient pas à engager le combat contre des hommes armés. Ils ont plutôt continué vers l'intérieur des terres. Trois jours durant, Nils Stensson a attendu retranché dans son église, jusqu'à ce que la colonne revienne sur ses pas pour regagner les bateaux qui mouillaient dans la baie. On a envoyé des guetteurs, qui sont vite revenus annoncer que le champ était libre, les vaisseaux tous repartis vers le nord sans laisser personne derrière eux. Nils a passé la semaine suivante à les suivre à la trace. Ils étaient passés de ferme en ferme, de village en village, avaient tiré les hommes et les garçons des maisons pour les pendre aux arbres par le cou ou les pieds, les brûler vif dans les granges ou les égorger en place publique, en les abandonnant là où ils tombaient. Leurs membres dépecés encore puants de l'eau dont on s'était soulagé sur eux. Partout des cadavres, le soin de les enterrer laissé à des filles et des mères violées aux yeux aussi vides que ceux des morts. Le message d'Erik était écrit en lettres de sang sur la peau du peuple, dans la cendre des fermes incendiées, dans les haillons des vêtements arrachés aux femmes : *voyez le retour du roi. Craignez sa colère, priez pour sa grâce, regrettez votre déloyauté. Tout doit redevenir comme avant.* Il n'a pas débarqué ailleurs : les vaisseaux ont continué jusqu'à Stockholm, d'où le pouvoir royal n'avait jamais été arraché, et le conseil royal a été convoqué sur l'îlot de Helgeandsholmen pour parlementer. On y a conclu une trêve d'un an, le conseil a juré d'épargner les baillis du roi dans leurs forteresses et Erik s'en est retourné au Danemark, avec la promesse que les meneurs du soulèvement seraient jugés selon la loi suédoise : Engelbrekt Engelbrektsson en premier lieu, Erik Puke après lui.

Le conseil avait conclu un pacte intenable. Engelbrekt a convoqué les membres du conseil en l'absence du roi, les a tous convaincus de renouveler leur promesse de Västerås, de renier la loyauté qu'ils venaient d'assurer et de déclarer Engelbrekt régent du royaume. Nils y était en personne, il a témoigné devant le conseil et devant Engelbrekt de l'expédition punitive du roi contre la population, avec assez de conviction pour qu'Engelbrekt le gratifie du commandement sur tout le Småland. Rien dont il se soit particulièrement réjoui. La trêve a perduré, chaque camp fourbissant ses armes en vue du règlement de compte qui doit arriver. Et voilà à nouveau le roi, comme si le temps s'était mordu la queue.

Nils songe à l'année écoulée. Curieuse année. Le roi assez intelligent pour comprendre que le temps était son meilleur allié, espérant que le fil fragile qui unit Montagnards et nobles finira par se rompre. Engelbrekt Engelbrektsson partout luttant sans répit pour en renforcer les nœuds. Le temps passé semble plus long, car il s'est écoulé au ralenti. Nils n'a pas fait grand-chose de plus qu'entraîner ses hommes et affûter ses armes, renforcer les défenses de Kläckeberga et se sculpter une maquette du château de Kalmar avec toutes ses fortifications en prévision du siège qui se fait attendre. Cette attente l'a usé, vieilli avant l'heure, fait passer des nuits blanches. Une année perdue. Une année de sa jeunesse qui jamais ne reviendra, sans lui offrir l'aventure que la vie semblait pourtant lui promettre. Il n'a récolté aucun honneur, et sa Mara a dû quitter Vadstena pour regagner un domaine où elle reste seule, avec le fantôme de cet enfant perdu. Il ne devrait pas y en avoir d'autre tant qu'il reste à Kläckeberga, en pure perte. Elle lui manque dans sa chair et son cœur, et ce manque est rendu amer par la mauvaise conscience. Il lui est plus difficile de semaine en semaine de se persuader que tous ces sacrifices sont pour elle.

Cette fois, il est fin prêt. Des mois durant, il s'est imaginé cette rencontre. Il allume son fanal pour se signaler aux vaisseaux, à côté d'un casque qu'il brandit haut au bout d'un tronc de bouleau écorcé. Il y a fait peindre son blason azur et or. Si le roi ne le reconnaît pas lui-même, il a des conseillers qui sauront le faire. La patience de Nils est à bout, il en a assez d'attendre en vain de pouvoir s'occuper des affaires des autres. Le temps est venu de parler directement au roi, et en son nom propre. Il voit une voile prendre un ris, un gouvernail virer de bord dans la houle, une chaloupe mise à la mer et des rames fouetter l'eau en s'efforçant de le rejoindre. Bientôt, il est assis sur un banc couvert d'écume à côté de marins danois trempés, prêt à être présenté à son roi et à lui offrir ses futurs services avec un zèle qui fera oublier sa trahison passée.

82

À de nombreuses reprises, Bengt Stensson a envoyé des messagers trouver son fils au cours des derniers mois, et toujours reçu la même réponse. Un cavalier part à la recherche d'Engelbrekt et de son armée là où on a entendu parler de lui pour la dernière fois, pour inviter Måns à rentrer à Göksholm, où son père et lui pourraient se retrouver et discuter. Son homme revient toujours seul et avec le même message : Måns Bengtsson ne veut pas venir. Il reste où il est. Bengt ne peut rien y faire. Personne n'est là pour écouter sa colère et l'inquiétude sourde qui la nourrit. Nils Stensson toujours enterré à Kläckeberga, Bo ailleurs, partout où les miettes de la table d'Engelbrekt promettent de tomber en abondance, Stina à Täljehus, tellement recouverte de terre et de boue que personne ne peut la distinguer d'une paysanne en pleines semailles.

La tranchée se creuse lentement dans un sol récalcitrant, tantôt trop meuble, tantôt trop dur. Un chemin plus large a été dégagé à côté, de la rive nord à la rive sud, pour y traîner avec des bœufs ou à dos d'homme le fer flotté en provenance du Nord et l'embarquer à bord des cogues qui mouillent devant Tälje. C'est une route commerciale laborieuse, mais qui vaut mieux que rien. Pour Orm Salte et ses corsaires, la tâche est facilitée depuis que Bengt leur a indiqué la route des cogues. Une facilité qui va de pair avec un danger, cependant : pour éviter qu'Engelbrekt ne comprenne qu'il a chargé un renard de surveiller son poulailler, les abordages doivent être prudents ; pour un navire pris, il faut en laisser passer quatre intacts, et on doit se contenter de taxer avec retenue sa prise avant de la laisser reprendre sa route. Le tout sans dévoiler l'origine des abordages. Rien que ça suffirait à ôter le sommeil à Bengt Stensson. Au moins, l'argent est une consolation.

L'été a été long pour lui, tantôt à Täljehus, tantôt à Göksholm, ou ailleurs encore. On ne peut pas appeler paix la situation qui prévaut depuis qu'Engelbrekt a été fait régent, plutôt attente prolongée de la riposte du roi. C'est usant pour tout le monde. Afin de tromper son ennui, Bengt a rendu visite à des parents et des seigneurs dans un rayon d'une journée à cheval, mangé à leur table et chassé dans leurs forêts. Tous ont le front profondément ridé, inquiets quant à la pérennité des gratifications reçues, inquiets de savoir à qui faire allégeance pour obtenir le plus d'avantages, et comment reprendre au plus vite sa parole le jour où le vent tournera.

À quoi bon chauffer pour les corneilles ? Göksholm est froid maintenant que l'automne est arrivé, aussi froid dedans que dehors. Il se souvient de la Saint-Jean de l'année passée, les festivités dans la grande salle avec toute la lignée rassemblée, les chants et le piétinement de la danse sur les lames du plancher. C'est loin, comme si une vie entière avait passé. Bengt est seul à présent, sa famille dispersée. Par tradition, le seigneur de Göksholm est reçu à l'église en cette saison, pour être vu par le peuple et lui rappeler sa soumission. Le devoir l'appelle. Cette fois-ci, il a presque hâte, pour se changer les idées. D'autres personnes, en foule, pour remplacer cette grande demeure vide avec ses salles béantes comme des grottes affamées de compagnie. Des gens simples, sans intrigues ni arrière-pensées, la place de chacun claire aux yeux de tous : lui le seigneur de Göksholm, eux lui devant le respect. En soupirant aux protestations de ses reins douloureux, il laisse Göksholm derrière lui, monte en selle parmi ses hommes et prend la direction de Stora Mellösa pour assister à la messe.

Le prêtre est plus jeune que lui, remplaçant du vieux qui est mort. Sa voix tremble d'effroi, car jamais encore il n'a prêché devant le plus grand bienfaiteur de son église. C'est un exercice périlleux, car il ne connaît pas Bengt Stensson, ne sait pas quel orteil sensible il risque de piétiner par ses admonestations. Avec un soupir, Bengt constate que le prêtre a choisi la sécurité, avec un sujet si ennuyeux que personne dans l'assistance ne saurait se sentir visé. Bengt cesse d'écouter, laisse ses pensées vagabonder tandis que le prêtre se tait et se remet à mouliner son latin prévisible et somnifère. Il ne sait pas d'où lui vient cette lubie. Peut-être de l'ennui ? Il ne s'est pas confessé depuis un an, le fait traditionnellement chaque année à Noël, car on aborde mieux les péchés que promet la nouvelle année une fois les anciens pardonnés. Le moment est venu. À l'eucharistie, il vide le calice, dirige lui-même la main du prêtre pour qu'il le remplisse encore et encore, jusqu'à éprouver l'ivresse. Après la messe, il n'a rien à faire pour se frayer un passage, car à son approche tous s'écartent comme sur un signal, pour le laisser passer devant en inclinant la tête. Dans la sacristie, en voyant qui arrive, le prêtre fait mine d'étouffer, comme si deux pousses lui serraient le cou. Bengt doit se racler la gorge pour lui rappeler ses devoirs. Le prêtre l'invite à s'asseoir d'une main tremblante.

« *In nomine patris, et filii, et spiritus sancti. Amen.*

– J'ai commis l'adultère. Plus souvent que je ne saurais le compter. Avec des servantes, des lavandières, des vagabondes, des femmes mariées. Beaucoup dont je n'ai pas demandé ni su les noms. J'ai rarement laissé passer une occasion, et d'autant plus souvent cherché volontairement le péché. »

Avec satisfaction, il voit la sueur perler au front du prêtre, malgré le froid qui règne dans la pièce. Il voit son regard papillonner à la recherche d'une réponse appropriée, car d'elle dépend son avenir et peut-être aussi celui de son église.

« Pour beaucoup, la tentation est trop forte, et c'est un péché aussi vieux que notre espèce.

– Je suis aussi un homme avare. Je prends tout ce que je peux pour m'enrichir, je m'empare illégitimement du bien d'autrui, sans distinction. Je remplis mes caisses aux dépens des jeunes comme des vieux, d'étrangers comme de mon propre sang. La luxure et l'avarice ne sont que les premiers de tous les péchés mortels que j'ai fait miens. Je bâfre aussi. Je connais la colère. Je suis orgueilleux. L'envie m'habite. Je vis dans la paresse pendant que d'autres doivent peiner à la sueur de leur front. Je romps mes serments dès que cela m'arrange. »

Le prêtre blêmit de plus en plus, bégaie à la recherche de paroles flatteuses.

« Il est aisé pour le pécheur repenti de ne voir que ses échecs et d'être aveugle au bien. Tout le monde dans notre contrée lève les yeux vers Votre Grâce en éprouvant chaque jour et chaque heure la gratitude envers le seigneur Bengt qui de sa main ouverte nous protège des malheurs du monde. Et tu as bien fait de venir confesser tes péchés pour qu'ils soient pardonnés, mon fils. »

Mon fils. Bengt se penche au-dessus de la table qui les sépare, assez loin pour que la chaîne en or autour de son cou heurte les planches. Il cloue le prêtre du regard.

« Et si j'étais allé avec un autre homme, mon père ? »

Le prêtre ouvre sa bouche et la referme, comme un poisson sorti de l'eau au bout d'une ligne et posé sur le ponton avant d'y être assommé. Il ne sort d'abord qu'une sorte de sifflement de sa gorge, avant qu'il ne se signe, joigne misérablement les mains et se force à parler.

« De telles choses arrivent, Votre Grâce, elles arrivent par malentendu, ou quand les guerriers partent en campagne et doivent chercher consolation là où il ne se trouve point de femme, ou quand le diable réussit à détourner une âme du droit chemin à un moment sensible. Mais Dieu est amour, et Il pardonne. Pour ta pénitence… »

Le prêtre ferme les yeux et déglutit, et Bengt devine qu'il fait de son côté une tout autre prière.

« … vingt *Pater* et vingt *Ave*. »

Bengt Stensson se penche en arrière, sans repartie. Il secoue doucement la tête, songe à l'évêque Knut, aux lettres d'indulgence qui ont rapporté mille *marks* d'argent en un printemps, en se demandant si elles ne rendent pas un mauvais service à l'Église à long terme, car il lui semble déjà difficile de vénérer une religion qui se contente de tels serviteurs. Et voilà alors qu'elle lui apparaît, la réponse à une énigme tombée dans l'oubli, telle une gifle. Le nom d'un bandit de grand chemin, mentionné en passant par son frère : Gånge-Tor. Il a déjà entendu ce nom. Il se lève avec une telle hâte qu'il renverse son siège, prend dans sa bourse une poignée de pièces qu'il lâche sur la table devant le prêtre avant de tourner les talons et de s'en aller.

« Pour votre zèle, mon père. »

Rien en comparaison des mille *marks* d'argent qui promettent enfin d'arriver à bon port. Bengt secoue la tête pour lui-même.

« Finn Sigridsson… Olof Jönsson aura-t-il commis l'erreur de donner un prix à l'âme de ta sœur ? »

83

Finn voit de loin les couleurs de l'homme sur les restes de neige humide : encore un messager du seigneur Bengt qui vient demander à Måns Bengtsson de rentrer à Göksholm. Quand le cheval s'approche, il le reconnaît, sait son nom. Finn s'avance à sa rencontre sur le chemin, flatte le museau du cheval : un étalon qu'il connaît mieux que son cavalier, pour l'avoir lui-même étrillé dans les écuries de Göksholm.

« Johannes. La paix soit avec toi. J'espère que tu as fait bon voyage.

– Finn Sigridsson. La paix avec toi aussi. »

Johannes ôte son bonnet et se frotte le front.

« Enfin je te trouve. J'ai demandé à toutes les âmes sur mon chemin où Engelbrekt avait son camp. Tout le monde m'a répondu, mais pas un seul n'avait raison jusqu'à maintenant. Le seigneur Bengt ne va sans doute pas être content du temps que j'aurai mis, mais au moins je ne reviendrai pas bredouille.

– Je suis désolé que tu aies usé ta selle en vain. La réponse de Måns reste la même qu'avant.

– Ce n'est pas lui que je viens voir. Le message du seigneur Bengt t'est adressé, cette fois. »

Finn change d'appui, pressent des ennuis.

« Le seigneur Bengt m'a fait apprendre son ordre par cœur. Veux-tu l'entendre tout de suite ? »

Finn hoche la tête. C'est mieux ainsi.

« Voilà ce que dit le seigneur Bengt : Finn Sigridsson est attendu à Göksholm d'ici Noël pour répondre de ce qu'il a laissé dans la forêt près de Motala. Mais s'il vient accompagné de Måns Bengtsson, aucune question ne lui sera posée et ce qui est arrivé sera à jamais oublié. »

Finn doit mobiliser toutes ses forces pour rester debout malgré le vertige qui s'empare de lui. Longtemps il a attendu un message comme celui-ci, l'a ressassé dans ses pensées et ses cauchemars. Qu'il ait tant tardé l'étonne à présent : un homme est tué, son absence est un accroc à la toile du monde, le fil défait aisé à suivre. Ce qui l'étonne plus encore sont cependant les émotions qui le submergent à l'heure de son accusation. Un soulagement comparable à l'absolution prononcée par le prêtre après la confession. Un nœud qu'il a porté serré fort dans son ventre, désormais défait. Les souvenirs de son enfance l'ont tourmenté. La bienveillance de Bengt Stensson. Les aumônes gaspillées pour sa sœur Ylva, une dette qu'il lui revenait de compenser, une confiance dont il s'est montré indigne. Il eût mieux valu qu'on les abandonne tous deux à la faim. Il lui faut à présent retourner à Göksholm, se présenter nu devant le bon Samaritain et retrouver son honneur, demander pardon et recevoir sa peine. Il s'est senti comme un étranger. Plus maintenant. De la honte de ce qu'il a fait est au moins désormais soustraite la honte du mensonge. Même si le prix en est élevé : sa tête sur un billot. Il ne mérite pas mieux. Plutôt une mort rapide qu'une vie tourmentée par sa conscience.

Finn cache mal ses émotions, car Johannes, descendu de cheval, lui tape dans le dos comme s'il avait avalé de travers un morceau de viande.

« Ça va, Finn ? On dirait que tu as vu un fantôme. »

Un fantôme. D'une lointaine forêt, sorti de poumons suintants et infestés d'insectes, le rire rauque d'Olof Jönsson devant cette vengeance promise retentit avec un bruit de côtes entrechoquées, et Finn est le seul à l'entendre. En silence, il lui répond : « Bientôt. » Il ira seul à Göksholm. Måns a sa place auprès d'Engelbrekt. Jamais encore Finn ne l'avait vu heureux. Ce serait mal de l'attirer ailleurs pour servir ses propres intérêts. Il partira seul, le soir venu, quand Måns se sera éloigné de leur campement.

84

Helgeandshuset. Pour la deuxième fois en deux ans, l'hôpital accueille la visite du roi, sa grande salle vidée, les mourants et les indigents jetés dehors pour recevoir le roi Erik et les grands du royaume. Nils n'est pas venu à Stockholm depuis longtemps : depuis le soulèvement, les lansquenets du roi gardent les remparts et tiennent les portes closes. Aujourd'hui on les laisse approcher, assez près du moins pour voir le château à juste un jet de pierre de l'autre côté du déversoir, entièrement pavoisé, lansquenets montés en foule aux créneaux pour manifester la puissance du roi. Le conseil royal est une fois de plus rassemblé pour rencontrer Erik et favoriser la concorde, unir le royaume et mettre fin aux hostilités. On se réunit en l'absence du régent pour garantir le calme, mais l'absence d'Engelbrekt pèse sur tous comme l'attente d'un orage : dans les champs, autour de la ville, le peuple s'est assemblé en masse malgré l'hiver qui arrive. La fumée de leurs feux flotte comme un brouillard au-dessus de la ville, provoque la toux.

Les négociations traînent en longueur, plus qu'elles ne devraient, car chaque mot doit être traduit dans une langue que le roi Erik comprenne, et ses réponses en suédois. Deux interprètes ont été désignés pour traduire, et à chaque phrase ils se consultent tout bas, inquiets, pour choisir la bonne formulation, écrivent chacun sur un papier, barrent, modifient, car chaque faute faite à l'encre risque d'être payée au prix du sang.

Nils observe le roi Erik. Il a entendu son frère lui raconter son couronnement à l'assemblée de Mora, un gamin effrayé au visage constellé de boutons assez gros pour éclipser les pierres précieuses qu'il portait au cou. Le roi qu'il voit aujourd'hui est un autre. Quand ils se sont entretenus à bord du navire, Erik était tantôt blême, tantôt verdâtre, jamais loin d'un seau où vomir si la mer devenait mauvaise, les épaules et les jambes emmitouflées dans des couvertures, chétif. Mais Erik est dans un bon jour, sur la terre ferme, la quarantaine, un corps comme seule la surabondance peut en produire. L'or et l'argent scintillent sur son manteau et sa veste, une couronne dorée autour de ses boucles clairsemées pour souligner sa majesté, chaînes autour du cou, bagues à tous les doigts. Son regard est vif et acéré, son menton haut pour lever sa fine barbe au vent comme un fanion. Il est comme un poisson dans l'eau, un homme de pouvoir parmi ses subordonnés. Sa seule présence suffit pour inciter les genoux à fléchir et le dos à se courber. Pendant qu'il attend sa traduction, il va et vient devant le conseil, fier comme un paon à la période des amours. En comparaison, les Suédois ressemblent à une troupe de gros choucas, la salle autour d'eux aussi indigne d'accueillir un tel monarque que le pays lui-même. Nils étouffe un rire devant ce spectacle, cache son ricanement derrière un gant.

L'archevêque Olof Larsson dirige la séance, lui qui a pris la place d'un prélat danois et doit à Engelbrekt Engelbrektsson de pouvoir porter sa crosse et sa mitre. Un article après l'autre, tout ce qu'a décrété le régent tout juste destitué est annulé et remplacé. Le roi conserve son château, la loi l'affirme, mais il doit nommer des Suédois aux postes de baillis abandonnés dans la tempête par les Danois et les Allemands. Tout ce que les insurgés ont accaparé doit être restitué. Ainsi passent de longues heures entre exigences et concessions, et ne reste plus que le point le plus important : pour maintenir la paix royale en son absence, seront cette fois nommés un sénéchal et un maréchal. Le sénéchal pour régner au nom du roi, et le maréchal, un guerrier, pour diriger ses armées. Tout le pouvoir sur la Suède partagé entre eux deux. Nils Stensson a proposé son nom comme maréchal, et sait qu'il est le choix du roi. À bord du navire, au large des côtes du Småland, il a bien plaidé sa cause, fait toutes les promesses exigées et, malgré son mal de mer, le roi avait très clairement opiné du chef pour marquer son approbation. Il a franchi aujourd'hui le seuil de Helgeandshuset en qualité de régent du Småland, habit qui vient de lui être retiré. Il va en recevoir un autre en échange. Bientôt, il sera l'un des deux hommes les plus puissants du royaume.

De sa place, il entend Krister Vasa nommé sénéchal, ce qui n'est pas très étonnant. Un nom qui ne réjouit ni le roi ni les Suédois, mais que les deux parties peuvent accepter, car il a mis un point d'honneur à ne se fâcher avec personne. C'est de bon augure : sans poigne ni caractère, Vasa est faible et, une fois maréchal, Nils pourra facilement le plier à sa volonté. Il joint sa voix à celles des autres pour applaudir ce choix. Et à présent le maréchal. Il entend l'archevêque lire son nom au roi dans la liste des personnes recommandées par le conseil.

« Nils Stensson, de la lignée portant blason coupé d'azur et d'or. »

Quelques instants, le roi reste silencieux. Puis il secoue la tête, un geste qui ne nécessite aucune traduction.

« Karl Knutsson, de la lignée portant blason d'or à l'esquif de gueules », dit Bonde.

Le roi hoche la tête et ce oui suscite un murmure dubitatif plutôt que des hourras. Nils cherche des yeux Bonde tout en se soutenant contre le mur. Quand il le trouve parmi les conseillers, Bonde l'a déjà vu. Ses yeux moqueurs disent tout ce qu'il y a à dire avec concision, avant qu'il ne s'avance devant le roi pour recevoir autour du cou la chaîne de sa nouvelle charge. Et la séance s'achève. L'archevêque bénit les décisions prises, l'assemblée, le royaume enfin uni pour rejoindre l'Union sous le règne légitime du roi. Le souverain Erik se prépare à partir, vers le château d'abord, puis les vaisseaux pour rentrer au Danemark. Erik promène une dernière fois les yeux sur l'assemblée, s'arrête un instant sur Nils, appelle un des interprètes et lui chuchote quelque chose à l'oreille tout en indiquant de la main. Tandis que le roi relève le col en fourrure de son manteau sur ses joues et ses oreilles et quitte la salle, l'interprète se fraie un passage jusqu'à Nils, s'incline d'un air las et lui livre le congé du roi.

« Entre deux aventuriers, Sa Majesté a choisi celui qui lui semblait le plus utile. »

Dehors, alors qu'à la pluie se mêlent des flocons une goutte sur deux, une main se pose sur l'épaule de Nils Stensson. En se retournant, il reconnaît son neveu sous le capuchon de son manteau. Il le saisit par les épaules.

« Dieu soit loué, Måns. C'est bien que tu sois là. Conduis-moi auprès d'Engelbrekt. Le régent du peuple doit être informé de tout ce qui s'est passé ici. Tout ce qu'il a accompli de bon en deux ans a été réduit à néant, et nous tous qui avons pris fait et cause pour lui devons nous réunir pour reprendre les terres perdues pendant qu'il est encore temps.

– Je suis venu écouter pour lui, mais la salle était trop pleine. »

Nils est pressé, ils hâtent déjà le pas vers le pont qui franchit le déversoir, et les écuries qui attendent. Nils Stensson ordonne dans sa tête tout ce qu'il devra dire une fois en présence d'Engelbrekt, et sur quel ton. Måns lui donne l'occasion de s'entraîner.

« Puke et Engelbrekt sont tous deux exclus du conseil, Engelbrekt privé de sa robe de régent. En compensation, on veut lui donner le château d'Örebro, et à Puke Rasbo. Comme si le régent du peuple allait se laisser acheter, lui qui ne vise que le bien du royaume et jamais son intérêt personnel.

– Mon oncle…

– Oui ?

– Le fardeau fiscal qui pèse sur le peuple, ce qui a tout déclenché. Avez-vous parlé de l'alléger ? »

Nils note cette question, en éprouve le poids. Heureusement qu'il a d'abord rencontré Måns. Il lui est reconnaissant de lui avoir rappelé les impôts, le peuple. Le sujet n'a jamais été abordé pendant les heures passées, et il l'avait lui-même complètement oublié. Il sera avisé de l'évoquer d'emblée devant Engelbrekt, et avec le même ton de reproche dans la voix que Måns à l'instant.

85

Ils sortent du bois passé l'heure de midi, un chariot traîné par un vieux cheval, son chargement protégé de la pluie par une toile tendue sur des branches pliées en arceaux. Des feuilles jaunes et rouges tombent sur leur chemin. Octobre penche vers sa fin. On se serre sur la banquette du cocher. Harald Esbjörnsson est assis à côté de lui, un homme à l'imposante barbe taillée en pointe, emmitouflé dans une peau de mouton. De l'autre côté, un homme à l'habit parti de rouge et de jaune, avec un bonnet assorti et des bandes cousues de grelots aux souliers. Il tient une vielle, et chante au son des cordes en battant du pied pour faire tinter la mesure. La voix du chanteur est claire et puissante, il sait la moduler pour attirer et garder l'attention des auditeurs. La chanson est d'une sorte que Måns a souvent entendue jadis, mais la mélodie n'est pas exactement la même et les paroles plus drôles et grivoises qu'elles ont jamais retenti à Göksholm. Comme beaucoup d'autres, il est entraîné à la suite du chariot pour savoir comment finit l'histoire du valet insolent et de la fille dévergondée du paysan qui veulent coucher ensemble à l'insu du père. Arrivés au milieu du camp, Harald Esbjörnsson pose la main sur les rênes du cocher en lui indiquant Engelbrekt, en compagnie de Puke. L'homme à la barbe saute à terre, s'incline profondément et reste plié ainsi jusqu'à ce qu'il soit certain d'avoir obtenu l'attention qu'il recherchait.

« Votre Grâce, régent du royaume ! Vous avez beaucoup voyagé et beaucoup fait. Personne plus que vous n'a mérité repos et distraction. Notre compagnie vous en offre en abondance, et plus encore. Assemblez vos hommes les plus proches et permettez-nous de vous inviter à un spectacle, en échange de ventres pleins, de lits secs, de soifs étanchées et plus, selon notre mérite et votre bon vouloir. »

Engelbrekt se retourne, dérangé dans sa conversation avec Erik Puke. Il a l'air qu'il prend d'habitude pour dire non mais, en apercevant Måns à côté du chariot, il se ravise et adresse un signe de tête à l'homme, qui lui répond par une magnifique révérence. Puke a suivi les yeux d'Engelbrekt et c'est lui à présent qui fixe Måns, le regard noir. Le barbu claque dans ses mains et, tandis que le musicien en tenue de fou tape du pied, on ôte la bâche du chariot, découvrant les autres membres de la compagnie, ainsi que tonneaux, caisses et sacs. Tous s'inclinent et saluent bien bas.

« Vous n'aurez pas à le regretter, Votre Grâce. Laissez-nous le temps de tout apprêter, et nous commencerons notre représentation quand le soleil sera descendu une paume au-dessus de la tour du château. »

On aperçoit au loin Stockholm depuis le pré qu'ils ont choisi pour leur campement. Des rangées de mâts déploient leurs voiles sur la Baltique, la flotte danoise qui rentre chez elle. La teneur de la conciliation s'est déjà répandue au mot près et, dans le campement, la contrariété se voit aux fronts plissés et aux regards abattus. Tout ce qu'ils ont accompli est réduit à néant et, si on veut mieux, il faut recommencer. Mais les forces s'épuisent. Le roi Erik a choisi son moment à dessein : il vient quand l'hiver approche, comme l'an dernier, juste au moment où la bise est plus froide qu'elle ne devrait sur des peaux voilà peu nues au soleil d'été, quand l'esprit se tourne vers la maison et le foyer, et que la lumière en reculant emporte avec elle la combativité. Personne ne veut se battre, risquer d'être blessé, étendu sur un sol gelé. Peut-être le chariot des saltimbanques arrive-t-il à point nommé, pas moins habile que le roi Erik à savoir quand leur graine semée promet la meilleure récolte ?

Ils placent le chariot derrière eux, et la toile qui le couvrait est à présent tendue entre des poteaux. Un des saltimbanques va chercher un charbon dans un feu, et entreprend de dessiner des traits sur ce fond blanc. Beaucoup se rassemblent pour voir et, sous leurs yeux, ces traits noirs sur une toile blanche deviennent un paysage avec de hautes montagnes et de profondes forêts, un château au loin sur un rocher, une mer démontée en contrebas, un chemin qui serpente dans la forêt. Ils se trouvent eux-mêmes dans une forêt avec un château derrière eux, mais le dessinateur donne aux choses connues une âme nouvelle, les emplit de vie, colore la toile d'une promesse de printemps en cette fin d'automne. Derrière le chariot, les comédiens se changent, leurs rires et leurs voix font entendre plusieurs langues que personne ne sait nommer. On demande des feux autour du lieu du spectacle pour réchauffer et éclairer, et à présent on donne volontiers un coup de main. Le crépuscule approche, le soleil se couche et, quand les spectateurs se sont rassemblés en rangs serrés, le jeu commence.

C'est d'abord drôle : le chanteur de tout à l'heure va à nouveau chanter, cependant ses manières et son allure sont autres, c'est un seigneur distingué avec la voix dans le nez, qui veut entonner une jolie ballade. Mais ses cordes lui jouent des tours, les chevilles qui les tendent n'arrêtent pas de lâcher, il perd le ton et le texte, et les mots mal placés rendent risible ce qui était censé être sérieux. Quand les spectateurs pensent avoir ri tout leur soûl, l'homme laisse tomber son manteau, se retrouve dans son costume de fou, raccorde son instrument en un clin d'œil et chante l'histoire du chevalier qu'on invite à déjeuner d'une soupe aux choux et qui meurt étouffé dans son armure le lendemain matin. Il s'incline sous les applaudissements puis laisse la place à un homme capable de maintenir en l'air de nombreux petits sacs de grains en les lançant selon une cadence ingénieuse. Il en trouve encore et encore cachés dans ses vêtements, d'un geste si vif que l'œil ne peut pas suivre. Après lui, deux jumeaux qui se montent sur les épaules, sautent très haut, se soulèvent d'une main et restent figés, comme taillés dans la pierre. Quand les feux alentour se sont calmés, la compagnie se tait, et leur chef prend la parole.

« La nuit est tombée, le jour s'achève bientôt. Nous vous offrons une saga que vous emporterez dans votre sommeil, celle du chevalier Kristian et de sa belle Ysolde, venus de mondes différents et promis à d'autres, et pourtant désarmés face à l'amour. »

Ils jouent bien. Par la parole et le geste, ils insufflent vie aux paysages dessinés au charbon. Coiffée d'une longue perruque blonde voici Ysolde, une princesse sans tache, et celui qui à l'instant jonglait joue un chevalier noble et courageux, mais blessé en duel. Le roi, grisonnant et amer : la belle lui était promise. Le vaste monde se tait alentour, ne reste plus dans la lumière que cette petite image déformée, plus vraie en cet instant que ne l'a jamais été la réalité. On n'entend pas un bruit quand Kristian, sur son lit de mort, demande à son épouse rusée la couleur de la voile du bateau qui doit lui ramener la bien-aimée dont il a longtemps été séparé. Des voix indignées ne peuvent cacher leur émotion quand elle lui ment par jalousie. Tous espèrent, mais savent bien comment tout doit finir. La mort, la mort pour tous. Les quelques flammes qui flambent encore se reflètent dans des yeux humides quand les acteurs restent un moment silencieux, avant de saluer bien bas. Des piétinements par centaines rompent l'enchantement, pour applaudir la représentation. Måns se tourne vers Engelbrekt. Ils ont trouvé une petite hauteur où s'asseoir, assez élevée pour leur permettre de voir par-dessus les hommes debout.

« De quoi parliez-vous, avec Erik Puke ? Ses yeux étaient comme du charbon ardent.

– Nous parlions de Nils Stensson. Je lui rapportais ce qu'il m'a dit de la rencontre avec le roi. Combien il était indigné que la demande du peuple d'une baisse de l'impôt ait été une fois encore ignorée.

– Et qu'en a dit Puke ? »

Engelbrekt soupire.

« Erik Puke dit que Nils Stensson est un aventurier à qui il ne ferait pas confiance plus longtemps qu'il ne faudrait pour se débarrasser d'un homme prêt à servir n'importe quel maître pourvu qu'il tourne assez souvent le dos et ne remarque pas le poignard qu'on aiguise en cachette. »

Måns détourne les yeux et baisse le regard.

« Ce que j'en pense, vous le savez déjà.

– Je ne peux pas rester seul. J'ai besoin d'avoir la noblesse avec moi. S'ils ne me donnent pas leur loyauté par amour, je dois la prendre dans l'état où elle est. Mais j'ai aussi besoin de Puke. Autrefois, je rêvais de contenter tout le monde, aujourd'hui, je serais heureux si une seule personne pouvait l'être ne serait-ce qu'un moment. »

Måns fait un signe de tête vers le lieu du spectacle.

« Comment avez-vous trouvé la représentation des comédiens ?

– Une bonne histoire, habilement jouée.

– De quoi parlait-elle, selon vous ? »

Engelbrekt répond en souriant :

« De l'amour, incapable de trouver un autre chemin que le sien propre, que rien ne peut arrêter sinon un hasard malheureux. »

Ils se taisent tous deux. Engelbrekt prend un air grave.

« À quoi pensez-vous ? »

Engelbrekt fait un geste vers les saltimbanques qui se dépêchent de ramasser leurs accessoires et de les ranger dans leur chariot.

« Je pense aux rôles qu'on nous fait jouer, que nous le voulions ou non. Je le savais dès le début, mais je croyais sans doute que je pourrais moi-même écrire mes répliques, faire semblant d'être qui je veux. Au lieu de quoi je suis obligé d'être celui que d'autres veulent que je sois. Depuis plus d'un an, je côtoie des gens qui s'apprêtent à risquer leur vie sous de hautes murailles, mais croient le danger infime tant que je suis auprès d'eux et que j'assure leur salut par mes conseils et mon destin. Après, je rends visite aux boiteux et aux infirmes, pour les bénir de la grâce du Seigneur et guérir leurs blessures. Ils voudraient faire de moi un saint, alors que je suis un homme comme les autres, et n'ai jamais prétendu à autre chose. Dans tout ce pouvoir qu'on me donne, je suis impuissant à être qui je suis.

– Qui seriez-vous dans la saga que nous venons d'entendre ? »

Il hausse les épaules.

« Je sais qui je redoute d'être. Le vieux roi, seul et égoïste, prêt à utiliser tout son pouvoir pour servir ses propres desseins, justes ou non. »

Måns rit.

« Qu'est-ce qui t'amuse ?

Je pense à ce que mon père et mes oncles diraient de ce spectacle. Qu'il y est question de pouvoir, et non d'amour. Comment un vieux roi parvient enfin à régner sur tout le monde, et que seuls ses sujets ingrats l'empêchent de vivre heureux jusqu'à la fin de ses jours.

– Peut-être les jugez-vous injustement, Puke et toi ?

– Vous ne les connaissez pas autant que moi. À leurs yeux, le pouvoir mérite n'importe quelle disgrâce. Mais vous n'avez pas encore à vous inquiéter, et ce encore moins après la visite du roi, car vous êtes encore un semeur de trouble. Le rôle du chevalier Kristian. »

Engelbrekt ferme un instant les yeux, se détourne de l'attroupement en train de se disperser devant eux.

« Les hommes de la Hanse avaient des gens sur Helgeandsholmen. J'ai parlé avec eux. Ils sont satisfaits du compromis. La guerre leur a coûté cher, le commerce peut à nouveau reprendre. Ils veulent que je retourne à Norberg leur extraire du fer à envoyer au sud plutôt que de le porter moi-même martelé sous forme d'épée. Ils m'ont prêté mille *marks* d'argent, et ils exigent à présent le remboursement de ma dette. Je leur ai promis des services en échange si je ne pouvais pas payer, et je répugne à ne pas tenir mes promesses : qui croirait encore à ma parole après ? »

Il entend l'amertume de sa voix, qu'il ne veut pas propager : il s'ébroue pour s'en débarrasser. Engelbrekt promène ses yeux sur ceux qui sont restés. Il croise le regard d'Erik Puke, vite détourné. Assez pourtant pour lire ses sentiments.

« Mais toi, alors, Måns ? Ton personnage dans la saga ?

– Ni le roi, ni le chevalier. Mais mes cheveux sont longs et blonds. »

86

Finn est levé tôt. On ne voit pas grand monde debout. Après le spectacle, beaucoup ont bu, et dorment encore. On ne leur en demande pas davantage. Måns, il l'a laissé là où il était, dans un profond sommeil, le souffle long et paisible, une bouffée après l'autre comme la fumée d'un feu de broussailles. Finn se dirige seul vers l'écurie où l'attend son cheval pour le seller, le harnacher et filer incognito. Lorsque Måns se réveillera, il sera loin sur la route de Göksholm. Il voit juste un autre homme qui vient à sa rencontre. Quand ils s'approchent l'un de l'autre, il reconnaît Engelbrekt en personne, et incline la tête pour le saluer.

« Finn Sigridsson. Quelle chance de te trouver ici, car je te cherchais justement. »

Engelbrekt lui prend l'épaule, l'entraîne avec lui.

« J'ai un service à te demander. »

Un arbre est abattu à la lisière de la forêt, la mousse de son tronc séchée par le froid. Engelbrekt s'y assoit, invite Finn à l'imiter.

« Erik Puke a une dent contre la lignée de Måns, et cela n'a fait qu'empirer depuis la visite de Nils Stensson. Erik est fort et rusé, et jouit d'un grand respect parmi les hommes. Autrefois, je pouvais l'envoyer là où il était plus utile que près de moi, et ce sans qu'il remette en cause mes raisons, mais ce n'est plus aussi simple. »

Engelbrekt cherche son regard.

« Je sais que c'est toi qui as enseigné à Måns comment tenir une épée. Je lui ai moi aussi appris deux ou trois choses, et à présent il en sait au moins assez pour ne pas attaquer avec son arme levée au-dessus de sa tête, facile à contrer. Mais ce n'est pas assez. Puke est né pour se battre, et il a passé toute sa vie une épée à la main. Contre quelqu'un comme lui, Måns ne fait pas le poids. Erik est susceptible et prompt à agir. Si l'occasion se présente pour lui, je ne doute pas qu'il la saisisse.

– Que puis-je faire ?

– J'essaie de trouver une bonne raison de faire partir Måns, pour quelque temps. Il ne m'a pas échappé que Bengt Stensson a envoyé de nombreux messagers, et je devine qu'il aimerait revoir son fils, même si Måns préfère rester. Tu es son ami : peux-tu l'amener à changer d'avis ? Je veux qu'il soit là où sa vie est en sécurité. Je vais moi aussi lui parler, lui donner une raison de s'absenter un temps mais, sans ton appui, j'ai peur d'échouer. Aide-moi à le maintenir loin de notre camp cet hiver, jusqu'au retour de l'été, quand Erik Puke aura autre chose à penser. »

Finn sent son cœur couler. Il se demande si c'est Dieu le Père lui-même qui lui parle avec la voix d'Engelbrekt Engelbrektsson, une divinité qui veut le voir encore un temps errer comme une âme en peine à la surface de la terre, son crime non expié, sa conscience le tourmentant bien plus que les mortifications qu'il s'était infligées durant sa pénitence. Engelbrekt prend son silence pour de l'hésitation.

« Veux-tu m'aider, Finn ? Pour Måns. Comment, je ne sais pas. »

Finn hoche la tête.

« Je sais comment.

– Mets-le en sécurité, Finn. Emmène-le loin d'ici. »

87

Ils dorment où ils peuvent, ceux restés auprès d'Engelbrekt, une centaine, une fois le millier d'hommes de son armée dispersé, le peuple rentré chez lui maintenant que sa force n'est plus requise. Ils trouvent à se cantonner dans des fermes et des granges, chez de gros paysans ou des seigneurs de confiance. Chaque jour est plus froid, l'eau est gelée dans les seaux le matin. Ils dorment à même le sol sous des arbres si nécessaire, comme à présent : Finn est étendu, encore éveillé, sur un lit de branches de sapin, emmitouflé dans son manteau, une pierre chauffée près du feu enroulée dans le tissu pour lui tenir chaud. Autour de lui, les feux de camp s'éteignent. Måns tarde, comme souvent : ce n'est qu'à l'aube qu'il rejoint sa couche, quand une lueur frange la nuit passée du côté du jour qui va se lever. Finn le laisse arranger sa couche, se caler, jusqu'à ce que le silence se fasse et qu'il n'entende plus que les battements inquiets de son cœur.

« Måns ? »

Dans la forêt obscure grince un engoulevent. Quelqu'un jure et lance un bâton dans les arbres, et l'ombre de l'oiseau file au-dessus d'eux dans le clair ciel étoilé. Måns hésite quelques instants avant de répondre.

« Oui, Finn ?

– J'ai fait quelque chose d'affreux. J'aimerais plus que tout revenir en arrière, mais c'est impossible.

– À moi, tu peux tout dire. »

Finn déglutit. Il préférerait être sourd plutôt qu'entendre sa propre confession.

« J'ai tué un homme. Nous nous sommes rencontrés à Askersund. De nombreux jours durant, j'avais fait pénitence pour Ylva, souffert pour le salut de son âme, et il s'est moqué de ma douleur en m'affirmant que l'Église préférait être payée en argent sonnant et trébuchant, comme si Dieu le Père ne détenait son âme en otage que pour s'enrichir. La colère m'est montée à la tête, nous nous sommes battus et il a perdu la vie. Ensuite, j'ai marqué son corps pour attribuer la faute à un autre. »

Måns reste silencieux, digère ces aveux avant de répondre.

« Pourquoi m'en parles-tu maintenant après t'être tu si longtemps ?

– Je me suis tu par honte. Je n'ai pas d'autres amis, pas de famille. Ne crois pas que j'éprouve autre chose que de la reconnaissance envers ton père pour m'avoir sauvé la vie, mais aux yeux des habitants de Göksholm, je ne peux pas être autre que ce que j'étais. Je ne le leur reproche pas, je n'estime pas mériter autre chose. Mais jamais tu ne m'as regardé ainsi, Måns. J'aurais tant voulu rester à tes yeux meilleur que je ne suis. Aujourd'hui je suis forcé de te parler pour la pire des raisons. Ton père a appris ma faute. Il veut te faire rentrer, comme tu le sais, et il vient d'envoyer un messager pour me faire savoir que si je ne trouve pas un moyen de te faire revenir à Göksholm, mon péché sera révélé publiquement. Si je me rends seul à Göksholm, je n'en reviendrai sans doute pas, et je veux que tu saches pourquoi. »

Il entend Måns s'agiter sous son manteau, tourner la tête. Il reste longtemps silencieux, tandis que le cœur de Finn gronde comme un tambour. Il fait sombre, mais il voit les yeux de Måns refléter les dernières lueurs des feux. Il répond d'une voix basse.

« Je viens avec toi à Göksholm. »

Ces paroles tombent, comme Finn s'y attendait. Il reste immobile, stupéfait par la cruauté du monde, qui l'a forcé à faire de sa confession un nœud coulant, lui a fait entrevoir une grâce qu'il ne méritait pas tout en lui arrachant tout droit d'en recevoir le présent. En son for intérieur, il maudit Engelbrekt et Erik Puke, et Dieu, et Marie. Mais il y a au moins quelque chose qu'il peut donner en échange.

« Il y a aussi autre chose. C'était un homme de l'évêque, celui que j'ai tué, revenant du nord après avoir récolté tout l'argent gagné par les églises grâce au trafic des lettres d'indulgence. Il voyageait avec tout ce trésor sur lui, mais m'avait assuré qu'il s'agissait de lingots de fer osmond. Je l'ai aidé à porter son fardeau. Je n'en ai compris la valeur qu'après coup. J'ai caché le sac en forêt. Veux-tu le prendre, Måns, pour en faire ce qui te semble le mieux ?

– Sais-tu combien il y a ?

– Mille *marks*, assurément. Cet argent appartient à l'évêque Knut. Il l'aurait sûrement utilisé pour favoriser ta lignée. »

Le silence s'installe. Måns réfléchit longtemps, assez pour que Finn se demande s'il ne s'est pas endormi. Puis une voix douce, ferme et rassurante.

« Entre nous il n'y a plus de secrets. N'est-ce pas, Finn ? »

Il aurait préféré que ces mots lui soient gravés à même la peau plutôt que de les entendre dans la bouche de Måns. Finn prend la main tendue de Måns dans la nuit qui les sépare, la serre sincèrement. Son autre, il l'a entre les dents et la mord aussi fort qu'il le peut pour éviter qu'une douleur supérieure lui arrache un cri. Le sang avalé, une gorgée de fer brûlant, il répond en mentant :

« Non. Plus aucun. »

Au matin, Måns cherche Engelbrekt et le trouve un peu plus haut, seul sur un rocher surplombant le camp, avec vue sur la forêt et l'eau qui coule au-delà, et sur l'autre rive Stockholm, dont les murailles se dressent là où le détroit se resserre.

« Mon père m'a demandé de rentrer à Göksholm pour Noël. Je préférerais rester ici, mais je sais combien il désire me voir. Cela fait plus d'un an depuis la dernière fois. »

Engelbrekt hoche la tête.

« Tu as raison. Il n'est pas bon de négliger les liens du sang.

– Et vous, qu'allez-vous faire ? »

Engelbrekt secoue la tête et hausse les épaules avec un soupir.

« Je suis coincé comme un renard dans son terrier dont toutes les issues sont surveillées. La Hanse garde la première, le roi Erik une autre, les nobles la troisième. Tant qu'une d'entre elles n'a pas été libérée, je ne peux pas faire grand-chose. Je vais donc attendre, car le temps porte conseil. C'est bien ce que tu disais.

– Que feriez-vous, si vous en aviez la possibilité ?

– Je convoquerais les douze conseillers du roi Erik à Arboga, ainsi que son sénéchal, son maréchal, et les huit plus gros propriétaires terriens. L'archevêque aussi, avec les évêques Knut de Linköping et Thomas de Strängnäs. Deux douzaines d'hommes, les plus puissants du royaume. Ensemble, ils peuvent annuler tout ce que le roi a promis, lui retirer leur loyauté et leur obéissance, faire que tout redevienne comme avant. »

Måns secoue la tête avec amertume.

« Ça tourne en rond. Qu'est-ce qui changerait, cette fois ? Une alliance est à peine formée qu'elle est trahie. Toutes ces assemblées en vain. Aucun serment n'est trop sacré pour être brisé. Et ainsi de suite. »

Engelbrekt suit le regard de Måns. Une bourrasque agite les cimes des arbres et arrache des vagues à l'onde. Peut-être une tempête d'hiver à l'approche, la première de l'année ?

« Cette fois-ci, je convoquerais aussi les hommes libres du royaume, le peuple, paysans et marchands, et pas pour rester grelotter dehors, mais pour prendre place dans la salle du conseil et faire entendre leur voix à égalité. Autant que la salle pourra en contenir, et s'ils sont plus nombreux malgré tout, nous irons en plein air. Ils sont aussi suédois que les autres. Cela n'est jamais arrivé jusqu'ici. Les seigneurs du royaume ont toujours pris leurs décisions sur leur dos. Cette fois-ci, ils auraient du mal à oublier la question des impôts. Le roi serait destitué, chaque serviteur de la Couronne mis devant un choix : reprendre sa liberté ou nous affronter sur le champ de bataille.

– Et ensuite ?

– Ensuite, nous reprenons tout ce qui reste. »

Måns réfléchit un moment en silence, pèse ses choix.

« Je pars vers l'est avec Finn ce matin. Veux-tu nous donner deux hommes de confiance pour ce voyage ? Ils reviendront bientôt, avec un cadeau.

– Måns ? Comme tu t'en vas de toute façon, je voudrais te demander un service.

– Tout ce que vous voudrez.

– Passe l'hiver à Göksholm. Reste chez toi au-delà de l'Épiphanie. Je ne veux pas te savoir sur les routes. Voyager en hiver ne vaut rien, je le sais mieux que personne. C'est mauvais pour la santé de rester à cheval trop longtemps par grand froid. Je parle d'expérience. Le froid pénètre jusqu'à la moelle et les os, les membres se raidissent, et en jouant de malchance, ils peuvent ne jamais se réchauffer complètement, jamais retrouver leur vivacité d'autrefois. Je te mets en garde pour ta santé, Måns. Rends-moi ce service. Nous nous reverrons au printemps : plus longue la séparation, plus heureuses nos retrouvailles. »

Les épaules de Måns s'affaissent, son regard s'assombrit.

« Je préférerais revenir au plus vite.

– Fais-le pour moi, si ce n'est pour toi. »

Måns demeure un moment silencieux avant d'acquiescer.

« Si c'est votre volonté.

– J'ai ta parole ? »

Måns tarde à répondre, à contrecœur.

« Oui. »

Finn selle leurs chevaux, pour partir vers le sud. Ils emmènent deux Montagnards pour rapporter à Engelbrekt le fardeau qu'ils trouveront entre Motala et Askersund, tandis qu'eux deux continueront leur route vers Göksholm.

88

Les rameurs retrouvent Engelbrekt sur le rivage, où il a allumé un feu pour mieux être vu. La glace forme comme une corniche au bord de l'eau. Du talon, il en brise assez pour permettre à la barque d'accoster sur un banc de sable : les rameurs approuvent à voix basse, bien contents d'éviter de se mouiller les jambes. L'un d'eux lui fait signe d'approcher en lui tendant un bras pour se hisser à bord. De la rive, Harald Esbjörnsson passe un sac à Engelbrekt, appuie une épaule sur l'étrave et d'une poussée remet la barque à flot aussitôt Engelbrekt installé.

« *Warte hier auf mich. Eine Stunde, nicht mehr.* »

Harald parle très peu d'allemand, mais est assez vif pour sentir que ces paroles sont plutôt destinées à ceux qui les comprennent. Il hoche ostensiblement la tête. Engelbrekt n'attend pas de coup en traître de la part de la Hanse, mais faire savoir quand son retour est escompté ne peut pas faire de mal.

La barque manœuvrée par des rames expérimentées, des éclaboussures jaillissent autour de l'étrave qui fend rapidement l'eau calme dans la pénombre. L'air du soir est froid : tandis qu'Engelbrekt ne peut que se blottir, les bras autour du corps, en resserrant son manteau, les hommes souquent ferme, sans faiblir, plutôt que de laisser la sueur geler dans leur dos. Les derniers rayons du soleil dessinent Stockholm dans l'ombre, ses remparts vers la mer, les palissades, les pieux d'amarrage et les bateaux qui continuent de pratiquer le commerce. Rares comme jamais. Malgré l'accord tout juste passé entre le roi et son conseil, l'avenir est incertain et, depuis deux ans, la ville a été privée de liens avec le reste du royaume. Pas de fer en provenance du Nord, pas de marchandises à revendre sur le marché intérieur. Aucun produit périssable n'a trouvé d'acheteur ici depuis longtemps. Mais la Hanse ne compte pas en années, mais en décennies et en siècles. La Baltique leur appartient, et ce depuis aussi longtemps qu'on s'en souvienne. À Stockholm, elle possède ses entrepôts, ses guildes, entretient des comptoirs et des quais, en si grand nombre que le roi ne veut pas les compter pour s'apercevoir qu'il ne possède pas grand-chose d'autre que le château dans la plus grande ville du pays. Sourd à la promesse de bonne chère bien arrosée, Engelbrekt ne veut pas poser le pied sur le sol qui lui résiste depuis qu'il a pris les armes : il a été convenu que la rencontre aurait lieu sur une cogue qui mouille juste devant les pieux aiguisés à l'entrée du chenal depuis bientôt une génération. C'est une large embarcation venue jusqu'ici à l'époque où les Frères des victuailles teintaient les vagues de rouge et qui est restée là pour servir de quartier général nordique aux hommes de la Hanse quand ils veulent se mettre hors d'atteinte ou qu'une épidémie fait rage entre les murs de la ville. Elle ressemble plutôt à une forteresse flottante et a abandonné tout espoir de jamais lever l'ancre. Une échelle de corde permet à Engelbrekt de grimper à bord entre les pointes tournées vers le bas dont les flancs du navire sont hérissés pour empêcher l'abordage. Le château arrière a été agrandi pour recouvrir le pont et y stocker archives comptables et provisions. Des braseros pour chauffer, posés sur des plaques de tôle pour protéger le bois des étincelles. Il est introduit dans une pièce comme on n'en a jamais vu à bord d'un navire, couverte de tentures du sol au plafond, une table au centre avec des sièges de part et d'autre. Il sourit en observant la ruse bien connue des hommes de la Hanse : le siège de l'invité a des pieds plus courts, celui du marchand plus haut, pour installer d'emblée un rapport de force.

Il se souvient de sa première rencontre avec un des leurs, alors qu'il n'était encore qu'un enfant, mais assez grand pour regarder et écouter. Son père l'avait emmené pour les rencontrer à Västerås, où les prix devaient être fixés pour l'année à venir. Le visage fermé, Engelbrekt père l'avait pris à part pour lui répéter à voix basse ce qu'il lui avait déjà dit tant de fois.

« Tu crois conclure un accord avec une personne. Ne pense pas ça. Considère chacun d'entre eux comme un cheveu sur une tête, un doigt d'une main, la tête d'une hydre qui en a beaucoup. La Hanse règne sur la mer depuis un temps immémorial. Ton grand-père se rappelait avoir été assis sur les genoux de son grand-père et l'avoir entendu lui dire des paroles semblables à ce que je te dis aujourd'hui. Ils n'ont jamais été aussi puissants que de nos jours. Une centaine de villes alliées avec le commerce comme divinité suprême, assez riches pour entretenir leurs propres lansquenets, leur propre flotte, les murailles les plus hautes construites par la main de l'homme. Tous vos actes sont consignés dans leurs registres, dont des copies sont archivées. La Hanse n'oublie jamais, a les moyens et la ruse de forger des plans dont le profit ne se manifeste clairement qu'après la disparition de tous ceux qui ont participé au marchandage. Fais bien attention à toi. Tu crois avoir fait une bonne affaire, mais tu commets l'erreur de ne songer qu'à la durée de ta vie. Tu ne comprends pas que tu as mis en gage l'avenir de tes descendants. Allons, mon garçon, n'aie pas peur. Le jour où ton tour viendra d'aller défendre nos intérêts face aux hommes de la Hanse, tu seras plus âgé. Plus doué que moi. Et mieux préparé par-dessus le marché. »

Les dires du vieil Engelbrekt se sont vérifiés. Toute sa vie, Engelbrekt Engelbrektsson a commercé avec les hommes de la Hanse, appris à parler et comprendre leur langue, et leurs coutumes. Ils ne disent jamais ce qu'ils savent, préféreraient se laisser clouer au pilori plutôt que révéler le cours du fer plus au sud, où ils s'apprêtent à revendre les lingots. Engelbrekt a appris à lire les non-dits sur leurs visages et dans leurs gestes, car c'est la seule façon de deviner à quel point ils ont fait une bonne affaire. Il sait une seule chose : si les hommes de la Hanse concluent une affaire, tu peux être assuré que tu viens de faire les frais de leur profit.

Celui avec qui il a convenu d'une rencontre est assez roué pour arborer des traits lisses et indifférents plutôt que de laisser transparaître le moindre sentiment, mais l'odeur de viande rôtie, de soupe et de légumes fermentés ne peut cacher la déception qui pèse déjà dans le cabinet. Dietrich Möller a pris du poids depuis la dernière fois qu'Engelbrekt l'a vu. Il essaie de compter les années. Cinq ? Six ? Le poids est une faiblesse. La plupart des hommes de la Hanse s'efforcent de rester minces avec un zèle qui frise la superstition : un négociant gras donne l'apparence d'une trop grande richesse, invite au marchandage. Si cela trahit une faiblesse, c'est bien la seule : Dietrich porte des vêtements simples, sans aucun signe extérieur d'aisance, pas de bagues aux doigts, ni de chaînes au cou. Un prêtre de Mammon prêt pour le sacrement du commerce.

Le visage a beau s'être épaissi, les yeux ont gardé leur malice calme. Au fond, pas besoin de beaucoup de mots. Engelbrekt vient avec un lourd fardeau, qui ne peut être autre chose que de l'argent, assez d'argent pour rembourser son emprunt. Cette somme ne lui avait pas été prêtée pour être rendue, mais pour payer des services en retour, à long terme. Engelbrekt devine le contour de leurs intrigues : le château d'Örebro en gage. Comme remboursement dans les prochaines années ils exigeraient davantage de terres, pour y bâtir entrepôts et comptoirs. Bientôt, ils contrôleraient tout le commerce de la ville, les marchands locaux incorporés ou enterrés. Seuls leurs bateaux sur les eaux du Hjälmaren. Lorsqu'un nouveau bailli serait nommé, ils plaideraient leur cause devant le roi qui occuperait alors le trône suédois, obtiendraient l'installation d'un homme de bonne volonté, lui trouveraient une épouse elle aussi de bonne volonté pour bercer leurs enfants. Et ainsi de suite. À l'aube du prochain siècle, Örebro serait devenu une nouvelle perle sur la broderie de la Hanse. Voilà leur jeu. Au sein de leur confrérie, les plus habiles de chaque famille se sont mesurés l'un à l'autre, jusqu'à ce que les meilleurs soient triés sur le volet pour occuper des postes comme celui de Dietrich, prêts à conclure des contrats comme celui-ci, où mille *marks* d'argent changent de main.

« *Dietrich. Steht alles gut mit ihnen?* »

Dietrich Möller ne peut arracher ses yeux du sac dans la main d'Engelbrekt. Tout comme Engelbrekt connaît Dietrich, Dietrich connaît Engelbrekt. Il soupire, change de place, laisse à Engelbrekt le siège le plus haut, prend le plus bas.

« *Es war besser.* Mais je t'en prie, assieds-toi. »

Il parle suédois couramment, mais préfère négocier en allemand, pour s'assurer l'avantage. Il sait à présent que le choix de la langue est sans importance.

« Mon temps est compté, et mon affaire rapide. Veux-tu peser l'argent ?

– Cela peut attendre. Nous te connaissons depuis longtemps. Tu as notre confiance, tu as toujours été un homme honnête, même si tu aurais peut-être gagné à être raisonnable. »

Le fauteuil gémit quand Dietrich s'assoit pour fixer le sac qu'Engelbrekt a placé devant lui comme s'il s'agissait d'une souris qu'un chat aurait posée sur le seuil de sa porte.

« Mille *marks* d'argent. Imagine tout ce que tu pourrais faire avec, maintenant que le roi Erik et le conseil ont décrété la paix. Pour ton compte, ou pour les autres si ça te chante.

– Ne sommes-nous pas sur le pont d'un bateau ? Sommes-nous sur le mont de la Tentation ?

– Je ne suis pas le Malin. »

Dietrich se signe, et Engelbrekt regrette ses paroles à peine prononcées, en les mettant sur le compte de sa trop courte nuit de sommeil.

« Pas plus que je ne suis le fils de l'homme. Pardonne-moi.

– Alors pourquoi ne pas garder cet argent ? Le remboursement ne presse pas.

– Tu viens toi-même de dire que tu me connais depuis longtemps. Tu sais à quoi t'en tenir avec moi. La question ne se pose pas. Merci pour ce prêt. Voici l'intégralité de la somme. »

Dietrich lui adresse un regard appuyé, avec un profond soupir chargé de reproches.

« La paix arrive, Dietrich. Mais ce ne sera pas celle que le roi et son conseil veulent avoir. Encore un peu de patience. Tu as ma parole que la Hanse ne sera pas lésée. »

Il tend sa main pour prendre congé. Dietrich la prend en haussant les épaules.

« Tu me compliques la tâche, Engelbrekt Engelbrektsson. Aucun des maîtres qui m'ont formé à l'art du commerce ne m'a appris comment traiter au mieux celui qui ne se laisse pas acheter. À leurs yeux, tu apparaîtrais comme ce lointain peuple d'Orient, qui porte une tête de chien sur un corps humain : tout le monde affirme qu'il existe, mais personne ne l'a jamais vu. J'aurais aimé qu'ils te rencontrent, et je me demande s'ils auraient obtenu un meilleur accord que moi. Non content de faire figure de négociant médiocre, je te souhaite à présent bonne chance, alors que je devrais m'abstenir. »

89

Le jour de Noël est arrivé, et Bengt Stensson perd espoir. Son messager est revenu en lui assurant avoir trouvé Finn Sigridsson et lui avoir signifié le message qui lui était adressé, mais Bengt est toujours seul à Göksholm. Le jour est court, mais l'attente longue. Il monte au grenier de la maison gelée, fait les cent pas devant les fenêtres avec vue sur l'unique chemin qui mène ici, s'arrête devant chacune en plissant les yeux. La plaine est blanche et battue par le vent, le chemin à peine visible. Pas de cavalier. Il frissonne sous ses couches de laine et de fourrure en se rappelant les Noëls de son enfance à Ekhult, frères et sœurs, parents à foison, table débordant de plus de victuailles qu'il n'était possible d'en goûter. Joie, liesse et peu de soucis, son père de bonne humeur en compagnie de ses amis, comme gonflé de tous ses rêves qui n'avaient pas encore été brisés. Bengt Stensson maudit cette pièce de pierres glacées, se penche par la fenêtre jusqu'à voir une servante braver le froid, une corbeille de linge dans les bras, à qui il hurle de toutes ses forces pour que sa voix porte par-dessus le vent qui siffle au coin du bâtiment.

« Du vin ! »

En attendant, il traîne un fauteuil et le place de manière à voir dehors assis. On lui porte bientôt une casserole de vin chaud, il s'en sert une louche, boit et sent la chaleur se répandre dans sa poitrine. Il vide une chopine, puis deux, gèle pourtant toujours et, le vin lui donnant du cœur à l'ouvrage, il entreprend de décrocher une tapisserie. Il s'en drape, s'assure d'avoir son ravitaillement à portée de la main, et se blottit, bien décidé à rester assis là jusqu'à ce que le soleil soit couché et qu'on n'y voie plus rien. Un satané Noël.

Il doit s'être endormi, se réveille en sursaut d'un rêve dont il n'arrive pas à se souvenir, mais qui le laisse en sueur sous sa tunique. Il se débat pour se débarrasser de la tapisserie, prend une poignée de neige sur le rebord de la fenêtre pour s'en frictionner le visage, et les voilà : deux cavaliers, éclats de couleur dans tout ce blanc, éclairés par le soleil qui a trouvé une faille entre les nuages à un doigt de l'horizon. Måns. Finn. Il s'étonne du coup de poignard qu'il sent au ventre, regrette soudain que l'attente ne soit pas plus longue malgré tout, prêt à pardonner d'emblée tous ses pressentiments de peur de connaître la vérité. Le seigneur Bengt s'ébroue, prend son courage à deux mains. Il descend l'escalier quatre à quatre en se demandant s'il reste encore quelque chose de chaud dans tous les mets de Noël qu'il a fait disposer dans la plus grande salle du château.

Il entend la porte s'ouvrir, le plancher grincer, et à l'instant tous ses doutes sont balayés. Il se hâte d'aller à la rencontre de Måns, le trouve sur le seuil de la salle où il s'arrête, hésitant soudain sur la façon dont il convient de l'accueillir. Ils ne se sont pas revus depuis la Saint-Jean. Un an et demi a passé, non sans laisser de traces : le visage de Måns est le même, et pourtant non, ou alors la durée de la séparation a donné à Bengt la possibilité de voir comme neuf ce qui lui échappait, dans l'écoulement du quotidien. Il cligne des yeux pour y voir plus clair. Son fils est toujours beau. Non : plus beau, sa beauté comme rehaussée par la rencontre avec le vaste monde. Ses pommettes se sont aiguisées, ses cheveux ont poussé. La plaie qui marquait son front à son départ de Göksholm a cicatrisé, on ne la voit plus. Mais ce qui le frappe surtout, ce sont ses yeux. Bleu profond comme dans son souvenir, semblables aux siens, ils ont pourtant une autre expression. Ce ne sont plus ceux d'un garçon désormais, mais d'un jeune homme. Ils croisent les siens d'égal à égal, et Bengt se surprend à se sentir autant observé qu'il observe. Aussitôt, il hésite, ne sait comment saluer celui qui lui paraît à demi étranger.

« Måns.

– Père. »

Des sièges ont beau avoir été avancés autour de la table, ils restent debout.

« Tu te portes bien ?

– Comme tu le vois. »

Bengt se racle la gorge et hoche la tête, lâche le regard de Måns et se détourne à demi.

« Je dois t'avouer qu'au début, quand ton oncle Nils a voulu t'envoyer auprès d'Engelbrekt, j'étais réticent. Mes autres frères et moi, nous avons toute notre vie fait l'expérience des intrigues de Nils, et Dieu sait qu'elles n'ont pas toujours été fructueuses. Mais tout a bien tourné pour nous. J'ai reçu Täljehus, Knut tient Stegeborg, Nils est régent du Småland et Bo aurait eu Stäkeholm si le destin l'avait voulu. Bientôt, il n'y aura plus aucun bailli danois ou allemand dans tout le royaume, et nous posséderons enfin les châteaux qui nous reviennent de droit. Aucune autre lignée n'a été favorisée comme la nôtre. »

Il sent son cœur tambouriner de plus en plus fort dans les veines de ses tempes, son visage brûler. Sa langue paraît bouger toute seule, bouffie de vin contre son palais.

« Bien sûr, certains se demandent pourquoi. »

Måns s'immobilise sans rien dire, et Bengt jure en silence : aucune aide ne lui sera donc accordée dans sa recherche de la vérité ? Il déglutit péniblement, avale sa salive de travers, doit tousser.

« Les hommes sont une engeance envieuse. Tous ceux qui sont avantagés apprennent à leurs dépens que les mauvaises langues trouvent toujours moyen de déprécier leur succès. D'une certaine façon, les médiocres justifient leurs propres échecs. »

Bengt sent un vague tremblement dans ses mains, ses bras et ses genoux. Il lâche un rire sans joie, secoue la tête et s'essuie le front d'une main rêche, tandis que les murs de la salle lui renvoient son propre écho comme une moquerie.

« Sais-tu ce qu'ils disent, Måns, ces calomniateurs ? Tu veux l'entendre ?

– Que disent-ils, Père ? »

Sa voix aussi. Différente. Mûre, plus dangereuse. Bengt se retourne, il n'a pour ainsi dire plus le choix, les yeux écarquillés par peur de les laisser cligner, il faut qu'il observe comment ces accusations seront accueillies.

« Ils disent qu'Engelbrekt a d'abord fait de toi son garçon d'écurie.

– Ce n'est pas un mensonge. On m'en a donné le choix. »

Bengt ne sait que répondre, reste figé, sent la colère le faire vaciller. Måns croise son regard, l'œil noir, le rouge aux joues et les lèvres serrées. Rebelle.

« Je suis fier d'avoir étrillé son cheval. »

Il se redresse, la tête haute.

« J'ai entendu ton message à Finn. Il m'a tout dit. C'est pour lui que je suis venu jusqu'ici : tu as donné ta parole de passer l'éponge, elle t'oblige. Finn m'a parlé aussi de l'argent, les sommes exigées au nom de Dieu le Père par l'évêque Knut pour verser de l'eau sur le feu du purgatoire. Le fardeau d'Olof Jönsson. Nous l'avons sorti de son trou en venant ici. »

C'est est trop. Ces embardées émotionnelles. Mille *marks* d'argent, qui viennent d'être retrouvés. À cette seule pensée, Bengt a le souffle coupé. Qui a été le valet de qui semble une question bien pâle en comparaison.

« Où se trouve ce trésor, à présent ?

– Entre les mains d'Engelbrekt. Pour rembourser le prêt consenti par la Hanse pour acheter la libération d'Örebro et le départ de Mattis Kettilberg il y a un an. »

Le silence tombe comme la hache sur le billot. Bengt Stensson sent sa vue s'obscurcir, il agrippe le bord de la table, sinon pour tenir debout, du moins pour s'assurer de la permanence du monde, encore fait de choses dignes de confiance. Et Måns s'en va, s'éloigne vers le seuil et la porte. Comme un haut-le-cœur, les mots passent les lèvres de Bengt Stensson, avec une force qu'il ne peut retenir.

« Sais-tu ce qu'ils disent encore, Måns ? Veux-tu aussi entendre ça ? Ils disent qu'Engelbrekt et toi, vous êtes plus proches qu'il ne convient à deux hommes. Ils disent que ta langue a raffermi sa virilité jusqu'à présent de peu d'utilité. Est-ce que tu es aussi fier de ça ? »

Måns tarde un instant, s'arrête, se retourne vers son père. Le sang est monté à ses joues, et il demeure un moment silencieux avant une réponse pas plus forte qu'un murmure, mais qui porte comme le bruit d'une lame sur la pierre à affûter.

« Plus encore. »

Et il est parti. Les pas de Måns retentissent dans l'escalier, de plus en plus faibles, bientôt inaudibles. Bengt Stensson cherche son siège, regard vide fixé devant lui sur les braises qui charbonnent. Le froid revient bientôt entre ces épaisses murailles de pierre, il resserre la tapisserie sur ses épaules, mais n'a pas le courage de se lever. Au-dehors, la neige qui s'est mise à tomber étouffe le bruit des sabots qu'on entend bientôt s'éloigner de Göksholm par là où ils sont venus.

90

Laissé seul, Bengt Stensson s'agrippe au dossier du fauteuil et cherche à tâtons où s'asseoir. Le brasero chauffe une heure encore, puis ses braises charbonnent et le froid empire. Cela ne lui fait rien. Servantes et valets grattent à la porte, empressés, mais voient de loin que quelque chose cloche, savent que Måns est parti aussi vite qu'il était arrivé, et pressentent des ennuis. Mieux vaut laisser le lion lécher ses plaies plutôt que trop s'en approcher et se faire griffer. Le seigneur Bengt reste assis dans la salle qui plonge dans le noir. Tard dans la nuit, il va se coucher, mais le sommeil se joue de lui, le laisse sur le dos, les yeux ouverts, aveugles, vers les poutres du plafond qu'ils ne voient pas.

Il est tôt levé, dès qu'il entend qu'on pétrit la pâte avant de l'enfourner, et qu'on souffle sur les braises gardées sous la cendre toute la nuit pour ranimer le feu. Il n'a pas faim, secoue la tête quand on lui tend une brioche. Il ordonne qu'on selle son cheval et que sa suite se tienne prête à partir pour Tälje au plus vite. Il les retrouve dans la cour, les joues encore pleines de tout ce qu'ils ont réussi à avaler, surpris et mal réveillés. De la bouillie dans la barbe. La neige tombée toute la nuit crisse sous ses pas. Elle risque de les ralentir en route. Autrefois, cela l'aurait dérangé. Plus maintenant.

Des lieues et des lieues de paysage blanc, étranger sous la neige. Il s'avance dans un monde transformé. Bengt Stensson avance comme un désespéré, ne s'arrête que lorsque les chevaux l'exigent et ne prête aucune attention à ses hommes qui devinent son humeur et ont la sagesse de ne pas poser de questions ni d'exprimer leur confusion. D'instinct, ils gardent leurs distances, le laissent chevaucher quelques pas devant, craignant de le provoquer par leur seule présence. Les quelques mots qu'il leur faut échanger leur semblent comme des pas sur une glace trop fine.

Il faut au moins deux jours à cheval de Göksholm à Tälje. Plutôt trois ou quatre. Ils chevauchent toute la nuit. Les hommes du seigneur Bengt échangent des regards chaque fois qu'ils passent devant une auberge, une ferme ou une grange, mais leur maître les dépasse, continue sur le chemin tandis que le soleil se couche et que les étoiles s'allument dans le ciel nocturne. La clarté de la neige les guide, et le tracé du chemin reste toute la nuit visible, marqué par les pas d'autres voyageurs qui sont depuis longtemps allés se mettre à l'abri pour la nuit. Après midi, le deuxième jour, Täljehus est en vue. Engourdis et endoloris, les hommes descendent de selle. Le seigneur Bengt continue seul jusqu'au château. Il suit le large fossé du canal sur le chemin aménagé pour porter le fer jusqu'aux cogues de la Hanse qui mouillent devant Tälje. On a creusé un an durant. On n'a laissé qu'un mince barrage contre l'eau salée de la Baltique. Jusqu'au lac Mälaren restent moins de trois cents brasses. Combien de temps aurait-il fallu pour que les deux ondes se réunissent ? Un mois ou deux. Encore quelques milliers de coups de pelle et Stockholm aurait été réduite à néant.

Il sent l'odeur de feu de bois, entend de loin les pics et les pioches dans leur lutte obstinée contre le sol gelé. La mer semble toute proche à travers les arbres, assez pour qu'on sente son odeur et qu'on entende le vent caresser sa surface. Il ne voit pas son épouse, ni sa fille, bien content d'éviter pour l'heure une querelle. Il va plutôt trouver le contremaître nommé par Stina pour la remplacer, le trouve debout sur le talus, bras croisés, avec une mine de satisfaction renfrognée devant l'ouvrage bientôt terminé, qui gravera tous leurs efforts comme une cicatrice sur le visage même du royaume, pour les siècles des siècles. Quand il pose le regard sur Bengt Stensson, il recule de quelques pas devant ce visage qui lui paraît étrange.

« Que se passe-t-il ? Qu'avez-vous, seigneur Bengt ?

– Où est mon épouse ?

– Dame Kristina est malade, alitée depuis une semaine. Je crains qu'elle n'ait accompli son devoir avec trop de zèle, dehors par cette saison. Soyez assuré que toutes nos prières s'unissent pour lui souhaiter un prompt rétablissement. »

Bengt montre les poteaux alignés à perte de vue, plantés là pour empêcher les bords de la tranchée de s'effondrer.

« Eux, là. C'est tout ce qui retient la terre ? »

L'homme s'empresse de hocher la tête, désireux de lui complaire.

« Oui, monseigneur. C'est dame Kristina qui en a fait la suggestion, et sans son conseil nous aurions creusé en vain.

– Rassemble tous tes gens. Dis-leur d'abattre tous les contreforts. Que la terre retourne d'où elle vient, et que les pierres dégringolent.

– Mais… »

Bengt Stensson le fait taire d'un regard, s'approche pour le saisir par le col et le fait reculer jusqu'à ce que ses talons dépassent le bord du talus.

« Des objections, maître fouisseur ? Sur l'injustice et l'inutilité de voir un long travail réduit à néant ? Voyons donc. Je suis tout ouïe. »

Il s'approche encore davantage, le visage aussitôt écarlate, front contre front, l'haleine chaude et infecte, montrant les dents, sa voix un grondement sourd adressé au contremaître qui comprend qu'il n'a jamais été aussi près de la mort.

« Abats-les. Maintenant. Je reviens dans une semaine, moins arrangeant. Si tout n'est pas assez bien aplani à mon goût, je me servirai de toi pour égaliser la terre. »

Il tourne les talons et rebrousse chemin à cheval, repassant devant Täljehus. Puis vers la côte. Il tarde à trouver son chemin, car la neige fraîche couvre tous les repères. Sous une congère, le fanal est prêt, avec à sa base un nid de chiffons huileux autour de petit bois et d'écorce de bouleau, assez facile à embraser avec une pierre à feu. Une fumée épaisse s'élève du bois mouillé, mais l'air lourd la plaque au sol. Ce n'est qu'après avoir réussi à faire flamber le bûcher à grandes flammes qu'il aperçoit la réponse : une barque surgit, mue par quelques paires de rameurs, et assez vite il distingue Orm lui-même à l'avant. Il lève une main pour arrêter la barque à portée de voix du rivage, à la limite de la glace. Il forme ses mains en porte-voix pour mieux se faire comprendre.

« Quand est passé le dernier bateau de la Hanse ? »

Orm a le vent dans le dos, il peut se permettre de plus longs discours.

« Il vient de passer. On a fini de le charger ce matin : une cogue pleine de fer qui a appareillé au ras de l'eau voilà quelques heures à peine. Difficile qu'ils aient doublé le cap, avec un vent aussi faible que ça. Nous ne nous sommes pas fait connaître, avons juste surveillé, comme convenu.

– Prends tes hommes et rattrape-les à la rame avec toutes les embarcations que tu peux rassembler. Rends-toi maître du bateau. Je prends la grand-route. Envoie une barque me chercher quand la cogue est immobilisée et ses voiles affalées. »

En deux heures, c'est chose faite. Le capitaine de la Hanse connaît le seigneur Bengt de nom, sinon en personne. Täljehus abrite les affaires qui se font dans le dos du roi Erik, et c'est à l'ombre de ses murailles que les négociants de la Hanse portent leur argent vers l'intérieur des terres et reviennent avec leur chariot lesté de fer. L'homme cache mal son indignation, ne comprend pas pourquoi leur voyage a été interrompu. Ses hommes sont rassemblés sur le pont, en rang, piétinant sur place comme du bétail à l'abattoir. Autour d'eux les hommes d'Orm, couteaux dans leurs fourreaux, mais fourreaux bien visibles, leur seule présence suffisant à en imposer. Bengt a à peine mis le pied sur le pont que le capitaine se tient devant lui, s'efforçant de se faire comprendre dans un jargon aux confins du suédois et de l'allemand.

« Mon nom est Hans auf der Mauer. On me dit que ces hommes vous obéissent, seigneur Bengt. Que se passe-t-il ?

– Où a été extrait le fer que vous avez embarqué ?

– Une mine de Norberg. »

Bengt Stensson hoche la tête, se tourne vers Orm, appuyé au bastingage.

« Fais monter les hommes dans vos bateaux, tous. On ramène l'équipage à terre. »

Orm montre sa perplexité d'une mine interrogative.

« Brûlez ce bateau quand plus personne n'est à bord. Le dernier à partir met le feu. »

Orm et le capitaine protestent en chœur mais se taisent quand l'un d'eux trouve le mot qu'ils cherchaient :

« Pourquoi ?

– Faites comme je dis. »

Hans auf der Mauer secoue la tête, oubliant toute prudence sous le coup de l'émotion.

« Vous ne pouvez pas parler sérieusement. Pourquoi brûler un bateau, en pure perte ? Voyez. »

Il abat sa paume sur le bastingage, saisit la rambarde et la secoue pour montrer combien elle est solide.

« Son nom est *Fräulein*, jamais plus belle dame n'a porté le pavillon de la Hanse. Elle vogue depuis dix-sept ans, tout son bois est encore sain. Elle m'a fidèlement servi, et m'a bien des fois sauvé la vie et la fortune. Prenez-la, plutôt. Prenez-la en gage. Je vous la paierai si je peux, si je trouve à me faire prêter la somme. »

Bengt Stensson secoue la tête, fait signe à Orm, resté immobile dans l'espoir que son maître se raisonne.

« Brûlez le bateau.

– Nous avons embarqué du fer pour sept cents *marks* d'argent. Prenez-le. Nous vous aiderons à le débarquer. C'est plus que la valeur du bateau lui-même. Laissez-nous le ramener à Lübeck, prenez le fer en échange. Un vrai trésor, mais je préfère ça. Je donne ma parole devant Dieu de ne jamais en parler autrement que comme d'un échange légitime.

– Brûlez le bateau. Le fer reste où il est. »

Un silence assourdissant se fait quand Orm Salte et Hans auf der Mauer comprennent qu'ils sont face à l'inconnu, quelque chose qui défie l'entendement et repose sur des motivations qui leur échappent totalement. Leurs regards papillonnent de l'un à l'autre, se posent sur le seigneur Bengt, et Orm entend une voix qui l'a déjà souvent appelé, cachée derrière la tempête et le mauvais temps. Un murmure glaçant qui écume à la crête des vagues, la voix de la mer. Elle se moque d'eux, pauvres créatures aventurées sur cette pellicule qui couvre comme un toit son royaume de mort, restées au sec entre quelques misérables bouts de planches. Elle aurait préféré du sang et de la chair en sacrifice, la chaleur des corps secs, insulte à sa froideur ou peut-être brève consolation dans ses sombres profondeurs. Orm rend grâce à Dieu qu'elle se contente de fer pour se nourrir ce soir. Il frissonne et secoue son corps engourdi, pose un bras sur les épaules du capitaine de la Hanse pour l'emmener, en lui parlant doucement.

« Venez, capitaine. Trouvons place pour vos hommes sur les bancs de mes rameurs. »

Orm allume lui-même le feu sous le pont, assez facilement. Dans la cambuse, des braises rougeoient dans un chaudron pendu à une chaîne. Des flammes affamées mordent une pile de cordages et d'étoffes quand il y déverse avec une auge de petites pelletées dévastatrices. Une fois assuré que le feu a bien pris, il se hâte de regagner le pont, toussant dans le nuage de fumée, descend une main après l'autre la corde lisse jusqu'à son embarcation et l'écarte en poussant la coque de la cogue pour que les rames aient la place d'entrer en action. Bengt Stensson l'arrête de loin.

« Attends ici qu'elle ait coulé. »

Ils restent immobiles sur la mer calme, tous tournés vers le brasier qui flambe à la surface de l'eau. Le feu grimpe sur le pont, divinité avide qui lacère les mâts, brûle haubans et cordages, ronge un trou dans la coque. Un moment, la cogue conserve sa forme bien qu'embrasée, navire de légende fait de flammes. La chaleur arrive jusqu'à eux, fait de cette nuit d'hiver un soir d'été. Hans auf der Mauer pleure sans se cacher, aussi incapable que les autres de détourner le regard. La cogue prend de la gîte, trempe son bastingage sous le poids du mât, chavire. On entend ses sanglots jusqu'à ce que la coque se brise, le poids des lingots de fer osmond pour sept cents *marks* d'argent finissant par avoir raison de ses planches calcinées. Par le feu ce fer a été extrait de la montagne puis fondu, et le feu l'envoie à présent dans l'abîme marin. Le bateau ne tarde pas à suivre.

91

Chevaux dans la cour, sabots sur neige gelée. Margareta entend ses gens aller à la rencontre des visiteurs et se hâte elle-même de se lever, un chatouillis au ventre, pour se draper dans son manteau de laine à col de fourrure de loup. Dehors il fait froid. La maison en bois n'est pas étanche, le foyer qu'on alimente jour et nuit aspire l'air par les interstices entre les lourds rondins et le rejette par le trou à fumée du toit. Se risque-t-elle à s'éloigner du feu, c'est vêtue d'épais vêtements, couche sur couche. Son corps prend des formes inconnues, ses mouvements sont entravés et lents. L'hiver, il devient comme un cul-de-basse-fosse, ce petit manoir à la lisière de la forêt. Les congères s'arc-boutent très haut sur les murs, des volets doivent fermer toutes les ouvertures à cause du froid. Elle sort rarement, et quand elle le fait, elle doit suivre les étroits sentiers qui ont été déneigés d'un bâtiment à l'autre. Elle voit à peine le soleil dans sa courte course. Tout est plongé dans la pénombre. Il n'y a rien à faire, chaque semaine passe comme un songe insoutenable, scandé par la messe au cloître de Nyköping, juste derrière la colline. Elle reste près de la cheminée avec son aiguille et du fil, mais elle ne trouve aucune satisfaction dans cette occupation pour laquelle elle n'est pas faite. Son époux lui avait promis qu'elle n'aurait pas à passer l'hiver ici. Encore une promesse non tenue qui s'ajoute à une longue série. Qui ne cesse de s'allonger. Chaque fois qu'il en rompt une, il en fait de nouvelles, belles et nombreuses, dont la teneur ne varie pas : sa souffrance présente contribue à arroser la récolte qu'ils vont bientôt moissonner ensemble. Un beau jour, ils se retourneront sur leurs tribulations et riront des hésitations nourries jadis. Ils seront alors dans des salles de châteaux, servis, considérés, riches. Il est si facile à croire, Nils Stensson, car on sent qu'il tient chacune de ses promesses comme une vérité en devenir. Dans l'éclat de ses yeux, elle entrevoit elle aussi l'avenir qu'il voit distinctement. Alors elle hoche la tête et sourit, encore et encore.

Elle reste toujours éveillée la nuit. Le repos se fait rare pour qui vit chaque jour dans cette impatience immobile. Elle lui adresse alors des reproches, a d'affreuses pensées, lui trouve des noms méchants. Il semble que ce soit toujours d'elle qu'on exige d'attendre et d'être patiente. La vie de Nils semble si pleine en comparaison, toujours trépidante, toujours en compagnie. Elle imagine leurs rôles inversés. Elle n'est pas la petite Margareta Bjälke, mais l'autre Margareta, celle dont elle a hérité le nom. La reine pour qui un royaume ne suffisait pas. Elle s'imagine toujours en voyage, toujours occupée à élargir ses frontières par la guerre, la ruse ou l'argent. Nils, lui, resté seul dans une baraque en bois quelque part en forêt. Négligé, mis de côté comme un objet sur son étagère dans l'attente d'être utilisé. L'aurait-il attendue ? Elle connaît la réponse, et elle fait mal. Nils Stensson n'aurait pas attendu. Pire : il aurait lutté de toutes ses forces pour accaparer à son profit le plus possible de son pouvoir.

Lui est-il fidèle, pendant ses aventures ? Le doute la tourmente, lui rappelle que son corps aussi lui manque, son contact. Il est plus âgé qu'elle. Elle avait quinze ans révolus lors de leurs fiançailles, et lui était déjà un homme, mais il était beau alors, comme encore aujourd'hui, et ils s'étaient bien entendus. Il était son premier, bien sûr, et il lui avait assuré qu'elle l'était aussi pour lui, mais elle le soupçonnait de mentir. Il semblait bien trop sûr de lui, bien trop expérimenté dans l'art de la jouissance. S'il lui mentait, ce mensonge était facilement pardonné, car de quelque façon qu'il l'ait acquis, elle ne pouvait pas lui reprocher ce talent : comme elle jouissait, et ces sentiments qu'elle n'avait jusque-là qu'entrevus sans en soupçonner la profondeur. Cette brusque certitude qu'elle était aussi faite pour ça. Elle se tord de désir, seule dans son lit, et l'amertume n'est pas loin : n'était-elle pas assez pour lui, comme il l'était pour elle ? Pourquoi tout ce qu'elle peut lui donner ne lui suffit-il pas ? Et ces pensées charnelles étaient plus faciles jadis. Désormais, une ombre les couvre. L'enfant, jamais né, si petit et pourtant si lourd à porter. S'endort-elle, il lui arrive de se réveiller en sueur sortie d'un rêve, pensant être revenue dans sa chambre de Vadstena. Dans son brouillard de tourments. Toute cette douleur en vain, la déception pour toute récompense. Ses propres reproches déjà assez durs, ceux de Nils et des autres pourtant pires, leurs vrais sentiments clairs comme un fanal derrière les mots consolateurs qu'ils choisissaient.

Mais aujourd'hui il est revenu, enfin, la tirer de cet endroit horrible et de l'ennui sombre de l'hiver, l'emmener au sud, où les congères ne montent jamais tant qu'on ne puisse les enjamber et où la lumière est plus intense et plus longue, dans des intérieurs somptueux, où la nourriture est succulente et les lits douillets. Ça a duré plus longtemps qu'il ne s'y était engagé, mais elle ne veut pas assaisonner de rancœur leurs retrouvailles. Ses pieds engourdis s'allègent en s'élançant sur les planches du parquet vers l'avenir qui lui a été promis. Elle est encore jeune, lui aussi. Les années qui les attendent assez nombreuses pour oublier le passé.

Elle ouvre la porte, et le froid est comme un coup en pleine figure. Le premier, car le deuxième suit aussitôt : ce n'est pas Nils Stensson qui se présente à elle. D'abord elle ne sait pas qui. Il est jeune, et beau aussi, beau comme un ange, de longs cheveux encadrant des traits purs. Encore plus charmant que dans son souvenir, car il a changé, sa beauté n'est plus celle d'un oiseau en cage, mais d'un être plus libre. Elle l'a toujours appelé son neveu, et lui sa tante, bien qu'il ne se soit pas écoulé un an entre sa naissance et la sienne.

« Måns ?

– Mara. »

Elle cherche une raison de sa présence, n'en trouve aucune.

« Viens-tu avec un message de Nils ? »

Il secoue la tête, les bras autour du corps, se fait violence pour ne pas se mettre à grelotter sur place.

« Non. Je n'ai pas vu mon oncle depuis longtemps. »

Elle reste un moment sans voix, avant de faire un pas de côté.

« Entrez au chaud. »

Il baisse la tête en signe de gratitude, tape la neige de ses souliers et franchit le seuil. Devant l'écurie, s'apprêtant à s'occuper des chevaux, son valet, dont elle reconnaît le visage mais dont elle doit faire un effort pour se rappeler le nom. Finn. Elle les conduit devant la cheminée, sur les bancs qu'on y a disposés pour profiter de la chaleur, appelle une servante pour qu'elle leur serve de la bière chaude.

« Je n'attendais pas de visite. »

Il tient son bonnet à la main, ses cheveux longs en bataille. Il les lisse du bout des doigts. Elle lit dans ses yeux qu'il est aux abois, et c'est d'une voix hésitante qu'il choisit ses mots.

« Ma tante, je ne sais que faire. Je devais passer l'hiver à Göksholm, mais j'en suis incapable. Je ne veux pas non plus rompre une promesse que j'ai faite. Je n'ai nulle part où aller. Alors je suis venu ici. »

Mara demeure un moment silencieuse à le regarder. Ce visage n'est pas fait pour la douleur, aussi peu que le sien.

« Tu es le bienvenu. Reste aussi longtemps que tu veux. Fêtons le Nouvel An ensemble, puis l'Épiphanie. L'hiver m'ennuie, j'apprécie la compagnie d'un parent. »

Il change de position, la regarde dans les yeux, et sa gratitude la réchauffe plus que le foyer n'en a été capable.

« Merci, ma tante. »

La bière arrive dans une cruche, fumante et amère. Ils boivent ensemble en silence.

« Veux-tu me parler d'Engelbrekt ? »

Elle le voit sourire pour la première fois, son visage d'emblée aussi lumineux que si elle avait d'une étincelle allumé une mèche en lui. Son sourire est contagieux, elle sent une lumière de même nature lui réchauffer le cœur. L'expression du visage vient d'abord, puis les pensées qui lui conviennent le mieux. C'est à Nils Stensson qu'elle pense.

92

« Karl Bonde. »

Erik Puke se tient à l'écart, assez loin pour passer inaperçu, mais assez près pour entendre. Le spectacle le réjouit. Dans l'espace qu'on a déneigé pour délibérer se tiennent ces messieurs, la douzaine désignée par le roi Erik pour statuer sur le royaume après la destitution d'Engelbrekt et de son conseil. À l'instant, chacun s'est incliné devant la décision d'envoyer au roi une lettre listant les accords rompus, et lui signifiant à nouveau la fin de leur loyauté et de leur obéissance. Chacun vient de voter pour désigner un nouveau régent, en inscrivant son choix secret sur un papier mis dans un sac. Tous sauf un ont voté pour le même, celui dont le nom vient juste d'être proclamé à la cantonade. Acoquinés d'avance. Erik Puke ricane en entendant ce nom. Ce n'est pas une surprise. Pas une surprise non plus pour Engelbrekt Engelbrektsson, seul face au conseil. La noblesse a parlé. Le héraut de Norberg a joué son rôle, et maintenant que le travail est presque achevé, on préfère un des siens au plus haut poste du royaume. On est d'accord avec la Hanse : qu'Engelbrekt Engelbrektsson retourne à sa mine.

Mais cette délibération du conseil n'est pas comme les autres. On a longtemps parlé, et les heures ont été plus nombreuses que prévu. On a allumé des feux à même le sol pour se réchauffer et s'éclairer, le soleil décline emportant avec lui la lumière aux confins du monde. Autour d'eux, il y a foule dans la nuit d'hiver : Engelbrekt n'a pas seulement convoqué le conseil royal sur la prairie d'Arboga, mais aussi des marchands et des paysans, et là où le conseil ne compte qu'une douzaine de membres, le peuple s'attroupe tout autour par centaines. Puke tourne la tête, suit des yeux le nom qui se répand parmi les rangs du peuple comme les ronds d'une pierre lâchée dans un puits, l'entend lancé de l'un à l'autre pour que tous l'entendent.

« Karl Bonde.

– Ils ont choisi Karl Bonde, le fils de Knut.

– Bonde. Karl Bonde.

– Tous sauf un pour Karl Bonde. »

L'air s'emplit de colère, vaste et indomptable. Elle lui hérisse les poils des bras et de la nuque. Le peuple venu là pour attendre le dénouement de la journée se lève à présent, resserre son cercle autour du conseil. Des voix indignées s'élèvent, les cris bientôt impossibles à distinguer les uns des autres, mais leur sens est limpide. Un rictus de loup fend le visage de Puke d'une joue à l'autre. La multitude ne veut plus s'incliner devant des décisions prises en petit comité. Des temps nouveaux approchent. Il voit les regards papillonnants des conseillers, leur piétinement inquiet tandis que le mécontentement du peuple se mue en hurlement, l'air étouffant chargé d'une promesse violente. Même Nils Stensson, d'azur et d'or, d'ordinaire si satisfait, semble mal à l'aise. Sa main inquiète chargée de bagues se porte sur la poignée de son épée, et Puke ne peut s'empêcher d'éclater de rire : des bijoux bien moulés pour grands seigneurs. Que peut une épée d'apparat contre le peuple par centaines, dans une foule si dense qu'on ne saurait lever le bras au-dessus de la tête ?

Seul Engelbrekt garde son calme, promenant son regard d'un conseiller à l'autre, bras croisés. Il attend, laisse les autres parler à sa place, son silence plus éloquent que tout discours. Puke est tellement fier d'être aux côtés d'un homme si fort, de lui être si proche. La pression augmente, le chœur crie plus fort, des index pointent et des poings se ferment, de plus en plus proches. Les lames luisantes des grands seigneurs ne restent dans leurs fourreaux que par crainte de déclencher l'inévitable. Une voix fragile s'élève de la multitude, aiguë et rauque au-dessus du grondement du peuple. C'est l'évêque Knut de Linköping, Knut Bosson, qui se dresse autant que le lui permet son dos voûté, ses faibles bras levés, crosse au vent, dérisoire bâton de berger devant un troupeau qui refuse d'obéir.

« La voix du peuple a été entendue. Que le conseil vote à nouveau. La paix du Seigneur soit sur cette noble assemblée. »

Puke éprouve presque de la déception, bien qu'il connaisse les intentions d'Engelbrekt. Le conseil royal réduit en bouillie, piétiné sous les semelles du peuple : ça n'aurait pas été une grosse perte. Et puis, *noble assemblée*, on ne pourra plus l'appeler ainsi désormais, puisque les nobles ne sont plus les seuls à avoir voix au chapitre. Il faudra trouver un meilleur nom. Les votes sont lus un à un cette fois, l'évêque sort les papiers de l'obscurité du sac. Seule une moitié s'est raisonnée. Une voix sur deux va à présent à Engelbrekt, une sur deux à Karl Bonde. Chaque fois que le nom de Bonde est lu, le peuple rugit et l'évêque Knut recule comme sous l'effet d'un coup et, chaque fois que c'est celui d'Engelbrekt, l'acclamation est assez forte pour servir de soufflet aux feux qui s'éteignent. Arrive le dernier nom, et l'évêque prononce celui de Karl Bonde du même ton que s'il lisait son propre arrêt de mort. Ils finissent à égalité. Au moment où la perplexité du peuple va se changer en colère, Engelbrekt grimpe sur le rocher d'où l'évêque vient de demander un second vote, lève la main pour réclamer le silence, et bientôt on peut entendre la neige crisser sous les semelles.

« Le peuple et la noblesse ont manifesté leur volonté. Que le royaume ait deux régents. »

Le soulagement libère les épaules du conseil royal d'un grand poids.

Le peuple veille tard cette nuit-là, assemblé autour des feux pour manger, boire et profiter de la vie maintenant que la tension est retombée, les plus avisés parmi eux bien conscients du basculement qui a eu lieu ce jour. La volonté du peuple, entendue pour la première fois. L'aperçu d'un avenir différent. Des peaux et des étoffes sont tendues sur des piquets pour garder la chaleur, et de l'orée du bois provient le bruit des haches à la recherche de bois de chauffage. Les seigneurs gagnent leurs tentes ou leurs lieux d'hébergement tandis qu'Engelbrekt va parmi le peuple, lui parle, le remercie pour son soutien. Puke résiste à la tentation de le rejoindre : il préfère s'assurer que la défaite du conseil ne soit pas l'occasion de quelque traquenard. Il va parler avec les hommes qu'il a placés sur chaque chemin et chaque croisement à vue les uns des autres tout autour de la prairie.

Le sommeil se joue de lui et toute la nuit il est un des seuls à rester éveillé. La force qu'il sent gonfler en lui menace de faire exploser la barrière de sa peau. L'aube est lente, la lumière du soleil une vague promesse, pendant des heures en cette saison hivernale. Les étoiles brillent encore dans le ciel. Malgré le froid, Erik ôte sa fourrure et sa veste, sa cotte et sa chemise, libère son épée qui a gelé dans son fourreau. Il choisit pour adversaire un frêle bouleau, piétine la neige tout autour, passe à l'attaque, frappe l'écorce du tronc, taille les branches. Il sent ses membres se réveiller, le sang affluer avec les battements puissants et sains de son cœur. Bientôt, c'est comme si son corps savait de lui-même ce qu'on attendait de lui. Il s'oublie dans un combat imaginaire, éprouve un calme profond tandis que l'acier voltige. Une bonne arme, qu'il a fait forger pour son unique usage, pour se rappeler que chacun est à soi-même son meilleur forgeron. Avec l'héritage vient la faiblesse. Plutôt gagner sa richesse par ses propres moyens. L'étoile qui le guidera sera aussi celle qui guidera le royaume, désormais.

Le bouleau qui lui fait face est pelé de toute son écorce, désarmé de toutes ses branches à portée d'épée. Et pourtant il frappe de plus belle de son bras engourdi, voit des visages dans le bois. Des hommes qui l'ont méprisé. De parents qui refusent de le reconnaître. Måns Bengtsson. Måns est parti désormais, et personne ne s'en réjouit davantage que lui, mais il y a quelque chose qu'on lui cache. Il a vu Måns s'en aller, lui et son toutou, avec deux hommes d'Engelbrekt. Les gaillards sont revenus avec un lourd fardeau. Le lendemain, Engelbrekt est parti retrouver les hommes de la Hanse. Lui aussi avec un lourd fardeau. Pas bien compliqué de comprendre ce qui s'est passé, mais plus difficile de savoir comment. Grâce à Måns Bengtsson, Engelbrekt est dégagé de sa dette, libre de poursuivre son combat.

Puke frappe plus fort contre le tronc, jusqu'à ce que son adversaire implore sa pitié. Il ne lui en accorde aucune. Le tronc s'abat tandis qu'il s'écarte, mais il n'en a pourtant pas fini, il hache la souche au fil de son épée. Il a tombé sa chemise, bravant l'air froid de sa peau nue, fier de ses muscles durs qui luisent dans l'effort. Au bout d'une heure et plus il arrête, quand ses membres sont épuisés et que des hommes mal réveillés commencent à aller et venir autour de lui, levés tôt après avoir abandonné tout espoir que le bruit cesse et qu'ils puissent se rendormir. Erik s'assied pour affûter son arme, fait aller et venir la pierre à aiguiser sur toute la longueur de l'épée. Sa sueur séchée, il se rhabille et, en posant la fourrure sur ses épaules, il entend des sabots sur le chemin hivernal. Il se lève pour guetter le cavalier, bientôt en vue, bientôt devant lui. Le cavalier met pied à terre, fait une génuflexion.

« J'apporte des nouvelles.

– J'écoute.

– Bengt Stensson a fait combler la tranchée qu'il avait creusée. Tout le travail réduit à néant. Et il a brûlé un vaisseau de la Hanse, plein à ras bord de fer en provenance de Norberg. »

Erik Puke se retourne afin de garder pour lui ses émotions. Il n'aurait pas pu imaginer qu'une journée comme celle de la veille pouvait être suivie d'une meilleure encore. Il sent un chatouillis au creux du ventre, inspire à fond pour se ressaisir avant de se tourner à nouveau vers le messager.

« Nous partons pour Tälje, tous, maintenant, avant que le soleil ne soit haut. Tu viens avec nous.

– On m'a dit que je devais continuer, prévenir Engelbrekt en personne. »

Erik Puke plisse les yeux.

« À présent, je te dis autre chose. »

Avec satisfaction, il voit l'homme ouvrir la bouche pour lui répondre, la refermer pour réfléchir, puis incliner la tête en signe d'obéissance. L'assemblée va continuer encore longtemps, jusqu'à ce qu'on se soit accordé sur tout ce qui concerne le gouvernement du royaume. Engelbrekt n'a pas besoin de savoir, pas avant que soit fait tout ce qui doit l'être. Quand Täljehus sera tombé. Quand Bengt Stensson sera abattu sous les remparts qui un instant plus tôt étaient les siens, le premier d'une longue série à tomber pour laver le royaume de la tache azur et or. Avec un peu de chance, il trouvera le petit Måns lui-même à Täljehus. Une rencontre qu'il a longtemps attendue. Il se demande combien de temps durera la beauté de son visage, planté comme il se doit sur un pieu taillé en pointe, mais sait que ce n'est pas ainsi que les choses se passeront. Engelbrekt ne le lui pardonnerait jamais. Le meurtre doit avoir lieu en cachette dans le feu du combat, le corps caché là où il ne sera jamais retrouvé, au fond d'une fosse partagée avec d'autres, ou coulé dans les douves, le ventre ouvert et bourré de cailloux. Il sera tout aussi mort, et sa mort n'a pas à être plus belle qu'Erik n'a de temps à lui consacrer. Il se frotte le nez, cassé et cicatrisé de travers, puis range son épée aiguisée dans son fourreau, et crie après ses hommes pour hâter le départ.

93

Brita est la première à le lui dire. Elle la trouve au repos. Trop de jours passés dans le froid ont fini par avoir gain de cause, l'envoyant fiévreuse plus d'une semaine au lit. La fièvre vient tout juste de tomber. Elle est enfin en forme suffisante pour entendre la nouvelle. Les paroles tombent avec effroi.

« Père a abattu tous les renforts. La tranchée n'existe plus. »

Avec l'aide de Brita elle s'habille, sa maladie d'un coup comme oubliée, et chevauche jusqu'au chantier, suivie par sa fille, pour constater la véracité de ses dires. Du haut de son cheval, elle surplombe tous ses efforts réduits à néant. La tranchée apparaît encore comme une large dépression, une coupure taillée à travers les étendues blanches. Sans le soutien des pieux, les parois se sont effondrées, terre et neige mêlées dans l'éboulement. De nouveaux flocons tombent déjà, et bientôt on ne verra plus aucune trace de ce que des centaines d'hommes ont accompli durant toute l'année écoulée. Quand le printemps gorgera le sol d'eau, la terre retrouvera encore plus vite son assise antérieure. Peut-être l'eau de fonte y trouvera-t-elle son chemin ? Ça fera un petit ruisseau. Trop petit tant que la Hanse ne transporte pas le fer dans des bateaux d'écorce. Stockholm perdurera.

Au pas, elle suit la tranchée. Plus loin, elle voit des hommes trimer sur les talus, armés de pelles et de pioches, pour combler ce qui peu avant venait d'être creusé. Elle en connaît plusieurs par leur nom. Dès qu'ils la voient, ils tournent leur visage vers le sol, ne la suivant que du coin de l'œil. Elle éprouve de la honte, ils le devinent et préfèrent faire semblant de ne pas la voir. Une femme vaniteuse qui a eu le culot de faire travailler des hommes pour rien. Cette plaisanterie a duré plus d'un an. En quelques jours seulement, son mari a tout anéanti. Stina s'en veut. Kari Sture le lui avait bien dit lors de sa visite pour la fête de la Vierge l'an passé, mais elle le savait déjà : les hommes. Ils réduisent tout en cendres. Elle aurait dû le savoir dès le premier jour. Tout ce qu'elle a bâti reposait sur des fondations incertaines. Elle n'a pas grand lieu de s'étonner que tout se soit effondré. Elle entend Brita dans son dos, encore de l'effroi dans la voix :

« Mère ? Que faisons-nous, à présent ? »

Elle n'a pas de réponse.

De retour à Täljehus, c'est le branle-bas. Des hommes s'affairent dans la cour, des traîneaux sont renversés sur le flanc pour permettre de polir leurs patins avec du sable. Devant la porte, on a déneigé une surface pour y entreposer des meubles. Stina met pied à terre, lâche les rênes pour laisser son cheval regagner tout seul l'écurie. Brita fait de même, lui prend le bras.

« Que se passe-t-il ?

– Ton père a reçu une mission. Il a choisi de tout anéantir, et s'est fait de nouveaux ennemis. Le règlement de comptes approche. »

Elle arrête un gaillard qui porte une selle sur l'épaule.

« Qui arrive ?

– Erik Puke avec une centaine d'hommes. Ils seront là avant la fin du jour. Aucune pitié à attendre de leur part. »

Bengt Stensson parcourt les couloirs aussi vite que le lui permet son dos douloureux, voit ses gens courir de pièce en pièce pour rassembler tous les objets de valeur faciles à transporter. Il s'arrête devant une fenêtre avec vue sur la cour devant la maison. On prépare les chevaux, tous, pour porter les hommes et tirer les traîneaux. La neige est profonde. Täljehus n'a pas de remparts : seules ses fondations défendent le château contre l'ennemi, épaisses et lisses, hautes de plusieurs brasses, bordées de meurtrières disposées pour pouvoir frapper l'assaillant à bout portant avec des arcs et des arbalètes. Mais jamais il n'a été imaginé qu'on puisse s'approcher autant. Comme beaucoup de châteaux semblables, la bâtisse est sur un îlot dans le lac, entourée d'eau et reliée au rivage par un unique ponton, facile à enlever avant l'arrivée d'un ennemi. La glace épaisse qui s'étend à perte de vue réduit à néant cette ligne de défense. Un assaillant peut arriver par où bon lui semble. La maison n'est pas facile à défendre en hiver, ses constructeurs ayant été incapables d'imaginer un ennemi venant d'assez près pour pouvoir mener un assaut sur la glace. Bengt Stensson n'a aucun désir de verser son sang ici. Il y a trop peu à gagner. L'attribution de ce domaine ne lui a rien coûté, et l'année où cette maison lui a appartenu ne lui a pas permis de s'y attacher, étant le plus clair de son temps par monts et par vaux. L'ennemi aurait été différent, il y aurait peut-être eu lieu d'attendre retranché derrière les murs de pierre et de négocier une issue plus favorable. Mais Erik Puke, c'est autre chose. Sa rancœur contre les azur et or n'est un secret pour personne. Bengt sait bien qu'il a lui-même semé ce qu'il s'apprête à récolter : par la pelle et la pierre à feu, il a mis le droit du côté d'Erik Puke.

La fuite, donc. Ce n'est pas une grande affaire, pourvu qu'on parte avant la fin du jour. Le cavalier qui les a avertis dit que Puke pousse ses hommes à marche forcée, mais à moins qu'ils aient appris à voler, ils ne seront pas là avant la tombée de la nuit, et alors sans doute peu aptes à se lancer à leur poursuite. Il y a le temps. Il vide la cruche de bière qu'il tient à la main, la jette contre un mur près d'un valet aux bras chargés de tissus pour attirer son attention.

« Porte-m'en une autre. »

L'ivresse est en bonne voie, elle a commencé à chasser les crampes de la veille. Il se masse les tempes en gémissant, tape du pied en s'impatientant de la lenteur du valet. Mais c'est quelqu'un d'autre qui arrive. Brita, le visage rouge, dans tous ses états.

« Quoi ?

– C'est Mère. Elle dit qu'elle ne veut pas partir. »

Cela faisait des mois qu'il n'avait pas regardé sérieusement son épouse. Il s'étonne que quelqu'un ait pu autant changer en à peine un an. À la Saint-Jean, elle était l'ornement du foyer. Elle fait désormais figure de femme âgée, vieillie avant l'heure comme une paysanne par les veilles et le travail. Maigre comme un clou, les cheveux collés en mèches grasses, la peau grise, la poitrine creusée. Il soupire en la voyant, appuyée au dossier d'une chaise. Il reste planté là devant son silence, ne sait pas quel chemin prendre. Il se racle la gorge, cherche sa voix la plus ferme.

« Stina. Content de te voir levée. Nous devons partir. »

Elle ne fait pas mine d'avoir entendu, jusqu'à ce qu'elle lâche sa réponse dans un chuchotement rauque.

« Non.

– Tu ne comprends pas. Puke marche sur nous. Avant le soir il sera ici avec ses hommes. Aucune pitié n'est à escompter.

– Qu'est-ce que tu as fabriqué, Bengt ? N'étions-nous pas tous dans le même camp, encore hier ? »

Elle secoue la tête avec lassitude tandis qu'il rougit.

« Ne réponds pas. À quoi bon ? Ce sera une de ces bêtises que les hommes comme toi sont incapables d'éviter. Je préfère ne pas savoir. Mais je ne quitterai pas cette maison. »

Bengt Stensson s'approche, le visage encore plus rouge, se tire sur la barbe jusqu'à la mettre sens dessus dessous, entend sa voix se briser quand il tente de rugir.

« Je n'aurais pas dû m'attendre à autre chose, Stina. Ta folie ne fait que s'aggraver jour après jour depuis la Saint-Jean. Es-tu trop faible ? Je te porterai sur mes propres épaules. De toute façon tu n'as plus que la peau sur les os. Tu as honte que les autres voient ce que tu es devenue ? Je te couvre d'un drap si tu veux. »

Elle rit, un faible aboiement semblable à de la toux.

« Tu regardes les autres à l'aune de toi-même. Tu n'as jamais compris pourquoi je t'ai suivi ici, Bengt. Pourquoi je ne suis pas restée à Göksholm, le château de mes aïeux. Je suis venue parce que Täljehus est le cadeau que nous a fait Måns. Notre salaire pour ses peines. N'était-ce pas notre idée, quand nous l'avons envoyé dans le vaste monde, toi et moi ? Je ne l'abandonnerai pas. À personne. »

Bengt ouvre la bouche pour parler, mais la referme aussitôt. Il baisse la voix, incapable de croiser son regard.

« Il te tuera. Erik Puke. Täljehus sera à lui, de toute façon. La seule différence est que ses hommes devront récurer le sang par terre avant qu'il s'y installe.

– Le sang. Tu peux bien le craindre, homme que tu es, qui n'a pas l'habitude de le voir. Moi, je saigne chaque mois depuis mes douze ans. »

Plus maintenant, jamais plus.

« Erik Puke n'aura jamais Täljehus. Je le défendrai.

– Toi, toute seule ?

– Laisse-moi dire adieu à nos gens avant votre départ. »

Début d'après-midi. Le soleil tombe, et le froid que promet la nuit mord déjà tout ce qu'il atteint, joue, bout des doigts, orteils. L'air est froid, plus froid encore sous les étoiles. Les traîneaux sont prêts, les gens rassemblés. Ils se taisent quand elle s'avance. Tous les yeux sur elle. Bengt parmi ses hommes, déjà un pied dans son traîneau, prêt à y grimper, peau d'ours autour de la taille, pour être emmené hors de portée de l'ennemi. Quand Stina est arrivée assez près pour être entendue par tous, elle prend plus fermement appui sur le bras qui la soutient, arrête sa fille qui l'a aidée à marcher, déglutit pour humecter sa gorge et faire porter sa voix.

« Vous avez été entraînés au combat. Ce talent a rarement été utilisé. Et pour une bonne cause plus rarement encore. Une bataille va se livrer ici, d'ici quelques heures seulement. De ce côté-ci, me voilà. Je vous demande de rester. J'aurais pu vous le demander au nom de l'honneur, une raison qui en vaut une autre. J'aurais pu vous demander de rester par pitié, qui est aussi une bonne raison. Mais je ne me présente pas devant vous en mendiante. Je vous donne quelque chose en échange. Écoutez bien. Une possibilité comme celle-ci se présente une seule fois au cours d'une vie. Quel que soit votre choix, vous vivrez le reste de votre vie à l'ombre de cet instant. »

Elle marque une pause, laisse le temps à ses paroles de faire leur effet. Une torche goudronnée grésille en gouttant dans la neige, allumée à l'arrivée de la nuit.

« Court est le chemin de l'homme du berceau au tombeau. Plus court encore le culte de sa mémoire. À trois générations de distance, c'est comme s'il n'avait jamais existé. Qui parmi vous se souvient du père de son grand-père ? De son nom ? Des actes qui ont donné une forme à sa vie ? Ce qui se passe ici ne sera jamais oublié. Dans cent ans et cent ans encore on chantera comment Kristina Månsdotter, au blason parti de lion et de lys, petite vieille avant l'heure, a tenu tête à la force supérieure d'Erik Puke. Comme David contre Goliath. On chantera sa victoire. Je le jure devant vous, sur Dieu et la sainte mère de Dieu : Puke n'aura jamais Täljehus. Je défendrai la place seule s'il le faut. Je préférerais le faire avec des hommes de valeur à mes côtés. Partez avec Bengt Stensson si vous voulez. Assez tôt, ces traîneaux vous conduiront à votre propre lit de mort. Souvenez-vous alors de vos camarades qui sont restés. Sachez qu'ils ne se souviendront pas de vous. Comme bientôt plus personne non plus. »

Longtemps tout reste silencieux, jusqu'à ce que la neige crisse. Une des servantes. Elle a un fiancé parmi les gens, elle le tire par la main, qu'elle lâche quand il résiste, puis va se ranger aux côtés de Stina. L'homme hésite un moment, désemparé, un grand gaillard bien fait, large d'épaules, avant de prendre son sac, de suivre la servante et de venir à côté d'elle reprendre la main qu'il tenait à l'instant. D'autres hommes échangent des regards, et après un simple signe de tête prennent leurs affaires et traversent la cour. Ils sont un sur trois à quitter les traîneaux. Beaucoup sont parmi les meilleurs, qui estiment que les paroles entendues ont retourné leur fierté contre eux. D'autres sont à l'opposé : ceux qui passent inaperçus et n'ont pas grand-chose dont se vanter, mais qui désirent un changement. Trop jeunes pour savoir à quoi s'en tenir. Bengt se frotte le visage, fait un geste vers la place libre dans son traîneau.

« Brita ? »

Elle ne veut pas le regarder en face, baisse les yeux dans la neige.

« Je reste ici avec Mère. »

Bengt descend du traîneau, entreprend de traverser la cour pour prendre sa fille, mal assuré par l'ivresse et le sol glissant. Stina serre de sa main gauche l'épaule de la servante, laquelle donne un coup de coude à son homme. Il s'avance pour barrer le chemin à son maître. D'autres le rejoignent et Bengt doit s'arrêter. Il se retourne vers ses hommes. Ils hésitent dans leurs traîneaux. Il se peigne distraitement la barbe de la main.

« Donc, les courageux sont tous avec toi, tandis qu'à moi ne restent que les poules mouillées. C'est peu flatteur. »

Il rebrousse chemin, prend place dans le traîneau, reste un moment là, tous les yeux rivés sur lui, scrutant la neige, dans l'obscurité qui s'épaissit. Sa voix est découragée.

« Je crois que vous confondez courage et folie, tous autant que vous êtes. Sachez, à présent que nos chemins se séparent, que je ne souhaite rien tant que vous voir avoir raison et moi tort. »

Il tape sur l'épaule de son cocher. Les chevaux de trait sont mis au trot. Deux patins crissent sur la neige. Bientôt, le traîneau a disparu dans la nuit qui arrive. Les autres suivent.

Stina resserre son manteau autour d'elle, frissonne dans le froid. Elle ferme un instant les yeux, maîtrise ses émotions, tient la bride à la peur qui ramollit la pensée. Elle se tourne vers Täljehus, s'efforce de se rappeler les leçons de son enfance. Son père aurait voulu avoir un fils, mais n'a eu qu'une fille. Pour se consoler, il lui a donné l'éducation d'un garçon, pleine de cartes et de planches couvertes de craie où des pions en bois étaient déplacés dans les traces de batailles passées. Les causes et les effets clairement visibles depuis l'avenir, chaque faux pas sur le chemin de la défaite aussi simplement montré que les choix conduisant à la victoire.

Täljehus est constitué de deux bâtiments joints : un rectangle muré, avec une tour accolée à l'un de ses coins. Le terrain en creux autour des fondations, une seule porte avec un ponton dressé pour franchir les douves. Elle compte ses gens. Quinze, dont une douzaine d'hommes. C'est si simple en théorie de défendre un château comme celui-ci. Dans la réalité, si difficile. Elle s'adresse d'abord à la partie la plus forte de sa troupe.

« Videz les communs de tout ce qui a de la valeur. Puis mettez-y le feu. Nous ne laissons pas de bois à brûler ni d'abri à l'ennemi. Faites entrer tout le bétail. Arrachez ensuite le ponton et ajoutez son bois au bûcher. »

Elle emmène ceux qui restent avec elle, les envoie de la cave au grenier pour recenser et rassembler tout ce qui peut contribuer à une issue favorable. Elle charge la servante Maria d'installer une cuisine avec tout ce qui a été récupéré dans les communs. Un brasero sous une marmite, c'est tout ce qu'il faut. Le tonneau de bière à côté, pas trop forte. De l'eau. Le pain qu'on trouve. Du lard salé est grillé au fond de la marmite, on assaisonne le jus, qu'on fait épaissir avec de la farine.

« Tiens ça au chaud. Ajoutes-en au fur et à mesure. Il y aura toujours quelqu'un qui aura faim, personne ne doit se battre le ventre vide. Que tous les combattants sentent l'odeur de nourriture. »

Stina compte les produits de première nécessité sur ses doigts, encore et encore, essaie d'imaginer les jours à venir. Nourriture, eau, bois, armes. Tandis que ses gens filent en tous sens, elle inspecte les angles de tir, estime jusqu'où on peut laisser approcher l'ennemi indemne. À la nuit tombée, tout est fait. De bonnes et mauvaises nouvelles. Stina s'est fait porter un siège, pour reposer ses jambes mal assurées tandis qu'elle parle.

94

« Nous ne manquerons pas de nourriture, d'autant moins que nous sommes peu. Il n'en va pas de même pour les flèches, et c'est en elles que réside tout notre espoir, car nous n'avons rien à gagner au combat rapproché. Aussi écoutez bien et n'oubliez pas : aucune flèche ne doit être tirée pour manquer sa cible. Chacune doit l'atteindre. Ne tirez jamais plus loin que vous n'en êtes capables. Ils vont être nombreux. Bien plus que nous. Ne vous laissez pas abattre en les voyant. Vous l'avez constaté vous-mêmes tout à l'heure dans la cour : seul un sur trois a quelque chose dans le ventre. Abattez le bon ennemi, et deux de ses amis commencent à regarder par-dessus leur épaule. Abattez celui qui marche deux pas devant les autres, qui a le regard combatif, qui se tient droit tandis que les autres courbent le dos. Les flèches ne sont pas non plus nos armes les plus affûtées. Nous avons des alliés invisibles, les plus forts qui soient : le temps, la faim et le froid. Personne ne nous demande de tuer tous nos assaillants. Tout ce que nous devons faire est de tenir assez longtemps, au chaud et le ventre plein entre nos murs, tandis qu'ils meurent de faim et de froid dehors. »

La soirée s'annonce longue, ainsi que la nuit qui suit. Ils sont peu nombreux, et trouvent leurs marques sans qu'aucun ait à élever la voix. Ils installent leurs lits dans une seule et même pièce. Un brasero au centre avec des bancs autour, où la marmite peut être tenue au chaud pendant qu'ils mangent, ou la bière chauffée. La viande est bonne et la boisson désaltérante.

Autour d'eux, la maison désertée refroidit. Seuls proviennent de l'étage inférieur les cris et les protestations du bétail qui pressent l'approche du danger. Le brasero chauffe les visages, mais les dos ont froid. Ils sont treize autour des braises. Aucun ne veut briser le cercle pour aller dormir. Stina promène son regard d'un visage à l'autre dans le profond silence.

« Je connais d'avant une partie d'entre vous. D'autres moins bien. Demain, nous combattrons côte à côte. Nous aurons besoin de tous, et beaucoup sera demandé. Aucun de nous ne devra être sacrifié, toutes les vies ont la même valeur. Apprenons ce soir à nous connaître comme des égaux. »

Elle se racle la gorge, redresse le dos.

« Kristina Månsdotter est mon nom, née sous les couleurs du lion et du lys, destinée à la richesse et à l'abondance. Pourtant, le chagrin m'a rattrapée tard dans ma vie, et ma tête a changé. La folie m'a conduite ici. Le remords m'habite désormais, le remords de chaque carrefour où j'ai choisi le mauvais chemin, pour ne comprendre mes erreurs qu'une fois arrivée à destination. Rester ici avec vous n'en est pas une. Après notre victoire, mes choix seront plus avisés. »

Elle tourne la tête vers la gauche, passe le relais. La servante est assise à côté d'elle.

« Maria est mon nom, fille de Torvald, de Mellösa. Je suis fiancée, et quand la terre sera à nouveau nue aura lieu notre mariage. Mais mon fiancé est un bel homme, et la tentation a été trop forte. Nous avons pris de l'avance sur ce que nous promettait l'avenir. Je sens déjà la vie croître en moi. Depuis deux lunes je reste sèche. Je suis dans la maison depuis toute petite. Jamais je ne choisirai d'être demain avec le seigneur Bengt quand je peux être avec dame Kristina. »

Elle pose la main sur le bras de son fiancé et le serre. Gêné, il balbutie :

« Je m'appelle Erengisle, comme mon père. Je vais moi-même être père au bout de l'an, et mari. Fasse Dieu que je demeure aussi fidèle à ma femme dans ses choix comme je l'ai été aujourd'hui. Jamais je ne l'ai vue se tromper. »

Le tour continue. Stina sent une force croître dans le cercle à chaque voix qui s'élève. La dernière arrive, et son ventre se glace en entendant à qui elle appartient.

« Mon nom est Brita, Bengt est mon père, Kristina ma mère. Née azur et or. J'ai depuis toujours été une fille mal aimée. J'ai vécu invisible, dans l'ombre d'un autre. Je n'ai pas même eu la haine pour me consoler, puisque je l'aime autant qu'un autre. J'ai choisi de rester à Täljehus dans l'espoir que ma valeur soit enfin reconnue. »

Elle cherche le regard de sa mère.

« Quelle personne sensée suivrait un homme quand une femme est disponible ? »

Stina sent un abîme se creuser sous elle, l'envie de combattre soudain enterrée. Elle prend la main de sa fille entre les siennes tandis que des larmes emplissent ses yeux au souvenir de ce chemin de plus où elle s'est égarée. Brita pleure elle aussi. Quand le silence entre elles devient insoutenable, quelqu'un commence à murmurer des paroles que chacun connaît. D'autre voix s'y joignent, puis toutes, puis plus fort. Les mains cherchent d'elles-mêmes d'autres mains, se joignent pour former une roue. Une prière mille fois prononcée, mais jamais comme maintenant. Ils confessent leur humanité et demandent pardon, sachant le jugement proche.

« *Pater noster, qui es in caelis, sanctificetur nomen tuum…* »

95

Le soleil se lève. La lumière s'étend à l'est, par-dessus les forêts où les arbres courbent l'échine sous leurs étoles blanches, par-dessus les champs couverts de neige. Surgi des confins de la terre, il illumine un ciel d'un bleu glacé, sans nuages, œil de feu observant sans voile tout ce qui arrive. Erik Puke plisse les yeux, protégeant son regard d'une main. Il la remet vite dans son gant et la secoue pour ramener du sang à la pointe de ses doigts. La nuit a été froide, et le jour le sera plus encore. Il crache au revers de son gant, lève la petite mare devant lui, la regarde se figer en un instant, retourne la main et laisse tomber un petit morceau de glace dans la neige. Il jure en silence. Mauvais. Le gel va mordre fort, rendre les doigts gourds sur les poignées des épées et les cordes des arcs, figer les lames dans leurs fourreaux. Les arbalètes ne sont pas faites pour un temps pareil : le fer se bloque, on ne peut plus tourner la manivelle. Des glaçons rouges sortis de plaies ouvertes. Ce n'est facile pour personne, mais pire pour celui qui ne peut s'abriter derrière une muraille pour réchauffer ce qui a gelé.

Une plaine s'étend devant lui, si éblouissante qu'elle brûle le regard. Impossible de dire où finit le rivage et où commence l'eau avec une couche de neige aussi épaisse, mais c'est sans importance. Personne ne va passer à travers la glace un jour pareil. Il semble impossible de s'approcher sans être vu, mais la chance va peut-être lui sourire aujourd'hui comme d'autres fois. Que le guetteur de la tour pique du nez un quart d'heure ou passe un moment difficile aux latrines pourrait suffire. Dès avant l'aube, il a envoyé un groupe contourner de loin Täljehus par le lac gelé afin de bloquer le passage de l'autre côté, et empêcher Bengt Stensson de se jeter dans un traîneau et fuir ventre à terre en voyant arriver ses hommes de l'est. Erik ne les voit plus, ne peut que suivre le fossé qu'ils ont creusé en progressant dans la neige vierge, jusqu'à ce qu'il disparaisse, hors de vue. Ils devraient être arrivés à présent. Derrière lui, le reste de la troupe est prêt, le camp levé et tout leur matériel chargé sur des traîneaux à couvert, juste à l'orée du bois. Des durs à cuire, tous. Pas de place parmi eux pour les novices, les trouillards qui souillent leurs braies sous la pluie de flèches. Il promène les yeux sur leurs rangs, ne rencontre que des regards vifs. Sous lui il sent sa jument s'impatienter dans le froid, flatte de la paume son encolure pommelée, lève la main et la baisse sans bruit, puis pique ses flancs et la lance librement dans la plaine. La neige est poudreuse, résiste peu aux sabots impatients. C'est comme chevaucher dans le brouillard, sur un nuage.

Derrière lui, les traîneaux s'ébranlent. L'air est immobile sous le soleil, mais la vitesse lui fait du vent. Il connaît le bonheur en des moments comme celui-ci, exempts d'inquiétude et de tracas. Tout est si évident et clair. Ce sera différent, après, une fois le plus grand des fils de Sten anéanti sous sa botte. Parent de la jeune épouse de son père et encore hier le premier des alliés d'Engelbrekt. Ils auront beaucoup à lui dire, ces deux-là qui lui sont le plus proches, mais sur un point ils ne pourront le contredire : la naissance est impuissante contre la force. Erik chevauche vers la lumière, son chemin comme un tunnel vers le soleil levant.

Là où la glace plate rencontre la rive en pente de l'îlot, il tire sur la bride pour stopper sa jument, le sentiment de triomphe éprouvé prématurément remplacé par la déception. Il est trahi. Täljehus a été averti de son arrivée. Les communs sont en cendres, taches noires sur la neige blanche, où le froid a étouffé toutes les braises qui ont brûlé leurs planches. Il s'approche. La porte de la maison flotte toute seule quatre brasses au-dessus des douves : agacé, Erik comprend qu'on a arraché le ponton. Il ne peut y voir d'autre raison que de causer colère et tracas, une façon mesquine de céder une forteresse abandonnée. Il aurait été plus convenable de laisser la porte ouverte et la clé dans la serrure. La fin aurait été la même, et un peu de bonne volonté ne coûte rien.

Il ne saurait dire quel sens l'avertit en premier. Une ombre arrive à grande vitesse, il se baisse sur sa selle, sans réfléchir. La flèche le frôle d'assez près pour qu'il en sente le courant d'air. L'instant d'après suit le chant de la corde qui claque. Il a déjà retourné sa jument, s'est plaqué à couvert de son flanc et l'a lancée au galop pour se mettre hors de portée. Sûr d'être à l'abri, il se redresse sur sa selle, plisse les yeux vers la façade. Les meurtrières des tireurs plissent elles aussi les yeux : on les a rétrécies à l'aide de planches, avec seulement une fente pour laisser passer la flèche. On a laissé une garnison, et Täljehus a été préparé pour soutenir un siège. Pourquoi ? Il ne comprend pas. Pourquoi laisser des gens si on était prévenu de ses intentions ? Ils devaient bien savoir avec quel genre de force il arrivait. Il se creuse la tête à la recherche de raisons cachées, mais n'en trouve aucune. Ce ne peut pas être un piège. Mais ce que c'est, il n'arrive pas à le saisir.

Il s'éloigne à cheval pour rejoindre les hommes qui l'ont suivi, les arrête d'une main en l'air. Il met pied à terre, choisit parmi eux un jeune d'allure éveillée, l'appelle d'un signe.

« Écoute. Tu vois ce rocher, là-bas ? Et le chêne ? Quelque part entre les deux, une flèche a touché le sol. Va me la chercher. »

Erik suit des yeux le garçon qui se fraie un chemin dans la neige, en se demandant s'il va se faire tirer dessus. Il ne le croit pas. Pas à une si grande distance, pas pour un si piètre enjeu. Peut-être va-t-il être raté, et il saura alors que les défenseurs ont des flèches à gâcher. La vie du garçon est entre les mains de Dieu. Cela dure une demi-heure. La petite silhouette revient en titubant, pliée en deux dans la neige. Indemne. Le garçon lui tend la flèche avec un sourire fier.

Erik la soupèse. C'est bien une flèche, et non un carreau d'arbalète, comme le bruit de la corde et la vitesse de l'ombre le lui avaient déjà dit. Il peut maintenant en avoir la certitude. S'ils avaient eu une arbalète, ils en auraient fait usage. Il tourne la flèche dans sa main : sa tige s'est brisée lors de l'impact, mais tient encore. Le bois est gris, vieilli, fragile. L'empennage s'effiloche, la pointe est tachée de rouille. Il suppose que c'était jusqu'alors la meilleure flèche de Täljehus, choisie par leur meilleur archer pour un tir qui à lui seul aurait pu réduire leur siège à néant. Ce n'était pas mal visé du tout. Seul le hasard a sauvé la vie d'Erik, ébloui par le soleil qu'il était. Ce n'était pas un coup d'essai. Un archer expérimenté aurait choisi une meilleure flèche s'il y en avait eu. Leur stock est donc limité. Rien que cela aurait dû être un motif suffisant d'abandonner le château plutôt que de le défendre. Le mystère demeure. Il se tourne à nouveau vers le même jeune garçon.

« Tu oses faire plus ? Ou bien tu es déjà rassasié d'honneurs ? »

Le garçon secoue la tête, empressé de lui complaire. Erik ôte son casque.

« Emprunte une lance, et enfile le casque dessus. Laisse tes autres armes. Va au château et dis-leur que je souhaite leur parler. Exige une promesse de paix, devant Dieu. »

Tous regardent le garçon filer. Le casque tintinnabule comme une cloche fêlée quand il s'appuie sur la lance pour progresser dans la neige. Une fois qu'il est arrivé à destination, on devine son appel à ses épaules qui remontent, mais il est trop loin pour qu'on l'entende. Il écoute la réponse, crie à nouveau. Revient sur ses pas.

« Kristina Månsdotter, aux couleurs du lion et du lys, fait dire à Erik Puke de retourner d'où il vient, ou de tomber sous ces murs qui sont à elle et le resteront. »

Erik tourne le dos à ses hommes plutôt que de leur laisser voir la colère qui, sans qu'il puisse l'empêcher, inscrit un rictus à la commissure de ses lèvres. C'est donc finalement un piège malgré tout. Il doit se battre contre une femme. Il n'a plus rien à gagner, mais beaucoup à perdre. La raison lui dicte de partir sans toucher à Täljehus, mais d'autres sentiments naissent quand il se représente son retour, essuyant les reproches de Nils de Rossvik pour son initiative, les reproches d'Engelbrekt. Non seulement indiscipliné, mais incapable, également. Il sait aussi bien qu'un autre que le succès est la seule justification possible de la désobéissance. Maintenant, il doit se battre. Et elle, que le diable l'emporte.

96

Stina regarde les hommes se préparer. Elle essaie de les compter, mais c'est difficile. Cinquante ? Soixante-dix ? Pas beaucoup plus. Une supériorité numérique entre deux vingtaines et cinq douzaines. Tous des hommes dans le bon âge, tous semblent habitués au combat. Et Erik Puke, qui a déjà pris Faxeholm et Kastellholm, en guerre depuis bientôt deux ans. Ils étaient initialement deux troupes : une venue en traversant le lac gelé avec Puke lui-même en tête, une autre arrivant de l'est. Ils se sont à présent tous rassemblés côté rivage. Elle les voit s'enterrer, utiliser de la neige pour monter des talus qui les cacheront aux archers et les abriteront du vent pendant la nuit. Quelques-uns ont traversé le lac gelé jusqu'à une pointe où la forêt semble le plus dense, pour abattre des arbres. Ils se relaient pour vite les rapporter, deux par deux, débités en rondin, des branches autour des pieds en guise de raquettes à neige. Stina ne peut ni voir ni entendre ce qui se joue derrière ces talus. Mais elle sait bien ce qu'elle aurait fait, elle, et n'en attend pas moins de Puke. Elle ne peut que patienter, avec tous les autres, s'occuper au mieux. À l'étage inférieur, elle entend les meubles traînés par terre, un craquement quand ils sont éventrés pour mieux s'enchevêtrer en barricade devant la porte. La marmite reste sur le feu, il y a à manger pour tous. Personne ne veut s'éloigner longtemps des fenêtres où, dans le courant d'air glacial, on guette entre les planches de la meurtrière ce qui va arriver. L'un des plus âgés gémit en se relevant, frictionne un genou douloureux. Il répond au regard interrogatif de Stina.

« C'est ce que ça me fait, quand la tempête approche. »

Les hommes de Puke attendent le soir, l'obscurité de la nuit qui est leur meilleure alliée contre les flèches. Elle n'a pas besoin de donner d'ordres à ses gens. À leur poste, un par meurtrière. Bientôt, un premier appelle, puis un autre. Ils arrivent. Elle va elle-même regarder, plisse les yeux en attendant qu'ils oublient l'éclat du foyer et s'habituent à l'obscurité. Ce n'est pas long. Le ciel étoilé dégagé se reflète à terre, des pointes d'aiguille par centaines de milliers sur l'édredon blanc de la neige. D'après la forme, elle devine ce qui s'approche. Ils ont fabriqué un bouclier contre les flèches, un toit porté sur des tréteaux mobiles pour protéger les hommes qui doivent bâtir un nouveau ponton d'accès à la porte d'entrée, en remplacement de celui qu'elle a fait arracher. Les voilà qui approchent, aussi lents et gauches qu'inexorables. Elle devine en dessous les pieds des hommes, posés sur deux longues branches écorcées formant deux longs skis qu'ils partagent pour mieux répartir sur la neige le poids de l'appareil. L'un d'eux crie à intervalles réguliers pour coordonner leurs pas. Entre les porteurs, d'autres avancent, traînant derrière eux des rondins attachés ensemble. Un futur ponton.

« Placez votre flèche sur la corde. Tirez partout où vous pensez pouvoir toucher. S'ils trouvent moyen d'enfoncer la porte, nous sommes perdus. »

L'un après l'autre ils tirent, en vain. Les flèches se fichent dans les planches qui couvrent les hommes, assemblées en un chevauchement soigneux pour ne laisser aucun interstice. Arrivés au bord du fossé sous le mur du château ils s'arrêtent, installent leur bouclier. Stina les voit avancer de longs troncs rectilignes par-dessus les douves, trouver un appui sur le seuil de la porte, sceller l'autre extrémité dans la neige. L'ossature d'une nouvelle rampe. Stina maudit le maître d'œuvre qui n'a pas anticipé cette ruse en construisant la façade.

« Cessez vos tirs et tenez-vous prêts. Dès qu'ils auront suffisamment couvert leur ponton, ils se dépêcheront d'aller se réfugier en dessous. »

Ils ne tardent pas à lui donner raison. Des deux côtés du bouclier, ils se précipitent à découvert, pour se laisser glisser au fond du fossé à couvert du ponton. Les flèches partent au même instant. Un petit chœur de hurlements, certains pour se donner du courage, d'autres de douleur. Deux touchés, trois ? Elle n'a de certitude que pour un, resté étendu au fond du fossé, une petite forme humaine noire, les mains jointes sur le ventre où la flèche doit être fichée, incapable de ramper seul se mettre en sécurité. Derrière lui sur la pente, une traînée sombre de sang répandu. Ses appels à l'aide sont d'abord étonnés, puis de plus en plus suppliants : à boire, seulement, quelque chose à mettre entre lui et la neige. Personne n'a quoi que ce soit pour lui. Personne ne veut lui venir en aide sous la menace de partager son sort. Bientôt, il cesse de parler. Juste des sanglots et de faibles cris. Dans la forteresse, en bas, les bêtes sont inquiètes, caquettent et hennissent. Elles savent elles aussi qui est là. Un long moment, tous se taisent, amis comme ennemis, comme recueillis devant la mort qui vient d'arriver à Täljehus, pour répondre à toutes leurs invitations. Attendue, mais étrangère pourtant. Quand elle a rejoint le blessé, il reste recroquevillé, les bras autour du corps. Tous sont reconnaissants que sa vie se soit écoulée si vite, leur épargnant plus de cris. Sous le ponton a commencé un travail invisible d'étayage et de renfort. Les hommes qui portent en rampant le bouclier retournent lentement sur leurs pas chercher davantage de bois, d'autres hommes. Un répit. Stina ne sait pas combien de temps. Pas assez.

« Qui l'a touché ? »

Un des hommes lève une main. Elle tremble, et pas de froid.

« Je crois que c'était moi. »

Aucun éclat dans sa voix. Elle ne peut pas distinguer son visage dans l'obscurité qui doit régner à l'intérieur pour que les archers y voient. Elle entend le tremblement de sa voix et l'imagine pâle et hésitant. Novice face au meurtre.

« Ce que tu as fait, tu l'as fait pour moi. Si tu éprouves des remords, c'est bien, car on n'attend pas autre chose d'un homme bon. Tu n'es pas plus coupable que la branche qui a été taillée en flèche, le crin tressé en corde et le bois cintré en arc. La faute m'appartient, à moi et personne d'autre. »

Stina continue à observer ce qui se passe en bas. Les hommes s'affairent à étayer le ponton. Avec la prochaine fournée de bois, ils devraient avoir ouvert la voie pour enfoncer la porte. Aucune des leçons de son enfance ne s'applique ici. Le feu a toujours été la réponse à tout de ses maîtres dans l'art de la guerre. Si la lame ou la pointe ne suffisent pas, brûle. Mais il fait trop froid. Aucun bois n'accueillera une flamme un hiver comme celui-ci. Elle se demande bien ce qu'ils diraient dans sa situation, ces hommes qui savaient tout de la guerre, à distance confortable. D'ailleurs elle le sait. Ils auraient fait comme son mari. Fui. Secoué leur barbe face à l'idiotie féminine. Elle se sent impuissante, découragée. La défaite lui apparaît déjà comme un fait. Le froid la pénètre jusqu'à l'os. Elle en a rarement éprouvé de semblable.

La lueur d'une étoile fait scintiller un glaçon au bord d'une meurtrière. Elle tend une main entre les planches, le détache. Elle ne sait pas pourquoi. Peut-être juste parce qu'il est beau au cœur d'une nuit si affreuse. La glace lui colle aux doigts, y reste un moment toute seule accrochée, avant de se détacher et de tomber sur le ponton en construction. Et elle sait alors ce qu'elle doit faire : le feu, c'est la solution des hommes. Elle est femme.

Vite, elle rassemble tous ses gens, et leur expose son plan. Le puits se trouve à la cave. Tous ensemble, ils forment une chaîne entre les étages : l'eau est remontée des profondeurs, les seaux envoyés de bras en bras pour être versés dans un tonneau.

C'est trop lent. Dans la précipitation, de l'eau est renversée dans l'escalier. Il ne reste au dernier de la chaîne que quelques gouttes à verser dans le tonneau, sans grande utilité. Désemparée, Stina regarde le pauvre miroir tout au fond. Elle croise son propre regard, et la déception qu'elle y voit est une accusation insoutenable. Puis de la compagnie. Brita près de son épaule. Stina se retourne, voit que sa fille a compris ce qui avait encore échappé aux autres. Brita parle à voix basse, comme il convient pour des mots qui vont coûter la vie à d'autres.

« Le toit.

– Quoi ?

– La neige. Sur le toit, elle est épaisse d'une brasse. Nous pouvons casser des tuiles de l'intérieur, la récupérer, la faire fondre sur le brasero. »

Le hochement de tête de Stina est reçu comme un ordre. On trouve bien vite des haches et des piques. Des combles descendent bientôt des bruits de bois brisé et des raclements de tuiles et, soudain, les hommes redescendent avec de la neige, assez compacte pour être découpée en morceaux, portée par tous les moyens possibles : dans des seaux, des étoffes, à mains nues. D'autres s'agenouillent autour du foyer, soufflent pour attiser le feu, le nourrissent avec du bois fendu. Les marmites grésillent. La neige fond, l'eau remplit le tonneau. Et un autre et encore un.

Une fois de plus, le bouclier arrive sur ses multiples pieds. Informe à distance, une masse d'ombre sur la neige avec sa queue de troncs neufs, plus difficile à distinguer qu'avant, car des nuages sont arrivés qui voilent les étoiles et saupoudrent quelques rares flocons. Les hommes de Puke manœuvrent plus vite cette fois, se placent au même endroit, disposent les rondins, stables à présent grâce aux étais. Ils ne tardent pas à être prêts à essayer leur construction. Ils soulèvent leur bouclier, s'aventurent sur le nouveau ponton un pas à la fois et constatent qu'il supporte leur poids. Stina attend d'entendre le premier coup de hache pour faire signe à ceux qui se tiennent prêts. Il faut s'y mettre à quatre pour soulever le tonneau sur le rebord de la fenêtre, juste au-dessus de la porte, et précautionneusement le faire basculer pour verser par-dessus bord l'eau de fonte. Elle coule en formant une large cascade sur les pierres de la façade, droit sur les hommes en dessous. Elle entend leurs cris, d'abord de peur, puis d'étonnement.

Stina fait signe d'envoyer le tonneau suivant, puis encore un dernier. Un moment passe, assez long pour laisser place au doute. Stina trempe sa main dans une flaque formée devant la fenêtre, la tend dans la nuit d'hiver. La glace se forme immédiatement, brûle sa peau comme si elle l'avait exposée à une flamme. La hache se tait alors en contrebas, et les hommes sortent de sous le bouclier, gauches dans leurs vêtements durcis, gémissant de douleur. Tous les arcs sont prêts, attendant juste son signal. Elle secoue la tête, certaine que des vêtements mouillés sont un arrêt de mort suffisant une nuit comme celle-ci.

97

« Nous n'arrivons pas à faire du feu. Toutes les braises que nous avions se sont éteintes, et aucune étincelle ne veut prendre par ce froid. »

Erik Puke serre les lèvres. La neige tourbillonne de plus belle dans le vent qui forcit. Il sait que celui qui a parlé maîtrise son sujet, habitué à allumer du feu par tous les temps. Puke ne connaît personne qui aurait mieux réussi. Il n'est pas non plus étonné. Remontant vingt ans en arrière, il se souvient de peu de nuits d'hiver comparables à celle-ci. Il se rappelle, dans son enfance, des racontars des anciens qui parlaient d'hivers de chien, jadis, pour se moquer de lui qui grelottait au redoux : d'un froid mortel, où le gel rongeait le visage comme une lèpre, des nez noircis qu'il fallait extirper, des doigts et orteils gelés qu'il fallait couper, où le moindre bout de fer se transformait en épine pour la peau nue qui s'en approchait trop. Il croyait alors qu'ils exagéraient. Il sait aujourd'hui à quoi s'en tenir.

« Ce sera peut-être plus facile au matin. Occupe les hommes. Ne leur laisse aucun repos. Celui qui s'endort cette nuit ne se réveillera jamais. »

Aucun mal qui ne s'accompagne de quelque bien : les hommes devinent l'haleine de la Faucheuse dans la morsure du vent, et savent que seuls les murs de Täljehus les séparent de la chaleur. De l'autre côté, on est à l'abri, il y a du feu, de la bière à faire chauffer, de la viande à rôtir. Il ne les a jamais vus si rapides. À peine leur a-t-il donné ses instructions qu'une pente entière est défrichée, des troncs ébranchés prêts à former un ponton par-dessus le fossé pour les conduire à la victoire, un abri tressé par des mains expertes. Dans le noir, ils marchent vers la maison, d'où on leur répond par de vains tirs de flèches. Une seule atteint sa cible, et il jure en entendant le cri, plus par mauvaise humeur que chagrin. Des hommes, il en a beaucoup.

On revient chercher davantage de bois, et des haches, car une fois la prochaine fournée de troncs installée, le ponton devrait être assez solide pour leur permettre de briser la porte. Erik se frotte les mains et sautille sur place, content de ces nouvelles mais impatient de devoir encore attendre. Il les entend partir sur leurs raquettes de branchages en traînant les troncs, entend le choc du bois contre le bois tandis qu'ils mettent la dernière main à leur ouvrage.

Soudain, un vacarme surgit de l'obscurité, des cris de douleur et de surprise. Erik grimpe aussitôt sur le talus pour mieux voir, mais on ne distingue rien dans le noir sinon l'ombre de la maison elle-même et la neige qui tombe de plus en plus dru. Le bruit est à présent différent, d'étranges voix qui babillent et balbutient, plus aiguës qu'elles ne le devraient sortant des gosiers de ses hommes. Un frisson lui caresse la peau, il saute sur place en se frappant les épaules pour le chasser et se réchauffer.

Quelque chose vient vers lui, une troupe titubant sous la neige qui tombe de plus en plus avec un froissement de tapisserie. Devant lui, le premier s'écroule en butant sur une congère, incapable de se rattraper, ses bras semblent enchaînés et il reste étendu à se contorsionner, comme atteint du haut mal. Erik se signe, comme devant de la magie noire, s'agenouille pour retourner l'homme à terre. Il ne voit aucun sang ni aucune blessure, mais le manteau de laine est aussi dur que l'écorce, la cotte de mailles en dessous comme martelée en tôle. Les cheveux un casque coulé à même la tête. Givre sur les cils et yeux gelés, lèvres noires qui laissent encore s'échapper le souffle en traits de vapeur. Mais l'homme somnole déjà, fuyant dans le sommeil un froid insoutenable, et Puke a beau le remettre sur pied, hurler son nom et lui frapper le visage de toutes ses forces, il ne veut pas rester debout. Puke plisse les yeux dans la neige, voit d'autres silhouettes titubantes fuyant en vain vers un campement qui n'a aucune chaleur à leur offrir. Une bourrasque passe en sifflant sur la glace, chasse devant elle une bouffée de neige, et ce n'est plus l'haleine de la mort. C'est sa faux elle-même. Il n'a pas de temps à perdre, se précipite vers le campement pour rassembler ce qui reste d'hommes encore au sec.

98

Bo Stensson est réveillé par une tape sur l'épaule. Il proteste en grognant et se retourne sur son autre oreille avant d'être secoué de plus belle. Encore noyé de sommeil, il cligne des yeux dans la nuit d'hiver, regarde avec perplexité autour de lui pour se rappeler où il est. Plafond bas, fentes des planches calfeutrées avec de la mousse blanche. Corps endolori dans un lit inconnu. Il est encore à Arboga, après la fin de l'assemblée, un des derniers à être resté. Nils chevauche déjà vers le sud, confirmé à son poste de régent du Småland. Des trois frères, il reste le seul à n'avoir encore rien obtenu. Le bien-être laissé par le sommeil se dissipe vite. Encore un nouveau jour de palabres dans le froid, même si on aurait pu quitter la prairie et déplacer les délibérations dans une des églises de la ville. Il accueille la journée en poussant un soupir. L'homme qui l'a réveillé est à lui.

« La nuit a été courte. L'assemblée commence déjà ?

– Non, monseigneur. Engelbrekt Engelbrektsson vous cherche.

– Moi, seul ? A-t-on dit pourquoi ?

– Non. Mais il est là, seigneur. Il vous attend à côté.

– Quelle heure est-il ?

– Très tard, ou très tôt. »

La ferme appartient à un paysan, à qui Bo Stensson l'a empruntée pour ses hommes et lui, pendant que le paysan et ses gens se serrent dans l'écurie et les communs. Bo s'habille rapidement dans son réduit glacé, se heurte le front contre une poutre qui dépasse quand il saute à cloche-pied pour enfiler une chausse, frictionne la bosse qui se forme en inspirant entre ses dents. Il tente de trouver un motif à cette rencontre, en vain. Une fois habillé, il franchit la porte, frappe à la suivante et entre dans la pièce.

Engelbrekt Engelbrektsson l'attend devant la cheminée, seul, allant et venant sur la terre battue.

« Seigneur Bo.

– Que se passe-t-il ?

– Un messager vient d'arriver. Il dit que ton frère, Bengt Stensson, s'est emparé d'un navire de la Hanse, malgré la parole donnée. »

Bo gémit intérieurement. Il se doutait bien que Bengt allait laisser ses corsaires écumer avec modération l'archipel, maintenant que le commerce avait repris. On ne pouvait pas non plus s'attendre à autre chose, le risque étant faible et la tentation forte, mais agir assez maladroitement pour être pris sur le fait est impardonnable.

« En outre, il a comblé la voie qu'il avait été chargé de creuser entre la mer et le lac Mälaren. »

Bo Stensson reste bouche bée, sans trouver rien de sensé à répondre.

« Je vois à ton étonnement que je t'apprends la nouvelle et que tu n'en connais pas la raison. Bien. C'est une des réponses que je cherchais. Mais il y a plus. Erik Puke a été le premier à en entendre parler. Il ne m'a pas fait prévenir, et a emmené le messager avec lui vers Tälje à la tête de ses hommes. Il n'a laissé le gaillard rebrousser chemin qu'au bout d'une journée à cheval. Il nourrit de la rancune contre ta lignée, et a sauté sur l'occasion. J'ai envoyé des hommes après lui, mais quoi qu'il se soit passé à Tälje, il est désormais trop tard pour l'empêcher. »

Bo Stensson se ressaisit, déglutit en devinant ce qui va se décider à présent.

« Tu disais que tu cherchais d'autres réponses.

– Es-tu encore avec moi, seigneur Bo ? Ou préfères-tu rejoindre ton frère qui a fait de moi son ennemi ? »

Nils, Engelbrekt et l'évêque d'un côté. Bengt Stensson de l'autre. Les plateaux de la balance ne sont pas égaux, ce qui rend son choix d'autant plus aisé.

« Je suis avec toi. Pour le bien du royaume. »

Engelbrekt le regarde un moment en silence, avant de hocher la tête.

« Nous marchons sur Stockholm, toute la noblesse et ceux du peuple qui peuvent rapidement faire mouvement. J'espérais laisser la ville de côté, grâce à une voie d'eau ouverte pour le commerce, mais il en ira autrement désormais. Nous devons prendre Stockholm, à tout prix. »

Engelbrekt le laisse préparer ses hommes au départ. Mais il lui faut d'abord s'asseoir, trouver un banc, essayer de tout faire tenir ensemble, sans comprendre. Et un siège de la capitale, en plein hiver ? Folie. Engelbrekt doit avoir perdu la raison, lui aussi. Cerné par les fous, Bo Stensson se balance d'avant en arrière, se demande s'il est le seul à être resté sain d'esprit.

99

Tout est à présent silencieux. Stina regarde dehors en plissant les yeux, mais sa vue ne trouve rien non plus à quoi se fixer, rien qu'un voile mouvant de neige qui s'abat en virevoltant contre la façade, ballotté de-ci, de-là selon les caprices du vent. Elle se demande si c'était là tout ce qui était exigé d'elle, si la nuit et le froid allaient servir sa cause et le soleil se lever sur une plaine couverte de neige fraîche jonchée de petites bosses en guise de sépultures pour les hommes tombés, le ponton qu'ils ont édifié devant sa porte pour seule croix sur leurs tombes, jusqu'au jour où le printemps les mettra à nu pour les offrir en festin à des becs acérés. Ils sont tous silencieux dans la grande salle, et aucun ne veut être le premier à troubler la paix toute particulière qui pèse lourdement sur tous les lieux consacrés aux morts.

Un raclement trouble ce calme. Tuile contre tuile, venant du grenier. Elle le comprend en même temps que les autres. Puke est sur le toit, il a dû dresser une échelle pour y monter. Ils ont eux-mêmes ôté planches et pierres pour pouvoir fondre la neige et en faire une arme, et la maison est à présent vulnérable. Les hommes présents dans la salle réagissent vite, se précipitent dans l'escalier à la rencontre des envahisseurs, munis de haches et de couteaux. Stina les entend mourir, connaît les voix qui crient de douleur et d'angoisse. Des gouttes chaudes coulent entre les lattes du plancher, grésillent dans le brasero. Elle se précipite aux fenêtres de l'autre côté du bâtiment, voit le trait noir de l'échelle flotter dans tout ce blanc. Deux jolis troncs avec des barreaux noués, vite fabriquée, mais pas moins efficace. Sur chaque barreau encore un homme en train de grimper. À l'instant, elle était recueillie sur le sort de tous ceux que le froid avait menacé de tuer. À présent, elle maudit tous ceux qui ont été épargnés.

Elle cherche des yeux Brita, prend sa décision. À la fin, il faudra donc en passer par le feu malgré tout. Elle saisit un tabouret comme levier, mais ses muscles affaiblis n'arrivent à rien. Brita vient à son aide, et ensemble elles renversent le brasero, répandent les braises crépitantes sur le plancher sec qui noircit et se met à fumer. Elle renverse un banc dans les braises, et un autre. Elle prend sa fille par la main, dévale l'escalier. L'entrée est plongée dans le noir, la porte sans surveillance. Les animaux parqués là s'agitent dans l'ombre, bêlent et meuglent, leurs sens inconnus percevant la proximité du sang et du feu. La barre de la porte levée, Stina trouve le nouveau ponton verglacé mais bien fait et stable, et avec Brita elle se précipite dans le blanc. Derrière elles, le bruit du combat s'estompe à chaque pas. Stina rabat la capuche bordée de fourrure de son manteau sur son visage pour concentrer sa vue, sans grand effet. Tout est ombre grise dans la nuit d'hiver, rien alentour ne se distingue de rien. Bientôt elle perd tout repère et s'arrête avec Brita, perplexe, redoutant de suivre ses propres traces dans la neige et de revenir à portée du danger. Brita l'appelle, lui montre une direction et la retourne vers un géant de flammes qui se débat dans la tempête. Täljehus brûle, ses murailles comme un four tonitruant, son toit en flammes, des branches de feu jaillissant des fenêtres. Elles restent dans les bras l'une de l'autre, pour se réchauffer et se consoler, et contemplent cette désolation avant de tourner les talons et de se dépêcher de reprendre leur course dans la neige, certaines à présent de la direction de leur fuite. Elles ne font pas beaucoup de pas avant que le brasier du château ne révèle de nouvelles silhouettes dans la neige devant elles. Puke a laissé beaucoup de sentinelles à l'arrière pour intercepter les fuyards, et Stina sent son dernier espoir s'envoler.

Pourtant, ces hommes demeurent immobiles, bien qu'elle se risque à en approcher un, assez près pour toucher un bras raide comme une racine d'arbre, passer les doigts sur une joue pâle où des larmes ont séché. Des morts sont assis ou étendus là dans leurs vêtements gelés, des hommes par douzaines, visages bleus et blancs dans la lueur lointaine de l'incendie. Stina secoue la tête, incrédule devant la cruauté de la providence qui l'a conduite ici, dans ce bosquet gelé fait des enfants d'autres mères, qu'elle a tués avec le même moyen qui avait jadis servi à les baptiser. Beaucoup ont choisi de quitter ce monde comme ils y sont arrivés : recroquevillés, aussi petits qu'ils le pouvaient, genoux sous le menton et bras autour du corps, menton contre la poitrine.

Soudain, elle s'aperçoit qu'elle est restée seule, que Brita elle aussi l'a quittée, et malgré cette trahison qui lui perce le cœur, elle ne jette pas la pierre à sa fille. Stina s'est alliée avec les bêtes sauvages, en est elle-même devenue une. Ses genoux faibles fléchissent, et elle reste assise sous les regards indifférents des morts, le visage caché dans les mains, prête à rendre sa vie au milieu d'eux pour être pardonnée.

Mais voilà Brita de retour, qui lui secoue le bras. Elle a un cheval avec elle, un cheval inconnu, venu avec Puke. Stina est aidée pour mettre un pied à l'étrier, se hisser, puis s'allonge en avant dans la chaleur et la force vitale irréelles de l'animal, entremêle profondément ses doigts dans sa crinière. Brita s'assied derrière, saisit les rênes, fait partir la bête au pas parmi les tourbillons blancs. N'importe où plutôt qu'ici.

100

« *Wer geht dahin ?* »

La neige tombe si abondamment que le sommet de la première tour de la porte sud se perd dans la pâleur du ciel. Le déversoir charrie de la glace, mais celui qui a appelé a été choisi pour la puissance de sa voix et se fait entendre. Engelbrekt tient lui-même un casque au bout d'une pique, Karl Bonde à ses côtés.

« Les régents du royaume, suivis par le conseil royal, pour exiger des seigneurs étrangers qu'ils leur rendent la ville. »

Bo Stensson se tient à quelques brasses de là, avec les autres membres du conseil venus d'Arboga. Ils se regardent avec inquiétude. Plus loin encore derrière eux l'armée est importante, mais ne pourra pas grand-chose contre des remparts et un pont-levis. Même s'ils étaient prêts à empiler les cadavres en pont pour franchir l'eau, le courant du déversoir serait trop fort. Stockholm ne peut pas être prise. En hiver encore moins. Et surtout pas un hiver comme celui-ci.

« *Wartet mal.* »

On les laisse attendre une heure, avant que les lourdes chaînes du pont-levis se mettent à grincer pour le descendre vers le sol. On le stoppe suspendu une brasse environ au-dessus de la rive. Un homme est envoyé sur la passerelle en pente. Bo n'entend pas ce qui se dit entre lui et Engelbrekt, mais n'a pas besoin de savoir. Promesse de paix exigée et accordée pour pouvoir négocier. Bientôt, le pont-levis est descendu jusqu'au bout, l'homme envoyé en premier revient, la porte sous la tour est entrouverte pour laisser passer les bourgmestres. Allemands tous les deux. Bo devrait connaître leurs noms, mais sa mémoire le trahit dans le feu de l'action. Heinz quelque chose, ou Kreutz. Le genre de noms qu'ils portent. Ils ne savent pas beaucoup de suédois, mais l'allemand d'Engelbrekt est bon. Bo saisit quelques mots au vol. Au nom du peuple, le régent exige la remise de la ville, explique que le roi Erik a trahi sa couronne et que le conseil a renié toute allégeance envers un roi qui ne respecte pas ses propres promesses. Tout ce que le royaume compte de forces terrestres et spirituelles se tient sous les murs de Stockholm avec le droit de son côté. Les Allemands ne savent que croire, échangent des regards apeurés. Ils demandent un délai, qu'on les laisse se rendre au château trouver le bailli du roi Erik pour entendre son avis. Une autre heure s'écoule, puis la même chose, et derechef l'attente. Les bourgmestres sortent pour la troisième fois sur le pont-levis, avec une réponse.

« *Wir können Ihnen die Stadt nicht geben.* »

Avec le reste du conseil, Bo Stensson s'est lentement rapproché. Le froid est vif. Ils sont impatients d'entendre la réponse du bailli. Ils ne sont pas les seuls. Les habitants de la ville se sont rassemblés de l'autre côté de l'eau, malgré le froid. Bo plisse les yeux pour mieux voir. Une assemblée maussade. Pendant un an et demi, la ville a été coupée du reste du royaume. Tout leur ravitaillement est arrivé par voie maritime. Hareng salé, lard salé et produits secs qui ne se gâtent pas. Il se tourne à nouveau vers les événements en cours sur le pont-levis, où Engelbrekt vient d'essuyer un refus. Il porte une peau de loup sur les épaules, une cotte de mailles par-dessus sa veste, son épée au côté et son poignard à la ceinture. Le dos droit, les épaules larges. Bo sent la sueur lui couler dans le cou malgré le froid, content d'être dans le même camp que lui, même s'ils ont atteint le bout de la route. Ce qui se produit alors est rapide : Engelbrekt s'avance sur le pont-levis, attrape en hurlant un des Allemands par le cou et l'autre par la gorge. Karl Bonde pousse un cri de surprise avant de se ressaisir et de se précipiter vers la porte encore entrebâillée, épée à la main pour la glisser dans l'ouverture. Il dérape dans sa course et les lansquenets devaient être sur leurs gardes, car la porte se referme avec, de l'autre côté, un roulement de poutres qui la barricadent. La ville a peut-être perdu ses deux bourgmestres, elle demeure en sécurité.

Les archers de la tour retiennent leurs flèches tandis qu'Engelbrekt ceinture ses otages. Karl Bonde se hâte de se mettre à l'abri en compagnie des autres membres du conseil, où Bo maudit en silence sa lenteur et son talon qui a glissé. Comme s'il portait deux sacs de foin, Engelbrekt s'avance sur le côté, où on le voit mieux depuis l'autre rive.

« Le roi Erik ne vous a rien donné d'autre que la famine. Je vous promets mieux. Céréales et commerce. Prospérité et justice. »

Jamais Bo Stensson n'a entendu pareille voix sortir d'une gorge humaine. Profonde et puissante, elle porte par-dessus le grondement du courant. Bo cligne des yeux devant ce qui se produit alors, car il sait que ce qu'il voit n'est pas possible, c'est un tour de passe-passe qui réussit à Engelbrekt dans le feu de l'action. Les Allemands sont tous les deux petits et secs, mais cela n'en reste pas moins impossible. À mains nues, il appuie de plus en plus fort sur leurs épaules, si bien que leurs jambes se mettent à trembler et qu'ils ne peuvent que tomber à genoux dans la neige, de part et d'autre d'Engelbrekt. De si grands seigneurs, d'un coup bien humbles. Sur la rive opposée, le peuple répond par un tonnerre d'applaudissements. Engelbrekt laisse les bourgmestres là où ils sont tombés et revient vers le conseil.

« Tenez-vous prêts. Nous aurons bientôt la porte ouverte. »

Bo aurait volontiers protesté, mais sa bouche est sèche et sa langue refuse de lui obéir. C'est un autre Engelbrekt qui se tient devant lui, le guerrier Engelbrekt, qui paraît dépasser tous les autres d'une tête car il est le seul à se tenir droit. Ce n'est pas non plus l'éclat féroce de ses yeux qui effraie le plus, mais la maîtrise qu'il en a. La retenue de celui qui a été bien assez dans pareille situation pour s'y sentir chez lui. Il n'est pas coutume pour les grands seigneurs de risquer leur vie en première ligne, mais Bo sait que c'est ce qui va bientôt avoir lieu, et il déglutit plusieurs fois pour humecter sa gorge sèche.

« Restez où vous êtes. Laissons-les tirer les premiers. Ensuite, nous aurons le droit de notre côté. »

Il promène les yeux de l'un à l'autre, collant chacun à sa place par la seule force de sa volonté. À Bo Stensson, il tapote l'épaule.

« Destin et espoir, seigneur Bo. »

Le conseil royal est aligné devant les flèches des archers. Bo entend une prière murmurée près de lui, force sa bouche à murmurer les mêmes mots. Engelbrekt demeure impassible, comme coulé dans son fer de Norberg. Pas de flèche pour lui. Son être seul semble suffire à effaroucher la pointe de flèche et à dévier le fil de l'épée. On entend alors les cordes claquer. Les flèches s'abattent sans atteindre leur but et Engelbrekt est le premier à s'élancer sur le pont-levis, vers la porte dont les planches bardées de fer ne peuvent cacher le bruit d'un verrou qu'on fait sauter de l'autre côté.

Bientôt le bois ploie, la porte pivote sur ses lourds gonds sous la pression de douzaines de corps qui poussent vers l'extérieur, tombant par terre quand la résistance disparaît. Du sang dans la neige de l'autre côté : les lansquenets du roi ont en vain tenté de repousser la foule à la pointe de leurs lances, transperçant les plus audacieux.

Deux tours tiennent Stockholm au sud : l'une derrière l'autre, le passage entre elles deux étroit et facilement couvert par les défenseurs de chaque côté. Beaucoup d'hommes gisent déjà à terre, touchés. Avec Engelbrekt, Bo Stensson voit un de ses plus proches lieutenants, Esbjörnsson, un géant du Nord, arbalète sur le dos et pic au poing. Engelbrekt lui désigne la porte qui barre l'accès à l'escalier de la tour.

« Casse cette porte. Nettoie la tour et dégage-nous les arrières. Ne tue pas si épargner suffit. »

Il n'en faut pas davantage à Esbjörnsson, qui attaque aussitôt les gonds de la porte à coups de pic. Elle pend bientôt, démolie, et, après l'avoir dégagée sur le côté, Esbjörnsson entraîne ses Dalécarliens vers les étages. Bo voit Karl Bonde le suivre, plié en deux et entouré de ses hommes.

« Seigneur Bo. Prends tes hommes et suis-moi. »

Son casque lui bouche la vue, mais il hurle aux siens de le suivre, et se précipite sur les talons d'Engelbrekt, entre les tours. Il remercie sa bonne étoile que les cibles ne manquent pas aux archers au-dessus de leurs têtes : partout autour d'eux se presse la foule des citadins, au point qu'il doit jouer des coudes pour se frayer un passage. Partout des flèches, chocs sourds quand elles s'écrasent sur la pierre, cris quand elles rencontrent de la chair. Il atteint l'angle mort sous la seconde tour, se presse contre la muraille en essayant de reprendre son souffle. À son grand effroi, il découvre que les hommes qui l'ont suivi ont flanché et battent en retraite. Plutôt que de rester là tout seul, il s'élance à la suite d'Engelbrekt. Il a aussitôt lieu de le regretter, car trois lansquenets leur barrent le chemin. Les deux premiers épée au poing, le troisième derrière eux avec sa lance pour piquer, protégé par les escrimeurs. Ils restent pourtant figés, indécis devant l'apparition d'Engelbrekt. Il lève sa main vide devant lui, et leur parle comme pour calmer un cheval cabré.

« *Sie sind auf falschen Seite. Kehren zum Burg zurück und es wird kein Blut vergossen.* »

Ils hésitent, et Engelbrekt cherche sa ceinture, prêt à dégainer son épée. Il secoue la tête.

« *Ihr seid noch junge Männer. Sterben nicht umsonst.* »

Le piqueur tape du manche de sa lance la hanche d'un de ses camarades et siffle à l'intention des deux.

« *Er ist nur einer.* »

Ils arrivent, tous deux brandissant leur épée au-dessus de la tête, et, au même instant, l'épée d'Engelbrekt est dégainée, et frappe dans le prolongement du geste qui l'a tirée du fourreau. Un coup d'estoc suit et en trois pas il est sur le troisième, assez près pour rendre sa lance inoffensive. Le lansquenet la lâche et tire son poignard un instant avant que ses doigts ne tombent dans la neige, et lui dessus, tâtonnant de son autre main pour tenter de fermer sa gorge ouverte. Bo Stensson sent une force irrésistible lui monter dans le gosier, il se penche et vomit contre le mur. Engelbrekt se tient devant lui comme sur un tapis rouge au milieu des lansquenets tombés. Devant lui, Stockholm est ouverte, et Bo Stensson se dépêche de tirer sa propre épée pour la frotter contre une congère éclaboussée de sang avant qu'Engelbrekt ne se retourne.

« Bien combattu, seigneur Bo. »

D'autres arrivent, prêts à s'occuper des archers dans la tour au-dessus d'eux. Les hommes de Bo Stensson pêle-mêle avec les Dalécarliens. Bo se frictionne la barbe avec une poignée de neige, crache pour se rincer la bouche.

« Et maintenant ?

– Longe les murs par le nord. Vide les tours. Négocie si possible. Propose aux lansquenets un sauf-conduit jusqu'au château.

– Pourquoi ?

– La ville est à nous. Le château n'est plus un château. Désormais, c'est une prison avec des murs plus décorés. »

Il se penche comme Bo Stensson pour ramasser une poignée de neige. Ses mains et ses bras sont constellés d'éclaboussures rouges. Il secoue la tête tandis qu'il se frictionne.

« Ce n'est pas la voie que j'aurais suivie si j'avais pu choisir librement. »

101

Nils Stensson, tôt levé, se tient à une fenêtre. Dehors, c'est l'hiver smålandais, humide et froid, avec ses congères fondues et ses averses qui hésitent entre pluie ou neige. Il frissonne à cette vue. Pendant plus d'un an, il a appris à connaître le climat du Sud, depuis les voûtes froides de l'église de Kläckeberga : toujours pluvieux et venteux. Il l'a laissée derrière lui, fortifiée et défendue par une garnison, et espère sincèrement ne jamais plus poser les yeux sur son grès grossier. Dehors, c'est l'hiver, mais dans l'âme de Nils Stensson, le printemps est venu avant l'heure. Il est à nouveau régent au Småland, l'homme d'Engelbrekt le plus haut placé au sud. Il a beaucoup d'hommes, et le peuple derrière lui. Depuis les fantasmagories de son enfance, le monde n'avait jamais semblé si vaste et accueillant. Il se trouve à présent au milieu de rêves qui se réalisent, d'anciens jeux devenus réalité.

Il s'est rarement réveillé au-devant d'une meilleure journée. Brömsehus. À lui désormais. La nuit passée dans le lit où dormait jusqu'à hier le bailli de la place, avec des colonnes larges comme des chênes et un vaste baldaquin tissé figurant un ciel au-dessus. La fille qu'il a prise avec lui sous l'édredon y est encore couchée. Il entend qu'elle ne dort pas, qu'elle fait juste semblant. Il a dû la réveiller en se levant, même s'il était tôt. Nils la rejoint, voit ses paupières papillonner en s'efforçant de rester closes. Doucement, il fait glisser la couverture jusqu'à ce qu'elle soit dénudée, sans autre choix que de faire comme si de rien n'était. Elle est belle, et jeune, le teint clair, ses cheveux en tresses à moitié défaites que ses mains se souviennent avoir saisies. Il a plus de mal à se rappeler son nom. Un des habituels Anna, Agnes, Alma. Une fille de bourgeois, ou servante dans une bonne maison. Une fille qui a répondu au défi de son regard par un sourire en forme d'invitation et trouvé un écho intérieur aux cloches victorieuses qui accompagnaient son entrée dans la ville, et qui l'a suivi jusqu'ici sans qu'il soit besoin de beaucoup de vin ni de persuasion pour une nuit de fête dans un lit assez large pour contenir toute sa famille. Il devine à présent son angoisse, même si elle lui présente un visage lisse. Elle l'amuse : elle manifeste clairement leur inégalité. Il n'a aucune compassion pour cette fille. N'a-t-elle pas usé de son libre arbitre, tout comme lui ? Et les voilà à présent dans ce qui s'ensuit, lui habillé et satisfait, elle nue dans un lit en désordre, pleine de remords. Qu'elle est riche, sa vie. Il sent son désir se raviver, joue avec l'idée de lui montrer derechef sa bonne volonté, mais la rejette. C'est bien ainsi. Que leur commerce s'arrête là.

Il la laisse au lot qui est le sien : trouver pour sa mère et son père un assez bon mensonge expliquant son absence durant la nuit passée, et prier tous les jours de se réveiller en sang avant la fin du mois. Il lui fournit au moins de quoi inventer une histoire plausible. La forteresse est tombée hier, et la nuit a été tapageuse, la victoire fêtée dans tous les villages alentour, avec des feux de joie, des danses et de la gaieté dans toutes les auberges, les caves du bailli ouvertes pour étancher la soif du peuple. Beaucoup l'ont pris pour Engelbrekt lui-même, tombant à genoux devant lui, tendant la main pour toucher l'ourlet de son manteau, lui demandant de répandre sa bénédiction sur eux, leurs entreprises et leur pauvre avenir. Ça n'était pas beaucoup demander. Des dons de cette sorte ne lui coûtaient rien, et il n'a vu aucune raison de leur révéler son vrai nom.

À peine plus chère sa victoire, car la place était mal défendue. Les douves faciles à traverser à gué, les gardes à surprendre dans leur redoute, d'où la porte de la ville a pu être prise d'assaut au matin, à la faveur de la relève. Après un combat sans conviction, les Danois ont jeté leurs armes. Kalmar peut bien résister encore, la chute de Brömsehus verrouille l'entrée du détroit, et quand les bourgeois de la ville verront leurs sous se tarir et les gargouillis de leur ventre retentir dans leurs garde-manger vides, ils écouteront peut-être d'une autre oreille la demande de Nils d'entrebâiller les portes de la ville. Il s'attarde un moment au bord du lit, se donne le temps de fixer sa beauté dans sa mémoire. Elle lui rappelle Mara. Il n'éprouve aucune mauvaise conscience à cette pensée, juste tout l'amour qu'il porte en lui dans une chambre séparée : si elle avait été là, il l'aurait choisie, mais que doit faire un homme dont l'épouse est si loin ? Il ferme derrière lui en partant et attend un instant pour écouter la fille se lever aussitôt : pas de temps à perdre pour restaurer sa pudeur perdue.

À la lumière du jour, Brömsehus est pour lui une déception. Le château était si imposant et son enceinte si haute pour l'assaillant nocturne, imprenable et menaçante. À présent, il n'arrive pas à croire qu'il s'agisse du même endroit. C'est comme une congère fondue sous un avare soleil d'hiver. La bâtisse est basse et exiguë, pas plus grande qu'une grange en pierre où une médiocre garnison se serre les coudes, et le mur d'enceinte une simple palissade de pieux taillés en pointe et mal jointoyés. Le triomphe qu'il éprouvait à l'instant se dégonfle et le laisse abattu. De la grille dont ils ont remporté l'ouverture hier monte un tumulte : le garde qu'il y a placé s'efforce malgré sa gueule de bois d'attraper au vol les rênes du cheval à l'approche, tandis que le cavalier lui siffle de dégager le chemin. Nils connaît cette voix et sait à qui est le crâne nu qui brille ainsi même dans la pénombre de l'aube.

« Écarte-toi, Ottosson. Celui-là, je le connais depuis longtemps. »

Le cavalier cloue le garde du regard et met pied à terre.

« Frère Nils.

– Frère Bo. »

Bo Stensson prend son jeune frère par l'épaule, le mène à l'écart et baisse la voix.

« J'ai chevauché longtemps pour toi, les fesses à vif et les boules en bouillie. Et je dois pourtant pousser plus loin avant la fin du jour. J'arrive avec des nouvelles que tu dois entendre, car cet hiver semble devoir être riche en événements pour nous. Tu as toujours été assommant avec tes questions, mais fais-moi pour une fois la grâce de te taire en me laissant parler jusqu'au bout. »

Nils hoche la tête, rendu muet par le ton de son frère.

« Notre frère Bengt a tourné le dos à Engelbrekt, il a remblayé le canal qu'il avait été chargé de creuser pour les cogues de la Hanse pleines à craquer de fer de Norberg. Erik Puke a profité de l'occasion pour marcher sur Täljehus. Bengt en a eu vent et s'est retiré à temps. Stina est restée pour défendre le château. Il est brûlé à présent, et Puke fait ce qu'il peut pour faire passer ce tas de cendres pour une victoire. »

L'index levé, Bo Stensson arrête Nils au moment où ses lèvres forment une première question, et attend qu'il se soit ravisé avant de continuer.

« Voilà peu encore, il ne manquait à Engelbrekt que de l'argent. Désormais le voilà riche, Stockholm dans sa main. Mais cela ne lui suffit pas. Dieu sait comment il fait. D'Arboga à Stockholm, et à présent Kalmar. Il arrive chez toi. C'est comme une fièvre dans son sang, à peine a-t-il pris une ville qu'il se précipite vers la suivante. Personne ne peut expliquer une telle hâte. Une campagne militaire, en plein hiver ? Difficile de savoir s'il est fou ou plus malin que les autres. Assiéger des forteresses, rouler dans la farine les Danois en négociant avec eux a l'air d'être pour lui une promenade de santé. J'ai de plus en plus de mal à reprocher aux gens de le prendre pour un saint. »

Bo se gratte la barbe et desserre son col, échauffé par son discours.

« Je suis venu te mettre en garde. Avec la trahison de Bengt, notre loyauté est elle aussi remise en cause, Nils. J'ai fait mon choix, je marche avec Engelbrekt. Tu devrais bientôt avoir à faire le tien. C'est pour son compte que je file à Lagaholm semer les graines de la révolte pour qu'il puisse en récolter les fruits en arrivant à point nommé. Engelbrekt sera bientôt ici. Je suis pressé, je ne compte pas rester. Si tu as des questions, pose-les maintenant. »

Nils choisit parmi les nombreuses qui lui viennent. Que Stockholm soit tombée dans son escarcelle n'a rien d'une bonne nouvelle : cette victoire rend la conquête de Kalmar moins urgente. Le Småland perd de sa valeur, sa régence également. La chevauchée de Bo vers le sud en compagnie d'Engelbrekt l'agace aussi. Nils et personne d'autre serait mieux à même de lui ouvrir la route vers Lagaholm, et si quelqu'un cherche à le supplanter, il préférerait qu'il ne soit pas de son sang. Au prix d'un effort, il met de côté l'avenir au profit du passé.

« Bengt. Pourquoi ? »

Bo Stensson hausse les épaules.

« Qui sait ? Dieu sait que notre lignée a nourri la folie par le passé. Père. Grand-Père. Plus de forcenés que de sains d'esprit, pensent certains. »

Bo ment. Nils connaît ses frères, sait distinguer la vérité du mensonge d'après les traits de leur visage et leur attitude. Les yeux détournés pour dissimuler ce qu'il sait, le corps qui ne tient pas en place. On peut dire beaucoup de choses au sujet de Bengt Stensson : un bouffon, oui, mais pas un fou, pas non plus aussi ambitieux que ses frères. Moins aventurier. Bo Stensson sait quelque chose qu'il ne veut pas dire.

« Nils, encore une chose. As-tu Måns avec toi ? »

Måns. C'était le nom qu'il avait sur le bout de la langue.

« Je ne l'ai plus revu depuis la visite du roi Erik. Il n'est pas toujours auprès d'Engelbrekt ? »

Bo Stensson secoue la tête, aspire entre ses dents en signe d'impuissance.

« Mauvais, ce que tu me dis là. Je suppose qu'Engelbrekt se faisait une joie de le trouver ici. Engelbrekt a permis à Måns de rentrer à la maison pour Noël, mais le cherche partout à présent, car si Puke le trouve le premier, ça ne se passera pas bien. Il n'a été vu ni à Täljehus, ni à Göksholm. J'avais dans l'idée qu'il pouvait s'être rendu chez ton épouse à Nyköping, et nous y sommes passés en venant. Je n'avais pas tort, mais à l'Épiphanie il est reparti. Où il se trouve actuellement, personne ne le sait. Je pensais que Mara t'aurait peut-être écrit. T'aurait dit où il comptait aller. »

Il secoue la tête, montrant le visage d'un mari préoccupé.

« Je n'ai pas reçu de lettre. »

Nils cache sa satisfaction de voir la mine inquiète de son frère, ses mots hésitants, il le perce à jour aussi bien qu'avant. Bo Stensson a sûrement promis lui-même à Engelbrekt qu'il trouverait Måns ici, au sud, chez son oncle, dans le but de gagner sa faveur.

Nils Stensson prend congé de son frère, reste debout devant l'enceinte de Brömsehus. Une fourmilière dans le ventre. Mais ces chatouillis ne sont pas uniquement de mauvais augure : peu savent aussi bien que Nils que le changement engendre les possibles. Bengt Stensson laisse un vide aux côtés d'Engelbrekt, qui doit être occupé par un autre. Pourquoi pas lui ? Il lui faut simplement trouver le chemin le plus court pour y parvenir. Il entrevoit déjà les premiers pas et sent tous ses doutes céder à la détermination : il rassemble tous ses hommes, mal réveillés et ahuris, et les charge de nettoyer la place après les libations de la veille. Brömsehus s'apprête à recevoir des hôtes de marque.

Du toit de l'édifice, un garde crie qu'une armée approche. Quand Engelbrekt arrive à Brömsehus, Nils Stensson l'attend déjà devant, ses hommes propres, alignés, écus polis. Il voit que son armée a changé de nature, et s'étonne peu de la vitesse d'Engelbrekt. Ce n'est plus une masse de paysans, mais des nobles, tous à cheval avec leurs écussons peints : tous les guerriers qui ont été promis au roi Erik pour ses campagnes au sud en échange d'une exemption d'impôts désormais coalisés pour lui arracher le royaume. Il en connaît beaucoup par leur nom, jeunes et ardents, ambitieux : Herman Beerman avec le bras en écharpe, Broder Svensson, Arvid Svan. Chacun bien conscient que chaque château qui tombe à présent devra se voir confié à un nouveau bailli issu de leurs rangs.

Nils s'avance d'un pas et plie le genou devant le régent, en inclinant la tête. Le peuple a fini par se lever tard et s'est rassemblé pour assister à la scène, et Nils pense l'apercevoir elle aussi, la fille aux tresses, un sourire moqueur aux lèvres de le voir à présent si joliment penché devant un autre comme il venait de le faire au-dessus d'elle, aussi humble aujourd'hui qu'il était fier et viril la nuit passée. Son regard lui brûle les joues, jusqu'à ce qu'il s'avise de son erreur : c'en est une autre dont les traits sont semblables, c'est tout. Aussitôt, l'impression se dissipe, le moment est venu de passer aux choses sérieuses. Il se lève, prend Engelbrekt par le bras.

« Une lettre de mon épouse m'est arrivée de Kläckeberga. Elle m'annonce le départ de Måns. Il a sûrement cherché refuge chez nos amis et parents, dont je connais bien les noms et les résidences. À Lagaholm et Varberg. Je t'y accompagnerai et t'aiderai à le retrouver, si c'est ce que tu souhaites. »

102

Mars. L'hiver résiste encore. Måns Bengtsson plisse les yeux dans le vent qui apporte une promesse de printemps, attrape une boucle de ses longs cheveux et la passe derrière son oreille. Cette brise charrie une odeur horrible, que Finn et lui ne connaissent que trop bien depuis que les congères ont commencé à fondre, tout comme le cheval qui s'effarouche sous lui : la chair restée gelée mais qui une fois à l'air libre se putréfie. Cette lourde puanteur flottait sur toute la côte du Småland, car le roi Erik, sur le chemin du retour, a estimé que ses expéditions punitives sur la route de Stockholm n'avaient pas suffi à lui payer tous les intérêts du dommage qu'il avait subi. En rentrant à Copenhague, ses lansquenets avaient donc aussi débarqué pour tuer et brûler, et cette paix toute nouvelle avait été baptisée dans le sang. L'hiver a été rude, le sol dur : ce n'est que maintenant qu'on peut se risquer jusqu'à la ferme voisine qui a eu des visiteurs indésirables à Noël et qui depuis n'est plus qu'une ruine calcinée au milieu de champs en jachère. Ce n'est que maintenant qu'on peut relever les corps et les enterrer assez profond pour les soustraire aux pattes du renard. Le long des routes errent les morts-vivants, des gens aux vies dévastées dont l'esprit s'est effondré sous le fardeau de tout ce qui leur a été arraché, qui ont réussi à hiverner dans des trous ou des cabanes, bien des nuits en forêt contre des corps gelés. Tous les fuient, car la folie est contagieuse comme les autres épidémies, et on ne tient pas à savoir comment ils ont résisté à la faim dans leurs tanières gelées. Quelques-uns sont inoffensifs, ils errent en recherchant une mère, une fille, un fils, un frère, quelqu'un qui ne les aurait pas reconnus aujourd'hui, même face à face. Le plus souvent, ils sont farouches. On les voit à distance, mais ils se hâtent de quitter le chemin pour se terrer où ils peuvent, terrorisés, sachant bien tout le mal qu'un homme peut faire à son prochain. Une femme qui s'attarde prend Måns pour un ange venu pour la réunir avec ses êtres chers dans les prairies du paradis. Ils la laissent avec sa seule déception pour essuyer ses larmes de gratitude. D'autres ont renié tous leurs préjugés humains pour se faire les semblables de leurs oppresseurs, dans la mesure de leurs moyens, ils se sont tressé une couronne de brindilles dont ils se sont coiffés pour régner sur des vassaux plus faibles et, misérables, se livrent désormais au pillage. Ils montrent les dents, couteaux tirés : Finn doit dégainer et crier pour les mettre en fuite. Facile. Ils ont déjà pris des risques et s'y sont brûlé les ailes. Seule la résistance des plus vulnérables les attire désormais.

Leur route les conduit vers le sud. À Brömsehus il n'y a personne d'autre qu'une maigre garnison d'hommes blessés ou fatigués par leur marche jusque-là. À Ronneby les attend un champ de bataille, vide et désert. Les corps y engraissent encore la terre au milieu des armes brisées et de débris de toute sorte. Les pilleurs y vont et viennent courbés vers le sol, trop aveuglés par l'espoir de la richesse pour voir passer Måns et Finn sur leurs montures. En ville, on ne parle pas d'autre chose. La bataille a été modeste et vite gagnée : la populace à la solde des bourgeois qui, pour le commerce, voyaient des avantages à demeurer danois, vite vaincue quand elle tentait de tenir un pont. Quand la cavalerie a chargé pour écraser les fuyards, Engelbrekt a retourné son cheval et apaisé la soif de sang de ses hommes, demandant grâce pour tous ceux qui avaient déposé les armes. Devant sa mansuétude plutôt que sa violence la ville a consenti à se rendre, et les marchands ont l'un après l'autre renié leur loyauté au roi. Le régent et ses hommes sont repartis une fois la paix assurée sous direction suédoise. Mais vers où ? Vers le couchant.

Finn et Måns suivent leur trace, vers l'ouest à présent, s'arrêtent partout où ils trouvent des gens et demandent si on a vu Engelbrekt et ses hommes. La réponse est tantôt affirmative, tantôt négative. Partout, on voit des traces de l'avancée de l'armée, et tout ce qu'ils trouvent dans son sillage est en transformation, mais la plupart sont trop occupés par leurs affaires et peu savent quelle direction elle a prise ensuite. Les anciennes frontières ne valent plus. Le Blekinge est désormais suédois. La Scanie elle aussi était au-delà des confins du royaume, mais partout où passe Engelbrekt, le roi Erik perd sa couronne. Des Scaniens par centaines se sont ralliés à l'armée, pour marcher avec Engelbrekt sous les murs de Lagaholm. Jusqu'à l'extrême sud on obéit désormais à son autorité. Devant Rönnebro, un large talus a été renversé sur les Danois qui y avaient affronté l'armée d'Engelbrekt et étaient tombés sous les coups des lances suédoises, la couche de terre si fine et si meuble que des membres dépassent encore de la surface gelée et de la neige fraîche. Ils vont bientôt atteindre Helsingborg, où le bailli est toujours retranché dans sa forteresse, mais la ville alentour déjà acquise.

Finn et Måns trouvent Halmstad en pleine agitation. Les rues sont remplies de fêtards, les portes de l'église ouvertes, les gens vont et viennent en titubant, comme ivres, bien qu'aucun tonneau ne soit en vue. On crie le nom d'Engelbrekt, en levant les mains au ciel en action de grâce pour sa percée. À chaque coin de rue, quelqu'un s'est juché sur une congère et raconte en agitant un flambeau ce qu'il a vu de ses propres yeux voilà à peine une semaine, et les gens s'attroupent autour de chacun d'eux, le regard brillant, tellement échauffés par son discours qu'ils semblent insensibles au froid : on raconte que le bourgmestre lui-même est monté sur le rempart pour refuser l'entrée à Engelbrekt, et qu'à peine retourné, ses deux jambes s'étaient brisées avec un craquement sec et qu'il avait roulé à terre, frappé par Dieu en personne. Dans la poussière, il avait crié que le Très-Haut avait puni son orgueil, qu'il fallait oublier ce qu'il venait de dire, ouvrir en grand les portes et que le peuple accueille son sauveur à bras ouverts. Le pécheur s'était réveillé bien tard : trois jours durant, le bourgmestre a dépéri dans son lit avant de rendre l'âme. Tout le peuple est à présent en transe. Un saint est passé parmi eux et leur a montré que le Ciel existait.

Finn et Måns mentionnent rarement son nom. Il flotte déjà bien assez lourdement au-dessus d'eux. Mais Finn ne peut s'empêcher de se demander quels nouveaux zélateurs d'Engelbrekt sont donc allés faire tomber leur bourgmestre du rempart, lui ont brisé les jambes avec quelque outil massif dans un coin tranquille avant de le traîner sur la place publique en s'écriant, stupéfaits : voyez le miracle du Seigneur ! Ses voies sont impénétrables !

Au cours des semaines écoulées, il a vu Måns de plus en plus silencieux. Les mois passés chez Margareta, dans son manoir enneigé, ils allaient mieux. Tous deux étaient tourmentés par des sentiments analogues et trouvaient un soutien à savoir qu'ils n'étaient pas seuls, s'encourageaient mutuellement. Ce que Finn peut lui offrir ne suffit plus désormais et Måns ne veut ni manger ni se reposer. Transi et pâle, il est en selle, drapé dans son manteau, regardant d'un œil cave le chemin se perdre au loin. La nuit, il se tortille, parle avec celui qu'il retrouve dans ses rêves. C'est parfois incompréhensible. Parfois pas.

Ils restent un moment à écouter ce prêche sur l'évangile d'Engelbrekt. Finn met pied à terre, tend ses rênes à Måns.

« Attends-moi là. J'entre à l'auberge chercher quelqu'un à questionner sur la route de l'armée. »

À l'intérieur, sous les poutres, la salle est quasi déserte, l'ivresse proposée ici supplantée par une ivresse d'une autre sorte. L'aubergiste jette à Finn un regard méfiant, sans un bonjour.

« As-tu vu Engelbrekt quitter la ville ? Sais-tu vers où il s'est dirigé ? »

Il est toisé de la tête aux pieds avec un air connaisseur par quelqu'un habitué à soupeser ses clients selon leur bourse.

« Oui, je vois toujours tout. Qu'est-ce que ça vaut pour toi ?

– Je suis un homme d'Engelbrekt. Ton intérêt est de ne pas me causer assez de tracas pour que je me souvienne de toi. »

L'aubergiste lui jette un dernier regard avant d'abandonner la partie, en baissant les yeux, mains ouvertes en signe de soumission.

« Au nord, seigneur. Vers Varberg. »

Finn enfile ses gants, monte en selle à côté de Måns, qui lui rend ses rênes. Sa voix rauque, pressante.

« Alors, tu as pu savoir ? Où sont-ils partis ? »

Un instant, Finn hésite à répondre, et regarde Måns tel qu'il apparaît aujourd'hui : frêle, pâle, les yeux cernés. Mais en vie, en sécurité, à l'abri d'Erik Puke. Il se souvient de la promesse faite à un autre et montre le chemin.

« À l'est, vers Hylte. »

103

Harald Esbjörnsson scrute devant lui. Suie forme une tache sombre dans tout ce blanc, avec Engelbrekt sur lui, voûté sur sa selle. Exposé aux tourbillons de neige et au vent glacé, Harald tente d'allumer un feu intérieur, de tirer de la chaleur du souvenir d'anciens foyers. Avec peu de succès. Le froid a pénétré trop profondément ses membres. Au début, il grelottait sur place, bras et jambes tremblants, dents s'entre-choquant dans sa bouche. Avec le temps ces frémissements ont diminué et il est resté immobile, la chair comme engourdie. Cela lui semblait pire, comme un présage de l'immobilité de la mort. Le soir, quand même les forces d'Engelbrekt se sont épuisées et qu'il leur faut trouver un logement pour la nuit, il met longtemps à se réchauffer. Il a beau dormir dans une fourrure, il est encore gelé au matin quand ils remontent en selle et reprennent la route vers leur destination suivante, et tout recommence, l'air si froid qu'il faut l'inspirer en le filtrant lentement entre ses dents serrées, mais qu'il brûle malgré tout la poitrine.

Il sait que pour Engelbrekt c'est bien pire. Chaque jour, son corps lui semble plus difficile à réchauffer, lent et inerte, genoux et bras refusant de se plier. Quand ils sont partis, tôt ce matin, les rênes ont glissé des mains d'Engelbrekt, ses doigts incapables de les tenir, et Harald Esbjörnsson a dû les attacher à ses poignets pour lui permettre de diriger son cheval. Il sait qu'Engelbrekt a déjà fait des voyages comme celui-ci jadis, à travers les pays du Sud ravagés par la guerre, quand sa vie elle-même était en jeu. Engelbrekt sait à quoi s'en tenir. Mais là, il n'obéit plus à ses propres conseils.

Harald aurait voulu le lui dire ce matin, tandis qu'il assouplissait le cuir rigide des rênes pour pouvoir les nouer : ils mentent, ces fils de Sten. Ils ne savent pas où est Måns Bengtsson. Dans chaque ville, ils assurent qu'ils ont des parents qui auraient volontiers hébergé leur neveu cet hiver, pourtant on n'en voit jamais l'ombre, pas plus que de Måns. Mais l'espoir à peine perdu renaît bientôt de ses cendres avec les nouvelles de quelque messager invisible sur son séjour dans quelque autre localité. La même chanson a duré de Brömsehus à Laholm, de Laholm à Varberg. D'un siège à l'autre. Les villes tombent les unes après les autres, car le nom d'Engelbrekt est comme un sortilège pour le peuple, qui afflue en nombre irrésistible. Autour d'Engelbrekt lui-même se pressent les nobles, jeunes comme vieux, leur appétit de terre et de pouvoir impossible à rassasier. Les fils de Sten toujours au premier rang. Avec le nom de Måns Bengtsson comme mot de passe, ils sont toujours restés tout près, s'assurant de passer avant tous les autres, toujours aux premières loges pour les attributions de terres. Ils savent que le nom de Måns et une destination leur suffisent pour diriger l'armée là où bon leur semble. Même le nom d'Erik Puke, ils savent l'utiliser à leur avantage. Ils connaissent la menace qu'il représente, semblent toujours avoir des nouvelles de sa progression et mettent en garde contre le danger qu'il y aurait à le laisser arriver le premier.

À nouveau, Harald voudrait rejoindre le cheval noir d'Engelbrekt, lui dire ce qu'il voit si clairement mais qui paraît caché aux yeux de son maître, lui qui autrefois était plus clairvoyant que les autres : on te ment. On t'utilise. Chaque fois qu'Harald saisit ses rênes pour faire avancer sa monture jusqu'à lui, il se ravise. Ce n'est pas son rôle. Il ne veut pas être celui qui ôte à Engelbrekt la seule chose qui le fait encore tenir debout : l'espoir.

104

À Hylte, ils trouvent des hommes qui au cœur de l'hiver sont partis vers le sud pour rejoindre l'armée d'Engelbrekt et qui reviennent à présent de Halmstad, leur devoir accompli, non sans avoir appris de source sûre que la force avait poussé au nord, vers Varberg, pour déloger Axel Tott de son poste de bailli. Måns fait faire demi-tour à son cheval, et Finn ne peut que lui emboîter le pas. Un soulagement adoucit son échec cuisant, car les mensonges l'ont éprouvé, et leur bonne cause s'est affaiblie à mesure que Måns s'est affaibli. Måns éperonne à présent son cheval, le pousse à fond sur le chemin qui file au nord-ouest, ignorant le vent qui soulève son manteau de ses épaules, tire ses cheveux en arrière. Il chevauche longtemps vers le soleil couchant, à travers un fin rideau de flocons, Finn derrière lui, jusqu'à ce que la nuit vienne avec un ciel noir et limpide et le saupoudre d'étoiles, assez nombreuses pour allumer des étincelles dans les flocons de neige au sol et les guider sur leur chemin. Loin au nord, une flamme verte se love dans le ciel, très haut au-dessus de la terre. Superstitieux, Finn se détourne pour cracher par-dessus son épaule. Il en a rarement vu, mais il a toujours entendu déconseiller de regarder directement ce feu qui ondule dans de si étranges couleurs, car il peut alors vous regarder à son tour, et s'il vous trouve à son goût, il vous entraîne dans la nuit pour danser dans ces hauteurs noires jusqu'à ce que votre moelle se fige en glace.

Le chemin atteint le sommet d'une colline où tous deux arrêtent leurs chevaux. Le long des fossés creusés de part et d'autre pour drainer le chemin les attendent des ombres alignées, étranges décorations du dernier tronçon avant la ville, en guise de bienvenue pour ses visiteurs. Ce n'est qu'en s'approchant qu'on voit ce que c'est. Un mur suit le chemin, on y a pendu des personnes comme des vêtements mis à sécher ou de la viande à faisander. Le temps et le froid les ont tordus dans d'étranges postures mais, en s'approchant plus, Måns et Finn découvrent encore autre chose : leurs membres ont été brisés sur la roue ou le pilori, pliés dans des positions inédites. L'hiver les a épargnés jusqu'à cet instant, a couvert chaque visage d'une poussière comme des bijoux émaillés, lissé leurs grimaces de douleur en les rendant à nouveau beaux. Finn se signe par la force de l'habitude devant un homme et une femme pendus l'un près de l'autre. Il se demande si c'est le hasard de deux corps figés là où l'âme les a abandonnés, ou s'ils vivaient encore quand ils se sont placés ainsi, se tendant l'un vers l'autre pour se réconforter. S'ils étaient mari et femme. Frère et sœur.

« Que s'est-il passé, ici ? »

Måns se serre dans son manteau en étouffant un frisson.

« Je ne sais pas. »

Ils continuent, lentement et en silence, comme recueillis. Des morts fantomatiques alignés autour d'eux, tous trempés d'argent sous la lumière des étoiles, comme si la mort venait de les saisir, alors qu'elle doit remonter à plusieurs semaines. Måns incline la tête, Finn suit son exemple.

À Varberg, les hommes d'Engelbrekt ont trouvé à se loger comme ils ont pu. Dans des auberges et des dortoirs, des maisons d'où ont été chassés des bourgeois restés fidèles au bailli, dans des chambres mises à disposition par des gens ordinaires, chez qui ils sont les bienvenus. On monte la garde jour et nuit autour du château, mais ils doivent en interroger plus d'un avant de connaître le chemin de la maison où leur chef peut être trouvé.

Finn est le premier à grimper les marches du perron, à tambouriner à la porte et à expliquer leur situation. Une femme voit leur état avec un gémissement de mère, met du bois dans la cheminée, les installe près du foyer, fait chauffer une boisson, va réveiller le maître de maison et revient avec du pain et des victuailles froides. Des pas lourds dans l'escalier, irréguliers et engourdis de sommeil. Un bâillement mal dissimulé, un crâne chauve qui luit à la lumière de l'âtre.

« Quoi ? »

Bo Stensson, en chemise, se frotte les yeux, les fait cligner, mal réveillé.

« Måns ? Måns, c'est toi ? »

Bo se dépêche de s'approcher, saisit son neveu par les épaules pour confirmer ce qu'ont vu ses yeux. Sûr de son fait, il le lâche aussi vite et recule d'un pas en fronçant les sourcils.

« Où étais-tu passé ?

– Chez Mara cet hiver, près du cloître de Nyköping. »

Bo hoche la tête avec lassitude.

« Alors j'avais deviné juste. C'est ce que j'ai tout de suite pensé, quand j'ai compris que tu n'étais ni à Göksholm avec ton père, ni à Tälje avec ta mère. Mais quand nous y sommes passés, tu étais déjà parti. Et depuis ?

– J'ai suivi l'armée, sans succès. Tout le royaume est en désordre, personne n'a su nous indiquer le bon chemin. »

Bo frotte son visage couperosé. Quelque part, il avait espéré que toutes les belles promesses de Nils au sujet du lieu de séjour de Måns étaient de l'autopersuasion, et non ce pur mensonge qui apparaît à présent au grand jour.

« Mon oncle, les morts devant la ville. Qui sont-ils ? Que s'est-il passé ? »

Bo Stensson masse ses épaules osseuses, fait un pas vers l'âtre pour se réchauffer. Crache dans le feu.

« Axel Tott. Quand Engelbrekt a pris la ville l'an dernier, le bailli a été autorisé à rester dans son château, contre la promesse de laisser tranquille la province et la population. Le roi Erik a redonné son pouvoir à Tott, lequel n'a pas perdu de temps pour chercher vengeance contre tous ceux dont il avait subi la trahison. Bon. Ce sont des gens du bourg, et avec notre présence ici, les habitants pourront bientôt les faire reposer en terre consacrée, où ils ont leur place, dès que le dégel le permettra. La faim ne tardera pas à faire sortir Tott de son trou, et ce jour-là, nous aurons autre chose à suspendre au mur.

– Où est Engelbrekt ? »

Bo lui adresse un regard appuyé, avant de secouer la tête en se tournant vers les flammes.

« Pas ici. »

Pendant plus d'un mois, Bo a vu Engelbrekt chevaucher de ville en ville au galop : à peine la loyauté de l'une était-elle jurée qu'il remontait en selle. Cent lieues à cheval pendant l'hiver. De plus en plus mal en point. Bo Stensson soupire.

« Je ne sais pas où il est. Vers le nord, maintenant que la frontière sud du royaume est sécurisée, ou à nouveau à l'est pour sécuriser les villes déjà tombées. Mais je sais où tu devrais être, Måns. As-tu des nouvelles de ta mère ?

– Non.

– Écoute-moi maintenant, Måns. Ta mère a défendu seule Täljehus quand Erik Puke l'a attaquée avec une force très supérieure, au plus froid de l'hiver. S'il existe une personne portant des chausses qui aurait fait mieux qu'elle en robe, je ne l'ai jamais rencontrée. Elle est à présent retournée à Göksholm. Dépêche-toi de la rejoindre, Måns. Le vaste monde, tu as pu le voir. N'était-ce pas ce que tu voulais nous réclamer, en cette Saint-Jean ? C'est en tout cas ce que Nils nous a dit, le diable d'homme, quand il nous a tous pliés à sa volonté. L'aventure peut finir désormais. Il est grand temps pour toi de rentrer à la maison. Tu auras un meilleur cheval, et mes propres peaux de mouton sur les épaules pour ne plus avoir froid. Retourne à Göksholm. Tout le monde cherche tout le monde, comme un chien qui court après sa queue. Attends là-bas, où tu seras plus facile à trouver pour ceux qui pourraient te chercher. »

105

Les champs et le bord des chemins fleurissent. Au milieu de l'herbe de l'an dernier, brune et encore aplatie par les congères tout juste fondues, les tussilages ouvrent leurs corolles jaunes pour acclamer la fin d'un hiver de plus. L'évêque Knut est alité depuis son retour d'Arboga. Dans ses rêveries éveillées et dans son sommeil la nuit, il est hanté par des souvenirs de cette assemblée : Engelbrekt Engelbrektsson si calme, portant la justice comme une auréole. Les grands seigneurs du conseil tout autour de lui, avec les heures qui passaient de moins en moins appliqués dans leur effort pour cacher leurs intérêts privés derrière leur souci du royaume. Des visages comme les leurs, il en a eu autour de lui toute sa longue vie, et dans les moments de profonde fatigue il lui semblait les voir en périphérie de l'assemblée : Sten Bosson, son frère. Bo Bosson, son père. Bo Grip, le vieux monstre. Des yeux blancs roulant sur des joues rouges. Et le peuple tout autour, une troupe silencieuse pour l'essentiel, mais le poids de leurs regards bien assez éloquent. Comme une meute de loups chassés hors de la forêt par la faim, qui n'attendent que le premier signe de faiblesse pour attaquer. En présence de leurs oreilles, le ton était différent, les questions autrement posées, les règles du jeu réécrites. Sous la robe de sa fonction il suait l'angoisse, car c'était sur lui et personne d'autre que reposait le devoir de demander la paix.

Mais c'est surtout du froid qu'il se souvient. Il n'a jamais eu aussi froid. Heure après heure à délibérer sur un sol gelé, six jours durant, en plein hiver. La peau d'ours qui couvrait sa chasuble n'était pas d'un grand secours, pas plus l'étoffe qui garnissait sa mitre. C'était comme si le froid se répandait de l'intérieur, prenait possession de son corps de vieillard, faisait trembler ses genoux et lui engourdissait les doigts. Le conseil s'était prolongé longtemps dans la nuit, d'abord sous un soleil lointain, puis éclairé de froides étoiles, et personne n'osait quitter les lieux trop tôt de peur des décisions qui pouvaient être prises à ses frais. Un court repos, trop court pour avoir le temps de se réchauffer sous les couvertures, puis le jour d'après la même chose et encore le suivant.

À présent, c'est l'inverse : quoi qu'il fasse, l'évêque Knut ne parvient pas à se rafraîchir. La fièvre le tient. Brûlant, il tremble, comme la coquille d'œuf sur le fond de fer de la casserole en ébullition. Il n'éprouve aucune faim, lape tout doucement des bouillons de viande, des soupes claires. Un matin, il trouve un prêtre sur une chaise à son chevet, et se demande pourquoi tout lui paraît si familier. Aussitôt, il sait : c'était là qu'il s'asseyait, quand il était jeune et vif, aux côtés des mourants arrivant à leur dernière heure, pour verser quelques gouttes d'huile sur des poignets ridés. Il sait qu'il va bientôt mourir. Il tente de parler, mais sa voix lui fait défaut et ses lèvres refusent de former les mots. Le prêtre approche l'oreille, et Knut Bosson chuchote de son mieux.

« Faites venir mes neveux. »

Lumière et ténèbres échangent leurs rôles, jusqu'à ce qu'une présence le réveille. Sa vue est trouble depuis bien des années, mais il les devine autour de lui. Bo et Bengt, les aînés. Knut, son homonyme, plus aveugle que lui. Nils, le diable l'emporte, lui et son sang inquiet. Magnus et Erik, les jumeaux, grands, le coup de grâce pour leur mère. Les voilà donc, ces parents qui lui survivront. La descendance de son frère. Il cherche à tâtons une tasse où cracher, se racle la gorge jusqu'à ce qu'il ose tenter de parler, et se découvre une voix qui porte.

« J'ai vécu une longue vie. Plus longue que la plupart. Le vieux Bo Grip et mon père ont décidé de mon destin. Personne ne m'a demandé ce que moi je voulais. Mon frère Sten serait conseiller royal, et le petit Knut évêque, pouvoir terrestre et pouvoir spirituel unis par le sang à l'avantage des azur et or. Sten a eu une épée et un cheval de bois avant de savoir marcher, et moi on m'a mis un livre sous le nez, avec obligation de lire en latin. On m'a envoyé à Prague. On a acheté toutes les voix qui s'élevaient contre ma nomination. J'ai bien remarqué votre façon de me regarder, mes neveux, et quand je me retourne sur ma vie, je vois la même chose : la carrière d'un monstre, rapace et sans scrupule. C'est ainsi qu'on m'a élevé. J'en ai vu d'autres bien pires. Je ne sais pas si je dois considérer cela comme une réussite ou un échec. »

Il cherche le crucifix accroché à la chaîne en or autour de son cou, caresse du pouce le visage triste du Sauveur.

« Dieu aurait pu être pour moi une consolation, quand ils m'ont obligé à devenir évêque. Mais je n'en ai jamais vu la moindre trace. Et aujourd'hui, au soir de ma vie, l'enfer me semble si facile à imaginer, et le ciel si infiniment difficile. Là-bas, je serai plongé dans une marmite, cuit vivant à feu doux, et autour de moi il y aura Père, avec Bo Grip, la reine Margareta et le roi Erik à ses côtés, et ils me planteront dans les chairs des piques acérées pour voir si je suis à point, mais secoueront toujours la tête en disant que je ne fais pas l'affaire. »

Il marque une pause pour reprendre son souffle.

« Sainte Brigitte a vu le Seigneur assez souvent, et la mère de Dieu plus souvent encore. Le sang de Brigitte coule dans nos veines. Jamais je ne l'ai rencontrée, mais j'ai toute ma vie côtoyé ceux qui l'estimaient très haut, et beaucoup de ses proches. En toute discrétion, il leur arrivait de me chuchoter le mal que lui faisaient ses visions, que leur arrivée se manifestait par une violente migraine, comme si sa tête allait exploser, et l'obligeait à s'agenouiller, non pas en adoration, mais pour vomir. Après, elle devait rester longtemps couchée dans le noir, un linge frais sur le front, et seulement après tout cela elle pouvait raconter ce qu'elle avait vu, les anges, les diables, la porte de perles et la Vierge Marie de l'autre côté. Les transes d'Ingegerd Knutsson étaient de même nature, au cloître de Vadstena où elle était devenue mère abbesse, comme sa grand-mère. Une nuit, j'étais avec elle. Nous avions tous deux bu, elle au point de s'endormir. Je savais où elle gardait la clé de la châsse de Brigitte, je l'ai prise et je suis descendu dans l'église, j'ai ouvert le reliquaire et contemplé ses saints ossements. J'ai saisi son crâne, fragile et léger, ce crâne sans lequel les murs et la tour alentour n'auraient pas été érigés, aucun couvent fondé, aucun moine ni sœur venus, avec leurs riches parents prêts à offrir des terres et des manoirs, pas de pèlerins par centaines se mettant en route pour fortifier leur foi et laisser leurs aumônes. J'avais avec moi une allumette, à l'aide de laquelle j'ai éclairé le trou à l'emplacement du cou, et à l'intérieur de la cavité crânienne, j'ai vu quelque chose d'étrange. Une tache sombre sur sa paroi interne, laide et rugueuse là où tout le reste était lisse. J'ai enfoncé le doigt dans le crâne de la sainte pour gratter ça avec mon ongle, et il y avait là comme un gros creux, comme si quelque infection avait grignoté l'os jusqu'à ce qu'il soit aussi fin qu'une coquille d'œuf. J'ai pensé que ce devait être quelque maladie, une sorte de boule corrosive qui avait enflé en fermentant, assez grosse pour ôter la raison, apporter douleur et folie. Et j'ai pensé : Est-ce là le vrai visage de cette Vierge Marie que Brigitte rencontrait dans ses visions ? Je me demande si nous trouverions quelque chose de semblable en ouvrant la tombe d'Ingegerd pour regarder à l'intérieur de son front. L'une est une sainte, l'autre enterrée là où pas grand monde ne vient se souvenir d'elle. La malédiction qu'elle a lancée sur nous n'est peut-être pas plus réelle que le Seigneur lui-même. »

Aucun de ses neveux ne lui répond, et il tend la main vers ses lunettes, les nouvelles qu'il s'est fait faire pour remplacer celles qu'il a perdues à Vadstena à cause d'Engelbrekt Engelbrektsson.

Il voit à présent nettement la pièce, et là où il y avait du monde il n'y a plus personne. Seul dans une pièce vide, aucune oreille pour l'entendre. Et sa main droite glissante d'huile. Une plainte monte sur ses lèvres, un gémissement strident quand en lui quelque chose se resserre avant de se relâcher. La mort arrive tard pour le dernier de sa lignée.

106

Bengt Stensson chevauche seul de Göksholm à Örebro. Six lieues, pas beaucoup pour le cheval qui le porte, encore moins pour lui. Avril est là, il ne gèle plus la nuit. Avec le dégel, la grand-route est détrempée et marécageuse. Il passe l'un après l'autre les villages qu'il connaît bien, avec leurs fermes en bois alignées le long de la route et leurs églises derrière, jouxtées de leurs campaniles honteux – trop pauvres pour un clocher maçonné. Le soleil timide se cache derrière des nuages épars, l'air lourd et humide du fait de la proximité du lac Hjälmaren, dont la surface miroitante envoie des bourrasques froides qu'aucun arbre n'arrête. Il n'en a cure. Il laisse son cheval avancer à son allure, ne peut se résoudre à le presser. Bien assez vite, il aperçoit la ville. Il n'y a pas eu de foire cet hiver, car les Montagnards ont gardé leur fer tant que Stockholm était aux mains du roi. On préférait stocker des piles de lingots de fer osmond en attendant l'ouverture de la voie maritime que Bengt était chargé de creuser, désormais comblée. Stockholm prise et le Hjälmaren libre de glaces depuis la mi-mars, le port grouille de Montagnards et de marins, pressés de rattraper deux années perdues. La ville est petite, mais on voit bien que les Allemands ont tenu la craie quand elle a été dessinée : une place centrale, avec un hôtel de ville et une église. Le très ancien pont sur le Svartån, l'îlot avec le château. Bengt fait avancer son cheval tout droit, sans se soucier de ceux qu'il chasse sur son passage. Beaucoup s'interrompent, se demandent qui est ce seigneur qui arrive sans suite, et ce que présage sa venue. Il traverse le ponton jusqu'au château, indique son nom et ce qui l'amène à l'homme qui monte la garde.

« Je sais que vous êtes qui vous dites, ce n'est pas notre première rencontre. »

Harald Esbjörnsson saisit le cheval par le mors pendant que Bengt met pied à terre, sans réponse.

« Je vois que vous venez seul, et c'est sans doute Engelbrekt que vous cherchez. Le seigneur Bengt n'est plus considéré comme un ami entre ces murs, et si je vous laissais entrer avec une lame ou une pointe à portée de main, je trahirais la confiance dont je suis investi.

– Je viens sans épée ni poignard. »

Ils restent un moment à se toiser, jusqu'à ce que Bengt Stensson rejette son manteau sur son épaule et tourne sur lui-même pour montrer sa ceinture vide. Harald Esbjörnsson approuve d'un hochement de tête.

« Je vois que vous dites vrai, même si beaucoup trouveraient mal avisé de s'aventurer sans défense sur les routes par ces temps mauvais. »

Il porte deux doigts à sa bouche et siffle un valet à qui il tend les rênes du cheval.

« Suivez-moi et attendez dans l'entrée. Les gens vous donneront tout ce que vous pouvez désirer. Nourriture, eau, vin ou bière. »

Harald Esbjörnsson laisse Bengt Stensson derrière lui, monte à l'étage, trouve la bonne porte, frappe précautionneusement avant d'entrer.

« Un homme te cherche. C'est Bengt Stensson, de Göksholm.

– Aide-moi à m'asseoir. »

Bengt Stensson est introduit dans un cabinet plongé dans la pénombre. Engelbrekt se tient devant une table où attendent un pichet de vin et une chope, une main posée sur le dossier d'un siège. Voilà un an et demi qu'ils ne se sont pas retrouvés dans la même pièce, depuis la salle du conseil de Vadstena. L'ombre de l'autre côté de la table paraît à Bengt plus maigre, quand bien même drapée dans d'épais vêtements. Un long silence s'installe entre eux, Bengt ne sait par où commencer. Engelbrekt le précède, se racle la gorge et tousse, la voix rauque.

« Sache qu'Erik Puke n'a pas marché sur Täljehus à ma demande. Il est le premier à avoir reçu les nouvelles et c'est de son propre chef qu'il est parti, poussé par la rancune qu'il nourrit depuis longtemps contre toi et les tiens. Je n'ai rien su avant qu'il soit trop tard. S'il n'avait tenu qu'à moi, j'aurais fait autrement. »

Bengt Stensson entend à peine, se lèche les lèvres. Le visage blême, il est comme un fantôme, et du discours qu'il a préparé pendant des jours et ressassé à cheval en venant, il est incapable de se rappeler un traître mot. Il tend le bras vers le pichet, se sert d'une main tremblante, boit, y trouve du courage comme si souvent, et les mots enfin lui viennent.

« Je ne viens pas te trouver pour parler de bateaux brûlés ou de fossés comblés, ni d'Erik Puke, ni des cendres de Täljehus. Je suis prêt à endosser ma part de responsabilité et à te donner la réparation que tu estimeras mériter, à témoigner sous serment et à laisser le conseil trancher entre nous, décider ce qui est raisonnable ou non. Je ne viens pas non plus parler avec toi de ce qui s'est passé ou non. Je viens pour discuter d'une rumeur. Il s'agit de mon fils. »

La chope est sèche dans sa main. A-t-elle jamais été pleine ? Jamais assez.

« On dit que vous êtes tous les deux plus proches qu'il ne convient à deux hommes. »

Il se ressert.

« Ta lignée n'est pas noble depuis longtemps. Nous qui peignons notre écu d'azur et d'or sommes des seigneurs depuis plus d'années qu'on ne peut s'en souvenir. On nous appelait les Rois de Näset avant qu'existe un royaume portant un autre nom. Nous avons des terres, nous avons la richesse, nous avons la considération. Nous avons jeté les fondations de l'église et dressé sa flèche vers le ciel, en échange de quoi nous reposons sous ses dalles, pour écouter les messes qui rappellent le souvenir de nos noms des siècles durant. Tout ceci se crée de génération en génération. La nouvelle reprend là où la précédente s'est arrêtée. »

Bengt Stensson boit à nouveau.

« Étrange, le tour qu'ont pris les choses. Nous étions huit frères et deux sœurs après Père et Mère. Si chacun de nous s'était multiplié autant qu'eux, notre lignée aurait empli tout le royaume. Mais peu d'enfants naissent et ils meurent en bas âge. Bo a un fils, mais il est encore comme un roseau au vent, il n'a pas traversé ses années d'enfance où la moindre fièvre peut être mortelle. De tous les rêves que couvait notre père, et de tous nos espoirs, il ne reste que Måns. »

Encore une chope. Le pichet à moitié vide.

« Mon épouse et moi avons d'abord eu une fille. Nous avons longtemps cru que Brita serait notre unique descendance, car nous avions beau faire, il n'en venait pas d'autre. Nous avions presque renoncé. Mais après six longues années, une graine a pris racine, et Måns nous est venu comme un don du Ciel. On n'a jamais vu plus beau garçon, avec une volonté à lui et une tête bien faite. Je me souviens de la première fois où je l'ai tenu dans mes bras, je l'ai approché pour essuyer du sang de l'accouchement qu'il avait sur sa joue. Il a alors ouvert ses yeux, clairs et bleus, et m'a regardé en face, comme s'il avait tout de suite su que j'étais son père et lui mon fils et que c'était bien ainsi, et j'ai cru alors que mon cœur allait éclater de gratitude. Il était un fanal dans nos vies. L'amour que nous ressentions était en telle abondance qu'il rejaillissait sur nous, qui avions pourtant depuis longtemps embrassé des chemins séparés. Le voir grandir était une bénédiction. Alors que d'autres fils étaient envoyés loin de chez eux pour s'endurcir, Stina l'a gardé auprès d'elle, et je ne pouvais pas le lui reprocher, car sans Måns nous redeviendrions comme avant, froids et gris, incomplets, roulant cahin-caha vers la tombe. Bien trop longtemps nous l'avons retenu dans cette cage que nous dorions de notre mieux, mais à la fin, il a été impossible d'empêcher sa fuite. »

Encore une chope, vidée à grosses gorgées.

« Je ne te demande pas de me chérir, moi et ma lignée. Rien ou pas grand-chose ne nous distingue de ceux que tu as désignés comme tes ennemis. Nous aurions très facilement pu être dès le début dans des camps opposés. Je viens pour Måns. »

Il inspire en tremblant, se ressaisit avant de poursuivre.

« Si cette rumeur se répand, elle anéantira Måns. Les gens se parlent, son honneur est blessé. Bientôt il sera fui de tous. Je te le redis : je ne viens pas t'interroger sur ce qui a eu lieu ou non. Je ne veux pas savoir. Je ne suis ici qu'à cause d'une rumeur. Mais une rumeur est assez. Par ta seule proximité, tu as volé à mon fils son avenir et la vie qui l'attend. Votre liaison doit finir. Tu dois le faire clairement comprendre à Måns. Tu dois le faire d'une manière qui ne le laisse pas douter que c'est là ton souhait sincère. Ce n'est qu'ainsi que tu pourras le sauver. Si tu nourris quelque amour pour Måns, tout comme moi, c'est à cela qu'il doit servir. »

Puis il se tait. Il titube, mal assuré sur ses jambes, s'appuie au bord de la table, s'assied sur un banc. Soulagé d'avoir dit ce qu'il était venu dire, il est vidé de toute énergie. Il tend la main par-dessus la table pour se resservir, en répand à côté, vide sa chope et la remplit à nouveau.

« C'est un tel trésor qui m'a été confié. Comme je m'en suis mal occupé. Père indigne, me voilà. J'ai écouté l'avis des autres alors que j'aurais dû savoir à quoi m'en tenir. On m'a présenté un collet entouré d'appâts tentants, et je les ai pris sans réfléchir, et ensuite il était trop tard. L'avidité a causé la perte de mon grand-père, a poussé mon père dans la tombe. Je n'ai rien appris de leurs exemples. Je suis aussi avide, et aussi idiot, et me voilà devant toi. Je n'aurais jamais dû envoyer Måns, jamais dû me soumettre à mes frères. Nous étions bien assez heureux à Göksholm. Je n'aimerais rien tant que retrouver ce qui était jadis mien, effacer les deux ans écoulés. »

Bengt Stensson vide sa chope, n'arrive pas à la reposer droite, la renverse maladroitement, et la laisse dans la flaque de vin renversé plutôt que de causer davantage de dégâts. Il se pince fort la racine du nez et étouffe le son qui lui monte de la gorge, se lève lourdement et titube vers la porte, son affaire faite.

Harald Esbjörnsson le croise à la porte et prend sa place auprès d'Engelbrekt, se hâte d'attraper son bras, effrayé par ce qu'il voit. Engelbrekt immobile, le visage dans l'ombre, la voix à peine plus qu'un murmure :

« Il se fait tard. Bengt Stensson ne devrait pas remonter à cheval dans l'état où il se trouve. Montre-lui un lit où dormir, et donne-lui tout ce qu'il voudra. »

107

Stina fuit la couche où elle est restée si longtemps alitée, inquiète de ne pas être capable de s'en relever. La nuit, elle cherche les fenêtres qui percent la muraille, chasse ceux qui viennent pour fermer les volets. Elle regarde les étoiles s'allumer selon l'ordre immuable de l'existence : les plus fortes d'abord, les plus chétives en dernier, promptes à s'éteindre, éclat éphémère dans tout ce noir, laissant leurs sœurs plus valides saluer la rougeur de l'aube. La première au crépuscule, la dernière à l'aube. Elle s'endort de préférence assise, quand la fatigue la submerge et s'empare de son corps à l'improviste. Dans son sommeil, un tourbillon de rêves inquiets. Les morts de Täljehus, colonnes de glace dans le tourbillon de neige. Elle passe leurs rangs en revue, l'un après l'autre, un visage à la fois surgi de tout ce blanc, jusqu'à voir Måns parmi eux, ses beaux traits immortalisés dans la glace. Son cri la réveille, arrache sa tête baissée au repos sur son sein, nuque endolorie.

Le soleil se lève sur une journée de plus. Elles sont de plus en plus longues, car le printemps est là. Stina aimerait l'inverse. Qu'elles soient plus courtes, car la langueur et l'attente les emplissent, et dans leur sillage la souffrance. Elle a vu Bengt Stensson s'en aller, sans lui demander où ni pourquoi. Brita est là, toujours prête à l'aider, une bonne fille, plus proche qu'avant. Et pourtant la moins aimée. Comme tout aurait pu être simple si ses deux enfants avaient pu échanger leur chambre dans son cœur. Brita, la pupille de ses yeux, en sécurité à la maison, et son frère, dont on pouvait plus facilement se passer, perdu quelque part dans ces provinces incertaines dont les frontières changent d'un mois sur l'autre. Mais Stina n'a jamais eu le choix, et le monde n'obéit pas à sa volonté. Elle aurait tout aussi bien pu désirer que la lune brille comme un soleil, et que ce soit le soleil qui parcoure le ciel nocturne dans ses différents quartiers. C'est là aussi un tourment, car sa conscience lui pèse, et plus elle se force à passer du temps avec Brita, plus inébranlable s'affirme la nature des choses. Et pourtant : elles prient ensemble, vont d'un commun à l'autre pour superviser les centaines de tâches qui incombent à la maîtresse de maison, des tonneaux de légumes fermentés et de poisson salé dans le garde-manger aux livres de comptes. Un jour, tout cela fera de Brita une bonne épouse, le jour où elle trouvera un homme à sa convenance. Et pour Stina, cela aide à passer le temps, en attendant Måns. Elle fait rarement quelque chose sans une vue dégagée sur le trait boueux du chemin qui traverse la prairie brune, à l'herbe aplatie par la neige.

Quand cela se produit, elle croit à une vision. Deux cavaliers sur des chevaux inconnus. Elle pense les reconnaître, mais jusqu'au bout se reproche de prendre ses désirs pour la réalité, jusqu'à ce qu'elle ne puisse plus résister et s'élance dans la cour vers le chemin. Goût de sang dans la bouche et point de côté ne l'arrêtent pas. Elle court à leur rencontre, laisse les maisons derrière elle, franchit le pont, entre dans la prairie. Le cavalier de tête met pied à terre à son approche, et elle le saisit dans ses bras. Toute la force qui lui reste est dans cette étreinte. Il lui paraît frêle, il est pâle, éprouvé par son voyage, mais à la maison désormais, à la maison pour de bon. Par ses soins, tous ses maux disparaîtront, et le temps lui-même ne pourra plus séparer jadis d'aujourd'hui. Elle tient Måns et ne veut pas lâcher prise.

« Mon fils. Mon fils bien-aimé. »

La malédiction anéantie. Ingegerd Knutsdotter n'est plus qu'un cadavre. Cet amour ne se finira pas dans le sang.

108

Brita est tôt levée, elle passe une couverture sur sa chemise de nuit. Chaque matin, à son réveil, Måns est déjà parti, et il ne rentre pas à Göksholm avant que tous soient allés se coucher. Un rêve l'a réveillée, et elle en profite. Elle gagne le sommet du donjon, marche après marche, jusqu'à n'avoir plus que le ciel au-dessus de la tête. Elle remarque aussitôt qu'elle n'est pas seule.

« Hebbla ? »

Hebbla Albrektsdotter est encore à Göksholm. Plus d'un an elle a été l'invitée du seigneur Bengt. C'est une fille curieuse, mais Brita la trouve de meilleure compagnie que sa mère, et c'est mieux que rien.

« Hebbla, que fais-tu là ? »

Elle se retourne, range ses longs cheveux roux derrière son oreille. L'aube approche, une bande de lumière se tend à l'horizon.

« La même chose que toi. »

Elle retourne alors vers l'ouverture du mur qu'elle a choisie pour observer, indique la place libre de l'autre côté, et Brita la rejoint.

« Attends. Il va bientôt arriver. »

Une ombre dans la cour, au-delà des communs : Måns sort de l'écurie, une belle silhouette dans l'obscurité. Il guide son cheval vers le pont-levis, le franchit, doucement, pour atténuer le choc des sabots contre le bois. De l'autre côté il monte en selle, fait partir son étalon au trot, puis au galop. À travers la prairie, vers l'orée du bois, puis il a disparu.

« Il part tous les jours avant l'aube. Et ne revient pas avant minuit.

– Pourquoi ?

– Il se languit d'un message, je crois. Plutôt que d'attendre, il chevauche aussi loin qu'il peut dans l'espoir de croiser le messager en chemin. Puis il rentre. »

Brita secoue la tête, fronce les sourcils.

« Je ne le comprends pas. Il est tellement différent depuis son retour. Mère ne demande pas mieux que de lui donner tout l'amour qu'elle a été forcée d'emmagasiner des mois durant, mais il n'en veut pas. Comme elle a souffert en l'attendant. Mais aujourd'hui, son tourment est pire encore.

– Tu l'as dit toi-même. Måns a changé. Celui qu'aime dame Kristina est le souvenir d'un fils qui n'est plus le même, et personne ne le sait mieux que Måns. »

Brita inspire profondément, regarde plus attentivement Hebbla. Une invitée docile, jamais un poids, vive et toujours disponible.

« Tu as été longtemps parmi nous, et nous avons été des hôtes bien médiocres. Tu dois être lasse de ton séjour à Göksholm. Dieu sait que je le suis. Mère en miettes, Père rarement à la maison, et je ne l'ai pas vu sobre depuis des semaines. Je vais lui parler de toi, lui demander pourquoi il est si difficile de t'escorter jusqu'à Bergen. »

Hebbla se tourne vers elle, le regard vide.

« Organiser mon escorte n'est pas difficile du tout. Le seigneur Bengt me veut ici parce que ma lignée est allemande et mon père proche du roi. Tu crois que je suis invitée, mais je suis tout autant prisonnière. Une otage pour pouvoir négocier en cas de nécessité. »

Elle défait une tresse, peigne ses boucles entre ses doigts.

« C'est bon d'avoir une valeur. Ne serait-ce que celle-là. Tu es bien placée pour le savoir. »

La lune n'est qu'une fine faucille qui file doucement vers la terre, répandant sa lueur argentée sur les arbres de la forêt, sur le chemin que Måns a laissé vide derrière lui. Hebbla y attarde son regard.

« D'ailleurs, je n'ose pas partir. Je veux rester. Ne le sens-tu pas ? Ici, c'est comme une corde qu'on tend encore et encore. Quelque chose doit se briser, et bientôt. »

[illegible]

109

Finn descend jusqu'au lac, pour être seul un moment. À Göksholm, les jours filent et vite se confondent. Il est rentré chez lui, tout semble comme avant et pourtant non. Il ne tient pas en place, Finn, sans pouvoir dire pourquoi. Tout ce qu'ils ont vu. Tout ce qu'ils ont fait. Autour d'eux, hors de vue au-delà du lac, des collines et des bois, le royaume lui-même est différent de ce qu'il était à leur départ. Son crime connu et oublié, quand bien même jamais pardonné. Les mille *marks* ont acheté un château, mais à quoi bon ? S'il y a une rédemption à trouver, il a beau chercher, il ne comprend pas où. Au ponton, les barques flottent dans l'odeur du goudron frais dont elles ont été enduites pour rester étanches un an de plus. Il se rappelle quand ils écopaient, Måns et lui, et que Nils Stensson avait surgi comme une créature de conte pour marchander la vie et la mort avec un beau discours.

Au bord du lac, il y a un endroit connu de tous les enfants des environs de Göksholm, où les galets plats s'échouent sur le rivage. Il en choisit une poignée et avance jusqu'au bout du ponton. Le lac est calme en cet après-midi ni chaud, ni froid. Son index épouse les courbes des galets qu'il envoie l'un après l'autre ricocher à la surface. À chaque rebond se forme un cercle de petites vagues circulaires, rapides, formes d'abord simples qui bientôt se confondent. La trajectoire d'un galet inconnu croise la sienne. Il en compte les rebonds avant de se retourner. Sept, peut-être huit. Un bon lancer. Il espère d'abord que Måns a abandonné ses vaines cavalcades, mais c'est Brita qu'il trouve sur le rivage, et il baisse alors les yeux, comme il convient à un serviteur. Il n'a jamais été proche d'elle. Ils n'ont pas passé leur enfance ensemble, elle toujours plus raffinée et fille en plus, doublement éloignée. Avec le temps, la trahison d'Ylva a contribué à élargir le fossé entre eux, un accord tacite de mise à distance qu'aucun des deux n'a jamais voulu rompre.

« Le meilleur gagne ? »

Il hoche la tête, gêné, lance le premier, après qu'elle l'a encouragé d'un geste. Cinq ricochets. Elle ensuite. Neuf. Et la même chose jusqu'à ce que leurs réserves de galets soient épuisées et les derniers ronds dans l'eau dissipés. Elle lui répond sans qu'il ait besoin de demander.

« Måns t'avait toujours, mais Ylva m'a laissée toute seule. Je n'avais personne. Je suis souvent venue ici pour être tranquille, et je pouvais attendre longtemps avant que quelqu'un demande après moi. Peu ont lancé autant de galets que moi. »

Elle se tourne vers lui.

« Maintenant, c'est toi qui vas seul de ton côté. Tu le ressens aussi, pas vrai ? Tout va de travers. »

Finn hoche la tête.

« Oui.

– Aucun de nous n'est ce qu'il était avant. Et pourtant, tout le monde semble faire comme si ces deux années n'avaient pas existé. Père est absent, ou bien il boit, bien sûr, plus encore qu'avant, ce qui lui est sans doute d'un grand secours. Mère va plus mal que jamais, elle court d'une tâche à l'autre pour ne pas s'arrêter et voir ce qui saute aux yeux. Comme un lièvre devant une meute de chiens. Morte de peur que la réalité la rattrape et la mette en pièces.

– Et Måns ?

– Je ne sais pas. Il ne veut pas rester ici. On dirait qu'il attend quelque chose.

– Et toi, alors ? »

Elle rit, sans moquerie, peu habituée aux questions.

« Quand Mère et moi avons fui Täljehus et les hommes de Puke, une tempête faisait rage. On y voyait à peine à quelques brasses. Nous nous sommes retrouvées parmi les morts, ceux qui s'étaient figés dans l'eau qu'on leur avait versée dessus et que le froid avait emportés. Mère s'est retrouvée paralysée comme eux. Sans y penser, j'ai lâché sa main et j'ai continué seule en titubant dans la neige. Bientôt, elle a disparu derrière moi, et j'étais comme dans une chambre toute blanche, vide de toute vie. Seule avec ma terreur. Je ne sais pas combien de temps. Quelques instants, et pas plus, mais peut-être les instants chargés d'un sens incommensurable sont-ils prolongés dans le souvenir ? J'ai bientôt entendu des chevaux hennir en sentant ma présence. Les coursiers de Puke. J'ai pris les rênes de celui qui m'a paru le plus fort, et j'ai détaché tous les autres, que j'ai regardés se disperser dans la tempête. Je suis revenue sur mes pas, j'ai réussi à hisser Mère sur la selle. Voilà comment nous en avons réchappé. Mais je retourne encore souvent seule dans ce blanc désert, en rêve comme en pensée. Je ne l'ai pas vu alors, mais il y avait là plus que de l'effroi. S'y ajoutait une lueur de liberté. »

Elle se retourne vers la rive, où le château se dresse sur sa hauteur, clair au soleil couchant.

« Je suis marquée par ce qui nous est arrivé, moi comme les autres. J'en ai par-dessus la tête de Göksholm. J'y suis restée bien trop longtemps. Dès que les routes auront séché, je vais seller le cheval qui m'a ramenée de Täljehus, et avec lui je partirai loin d'ici. Peut-être mes parents remarqueront-ils mon absence davantage que ma présence ? Ça m'est égal. Peut-être que je vais me trouver un homme, m'occuper d'une maison, avoir des enfants. Comme ma mère avant moi.

– C'est ce que tu veux ?

– Destin et espoir. »

Finn sent sous son pied un galet qui lui a échappé. Il le ramasse et le propose à Brita, qui secoue la tête. Il le lance sans conviction, car sa forme ne promet pas de bons ricochets. Ils le suivent tous deux du regard. Elle est la première à parler, en montrant de la main.

« Des bateaux. Qui arrivent d'Örebro. »

Finn protège ses yeux de ses deux mains pour mieux voir. Deux longs bateaux élancés, mus sur la surface étale du lac par une poignée de rameurs. Il en connaît plusieurs par leur nom.

« Ce sont les hommes d'Engelbrekt. Sa garde rapprochée.

– Va chercher Måns, Finn. Je reste ici préparer la barque. »

Harald Esbjörnsson fend encore du bois pour le feu. Il est déjà allumé avec des fagots de brindilles arrachées à des branches mortes, quelques tiges plus grosses par-dessus. Il fend des branches plus épaisses, raccourcies à la bonne taille. Une brassée suffira à former un tapis de braises assez chaud pour consumer de plus grosses bûches. Il s'applique, préfère en préparer plus que pas assez, car même si Engelbrekt ne le lui demanderait jamais de lui-même, il sait que la chaleur adoucit ses membres qui semblent chaque jour plus raides et douloureux. Personne n'aurait dû chevaucher si longtemps par un tel froid que lui cet hiver. Ce voyage-ci, Harald le lui a aussi déconseillé, même si c'est par bateau en une saison plus chaude. Engelbrekt ne voulait rien entendre. Le conseil doit se réunir à Stockholm, et Engelbrekt est le moyeu de la roue qui les éloigne désormais de l'union et du gouvernement affaibli du roi Erik. Son absence ou sa faiblesse conduiraient à un effondrement. Sans lui, les seigneurs se jetteraient à la gorge l'un de l'autre, désireux d'accaparer une part de butin plus grande que celle qui leur a été octroyée par la justice des autres. Peu le disent à haute voix, mais la question est sur toutes les lèvres : si la Suède est désormais libérée du Danois, qui portera sa couronne ? Sinon Engelbrekt, qui ? Harald abat la lame de sa hache sur une branche dure. Pour venir d'Örebro, il s'est fait préparer une couche, Engelbrekt, où il s'est étendu, sous une couverture, pâle, immobile, semblable à un seigneur des temps immémoriaux en route pour son dernier voyage vers le bûcher et le tombeau. Harald Esbjörnsson espère qu'il aura repris des forces en se reposant. Seul Engelbrekt peut garantir la paix.

La pointe qu'ils ont contournée au crépuscule a offert à leur regard une anse abritée, avec sur le rivage un petit pré encadré d'arbres en bourgeons. Un sable fin a accueilli en douceur leurs étraves, et Harald s'est hâté de venir seconder Engelbrekt, peu désireux de laisser un autre deviner l'ampleur de sa maladie. Un bras autour de sa taille, il l'a porté plus que guidé, tandis que les hommes empilaient des pierres pour délimiter un foyer et faisaient jaillir des étincelles sur des écorces râpées.

Il marque une pause, s'assoit sur une bûche pour que sa sueur sèche avant de tremper sa chemise. Son regard sur l'eau remarque une ondulation inconnue au milieu du calme plat, il en remonte la course et voit la barque. Deux rameurs, et quelques autres qui ne rament pas. Il se lève et descend vers la plage pour mieux voir. Une femme. Finn Sigridsson à l'avant. Et Måns Bengtsson. Il soupire. Ce moment a donc lui aussi fini par arriver. Longtemps repoussé. Il prend une branche dans le feu et va la brandir près de leurs bateaux, pour indiquer aux visiteurs où se trouve le meilleur endroit pour accoster. Puis regagne le feu pour réveiller Engelbrekt encore assoupi.

« Maître. »

D'abord aucune réponse, aucune velléité.

« Maître, réveillez-vous. »

Engelbrekt tourne la tête, ouvre les yeux et, un instant, regarde Harald tandis que la douce paix de son rêve s'attarde, avant que le monde ne se rappelle à son souvenir, et avec lui la douleur dans ses membres. Sa respiration calme se transforme en souffle court quand il redresse la tête.

« Je t'ai souvent dit de ne pas m'appeler ainsi. »

Harald n'écoute pas, pose un bras sur les épaules d'Engelbrekt pour l'aider à s'asseoir.

« Maître, une barque arrive de Göksholm. C'est Måns Bengtsson qui vient. »

Engelbrekt opine du chef pour lui-même, pâle et fermé, et Harald devine une douleur d'une autre sorte, plus profonde et pire.

« Aide-moi à me lever, Harald, et conduis-moi quelque part où je pourrai m'entretenir avec lui sans être dérangé. »

Harald change de prise, le hisse debout. C'est trop facile. Il a tellement maigri. Seules plusieurs couches d'épais vêtements lui donnent sa silhouette d'avant. Harald tend la main et saisit la béquille qu'Engelbrekt utilise pour s'appuyer depuis son retour à Örebro.

« Laisse ça là.

– Mais comment allez-vous tenir debout ?

– Je vais tenir debout. »

Harald ne le contredit pas, car il connaît bien ce ton, mais se demande comment ses jambes vont tenir, elles qui n'ont plus pu porter le poids de son maître depuis des semaines, et qui tracent deux lignes au sol tandis qu'Harald le traîne autant qu'il le soutient jusqu'au bosquet où à l'instant il fendait du bois, assez près du foyer pour qu'il puisse surveiller ce qui se passe, mais assez loin pour ne pas pouvoir entendre.

Finn dirige ses rameurs vers le point où un flambeau a été brandi et, sur le rivage, Harald Esbjörnsson les attend pour les aider à accoster. Fort comme un ours, il tire l'étrave jusqu'à ce qu'elle repose tranquillement sur le sable, et tend une main pour saluer et aider Finn à débarquer sans se mouiller.

« Finn Sigridsson. Content de te voir. Tu es le bienvenu parmi nous, aujourd'hui comme toujours, toi et les tiens. »

Finn hoche la tête, tend gauchement les bras à Brita pour épargner l'eau à sa robe.

« Voici Harald Esbjörnsson, un des fidèles d'Engelbrekt. Harald, voici Brita Bengtsdotter, de Göksholm, sœur de Måns. »

Ce nom à peine prononcé, Harald pose les yeux sur celui qui le porte. Måns n'a guère plus de couleurs qu'Engelbrekt, l'œil cave, la bouche réduite à un trait dur entre des lèvres blanches. Il est vite à terre, sans l'aide d'Harald. Harald le salue en baissant la tête.

« Måns. La paix soit avec toi. »

Aucune question, aucune explication. Harald prend Finn par l'épaule, assez largement pour emmener aussi Brita Bengtsdotter dans la bonne direction.

« Venez près de notre feu, mes amis. Nous n'avons pas beaucoup, mais tout est à partager, et dans tout ce qui s'est produit dernièrement, nous trouverons bien une histoire ou deux qui vaillent la peine d'être racontées. »

Il les laisse faire quelques pas, s'attarde pour indiquer de la tête à Måns le chemin vers les arbres.

« Il t'attend dans ce bosquet. »

Puis il tourne les talons et rejoint Finn et Brita qui remontent vers la lueur du feu de camp. Les rameurs suivent, échangent pleins de lassitude leurs noms avec les hommes d'Engelbrekt qui agrandissent le cercle pour leur faire place autour du feu, et cherchent dans leurs affaires un gobelet pour chacun. Harald fait de son mieux pour accueillir ses hôtes, rit bruyamment à la moindre pique dans l'espoir que le rire soit communicatif. Il entend lui-même combien il sonne faux. L'atmosphère lourde ne veut pas se lever. L'inquiétude comme un serpent lové dans son ventre. Harald ne peut empêcher ses yeux de se tourner sans cesse vers la clairière et les deux qui s'y tiennent, face à face. Il n'est pas le seul. Comme ils sont semblables, bien que tant les sépare. Pâles silhouettes qui se détachent en blanc parmi les ombres des arbres. Comme atteints du même mal, ou fantômes hantant ensemble le même lieu. Que les jambes d'Engelbrekt ne cèdent pas dépasse son entendement.

Ils restent un moment absolument silencieux. Engelbrekt immobile sur ses jambes raides, Måns ne tenant pas en place, d'un pied sur l'autre, les yeux dans les yeux.

« Longtemps je t'ai cherché, en vain.

– Notre temps était terminé.

– Tu m'as chassé.

– Tout a une fin, Måns. Trop rarement belle. Il valait mieux que nous nous séparions de cette façon. C'est un jeu d'été auquel je t'avais convié. Tu ne t'en souviens pas ? Assez facile à jouer. Mais nous avons eu plus que ça. Été, hiver, printemps, et été à nouveau. Des souvenirs sans ombre d'amertume. N'était-ce pas bien ainsi ?

– Pourquoi me fais-tu ça ?

– Le temps passe, et tout change. Pour moi, il est temps de songer à autre chose. Le conseil royal se réunit à nouveau, et ma présence est de plus en plus requise. Je me rends à Stockholm, l'endroit où doit être un régent. Mon épouse me suivra, de Norberg puis d'Örebro, elle qui m'a si patiemment attendu pendant mon absence. Une aventure comme la nôtre a sa place en campagne. Dans la guerre et la jeunesse, les hommes peuvent s'approcher ainsi l'un de l'autre, avant que l'âge et la paix les séparent. Le temps du jeu est terminé. Celui du sérieux commence. »

Harald Esbjörnsson sursaute devant le feu en entendant un bruit soudain, inconnu, comme le gémissement d'un gibier dans un filet, d'un renard pris au collet. Pourtant sorti d'une gorge humaine. D'autres l'entendent aussi, se tournent vers le bas de la pente, le laissent se lever en faisant comme s'ils n'avaient rien remarqué. Il trouve un prétexte pour s'écarter du foyer, plisse les yeux vers le bosquet. Måns tremble tant qu'on le voit de loin, ses mains fines levées pour cacher son visage. Engelbrekt toujours immobile, comme taillé dans la pierre. Derrière Harald, une branche craque. Finn l'a suivi. La sœur de Måns quelques pas derrière.

Les larmes coulent sur les joues de Måns et la douleur déforme son visage, il respire avec peine.

« Et le royaume ?

– Måns. Tu te fais des idées à mon sujet. Personne ne peut tant changer. Le royaume demeurera ce qu'il a toujours été, quand bien même la couronne serait sur un autre front. Tu t'es trop facilement laissé bercer par des contes.

– Tout ce que tu m'as dit. Tes belles paroles. L'espoir que tu as eu. »

Engelbrekt se tait un instant, sa respiration lourde comme des soupirs.

« De tout temps, les hommes de pouvoir ont dit ce qu'ils devaient dire pour obtenir ce qu'ils voulaient. Tu devrais le savoir mieux qu'un autre, toi qui as grandi entouré de ton père et de ses frères. »

Une secousse traverse Harald Esbjörnsson, comme un coup au creux du ventre. La hache. Celle qu'il avait pour le bois, qu'il venait lui-même d'aiguiser. Elle est restée là où il l'a laissée à cause du bateau, dans la clairière. Appuyée à un tronc. La voilà aussitôt entre les mains de Måns Bengtsson.

Les mains de Måns blanchissent autour du manche, dont le poids promet un fer aiguisé.

« Ne trouverai-je jamais la paix en terre de Suède ? »

Ils restent immobiles face à face. Le vent printanier caresse l'herbe du bosquet au crépuscule, les broussailles encore basses alentour. Måns lève la hache, et Engelbrekt reste immobile, bras ballants, ne fait rien pour changer de position devant la menace de la lame. Autour d'eux, l'air s'épaissit, à présent que le danger s'est invité en leur compagnie. La voix de Måns rauque et désespérée en suppliques brisées.

« Tu mens. Pourquoi, je ne le sais pas. Ça, ce n'est pas toi qui le dis. Je connais Engelbrekt Engelbrektsson aussi bien qu'un homme peut en connaître un autre. Et voilà un imposteur, un menteur. Retire tout ce que tu viens de dire. Je devais être ta conscience. Tu me l'as fait promettre, et j'ai juré. »

Engelbrekt le regarde, voit Måns aveuglé par les larmes, pâle comme la cendre, les cheveux au vent, voit Måns répéter toutes les erreurs, bien qu'il soit désormais prévenu : il déplace son poids d'un pied à l'autre, lève son arme au-dessus de sa tête, s'humecte les lèvres du bout de la langue et inspire profondément tandis que la force afflue dans ses bras tendus comme la corde d'un arc. Engelbrekt se rappelle comment cela s'était terminé la dernière fois. Tout comme Måns. Mais il est incapable de bouger, et ne peut pas reprendre sa parole. C'était la dernière fois près d'Amneholm : sur une colline, à l'écart, hors de vue du campement. Les genoux coupés. L'herbe écrasée, l'odeur des tiges cassées dans les délices de l'été. Les battements du cœur sous une peau salée. Qu'il est puissant, ce souvenir. À deux doigts de pleurer. Du coin de l'œil, il devine les intentions de son adversaire. Puisse la hache tomber avant ses larmes. De peur que ses yeux le trahissent, Engelbrekt les ferme.

Trop tard ils s'élancent. Harald, Finn et Brita, et trop tard ils arrivent. Måns est à genoux, aussi petit qu'une personne peut l'être, le visage pressé contre la terre pour y enfouir ses cris. Engelbrekt effondré à côté, en paix. La hache tombée entre eux deux, son destin accompli. Ils restent figés en silence, la faible plainte de Måns un moment le seul bruit qui porte dans la forêt, avant que la nouvelle de cette mort ne parvienne jusqu'au feu de camp dans leur dos et que les hommes se lèvent et se précipitent pour les rejoindre, arme au clair, pour habiller de mots ce qui s'est passé, comme pour éprouver l'effet d'une réalité travestie par leur langue aux oreilles d'autrui. Harald Esbjörnsson anticipe ce qu'il sait devoir arriver ensuite, il rejoint Måns, ôte son bonnet et se tourne vers ses hommes.

« Celui qui parmi vous estime avoir perdu plus que le meurtrier lui-même, qu'il s'avance et réclame la réparation qui lui semble juste, ici, devant mes yeux. »

Brita et Finn se placent de part et d'autre, mais c'est inutile, car personne ne touche à Måns, on fait des détours pour le laisser. Ils viennent chercher Engelbrekt Engelbrektsson. Sans un mot, ils soulèvent son corps entre eux, précautionneusement, le portent jusqu'à la plage pour le rincer et nettoyer le sang, afin qu'il puisse être conduit propre à sa dernière demeure.

Finn se laisse tomber à terre à côté de Måns, détache ses mains de son visage, essuie la terre sur ses joues humides. Måns baisse les yeux vers ses doigts tachés de sang, les lève devant Finn comme pour le prendre à témoin.

« Finn. Est-ce une punition divine ? Qu'un péché doive conduire à un autre pire encore, et le second être la punition du premier ? »

Finn prend les mains de Måns. Le rouge s'étale.

« Mes mains portent des taches comme les tiennes. Je me suis souvent posé des questions de cette nature. »

Il serre les mains sans force de Måns, baisse d'un ton, jusqu'à un murmure qui frémit devant les paroles inouïes auxquelles il donne voix, pensées longuement ressassées enfin lâchées à l'air libre devant autrui.

« Je ne suis plus certain de l'existence d'un dieu. S'il existe, il n'est pas celui qu'on nous a dit. Le ciel est peut-être vide. Peut-être continuera-t-il à être bleu, à jamais. Tout ce que je sais, c'est que ce dont je doute demeure impuissant à pardonner mes péchés. Peut-être le pardon existe-t-il ailleurs ? Viens, allons le chercher ensemble. »

Le prenant dans ses bras, il remet Måns debout et le conduit jusqu'au rivage, où le bateau attend, rameurs prêts, impatients de quitter ce lieu qu'a visité la mort sans y avoir été invitée. Brita se tourne vers Harald Esbjörnsson.

« Rassemble tes hommes et suis-nous à Göksholm. Aucun mal ne vous y sera fait.

– Là-bas peut-être pas. Mais ailleurs ?

– Qui pourrait promettre plus ? Pas moi. »

Ils regagnent le rivage, où les bateaux sont déjà à l'eau. L'élan des rames les pousse dans le crépuscule clair du printemps sous la lune, à travers des nuées de libellules. Ils s'éloignent du feu qui s'éteint derrière eux, sur les rides de l'eau calme salée de larmes.

110

Les embarcations atteignent le rivage dans le murmure crissant des étraves sur les graviers. Ceux de Göksholm accostent les premiers, suivis de ceux venus d'Örebro, désormais cortège funèbre, transportant Engelbrekt Engelbrektsson couché sur une civière entre les bancs des rameurs. En silence ils descendent à terre. Brita les regarde s'estomper au crépuscule, Måns guidé par Finn, tête baissée, les mains sur le visage, le reste des gens de la maison derrière eux. Elle reste en arrière, regarde les Dalécarliens se débattre avec la civière, leur effort dédoublé par la volonté que leurs moindres mouvements soient lents et dignes. Elle les guide aux côtés d'Harald Esbjörnsson vers la maison. Le soleil s'est couché et la terre est plongée dans le noir, mais le ciel reste encore lumineux. On aperçoit Göksholm derrière la colline, ses pignons crénelés sombres contre le rougeoiement des nuages. Harald trébuche sur une racine et, quand Brita se retourne, elle voit une larme tomber de sa barbe. Il s'arrête, et Brita se tourne vers ceux qui portent la civière.

« Vous voyez la maison. Vous n'avez qu'à suivre le chemin, il vous conduira au pont-levis. Ma mère et mon père vous y accueilleront. Marchez avec prudence dans le noir. »

Harald Esbjörnsson s'assoit lourdement sur une souche au bord du chemin. Il essuie ses yeux d'un revers de la main.

« C'était ma hache. Je l'ai oubliée dans le bosquet. J'ai aidé Engelbrekt à s'y rendre, montré le chemin à Måns. Tout est ma faute. »

Brita croise les bras, resserre son manteau. La journée s'achève, le soir fraîchit.

« J'aurais pu dénoncer mon frère, cette Saint-Jean d'il y a deux ans. Alors il ne se serait jamais battu sous les yeux de Père et Mère, et ne serait jamais allé chez Engelbrekt.

– Ce n'est pas la même chose.

– Il est trop facile de s'accuser soi-même. Peut-être sommes-nous tous coupables de tout ce qui arrive dans le monde ? »

Il ne peut pas contenir son chagrin plus longtemps et, plutôt que de montrer un visage défiguré par les crampes, il le cache dans le creux de son coude, inspirant à longs traits tremblants à travers l'étoffe de son manteau. Brita se tient silencieuse auprès de lui, suivant des yeux la procession de la civière, perdue dans son trouble. Avec le temps, Harald trouve quelque motif de consolation, finit par cesser de pleurer mais demeure assis. Il a les yeux fixés dans le vague. Brita s'assied à côté de lui sur la souche.

« À quoi penses-tu ?

– À Sander Beck.

– Qui ?

– Un lansquenet étranger. Engelbrekt m'avait envoyé au sud, dans la Terre-sans-loi, pour parler à la population et la pousser à la révolte. J'avais une douzaine d'arbalètes dans mon chariot, et si j'en avais eu dix fois plus, j'aurais trouvé assez de tireurs pour se les disputer. Dans la forêt, nous avons abattu un arbre en travers du chemin, et attendu en embuscade les hommes de Johan Vale. Ils n'ont pas tardé, submergés et sans défense. La soif de sang était grande parmi mes hommes, et j'avais moi-même du mal à oublier les injustices endurées par la faute des baillis. Il aurait été si facile de tous les abattre et de les laisser dans la forêt. Nous tenions notre vengeance. De tous ceux qui attendaient notre jugement, Sander Beck était le plus pitoyable. Il n'avait pas de courage à revendre pour garder sa dignité. Après s'être pissé dessus, il a prié Dieu et blablaté sur sa famille dans son allemand à couper au couteau, en répétant sans arrêt son nom, comme pour nous faire comprendre qu'il était davantage que les couleurs qu'il portait. J'étais en haut du talus au-dessus de lui, avec un pouvoir de vie ou de mort entre mes mains, moi en haut, lui en bas, lui gras et moi grand, lui allemand et moi suédois. Une pensée m'a traversé tandis que je soupesais son destin.

– Quoi ?

– À travers nos sens, nous percevons le monde, mais chacun le voit et l'entend différemment. Pour chacun, le monde est unique. Tue un homme, et tout le monde qui était le sien est anéanti.

– Et qu'as-tu fait ?

– Nous avons épargné leurs vies, comme Engelbrekt me l'avait demandé. Sander Beck a pu filer vers le sud et sécher ses braies en route, et ce qu'il est ensuite devenu, je n'en sais rien. Peu après, j'ai rencontré ton frère sur le même chemin. »

Il frissonne, serre ses larges bras autour de son corps, frotte ses épaules pour se réchauffer et fait un signe de tête vers Göksholm, où la civière a disparu dans la nuit.

« Engelbrekt est mort. Je songe au monde qui a disparu avec lui. Il n'était pas comme les autres. Le monde qu'il voyait, il voulait le partager avec nous tous. Il aurait été plus beau et plus lumineux, avec la voix du peuple prise en compte au conseil et le bien de tous comme but. Le bas de l'échelle relevé, le haut rabaissé. Ceux qui prient, ceux qui cultivent et ceux qui se battent liés les uns aux autres et par là plus forts. Un monde où aucun seigneur ne laisserait le peuple affamé pendant que des victuailles sont jetées sur le tas de fumier. Où aucun bailli n'irait atteler une femme à la place d'un bœuf pour lui faire payer ses impôts. Nous sommes à vingt-cinq lieues de Stockholm. Engelbrekt est arrivé si près du but. Mais tout s'est arrêté sur la rive de Göksholm. Et le monde sera différent. »

Autour d'eux, la forêt est silencieuse, jusqu'à ce qu'un merle commence à chanter ses couplets depuis une branche invisible, son aspiration à un monde meilleur en trilles charmants. Plus loin, un autre répond sur le même ton. Brita se rappelle son jeu avec Finn à peine une heure plus tôt.

« Tout est encore calme ici, comme quand on lance une pierre dans l'eau dormante. Mais les remous ne vont pas tarder à se propager. Que va-t-il se passer ensuite ? »

Harald Esbjörnsson tarde à répondre.

« Tous ceux qui en ont la force et l'ambition vont se précipiter pour s'emparer de tout le pouvoir qui passera à leur portée. Le royaume va s'effondrer. Le peuple contre le peuple, le peuple contre les seigneurs, les seigneurs contre les seigneurs et les seigneurs contre le roi. Ce qui vient, c'est la guerre de tous contre tous. »

Il soupire, prend appui pour se lever, essuie ses joues et tend une main pour aider Brita.

« Bientôt, les loups joueront partout. Aucune fille de noble n'ira plus sécher les larmes d'un gars de Dalécarlie et se voir offrir un bras en échange. »

Et Brita :

« Alors partons pendant qu'il est encore temps. »

POSTFACE

Les noms sous lesquels sont connues les lignées nobles du Moyen Âge sont souvent des constructions postérieures. Les noms de famille en plus du patronyme n'étaient pas courants. Quand des arbres généalogiques ont commencé à être établis à la Renaissance, dans une société attachant une grande importance à la naissance et aux ancêtres, les généalogistes ont attribué des noms arbitraires à des lignées souvent déjà éteintes, en se basant sur l'apparence de leur blason. La lignée Natt och Dag, connue depuis 1280 par son écu coupé d'azur et d'or, est un exemple d'une telle pratique. Ce n'est qu'au XVIIIe siècle, alors que l'usage en Suède avait changé, que les membres de la lignée ont commencé à utiliser ce nom de famille, parmi les derniers à adopter cette norme. Ce nom n'est pas utilisé dans *La Malédiction des Stensson*, pour cette raison.

Les événements relatés dans *La Malédiction des Stensson* sont si lointains qu'il est difficile de prétendre à la vérité. Des personnes de haut rang du XVe siècle ne nous restent que peu de traces, le plus souvent seulement des dates de mariage et de décès. La vie des hommes puissants peut être cernée grâce à leur participation à des conseils, aux héritages ou aux transactions foncières. Le versant féminin des familles tend à être négligé. Le peuple est quasiment oublié. On ne peut qu'imaginer leurs personnalités.

Les nombreuses péripéties de la fronde d'Engelbrekt sont bien documentées, mais toutes les chroniques le concernant ont tendance à s'achever piteusement par la description du meurtre, dont le mobile demeure inexpliqué. Dans ce livre, la fiction relie entre elles un certain nombre de circonstances connues.

Måns Bengtsson (Natt och Dag) apparaît pour la première fois dans une cinquantaine de lignes curieusement rimées effacées de la chronique originale d'Engelbrekt, rédigée par une main inconnue juste après sa mort. Cet effacement doit avoir eu lieu au moment où cette chronique rimée a été incorporée, plus tard dans le siècle, à la chronique de Karl Knutsson, plus ambitieuse, et aux visées politiques plus affirmées. Måns y est un écuyer d'Engelbrekt, décrit comme le premier entre tous dans son amour, à qui on offrait des vêtements et des biens. Une curieuse position pour le fils d'un conseiller royal, issu d'une des plus puissantes lignées du royaume. Après un certain temps passé ensemble, ils se séparent.

Vers le Nouvel An 1436, un conflit survient entre le père de Måns, Bengt Stensson, et Engelbrekt, alors qu'ils étaient jusque-là proches alliés et que le domaine de Täljehus avait été dévolu à Bengt, juste à côté du site où Engelbrekt avait pris l'initiative de creuser un canal visant à contourner le monopole commercial de Stockholm. Bengt Stensson attaque un navire de la Hanse, en violation des accords de paix en vigueur. Nous ne connaissons pas le motif des agissements de Bengt Stensson. Après l'assaut d'Erik Puke contre Täljehus, défendu par l'épouse de Bengt Kristina Månsdotter (Leopard), Bengt Stensson vient trouver Engelbrekt à Örebro pour une conciliation, qui est effectivement rédigée.

Quand peu de temps après Engelbrekt accoste sur un îlot devant Göksholm au printemps 1436, sur son trajet entre Örebro et Stockholm, il y est tué par Måns Bengtsson. La chronique insiste sur le fait que ce meurtre est perpétré au moyen d'une hache. Mats Linday, mon parent auteur d'une chronique de la lignée Natt och Dag et à qui ce livre est dédié, est à ma connaissance le premier à souligner ce que le choix de cette arme a d'étrange : aucun jeune seigneur ne se promène une hache à la ceinture. S'il était venu de Göksholm dans le but d'éliminer Engelbrekt, une épée, un épieu ou un arc auraient vraisemblablement été utilisés. Ma conclusion est que la hache se trouvait sur place, et que le meurtre a eu lieu sur un coup de tête, à la suite de paroles échangées en ce lieu et ce moment entre Måns et Engelbrekt, jadis si proches.

Après le meurtre, Måns Bengtsson cesse de porter le blason de sa lignée paternelle. Tout le reste de sa vie, il arbore à la place le lion et le lys de sa mère.

Vers la fin de sa vie, il institue au cloître de Julita une messe anniversaire, devant être célébrée chaque année le 4 mai. Le jour de la mort d'Engelbrekt.

Après le meurtre, la réputation d'Engelbrekt grandit. Pour tous les prétendants à la couronne, il devient d'une grande importance de se présenter comme le mieux à même d'endosser le manteau du régent tombé, jusqu'à ce que Gustav Vasa y parvienne, à peine un siècle plus tard. J'ai longtemps réfléchi à la raison pour laquelle les vers concernant Måns Bengtsson et Engelbrekt avaient été effacés de la chronique, persuadé que c'était Måns que visait le censeur. Conclusion fautive de ma part : si cet effacement suggère quelque chose que les contemporains ont estimé important de cacher dans la relation entre eux deux, ce n'est pas à cause de Måns Bengtsson, mais pour préserver le souvenir d'Engelbrekt Engelbrektsson, si vital pour le populisme de l'époque.

De Måns Bengtsson (Natt och Dag) descendent tous les membres de la lignée vivant aujourd'hui. Entre Måns et moi court une succession ininterrompue de pères et de fils sur quinze générations.

Niklas Natt och Dag
Visby, juillet 2023

REMERCIEMENTS

Mon épouse Mia Natt och Dag a effectué d'importantes recherches généalogiques, en particulier sur le versant féminin de la famille, historiquement négligé, sans lesquelles mon livre n'aurait pas pu devenir ce qu'il est. Mia a aussi mis en forme l'arbre généalogique des Stensson, qui ouvre et clôt le livre, et interprété les blasons. Merci pour ton travail, ta patience et pour la vie que nous partageons.

Merci à Fredrik Backman, premier lecteur, pour sa lecture et ses commentaires attentionnés, et son soutien depuis des années. Merci également à Gunilla Backman pour sa lecture et ses retours.

Merci à Sara Bergmark Elfgren pour sa lecture qui associe son regard d'écrivaine et la générosité d'une amie.

Merci à mon éditrice Åsa Lindström et à mon correcteur Andreas Lundberg.

Merci à ma mère Elisabeth Natt och Dag pour ses remarques.

CET OUVRAGE
A ÉTÉ ACHEVÉ D'IMPRIMER
SUR ROTO-PAGE
PAR L'IMPRIMERIE FLOCH À MAYENNE
EN FÉVRIER 2025

N° d'impression : 106431
Imprimé en France